PALAIS DES PRÉDICTIONS
ALEXANDRIA TOUR
HALCYON
QUARTIER DU PLAISIR
THE LYRE
MUSÉE DE L'ANCIENNE GRÈCE
HÔTEL DIADÈME
BAKKEHIA
LEMNOS
NOUVELLE ATHÈNES
Ophiotaurus
CHALET D'HÉCATE
FORÊT DU DÉSESPOIR
TARTARE
Hydra
The Phlegethon
ÉLYSÉE
The Lethe
PRÉ DU JUGEMENT
River Styx
VALLÉE D'ASPHODÈLE
The Cocytus
LE MONDE DES TÉNÈBRES

MONT
OLYMPE
Helios
ACROPOLE
STADE
TALARIA
L'INIQUITÉ
COFFEE HOUSE
LA ROSE
UNIVERSITÉ NOUVELLE ATHÈNES
PALESTRE
HIPPODROME
Scylla
Charybdis
EROBOS
CHÂTEAU
D'HADÈS
Cerberus
The Archeron
JARDIN DE
PERSÉPHONE
PRÉ
D'ASPHODÈLE
River Styx

Ce livre est une fiction. Toute référence à des événements historiques, des personnages ou des lieux réels serait utilisée de façon fictive. Les autres noms, personnages, lieux et événements sont issus de l'imagination de l'auteur, et toute ressemblance avec des personnages vivants ou ayant existé serait totalement fortuite.

Couverture: Kathrin - Instagram: e_kath_art
Maquette couverture et intérieure : Christophe Petit

Ouvrage dirigé par Bénita Rolland
Traduit par Robyn Stella Bligh

Pour la présente édition

34-36, rue la Pérouse
75116 - Paris
www.hugopublishing.fr

ISBN : 9782755678703
Dépôt légal : novembre 2024
Imprimé par MPAPER

NEW ROMANCE®

SCARLETT ST. CLAIR

HADÈS & PERSÉPHONE

TOME 4
A TOUCH OF CHAOS

Hugo Roman

Toutes les bonnes choses ont une fin.

MISE EN GARDE

Ce livre contient des scènes qui font référence au suicide, ainsi que des scènes de violence sexuelle, y compris de consentement discutable et d'agression sexuelle.

Les références précises au suicide sont aux chapitres XXXII (Thésée) et XXXVII (Thésée).

Les références précises aux agressions sexuelles sont aux chapitres XXXII (Thésée) et XXXVII (Thésée).

La scène contenant un consentement discutable est au chapitre XI (Thésée).

Les scènes ne sont pas détaillées, mais je vous invite à les lire avec précaution ou à sauter ces scènes pour protéger votre santé mentale.

Si vous, ou quelqu'un que vous connaissez, pensez au suicide, appelez le 3114.

Si vous avez survécu à une agression sexuelle ou avez besoin d'aide et de soutien après des violences sexuelles, appelez le 3919.

Surtout, ne souffrez pas en silence. Votre entourage tient à vous, vos amis et votre famille tiennent à vous. Je tiens à vous.

PREMIÈRE PARTIE

« Mes mains ne s'abstiendraient pas du carnage
avant d'avoir châtié l'insolence de tous les prétendants. »
Homère, *L'Odyssée XXII*
traduction de Leconte de Lisle (1867)

Chapitre I

PERSÉPHONE

Les oreilles de Perséphone sonnaient et les Enfers tremblaient violemment sous ses pieds.

Elle ne se remettait pas de ce qu'avait dit Hécate.

Ça, c'est le bruit de Thésée qui libère les Titans.

Thésée, un fils de Poséidon, un homme qu'elle n'avait croisé qu'une fois, avait réussi à mettre sa vie à l'envers en à peine quelques heures. Cela avait commencé par l'enlèvement de Sybil et d'Harmonie, et ça avait été de mal en pis. Zofie et Déméter étaient mortes, le Casque de Kunée avait disparu et Hadès manquait à l'appel.

Perséphone n'était pas certaine que ce soit la bonne formulation, mais le fait était qu'elle ne l'avait pas vu depuis qu'elle l'avait laissé dans son bureau de la Tour Alexandria, piégé par sa magie. Son visage quand il l'avait regardée s'éloigner la hantait encore, mais elle n'avait pas eu le choix. Il ne l'aurait pas laissée partir et elle ne pouvait supporter qu'Hadès affronte un châtiment éternel en refusant d'accorder une Faveur.

Pourtant, quelque chose n'allait pas, car Hadès n'était pas venu à sa recherche et il n'était pas là, dans son royaume, alors que celui-ci était attaqué.

Une nouvelle secousse agita les Enfers et Perséphone regarda Hécate, qui se tenait en face d'elle, les yeux sombres et la mine inquiète.

– On doit y aller, dit Hécate.

– Y aller ? répéta Perséphone.

– On doit arrêter les Titans. Autant que possible.

Perséphone se contenta de la dévisager. La déesse de la Sorcellerie était elle-même une Titan. Elle était peut-être capable de se battre contre des dieux anciens, mais Perséphone avait à peine réussi à affronter sa mère olympienne quelques minutes plus tôt.

– Hécate, je ne peux pas… commença-t-elle en secouant la tête, mais Hécate prit son visage dans ses mains.

– Tu le peux, déclara-t-elle en scrutant son âme. Tu le dois.

Tu n'as pas le choix.

Perséphone entendit ce qu'Hécate ne dit pas, et elle savait que la déesse avait raison. Il ne s'agissait pas seulement de protéger son royaume.

Elle devait protéger le monde.

Elle mit ses doutes de côté, sa détermination à prouver au monde qu'elle était digne de la couronne, et du titre qu'on lui avait donné, augmentait.

– Oh, ma chère, dit Hécate en enlevant ses mains de son visage pour prendre celles de Perséphone. Il n'est pas question de dignité.

Ce fut tout ce qu'elle dit avant que sa magie n'enfle en une explosion puissante, puis elle les téléporta dans le Pré de l'Asphodèle. Même après la destruction que Perséphone avait vue en affrontant les Olympiens à Thèbes, elle n'aurait pu imaginer ce que les Titans feraient à son royaume. La réalité était atroce.

Les montagnes du Tartare s'étaient soulevées abruptement comme les vagues d'une mer enragée. Malgré leur usage et l'horreur qu'elles contenaient, leur contour avait été sublime ; une ombre sombre et dentelée dans l'horizon pâle.

À présent, leur relief était presque plat, comme si elles avaient été piétinées par un géant, et le ciel s'était déchiré de sorte qu'il présentait maintenant une plaie furieuse, ouverte sur le monde des vivants.

Quelque chose s'était déjà échappé des Enfers.

La terre trembla et une main immense jaillit des profondeurs du Tartare, faisant voler une pluie de rochers autour d'elles. La tête d'un Titan émergea de sa prison en rugissant. Le son était assourdissant et tout aussi destructeur, brisant les sommets proches comme s'ils étaient faits de verre.

Perséphone se souvint de ce qu'Hadès lui avait dit à propos des Titans. Comme ils n'étaient pas morts, seulement emprisonnés, ils avaient conservé tous leurs pouvoirs.

– Iapetus, siffla Hécate. Il est le frère de Cronos et le dieu de l'Immortalité, expliqua-t-elle en regardant Perséphone. Je m'occupe de lui. Toi, tu dois guérir le ciel.

Perséphone hocha la tête, même si elle peinait à comprendre ce que cela impliquait. Elle n'avait pas encore utilisé la magie qu'elle avait reçue en épousant Hadès.

Hécate se téléporta d'abord, se matérialisant dans les airs au-dessus de la tête de Iapetus. Soudain, trois Hécate entourèrent le dieu de l'Immortalité, et des flammes noires jaillirent de ses mains, qu'elle projeta dans un flux brûlant sur le Titan. Le rugissement furieux de Iapetus vibra dans l'air quand la magie le frappa.

Maintenant qu'il était distrait, Perséphone invoqua ses ténèbres, puisant en elle pour se saisir des émotions qui avaient nourri sa destruction des Enfers quand elle était tombée sur Hadès et Leucé dans la Forêt du Désespoir.

Se remémorer cet horrible moment la laissa meurtrie et à vif. Si ce dont elle avait été témoin n'avait pas été réel, ses émotions l'avaient été et elles déferlèrent en elle. De cette angoisse naquirent ses pouvoirs, s'épanouissant en une force qui appelait les racines du monde des vivants au-dessus d'elle. Celles-ci déchirèrent le ciel noir comme des serpents qui s'enroulaient les uns sur les autres, scellant l'abîme qui s'était ouvert.

Un sentiment de soulagement remplaça son angoisse et elle se tourna vers Hécate, qui affrontait toujours Iapetus. Elle s'apprêtait à se concentrer pour renfermer le Titan dans sa prison montagneuse, mais quelque chose la heurta et elle vola dans les airs. Elle atterrit et roula jusqu'en bordure d'Asphodèle, où le pré se terminait en falaises abruptes.

Perséphone gonfla difficilement ses poumons, qui lui semblaient gelés dans sa poitrine, et elle se mit à quatre pattes, se retrouvant face à un monstre à trois têtes ; celles d'un lion, d'une chèvre et d'un serpent.

Le lion rugit dans son visage et montra ses crocs aiguisés. La chèvre ouvrit la gueule et expira un feu toxique qui crépita ; quant au serpent, il se précipita sur elle, mais il n'était pas assez près pour planter ses crocs vénéneux en elle.

C'était une chimère ; un mélange d'animaux qui étaient tous dangereux à leur façon, et il avait échappé au Tartare.

– *Merde.*

Le monstre bondit et Perséphone recula, oubliant qu'elle était tout proche du ravin, dans lequel elle tomba.

Elle se téléporta et parvint à atterrir sur les fesses en bas du précipice. Elle regarda la chimère qui rugit à nouveau au-dessus d'elle, et elle fut surprise quand un autre rugissement retentit derrière elle. Perséphone se tourna et découvrit une autre chimère, bientôt accompagnée de deux autres.

La déesse recula à nouveau et une ombre passa au-dessus de sa tête. La première chimère bondit de la falaise pour rejoindre les autres, réduisant le peu d'espace qui restait à Perséphone.

– Pourquoi êtes-vous aussi nombreuses ? marmonna-t-elle, frustrée.

Elle regardait les créatures les unes après les autres, cherchant une stratégie.

Soudain, une grosse grenade frappa la tête de la chèvre. Celle-ci se tourna et expira un souffle de flammes, embrasant la créature voisine. Un horrible cri retentit et elle s'écroula, roulant dans l'herbe sous les flammes qui étaient de plus en plus vives.

D'autres grenades suivirent, s'abattant sur les monstres. Ils se tournèrent vers leurs nouveaux assaillants et Perséphone vit que les âmes s'étaient réunies. En première ligne se trouvaient les femmes et les anciens, armés de paniers de fruits. Yuri en faisait partie et si Perséphone était ravie de voir son peuple, sa joie se changea en terreur quand les chimères marchèrent vers eux.

Elle ne savait pas ce qui arriverait aux morts en affrontant une menace au sein de leur royaume, mais elle ne souhaitait pas le découvrir.

Mais pendant qu'elle observait la scène, une deuxième ligne avança, composée d'hommes et de femmes armés. Ian était à leur tête et il cria des ordres, les chimères approchaient.

– Visez leurs cous ! dit-il. Leurs gorges sont faites d'un feu qui fondra vos armes et les étouffera jusqu'à la mort.

Les trois chimères chargeaient les âmes, mais l'une se tourna vers Perséphone. Le lion retroussa ses babines et les yeux de la chèvre rougeoyèrent. Le serpent recula la tête, prêt à frapper. Perséphone reculait au fur et à mesure que le prédateur avançait et, quand il fut sur le point d'attaquer, elle se téléporta. Elle pensait invoquer sa magie et piéger la créature dans un amas de ronces, mais quand elle apparut derrière elle, une chose immense percuta le monstre. Il fallut un moment à Perséphone pour comprendre ce qui l'avait attaquée : un chien à trois têtes.

Ce n'était pas n'importe quel chien à trois têtes ; c'était Cerbère, Typhon et Orthos.

Elle ne les avait jamais vus dans leur forme singulière, mais Hadès en avait parlé. « Cerbère est un monstre, avait-il dit. Pas un animal. »

Parfois, Cerbère existait en n'étant qu'un, parfois en étant trois, et il semblait avoir triplé de taille, dominant Perséphone alors qu'il jetait la chimère dans les airs. La bête atterrit plus loin et ne bougea plus. Cerbère se tourna vers Perséphone, se tortillant de joie en la voyant.

– Cerbère… commença-t-elle lorsqu'un craquement attira son attention vers les montagnes, où Hécate combattait encore Iapetus.

Les mains gigantesques du Titan agrippaient les racines que Perséphone avait invoquées pour sceller le ciel. Elles cédèrent quand il tira dessus et des cris horrifiés retentirent parmi les âmes alors que d'immenses échardes tombaient dans les Enfers.

Les montagnes s'écrasèrent un peu plus sous l'impact des racines, et une plainte aiguë et furieuse retentit alors que sept têtes de serpent sortaient des tréfonds du Tartare. Le sang de Perséphone se glaça quand elle reconnut le corps bulbeux de l'Hydre.

– Merde !

Elle n'avait eu qu'une minuscule maîtrise de la situation jusqu'à maintenant, et elle n'en avait désormais plus aucune.

– Tu as l'air dans le pétrin, Sephy.

Elle regarda à sa gauche, où Hermès s'était manifesté, toujours vêtu de son armure dorée après leur affrontement avec les Olympiens. Elle l'avait perdu de vue sur le champ de bataille, mais il avait été le premier à se ranger dans son rang face à Zeus – lui et Apollon.

L'odeur familière de laurier attira l'attention de Perséphone, elle se retourna. Le dieu de la Musique se matérialisait à sa droite. Il semblait à la fois stoïque et calme, et il lui sourit timidement.

– Salut, Sephy, dit-il.

– Salut, Apollon, répondit-elle en lui retournant son sourire.

– Pas cool, dit Hermès. Tu ne m'as pas dit bonjour, à moi.

– Salut, Hermès, répondit-elle en le regardant.

– Ça ne vaut rien si je suis obligé de le demander, râla-t-il.

Elle sourit tout en fondant en larmes, infiniment reconnaissante qu'ils soient là.

– Ne pleure pas, Sephy, dit Hermès. C'était juste une blague.

– Elle ne pleure pas à cause de ta blague débile, rétorqua Apollon.

– Ah, parce que tu la connais si bien que ça ?

– Il n'a pas tort, Hermès, dit Perséphone en essuyant ses larmes. Je suis juste… super soulagée que vous soyez ici.

L'expression d'Hermès s'attendrit, mais son attention fut bientôt dirigée vers le Tartare, où l'Hydre rugit en bondissant du pic sur lequel elle était posée, atterrissant dans la Forêt du Désespoir. Les arbres craquèrent sous le poids de son corps immense, comme s'ils n'étaient que des brindilles. Les têtes du monstre s'agitèrent, éclaboussant les Enfers de leur venin toxique comme une pluie mortelle, brûlant et noircissant tout ce qu'il touchait, y compris une chimère dont la plainte affreuse résonna dans l'air jusqu'à ce qu'elle meure.

Pendant ce temps, Iapetus avait réussi à s'extraire davantage de sa prison et toute sa tête était sortie jusqu'aux épaules. Il avait un visage fin et des yeux cernés et furieux, luisant comme s'ils contenaient du feu. Il arborait une mine méchante et assassine et si Perséphone n'en attendait pas moins du Titan qui avait été enfermé pendant des siècles, elle n'était pas prête pour autant à affronter sa colère toute puissante.

Perséphone sentit la magie d'Hécate flotter au-dessus d'elle, comme si la sorcière puisait son énergie dans les Enfers. Ses poils se hérissèrent sur sa nuque et ses bras et sa bouche lui parurent secs. C'est alors qu'Hécate libéra son pouvoir dans une explosion immense. Iapetus plia sous le poids de la magie et sa tête heurta les montagnes, mais Perséphone savait que ça ne suffirait pas.

– On doit les remettre au Tartare, dit Perséphone.

– On s'en occupe, dit Hermès. Toi, inquiète-toi de cet immense trou dans le ciel.

Ils durent percevoir ses doutes, car Apollon ajouta :

– Tu gères, Seph. Tu es reine des Enfers.

– La seule et l'unique, dit Hermès. Pour autant qu'on sache.

Perséphone et Apollon le fusillèrent du regard.

– C'était une *blague* ! râla-t-il.

Apollon soupira et avança de quelques pas, son arc apparut dans sa main et son carquois dans son dos.

– Allons-y, Hermès.

Le dieu de la Ruse fit un pas avant de se tourner vers Perséphone.

– Si ça peut t'aider, il n'y a personne d'autre.

Elle savait ce qu'il voulait dire. Personne d'autre ne pouvait enfermer les Titans ou contenir les monstres au Tartare. Personne d'autre qu'elle ne pouvait réparer le ciel brisé.

Ce pouvoir n'était accordé qu'au roi et à la reine des Enfers.

La tâche incombait soit à Hadès, soit à elle, et Hadès n'était pas là.

Elle ressentait son absence dans sa poitrine constamment oppressée, même si elle savait que ce n'était pas le moment de se torturer en imaginant ce qui avait pu lui arriver. Elle devait d'abord s'occuper du désastre devant elle, et plus vite elle aurait contenu la menace, plus vite elle pourrait retrouver son mari.

Hermès déplia ses ailes et s'éleva dans les airs avant de voler à l'autre bout du royaume, vers l'Hydre, suivi d'Apollon.

Perséphone se téléporta en bordure du Pré de l'Asphodèle. Désormais seule, elle prit le temps d'observer le chaos.

Elle avait toujours été consciente de ses faiblesses, mais elle ne l'avait jamais autant été qu'en cet instant. Les montagnes du Tartare n'étaient plus qu'un amoncellement de pierres et la beauté de la magie d'Hadès était gâchée par des taches de terre brûlée et fumante là où le venin de l'Hydre s'était répandu, et parmi tout ça, les âmes continuaient de combattre les chimères. Hermès brandit son épée d'or pour trancher les têtes de l'Hydre pendant qu'Apollon envoyait des rais de lumière aveuglante pour cautériser les plaies et éviter qu'elles ne se régénèrent. Iapetus continuait de secouer les Enfers en se démenant contre la magie d'Hécate.

Perséphone prit une grande inspiration et ferma les yeux. Elle sentit alors le monde qui l'entourait devenir silencieux. Rien ne pénétra son espace excepté sa colère, sa souffrance, son inquiétude. Ses oreilles sonnaient sous l'effet de ses émotions, son cœur battait plus fort, et elle s'en servit pour puiser dans la part sombre de sa magie. C'était la part d'elle qui avait mal, qui était furieuse, qui ne croyait plus à un monde intrinsèquement bon.

« *Tu es ma femme et ma reine.* »

La voix d'Hadès résonna dans sa tête, la faisant frissonner avant d'envelopper son cœur. Elle en eut les larmes aux yeux et sa poitrine se comprima, lui coupant le souffle.

« *Tu es tout ce qui me rend bon*, dit-il, *et je suis tout ce qui te rend terrible.* »

Elle tenta de ravaler le nœud dans sa gorge. Il fut un temps où elle aurait haï ces mots, mais elle comprenait, désormais, le pouvoir conféré par le fait d'être crainte.

Or elle souhaitait être redoutée.

« *Où es-tu ?* » pensa-t-elle, désespérée de le voir se manifester à ses côtés, à sa place.

Mais plus elle se sentait seule, plus son énergie noircit.

« *J'attends de te porter à travers les ténèbres quand tu m'auras ramené à la lumière.* »

Son cœur lui semblait horriblement lourd, comme une pierre dans sa poitrine.

– J'ai besoin de toi, chuchota-t-elle.

« *Je suis avec toi*, dit Hadès. *Il n'est pas de lieu où tu finis et où je commence. Sers-toi de moi, mon amour, comme tu le fais pour ton plaisir. Il existe du pouvoir dans la douleur.* »

Et de la douleur, il y en avait.

Celle-ci imprégnait Perséphone au point qu'elle lui semblait presque normale. Elle ne se souvenait pas de qui elle était avant que le deuil n'ait creusé un trou dans son cœur.

« *Tu es accomplie, maintenant que je suis partie* », dit Lexa.

Perséphone ferma les yeux pour repousser les mots cruels de sa meilleure amie, même si elle savait que c'était vrai. Il était étrange que la vie offre du pouvoir quand elle était confrontée à la mort, et c'était encore plus étrange que la personne qui en tirerait le plus de fierté ne soit plus là pour en être témoin.

« *Connais ta vérité*, dit Lexa. *Je n'ai pas besoin d'en être témoin.* »

Soudain, quelque chose transperça Perséphone ; une douleur si profonde qu'elle ne put la contenir, et quand elle ouvrit les paupières, ses yeux rayonnaient et sa vue était plus affûtée. Son pouvoir attendait, obéissant à sa volonté, telle une flamme enveloppant son corps. L'espace d'un instant, tout sembla immobile et elle sentit la présence d'Hadès comme s'il était apparu derrière elle, passant son bras autour d'elle dans un geste possessif.

« *Nourris-le* », ordonna-t-il.

Elle sentit son souffle chaud contre son oreille et elle hurla.

Son angoisse devint une chose réelle et vivante, son pouvoir se rassemblait autour d'elle. Il se répandit dans les Enfers comme une inondation et noircit le ciel comme un ouragan. Des ombres surgirent de ses paumes et se changèrent en lances qui transpercèrent les chimères, puis l'Hydre. Une cacophonie de cris aigus et de rugissements douloureux remplit l'air, nourrissant Perséphone, l'encourageant à puiser plus profondément en elle jusqu'à ce que la terre se mette à trembler et que le sol sous l'Hydre ainsi que les montagnes du Tartare se changent en liquide noir. D'épaisses lianes sortirent de l'eau mortifère et s'enroulèrent autour des griffes du monstre et de ce qui restait de ses têtes, traînant le monstre dans ses profondeurs jusqu'à ce que ses cris s'évanouissent.

Sa magie s'éleva en des vagues sombres jusqu'à Iapetus et Hécate, dont le pouvoir repoussait le Titan plus loin dans sa cellule montagneuse, même s'il se débattait en tendant les bras vers le ciel encore ouvert. Les ténèbres de Perséphone continuèrent à monter, écrasant ses cheveux, aveuglant ses yeux, dégueulant de sa bouche. Il gémit de colère, mais sa gorge se remplit et il ne put plus parler. Quand il fut recouvert, sa magie durcit et les montagnes du Tartare se mirent à luire comme de l'obsidienne contre l'horizon sombre.

Du pic le plus haut, formé par la pointe de la main du Titan désormais figé dans la pierre dure, sa magie continua à enfler, réparant le ciel déchiré. Quand ce fut terminé, Perséphone laissa retomber ses mains et sa magie se précipita sur elle, ricochant à travers son corps. Elle tremblait, mais parvint à rester debout. Elle sentit quelque chose couler sur son visage et quand elle leva la main à sa bouche, elle découvrit du sang.

Elle fronça les sourcils.

– Sephy, tu étais géniale ! dit Hermès en apparaissant devant elle avant de la serrer dans ses bras.

Son armure eut beau la gêner, elle accueillit son étreinte avec joie.

Quand il la lâcha, elle se retrouva face à Apollon, Hécate et Cerbère, qui restait fusionné en un énorme monstre à trois têtes. Il marcha vers elle et frotta ses museaux dégoulinant de bave et de sang à sa main.

Elle s'en fichait et continua de caresser les trois têtes.

– Vous êtes de bons chiens, dit-elle. De très bons chiens.

Dans la prairie en contrebas, les âmes l'applaudirent. En temps normal, leur enthousiasme l'aurait réconfortée, mais elle ne ressentait qu'une peur accablante.

Sa magie tiendrait-elle ? Pourrait-elle les protéger ?

Elle tourna la tête vers l'horizon, où l'étrange tour reliait désormais les montagnes du Tartare au ciel. Elle ne savait pas comment elle l'avait créée, mais elle savait ce qui avait nourri sa magie. Elle sentait encore les émotions vibrer en elle.

– J'aime bien, dit Hermès. C'est de l'art. On n'a qu'à le nommer… *le Jugement dernier de Iapetus.*

Pour Perséphone, cela ressemblait plutôt à une balafre, une tache dans le royaume d'Hadès. Mais peut-être pourrait-il réparer ça quand il reviendrait.

Sa gorge se noua aussitôt et elle ne put déglutir. Elle tourna la tête pour regarder les autres, scrutant leurs visages, comme si l'un d'entre eux avait la réponse à sa question.

– Où est Hadès ? demanda-t-elle.

Chapitre II

HADÈS

Ses poignets brûlants le réveillèrent. Sa migraine était telle qu'il lui était presque impossible d'ouvrir les yeux, mais il essaya en grognant, ses pensées se brisant comme du verre. Il ne pouvait pas en ramasser les morceaux ni se rappeler comment il était arrivé là, alors il se concentra sur la douleur : le métal qui transperçait la peau à vif de ses poignets, ses ongles plantés dans ses paumes, ses doigts pulsants après qu'ils avaient été pliés sur eux-mêmes, sur rien, alors qu'ils auraient dû serrer la bague de Perséphone.

La bague. Elle n'était plus là.

Une hystérie violente s'empara de lui et il se débattit contre ses menottes, ouvrant enfin les yeux, découvrant qu'il était prisonnier d'une petite cellule sombre. Il pendait du plafond, enveloppé dans le même filet pesant qui l'avait projeté à terre dans la prison du Minotaure. Il comprit qu'il n'était pas seul.

Il scruta l'obscurité, mal à l'aise, conscient que la magie qui y vivait était la sienne, mais elle lui paraissait bizarrement étrangère. Sans doute parce qu'il avait beau essayer, il ne pouvait l'invoquer.

– Je sais que tu es là, dit Hadès, et sa langue lui sembla enflée.

L'instant d'après, Thésée apparut, ayant retiré le Casque de Kunée qu'il tenait sous son bras en souriant.

– Thésée, gronda Hadès d'une voix faible.

Il était épuisé et avait tellement mal qu'il ne pouvait parler comme il le souhaitait. Sinon, il aurait rugi.

– J'espérais faire une entrée théâtrale, dit le demi-dieu, ses yeux bleu luisant.

Hadès détestait ces yeux, qui ressemblaient tant à ceux de Poséidon.

– Mais tu as toujours été un trouble-fête.

Une crainte envahit Hadès, comprimant sa poitrine, même s'il s'efforça de ne rien en montrer. Il détestait subir une telle émotion en présence de Thésée, mais il devait savoir comment le demi-dieu était entré en possession de son casque.

– Comment tu te l'es procuré ?

– Ta femme m'y a emmené, dit Thésée. Je t'avais dit que je ne ferais que l'emprunter.

Hadès avait un milliard de questions, mais il choisit la plus pressante.

– Où est-elle ?

– Je dois avouer que j'ai perdu sa trace, répondit-il d'un ton nonchalant, comme s'il n'avait pas été en possession de ce qu'Hadès avait de plus cher.

Le dieu des Enfers tressauta – il avait envie de saisir la gorge de Thésée et de la serrer jusqu'à sentir ses os craquer sous ses doigts, mais le poids du filet rendait tout mouvement quasiment impossible. Il lui semblait plutôt que c'était lui qui étouffait et il devait faire un effort surhumain pour respirer.

Thésée gloussa et Hadès le fusilla du regard, les yeux larmoyants de fatigue. Il ne s'était jamais senti aussi faible. En vérité, il ne l'avait jamais été.

– La dernière fois que je l'ai vue, elle affrontait sa mère aux Enfers. Je me demande qui a gagné.

– Je te tuerai, Thésée, dit Hadès. J'en fais serment.

– Je ne doute pas que tu essaieras, mais je crois que tu auras du mal, étant donné ta position actuelle.

La rage d'Hadès surgit, lui brûlant tout le corps avant d'irradier de lui, mais il ne pouvait rien faire – ni bouger ni invoquer son pouvoir.

C'est ce que ça fait d'être mortel, pensa-t-il.

C'était horrible.

Thésée ricana avant de soulever le casque pour l'étudier.

– C'est une arme intrigante. Grâce à elle, entrer au Tartare a été d'une facilité étonnante.

– Tu m'as l'air de vouloir te vanter, Thésée, dit Hadès. Et si tu te dépêchais pour qu'on en finisse ?

– Je ne me vante pas, répondit Thésée. Je ne fais que me montrer courtois.

– En entrant par effraction dans mon royaume ?

– En t'informant que j'ai libéré ton père du Tartare.

– Mon père ? répéta Hadès, incapable de cacher sa surprise.

Il ne pouvait décrire ce qu'il ressentait ; il savait seulement que la nouvelle le laissait comme anesthésié. S'il avait eu l'énergie de bouger, l'information l'aurait figé.

Son père, Cronos, dieu du Temps, était libre et arpentait le monde des vivants après avoir été enfermé pendant presque cinq millénaires. Cronos, l'homme qui avait envié le règne de son propre père et l'avait tué d'un coup de faux ; une arme qui avait récemment reparu sur le marché noir. Cronos, le dieu qui avait tant redouté la prédiction de rébellion de ses enfants qu'il les avait avalés tout entiers à leur naissance.

C'était Zeus qui les avait libérés de cette horrible prison et quand ils en avaient surgi, ils avaient atteint leur taille adulte et étaient remplis de colère. Hadès se rappelait encore ce qu'il avait ressenti, la façon dont sa colère avait coulé en lui, la façon dont sa vengeance avait occupé son esprit. Après qu'ils avaient réussi à renverser les Titans, ces sentiments l'avaient suivi et s'étaient manifestés dans chaque aspect de son règne et de ses lois.

Il lui semblait que ça ne faisait pas si longtemps que ça.

– Je ne sais pas qui d'autre a réussi à s'échapper avec lui, dit Thésée. Je dois t'avouer qu'il me fallait partir, mais on devrait l'apprendre au cours des prochains jours.

– Espèce d'imbécile, siffla Hadès. Tu sais ce que tu as fait ?

Cronos n'avait pas passé cinq mille ans à dormir. Il avait passé tout ce temps au Tartare en pleine conscience, fomentant sa revanche exactement comme Hadès le faisait maintenant. Il était inquiet de ce que son père ferait de sa liberté retrouvée, et Hadès pensa immédiatement à sa mère, Rhéa.

Rhéa, qui avait trompé Cronos en lui faisant avaler une pierre afin que Zeus survive et le renverse.

Elle serait la première cible de la colère de Cronos, Hadès en était certain.

– Allez, Hadès, on sait tous les deux que je ne prends pas de décisions à la hâte, répondit Thésée. J'y réfléchis depuis longtemps.

– Et qu'as-tu pensé, exactement ? Que tu libérerais mon père du Tartare et qu'il aurait une telle dette envers toi qu'il se rallierait à ta cause ?

– Je ne me fais aucune illusion de ce genre, dit Thésée. Mais je me servirai de lui comme je présume qu'il se servira de moi.

– Se servir de toi ? demanda Hadès. Et qu'as-tu à offrir ?

Thésée sourit jusqu'aux oreilles et Hadès s'en trouva perturbé, car c'était un sourire sincère.

– Pour commencer, répondit le demi-dieu, je t'ai, toi.

Hadès le dévisagea un moment.

– Alors, quoi ? Tu vas m'offrir en sacrifice ?

– Eh bien, oui. Cronos aura besoin d'offrandes pour nourrir son pouvoir et sa force. Qui de mieux que son fils doublé d'un usurpateur ?

– Ton père était un usurpateur, aussi. Tu vas le sacrifier également ?

– Si besoin, oui, répondit Thésée.

Hadès ne fut pas surpris par la réponse du demi-dieu. Son honnêteté indiquait qu'il croyait fermement au fait qu'Hadès ne quitterait jamais cette prison.

– Que se passera-t-il quand vous déciderez tous deux que je dois mourir ? demanda-t-il.

– Je suppose que c'est une bonne chose que je sois destiné à renverser les dieux, répondit Thésée.

Hadès savait que le demi-dieu faisait référence à la prophétie de l'Ophiotauros, une créature mi-taureau mi-serpent dont la mort assurait la victoire contre les dieux.

C'était Thésée qui avait tué le monstre, et il supposait que cela signifiait qu'il renverserait les Olympiens, mais la prophétie ne précisait pas par quel moyen ni pour qui la victoire serait assurée.

Son arrogance serait sa chute, mais Hadès n'allait pas le contredire. Thésée affronterait les conséquences de son hubris, comme c'était inévitablement le cas de tous ceux qui en faisaient preuve.

– Tu n'es même pas invincible. Tu crois que tu peux gagner contre les dieux ?

Il n'aurait peut-être pas dû le dire, mais il voulait que Thésée sache qu'il connaissait sa plus grande faiblesse ; il ne pouvait se guérir comme les autres dieux. Dionysos l'avait découvert en étant piégé sur l'île de Thrinacie. Hadès mourait d'envie d'en avoir le cœur net – et bientôt, ce serait le cas.

Des lignes apparurent sur le visage de Thésée et un mal qu'Hadès n'avait jamais vu rôda dans ses yeux. Le demi-dieu lâcha le casque et sortit un poignard. Hadès eut à peine le temps de le voir scintiller que Thésée le plongea dans sa taille. Pendant quelques secondes, les poumons d'Hadès furent figés, il ne pouvait même pas inspirer.

Thésée pencha la tête sur le côté et regarda Hadès dans les yeux, la mâchoire contractée en parlant.

– Peut-être que tu peux me dire ce que ça fait, siffla-t-il en tournant la lame avant de l'arracher du corps d'Hadès.

Le dieu des Morts serra les dents contre la douleur si aiguë qu'elle en était presque électrique. Il refusait d'émettre le moindre bruit et que le demi-dieu sache combien c'était douloureux.

Thésée souleva le couteau ensanglanté et Hadès reconnut la faux de son père. Une partie, en tout cas. La pointe manquait, elle avait été trouvée dans le cadavre d'Adonis après qu'il avait été attaqué devant La Rose. Il était la première victime de la campagne de Thésée contre les Olympiens ; un sacrifice pour provoquer Aphrodite. Hadès avait appris plus tard que la déesse de l'Amour avait été prise pour cible par Déméter parce qu'elle avait influencé la relation d'Hadès avec Perséphone. Cela avait été le prix de Déméter en échange de l'usage de sa magie et de la fabrication de reliques.

– Eh bien, voyez-moi ça, dit Thésée en reculant pour admirer son travail. Tu saignes comme je saigne. Tu ferais bien de te souvenir que, sous ce filet, tu es mortel.

– Tu crois que tu peux tous nous rendre mortels ?

– Oui. Aussi facilement que je peux devenir invincible.

Le demi-dieu n'expliqua pas ce qu'il voulait dire, mais Hadès pouvait le deviner. Il n'y avait que quelques façons de devenir invincible dans ce monde. L'une était à travers Zeus qui, en tant que roi des dieux, pouvait accorder l'invincibilité. Une autre était de manger une pomme d'or du jardin des Hespérides, le verger d'Héra – et comme les deux avaient déjà forgé une alliance, Hadès supposait que c'était l'option que le demi-dieu prendrait.

Thésée rangea le poignard dans son fourreau et reprit le Casque de Kunée avant de plonger la main dans sa poche pour en sortir un petit objet argenté. Le cœur d'Hadès se serra en la voyant.

– C'est une bague sublime, dit Thésée en la tenant entre l'index et le pouce pour la faire scintiller malgré l'obscurité.

Hadès riva ses yeux sur la bague et son estomac se noua.

– Qui aurait cru qu'elle serait ta chute ?

Thésée avait tort.

Cette bague incarnait l'espoir d'Hadès ; même s'il ne pouvait la tenir, même si elle était entre les mains de son ennemi.

– Perséphone viendra, déclara-t-il d'une voix calme alors que ses paupières devenaient lourdes.

Il en était sûr et certain.

– Je sais, répondit Thésée en refermant ses doigts sur la bague.

Il avait parlé d'un ton joyeux qui donna la nausée à Hadès ; mais peut-être était-ce à cause du filet pesant et de sa blessure.

– Elle t'anéantira, promit-il au demi-dieu, car sa certitude enflait dans sa poitrine.

Tu réduirais le monde en cendres pour moi ? Je vais le détruire pour toi, avait-elle dit juste avant de déchirer son royaume en lambeaux au nom d'un amour qu'elle pensait perdu.

Thésée voyait leur amour comme une faiblesse, mais il découvrirait bientôt combien il avait tort.

Chapitre III

PERSÉPHONE

– Où est mon mari ? demanda Perséphone.

Hermès et Apollon se regardèrent d'un air inquiet, mais personne ne répondit.

Plus le silence durait, plus Perséphone paniquait.

– Hécate ? demanda-t-elle en se tournant vers la triple déesse dont la mine troublée ne fit rien pour la rassurer. Tu peux trouver sa trace ? ajouta Perséphone d'un ton plein d'espoir en avançant d'un pas vers elle.

Hécate avait une expression étrange et terrifiante qui remplit la jeune déesse d'une crainte oppressante.

Hécate secoua la tête.

– J'ai essayé, Perséphone.

– Mais non ! Quand ?

Elle refusait de le croire, mais elle savait que quelque chose n'allait pas. Elle avait toujours pu percevoir la magie d'Hadès, mais cette sensation avait disparu et le vide la faisait trembler.

– Perséphone… commença Hermès en marchant vers elle.

– Ne me touche pas ! aboya-t-elle en le fusillant du regard.

Elle ne voulait pas de leur réconfort. Elle ne voulait pas de leur pitié.

Car cela rendrait le problème réel.

Ses yeux se remplirent de larmes.

Perséphone avait appris à attendre certaines vérités ; l'aube viendrait et la nuit tomberait, la vie précédait la mort, l'espoir suivait le désespoir. Elle avait appris qu'Hadès serait toujours à ses côtés, et en son absence, le monde ne lui semblait plus tourner rond.

– Je veux mon mari, dit-elle avant qu'un cri brutal jaillisse de sa gorge.

Elle se couvrit la bouche comme pour le contenir, puis elle disparut, se téléportant dans son bureau de la Tour Alexandria où elle avait laissé Hadès dans un entremêlement de sa magie. Elle savait qu'il n'y serait pas. Elle savait que sa magie n'était assez forte que pour le contenir quelque temps. Pourtant, elle avait conservé un peu d'espoir apparemment malvenu.

Elle s'agenouilla sur le sol déchiré et toucha les lianes noires et brisées. En tendant la main, elle fut rappelée du poids de ce qui manquait.

La magie d'Hermès l'enveloppa, la prévenant qu'elle n'était plus seule.

– Thésée a pris ma bague, dit-elle.

– Dans ce cas, on peut aisément imaginer ce qui s'est passé, dit-il.

Hadès pouvait suivre la trace de la bague et il l'aurait utilisée pour retrouver Perséphone. Alors où était-il, maintenant, et pouvaient-ils la trouver à leur tour ?

– Je n'aurais pas dû le laisser, dit-elle.

Elle aurait dû l'invoquer pendant qu'elle attendait avec Sybil et Harmonie à l'hôtel, mais elle avait eu trop peur des conséquences. Cela dit, est-ce que cela aurait changé quoi que ce soit ? Perséphone n'avait pas la moindre idée d'où il avait pu être trahi.

– Tu as fait ce qui était nécessaire, dit Hermès.

– Et si ça ne l'était pas ? demanda-t-elle, et peu importait la façon dont elle l'analysait, il lui semblait toujours qu'elle n'avait pas eu d'autre choix.

Trop de menaces avaient été en jeu, comme la justice divine et la santé de Sybil – mais tout ce qui inquiétait Perséphone, désormais, était de savoir si elle avait assigné Hadès à un sort terrible.

– Ce n'est pas important, dit Hermès. Ce qui est fait est fait.

Elle savait qu'il avait raison. Leur seule option était d'aller de l'avant.

Elle se leva et se tourna vers le dieu qui était devenu un de ses amis les plus proches.

– Trouve mon mari, Hermès. Fais le nécessaire.

Il l'étudia un instant, son beau visage à la fois doux et sévère.

– Tu as conscience de ce que tu me demandes, Sephy ?

Elle fit un pas vers lui en soutenant son regard doré.

– Je veux que le sang coule, Hermès. J'en remplirai les rivières tant qu'on ne l'aura pas retrouvé.

Thésée allait bientôt découvrir qu'il avait volé trop près du soleil.

Hermès sourit.

– J'aime cette Sephy vengeresse, dit-il. Elle est flippante.

Elle tourna la tête vers la lueur rougeâtre de l'autre côté de la porte. Elle sortit de son bureau et avança vers la baie vitrée de la salle qui dominait Nouvelle Athènes.

L'horizon brillait d'une lumière vive qui parut à Perséphone semblable à celle d'un feu. Elle n'avait jamais pensé voir le soleil comme une menace, mais aujourd'hui, il lui semblait qu'elle était à l'aube d'un monde nouveau et terrible.

L'ironie était que personne d'autre ne connaîtrait l'horreur de sa nuit.

Aujourd'hui, les mortels se réveilleraient et découvriraient que la neige ne tombait plus, que les nuages qui avaient plombé le ciel pendant des semaines s'étaient éloignés. Les médias parleraient en boucle de la colère désormais terminée des Olympiens et supposeraient que la bataille en dehors de Thèbes avait servi à mettre fin à la tempête de Déméter.

– Ai-je tort d'en vouloir aux mortels d'ignorer l'horreur que nous avons vécue cette nuit ?

– Non, dit Hermès. Mais je ne crois pas que ce soit ça qui te mette en colère.

Elle tourna la tête vers lui, mais il était à deux ou trois pas derrière elle.

– Que sais-tu de ma colère ?

– Tu n'aimes pas que les croyances soient nourries par des mensonges. Tu le vois comme une injustice.

Il n'avait pas tort.

C'était la raison pour laquelle Thésée et son mouvement composé de demi-dieux et de mortels impies la mettaient tellement en colère. Or Hélène, qui avait un jour été son assistante fidèle, n'avait fait qu'aider à perpétuer ces mensonges avec ses articles de presse. Et ses histoires comportaient juste assez de vérité pour qu'elles soient crédibles.

– Thésée dirait que c'est ça, le pouvoir, dit-elle.

– Ça l'est, acquiesça Hermès. Mais il y a du pouvoir dans beaucoup de choses.

Elle resta silencieuse et appuya ses doigts sur le verre froid, dessinant les contours des immeubles de Nouvelle Athènes.

– Ils pensent que j'ai menti, dit Perséphone.

Juste avant que tout ne vire au désastre, avant que Sybil disparaisse, avant l'avalanche et la bataille qui avait suivi, avant que Thésée troque sa Faveur contre l'obéissance de Perséphone, Hélène avait décidé de révéler la divinité secrète de Perséphone et l'avait accusée de tromper la Nouvelle Grèce.

De bien des manières, elle l'avait fait pile au bon moment. Elle savait que le monde en viendrait à admirer Perséphone et à lui en vouloir aussi, à la fois parce qu'elle avait écrit des articles controversés au sujet des dieux mais également parce qu'elle avait capturé l'attention du reclus notoire qu'était le dieu des Morts.

Quelque part, elle s'était fait aimer d'un public de mortels qui s'identifiaient à elle. Et maintenant, ils se sentaient trahis.

– Alors raconte la vérité, dit Hermès.

Elle leva la tête et regarda le dieu de la Ruse dans son reflet.

– Est-ce que ça suffira ?

– Il le faudra bien. C'est tout ce que tu peux offrir.

Cela lui semblait bête de se soucier de ce que pensaient les gens après tout ce qui était arrivé au cours des dernières quarante-huit heures ; mais pour les mortels, le monde n'avait pas changé. Ils exigeraient des réponses aux accusations d'Hélène, ignorant l'agonie de Perséphone, l'absence d'Hadès et les actes de terrorisme de Thésée.

Elle resta silencieuse un moment, puis elle se tourna vers Hermès.

– Invoque Ilias, dit-elle. Nous avons du travail.

Avant toute chose, elle devait aller voir Sybil et Harmonie.

***

Perséphone rentra aux Enfers et trouva ses amies dans la suite de la Reine. Harmonie dormait dans son lit, Sybil était allongée à ses côtés, les yeux grands ouverts, observant sa petite amie comme si elle craignait qu'elle cesse de respirer en ne la regardant plus.

Perséphone connaissait cette peur.

Quand elle apparut, Sybil leva la tête et chuchota son nom, se levant pour se jeter dans ses bras. L'Oracle fondit en larmes et s'agrippa à la déesse.

– Je suis tellement désolée, Sybil, dit Perséphone à voix basse, ne voulant pas réveiller Harmonie.

Sybil recula juste assez pour la regarder dans les yeux. Les siens étaient rouges et son visage était strié par les larmes.

– Ce n'est pas ta faute, parvint-elle à dire d'une voix tremblante.

Perséphone se sentait responsable. L'inverse était difficile puisque Thésée l'avait ciblée pour son amitié avec la déesse du Printemps.

– Qu'est-ce qui s'est passé ? demanda-t-elle.

Sybil déglutit et tourna la tête vers Harmonie. En apparence, elle était presque guérie. À l'évidence, Sybil ou Hécate avaient fait de leur mieux pour enlever la terre et le sang sec de son visage, même si ses cheveux pâles en étaient encore couverts.

– Ils sont venus dans la nuit, sans faire de bruit. Je ne crois pas qu'ils s'attendaient à ce qu'on se réveille dès qu'ils se sont téléportés chez nous, mais c'est ce qui s'est passé. J'étais en train de rêver de mort, et Harmonie a senti leur magie.

– Alors c'étaient des demi-dieux ?

– Deux d'entre eux seulement. Ils ont dû faire entrer leurs hommes une fois qu'ils étaient dans l'appartement.

– Ils étaient combien, au total ? demanda Perséphone.

Sybil secoua la tête en haussant une épaule.

– Je ne suis pas sûre. Cinq ou six.

Cinq ou six hommes, juste pour capturer Sybil. Perséphone avait appris de Thésée qu'ils n'avaient pas su qu'Harmonie serait là, et c'était seulement parce qu'elle avait résisté qu'elle avait été blessée à ce point.

– Ils sont venus pour blesser, Perséphone, dit Sybil. Pas juste moi, mais toi aussi.

Perséphone le savait, et cela la rendait malade. Elle avait du mal à imaginer que pendant qu'elle marchait vers l'amour de sa vie pour l'épouser, ses amies souffraient entre les mains de demi-dieux dérangés.

– Tu as vu Hélène ? demanda-t-elle.

Elle le devait, car elle avait besoin de savoir à quel point son ancienne amie était mêlée aux affaires de Thésée, quels plans elle l'aidait à exécuter et si elle avait ressenti quelque chose en les regardant souffrir.

D'une certaine façon, Perséphone s'en voulait. C'était elle qui avait encouragé Hélène à écrire au sujet de la Triade après qu'elle avait montré un intérêt pour l'organisation. Perséphone savait à présent quel genre de personne elle était : elle n'avait de loyauté qu'envers elle-même.

– Non, chuchota Sybil.

La mâchoire de Perséphone se crispa. Elle n'avait eu envie de se venger qu'une poignée de fois dans sa vie, et celle-ci en faisait partie. Étant donné ce qu'elle ressentait maintenant, avec cette rage qui bouillonnait en elle, elle ne savait dire ce qu'elle ferait quand elle reverrait Hélène, mais la réalité était que Perséphone avait déjà franchi une ligne. Elle avait tué sa mère, même si ça n'avait pas été son intention.

Tuerait-elle Hélène, si elle en avait l'occasion ?

– Elle ne guérit pas, dit Sybil après un long silence.

Perséphone tourna vite la tête vers la déesse.

– Comment ça ?

– Hécate dit que quelle que soit l'arme avec laquelle elle a été poignardée, elle l'empêche de guérir. Quand je lui ai demandé pourquoi, elle a dit qu'elle ne savait pas.

L'estomac de Perséphone se noua. Hécate savait toujours.

– Et toi ? demanda Perséphone en baissant les yeux sur la main de Sybil, entourée de bandage après que Thésée lui avait coupé deux doigts.

Le demi-dieu l'avait mutilée sans hésiter, illustrant combien il était dangereux.

– Je guérirai, dit Sybil avant de marquer une pause. Hécate a dit qu'elle pouvait *restaurer* mes doigts, mais j'ai dit non.

Les yeux de Perséphone s'embuèrent et elle déglutit, tentant de se débarrasser du nœud dans sa gorge.

– Je suis tellement désolée, Sybil.

– Tu n'as aucune raison de t'excuser, Perséphone. Il est difficile de savoir quel mal existe dans le monde jusqu'à ce qu'il nous trouve.

Perséphone se souvenait d'un temps où elle pensait connaître le mal, quand sa mère l'avait convaincue qu'il se trouvait dans les ténèbres d'Hadès qui s'immisçaient dans le monde depuis son royaume, influençant chaque terreur, chaque fléau, chaque péché.

Toutefois, le mal n'a pas d'effet sans maître et, au cours des dernières heures, Perséphone avait découvert le véritable mal. Il ne ressemblait ni à son époux ni même à sa mère. Il n'était pas ténébreux et il n'incarnait pas la mort.

Il se trouvait dans le plaisir que prenait Thésée à être cruel, et elle détestait que le mal ait envahi sa vie et qu'il envahisse bientôt le monde.

– On trouvera un moyen de guérir Harmonie, Sybil. Je te le promets, dit-elle.

Sybil lui sourit.

– Je te fais confiance.

Et même si elle l'avait dit, si elle l'avait promis, Perséphone aurait aimé ressentir un peu de cette certitude.

Elle les laissa se reposer, et partit sans être rassurée. Sans doute Harmonie avait-elle été poignardée avec une lame trempée dans du venin d'Hydre. Hadès lui avait dit que cela ralentissait la guérison et que des blessures trop nombreuses pouvaient tuer un dieu, comme ça avait été le cas de Tyché.

Peut-être qu'Harmonie avait besoin d'un peu plus de temps pour se reposer avant de guérir ?

Ou peut-être était-ce un vœu pieux…

La poitrine de Perséphone était comprimée par son appréhension. Elle se rendit au bureau d'Hadès. Une part d'elle espérait l'y trouver, l'attendant, assis à son bureau ou debout près du feu, mais quand elle ouvrit la porte, elle n'y trouva que ses amis, Hermès et Ilias, Charon et Thanatos, Apollon et Hécate.

Elle avait beau les adorer, ils n'étaient pas Hadès.

– Parlez-moi de ceux qui se sont échappés, dit-elle alors que son appréhension se changeait en peur.

Il y eut un silence pesant avant que Thanatos réponde.

– Ils sont peu, Milady. Mais on compte Cronos parmi eux.

Cronos était le dieu du Temps, en particulier de sa nature destructrice. Elle ne savait pas précisément ce que cela impliquerait pour le monde des vivants, mais elle s'en occuperait plus tard. Dans l'immédiat, ils devaient élaborer une stratégie concernant les menaces imminentes.

– Et les autres ? demanda-t-elle.

Elle vit Thanatos hésiter avant de répondre.

– Les autres sont mon frère et Prométhée.

Perséphone haussa les sourcils, mais elle ne pouvait se dire surprise qu'Hypnos en ait profité pour fuir les Enfers. Elle n'avait rencontré le dieu du Sommeil que récemment, et il n'avait pas caché qu'il ne résidait pas aux Enfers par choix. Il avait été relégué aux ténèbres par Héra, qui lui en voulait pour l'échec de ses tentatives de renverser Zeus.

– Tous les autres fugitifs du Tartare ont été capturés, dit Charon. Nombre d'entre eux n'ont pas été plus loin que le Styx.

Perséphone n'était guère étonnée. La rivière était infranchissable sauf par bateau. Elle l'avait découvert à ses dépens quand elle avait tenté de la traverser à la nage lors de sa première visite aux Enfers. Les morts qui vivaient dans ses eaux l'avaient entraînée vers le fond et, sans Hermès, elle se serait noyée.

Perséphone regarda Hécate, qui connaissait les Titans mieux que personne.

– Que signifie la fuite de Cronos et de Prométhée ?

– Cronos est un dieu vengeur, mais il n'agira pas tout de suite, expliqua la sorcière. Il a besoin de fidèles pour être efficace, et il le sait. Quant à Prométhée, il est plutôt inoffensif. La véritable question est : Que feront les Olympiens quand ils apprendront qu'ils se sont échappés ?

Perséphone présuma qu'ils ne seraient pas ravis. Si un bon nombre avaient combattu auprès d'elle et Hadès, la moitié d'entre eux les avait affrontés, même si elle ne les pensait pas motivés par la même chose. Certains, comme Arès, cherchaient simplement à assouvir leur soif de sang.

Pour ce qui était de Zeus, il avait voulu mettre fin à la prophétie de son Oracle. Pyrrha avait annoncé que l'union d'Hadès et Perséphone produirait un dieu plus puissant que Zeus lui-même. Si le dieu du Ciel avait réussi à déjouer des prophéties similaires, elle se demandait désormais s'il avait peut-être mal compris celle-ci. Était-il possible que Cronos soit le dieu destiné à devenir plus puissant que Zeus en revenant au monde, furieux d'avoir été emprisonné au Tartare ?

– On a combien de temps ? demanda Perséphone.

– Si je devais le deviner, je dirais que Thésée va utiliser Hadès pour forcer Cronos à sortir de sa cachette, dit Hécate. Plus vite on l'aura trouvé, mieux se sera.

La peur glaça le cœur de Perséphone. Elle ne voulait pas imaginer ce que cela signifiait pour Hadès.

– Thésée a ma bague, dit-elle. Tu peux suivre sa trace ?

– Je vais essayer, répondit Hécate.

Fais mieux que ça, eut envie de répondre Perséphone, mais elle savait qu'Hécate ne faisait que prendre des précautions. La déesse ne voulait pas faire de promesses alors qu'elle ne pouvait pas même sentir la magie d'Hadès.

Perséphone se tourna vers les autres.

– En attendant, je veux les hommes de Thésée, dit-elle. Je les torturerai un par un jusqu'à ce que l'un d'eux révèle où est Hadès.

– On s'en occupe, Seph, dit Apollon.

– Nous le ramènerons à la maison, Milady, ajouta Ilias.

Elle déglutit et ses yeux se remplirent de larmes.

– Promets-le-moi, dit Perséphone d'une voix tremblante.

– Hadès est mon roi, et tu es ma reine. J'irai jusqu'au bout du monde pour te le ramener… pour nous tous.

– J'ai juste une question, dit Hermès en dégainant son épée, l'air menaçant. Tu les veux morts ou vivants ?

– Laisse-les choisir leur sort. Quoi qu'ils choisissent, ils viendront à moi.

Ses propos la firent frissonner ; ils étaient semblables à ceux qu'Hadès avait prononcés le soir de leur rencontre.

Chérie, je gagne d'une façon ou d'une autre.

Perséphone frémit de plus belle quand Hermès sourit.

– Ça marche, ma reine.

Tout le monde partit, sauf Hécate, qui vint à elle et prit ses mains dans les siennes.

– Vas-tu te reposer, ma chère ?

Perséphone n'était pas certaine d'en être capable. Elle ne voulait même pas voir sa chambre et affronter une nuit sans Hadès.

– Je crois… que je devrais voir ma mère, dit-elle.

– Tu es sûre ?

Cela semblait à Perséphone la meilleure alternative. Si elle se retrouvait seule, ses pensées entameraient une boucle incessante, lui rappelant toutes les façons par lesquelles elle avait échoué et tout ce qu'elle aurait dû faire différemment ; non seulement pour sauver Hadès mais sa mère aussi.

Elle avait tué Déméter.

Elle ne se rappelait même pas comment c'était arrivé, seulement ce qu'elle avait ressenti : elle avait été en colère et désespérée de mettre fin à l'attaque portée sur le monde par sa mère.

Cependant, rien n'excusait le *meurtre*.

Cela lui paraissait irréel, et elle n'était pas encore certaine de savoir comment vivre après avoir commis un acte aussi terrible, mais peut-être que voir sa mère aux Enfers l'aiderait.

– Je veux la voir tout de suite.

Hécate hocha la tête d'un air solennel et Perséphone eut l'impression que si elle ne la contredisait pas, c'était parce qu'elle connaissait le fond de sa pensée.

Elle laissa Hécate les téléporter.

Perséphone n'avait pas réfléchi à l'endroit où sa mère irait aux Enfers. Quand Tyché était morte, Hadès lui avait expliqué que les dieux lui venaient sans pouvoir, et il leur donnait souvent un rôle dans son royaume selon ce qui les avait troublés de leur vivant.

Tyché avait toujours voulu être mère, alors elle était devenue gardienne du Jardin d'Enfants. Déméter avait aussi voulu être mère, mais lui attribuer un rôle aux côtés de Tyché était une trop grosse récompense après tout ce qu'elle avait fait. Perséphone n'était pas certaine de vouloir que Déméter soit condamnée au Tartare, non plus, mais peut-être était-ce parce qu'elle se sentait coupable de sa mort.

Elle décida de se préparer pour cette option, mais quand elles apparurent, ce fut dans l'herbe dorée des Champs Élysées. Elle regarda Hécate, puis la vaste étendue d'herbe parsemée d'arbres luxuriants sous le ciel azur. Des âmes étaient éparpillées ici et là, vêtues de blanc, déambulant au gré d'une existence quasi sans but, sans souvenir de la vie qu'elles avaient menée dans le monde des vivants.

C'est nécessaire, lui avait dit Thanatos, *pour guérir l'âme.*

Perséphone avait appris ce que cela signifiait quand Lexa était arrivée aux Enfers. Elle avait eu la chance de la voir alors qu'elle venait de traverser le Styx, et elle chérissait les quelques minutes qu'elle avait eues avec sa meilleure amie avant que celle-ci boive dans le Léthé et devienne quelqu'un d'autre.

– Hécate, chuchota Perséphone, la gorge nouée par une émotion qu'elle n'avait pas anticipée. Pourquoi est-on aux Champs Élysées ?

Elle posait cette question tout en connaissant déjà la réponse.

– Il y a des traumatismes avec lesquels une âme ne peut pas vivre, dit Hécate. Même dans la mort, même en étant un dieu.

Des larmes coulèrent sur les joues de Perséphone et elle ne les arrêta pas.

– Avec quoi ne supportait-elle pas de vivre ? demanda Perséphone, sentant le sel de ses larmes sur ses lèvres.

La version de sa mère qu'elle avait confrontée au Musée de la Grèce antique n'éprouvait aucun remords pour le mal qu'elle avait fait. Elle se fichait que sa tempête ait tué des milliers de mortels, se fichait que sa magie ait été responsable de la mort de Tyché.

Je détruirai ce monde autour de toi, avait-elle dit.

Hécate ne répondit pas, mais Perséphone supposa qu'elle n'avait pas besoin de le faire. Quoi qu'elles aient à dire au sujet de la vie de Déméter, cela n'avait plus d'importance. Le fait était que les juges avaient reconnu que son âme avait fané sous le poids de sa culpabilité.

Perséphone ne comprenait pas pourquoi, mais le réaliser était encore plus douloureux. Cela montrait combien Déméter s'était perdue.

Sa spirale destructrice avait-elle commencé avec le viol de Poséidon ? Une part de Perséphone avait envie de le savoir, avait envie de venger la mère qu'elle avait perdue, celle que Déméter était devenue.

– Chercher des réponses à la manière dont ta mère a vécu ne sert à rien, dit Hécate.

– Comment le sais-tu ? demanda Perséphone.

Elle ne remettait pas souvent en question la déesse de la Sorcellerie, mais cette fois elle ne put s'en empêcher.

– Parce que tu as déjà toutes les réponses, dit Hécate. Son âme guérira avec le temps, tout comme la tienne. Peut-être pourras-tu alors comprendre, ou au moins accepter.

– Où est-elle ? demanda Perséphone en scrutant la plaine.

Hécate ne répondit pas, car la jeune déesse venait de trouver sa mère. Elle reconnut ses longs cheveux raides, de la même couleur que l'herbe dorée à ses pieds. Elle lui parut petite et fragile, maintenant qu'elle avait perdu l'autorité qu'elle affichait de son vivant.

Perséphone laissa Hécate et marcha vers elle. Elle garda ses distances, la contournant pour observer son visage. C'était la première fois qu'elle voyait Déméter sans son regard critique, sans la sévérité qui avait sculpté ses traits en un masque de dédain.

Déméter leva la tête vers Perséphone et ses lèvres douces esquissèrent un sourire gentil. Pourtant son geste chaleureux n'atteignit pas ses yeux – des yeux qui avaient, de son vivant, pris des teintes noisette, verte ou dorée selon son degré de colère. Maintenant, ils étaient simplement jaune pâle comme du blé, et ils n'exprimaient pas le moindre signe de reconnaissance.

– Bonjour, dit-elle doucement.

Perséphone essaya de se racler la gorge pour la dénouer, mais sa voix resta rauque.

– Bonjour, dit-elle.

– Êtes-vous la reine de ce royaume ? demanda Déméter.

– Je le suis. Comment l'avez-vous su ?

Déméter fronça les sourcils.

– Je ne sais pas, admit-elle avant de détourner les yeux pour regarder au loin.

Quand elle reprit la parole, sa voix avait pris une tonalité émerveillée.

– C'est paisible, ici.

C'était sans doute égoïste, mais Perséphone aurait aimé ressentir la même chose.

Elle quitta brusquement les Champs Élysées et se retrouva dans la chambre peu éclairée d'Hadès. Il n'y avait pas de feu pour réchauffer l'atmosphère et réduire l'obscurité, et dans cette pièce froide dépourvue de vie, Perséphone s'effondra par terre, en sanglots.

Chapitre IV

HADÈS

Hadès se réveilla avec une sensation de brûlure transperçant sa taille. Il rugit de douleur et se força à ouvrir les yeux, juste à temps pour voir Thésée retirer deux doigts de la plaie qu'il lui avait infligée avec la faux de Cronos.

– Bien, tu es réveillé, dit-il.

Hadès serra les dents en fusillant le demi-dieu du regard, les yeux larmoyants. Il avait envie de parler, de l'insulter, mais ses mots étaient coincés par le nœud dans sa gorge.

– Pardonne-moi, poursuivit Thésée en regardant ses doigts ensanglantés, mais mes appels ne t'ont pas réveillé.

C'est seulement quand Thésée se leva qu'Hadès se rendit compte qu'il était dans une position différente de celle dans laquelle il s'était endormi. Il ne pendait plus d'une chaîne au plafond, mais était assis par terre. L'immense filet qui l'avait enveloppé avait disparu, remplacé par un autre qui ressemblait plus à une chasuble. Mais Hadès continuait de sentir son poids ainsi que sa façon de le vider de son énergie, comme si le filet possédait des crocs qui étaient plantés dans son âme.

– Viens, Olympien, tu vas te rendre utile pour mériter de rester en vie, dit Thésée.

Hadès dut lutter contre son envie de rester où il était. Il n'aimait pas recevoir d'ordres, surtout de la part d'un demi-dieu arrogant, mais il devait admettre qu'il était curieux de découvrir où il était et voulait saisir toutes les occasions d'observer les lieux et d'élaborer un plan pour s'enfuir.

Il se leva malgré ses membres qui tremblaient.

Thésée ne le fit pas sortir de sa cellule tout de suite. Au lieu de ça, il étudia le dieu des Morts, le reluquant des pieds à la tête.

– Tu m'admires, Thésée ? siffla Hadès, à bout de souffle.

– Oui, dit le demi-dieu, attendant qu'Hadès le regarde dans les yeux pour poursuivre. T'es-tu déjà senti aussi faible ?

Hadès fronça les sourcils et Thésée esquissa un bref sourire avant de se tourner pour ouvrir une porte presque invisible.

– Même toi, tu dois admettre que notre technologie t'impressionne, non ? poursuivit le demi-dieu en entrant dans un couloir étroit qui n'était guère plus éclairé que la cellule d'Hadès.

Hadès pouvait sentir la poussière de sable dans l'air, et une odeur de renfermé envahit ses narines, pénétrant dans sa gorge de sorte qu'il lui était encore plus dur de respirer qu'en étant sous le filet.

– *La vôtre* ? rétorqua Hadès. Ça ressemble au travail d'Héphaïstos et ça sent la magie de Déméter.

– Mais qu'est-ce que la technologie si ce n'est l'évolution de ce qui existe déjà ? répondit Thésée.

– Je ne te savais pas si intellectuel, marmonna Hadès.

Il aurait parlé plus fort, mais sa voix dépendait de la douleur dans ses poumons, et il préférait garder ses forces.

– Il y a beaucoup de choses que tu ne sais pas à mon sujet, Oncle.

Hadès grimaça qu'il lui rappelle son lien de parenté, même s'il savait que Thésée cherchait seulement à se moquer de lui. Hadès ne ressentait aucun lien avec le demi-dieu ni la moindre affection, mais il se tut et se concentra plutôt sur ce qui l'entourait.

Ils se trouvaient dans un long couloir et Hadès ne pouvait voir que deux ou trois pas plus loin, quelle que soit la direction dans laquelle il regardait. Une lumière orange flottait dans l'air comme du brouillard, créant des poches d'obscurité. Le sol était sableux et les hauts murs étaient bâtis de pierres lisses qui disparaissaient dans le noir qui les surplombait. Ce dont Hadès était le plus conscient, c'était le froid ; un froid familier qui s'agrippait à lui et le glaçait jusqu'à la moelle.

Il était dans le labyrinthe où il avait combattu le Minotaure.

– Dédale était un génie, n'est-ce pas ? remarqua Thésée.

– C'est un homme qui s'est rendu utile, répondit Hadès en gardant ses distances tout en suivant Thésée.

Il était vrai que Dédale avait été considéré comme l'un des inventeurs les plus brillants de son époque. Il avait été engagé par le roi Minos pour construire ce labyrinthe comme prison pour le Minotaure, une créature mi-taureau mi-humaine dont la femme du roi, Pasiphaé, avait accouché. La créature existait seulement parce que Dédale avait également construit la vache de bois qui avait permis qu'elle s'accouple avec un taureau après que Poséidon lui avait jeté un sort pour qu'elle le désire.

– Il a vu une opportunité, dit Thésée. Même toi, tu dois le respecter.

– Je ne suis pas tenu de respecter qui que ce soit, répondit Hadès.

Dédale était un narcissique qui avait tenté d'assassiner son propre neveu quand il avait compris que son génie menaçait le sien.

Thésée gloussa.

– Oh, Hadès, je frémis de savoir ce que tu penses de moi.

– Tu le sais très bien.

Le demi-dieu ne répondit pas et Hadès apprécia le silence. Il avait toujours détesté parler, mais c'était vraiment épuisant, maintenant. En suivant Thésée, il ouvrit et ferma les mains et se rendit compte qu'il pouvait bouger les bras. Le filet lui écrasait le torse, le dos et le ventre, mais il ne l'empêchait pas de bouger les bras et, s'il savait qu'il ne pourrait échapper sans aide, il comptait quand même essayer.

Thésée gloussa, mais quand Hadès leva la tête, le demi-dieu regardait devant lui, avançant tranquillement dans les couloirs.

– Tu ne feras que t'épuiser à essayer de l'enlever, dit-il. Autant préserver tes forces, tu en auras besoin.

Hadès fusilla du regard le crâne de Thésée, imaginant ce qu'il ressentirait en le brisant avec une pierre.

Après la mort de Tyché, Hadès était allé voir Héphaïstos pour en apprendre davantage au sujet de sa création, conscient que le filet était une grande menace pour les dieux étant donné sa capacité à immobiliser et suffoquer leurs pouvoirs. Hadès avait demandé au dieu du Feu de forger une arme capable de le couper, mais il n'avait pas pu l'obtenir avant d'être capturé.

Il était furieux d'être tombé dans un tel piège. Il n'avait pas hésité une seconde quand il était parti à la recherche de Perséphone, de la bague que Thésée gardait en sa possession. Il essaya d'en sentir l'énergie, celle des pierres qu'il avait choisies pour représenter leur avenir ensemble, mais il ne percevait que le froid du labyrinthe, dans lequel il se perdait un peu plus à chaque minute qu'il y passait. Ils marchaient parfois tout droit pendant longtemps, puis ils tournaient plusieurs fois d'affilée pour emprunter des passages plus courts.

Hadès se demandait comment Thésée se guidait dans le dédale de couloirs, car il avançait d'un pas confiant. Peut-être avait-il mémorisé le chemin ; il était assurément assez psychotique pour le faire.

Ils arrivèrent enfin dans une partie du labyrinthe qui était en ruine et dont les murs étaient cassés et écroulés.

– C'est une partie du labyrinthe d'origine, dit Thésée. J'avais l'intention de le finir avant ton arrivée, mais en fait, je pense que c'est mieux que ce soit toi qui finisses de construire la prison dans laquelle tu es piégé.

Hadès observait les ruines qui, malgré leur état, révélaient combien l'édifice avait été grandiose. Il baissa les yeux sur Thésée.

– Et comment proposes-tu que je le fasse ? demanda Hadès.

– J'ai fourni tous les outils nécessaires.

Hadès dévisagea le demi-dieu qui faisait exprès d'ignorer ce qui était flagrant : le filet qui le couvrait l'affaiblissait.

– Et tu souhaites que je fasse ça… pourquoi ? demanda Hadès. Pour me regarder faire ?

– Que vas-tu faire d'autre en attendant d'être sauvé ? se moqua Thésée. Rêver de ta femme ?

Hadès grinça si fort des dents qu'il en eut mal à la nuque. Il finit néanmoins par se détendre et regarda son ennemi en penchant la tête sur le côté.

– Tu devrais croire davantage en toi, Thésée. Tu as largement mérité d'occuper une place prépondérante dans mes pensées.

– Quel honneur ! dit Thésée avant de désigner d'un hochement de tête les outils à ses pieds. Tu ferais mieux de commencer. On me dit qu'il faut plusieurs jours aux briques de terre pour sécher.

Le demi-dieu s'apprêtait à lui tourner le dos, mais il s'arrêta.

– Je retirerai une pierre de la bague de ton amante chaque fois que tu t'arrêteras. Et quand il n'y en aura plus, je les réduirai en poussière et te forcerai à les avaler.

Thésée disparut dans le noir, et Hadès se retrouva seul. Il avait beau savoir qu'Héphaïstos pouvait fabriquer d'autres bagues, la destruction de celle-ci par Thésée lui donnait l'impression que cela marquerait sa victoire.

C'est cette pensée qui motiva Hadès à commencer.

Il scruta les matériaux qu'il lui avait donnés : une auge d'eau, une gerbe de blé, un seau, une boîte en bois qui servirait de moule pour les briques. Il n'avait rien pour couper le blé, ce qui impliquait qu'il n'avait rien qui pourrait lui servir d'arme.

Il lui faudrait tout faire à la main.

Hadès avait conscience que c'était un travail futile. Il ne s'agissait pas de finir le mur mais de le ridiculiser, même si Hadès n'avait pas besoin de ça pour se sentir honteux. Il s'était senti coupable dès que Perséphone avait passé la porte avec Thésée, à la Tour Alexandria.

Il n'aurait jamais dû accorder de Faveur au demi-dieu, mais c'était la seule récompense que Thésée avait acceptée en échange de la relique volée par un mortel. Or la demande n'avait pas été injuste, car Sisyphe s'était servi de la relique pour dérober leur vie aux mortels et, si Hadès s'était douté que Thésée utiliserait sa Faveur à des fins infâmes, il n'avait pas anticipé qu'il s'en servirait pour le séparer de Perséphone.

Pourquoi ? Il ne comprenait toujours pas ce qui s'était passé en son absence, mais il savait que Thésée avait réussi à entrer aux Enfers, qu'il possédait le Casque de Kunée et qu'il avait libéré Cronos du Tartare. Et si Hadès ne savait pas ce que cela impliquait pour l'avenir de la Nouvelle Grèce, il serait capable de l'accepter du moment que Perséphone allait bien.

Je vais bien.

Sa voix était tellement proche que son cœur accéléra et il se tourna, s'attendant à ce qu'elle soit juste derrière lui ; mais il ne vit rien que des volutes de poussière tourbillonnant dans l'obscurité.

Il grinça des dents, plus frustré que jamais. Il ne serait pas surpris d'apprendre que Thésée avait inventé une sorte d'illusion pour le distraire et avoir la satisfaction de mettre sa menace à exécution.

La voix de Perséphone résonnant dans sa tête, Hadès balaya les gravats du mur dans son seau pour l'ajouter à la mixture.

Quand il eut fini, il s'accroupit et plongea les doigts dans le sol sableux, qui lui rappelait le sable cendré des Enfers. Alors que les grains glissaient sous ses ongles, il se rappela Perséphone agenouillée devant le parterre vierge qu'il lui avait donné dans son jardin. Elle avait été furieuse d'être piégée dans un marché et encore plus furieuse de découvrir la beauté de son royaume. Elle n'avait beau être qu'une illusion, ça n'avait fait que lui rappeler son incapacité à invoquer et sentir sa magie.

Quand elle s'était relevée, il l'avait embrassée pour la première fois. Il se souvenait encore de la sensation de son corps entre ses bras, de son goût de vin et de roses sucrées. Il s'était laissé envoûter par sa perfection, tout comme il se laissait envoûter par son souvenir, maintenant.

– Quel privilège que de trouver le dieu des Morts à genoux ! dit la voix de Perséphone.

Sur le qui-vive, Hadès savait que c'était une ruse de Thésée pour le torturer. Il ignora la voix et la façon dont les mots enserraient douloureusement son cœur. Il se concentra de plus belle sur sa tâche, mettant le sable dans le seau pour le mélanger à l'eau et au blé, mais il vit soudain quelque chose, du coin de l'œil. C'était le mouvement d'une robe blanche et, quand il regarda, il découvrit qu'il était agenouillé aux pieds de Perséphone.

Il la dévisagea, le souffle coupé. Elle était plus belle que jamais avec ses boucles dorées et sauvages dans son dos et ses taches de rousseur sur sa peau transparente. Il avait envie d'embrasser chacune d'elles.

– Tu n'es pas réelle, dit-il.

Elle éclata de rire en fronçant légèrement les sourcils.

– Je suis réelle, répondit-elle en faisant un pas vers lui. Touche-moi.

Il détourna le regard, scrutant les ruines du labyrinthe.

Quel que fût ce sortilège, c'était bien plus douloureux que la plaie à sa taille.

– Hadès, chuchota-t-elle à nouveau.

Quand il tourna la tête, elle était encore là, même si elle semblait être dans un autre royaume. Une lumière formait un halo autour d'elle, comme si le soleil brillait derrière elle.

– C'est cruel, dit-il, toujours à genoux, refusant de regarder son visage.

Au lieu de ça, il se concentra sur sa robe ample et son fin tissu tressé d'or.

– Tu ne me désires pas ? chuchota-t-elle.

Il ferma les yeux pour se protéger de sa voix triste. Quand il les rouvrit, il s'attendait à être seul, mais elle était toujours là. Il tendit la main vers sa robe et en pinça le tissu doux et bien réel.

Comment était-ce possible ?

Hadès leva la tête depuis le sol et vit sa mine inquiète.

– Perséphone… dit-il d'un ton incrédule.

Il ne pouvait plus se retenir. Il se leva et s'empara de sa bouche, empoignant sa nuque d'une main tandis qu'il plaquait l'autre en bas de son dos, les doigts écartés, l'attirant à lui autant que possible.

Il libéra sa bouche et appuya son front au sien.

– Je ne sais pas si tu es réelle, dit-il.

– Quelle importance, si on est ensemble ? répondit-elle d'une voix calme qui pénétra sa peau et le fit frissonner.

Elle posa les mains à plat sur son torse, peau contre peau, tandis que sa magie rongeait le filet et sa chemise. Peut-être vivait-il davantage un rêve qu'un sortilège.

– C'est mieux, murmura-t-elle en le caressant.

Hadès saisit ses poignets et embrassa ses paumes alors qu'elle fermait les poings.

– Laisse-moi te toucher, dit-elle.

Son regard s'illumina et se remplit d'une détermination qui lui transperça le cœur.

Ce n'était pas qu'il n'en avait pas envie. Mais il avait déjà peur de se réveiller seul.

Perséphone posa ses mains sur ses joues.

– Vis ce moment avec moi.

Il le désirait plus que tout au monde. Il voulait qu'elle occupe chaque seconde de chaque journée, il voulait qu'elle occupe toutes ses pensées et qu'elle soit toujours à ses côtés. Perséphone était l'aube de son monde, la chaleur qu'il portait dans son cœur, la lumière qui l'encourageait à regarder vers le futur.

Il l'embrassa à nouveau, puis il la souleva. Il aurait pu soupirer en sentant son poids dans ses bras, mais il plongea sa langue dans sa bouche et gémit quand son goût crispa tous ses muscles. Perséphone se tenait à son cou et Hadès saisit ses hanches, frottant son érection contre son entrejambe.

Bon sang, c'était tellement bon et elle semblait tellement *réelle*.

Elle remua contre lui et Hadès la reposa délicatement. La magie de Perséphone l'avait dévêtu et sa lourde verge pendait entre eux. Elle la toucha et effleura ses veines gorgées de sang alors qu'Hadès sentait son désir vrombir dans ses oreilles.

– Me laisseras-tu te donner du plaisir ? demanda-t-elle.

Elle n'avait pas besoin de sa permission, mais il aimait sa façon de le lui demander. Sa voix était suave et grave et ses yeux scintillaient de désir.

– Si tu le souhaites, dit-il du même ton, résistant à son besoin primitif d'empoigner ses cheveux alors qu'elle s'agenouillait devant lui.

– Je le souhaite, chuchota-t-elle, chatouillant sa verge avec son souffle.

Il sentit ses muscles se contracter et devint plus dur encore quand elle commença à le lécher. Elle promena la pointe de sa langue le long de son gland avant de taquiner son prépuce. Il inspira plusieurs fois pour se calmer, une vague de plaisir parcourait tout son corps.

Elle le prit alors dans sa bouche tout en le branlant lentement. Hadès grogna et sa poitrine se comprima au point qu'il ne pouvait plus respirer. Il pensait déjà jouir et sentait son corps approcher de l'extase, effleurant les limites de l'orgasme.

Il plongea ses doigts dans ses cheveux et elle leva les yeux vers lui en retirant sa verge mouillée et pulsante de sa bouche rouge.

– Laisse-moi jouir en toi, dit-il.

Le regard de Perséphone noircit.

– Si tu le souhaites, dit-elle.

– Oh, mais je le souhaite, grogna-t-il en la relevant.

Il l'embrassa à nouveau et promena sa bouche le long de sa mâchoire puis sur sa gorge, mordillant sa peau, suçant sa chair. Elle s'accrocha à lui en plantant ses ongles dans ses épaules. Il aimait ça, et c'est ce qui rendait tout ça encore plus réel. Il n'était pas encore certain que ça le soit, mais il s'en fichait, à présent.

Il baissa les bretelles de sa robe pour exposer ses seins, son ventre et ses hanches. Il couvrit son corps de baisers, descendant toujours plus bas en la caressant. Il prit le temps de titiller ses cuisses et d'y enfouir la tête, léchant son clitoris enflé jusqu'à ce qu'elle empoigne ses cheveux. Il remonta alors vers sa tête et la prit dans ses bras, sentant sa chaleur mouillée contre son érection, ses seins pressés contre son torse.

Piégés dans cette tension, ils se regardèrent dans les yeux.

– Tu me manques, dit-elle.

Elle effleura sa bouche du bout des doigts avant de l'embrasser. Il préférait cette distraction à la douleur qui remplissait sa poitrine. Il la porta jusqu'au mur qui lui semblait le plus haut, mais quand il voulut l'appuyer dessus, il découvrit qu'ils étaient tombés dans une mer de soie noire.

– C'est un rêve, murmura-t-il.

– Dans ce cas, c'est un rêve merveilleux, chuchota-t-elle.

Il l'embrassa avant de descendre le long de son corps, prenant son temps pour la titiller et la caresser. Elle gigotait et contractait les cuisses et quand il pressa enfin sa bouche contre son sexe chaud, il atteignit l'orgasme.

Chapitre V

PERSÉPHONE

– Oui, gémit Perséphone quand Hadès plaqua sa bouche sur son sexe.

Son corps tout entier lui semblait à vif, comme si un seul nerf était exposé tout entier au plaisir que lui procurait son toucher. Elle pouvait à peine contenir son désir pour lui, ce désir qui parcourait ses veines et bandait ses muscles.

Elle gonfla les poumons, tout son corps frémissait déjà de plaisir, mais il écarta sa chair douce et enflée avec ses doigts et elle put tout juste contrôler son soulagement de sentir une part de lui en elle.

– Oui, répéta-t-elle en baissant les yeux sur ses cuisses.

Il la regardait en prenant son clitoris dans sa bouche pour le sucer délicatement.

– Putain, gémit-elle.

Elle laissa tomber sa tête sur l'oreiller, chaque coup de langue la réchauffait un peu plus et augmentait l'intensité du plaisir qui crépitait en elle.

– S'il te plaît, supplia-t-elle, sans vraiment savoir ce qu'elle demandait.

Elle voulait jouir et sentir tout son corps se crisper sous les effets de l'orgasme. Elle y était accro, ainsi qu'à la façon dont Hadès la poussait toujours plus vers le précipice.

Il tira légèrement sur son clitoris avant de le lâcher.

– Que veux-tu, ma chérie ? chuchota-t-il d'un ton lugubre qui la fit frissonner, elle commençait pourtant à transpirer.

– Plus.

Elle avait besoin qu'il soit rapide et lent, qu'il soit plus profond, qu'il caresse ce point en elle qui l'excitait tant qu'elle pensait mourir à tout moment. Et ce fut le cas. Le plaisir la percuta comme la foudre, contractant tous ses muscles. Elle se pencha en avant et se replia sur elle-même alors que son orgasme s'abattait sur elle avant de quitter son corps en lui arrachant un gémissement grave et guttural.

C'est ainsi qu'elle se réveilla, au son de son orgasme, les mains entre les cuisses, sans signe d'Hadès.

Elle se sentit soudain honteuse et la chaleur qui avait saisi son corps disparut, la laissant avec une sensation de froid qui la poussa à ramener ses genoux sous son menton.

Dieux, cela lui avait paru si réel. Elle avait senti son poids sur elle, goûté sa langue sur la sienne, et ses lèvres étaient gercées par ses baisers. Maintenant qu'elle était réveillée, le plaisir qui contractait son bas-ventre lui donna la nausée.

Il lui semblait que c'était mal d'avoir été excitée en son absence, même si elle l'avait été à cause de son rôle dans son rêve. Le pire, cependant, était de se réveiller sans lui.

C'était un cauchemar.

Elle se leva et enfila un peignoir avant de sortir sur le balcon dans la nuit. Dehors, les Enfers paraissaient différents, mais elle ne savait pas pourquoi. Était-ce leur mariage, l'absence d'Hadès ou le fait que Thésée ait pénétré dans leur royaume par effraction ? Quoi qu'il en soit, cela la mettait à cran. Elle avait l'impression que quelque chose allait exploser d'une minute à l'autre ; que la magie qu'elle avait invoquée pour piéger Iapetus allait se fissurer et que le Titan finirait de déchiqueter son monde.

Car c'était tout ce qui lui restait : ça et l'espoir qu'elle trouverait Hadès avant que Thésée ne le livre à Cronos.

Elle prit son visage dans ses mains et les appuya à la rambarde du balcon, au bord des larmes, même si elle refusait de pleurer. Elle cligna plusieurs fois des yeux pour les repousser. Quand elle fut certaine de ne pas craquer, elle leva la tête et remarqua une lueur orange, au loin.

Elle se redressa.

Bizarre, pensa-t-elle avant de se téléporter en bordure des jardins du palais, où elle resta cachée par les arbres et d'où elle vit un feu dans le Pré de l'Asphodèle. Elle fut d'abord prise de panique et elle se téléporta à nouveau dans la vallée en contrebas, réalisant que des âmes s'étaient rassemblées autour d'un feu et s'en servaient comme source de lumière. Certains sculptaient des arcs, d'autres cousaient des pièces de cuir sur des armures et d'autres encore aiguisaient des lames.

Elle tourna la tête vers la route principale qui traversait Asphodèle, remarquant que toutes les lanternes étaient allumées, prêtant au ciel cette étrange couleur orange. Ceux qui ne travaillaient pas près du feu réparaient leurs maisons après les dégâts causés par l'ouverture du Tartare.

– Lady Perséphone !

Elle se tourna vers la voix.

– Yuri ! dit Perséphone avant de marcher jusqu'à la jeune âme pour la prendre dans ses bras.

Elle ne l'avait pas vue depuis l'assaut de la chimère et ne l'avait pas encore remerciée d'avoir distrait le monstre.

– Tu vas bien ? demanda-t-elle en reculant pour scruter son visage, ne sachant pas ce qu'elle avait affronté pendant le combat.

Yuri parut perturbée par sa question.

– Oui, Milady. Et toi ?

Perséphone ouvrit la bouche pour répondre et se rendit compte qu'elle n'avait pas les mots pour décrire ce qu'elle ressentait. Au lieu de ça, elle regarda les flammes qui crépitaient dans le pré.

– Qu'est-ce qui se passe ? Que faites-vous tous là ?

Les âmes avaient rarement besoin de dormir, mais elles tendaient à garder les mêmes routines que durant leur vie.

– On se prépare pour la guerre, dit Yuri.

C'était ce qu'avait déduit Perséphone, mais elle ne comprenait pas pourquoi.

– Après ce qui s'est passé, on s'est dit qu'il valait mieux.

Perséphone se sentit aussitôt coupable. Elle ne pouvait s'empêcher de penser qu'ils avaient choisi de le faire en partie parce qu'elle n'avait pas été capable de les protéger.

Si Hadès avait été là, les choses auraient été différentes, même si elle savait qu'elle était injuste envers elle-même. Hécate, Hermès, Apollon et elle avaient fait tout leur possible pour défendre les Enfers contre les menaces libérées par Thésée, et les âmes les avaient aidés. Sans doute voulaient-elles simplement être mieux préparées pour la prochaine attaque.

– La prochaine attaque, dit-elle à voix haute avant de se taire en regardant le Tartare.

– Que s'est-il passé, Perséphone ? demanda Yuri.

Perséphone n'était pas encore prête à répondre, car cela impliquait d'affronter la terreur des dernières quarante-huit heures.

Il lui fallut plusieurs secondes avant de pouvoir regarder dans les grands yeux de Yuri et quand elle parla, ce fut d'une voix endeuillée.

– J'essaie encore de le comprendre moi-même.

Le tintement d'un marteau frappant du métal résonna soudain dans tout Asphodèle et Perséphone se tourna vers la forge extérieure de Ian. Elle l'avait rencontré le jour où il lui avait offert une couronne, de la part des âmes. Elle avait appris plus tard qu'il avait été assassiné à cause de son talent et à cause de la Faveur qu'Artémis lui avait accordée : toutes les armes que créait le forgeron assuraient la victoire à leur détenteur.

Plusieurs âmes travaillaient à ses côtés ; certaines forgeaient des armes, pendant que d'autres frappaient le métal pour fabriquer des boucliers et des armures.

Les habitants d'Asphodèle gardaient les talents de l'époque dans laquelle ils avaient vécu. Certains avaient travaillé le bois et le cuir, d'autres le fer et l'acier ; mais peu importait leur expertise, ils partageaient tous une chose. La capacité à se préparer pour la guerre.

L'humanité ne changeait pas, et ça n'avait jamais été aussi frappant que maintenant.

Elle scruta les âmes rassemblées autour du feu et vit soudain une femme avec une longue tresse.

Perséphone fronça les sourcils et son cœur se mit à battre plus fort, elle avança.

– Zofie ?

La femme leva la tête vers Perséphone, qui ne put retenir ses larmes. Elle avait vu l'Amazone mourir d'une épée dans la poitrine. Elle avait hurlé si fort que son cri résonnait encore dans ses oreilles. Tout était arrivé si vite…

– Milady, dit Zofie en souriant jusqu'aux oreilles.

Elle s'inclina si bas qu'elle posa presque le genou à terre.

– Zofie, répéta Perséphone, marchant vers elle pour la serrer dans ses bras. Zofie, je suis tellement désolée.

L'Amazone posa les mains sur ses épaules en reculant.

– Ne t'excuse pas, ma reine. La mort m'a rendu mon honneur.

L'honneur.

C'était ce qu'elle avait cherché en étant l'Aegis de Perséphone, même si la déesse ignorait ce que l'Amazone avait fait pour être une honte pour son peuple. En fin de compte, cela n'avait pas d'importance, car Zofie avait trouvé la paix dont elle avait besoin.

Peut-être Perséphone trouverait-elle la même paix, elle n'était pas sûre que quoi que ce soit puisse guérir l'horreur de la voir mourir, même voir l'Amazone aussi heureuse dans la mort.

Perséphone regarda derrière Zofie, où Ian se tenait avec d'autres âmes, un couteau dans les mains.

– Ian, dit-elle.

– Ma reine, répondit-il en s'inclinant. Permettez-moi de vous faire présent de ce poignard.

La déesse scruta le fourreau, qui était brodé des mêmes motifs fleuris dont il avait décoré la couronne qu'il avait faite pour elle ; des roses, des lys, des narcisses et des anémones. Celles-ci grimpaient jusqu'à la garde et s'arrêtaient au pommeau, serti d'une obsidienne noire.

Elle prit l'arme dans ses mains et les joyaux qui décoraient les fleurs scintillèrent à la lumière des flammes.

– Ian, chuchota-t-elle.

– C'est un symbole de votre force, dit-il. La lame est comme vous, incassable.

Elle le regarda dans les yeux, elle sentait les larmes monter à nouveau. Elle ne se sentait pas incassable, mais elle était touchée que son peuple pense qu'elle l'était.

Elle tint le poignard contre sa poitrine.

– Merci, dit-elle, incapable de dire autre chose.

Quand elle regarda derrière le forgeron, elle remarqua que la foule avait grossi.

– Salut à vous, reine Perséphone !

Elle ne savait pas qui l'avait dit, mais toutes les âmes suivirent en l'acclamant, puis elles posèrent un genou à terre, et Perséphone se retrouva au cœur de leur adoration, bouleversée.

***

Perséphone passa plusieurs heures avec les âmes qui se préparaient au combat. Elle aurait adoré leur dire que ce n'était pas nécessaire, mais elle ne le pouvait pas après ce qui s'était passé avec Thésée. Il s'était emparé du Casque de Kunée, ce qui signifiait qu'il pouvait revenir aux Enfers à tout moment. Déciderait-il qu'avoir libéré Cronos ne suffisait pas ? Chercherait-il à libérer d'autres Titans ou d'autres monstres des profondeurs du Tartare ? Perséphone pouvait seulement espérer que sa magie tiendrait et que Hécate protégerait les frontières jusqu'au retour d'Hadès.

Une douleur atroce transperça sa poitrine avant de revenir à cette pression accablante qui l'accompagnait depuis qu'elle avait laissé Hadès à la Tour Alexandria et qui n'avait fait qu'empirer après qu'elle avait rêvé de lui. Elle n'en pouvait plus.

Elle baissa les yeux sur le poignard de Ian, qu'elle avait posé sur le bureau d'Hadès. En rentrant au palais, elle était allée dans son bureau, qui lui paraissait être davantage un refuge que n'importe quelle autre pièce du château. Elle avait encore l'impression qu'il était là ; son odeur n'avait pas disparu et Perséphone aurait pu se mentir en imaginant qu'il avait simplement des affaires à régler.

La magie d'Hermès parfuma l'air et le dieu se manifesta près de la porte. Il s'était changé et était vêtu de façon bien plus détendue, avec un pantalon kaki et une chemise blanche.

– Salut, Sephy, dit-il d'une voix douce et légèrement triste.

– Des nouvelles ? demanda-t-elle.

– Pas au sujet d'Hadès, non.

Son estomac se noua, même si elle s'y était attendue.

– Je suis venu te faire part de l'invitation d'Hippolyte, la reine des Amazones. Elle requiert ta présence aux obsèques de Zofie.

Des obsèques.

Ce ne serait pas la première fois qu'elle assisterait aux funérailles d'une amie qu'elle avait accueillie aux Enfers, mais elle ne le redoutait pas moins.

– Quand ? demanda Perséphone.

– Ce soir.

Perséphone déglutit et se tourna vers les fenêtres.

– Je sais que je suis reine des Enfers, mais je ne suis pas encore une déesse de la Mort, dit-elle. Je n'arrive pas à me remettre d'avoir vu Zofie mourir.

– Tu ne l'as pas seulement vue mourir, Perséphone. Tu l'as vue se faire assassiner.

C'était arrivé tellement vite. Zofie les avait trouvées et Thésée l'avait poignardée en pleine poitrine dès qu'elle était entrée dans la suite. Perséphone n'oublierait jamais la façon dont elle avait écarquillé les yeux ni comment elle s'était effondrée par terre. Elle n'oublierait jamais son cri ni la douleur dans sa gorge. Elle n'oublierait jamais que Thésée l'avait obligée à enjamber le corps de Zofie et à la laisser mourir seule.

Peu importe que l'Amazone se soit accomplie dans la mort. Perséphone vivait avec cette horreur et elle ne pouvait s'empêcher de se demander qui d'autre parmi ses amis serait victime de Thésée.

– Tu peux venir avec moi ? demanda-t-elle.

– Bien sûr. On viendra tous, Sephy.

Quand Hermès partit, Perséphone se rendit dans la suite de la Reine pour prendre des nouvelles d'Harmonie. Elle trouva Sybil assise sur le lit aux côtés de la déesse.

– Comment va-t-elle ? demanda Perséphone en approchant.

– Hécate dit qu'elle a de la fièvre.

– Est-ce normal, pour une déesse ?

– Elle n'a pas dit que c'était mauvais signe, répondit l'Oracle avant de regarder Perséphone. Peut-être que son corps guérira tout seul.

Perséphone étudia le visage d'Harmonie, à la fois pâle et rougi. Elle aurait aimé croire que la déesse guérirait sans magie, cependant, elle n'avait guère d'espoir. Cela dépendait de la quantité de venin d'Hydre qui avait pénétré son sang.

Et si c'était trop pour Harmonie ?

Perséphone contracta sa mâchoire et repoussa ses pensées lugubres. Perdre Harmonie n'était pas une option.

– Des nouvelles d'Hadès ? demanda Sybil.

Perséphone tenta de ravaler le goût amer qui remplit sa bouche.

– Pas encore.

– Il va s'en sortir, Perséphone, chuchota Sybil.

– Est-ce que tu le sais, ou est-ce que tu l'espères ?

– Je sais ce que j'ai vu avant, quand j'étais l'Oracle d'Apollon.

Quand Perséphone avait rencontré Sybil, elle était en dernière année à l'Université de Nouvelle Athènes. À l'époque, elle avait déjà attiré l'attention d'Apollon et elle était promise à une carrière brillante, mais le dieu de la Musique l'avait virée parce qu'elle avait refusé ses avances. Perséphone l'avait dénoncé en public, elle s'était attiré la colère des mortels. Malgré tous ses défauts, Apollon s'était fait aimer du public. Et à présent, il s'était également fait aimer de Perséphone.

– Et maintenant, que vois-tu ? demanda Perséphone.

– Je n'ai pas de canal divin.

– Ça signifie que tu n'as pas de visions ?

– Si, mais sans canal divin, je ne peux pas garantir qu'elles sont justes.

– Est-ce que tu en veux un ?

Il y eut un silence durant lequel Perséphone regarda Sybil, qui semblait sous le choc.

– Je ne sais pas si on construira un jour des temples en mon honneur ni si des fidèles feront appel à ma sagesse, mais je dois affronter Hélène et Thésée dans les médias, et j'ai besoin de quelqu'un de confiance à mes côtés.

Perséphone n'avait pas encore cherché à savoir ce que le monde disait à son sujet, la déesse qui s'était fait passer pour une mortelle, mais elle savait qu'Hermès avait raison. Elle ne pouvait que dire la vérité, et cela commencerait avec Sybil.

– Perséphone… chuchota Sybil.

La déesse eut du mal à déchiffrer le ton de l'Oracle et son expression. Allait-elle dire non ? Elle avait semblé se désintéresser du métier après son expérience avec Apollon.

Sybil prit les mains de Perséphone dans les siennes et les serra.

– Je serais honorée d'être ton Oracle.

***

Perséphone arriva au portail de Terme avec Hécate à sa gauche, Hermès à sa droite et Ilias derrière elle. Ils étaient tous vêtus de robes blanches, la couleur du deuil pour les mortels : *une clarté qui guidera les âmes dans l'obscurité*. Zofie avait déjà trouvé le chemin des Enfers, sans aide, et avec ces funérailles, Perséphone avait l'impression de devoir revivre la mort de l'Amazone.

Dès qu'ils apparurent, les deux gardes qui protégeaient le portail s'agenouillèrent en plaquant leur lance contre leur poitrine. Leurs armures de bronze brillaient à la lueur des flammes qui s'élevaient depuis les larges vasques à côté d'elles. Perséphone sentit la chaleur du feu sur son visage, mais cela ne l'empêcha pas de frissonner, comme si des doigts gelés caressaient sa peau.

Un mouvement attira son regard près de l'entrée et Hippolyte sortit de l'ombre. Elle était vêtue de robes sombres et parée d'or ; une ceinture d'or autour de la taille, des manchettes sur ses poignets et sur ses bras, de longues boucles d'oreilles qui tombaient dans son dos et une couronne sur le front. Ses cheveux étaient dégagés, mais quelques bouclettes avaient échappé à sa coiffure et encadraient son visage aussi beau que sévère.

Hécate, Hermès et Ilias s'agenouillèrent alors que Perséphone restait debout. C'était étrange, mais c'était ce que lui avait dit Hécate.

– *Les reines ne s'agenouillent pas devant d'autres reines*, avait-elle dit.

– *Alors, je fais quoi ?*

– *La même chose qu'Hippolyte*, avait répondu Hécate.

Perséphone soutint le regard de la reine, scrutant ses yeux de la couleur des pierres de jade.

– Perséphone, déesse du Printemps, fille de Déméter, épouse d'Hadès, dit Hippolyte d'une voix qui exigeait l'attention sans être dure, bienvenue à Terme.

Elle inclina la tête et Perséphone en fit de même.

– Nous vous sommes reconnaissants de votre invitation, reine Hippolyte.

La reine guerrière lui offrit un sourire discret avant de faire un pas de côté.

– Marchez à mes côtés, reine des Morts.

Perséphone s'exécuta, Hippolyte se tourna, et les grandes portes s'ouvrirent en grinçant, révélant la cité qui baignait dans la lumière ambrée des torches. Malgré l'obscurité, le terrain luxuriant de la forteresse amazonienne était frappant. De grands arbres poussaient entre les maisons, elles-mêmes recouvertes de vignes et entourées de jardins remplis de fleurs parfumées.

– Je ne m'attendais pas à ce que votre royaume me rappelle autant mon chez-moi, dit Perséphone.

L'air sentait même le printemps, avec un parfum sucré et légèrement amer.

Hippolyte sourit.

– Même les guerrières peuvent apprécier les belles choses, Lady Perséphone.

Ah oui ? eut envie de répondre Perséphone. *Même quand vous accordez autant d'importance à l'honneur ?*

Mais ce serait une insulte, et elle était là pour Zofie qui, malgré la blessure que lui avait infligée son peuple, croyait entièrement à son besoin de rédemption. Perséphone n'allait pas gâcher ça pour elle. Et puis, c'était son exil qui avait placé Zofie à ses côtés.

C'était aussi ce qui l'avait menée à la mort.

Perséphone ne put rien contre la tristesse qui envahit sa poitrine en se remémorant le meurtre de Zofie. Cela avait créé une noirceur en elle qui était différente de celle qui l'avait saisie après la mort de Lexa.

Elle craignait ce sentiment et la manière dont il l'avait changée.

Elle se demandait si Hadès reconnaîtrait cette part blessée et fanée d'elle ; si elle lui serait familière puisqu'il avait été témoin d'horreurs similaires.

Cette pensée donna naissance à une douleur différente, une souffrance qui la pénétra jusque dans l'âme. Elle retint son souffle, espérant étouffer toutes les émotions qui enflaient en elle, et elle baissa les yeux sur ses pieds. Elles marchaient le long d'un sentier bordé d'arbustes et quand les feuilles effleuraient le bas de ses robes, les buissons semblaient grandir et s'épaissir.

– Vous êtes véritablement une déesse du Printemps, dit Hippolyte d'un ton légèrement étonné.

Perséphone se força à la regarder, espérant avoir suffisamment réussi à maîtriser ses émotions.

– Vous en doutiez ? demanda-t-elle.

– Les nouveaux dieux sont rares, de nos jours, répondit la guerrière.

Perséphone aurait dû se douter que certains seraient sceptiques au sujet de sa divinité. Le monde n'accueillait pas toujours les dieux de sang pur avec le sourire. Cela avait été le cas de Dionysos, à sa naissance. Il avait dû se battre pour être compté parmi le Divin, et ses combats avaient été sanglants. Cependant, Perséphone n'avait aucune envie de prouver sa valeur, ni au monde, ni aux Olympiens, ni à Hippolyte.

– C'est une chose curieuse que la mort choisisse la vie comme épouse, dit cette dernière. C'est comme si le soleil tombait amoureux de la lune.

– L'un ne peut pas vivre sans l'autre, répondit Perséphone. Comme l'honneur ne peut vivre sans la honte.

La reine sourit d'un air narquois et Perséphone sentit une tension dans son dos qu'elle savait venir d'Hécate, qui lui reprochait sa provocation.

– C'est vrai, reine Perséphone, dit Hippolyte. Mais je présume qu'il ne s'agit ni de l'un ni de l'autre, plutôt de ce qui se trouve entre les deux.

Ils poursuivaient leur marche en silence quand Hermès poussa soudain un cri aigu. Ils furent immédiatement entourés d'Amazones qui avaient brandi leurs armes. Perséphone et Hippolyte se retournèrent et le virent légèrement recroquevillé, les poings fermés sous son menton, un pied relevé.

Hécate et Ilias le dévisageaient également.

Il fallut un moment à Hermès pour réaliser ce qu'il avait fait, il sourit d'un air timide et gêné.

– Il y avait un insecte, expliqua-t-il. Un gros.

Les Amazones ricanèrent et Hermès lança un regard noir en interrogeant Hécate et Ilias.

– Dites-moi que vous l'avez vu ?!

Ils secouèrent la tête, l'air enjoué, et Hippolyte leva les yeux au ciel.

– Les hommes ! soupira-t-elle avant de tourner le dos au dieu de la Ruse.

En haussant les sourcils, Perséphone regarda Hermès qui articula « il était énorme » en silence avant d'essayer de se dégager d'un autre insecte invisible.

Ils reprirent leur marche jusqu'à ce que le centre de la cité apparaisse. Perséphone s'arrêta en voyant l'arène creusée, au milieu de laquelle un bûcher avait été construit. Aux quatre coins de ce qui deviendrait le lit éternel de Zofie, une torche brûlait, ses flammes s'agitaient dans le noir.

Perséphone fut saisie d'angoisse en se demandant combien encore devraient brûler comme Zofie et Tyché.

– C'est la nature même de la bataille, Lady Perséphone, dit Hippolyte.

Elle trouvait étrange que l'Amazone parle de la mort de l'un de ses sujets de façon aussi détachée, même si Zofie avait été exilée, et même si Perséphone comprenait que le plus grand honneur pour cette tribu était de mourir au combat, de mourir pour une cause.

– Je ne savais pas que quelqu'un avait déclaré la guerre, répondit Perséphone.

En y repensant maintenant, elle réalisait que la guerre avait pourtant commencé quand Adonis avait été assassiné.

– Ça, c'est la faute de votre époux. Il se bat depuis le début.

Perséphone la regarda dans les yeux en fronçant les sourcils, mais la reine n'en dit pas plus.

– Venez, dit-elle plutôt en faisant un pas en avant.

Perséphone suivit la reine sur un sentier sinueux jusqu'à une maison couverte de lierre. Des crocus violets, des iris pourpres et des narcisses jaunes émaillaient la pelouse jusqu'au seuil d'une porte ouverte par laquelle Perséphone découvrit le corps sans vie de Zofie.

Hippolyte entra sans hésiter, mais Perséphone sentit ses pas ralentir en franchissant le pas de cette maison de la mort, qui était chaude et embaumait l'huile dont Zofie avait été ointe.

L'Amazone reposait sur une table haute, vêtue de blanc, les mains jointes sur son ventre et le pommeau de sa longue épée. Ses cheveux bruns étaient tressés et elle portait une couronne de feuilles dorées.

Elle était sublime, sa peau luisait à la lumière des flammes.

– Vous êtes profondément endeuillée, Lady Perséphone, remarqua Hippolyte. N'avez-vous pas accueilli Zofie aux Enfers ?

– Si, répondit Perséphone en souriant tristement au souvenir de leurs retrouvailles. Mais la promesse de revoir quelqu'un apaise-t-elle jamais la tristesse du deuil ?

La reine resta silencieuse, mais Perséphone ne s'attendait pas à ce qu'elle comprenne, tout comme Hadès n'avait pas compris sa peur de perdre Lexa. Le deuil ne concernait pas seulement la personne mais le monde qui s'était créé autour d'elle et qui cessait aussi d'exister quand cette personne mourait.

Hécate, Hermès et Ilias approchèrent, ils lui dirent adieu chacun à sa façon. Hécate prononça une prière et Hermès embrassa Zofie sur la joue. Perséphone fut surprise par Ilias, qui prit son temps et approcha son visage à quelques centimètres de celui de l'Aegis, chuchotant des paroles inaudibles avant de l'embrasser sur la bouche.

Quand il se redressa, il posa ses yeux rougis sur Perséphone, puis il s'écarta pour lui laisser la place.

La déesse s'approcha, elle étudia le visage serein de Zofie. Il était sublime, pourtant Perséphone ne pouvait se débarrasser de l'expression que la jeune femme avait eue au moment de mourir, stupéfaite par la douleur causée par la lame de Thésée. Elle effleura ses cheveux et se pencha sur elle.

– Tu m'as servie avec honneur, Zofie, chuchota-t-elle avant de l'embrasser sur le front.

Elle se redressa. Hippolyte se tenait en face d'elle, une épaisse ceinture de cuir dans les mains.

– Lord Hadès avait promis de nous ramener Zofie lorsqu'elle nous aurait rendu notre honneur, dit-elle. En échange, j'ai accepté de lui prêter ma ceinture.

Perséphone haussa les sourcils, surprise. Hadès ne lui avait jamais dit comment il avait rencontré Zofie, et la déesse se demandait maintenant pourquoi il avait demandé la ceinture, même s'il n'était pas inhabituel pour lui de collectionner les armes ou les reliques.

L'Amazone tendit les mains, la ceinture à plat sur ses paumes.

– Voici la ceinture d'Hippolyte. Un présent de mon père, Arès, comme symbole de mon règne sur les Amazones. Tout mortel qui la porte obtient une force immortelle.

Perséphone étudia la ceinture, puis Hippolyte, puis elle secoua la tête.

– Je ne peux pas la prendre.

Elle ne comprenait pas le marché qu'Hadès avait conclu avec la reine des Amazones, mais il lui semblait déplacé d'accepter un tel objet sans lui.

– Vous le devez, dit Hippolyte. Ce n'est pas un cadeau. C'est le symbole d'une promesse que j'ai faite, et je tiens toujours mes promesses.

Perséphone ne pouvait et ne voulait pas la contredire sur ce point. Elle accepta la ceinture, surprise par sa légèreté et sa douceur.

– Il est l'heure, dit aussitôt Hippolyte.

La tristesse de Perséphone enfla à nouveau dans sa poitrine lorsque six Amazones approchèrent. Elle recula et suivit Hippolyte dehors, accompagnée d'Hécate, d'Hermès et d'Ilias. Le sentier était désormais bordé d'Amazones dont certaines tenaient une torche, d'autres une arme. Quand Zofie fut portée dehors, elles se mirent à chanter une mélodie troublante qui les suivit tout au long de la procession qu'Hippolyte mena jusqu'à l'arène. Les femmes de Terme continuèrent de chanter tout en frappant leurs lances et leurs épées contre leurs boucliers, en frappant leurs poings sur leurs poitrines ou en déchirant leurs vêtements pour montrer leur deuil.

Elles n'arrêtèrent pas, même quand Zofie fut déposée sur le bûcher et que les Amazones jetèrent leurs torches à ses pieds, même quand les flammes s'élevèrent et dévorèrent les vêtements de Zofie puis sa chair, remplissant l'air d'une amertume métallique qui se logea dans la gorge de Perséphone. Ses yeux se remplirent de larmes, elle ne savait si c'était à cause de la fumée ou de la peine qui l'accablait.

C'est alors qu'Hécate lui prit la main.

– Ne ravale pas tes larmes, ma chère, dit-elle. Laisse-les donner la vie.

Perséphone ne comprit pas tout de suite, mais elle sentit quelque chose effleurer le bas de sa robe et, quand elle baissa les yeux, des fleurs avaient éclos à ses pieds, leurs pétales blancs luisaient comme des pierres de lune.

Elle sourit malgré sa tristesse, voyant le parterre s'étendre autour d'elle, jusqu'à Hippolyte qui, le découvrant, se tourna vers Perséphone.

– Je suppose que vous avez raison. La mort donne naissance à la vie, dit-elle avant de plisser les yeux. À quoi donnerez-vous naissance, Perséphone ?

– À la rage, répondit-elle sans hésitation.

Chapitre VI

THÉSÉE

La tension au sein de la salle du Conseil était palpable, et si Thésée pouvait à peine respirer, il ne trouvait pas cela déplaisant. Il aimait ce que cela signifiait : la discorde des Olympiens.

Il les observait, caché dans l'ombre par la magie du Casque de Kunée.

– Comment oses-tu me tenir tête ! hurlait Zeus. Moi, ton roi !

Il était debout, massif et imposant devant son trône immense. L'atmosphère était électrique autour de lui, chargée de sa magie menaçante. Derrière lui, son aigle doré observait la scène, les yeux alertes, sans toutefois voir Thésée.

Étant donné la nature habituellement placide de Zeus, il était aisé d'oublier son pouvoir. Le dieu du Ciel intervenait rarement dans des sujets qui ne le concernaient pas, il s'inquiétait rarement de quoi que ce soit en dehors des femmes avec qui il voulait coucher. De temps en temps, il se vengeait de quelqu'un qui regardait Héra trop longtemps mais, en général, il se satisfaisait de regarder le monde et ses dieux faire ce qui leur plaisait, y compris entrer en guerre.

Jusqu'à ce que son règne soit menacé. Soudain, il se transformait en guerrier.

– Il y a quelqu'un qui tue des dieux en toute impunité, dit Hermès, et toi, tu veux l'ignorer et pourchasser une déesse qui n'a rien fait de mal.

Le dieu des Voleurs était debout devant son propre trône, sa joie exubérante réprimée sous sa colère.

– Si des dieux meurent, ils ne peuvent s'en prendre qu'à leurs propres faiblesses, dit Zeus. Je ne me compte pas parmi eux, et c'est pour ça que la maîtresse de mon frère doit être éliminée.

– Son nom est Perséphone, dit Apollon en se levant, les bras croisés. Crains-tu son prénom comme tu crains son pouvoir ?

Le regard de Zeus crépita comme un éclair dans le ciel.

– Je ne la crains pas, siffla-t-il. Mais je ne serai pas détrôné.

– Elle n'a pas essayé de te renverser, rétorqua Apollon. Elle a réparé Thèbes, et tu lui as déclaré la guerre.

– Et quand il a fallu choisir un camp, tu m'as affronté. C'est la même chose.

Un silence furieux suivit les propos de Zeus.

– Pourquoi tu la défends ? demanda Artémis.

La déesse était l'une des quelques divinités à être assise sur son trône, les mains posées sur les accoudoirs dans une posture qui donnait l'impression qu'elle était prête à bondir et attaquer à tout moment.

– Qu'a-t-elle fait pour toi ?

Apollon fusilla sa sœur du regard en répondant.

– C'est mon amie.

Artémis pouffa de rire.

– Tu es un dieu. Les mortels meurent d'envie d'être avec toi. Ils seront tes amis, eux.

– Ce n'est pas la même chose. Mais tu ne peux pas le savoir, parce que tu n'as pas d'amis.

Artémis lança un regard noir à son frère avant de regarder Zeus.

– Je la chasserai, Père.

– Tu ne feras rien de la sorte, intervint Aphrodite.

– Tu la défends aussi, mon enfant ? demanda Zeus.

Contrairement à la colère dont il faisait preuve envers Hermès et Apollon, il semblait blessé qu'Aphrodite s'oppose à lui.

– Elle a pris une lance pour elle, dit Poséidon. Ou bien as-tu oublié la façon dont Héphaïstos a crié pour elle ? gloussa le dieu de la Mer.

Aphrodite lança un regard assassin à son oncle avant de se concentrer à nouveau sur Zeus.

– Ce n'est ni Perséphone ni Hadès qui sont dangereux, père. C'est leur amour. Sépare-les, et ils t'annihileront.

Artémis ricana et leva les yeux au ciel.

– La prophétie était très claire au sujet du danger que représente leur amour, Aphrodite, dit Héra, prenant la parole pour la première fois. Ensemble ou séparés, ils resteront une menace.

Zeus regarda sa femme affectueusement, comme si prendre sa défense était une preuve de son amour, mais Thésée savait qu'il n'en était rien – comme tout le monde dans la salle. Héra avait simplement peur de perdre sa position et son titre, et si Zeus était assez naïf pour penser que cela signifiait autre chose, son incapacité à voir Héra pour qui elle était vraiment servait la cause de Thésée.

Tout comme l'attention qu'il portait à Hadès et Perséphone.

C'était justement pourquoi il était dangereux d'essayer de comprendre les propos d'un Oracle. Il était impossible de deviner comment leurs prédictions allaient se dérouler. En effet, l'union d'Hadès et Perséphone avait produit un dieu plus puissant que Zeus.

Mais ce dieu était Thésée.

– Combien de fois va-t-on disséquer une prophétie alors que l'on sait tous qu'éviter le Destin est impossible ? demanda Athéna.

– C'est censé être des paroles de sagesse ? demanda Héra.

Athéna plissa les yeux et haussa fièrement le menton.

– Tu ne devrais même pas avoir un droit de parole ici, dit Arès. Toi et Hestia nous avez lâchement abandonnés sur le champ de bataille.

– Ne prétends pas avoir participé au combat par loyauté, rétorqua Athéna. Tu voulais seulement assouvir ta soif de sang.

Arès se leva brusquement en saisissant sa lance, mais Aphrodite s'interposa devant lui et la colère qui l'avait saisi disparut brusquement.

– A-t-elle tort, Arès ? demanda-t-elle.

La mâchoire d'Arès se contracta et ses phalanges blanchirent tant il serrait sa lance, mais il ne bougea pas d'un iota. Au lieu de ça, il fit un pas en arrière et reprit son trône.

Zeus regarda Athéna, puis tous les dieux qui lui avaient tenu tête.

– J'ai échappé au Destin tant de fois que j'ai cessé de les compter, dit-il. Je vous assure que la dernière chose qui me mettra à genoux, c'est bien une paire d'amants maudits.

– Tu as *prolongé* le Destin, dit Athéna. Il y a une différence. Pourquoi crois-tu que la même prophétie te hante ?

– J'ai été hanté par pire que ça, Fille, dit Zeus. Mais en cet instant, rien n'est pire que tes mots, ajouta-t-il avant de scruter les dieux en silence. Ceux qui m'ont affronté sur le champ de bataille subiront ma colère. Apollon, Hermès, Aphrodite, vous êtes immédiatement privés de vos pouvoirs.

– Père ! commença Aphrodite en faisant un pas en avant.

Il leva la main, la paume tournée vers elle, et la fit taire.

Hermès ouvrit et referma la bouche en fusillant son père du regard. Seul Apollon semblait impassible, ayant subi une punition similaire par le passé.

– Pendant un an, vous saurez ce que c'est que d'être mortel, poursuivit Zeus, comme s'il prédisait l'avenir. À ceux qui m'ont soutenu : je ferai don de mon bouclier à celui qui m'amènera la déesse du Printemps enchaînée. Que cela serve de récompense au meilleur chasseur d'entre nous.

Apollon lança un regard noir à Artémis, qui s'était redressée, rêvant d'avoir cet honneur.

– Héphaïstos va-t-il souffrir le même sort ? demanda Aphrodite. Il ne faisait que me défendre.

Thésée savait pourquoi la déesse de l'Amour se souciait de son mari. Il était le forgeron des dieux et était responsable de créer de puissantes armes, des armes dont elle aurait besoin sans ses pouvoirs.

– Et ce faisant, il a illustré où était sa loyauté, dit Zeus.

– Oh, fiche-lui la paix, Frangin, gloussa Poséidon. On sait tous qu'Héphaïstos est limité dans sa capacité à satisfaire sa femme.

Aphrodite grinça visiblement des dents, mais elle ne dit rien, attendant la déclaration de Zeus.

– Si Héphaïstos reste impuni, alors tu dois ajouter son année à la tienne.

Aphrodite déglutit, mais n'hésita pas.

– Très bien.

Hermès grimaça et secoua la tête.

– Soit, dit Zeus d'un ton grave, tu vivras deux ans comme une mortelle. Tu pourras regarder les Olympiens poursuivre ta chère amie en étant impuissante à la défendre.

– Et tu es prêt à affronter la colère d'Hadès ? demanda Hermès.

Thésée esquissa un sourire, car Hermès bluffait. Il savait qu'Hadès manquait à l'appel et que personne ne pouvait protéger Perséphone de ce qui l'attendait.

– La question que tu devrais poser est plutôt : Hadès est-il prêt à affronter la mienne ?

***

Thésée apparut devant le portail du verger d'Héra, connu comme le Jardin des Hespérides. Il était entouré de hauts murs blancs et obscurci par de hauts arbres pointus. Au-delà du portail en fer devant lequel il se tenait, il pouvait voir un vaste labyrinthe de haies basses et de topiaires au milieu desquelles des paons se promenaient. Le verger poussait sur des collines arrondies et au sommet de la plus haute se dressait un arbre qui était plus beau que les autres. Son tronc était torsadé et ses branches s'ouvraient comme la paume d'une main tournée vers le ciel, les doigts écartés. Chaque branche était lourde de feuilles vert foncé et de fruits dorés.

C'était ce fruit que Thésée convoitait. Une bouchée le guérirait de son unique faiblesse : sa vulnérabilité.

Il grinça des dents et une poussée de colère lui tordit le ventre quand il se souvint d'avoir été blessé, d'abord par Dionysos puis par Perséphone. Le dieu du Vin avait planté son thyrse dans son ventre et la déesse du Printemps avait projeté cinq lames noires dans son torse. Les deux blessures avaient mis du temps à guérir, mais ce qui l'énervait le plus, c'était que sa vulnérabilité n'était plus un secret.

Hadès le savait, ce qui impliquait que Dionysos le lui avait dit, or Thésée comptait être invincible avant que la rumeur ne se répande.

Il avança vers les grilles du jardin d'Héra, mais il fut bloqué par la déesse qui apparut devant lui.

– L'audace d'un homme, dit-elle, la mine sévère, d'empiéter sur mon espace sacré !

– L'audace me vient de mon sang divin, répondit Thésée.

– Même mon mari n'oserait venir ici.

– Tu commences à t'attacher à lui, Héra ? demanda-t-il.

Elle le fusilla du regard, l'air dégoûtée.

– Ce n'est pas parce que nous sommes dans le même camp que mes possessions te reviennent de droit.

– Souhaites-tu gagner, ou pas ?

– Quelle question ridicule ! rétorqua-t-elle.

– Alors donne-moi ce pour quoi je suis venu, dit Thésée.

– Et pourquoi es-tu venu, précisément ?

Thésée pencha la tête sur le côté.

– Pour une pomme d'or de ton verger.

– Tu désires l'invincibilité ?

Il ne répondit pas. Sa demande rendait son désir évident, mais l'exprimer à voix haute lui paraissait semblable à un aveu de faiblesse.

– Ce n'est pas un arbre à vœux, dit Héra. Il exigera quelque chose en retour.

– Comme toute chose divine.

Thésée le savait et s'y était préparé. Héra se contenta de le dévisager puis, au bout d'un moment, elle leva la main et une pomme d'or apparut dans sa paume.

– Goûte à cette pomme, dit-elle, et elle te prendra ton immortalité.

– C'est un lourd prix, dit Thésée.

– Un prix équitable.

Il savait ce qui possédait le plus de valeur dans l'immédiat, étant donné la bataille imminente qui se préparait. Il se soucierait de sa déification plus tard, lorsque la guerre serait gagnée et qu'il serait assis sur le trône le plus élevé, glorifié comme le seul véritable dieu.

– Alors, qu'en dis-tu, Thésée ? demanda-t-elle en tendant la main vers lui.

Il prit la pomme et Héra continua :

– Tu ne peux manger de cet arbre qu'une seule fois.

Elle le prévenait qu'il ne pourrait pas revenir pour conclure le même marché.

Thésée mordit dedans.

La chair était molle et presque fondante, comme si le fruit était sur le point de pourrir. Quand il déglutit, il se sentit inchangé, si ce n'était que sa langue était couverte d'une étrange pellicule amère.

Il regarda la pomme et en examina la pulpe blanche et juteuse, puis il mordit à nouveau dedans en regardant Héra dans les yeux.

– Tu es prête pour ton sacrifice ? demanda-t-il.

Elle haussa un sourcil, furieuse.

– De quel sacrifice parles-tu ?

– Celui où tu baises ton mari pour la bonne cause.

Le regard de la déesse noircit.

– Ne prétends pas que nos sacrifices sont les mêmes, dit Héra. Le tien ne sauve que toi.

Thésée ricana.

– Suggères-tu que le sexe va sauver le monde, Héra ?

Elle le fusilla du regard et répondit en contractant la mâchoire.

– Tiens ta promesse, Thésée, afin que mon sacrifice ne soit pas vain, répondit-elle en baissant les yeux sur la pomme. Tu ferais mieux de la terminer, dit-elle, tu n'as pas envie de savoir ce qui arrive quand on en gaspille un bout. Maintenant, va-t'en !

– Tout de suite, Votre Altesse, se moqua-t-il avant de disparaître.

Chapitre VII

PERSÉPHONE

Perséphone portait une robe rose pâle avec une jupe plissée, au col carré et modeste – *classe*, avait dit Sybil en lui tendant des boucles d'oreilles en perles pour parfaire sa tenue. Leucé était d'accord.

– Les vêtements sont un langage, dit-elle. Ils sont aussi importants que les mots que tu prononces.

– Et… que dit cette tenue, au juste ?

Avant de répondre, Sybil coiffa une mèche de ses cheveux bouclés derrière son oreille – *boucles élégantes*, apparemment.

– Elle véhicule la chaleur, l'intelligence… *l'authenticité.* Afin que, quand tu t'excuses, on te croie.

– Même si je ne suis pas désolée ?

Sybil regarda Leucé en soupirant.

– Je sais que ça semble injuste, Perséphone, mais l'article d'Hélène a remis en question ton intégrité, et tu dois le rectifier.

Tout ça semblait ridicule pendant que, dans le même temps, Harmonie ne guérissait pas et Hadès avait disparu, mais il n'était pas seulement question de *sa* réputation. Il s'agissait de celles de tous les dieux.

Depuis qu'Hélène avait rencontré Thésée, elle avait lancé une campagne médiatique contre les Olympiens qui questionnait leur règne, et si Perséphone avait beaucoup à dire au sujet de la façon dont certains dieux régnaient, la Triade était bien plus dangereuse. Ses membres exigeaient la justice quand les dieux n'agissaient pas d'après leurs propres idéaux et ils prétendaient pouvoir accorder aux gens ce qu'ils désiraient : la santé, la richesse, l'immortalité. C'étaient ces mêmes souhaits qui poussaient les mortels à parier contre Hadès, à Nevernight, prêts à sacrifier leur âme dans l'espoir d'obtenir une vie meilleure.

Pourtant, même si les demi-dieux de la Triade parvenaient à répondre aux prières des mortels, ils ne faisaient que repousser leur destin inévitable.

Perséphone l'avait appris à ses dépens, et il en serait de même pour les mortels qui avaient bénéficié du pouvoir divin de la Triade. La question était plutôt de savoir quelle influence les demi-dieux conserveraient sur les mortels quand la vérité éclaterait.

– Tu peux le faire, Perséphone, dit Leucé. Sois juste… toi-même.

Sauf qu'être elle-même impliquait d'être furieuse et sans remords. Là était le problème.

– Leucé et moi allons voir Harmonie avant de partir, dit Sybil.

– Bien sûr, acquiesça Perséphone.

Quand elle fut seule, elle se tourna vers le miroir et s'approcha du bar. Elle se servit un whisky et le but, fermant les yeux quand le liquide lui brûla la gorge, puis elle s'en servit un autre. Lorsqu'elle l'eut fini, ses yeux étaient remplis de larmes.

Elle les laissa prendre le dessus quelques secondes avant de se ressaisir. Elle s'essuya les yeux et se servit un troisième verre, respirant un bon coup avant de le porter à sa bouche.

– Tu noies ta peine ?

Perséphone se retourna brusquement.

– Aphrodite, chuchota-t-elle en écarquillant les yeux, surprise de voir que celle-ci était accompagnée par Héphaïstos. Je suis soulagée que tu ailles bien.

La dernière fois qu'elle l'avait vue, c'était sur le champ de bataille, près de Thèbes. Arès avait visé Perséphone avec sa lance et Aphrodite s'était interposée, prenant le coup à sa place. Perséphone n'oublierait jamais comment elle s'était cambrée dans une position atroce ni le cri de douleur et de rage qu'Héphaïstos avait poussé.

La déesse de l'Amour lui sourit timidement.

– Oui. Je vais bien.

Perséphone ne put s'empêcher de prendre la déesse dans ses bras. Celle-ci se crispa d'abord avant de se détendre et de lui retourner son étreinte.

– Que faites-vous ici ? demanda Perséphone en reculant.

– Je suis venue voir ma sœur.

Perséphone se sentit pâlir.

– Je suis tellement désolée, Aphrodite. Je...

– Ne t'excuse pas, Perséphone, dit la déesse de l'Amour. Si j'avais su...

Elle ne termina pas sa phrase, Perséphone savait pourquoi. Il ne servait à rien de se flageller au sujet de ce qui aurait pu arriver ou de ce qu'ils auraient dû savoir. Les choses étaient ainsi, et maintenant, ils devaient affronter les conséquences.

Aphrodite prit une grande inspiration.

– Tu es sublime, dit-elle.

Perséphone lissa sa robe sur son ventre et baissa les yeux.

– Je n'ai pas l'impression d'être moi-même.

– Peut-être parce qu'Hadès n'est pas avec toi.

La déesse du Printemps déglutit en frissonnant. Que feraient les autres dieux quand ils apprendraient qu'Hadès avait été capturé par Thésée ?

– Comment tu sais ?

– Hermès me l'a dit, répondit Aphrodite, hésitant un instant. Zeus a rassemblé le Conseil aujourd'hui, et nous a privés de nos pouvoirs pour t'avoir soutenue au combat.

– Quoi ? s'étonna Perséphone alors que son sang se glaçait.

– J'ai réussi à protéger les pouvoirs d'Héphaïstos, ajouta Aphrodite en regardant son mari, qui ne la quittait pas des yeux.

Perséphone n'arrivait pas à savoir si son regard insistant était un signe de gratitude ou de frustration, mais elle comprenait à présent pourquoi il était venu. Il avait dû utiliser sa magie pour emmener Aphrodite aux Enfers.

– Au moins, nous aurons des armes dans la guerre à venir.

Quand ils avaient affronté Zeus près de Thèbes, Perséphone n'avait pas réfléchi à ce qui arriverait après la bataille. Elle avait juste été soulagée et reconnaissante d'avoir des alliés.

Maintenant, elle se sentait coupable.

– Ne sois pas triste pour nous, dit Aphrodite. C'est nous qui avons décidé de nous battre à tes côtés.

Perséphone secoua la tête.

– Comment a-t-il pu faire ça ?

– Il y a peu d'occasions dans lesquelles Zeus illustre l'ampleur de son pouvoir. L'une d'elles, c'est quand il pense que son trône est menacé.

– Aphrodite… chuchota Perséphone.

Elle ne savait pas quoi répondre. L'idée qu'Aphrodite, Apollon et Hermès soient sans pouvoirs la terrorisait. Peu importait qu'Héphaïstos puisse forger des armes pour se défendre. Thésée et ses hommes ciblaient déjà des dieux dotés de toute leur puissance. Que se passerait-il quand il apprendrait que ces trois n'avaient plus de pouvoirs ?

Si Aphrodite s'inquiétait, elle n'en montra rien.

– Le véritable danger, c'est que Zeus a proclamé une compétition : celui qui te ramènera à lui gagnera son égide, son bouclier. Artémis mordra sans doute à l'hameçon. Je ne sais pas ce que fera Poséidon, mais je présume qu'il s'en remettra à Thésée. Quant à Arès… je peux le persuader.

Perséphone se demanda ce qu'elle voulait dire par là, mais il était clair qu'un lien spécial les unissait. Arès était réputé pour sa soif de combat et de sang et il ne s'était arrêté qu'après avoir blessé Aphrodite.

– Est-ce qu'Apollon n'a pas d'influence sur sa sœur ? demanda Perséphone.

– Dans l'immédiat, ils ne semblent pas dans le même camp, dit la déesse de l'Amour. Mais ça changera peut-être. D'ici là, tu dois faire attention.

Perséphone savait qu'il y aurait des conséquences d'avoir défié Zeus, mais son comportement à son égard montrait combien il les craignait, elle et la prophétie qui avait prédit sa chute.

– Si Artémis m'empêche de voir Hadès, je serai sans merci, promit Perséphone.

– Je te comprends. Mais sache qu'Apollon aime sa sœur.

– Alors je le préviendrai, dit Perséphone.

Elle marqua une pause et déglutit. Quand elle regarda à nouveau Aphrodite, ses yeux étaient remplis de larmes.

– Je dois le trouver, Aphrodite.

La déesse lui sourit timidement et posa une main sur son épaule.

– Peu de choses survivent à la guerre, Perséphone. Puisse votre amour être une exception.

***

Perséphone regardait par la baie vitrée de la Tour Alexandria. Dans la rue en contrebas, au milieu des montagnes où la neige était en train de fondre, les journalistes, les caméras et les mortels s'étaient réunis sous le soleil. Elle aurait dû s'y attendre étant donné la foule qui s'était rassemblée devant l'Acropole quand sa relation avec Hadès était devenue publique, mais cette fois c'était différent, et ce n'était même pas à cause du nombre de personnes qui étaient là. C'était plutôt à cause de l'atmosphère qui régnait ; un mélange chaotique de vénération et de mépris. L'énergie était envoûtante et étrangement addictive tout en étant troublante ; surtout après la nouvelle qu'Aphrodite lui avait rapportée.

Même maintenant, en scrutant la foule et le ciel, elle se demandait si Artémis attaquerait de façon aussi publique. Cela dit, ça ne lui ressemblait pas trop. Elle était la déesse de la Chasse et préférerait sans doute traquer sa proie.

Perséphone frissonna d'y penser, mais sa colère se réveilla, tout comme sa magie, formant une aura autour d'elle. Elle la laisserait brûler pendant son discours pour servir de barrière entre elle et la foule.

– Ils sont là depuis des heures, dit Ivy.

Perséphone tourna la tête vers la Dryade qui s'était postée à ses côtés et se mordait nerveusement la lèvre.

– Certains sont même arrivés avant l'aube, ajouta-t-elle.

Perséphone ne confondait pas enthousiasme et soutien. La plupart n'étaient que des curieux qui voulaient pouvoir dire qu'ils l'avaient vue en personne. Et puis, il y avait les

Impies, qui venaient simplement exprimer leur dédain. Ils étaient faciles à repérer, car ils tenaient des pancartes sur lesquelles il était écrit « Liberté et Libre arbitre ! » ou encore « Retourne à Olympe ! ».

La seconde était plutôt ironique, car elle n'y avait jamais habité, mais cela illustrait le regard que portaient les infidèles sur les dieux ; ils les croyaient tous les mêmes.

Perséphone ne cherchait pas à rallier les Impies dans son camp. Elle devait obtenir l'admiration et la vénération de ceux qui étaient déjà du côté des dieux.

Elle avait besoin de ce pouvoir. Il nourrirait sa recherche d'Hadès.

Perséphone tourna le dos à la fenêtre.

– Il est l'heure ? demanda-t-elle en regardant Sybil et Leucé.

– Tu as deux minutes, dit l'Oracle en regardant sa montre.

Son estomac se noua et elle prit une grande inspiration *Allez, débarrasse-t'en*, pensa-t-elle, *puis tu pourras chercher Hadès.*

– Mekonnen et Ezio t'ouvriront la voie, dit Sybil.

Perséphone sourit aux deux ogres qui s'étaient postés devant les portes. En général, ils passaient leurs soirées comme vigiles à Nevernight, mais aujourd'hui, ils allaient servir de gardes du corps pour remplacer Zofie.

Cette douleur familière s'épanouit à nouveau dans sa poitrine.

– Je ne crois pas t'avoir déjà vu debout si tôt, Mekonnen, dit-elle.

L'ogre ricana.

– Seulement pour vous, Lady Perséphone.

– C'est l'heure, dit Sybil en regardant Perséphone dans les yeux. Tu es prête ?

Elle n'était pas certaine d'avoir jamais été prête ; ni pour ça ni pour quoi que ce soit, en fait. Pourtant, elle avait survécu.

Elle survivrait à ça, aussi.

Mekonnen et Ezio ouvrirent la voie et prirent place sur le côté des marches, juste devant la Tour Alexandria. Perséphone les suivit et quand elle approcha de l'estrade pour parler, elle fut frappée par le vrombissement des acclamations et des huées. Le bruit bourdonnait dans ses oreilles, allant et venant au gré de l'excitation et de la colère de la foule, se mélangeant avec le cliquetis et les flashs des appareils photo.

Elle prit quelques secondes pour absorber le tout et accepter que c'était ce qu'était devenue sa vie.

– Bonjour, dit-elle.

Elle avait parlé trop près du micro mais cela eut le mérite de faire taire la foule. Elle attendit quelques instants, ajustant sa position.

– À ce stade, la plupart d'entre vous avez probablement lu l'article publié à mon sujet dans le *New Athens News*, écrit par une ancienne collègue.

Elle refusait de prononcer le nom d'Hélène, même si elle savait que sa déclaration ne ferait qu'offrir plus d'attention à son ex-amie. Elle pouvait seulement espérer que ce qu'elle avait à dire laisserait le doute planer sur sa crédibilité.

– Tout d'abord, je tiens à reconnaître qu'il est vrai que je vous ai caché qui j'étais, dit Perséphone d'une voix tremblante.

Elle s'arrêta pour inspirer et se calmer, puis elle reprit d'une voix plus maîtrisée et confiante.

– Je suis la déesse du Printemps.

Il y eut des acclamations et des applaudissements, mais aussi des huées et des injures. *Usurpatrice ! Menteuse !*

Elle les ignora et poursuivit.

– Je suis sûre que nombre d'entre vous avez été surpris de découvrir que Déméter avait une fille, mais ma mère ne voulait pas me partager avec le monde. Elle m'a enfermée dans une maison de verre et m'a privée d'amis et de fidèles. À dix-huit ans, je l'ai convaincue de me laisser aller à l'université. Je ne sais toujours pas pourquoi elle a accepté, mais je crois qu'elle était rassurée, sachant que je n'avais pas de pouvoirs. Ce qui était le cas. Je ne pouvais même pas inciter une fleur à éclore. Comment pouvais-je être une déesse alors que je ne possédais aucun des attributs censés me rendre divine ? Ainsi, quand je suis arrivée dans le monde mortel pour la première fois, je me suis sentie comme vous. Et j'ai adoré ça. Je ne voulais pas en partir, mais on est parfois appelé à accomplir une mission, et j'ai dû me tourner vers la mienne.

Cela avait pris du temps, mais Hadès avait été patient. Il avait amené sa magie à la vie tout en lui montrant que la divinité n'était pas seulement une question de pouvoir ; c'était aussi la gentillesse et la compassion, et le fait de se battre pour ceux que l'on aimait.

Y penser lui mit les larmes aux yeux et elle se racla la gorge.

– Je n'avais pas l'intention de blesser ou de faire du mal à qui que ce soit, et je suis désolée que vous vous soyez sentis trompés par mes actions. Je sais que vous devez croire qu'un monde entier nous sépare, mais pendant très longtemps, je me suis vraiment et seulement sentie mortelle. Même aujourd'hui, je ne demande pas de sacrifices ni que des autels ou des temples soient construits en mon nom. Je vous demande seulement l'opportunité d'être votre déesse et de vous prouver que je suis digne de votre adoration. Merci.

Perséphone descendit de l'estrade alors que la foule reprenait ses cris.

– Perséphone, qui est ton père ?

– Montre-nous ta forme divine !

– Quand Hadès a-t-il découvert ta divinité ?

– Lady Perséphone ne prend pas de questions à ce stade, déclara Sybil pendant que Mekonnen et Ezio se plaçaient entre elle et le public et que Leucé venait à ses côtés.

Les gens criaient fort et la plupart des propos étaient inintelligibles, mais quelques mots vicieux lui parvinrent aux oreilles : un chant qui lui glaça le sang.

– Mort à tous les dieux ! Mort à tous les dieux ! *Mort à tous les dieux !*

Chapitre VIII

HADÈS

Hadès serra une autre pierre dans sa main, les doigts ankylosés par la boue et l'effort. Son dos se rebella quand il souleva la lourde brique du sol pour la porter jusqu'à la dernière rangée de marches qu'il avait construites. Il espérait qu'elles supporteraient son poids assez longtemps pour qu'il atteigne le sommet du mur et puisse observer les environs et prévoir sa fuite.

Il ne savait pas depuis combien de temps il y travaillait, mais il avait été motivé par le goût de Perséphone sur sa langue. Il préférait ne pas s'attarder sur la façon dont elle lui était apparue, mais si Thésée avait eu l'intention de le torturer, voir son visage avait eu l'effet inverse.

Je retirerai une pierre de la bague de ta maîtresse chaque fois que tu t'arrêteras, avait-il dit.

En vérité, Hadès n'avait jamais cessé de travailler ; il avait simplement opté pour un projet différent. Il aurait cru que Thésée choisirait ses mots plus prudemment, mais il n'était pas un homme de parole, de toute façon.

Cependant, Hadès ne se faisait pas d'illusion. Il connaissait la réputation du labyrinthe de Dédale. Même le célèbre architecte avait peiné à échapper à sa propre création – telle était la folie de l'homme, capable de créer la chose qui le détruira. C'était pour cela qu'Hadès ne s'était pas avancé dans le labyrinthe.

Il valait mieux observer autant que possible plutôt que de se perdre en essayant de trouver l'issue d'un piège dont il était presque impossible de s'échapper.

Or il supposait que le labyrinthe de Thésée serait encore plus difficile.

Peut-être qu'il n'était même pas possible d'en sortir.

Mais Hadès se devait d'essayer.

Si seulement il avait toutes ses forces…

Si tu avais toutes tes forces, tu ne serais pas là, se reprit-il.

Il ne servait à rien d'imaginer ce qu'il ferait avec sa magie. Vêtu de ce filet, il était pratiquement mortel.

Il n'avait jamais été aussi conscient de la souffrance physique, jamais aussi conscient du poids et de l'importance de quoi que ce soit, excepté Perséphone.

Toujours Perséphone.

Son épouse et sa reine.

Il angoissa en pensant à elle. Thésée avait dit que la dernière fois qu'il l'avait vue, elle affrontait Déméter. Qu'était-il advenu de cette confrontation ? Il détestait ne pas le savoir, détestait ne rien sentir en dehors de cette prison. Et ne plus avoir le filet n'y changerait rien, car la prison était faite d'adamantine qui annihilait la magie.

Thésée avait pensé à tout en élaborant ce piège, et peut-être était-ce ce qui inquiétait le plus Hadès, car il savait que Perséphone viendrait pour lui. Thésée le savait aussi, et Hadès ne se pardonnerait jamais qu'elle finisse dans cet enfer.

Cette pensée renouvela sa détermination et il commença son ascension. Les marches qu'il avait construites étaient raides, elles vacillèrent sous ses pieds. En montant, il s'accrochait à la pierre suivante, comme si elle pouvait l'empêcher de tomber. C'était encore une chose sur laquelle il ne s'était jamais attardé et qu'il redoutait désormais : la peur de tomber, de ressentir la douleur.

Ses muscles se contractèrent, comme pour anticiper son échec.

Quand il atteignit la marche la plus haute, il se redressa sur ses jambes tremblantes et fit glisser ses mains le long de la pierre rêche, s'étirant jusqu'à atteindre le haut du mur. Il s'assura d'avoir une bonne prise, puis il se hissa malgré ses bras tremblants. Quand il parvint à soulever son torse sur le mur, il atterrit sur son côté blessé.

– Putain ! aboya-t-il alors que la douleur mordante le transperçait.

Il siffla entre ses dents et traîna le reste de son corps sur le mur avant de s'y effondrer.

Il resta allongé un moment en respirant fort, son corps se couvrait de sueur, puis il s'assit, une main plaquée sur sa blessure sanglante, et observa la vue.

Il avait espéré avoir une idée pour s'échapper de ce trou infernal, mais il ne vit qu'un vaste réseau de tunnels qui s'étendait sur des kilomètres et disparaissait dans la pénombre. Cet endroit n'avait ni début ni fin.

Il lui parut pourtant plus judicieux d'enjamber le labyrinthe plutôt que de le traverser.

Il ne lui restait plus qu'à choisir un chemin et à prier les Moires.

Dieux, il était vraiment désespéré.

Il se leva et réfléchit à la suite. Il essaya de deviner la direction des cellules en se basant sur la distance qu'il avait parcourue avec Thésée, mais le lieu était trop déroutant. Et c'était sans parler du fait que les murs étaient une véritable leçon de stratégie, car leur épaisseur et la distance qui les séparait variaient constamment ; certains étaient fins et proches, d'autres étaient larges et éloignés.

Il décida de tenter d'avancer en ligne droite, du moins, aussi droite que possible.

Il baissa les yeux et évalua la distance qui le séparait du mur suivant.

Le premier saut ne fut pas trop difficile, car la distance était à peu près celle d'un pas. Le second, en revanche, lui apparut comme de la largeur d'un abyme, et il ne voyait en contrebas que l'obscurité la plus totale.

Il s'était toujours senti chez lui dans l'ombre, mais pas ici. Ce n'étaient pas *ses* ténèbres. Celles-ci étaient nées d'un autre type de mal, un mal par lequel il ne souhaitait pas être consumé et qu'il ne voulait pas libérer dans le monde.

Il sauta et atterrit sur la tranche du mur. Il vacilla quelques instants avant de tomber à genoux. L'impact le secoua, mais il s'habituait à la douleur. Il se leva à nouveau en se tenant la taille et se prépara au saut suivant.

Une part de lui s'inquiétait de se faire des illusions. Peut-être que la seule chose qu'il avait accomplie en escaladant ces murs, c'était de divertir Thésée et ses hommes. Mais, même si c'était le cas, au moins il aurait essayé de déjouer la fin qu'ils avaient prévue pour lui.

Au bout d'un certain temps, il s'arrêta pour regarder derrière lui, mais le chemin qu'il avait parcouru ressemblait à celui qui l'attendait.

Cet endroit était enrageant, bon sang.

Il repartit et sauta, mais son pied glissa. Il tomba et se rattrapa d'une main, grognant quand le poids de son corps écrasa son bras. Il resta suspendu un instant, plantant ses ongles dans la pierre avant de se balancer sur le côté pour saisir le bord de son autre main, mais elle glissa.

– Merde !

Cependant, son juron fut étouffé par un grognement sourd et vrombissant. Hadès baissa la tête et découvrit les yeux brillants d'un énorme lion juste avant qu'il ne se jette sur lui.

– Merde ! jura-t-il à nouveau avant de se laisser tomber dans le labyrinthe.

Il heurta le sol et ses jambes cédèrent sous son poids, le lion bondit du mur et atterrit derrière lui.

Hadès se dépêcha de se lever, et les deux se mirent à tourner en cercle en se scrutant.

Le lion montra ses crocs blancs et rugit, soufflant son haleine nauséabonde de chair en décomposition. Le ventre d'Hadès se souleva et il se demanda de quoi le lion s'était nourri.

Il connaissait ce lion.

C'était le lion de Némée, célèbre pour sa peau impénétrable et ses griffes d'argent plus affûtées que des sabres.

Même si Hadès avait été armé, cela n'aurait servi à rien.

Le lion bondit et Hadès bougea à la toute dernière seconde. Il se mit à courir et sentit les griffes de la bête lui lacérer le dos. Il hurla et tituba en avant, puis tomba à quatre pattes.

Il lui fallut un moment pour se rendre compte que le filet gisait sur le sol, coupé par les griffes du lion. Il ignora la brûlure lancinante dans son dos et essaya de se relever, mais le lion mordit sa cheville avant qu'il en ait eu le temps. La douleur transperça son corps tout entier, le consumant comme des flammes alors qu'il tombait à nouveau à terre.

Hadès parvint à rouler sur le dos et sa jambe se tordit douloureusement dans la gueule du lion alors qu'avec l'autre, il mettait un coup de pied après l'autre dans la tête de la bête, jusqu'à ce qu'elle ouvre ses mâchoires puissantes.

Dès qu'il fut libre, il se releva face au lion monstrueux, et ils se tournèrent à nouveau autour jusqu'à ce que le lion charge à nouveau. Cette fois, il agita ses longues griffes argentées dans sa direction, mais Hadès parvint à esquiver chaque coup mortel et la créature rugit de frustration. Hadès fut repris de nausée en sentant son haleine rance, mais il chargea le lion, sautant dans les airs pour atterrir sur son dos.

La bête rugit et courut à toute vitesse. Hadès s'agrippa à sa fourrure et se pencha en avant, passant ses bras autour de son cou pour le serrer de toutes ses forces jusqu'à ce que le lion se mette à trembler. Il ralentit et son souffle ne fut bientôt plus qu'un sifflement.

La créature tituba enfin et tomba à terre.

Hadès roula sur le dos, à bout de souffle et couvert de sueur. Il resta longtemps à regarder le plafond tout en évaluant ses blessures. Il avait mal au pied et son dos lui semblait brûlant, mais ces blessures n'étaient pas aussi douloureuses que celle que Thésée lui avait infligée à la taille. Celle-là lui donnait la nausée.

Il pouvait s'estimer heureux d'avoir conservé sa force, même s'il sentait qu'il n'était pas à son maximum. Mais il s'en contenterait, parce qu'il ne pouvait invoquer sa magie entre les murs de cette prison.

Un éclat argenté attira son attention et il tourna la tête vers les griffes du lion. Il s'assit et se pencha vers la patte, effleurant à peine une des pointes, ce qui suffit à le faire saigner.

Des griffes aussi affûtées que des sabres.

Hadès se rapprocha et se mit à déchirer des bandes de sa chemise qu'il entoura plusieurs fois autour de la griffe la plus longue pour lui servir de protection. Quand il fut certain d'avoir une prise suffisante sans se taillader la main, il tira dessus de toutes ses forces et l'arracha de la patte gigantesque. Elle avait la forme d'une faucille, légèrement courbée et plus épaisse d'un côté.

Maintenant, j'ai une arme.

Il baissa les yeux sur le corps du lion et sa fourrure impénétrable.

Et une armure, pensa-t-il en empoignant son nouveau couteau.

Hadès se mit à dépecer le lion, une tâche difficile et sanglante. Il n'aima pas le faire et ne pensait pas que le monstre le méritait, mais il s'apprêtait à entrer dans le labyrinthe et il ne savait pas ce qu'il allait y affronter. Il y avait sans doute bien pire que ce lion.

Il n'avait pas de sel à étaler sur la peau, alors il utilisa du sable – non pas que cela permette de conserver la peau, mais il espérait que cela la rendrait moins… mouillée. Une fois qu'il eut fini, il enfila la peau comme une cape et, la griffe dans la main, il entra dans le labyrinthe.

Il ne savait pas combien de temps il avait marché, car il perdit rapidement toute notion du temps et de l'espace. Il régnait dans le labyrinthe un silence qu'il n'avait jamais connu auparavant. C'était un calme physique qui paraissait aussi solide que les murs qui l'entouraient.

L'obscurité était amère et aveuglante.

Plus il arpentait les tunnels sinueux, plus il lui semblait que tout son corps se tordait pour adopter leur forme. Son humeur vacillait. Parfois, il était en colère de se sentir aussi désespéré dans le noir et de ne pas se sentir lui-même et, à d'autres moments, un étrange sentiment de paix s'emparait de lui, et il lui semblait alors naviguer à travers les passages avec un détachement serein.

Il récita des poèmes et composa les siens, essayant de mettre des mots sur la beauté de Perséphone, se retrouvant à perdre la raison.

– Ses cheveux blonds rayonnent comme le soleil brûlant, commença-t-il avant de s'arrêter. C'est stupide, putain. En plus, je déteste Hélios.

Il essaya à nouveau.

– Elle est sortie de la nuit, tel un être à la voix douce et aux cheveux flottant comme une rivière au printemps.

C'était encore pire.

Il décida de chanter.

– C'est… *Laurier*, d'Apollon ? demanda Hermès.

Hadès fusilla du regard le dieu qui était apparu à côté de lui dans une forme de chérubin avec des ailes blanches qui le faisaient voleter comme un colibri.

– Je t'assassinerai si tu dis à qui que ce soit ce que tu as entendu ici.

– Eh ben, quelle agressivité, BG de la mort ! répondit Hermès. Tout le monde écoute Apollon, il n'y a pas de honte à avoir. Il est tendance.

Hadès préféra ne pas répondre.

– C'est quoi, cette dégaine ? demanda-t-il plutôt.

– Quelle dégaine ? répondit Hermès en se regardant.

– Ta dégaine de chérubin, Hermès.

Le dieu de la Ruse haussa les épaules.

– Tu devrais te poser la question toi-même. C'est *ton* hallucination.

– Crois-moi, je ne manifesterais jamais Hermès sous la forme d'un enfant. Il est déjà suffisamment agaçant et impoli comme adulte.

– Quel manque de courtoisie ! s'offusqua Hermès avant de grandir et de s'étirer jusqu'à ce que ses pieds touchent le sol.

Il se tourna face à Hadès et avança à reculons dans le couloir.

– Tu sais, Hadès, tu aurais besoin de…

– Ce dont j'ai besoin, c'est de sortir de ce putain de labyrinthe.

– J'allais dire que tu avais besoin de t'amuser un peu, dit le dieu.

Ils approchaient d'une autre ouverture dans le mur. Hermès étant de dos, Hadès pensait qu'il la raterait, mais il fut surpris lorsqu'il se décala à droite et continua dans un autre couloir obscur.

– Tu as besoin d'un passe-temps.

– J'en ai déjà, répondit Hadès d'un ton sec.

– Picoler et baiser ne comptent pas.

– Tu es mal placé pour parler, toi, rétorqua Hadès. Tu passes ton temps à picoler et à baiser.

– Ce n'est pas la *seule* chose que je fais. Je joue au bridge une fois par semaine à la bibliothèque.

– Bon sang, mais c'est quoi le bridge ?

– Tu possèdes une maison de jeux et tu ne sais pas ce qu'est le bridge ? Dieux, que tu es *vieux* !

– J'ai des hobbies, Hermès. Je monte à cheval et je joue aux cartes, et je rêve quotidiennement des divers moyens de te torturer.

Le dieu haussa les sourcils.

– Tu rêves de moi ?

Hadès ne dit rien.

– Et… euh… comment tu me tortures, alors ? Dans tes rêves ?

– Pas d'une façon plaisante.

– Allez, dresse-moi la liste, insista Hermès.

Son ton avait changé et était légèrement plus agressif, comme s'il lui donnait un ordre.

Hadès résista d'abord, car il n'aimait pas recevoir d'ordres, mais si Hermès tenait à entendre toutes les façons qu'il avait imaginées pour le torturer… soit.

– J'ai envisagé la castration, mais je crois que tu trouverais ça trop agréable, dit Hadès.

La bouche du dieu se pinça, puis il haussa les épaules.

– Ce n'est pas faux.

– J'ai dû faire une croix sur tout ce qui requerrait de t'attacher, aussi.

– Nul ! râla Hermès.

– Je pourrais t'envoyer dans la Forêt du Désespoir, mais il est probable que ta plus grande peur serait d'avoir une vie avec un seul partenaire sexuel.

– Une tragédie ! se rebella le dieu.

– Ce qui signifie qu'il me faudrait prendre une approche différente.

– Ouah, tu y as vraiment beaucoup réfléchi, dit Hermès.

– Tout d'abord, je te condamnerais à toujours paraître quelconque aux yeux d'un amant potentiel.

Hermès retint son souffle et poussa un cri aigu.

– Ensuite, je ferais en sorte que tu ne retrouves plus jamais ton rythme. Ça vaut pour la danse et le sexe.

– Tu ne ferais pas ça ! gémit Hermès.

– Ou bien la vue de ton pénis ferait vomir tout le monde.

– Espèce de monstre !

– Ce ne sont même pas mes préférés, ricana Hadès. Mon favori, c'est qu'aucune des séries télé que tu commences n'ait de fin.

– Non ! hurla le dieu. C'est vrai, ce qu'on dit sur toi. Tu es vraiment un dieu cruel.

Hadès haussa les épaules.

– C'est toi qui l'as demandé.

– C'est vrai. J'espère que ça t'a aidé.

Hadès entendit son sourire dans sa voix, mais il ne comprenait pas.

– Quoi ? demanda-t-il en se tournant vers le dieu, mais celui-ci n'était plus là.

Encore une fois, Hadès était seul, et s'il détestait la déception qui pesait sur sa poitrine, il se sentait plus présent qu'il ne l'avait été jusque-là.

Concentré à nouveau, il poursuivit son chemin. Il n'avait aucun moyen de savoir où il allait ; s'il était plus près ou plus éloigné du centre. Il ne savait même pas où il *aurait dû* aller. Il savait simplement que s'arrêter était pire.

Ça équivaudrait à baisser les bras.

Il finit par tourner à un angle et se trouva face à une noirceur différente. Il s'arrêta avant d'y pénétrer, hésitant. Il savait qu'il n'était pas au bout du labyrinthe, il devait plutôt se rapprocher du milieu.

Sur quelle distance cette pénombre s'étendait-elle ?

Il avait presque perdu la raison à force d'être entouré par ces murs. Que se passait-il quand il n'y avait *rien* ?

Il avança un pied puis l'autre et, alors que l'obscurité le touchait de tous les côtés, il se dit un instant que ce serait le genre de chose qu'il affronterait dans la Forêt du Désespoir : rien, le vide.

La solitude.

Soudain, de vives lumières l'aveuglèrent, lui mettant les larmes aux yeux.

Le rire de Thésée résonna dans l'espace qu'Hadès savait désormais être le centre du labyrinthe, il s'étendait vraiment en tous sens sur plusieurs kilomètres.

– Tu as l'air ridicule, dit le demi-dieu.

Hadès cligna des yeux pour ajuster sa vue à la lumière et vit Thésée debout face à lui. Des deux, c'était lui qui ne semblait pas à sa place. Il était trop propre et trop apprêté pour la folie qui régnait dans le labyrinthe, vêtu de son costume bleu et de sa chemise impeccable.

– J'aurais été déçu que tu n'essaies pas de t'échapper.

Hadès le fusilla du regard et serra la griffe dans sa main.

Thésée le remarqua et claqua de la langue.

– Héra sera dévastée d'apprendre que tu as tué son animal de compagnie, dit le demi-dieu.

Hadès resta silencieux.

– Tu sais, Hadès, te parler est un peu comme parler à un mur de briques.

– Alors peut-être que tu ne devrais pas.

– Mais j'ai *tant* à dire, ricana-t-il. Tout comme ta femme, apparemment.

Hadès grinça des dents. Il ne savait pas à quoi Thésée faisait référence, mais Perséphone semblait avoir fait quelque chose pour l'énerver.

– Peut-être que tu peux me dire comment la faire taire, poursuivit Thésée. Ou bien est-ce seulement parce que ta bite est constamment dans sa bouche ?

Hadès serra la lame encore plus fort.

– Peut-être devrais-je essayer, conclut Thésée.

Hadès fonça sur lui et bondit en l'air pour faire un saut périlleux, il rugit en brandissant sa griffe mortelle.

Thésée ne bougea pas d'un iota lorsqu'Hadès se précipita sur lui et qu'un frisson de malaise descendit dans son dos. Il savait qu'il avait raté quelque chose – et soudain cela le frappa, littéralement.

Quelque chose de lourd le cloua au sol, sur lequel il s'écrasa si fort qu'il s'y enfonça. Il comprit rapidement qu'il était piégé sous un autre filet. Il tenta de s'en libérer avec la griffe du lion, mais il ne pouvait pas bouger le bras.

Il essaya alors de ronger les fils et se couvrit de sueur. Thésée approchait.

Le demi-dieu s'accroupit devant lui et regarda Hadès se débattre.

– Tout ça serait plutôt honorable si ce n'était pas si pathétique, dit-il en prenant la griffe des mains d'Hadès.

Il l'étudia quelques secondes, puis il la planta dans la main d'Hadès en l'enfonçant dans le sol.

Hadès ne put même pas crier, il parvint seulement à émettre un gémissement de douleur.

Il lança un regard noir à Thésée, respirant fort en serrant les dents, puis il le vit sortir une petite enveloppe de la poche de sa veste, qu'il retourna pour en verser le contenu dans sa paume.

– Tu l'as mérité, déclara-t-il en soufflant quelque chose dans le visage d'Hadès.

C'était une sorte de poudre qui remplit son nez, sa bouche et ses yeux. Il commença à tousser et ne put plus s'arrêter. Des larmes coulaient sur ses joues, ses poumons étaient en feu. Il avait besoin d'eau – de respirer –, mais il sentit alors un goût de sang au fond de sa gorge.

Il eut du mal à y voir.

Je vais mourir.

Chapitre IX

PERSÉPHONE

Les Enfers étaient différents.

L'air sentait le soufre, et le ciel était rempli de cendre. Lorsque le vent soufflait, Perséphone sentait le sable fin sur sa peau, rêche et blessant.

Mais ce n'était pas tout. Les âmes avaient déversé leur joie habituelle dans leurs préparatifs de guerre. Cerbère restait sur le qui-vive sous sa forme unique à trois têtes, et il ne voulait pas jouer. Pendant tout ce temps, les montagnes d'obsidienne du Tartare narguaient Perséphone de sorte qu'elle ne pouvait oublier ce qui était arrivé dans l'arsenal.

Elle avait beau savoir qu'elle était reine de ce royaume et possédait donc un pouvoir sur lui, elle ne parvenait pas à se forcer à cacher ces changements, ce lent déclin. Car ils lui semblaient appropriés, étant donné tout ce qui s'était passé et qui se passait encore, et masquer ça sous des lianes et des fleurs aurait été hypocrite. Un cadavre restait un cadavre, même lorsqu'on le couvrait de fleurs colorées.

Une part d'elle se demandait si les Enfers mouraient, et si c'était le cas, si cela signifiait qu'Hadès mourait aussi. Mais elle se dépêcha d'oublier ces doutes. Elle ne pouvait réfléchir de cette manière : ce serait comme abandonner, et elle n'abandonnerait *jamais*. Elle se battrait pour Hadès jusqu'à ce que le monde touche à sa fin, et quand il ne resterait plus rien, seule sa rage survivrait.

– Est-ce que tu as eu des nouvelles ? demanda Yuri.

Perséphone plongea dans les yeux écarquillés de l'âme. Elle fronça les sourcils en réalisant qu'elle avait été tellement perdue dans ses pensées qu'elle n'avait rien entendu de ce que disait son amie.

– Au sujet d'Hadès, clarifia Yuri.

Perséphone baissa les yeux sur son thé froid.

– Non, chuchota-t-elle.

Hermès et Apollon chassaient toujours les hommes de Thésée. Le plus difficile était de trouver quelqu'un suffisamment proche du demi-dieu pour avoir des informations, même s'ils découvraient que peu de gens, voire personne, n'étaient au courant de ses projets.

Hécate continuait à chercher sa trace, ce qui s'avérait plus difficile que prévu, car elle semblait voyager avec Thésée, révélant une routine assez ennuyeuse pour une personne aussi sinistre que lui.

Cela dit, connaître les déplacements du demi-dieu restait un avantage. Peut-être trouveraient-ils quelqu'un à interroger.

– Est-ce que les âmes…

Perséphone allait demander à Yuri s'ils étaient inquiets, mais c'était une question ridicule. Bien sûr qu'ils l'étaient. Ça faisait à peine deux jours que Thésée avait libéré les Titans et que les âmes avaient combattu les monstres qui s'étaient échappés du Tartare. Ils s'étaient montrés courageux, mais il y avait des conséquences, comme Perséphone s'y attendait. Certains n'avaient pas supporté le traumatisme du combat, et Thanatos avait dû les emmener aux Champs Élysées.

Tout le monde avait souffert. Et souffrait encore.

– Est-ce qu'ils se sentent en sécurité ? demanda-t-elle plutôt.

– Autant que possible, répondit Yuri en regardant par sa porte ouverte. Le fait de se préparer au pire les rassure.

La rue était pleine d'âmes qui réparaient ou renforçaient leurs maisons. Ian et Zofie continuaient à forger des armes et leurs marteaux respectifs frappaient les enclumes dans un rythme décalé.

C'était presque comme s'ils ne faisaient pas confiance à sa magie. Toutefois, comment aurait-ce été possible, alors qu'elle ne s'y fiait pas elle-même ? Elle était encore nouvelle, encore étrangère. Elle crépitait sous la surface de sa peau, lui rappelant que la magie d'Hadès était constamment en alerte, prête à la protéger, coûte que coûte.

Les yeux de Perséphone se remplirent de larmes et, au bout d'un long silence, Yuri chuchota d'une voix tremblante :

– J'aimerais juste que tout redevienne normal.

Perséphone s'endurcit en entendant ces propos.

C'était une chose naturelle à dire quand tout semblait si incertain, mais plus elle apprenait à vivre avec le deuil, plus le concept de normalité l'agaçait.

Car il n'y avait pas de normalité. Il y avait seulement le passé et il était inutile de le regretter, même lorsqu'elle se sentait plus seule que jamais, car rien ne pouvait redevenir comme avant – pas après ce qui s'était passé.

– « Redevenir normal » est impossible, Yuri, dit Perséphone. Il y a seulement du nouveau et du différent, et aucun des deux ne peut toujours être pour le mieux.

L'âme fronça les sourcils.

– Perséphone, je...

La déesse se leva avant que Yuri n'ait terminé sa phrase, car elle savait ce qu'elle allait dire.

Je suis tellement désolée.

Or elle ne supportait pas de l'entendre. Elle n'aurait su expliquer pourquoi, mais il lui semblait que c'étaient des mots creux que les gens disaient quand ils n'avaient pas d'assurance à offrir.

– Merci pour le thé, Yuri.

Elle s'enfuit avant que ses émotions ne prennent le dessus et elle se téléporta au Pré de l'Asphodèle. Quand elle y apparut, elle était déjà en larmes. Elle observa les Enfers depuis l'endroit où elle se tenait, les bras croisés. Le vent se leva, agitant ses cheveux, et les asphodèles qui l'entouraient se balancèrent au gré de la brise, effleurant sa robe.

Elle se sentait malade et perdue, et elle ne savait pas où aller, car le royaume tout entier lui rappelait Hadès, et c'était lui qu'elle désirait le plus.

Elle ferma les yeux et ses larmes froides coulèrent sur ses joues.

– Lady Perséphone.

Elle déglutit et regarda Thanatos par-dessus son épaule. Elle n'essaya pas de cacher sa peine, car il pouvait la sentir, qu'elle le veuille ou non.

– Je peux t'aider ?

Elle savait ce qu'il lui demandait.

Thanatos avait le pouvoir d'influencer les émotions, d'alléger la souffrance. Par le passé, elle avait toujours refusé, car elle avait l'impression de mériter de souffrir, mais cette fois était différente.

– *S'il te plaît*, sanglota-t-elle.

Thanatos lui tendit la main et elle la prit, sentant sa peau chaude et douce contre la sienne. Soudain, un sentiment de paix l'envahit. C'était comme… un pique-nique dans la prairie, sous le ciel étoilé des Enfers, comme préparer des cookies dans une petite cuisine, sa meilleure amie à ses côtés. C'était comme la joie qu'elle prenait à jouer à pierre-papier-ciseaux, ou une partie de cache-cache.

C'était comme… la première fois qu'elle avait regardé Hadès et avait reconnu son âme.

– À quoi penses-tu ?

Elle frissonna en entendant sa voix, et sa peau se couvrit de chair de poule.

Elle ouvrit les yeux.

– Hadès, chuchota-t-elle en touchant son visage, effleurant sa barbe de trois jours.

Il lui parut réel, mais elle s'était déjà fait avoir et elle ne se pensait pas capable de supporter de se réveiller seule à nouveau.

Ils étaient allongés dans l'herbe, sous un chêne tortueux. Elle connaissait cet endroit ; ils y étaient déjà venus pour s'y reposer et y faire l'amour. Il se trouvait en bordure des Champs Élysées, et si elle s'asseyait, elle verrait les vagues grises de l'océan à l'horizon.

– Où es-tu ? demanda-t-elle.

Il éclata de rire et posa ses yeux sombres sur elle en pressant son corps contre le sien.

– Je suis ici, dit-il. Avec toi.

Elle secoua la tête et des larmes jaillirent dans ses yeux. Elle savait que c'était faux.

– Ma chérie, susurra-t-il d'une voix grave en plongeant ses doigts dans ses cheveux.

Il se pencha en avant et pressa ses lèvres sur son front. Elle ferma fort les yeux et se concentra sur la sensation du baiser chaud et tendre.

Réel.

Quand il recula, il effleura son nez avec le sien.

– C'était juste un rêve, dit-il, et elle rouvrit les yeux.

– Tu parles comme si tu vivais dans mon esprit, répondit-elle.

Hadès la dévisagea et fronça les sourcils, baissant les yeux sur ses lèvres. Perséphone devint soudain consciente du désir qui contractait son bas-ventre.

– Que me faut-il faire ? Pour te prouver que c'est réel ?

– Rien de ce que tu feras ne m'en persuadera. À moins que tu puisses me dire où tu es.

Il resta silencieux en la scrutant, puis il se rapprocha et l'air se chargea entre eux, plus lourd encore que le poids de son corps sur le sien.

– Perdu, répondit-il avant de s'emparer de sa bouche.

Son baiser la marqua au fer rouge et elle ouvrit la bouche quand il y plongea la langue.

Son goût était différent, sa bouche n'avait pas son goût fumé et sucré habituel, mais son parfum était le même, transperçant et terreux comme les longues ombres projetées par les flammes. Elle essaya de ne pas s'attarder sur ce changement et ce que cela pouvait signifier.

Hadès recula à peine, de sorte qu'elle sentit ses lèvres effleurer les siennes lorsqu'il parla.

– Vis ce moment avec moi, chuchota-t-il alors qu'elle gardait les yeux fermés.

Perséphone cessa alors de résister, convaincue par cette prière qu'elle avait elle-même formulée la fois précédente. Sa bouche percuta la sienne et elle le prit dans ses bras, appuyant ses mains dans son dos, attirant tout son corps contre le sien.

Pendant qu'ils s'embrassaient, Hadès roula ses hanches et Perséphone se souleva pour le sentir là où elle en avait tant besoin. Chaque ondulation embrasait un peu plus sa peau et lui coupait un peu plus le souffle. Quand Hadès quitta enfin sa bouche, Perséphone était prête pour lui, trop consciente du vide qu'elle ressentait.

– Hadès, chuchota-t-elle alors qu'il promenait sa bouche le long de sa mâchoire puis sur sa gorge et enfin entre ses seins, plantant ses ongles dans sa peau.

Elle plongea ses doigts dans ses cheveux et les empoigna quand il mordilla un téton puis l'autre à travers sa robe.

Il leva enfin les yeux.

Son regard était sombre, mais tout aussi brillant qu'en réalité. Ses yeux brûlaient d'un feu qui leur était propre, d'une vivacité qui ne jaillissait que lorsqu'il la regardait, elle. Perséphone avait l'impression qu'un abyme s'était ouvert dans son ventre, la rendant encore plus vide qu'avant.

– Oui ? demanda-t-il.

– Prends-moi comme un dieu, dit-elle.

– Si tu le souhaites, répondit-il.

– Je le souhaite.

Hadès ne la quitta pas des yeux tandis qu'il se baissait pour sucer son téton avant de reculer sur les genoux. Elle n'aimait pas cette distance, mais elle aimait le regarder se déshabiller. Quand il fut nu devant elle et eut quitté son Charme, elle s'assit à son tour et passa sa robe par-dessus sa tête.

Le regard qu'il posa sur sa peau nue rendit Perséphone sauvage et possessive. Il réveillait en elle une envie de dominer et elle se dressa sur ses genoux alors qu'Hadès la prenait dans ses bras. Il la rapprocha et l'assit sur ses cuisses pour qu'elle soit tout contre sa verge.

– Quitte ton Charme, dit-il, afin que je puisse faire l'amour à une déesse.

À cheval sur lui, elle était plus grande que lui et elle s'en servit pour le taquiner, effleurant sa bouche avec la sienne.

– Si tu le souhaites, chuchota-t-elle.

– Je le souhaite, gronda-t-il d'une voix grave et presque fiévreuse.

Perséphone lâcha sa magie et son Charme glissa dans son dos, la faisant frissonner.

Hadès l'étreignit plus fort et la souleva davantage. Elle n'avait pas besoin qu'il parle pour savoir ce qu'il demandait, et elle répondit sans un mot, guidant le bout de sa verge entre ses lèvres. Elle s'appuya sur ses épaules en se rasseyant sur lui, inspirant fort alors qu'une vague de plaisir parcourait son corps et résonnait dans sa tête.

Elle le serra plus fort contre elle et, tandis qu'ils ondulaient ensemble, elle ne put plus se concentrer que sur les sensations qu'il éveillait en elle. C'était une magie en soi, distincte d'un don divin, mais elle permettait à Perséphone de vivre un moment de pure extase, loin du deuil et de la tristesse de sa vie.

Mais tout ça n'était pas réel. Soudain, son excitation fut transpercée par la douleur.

Perséphone plongea ses doigts dans les cheveux d'Hadès et tira sa tête en arrière pour s'emparer de sa bouche alors que les larmes coulaient sur ses joues.

– Allonge-toi, ordonna-t-elle en rompant le baiser.

Hadès soutint son regard et obéit, s'allongeant sur le dos.

Elle ajusta sa position et posa ses mains à plat sur son torse.

– Parle-moi, dit-il alors que son corps se crispait sous le sien et qu'elle se mettait à onduler.

– Il n'y a rien à dire, répondit-elle.

Elle saisit ses mains et les posa sur ses seins.

– Tu as toujours quelque chose à dire, répondit-il en titillant sa chair.

– Un dieu m'a dit un jour que les mots n'avaient pas d'importance, déclara-t-elle tout en respirant de plus en plus vite.

– Ton dieu n'était qu'un imbécile, répondit-il en empoignant ses hanches et en accélérant ses coups de bassin.

– Ah ? demanda-t-elle en gémissant.

– Certains mots ne sont pas insignifiants.

Perséphone n'était plus capable de parler, et Hadès ne dit plus rien alors qu'elle se contractait sous l'effet d'un plaisir intense. Ce fut seulement quand elle s'effondra sur Hadès qu'il jouit à son tour en chuchotant contre sa tempe.

– Je t'aime, Perséphone.

***

– Perséphone.

Elle ferma plus fort les yeux, s'accrochant encore un peu à son rêve, mais elle sentait déjà le poids des bras d'Hadès s'estomper.

– Perséphone.

Elle ouvrit les yeux et trouva Hécate debout à côté d'elle. Il lui fallut un moment pour reprendre ses esprits et comprendre qu'elle était dans son lit. Thanatos avait dû l'y porter depuis le Pré de l'Asphodèle.

– Hécate, chuchota-t-elle en s'asseyant, alors qu'un mal de tête la saisissait. Est-ce que tout va bien ?

– Je crois que j'ai trouvé Hadès, dit Hécate.

Perséphone désespérait tant d'entendre ces mots qu'elle put à peine y croire.

– Où est-il ? demanda-t-elle en se levant.

Hécate ne répondit pas tout de suite et l'espoir de Perséphone se changea vite en crainte.

– Hécate ?

– Il est à Cnossos.

– À Cnossos ? demanda Perséphone, confuse.

Cnossos était une ancienne cité sur l'île de Crète.

– Mais il n'y a rien là-bas, sauf les ruines du palais.

– Viens, dit Hécate en lui tendant la main.

Perséphone sentait déjà la magie ancienne d'Hécate, électrique, s'enrouler autour d'elle. Son cœur s'emballa, elle prit la main de la déesse et elles se téléportèrent.

Elle s'attendait à apparaître devant les ruines du palais de Cnossos et elle fut surprise de se retrouver dans le bureau d'Hadès à Nevernight. Hermès était allongé sur le bureau du dieu des Morts, Apollon, lui, était derrière le bar, tenant deux shots de vodka dans ses mains. Un mortel était assis sur une chaise, les mains attachées dans son dos. C'était un homme âgé, presque chauve, avec un nez pointu et des lunettes rondes.

– Qu'est-ce qui se passe ? demanda Perséphone. Qui est-ce ?

– Je suis Robert, dit l'homme.

– C'est Robert, acquiescèrent Hermès et Apollon, parlant en même temps, ce qui fit grimacer Perséphone.

– Et qui est Robert ? demanda-t-elle en s'efforçant d'être patiente.

Hécate venait de trouver Hadès et ces deux-là étaient… eh bien, elle ne savait pas ce qu'ils faisaient.

– Je suis architecte, dit Robert.

– Il est architecte, répétèrent Apollon et Hermès, à l'unisson encore une fois.

L'ennui s'entendait dans leur voix.

Perséphone regarda Hécate, qui leva les yeux au ciel avant d'envoyer une poussée de magie dans la direction des dieux. Hermès se leva d'un bond du bureau et atterrit sur le sol en marbre alors qu'une épine d'obsidienne se dressait du bureau, à l'endroit où avaient été posées ses fesses. La vodka dans les verres d'Apollon se changea en sable pile au moment où il l'avalait et il le recracha en s'étouffant.

– Putain de merde ! s'exclamèrent-ils.

Hermès se releva pendant qu'Apollon cherchait désespérément du liquide, choisissant une bouteille de vin déjà ouverte.

– Mon mari manque à l'appel et Hécate me dit qu'il est à Cnossos. Or au lieu de m'y emmener, elle m'a téléportée ici, auprès de vous, dit Perséphone d'une voix furieuse. Est-ce que *l'un de vous deux* veut bien me dire *ce qui se passe* ?

Hermès et Apollon se regardèrent.

– Je crains que ce ne soit pour cela que je suis ici, dit Robert.

Perséphone baissa les yeux sur le mortel.

– Et qu'as-tu à faire avec mon mari et Cnossos ?

– Je suis architecte, répéta-t-il.

Perséphone ne maîtrisait pas sa magie, et elle n'en avait pas envie. Elle jaillit, lourde et sombre, et des griffes noires sortirent de la pointe de ses doigts.

Le mortel écarquilla les yeux et sembla s'enfoncer davantage sur sa chaise.

Perséphone sentit une main sur son bras et se tourna vers Hécate.

– Ce que ces imbéciles essaient de te dire, c'est que les ruines de Cnossos ne sont plus des ruines, dit Hécate.

– Thésée a reconstruit le labyrinthe, ajouta Apollon.

– Alors on a eu l'idée de trouver son constructeur, dit Hermès.

– *Architecte*, corrigea Robert.

– Mais il s'avère que Robert n'était que le *premier* constructeur, poursuivit Apollon.

– *Architecte*, répéta Robert.

– Le premier ? demanda Perséphone.

– Il les embauche et les vire, dit Apollon. Les…

– *Architectes*, lancèrent Robert et Hermès en même temps.

– Pourquoi ? s'enquit Perséphone.

– Il pense que ça rendra son labyrinthe encore plus complexe, dit Apollon.

– Je lui ai dit que ce n'était pas le cas, dit Robert. Il avait seulement besoin d'un seul grand architecte, mais il voulait qu'on ne puisse pas en échapper.

Perséphone fronça les sourcils et soutint le regard du mortel.

– Et… pourquoi es-tu ici, alors ?

– On *pensait* qu'on le torturerait jusqu'à ce qu'il nous dise comment sortir du labyrinthe, rouspéta Hermès. Mais il s'avère qu'il est *coopératif*.

– Je crois que tu râles pour la mauvaise chose, Hermès, intervint Hécate.

Le dieu de la Ruse croisa les bras.

– Alors vous me dites qu'Hadès est piégé dans un labyrinthe ? demanda Perséphone.

– C'est très probable, dit Robert. Je ne sais rien des projets de Thésée en dehors du fait qu'il voulait une sorte de prison. Il a insisté pour qu'elle soit bâtie en adamantine.

– Eh ben, c'est fâcheux, dit Hécate.

Perséphone regarda la déesse.

– Qu'est-ce que c'est ?

– C'est un métal forgé par Gaïa, expliqua la déesse de la Sorcellerie. Ça veut dire qu'entrer dans le labyrinthe équivaut à devenir mortel. Ça veut aussi dire qu'on ne peut pas se téléporter pour y entrer ou en sortir.

Plus elle en savait, plus Perséphone devenait anxieuse, mais tout cela expliquait pourquoi elle ne pouvait plus sentir la magie d'Hadès.

– Alors, la seule façon de le retrouver est de traverser le labyrinthe, dit Perséphone, réfléchissant à voix haute.

– Est-ce que tu sais quelle partie du labyrinthe tu as construite ? demanda Apollon. On pourrait trouver les autres architectes et reconstituer un plan.

Robert secouait déjà la tête.

– Je ne pourrais pas dire quelle partie est la mienne et je présume qu'il en sera de même pour les autres.

Perséphone étudia le mortel.

– Pourquoi es-tu si coopératif ? demanda-t-elle d'un ton dubitatif.

– Thésée ne nous a jamais demandé quels dieux on servait, dit l'homme. J'ai toujours été pieux, et je le resterai toujours.

Il parlait d'une voix sincère.

– Merci, Robert.

– De rien, Milady, répondit-il en souriant. Euh... est-ce que quelqu'un... pourrait détacher mes mains ? J'ai un peu mal.

Perséphone se tourna vers Apollon et Hermès.

– Ramenez-le chez lui, et que l'un d'entre vous... lui accorde une Faveur.

Apollon et Hermès se regardèrent.

– On ne peut pas, répondirent-ils en même temps.

Perséphone se souvint de ce qu'Aphrodite avait dit : Zeus leur avait retiré leurs pouvoirs.

– Alors, comment l'avez-vous amené ici ?

– À l'ancienne, répondit Hermès.

– Tu veux dire « à la mortelle », dit Apollon.

– On l'a kidnappé quand il sortait de son travail, expliqua Hermès. Antoni nous a aidés.

– Quelqu'un vous a vus ? s'enquit Perséphone.

– Ce serait grave ? répondit Hermès.

– Si les hommes de Thésée montent la garde, oui.

Hermès ferma la bouche et Apollon fronça les sourcils.

– Je doute que Thésée gaspille ses ressources sur moi, dit Robert. Je ne suis qu'un petit rouage de sa machine.

– Mais si un seul cède, c'est tout son projet qui s'effondre. Thésée n'aime pas laisser les choses au hasard, dit Perséphone en regardant Hécate. Que peut-on faire ?

Elle ne voulait pas que l'homme souffre pour sa loyauté envers les dieux.

– Je peux jeter un sortilège de protection, répondit la déesse. Même s'ils ne sont pas infaillibles.

– Je vous serai reconnaissant quoi que vous fassiez, acquiesça Robert. J'aurais voulu vous aider davantage.

Perséphone regarda le mortel dans les yeux.

– Tu nous as suffisamment aidés. Merci.

Hécate se téléporta avec Robert et revint après quelques secondes.

– Sera-t-il en sécurité ? demanda Perséphone.

– Je ne sais pas si quiconque l'est, admit Hécate.

L'estomac de Perséphone se noua à ces mots.

– Tu ne peux pas être responsable de tous les mortels qui croiseront la route de Thésée, répondit la déesse de la Sorcellerie.

– Non, mais j'aimerais éviter de les voir mourir parce qu'ils nous ont aidés.

– Il a fait son choix, conclut Hécate.

Perséphone était forcée de reconnaître que c'était vrai. L'enjeu était bien plus grand.

– On doit aller à Cnossos, déclara Perséphone.

– Attends, Seph, dit Apollon. C'est clairement un piège.

– J'en suis consciente, admit-elle.

Mais ça ne changeait rien.

– Je sais que tu es pressée de ramener Hadès à la maison, dit Hécate. Mais nous devons prendre des précautions. Apollon a raison. Il est clair que Thésée s'est servi de ta bague pour piéger Hadès, et il doit savoir que nous essaierons d'en suivre l'énergie. Il te veut dans ce labyrinthe. Il *compte* dessus, même.

Perséphone n'en doutait pas non plus. Thésée se jouait d'eux.

– Je pense savoir qui peut nous aider, intervint Hermès. Du moins, qui pourra nous dire à quoi nous attendre.

– Qui ? demanda Perséphone.

– Elle s'appelle Ariadne, dit-il. Ariadne Alexiou.

Chapitre X

DIONYSOS

Dionysos entra dans la galerie Crysos et se faufila dans la foule, en direction du bar. Le serveur avait dû le repérer, car il avait déjà préparé un verre de vin. Le dieu le saisit en hochant la tête et poursuivit son chemin, observant les amateurs d'art.

Il cherchait quiconque lui serait familier, mais pas parce qu'il voulait parler. Il voulait surtout évaluer la concurrence pour la mise aux enchères. Si les mortels en faisaient des tonnes en observant les chefs-d'œuvre, ce n'était pas l'art qui était à la vente, ce soir : c'était les femmes et les jeunes hommes.

Dionysos était à la recherche de Méduse, une Gorgone qui avait le pouvoir de changer les hommes en pierre. La dernière fois qu'elle avait été aperçue, c'était sur la rive de la mer Égée. Ce que Dionysos redoutait était arrivé et Poséidon l'avait trouvée – il l'avait violée et prétendait l'avoir laissée.

« *Si j'avais su la valeur de sa jolie tête, je l'aurais tranchée quand elle était à terre* », avait-il dit, informant Dionysos qu'elle ne pouvait changer les hommes en pierre que lorsque sa tête était séparée de son corps. C'était une révélation cruelle et Dionysos ne savait plus si retrouver la Gorgone était une bonne idée. Cependant, si ce n'était pas lui qui la trouvait, ce serait un autre, pour qui son utilité aurait plus de valeur que sa vie. Même si cette soirée ne l'aidait pas à retrouver Méduse, il pourrait au moins sortir des victimes du trafic de sexe et en repérer d'autres.

En fin de compte, les Ménades les sauveraient toutes ; en tout cas, c'était l'objectif. Dionysos n'osait pas appeler cela un plan, car il y travaillait depuis suffisamment longtemps pour savoir que les plans se déroulaient rarement comme prévu. Parfois, il était trop tard.

Sa gorge se noua.

Un jour, il espérait pouvoir mettre fin à ce terrible cycle de maltraitance.

Il se dirigea vers la salle voisine qui, si elle était plus spacieuse, était bien plus bondée ; sans doute parce que c'était là que l'art érotique était exposé. Dionysos balaya la salle des yeux, notant des portraits d'Aphrodite entre les mains d'amants mortels ainsi que des tableaux de clairières remplies de nymphes nues, puis il aperçut quelqu'un qu'il connaissait. Or c'était la dernière personne qu'il s'attendait à voir ici, parce qu'elle n'aurait tout simplement pas dû être là.

L'inspectrice Ariadne Alexiou se tenait en face de lui et le dieu du Vin ne put rien contre la vague de chaleur qui naquit entre ses cuisses. Son cœur se mit à battre plus fort et son sang se précipita dans tous ses membres, le rendant on ne peut plus conscient de la lourdeur entre ses jambes.

Putain de merde, pensa-t-il.

Elle était censée être dans son club, Bakkheia, en train de s'entraîner avec les Ménades. Mais elle était ici, vêtue d'une robe bleu électrique qui ne faisait qu'attirer davantage l'attention sur sa beauté. Il ne put s'empêcher de repenser à sa façon d'entourer sa taille avec ses longues jambes pendant qu'il la prenait contre la paroi d'une grotte sur l'île de Thrinacie, et à la douceur de ses cheveux lorsqu'il avait plongé ses doigts dedans pour les empoigner et obtenir un meilleur accès à sa bouche. Elle avait un goût délicieux et être contre elle avait été une sensation inouïe.

Merde, il avait vraiment envie d'elle.

Elle ne l'avait pas encore vu, mais il se dirigea vers elle quand il vit un homme qui lui tendait une coupe de champagne.

C'est quoi ce bordel ?

– Ari, dit Dionysos en approchant.

Sa frustration était telle qu'il était presque à bout de souffle.

Elle but une gorgée et la recracha dans son verre en écarquillant les yeux. Elle ne s'était clairement pas attendue à le voir ici non plus.

– Dionysos, salut.

– Qu'est-ce que tu fais ici ? demanda le dieu.

– Tu connais Lord Dionysos ? s'enquit l'homme à ses côtés.

Connaître était un euphémisme.

– Oui, dit-elle. Plus ou moins.

Elle le toisait du regard et il comprit ce qu'elle lui intimait.

Ne fous pas ça en l'air pour moi.

Il désigna tour à tour l'inspectrice et l'homme.

– Alors, c'est quoi, *ça* ?

Le type était jeune, avec une épaisse chevelure blonde, et il tendit la main d'un air hésitant.

– Je suis Leander Onasis, dit-il.

Dionysos regarda sa main puis son visage d'un air dédaigneux.

– Je ne t'ai pas demandé qui tu es.

Le mortel rougit et laissa retomber sa main. Il s'apprêtait à parler quand Ariadne l'interrompit.

– Leander, dit-elle en lui souriant d'un air navré, tu nous excuserais une minute ?

Il hésita et regarda le dieu.

– Bien sûr, dit-il enfin. Je... euh... on se voit dans l'autre salle ?

– Avant, même, promit-elle.

Il sourit et tourna les talons pendant que Dionysos le fusillait du regard, incapable de réprimer la jalousie et la colère qui crispaient sa nuque.

– Ah bon ? *Avant, même* ? gronda-t-il.

– C'est quoi ton problème ? siffla-t-elle. On avait un accord !

– Tu voulais retourner au travail, corrigea-t-il.

– Mais *c'est* du travail, rétorqua-t-elle.

– Ah ? Parce que je sais de source sûre que ton patron t'a chargée de la circulation.

– Tu m'espionnes, maintenant ?

– Je n'ai jamais cessé, admit-il.

Cela dit, ce n'était pas de l'espionnage et Ariadne le savait.

Ils s'étaient mis d'accord sur le fait qu'elle devrait retourner à son travail officiel en tant qu'inspectrice au sein de la Police Hellénique, mais elle avait dû accepter que les Ménades surveillent ses moindres faits et gestes. Apparemment, Dionysos allait devoir s'entretenir avec elles.

– Tu es arrivée avec lui ?

Son regard noircit et le transperça.

– Qu'est-ce qui te pose problème : mon boulot ou les hommes avec qui je couche ?

– Je croyais que tu avais dit que c'était du travail, rétorqua-t-il.

– Tu es vraiment un enfoiré, siffla-t-elle.

Elle tourna les talons et partit, mais Dionysos la rattrapa.

– Ari…

Elle arriva à l'angle d'un mur et se tourna brusquement.

– Ne m'appelle pas comme ça ! aboya-t-elle.

– Quoi ? Par ton nom ?

– C'est un surnom. Ça indique une familiarité, un privilège que je ne t'ai pas octroyé.

– J'ai couché avec toi. Je dirais qu'on est plutôt familiers, non ?

– Je t'ai donné accès à mon corps, dit-elle. Ça ne veut pas dire qu'on est proches.

Ses propos blessèrent Dionysos et il contracta la mâchoire pour se retenir de dire toutes les choses affreuses qui lui venaient à l'esprit. Il ne savait pas bien à quoi il s'attendait, mais il avait espéré qu'en rentrant de l'île, elle aurait encore voulu de lui.

Il se trouvait que c'était l'inverse.

– Tu le regrettes ? finit-il par demander, incapable de cacher qu'il était vexé.

– On ne va pas parler de ça ici, dit-elle, agacée, en détournant les yeux.

– C'est une occasion aussi bonne qu'une autre, répondit-il, car il savait qu'une fois partis d'ici, elle continuerait à l'éviter.

Quand elle le regarda dans les yeux, toute sa colère le frappa.

– Chaque fois que tu te comportes comme ça, comme maintenant, je le regrette un peu plus.

Il scruta son visage, désespéré d'y trouver un signe qu'elle mentait, mais il ne vit que sa rage.

Elle disait la vérité.

Il fit un pas en arrière en déglutissant.

– Surveille tes arrières, dit-il. On n'est pas entourés d'amis.

– Merci du conseil, répondit-elle avant de retourner auprès de Leander, qui l'accueillit en souriant et en lui tendant une coupe.

Quelques instants après, elle parut se détendre à ses côtés et Dionysos détesta qu'elle n'ait pas pu en faire autant avec lui.

Il dut employer une force immense pour arracher son regard de l'inspectrice, mais il finit par partir dans la salle principale, se dirigeant à nouveau vers le bar et son second verre de vin, quand un homme au visage tuméfié lui barra la route.

Il s'appelait Michail Calimeris, et il était le propriétaire de la Maison Jouvencelle, un bordel du Quartier du Plaisir.

– Eh bien, si ce n'est pas Lord Dionysos, dit-il.

Le dieu du Vin était allé voir le mortel au tout début de sa recherche de Méduse, mais les choses avaient vite dérapé quand Michail avait compris qu'Ariadne était flic, et elle avait fini par tuer deux de ses hommes.

C'était encore une raison pour laquelle elle n'aurait pas dû être présente ce soir.

– Michail, dit Dionysos. Tu as l'air… remis.

C'était faux, mais c'était bien la chose la plus sympathique qu'il aurait pu dire à l'homme qu'il détestait.

– Je suis sur la bonne voie, répondit Michail comme s'il s'adressait à un vieil ami.

– Si tu veux bien m'excuser, dit le dieu en voulant passer à côté du maquereau qui tendit le bras pour l'en empêcher.

– Tu me pardonneras, mais je ne crois pas que je puisse, souffla-t-il.

Dionysos recula et regarda à sa droite puis à sa gauche. Pendant les quelques minutes où il avait parlé à Ariadne, la galerie avait été vidée des civils et les seules personnes présentes étaient les hommes de Michail.

Ils encerclaient Dionysos.

Le dieu soutint le regard de Michail.

– Que me vaut cet honneur ? demanda-t-il d'un ton grinçant.

– J'ai juste envie de discuter gentiment, ricana le mortel.

– Tu n'as pas l'air d'humeur particulièrement gentille.

– C'est peut-être à cause du nouveau nez que tu m'as filé en frappant mon visage par terre.

Dionysos haussa les épaules.

– Si tu veux mon avis, c'est une amélioration.

– Personne ne l'a demandé, rétorqua Michail.

Il y eut un court silence, puis Leander arriva avec Ariadne. Il avait plaqué une main sur sa bouche, l'autre tenait un pistolet pointé sur sa tempe. Dionysos serra les poings en se dépêchant d'évaluer comment il allait les sortir de cette situation.

Merde.

Il regarda à nouveau Michail.

– Tu aurais dû me laisser prendre la détective, dit le mortel.

– Elle ne m'appartient pas, donc je ne peux pas l'offrir.

– Ce n'est pas l'impression que j'ai eue, répondit Michail.

Dionysos n'avait pas de mal à le croire, puisque Michail les avait surpris pendant qu'Ariadne se frottait à sa queue. Toutefois, l'intimité ne signifiait pas la possession.

– Alors tu as décidé de la prendre ?

– J'ai décidé de la tuer devant toi, expliqua simplement le maquereau.

– Tu crois que je te laisserai faire ?

L'autre gloussa.

– Tu as beau être un dieu, Dionysos, quel pouvoir possèdes-tu en dehors de remplir des verres avec du vin et de posséder un bâton doté d'une pomme pointue ?

Dionysos était habitué à ce qu'on doute de sa divinité. Il était le dieu du Vin et de la Fête. Son influence sur le monde était limitée, comparée à celle des Olympiens, mais ces mortels n'étaient pas nés au temps de sa folie. Ils ne savaient pas de quoi il était capable quand on le provoquait.

Or Michail le poussait à bout. Les bords de son champ de vision se teintaient déjà de rouge.

– Tu as oublié un de mes talents : je suis plutôt doué pour casser les figures.

– Mais pas assez doué pour voir que tu as été leurré dans un piège.

Dionysos devait admettre que ça le piquait un peu. En vérité, il n'avait pas hésité à venir ce soir. Il s'était rendu à de nombreuses enchères similaires et n'avait pas réfléchi avant de se venir à celle-ci. Il n'empêchait que piéger un dieu n'était jamais une bonne idée.

Piéger Dionysos l'était encore moins.

– Je suis impressionné, dit Dionysos.

Il avait parlé d'une voix légèrement tremblante, que certains auraient pu prendre pour de la peur, mais c'était bien de la colère.

Le regard de Michail s'illumina fièrement.

– Merci.

– Pas par toi. Je suis impressionné que tu croies m'avoir piégé, alors que c'est clairement moi qui t'ai coincé.

Dionysos invoqua son thyrse et les hommes éclatèrent de rire en voyant ce qu'ils appelaient son bâton surmonté d'une pomme pointue. Le végétal était un symbole de son pouvoir sur la nature, sur l'hédonisme et le plaisir.

C'était aussi une arme, et Dionysos voyait rouge.

Il lança le thyrse sur Michail, comme une lance, elle transperça la poitrine du mortel avant de se loger dans le mur derrière lui.

Il y eut un silence stupéfait.

Michail était encore debout malgré son torse béant. Il tituba et une giclée de sang jaillit de sa bouche, éclaboussant le sol, puis il tomba par terre, sans vie.

Dionysos tourna la tête vers Ariadne, puis vers les hommes de Michail.

Ils avaient tous l'air terrifiés.

– J'ai oublié de préciser que ma pomme était *très* pointue.

Leander arma son pistolet et les hommes avancèrent sur Dionysos, mais ils se figèrent quand un cri étrange jaillit de leurs gorges.

Ils se regardèrent les uns les autres, à la fois confus et effrayés, puis un liquide sombre sortit de leurs orifices dans un jet si puissant qu'ils furent propulsés en arrière contre les murs. Lorsque ce fut fini, ils tombèrent au sol comme des poissons morts dans une mare de vin rouge.

Dionysos avait changé leur sang en vin et les en avait remplis.

Sa vue commença à se dégager, mais il savait que sa folie n'était pas finie ; c'était seulement le début.

Il devait vite sortir Ariadne de là.

Il traversa la salle et retira son thyrse du mur. Quand il se retourna, il fut surpris de voir qu'Ariadne n'avait pas fui. Ils étaient tous les deux couverts de sang et de vin dont l'odeur épaississait l'atmosphère.

Il tendit la main vers elle et effleura sa joue.

– Tu as peur ? demanda-t-il.

– Oui, répondit-elle sans pour autant le repousser.

Dionysos retint son souffle et passa sa main sur la nuque de l'inspectrice. Il fit un pas en avant pour réduire la distance qui les séparait et elle dut pencher la tête en arrière pour soutenir son regard.

– Maintenant, tu sais qui je suis vraiment, déclara-t-il avant de les téléporter, laissant le carnage derrière eux.

***

Dionysos espérait qu'en arrivant chez lui, Ariadne mettrait de la distance entre eux, mais elle n'en fit rien et il n'avait pas la force de la repousser.

– Ari, chuchota-t-il alors qu'il empoignait toujours ses cheveux sur sa nuque. J'ai besoin que tu partes.

Tout en prononçant ces mots, il la tint plus fort et son corps se mit à vibrer d'un désir terrible. C'était le cycle de folie qui lui avait été infligée, et une fois qu'il en était possédé, il n'y avait qu'une issue possible.

Il se sentait toujours honteux qu'un bain de sang réveille un besoin irrépressible de baiser, et il ne voulait pas qu'Ariadne soit victime de ce désir incontrôlable, même si elle pensait pouvoir le supporter.

– Dionysos, chuchota-t-elle en retour d'une voix rauque.

Il ferma les yeux en frissonnant, puis il survola sa bouche avec la sienne et pressa sa verge pulsante contre son ventre. Son désir était sans ambiguïté, mais la jeune femme ne pouvait se douter de la violence qui bouillonnait en lui.

S'ils couchaient ensemble ce soir, ce ne serait pas tendre, et aucun des deux ne serait le même après.

– Tu ne veux pas cette version de moi, dit-il.

Il fronçait les sourcils et tous les muscles de son corps étaient bandés. Si elle répondait correctement – ou peut-être était-ce justement la mauvaise réponse –, Dionysos succomberait à l'insanité de son désir.

Ariadne coiffa les cheveux du dieu par-dessus son épaule et quand elle effleura son sourcil du bout du doigt, il ouvrit les yeux pour la regarder.

– Ne me dis pas ce que je veux, dit-elle.

– Va te faire foutre, rétorqua-t-il avant de l'embrasser.

Elle pencha la tête en arrière et il plongea sa langue loin dans sa gorge. Elle ne pouvait l'embrasser en retour, mais il n'en avait pas encore besoin. Ce n'était pas un échange, c'était une possession.

Ariadne ne lui résista pas, entourant son cou de ses bras pour s'accrocher alors qu'il agressait sa bouche, et il la laissa lui répondre, faisant onduler sa langue contre la sienne dans une danse désespérée. Il abandonna sa bouche pour explorer sa mâchoire et sa gorge, caressant ses seins puis le bas de son dos pour la coller à son érection.

– J'en ai besoin tout de suite, dit-il.

Il recula suffisamment pour la regarder dans les yeux, même si sa vue était floue.

– Oui, chuchota-t-elle à bout de souffle.

Dionysos grogna.

– Je ne serai pas tendre, Ariadne.

– C'est bon, dit-elle.

Cette fois, c'est elle qui l'embrassa. Il empoigna ses fesses et la soulevait déjà dans ses bras quand quelqu'un se racla la gorge. Ils se figèrent et quand Dionysos tourna la tête, il réalisa qu'ils n'étaient pas seuls, loin de là. Son salon était plein de monde.

– Bon sang, Hécate ! dit Hermès. Ils approchaient du meilleur moment !

– Qu'est-ce que vous foutez là ? grogna Dionysos.

Son désir se changea immédiatement en colère, qu'il concentra sur Hermès.

– Tout doux, Dionysos, répondit le dieu de la Ruse. On n'avait pas le choix.

– Pas le choix ? demanda Dionysos en lâchant Ariadne pour se tourner complètement vers les autres en serrant les poings. Je vais vous tuer, bon sang.

Hécate se plaça devant Hermès, face à lui. Ses yeux étaient noirs, sans lumière, et son énergie était comme une ombre qui s'immisçait en lui. Il entendit sa voix dans sa tête.

– Sois tranquille, fils de Zeus, dit-elle. Héra n'a aucun pouvoir ici.

Un cri surgit de sa bouche au moment où il fut libéré des griffes de sa folie. Il se cambra sous la douleur, car il lui semblait que sa poitrine était coupée en deux. Lorsque ce fut fini, il tremblait. Il dévisagea Hécate d'un regard noir.

– Si tu crois que ça me rend moins violent, tu te trompes, siffla-t-il, essoufflé, la mâchoire crispée.

Il avait toujours autant envie d'étrangler Hermès. Ce n'était pas la première fois que celui-ci cassait son coup.

Il était aussi pénible que les fichus moutons sur l'île.

– Peut-être pas, dit Hécate. Mais maintenant, tu ne pourras plus accuser Héra d'être coupable de tes actions.

Il la fusilla du regard et la déesse de la Sorcellerie fit un pas de côté de sorte qu'il vit Hermès, Apollon et une déesse qu'il n'avait jamais rencontrée. Perséphone, supposa-t-il. Elle ressemblait au printemps et avait des cheveux blond miel et des yeux clairs, mais une noirceur l'entourait comme une aura, comme les nuages d'une tempête qui hantent le ciel bleu de l'été.

Dionysos la scruta.

– Qu'est-ce que tu veux ? demanda-t-il.

Elle n'était pas impressionnée et elle n'hésita pas.

– Hadès a été capturé par Thésée, dit-elle avant de regarder Ariadne. On me dit que tu as peut-être des informations au sujet du labyrinthe.

Ariadne se crispa.

– Qui t'a dit ça ?

– C'est vrai ou pas ? s'agaça Perséphone.

Dionysos fit un pas en avant, surpris par son réflexe de protéger Ariadne, même contre des mots.

– Si vous êtes venus chercher de l'aide, vous serez déçus, dit Dionysos en sentant le regard d'Ariadne le transpercer. Elle ne combattra pas Thésée. Pas tant qu'il détient Phèdre, sa sœur.

C'était ce qu'elle leur avait dit quand Hadès lui avait demandé des informations au sujet des opérations du demi-dieu, et si c'était frustrant, Dionysos savait qu'il ne pouvait comprendre la peur qu'elle avait pour sa sœur. Ariadne était en couple avec Thésée avant qu'il ne passe à Phèdre, et elle connaissait sa cruauté mieux que personne.

Voir une personne aussi forte se plier à la volonté de son agresseur était une torture. Thésée influençait toutes ses décisions, qu'elle en ait conscience ou non.

– Il détient ta sœur ? demanda Perséphone.

– Ils sont mariés, dit Ariadne. Il supposera que toute information révélée vient de moi, et c'est elle qui en paiera le prix.

Dionysos s'attendait à ce que Perséphone soit en colère, à ce qu'elle défie Ariadne d'une façon ou d'une autre, peut-être même à ce qu'elle propose de sauver Phèdre comme l'avait fait Hadès, mais elle n'en fit rien.

– Ça n'a plus d'importance, dit-elle en regardant Hécate, puis Hermès et Apollon. Piège ou pas, je dois y aller.

– Non, Perséphone, répondit Hécate.

– Il doit y avoir un autre moyen, Sephy, dit Hermès. C'est juste qu'on ne connaît pas encore toutes nos options.

– On n'a plus le temps pour les options ! rétorqua-t-elle, les larmes aux yeux.

Dionysos avait l'impression de voir une déesse différente. Une déesse brisée sous toute cette beauté.

– Thésée a le Casque de Kunée. Il a libéré Cronos du Tartare. Il vous a ôté vos pouvoirs et il a mis un prix sur ma tête. On n'a *plus* le temps. On a perdu ce privilège dès l'instant où il a pris ma bague.

– Thésée a libéré Cronos ? demanda Dionysos.

Il n'était pas au courant.

– On pense que Thésée va utiliser Hadès comme sacrifice pour obtenir la Faveur du Titan dans la guerre qui s'annonce, dit Hécate. À moins qu'on le trouve à temps.

Perséphone ne répondit rien et Dionysos avait envie de regarder Ariadne pour voir comment elle réagissait à ces révélations, mais il ne voulait pas qu'elle croie qu'il cherchait à la faire culpabiliser de ne pas vouloir les aider.

Il soutint plutôt le regard de Perséphone. Il était sur le point d'appeler ses Ménades, qui auraient peut-être des idées ou d'autres moyens d'entrer dans le labyrinthe, lorsqu'Ariadne parla.

– Je peux t'aider dans le labyrinthe.

Dionysos tourna brusquement la tête vers elle, il devina à son regard pétillant qu'une idée lui venait.

Elle ne lui plaisait déjà pas.

– Non, dit Dionysos, et elle lui lança un regard assassin. Tu ferais son jeu !

Il n'avait pas compris pourquoi, mais Thésée était obsédé par Ariadne, au point que même Poséidon savait qui elle était et avait menacé d'entrer en guerre pour elle.

– On fait *tous* son jeu ! aboya-t-elle, et il la scruta en plissant les yeux.

– Quand Hadès a demandé ton aide, tu as refusé. Pourquoi changer d'avis maintenant ?

– Hadès voulait des infos sans sauver ma sœur, dit-elle. Thésée voudra observer notre avancée dans le labyrinthe. Pendant qu'il est occupé, tu pourras sauver ma sœur.

– Ari…

– C'est ma seule chance de la récupérer ! rétorqua-t-elle d'un ton cinglant.

Ils se défièrent du regard et Hécate finit par parler.

– Tu dis que tu guideras Perséphone dans le labyrinthe. Que sais-tu à son propos, au juste ?

– Je sais que le plus dangereux n'est pas de se perdre, répondit l'inspectrice. Mais plutôt de choisir d'y rester.

– Pourquoi on choisirait d'y rester ? demanda Apollon.

– Parce qu'il t'offrira ce que tu désires de plus cher.

Dionysos ne savait pas ce que cela signifiait, mais il n'en était pas moins angoissé.

Si Ariadne traversait le labyrinthe, elle affronterait les mêmes obstacles, et ils savaient tous deux ce que l'édifice lui offrirait. Pourrait-elle tourner le dos à sa sœur ?

Il savait qu'il n'avait d'autre choix que de sauver Phèdre. Ariadne devait entrer à Cnossos en croyant en lui, en croyant que lorsqu'elle en sortirait, Phèdre serait en sécurité.

– Je libérerai ta sœur, dit Dionysos, et Ariadne le regarda dans les yeux. Si tu promets de ne pas rester dans ce labyrinthe.

La jeune femme hésita, et il ne sut si c'était parce qu'elle était surprise par sa demande ou parce qu'elle était frustrée par ce qu'elle impliquait.

– Je le promets, dit-elle enfin.

Elle avait parlé d'une voix trop basse et trop hésitante, ce qui laissa penser à Dionysos qu'elle n'avait pas confiance en sa capacité à affronter le labyrinthe. Cependant, ils allaient tous le découvrir bientôt.

Chapitre XI

THÉSÉE

Thésée sortit de l'ascenseur au soixantième étage de l'Acropole où il fut accueilli par le sourire de la secrétaire.

– Bonjour ! chanta-t-elle. Comment puis-je vous aider ?

Thésée la regarda suffisamment longtemps pour voir son sourire s'évanouir, puis il passa devant l'accueil pour aller chercher Hélène dans la salle principale du *New Athens News*.

– Monsieur ! cria la secrétaire, mais il l'ignora.

Il avait perdu patience depuis un moment et était agacé. Il était à cran et cette pauvre femelle n'avait pas envie de découvrir ce qui arrivait quand on le cherchait, surtout après qu'il avait mangé la pomme d'or et était invincible. Cependant, selon ce qu'Hélène lui dirait sur sa stratégie pour contrer la déclaration de Perséphone, il se pourrait qu'elle découvre à quoi ressemble le véritable pouvoir.

Ses yeux balayèrent les bureaux de chaque côté de l'allée jusqu'à ce qu'il la voie. Elle lui tournait le dos, mais il reconnut ses cheveux, qu'il aimait empoigner lorsqu'il la prenait par-derrière.

C'était sa seule façon de la prendre ; la seule façon qui lui donnait envie d'elle. Elle, et toutes les femmes, d'ailleurs. Il n'aimait même pas être face à sa femme, sur qui il avait du mal à poser les yeux. Souvent, il baissait la tête dans le creux de son cou moite pour l'éviter, feignant d'être sous l'effet de la passion.

Faire l'amour était une performance épuisante, un labeur qu'il n'aimait pas, mais qui était nécessaire. Heureusement que Phèdre était sortie de cette étape de la grossesse où elle voulait faire l'amour tous les soirs. À présent, elle semblait se contenter de quelques mots doux et d'un baiser, ce qu'il trouvait plus facile à feindre que l'affection.

Hélène ne le vit pas approcher. Elle avait les bras croisés, une hanche relevée, et elle levait la tête vers la télé où les infos diffusaient la conférence de presse de Perséphone.

Elle sursauta quand il saisit son bras et elle riva ses yeux bleus sur lui.

– Qu'est-ce que tu fais ici ? siffla-t-elle.

– Bouge, grogna-t-il en la poussant vers les salles de réunion.

– Lâche-moi ! ordonna-t-elle, mais il l'ignora, choisissant la salle la plus proche où se tenaient deux hommes et deux femmes.

– Dehors ! aboya-t-il.

Ils le dévisagèrent en silence, choqués.

– Appelez la sécurité, dit enfin l'un des hommes.

L'autre voulut prendre le téléphone posé sur la table, mais celui-ci explosa, faisant voler des bouts de plastique dans la pièce.

– Partez, dit-il, ou je vous sortirai moi-même.

Ils se dépêchèrent de sortir et Thésée claqua la porte au moment où Hélène le bousculait de toutes ses forces.

– Espèce d'enfoiré ! siffla-t-elle.

Thésée saisit ses poignets.

– Agresse-moi, Hélène. Tu sais comme j'aime ça.

Elle se dégagea de sa prise.

– Comment oses-tu me faire honte comme ça ?

Il plissa les yeux, son regard noircit.

– Te faire honte ?

Il avait bien d'autres idées pour lui faire honte, et elle sembla le réaliser.

– Non, dit-elle fermement.

– Non ? répéta-t-il, un peu surpris par sa résistance.

Cela dit, ça l'excitait, aussi. Il bandait déjà et maintenant sa verge pulsait.

Il préférait baiser Hélène plutôt que ses autres habituées. Elle ne s'attachait pas et n'était pas sentimentale. Elle voulait la même chose que lui ; une transaction qui les satisfasse tous les deux. Cependant, si elle se débattait… bon sang, si elle se débattait, elle serait le réceptacle parfait. La baise parfaite.

Il se rapprocha lentement jusqu'à la dominer. Elle pencha la tête en arrière pour soutenir son regard, sans peur, et il se demanda quand cette lumière s'estomperait.

– C'est mon lieu de travail, grinça-t-elle en serrant les dents.

Il ne savait décider si son commentaire l'amusait ou l'énervait. Pensait-elle vraiment que le décorum l'empêcherait de la prendre ? Elle avait de la chance qu'il ait choisi une salle de réunion. Il aurait pu la prendre dans l'open space – peut-être le ferait-il d'ailleurs.

– C'est peut-être vrai… dit-il en levant la main.

Il promena son doigt sur son visage et le long de sa mâchoire avant de plonger la main dans ses cheveux. Elle se crispa quand il planta ses ongles dans sa nuque et se pencha, effleurant sa bouche avec ses lèvres en parlant.

– … mais tu travailles pour moi.

Elle ne réagit pas à ses caresses et n'essaya ni de l'embrasser en retour ni de céder à son désir furieux. Bien sûr, Thésée préférait ça. Cela lui confirmait qu'elle ne se laissait pas duper par un fantasme, comme tant d'autres avant elle.

Il recula la tête pour la regarder dans les yeux.

– Dois-je te le rappeler ?

– J'en suis parfaitement consciente, grommela-t-elle.

Dans le bref silence qui suivit leur échange, une tension commença à crépiter entre eux. Elle n'était pas tant sexuelle que chargée d'appréhension alors que chacun se préparait au geste de l'autre.

Thésée esquissa un sourire narquois.

– Je vais te le rappeler quand même, dit-il en la serrant plus fort.

Il la fit tourner et la poussa en avant sur la table. Elle planta ses talons dans le sol et se débattit, mais elle n'était pas assez forte. Il se pencha sur elle, face à la télévision qui diffusait en boucle la conférence de Perséphone. Il empoigna ses cheveux et tira sa tête en arrière pour la forcer à la regarder.

– Tu savais qu'elle allait parler ?

Il avait glissé ces mots à son oreille en appuyant tout son poids sur elle, plaquant sa queue sur ses fesses.

– Comment l'aurais-je su ? rétorqua-t-elle. Elle est habituée à révéler la vérité des autres, pas les siennes.

Il se redressa, mais conserva une main sur son dos.

– Tu aurais dû le savoir, dit-il en relevant sa jupe sur ses fesses rebondies. Tu aurais dû être prête pour contre-attaquer. C'est comme *ça* que ça marche.

– Alors tu vas me punir de ne pas être une Oracle ?

Il écarta ses jambes avec son pied.

– Je te punis parce que je le peux, dit-il en défaisant sa ceinture et son pantalon. Parce que j'en ai envie. Parce tu me rends la tâche facile.

Elle lui mit un coup de pied avec son talon aiguille et poussa contre la table pour se relever. Puis elle le frappa d'un coup de tête sur le nez et la bouche, et un goût de sang couvrit la langue de Thésée. Il porta sa main à sa bouche et sentit qu'elle lui avait coupé la lèvre. Il la lécha et sentit que sa peau se réparait.

La pomme d'or avait fonctionné.

Il la regarda dans les yeux, et c'est alors qu'il le vit. L'éclat de peur dans son regard. Elle courut vers la porte et il bondit sur elle en la saisissant par la taille. Elle se retourna et le frappa au visage, mais il ne sentit presque rien. Il était trop excité par le sang qui se précipitait dans sa queue et vrombissait dans ses oreilles.

Il l'attira contre lui, bloquant ses mains sur les côtés pour la traîner à la table. Elle se débattit, mais il était plus fort.

Il lui avait seulement permis de se rebeller parce qu'il aimait l'excitation de la bagarre. Maintenant, il voulait juste la baiser.

Il l'allongea de force sur la table et, d'une main, retint ses poignets dans son dos.

– Vas-y, tue-moi, espèce d'enfoiré, grogna-t-elle.

Il éclata de rire.

– Je ne te tuerai pas quand tu me le demandes. Ce serait trop généreux, et je ne le suis pas.

Thésée écarta ses jambes d'un coup de pied et lécha ses doigts avant de toucher son entrejambe tout en saisissant ses cheveux. Elle ne lutta pas quand il les tira et l'obligea à se cambrer violemment.

– Regarde-la, ordonna-t-il en dirigeant son attention vers l'écran.

Il aimait savoir qu'il était responsable de l'expression hantée de Perséphone.

– Tu te souviens quand tu m'as dit que tu écrirais pour moi ?

– Je n'ai jamais arrêté, répondit Hélène avant de pousser un gémissement guttural lorsqu'il plongea un doigt en elle.

Elle était mouillée et prête ; ça suffirait. Il recula le bassin pour sortir sa queue, plaçant son gland entre ses lèvres.

– Plus elle passe de temps sans être défiée, plus elle obtiendra de sympathie, et plus elle aura de fidèles.

– Rien de ce que j'écris ne mettra fin à ça.

– Le but, Hélène, gronda Thésée en saisissant ses hanches, est d'élargir le point de vue. As-tu oublié le rôle des médias ?

Elle le regarda par-dessus son épaule et il esquissa un sourire diabolique.

– Maintenant, sois une gentille fille et prends ma queue, ordonna-t-il avant de s'enfouir brusquement en elle.

Elle retint son souffle en criant et pencha la tête en arrière. Il profita de sa position pour saisir plus fort ses cheveux en l'empalant, faisant grincer la table. Il regarda ses mains couvertes de sang après qu'elle l'avait griffé.

Sa verge augmenta encore de volume.

Putain.

La respiration d'Hélène était rapide et elle gémissait à voix haute. Elle recula les fesses contre lui, dégageant de l'espace entre elle et la table pour pouvoir se toucher. Or elle ne devait pas se faire d'illusions, il n'était pas question de son plaisir. Si elle le voulait, elle n'avait qu'à le trouver par elle-même. D'ailleurs, elle avait ça en commun avec Ariadne. L'inspectrice laissait le désir la parcourir et s'exprimer de la façon dont elle avait besoin sur le moment, parfois de façon délicate, parfois brutalement.

C'était ça qui le faisait saliver.

Hélène se crispa sous lui et il la tint plus fort, plantant ses ongles dans sa peau. Il imagina un instant qu'elle était bronzée comme celle d'Ariadne, et il glissa sa main le long de son dos puis sur sa gorge, qu'il serra jusqu'à ce qu'il soit au bord de l'orgasme.

Il la lâcha brusquement et éjacula sur ses fesses.

Hélène s'effondra sur la table et porta sa main à sa gorge, peinant à respirer.

Thésée remonta sa braguette et ajusta sa veste, puis il se déplaça pour se poster devant elle.

– La balle est dans ton camp, dit-il en réajustant ses boutons de manchette.

Il la regarda dans les yeux et découvrit son regard assassin, plein de haine et de larmes. Peut-être l'avait-il un peu brisée, cette fois.

– Ne me déçois pas, dit-il simplement avec un faux sourire.

***

Thésée partit de l'Acropole et se téléporta dans son bureau. Il y était de moins en moins présent depuis plusieurs semaines malgré le terme de Phèdre qui approchait, mais il ne pouvait rien au fait que ses projets à long terme, qu'il élaborait depuis longtemps, se mettaient en marche à la naissance de son fils. La réalité était que les opportunités pouvaient lui échapper, alors que Phèdre n'allait nulle part.

Il n'avait pas beaucoup réfléchi au fait de devenir père, car mettre Phèdre enceinte avait été un besoin, c'était aussi nécessaire que de l'épouser.

Car il devait être l'un *d'eux* ; un homme avec une femme sublime et un bébé en route.

Il s'autorisa un instant à penser à tout ce dont il serait capable s'il n'avait pas à jouer à ce petit jeu, mais il le saurait bien assez tôt.

Cela faisait partie de son plan.

Il baissa les yeux sur son bureau ordonné et la pile de papiers parfaitement rangés, tous, excepté celui du dessus qui était légèrement de travers. Ce n'était pas ainsi qu'il les avait laissés.

– Où étais-tu ?

Il leva brusquement la tête vers Phèdre, qui se tenait dans l'encadrement de la porte, une main sur son ventre énorme.

Il ne sut pas ce qui l'énervait le plus : que quelqu'un soit entré dans son bureau ou que Phèdre ait envahi son espace aussi vite, comme si elle l'avait attendu ou *guetté*.

Peut-être était-ce le ton de sa voix, qui sonnait comme de l'agacement.

Quoi qu'il en soit, la colère le transperça comme un poignard brûlant.

– C'est du sang ? demanda-t-elle en avançant.

– Tu as fouillé dans mes affaires ?

Elle écarquilla les yeux et s'arrêta, posant une deuxième main sur son ventre.

– Quoi ?

Il fit le tour de son bureau.

– Est-ce que tu as fouillé dans mes affaires ? répéta-t-il en avançant sur elle.

Elle recula dans le couloir.

– Thésée… geignit-elle en grimaçant quand son dos rencontra le mur.

Il la saisit par les cheveux et elle cria.

– Réponds-moi !

– S'il te plaît, Thésée ! supplia-t-elle en sanglotant. Je n'oserais jamais…

Une jeune fille saisit son bras, ce devait être l'une des employées de la maison. Peu importe, Thésée lui mit un coup de poing sans hésiter.

– Laisse-la ! s'écria Phèdre alors que la fille volait et percutait le mur opposé.

Phèdre glissa à genoux contre le mur et voulut ramper à quatre pattes vers la fille, qui ne bougeait plus et dont le cou formait un angle anormal.

– Thésée, s'il te plaît, s'il te plaît…

Il empoigna les bras de sa femme et la tira pour qu'elle se remette debout.

– Réponds à ma question, putain ! gronda-t-il.

Les larmes striaient son visage et la morve coulait sur ses lèvres. Elle était dégoûtante, Thésée ne l'avait jamais autant détestée.

– Je n'oserais jamais. *Jamais.*

Il la repoussa et elle tressauta.

Il se mit à faire les cent pas pour se défouler.

– Si tu *n'oserais jamais*, alors *qui* ? demanda-t-il.

Elle l'étudia, les yeux horrifiés et stupéfaits. Elle paraissait également vexée, comme si elle peinait à accepter que l'homme qu'elle regardait en ce moment était celui qu'elle aimait.

– Il y avait une nouvelle femme de ménage, chuchota-t-elle.

– Une nouvelle femme de ménage ? répéta-t-il en s'arrêtant et en marchant vers elle. Quelle nouvelle femme de ménage ?

Elle recula et heurta le mur.

– Quelle. Nouvelle. Femme. De ménage ?

– Elle est arrivée ce matin, expliqua Phèdre. J'ai supposé que tu savais, c'est toi qui es responsable des employés.

Son reproche ne passa par inaperçu.

– Putain ! hurla-t-il d'une voix rauque.

Il regarda à nouveau sa femme et pointa son index sur son visage.

– Ne laisse *jamais* entrer qui que ce soit à moins que je t'y aie *explicitement* autorisée. C'est compris ?

Elle hocha la tête et il entendit le bruit d'un liquide éclaboussant le sol. Il baissa les yeux et vit que Phèdre se tenait au milieu d'une flaque.

– Va te nettoyer, ricana-t-il, dégoûté.

Il lui tournait le dos lorsqu'elle parla d'une voix lourde de haine, une voix qu'il n'avait jamais entendue chez elle auparavant.

– C'est pas de l'urine, dit-elle. Le bébé arrive.

Chapitre XII

PERSÉPHONE

Perséphone était sortie dans le jardin et avait suivi le chemin de pierre jusqu'à son parterre, celui qu'Hadès lui avait donné quand il l'avait défiée de créer de la vie aux Enfers. Il n'était plus vierge, mais débordait de jeunes pousses vertes aux feuilles bien réelles et grasses.

Elle se souvint de ce qu'Hadès lui avait dit quand elle avait découvert son royaume pour la première fois. « *Si c'est un jardin que tu souhaites créer, ce sera vraiment la seule forme de vie ici-bas.* »

Elle n'avait jamais pensé témoigner de la véracité de ses propos de cette manière, mais la magie d'Hadès fanait bel et bien autour d'elle.

La douleur qui transperçait sa poitrine la déchira encore plus. Il lui semblait que c'était mal d'être ici, d'attendre demain alors qu'ils savaient déjà où Hadès était détenu, mais ils avaient besoin de temps pour se préparer, et surtout pour sauver Phèdre, ce qui ne faisait que compliquer davantage la situation.

Perséphone ne savait quoi penser de Dionysos et d'Ariadne. Elle ne s'était pas attendue à les trouver enlacés et couverts de sang.

Ce que Perséphone savait du dieu se limitait à sa collection de vins et à son club, qui était réputé pour ses orgies, les drogues qui y circulaient et, bien sûr, l'alcool. Elle avait entendu les rumeurs au sujet du tour du monde assoiffé de désir et du carnage qu'il avait laissé dans son sillage, et ce soir, il lui avait semblé en entrapercevoir un bout quand ils étaient arrivés chez lui sans prévenir. Cela dit, elle ne pouvait pas lui en vouloir. Hermès avait la fâcheuse tendance d'arriver au mauvais moment, mais ils n'avaient pas le luxe du temps.

Même maintenant, elle se demandait si demain serait trop tard.

– Tu devrais te reposer, dit Hécate. Le labyrinthe exigera toutes tes forces.

Perséphone se tourna vers la déesse qui approchait, un chat noir dans les bras. Même au clair de lune, ses yeux brillaient d'un vert lumineux.

– Est-ce un humain, Hécate ? demanda-t-elle, suspicieuse, car elle connaissait le penchant d'Hécate pour transformer les mortels qui l'agaçaient en ce qu'elle voulait.

– C'est un chat, dit Hécate en baissant les yeux sur l'animal. Il s'appelle Galanthis. Je veux que tu l'emmènes dans le labyrinthe avec toi.

– Pourquoi ?

– Au cas où il y aurait des souris, répondit-elle.

Perséphone haussa les sourcils, mais resta silencieuse, devinant que c'était la seule réponse qu'elle obtiendrait. Elle tourna à nouveau la tête vers le jardin.

– J'ai réfléchi à ce que je désire le plus, admit-elle.

Elle pensait qu'en anticipant ce que le labyrinthe lui offrirait, elle pourrait plus facilement refuser. En réalité, elle n'avait pas réfléchi au-delà de ce qu'elle désirait immédiatement : sauver Hadès. Or elle avait le sentiment que le labyrinthe exigerait plus que ça.

– As-tu décidé ? demanda Hécate.

Perséphone dévisagea la déesse :

– Et si ce n'est pas un choix ?

– Explique.

– Et si je suis face à quelque chose que j'ignore désirer ?

Le désir le plus grand d'une personne n'était pas tant une question de choix mais de ce qui se créait autour d'un manque, d'un vide.

Elle sentit le regard d'Hécate sur elle.

– Qu'as-tu peur de voir ? demanda la déesse de la Sorcellerie.

Perséphone resta silencieuse un long moment avant de répondre, d'admettre sa peur en chuchotant, la libérant dans la nuit.

– Tout ce qu'Hadès ne pourra jamais m'offrir.

Le silence qui suivit était long et lourd de sa culpabilité.

– As-tu peur que le savoir diminue ton amour pour Hadès ? demanda Hécate.

– Non, bien sûr que non, répondit-elle en la regardant dans les yeux. Mais j'ai peur de le blesser.

Or cela, elle ne le supporterait pas. Elle détourna le regard.

– Je n'aurais rien dû dire. Je ne sais pas même pas ce que je verrai.

– Je crois que tu sais précisément ce que tu vas voir, dit la déesse avant de s'arrêter pour lui sourire tendrement. Les désirs changent, Perséphone. Ce soir, tu désires peut-être quelque chose que tu ne voudras plus demain.

Perséphone fronça les sourcils. Elle ne tenait pas à accorder d'attention à ses peurs, mais elle avait besoin de le dire, de prononcer les mots pour que ses doutes existent ailleurs que dans son esprit.

– Et si je n'y arrive pas, Hécate ?

– Oh, ma chère, répondit Hécate en marchant vers elle.
Elle caressa la joue de Perséphone, qui ferma les yeux.
– Tu le peux. Tu le feras. *Tu n'as pas le choix.*

***

Perséphone ne dormit pas. Elle se leva tôt, avant que le ciel ne s'éclaire de la lumière mate du soleil d'Hadès et elle alla aux Champs Élysées, espérant que la tranquillité de l'île des Bienheureux s'immiscerait en elle et ôterait son angoisse, mais même assise sur la colline verte et moelleuse, face au paysage paisible, sa peur subsistait.

Aucune partie des Enfers n'avait été épargnée par l'attaque de Thésée, et Perséphone savait que ce serait bientôt le cas du monde entier.

Elle perdit la notion du temps, les pensées accablées par tout ce qui s'était passé au cours des derniers jours, non seulement à cause de Thésée mais aussi d'Hélène.

Perséphone espérait que sa déclaration concernant l'article d'Hélène apaiserait la méfiance qu'il avait provoquée. Cela semblait stupide de se soucier de la perception du public alors que son monde s'effondrait autour d'elle, mais le fait était que la tempête de Déméter avait provoqué beaucoup d'agitation et de colère. Les mortels cherchaient n'importe quelle excuse pour changer d'allégeance et les demi-dieux, qui se présentaient comme défenseurs des opprimés, étaient de plus en plus séduisants pendant que les erreurs des dieux étaient rendues publiques.

Dans l'immédiat, c'était sa plus grande peur, et ça ne ferait que les rendre plus forts, qu'accroître leur pouvoir. Étant donné qu'ils avaient déjà réussi à blesser et tuer des dieux, ils étaient une véritable menace pour le règne des Olympiens.

« *Le système est abîmé,* avait dit Tyché. *Il doit être remplacé par quelque chose de nouveau.* »

Mais ils n'avaient pas seulement besoin de quelque chose de nouveau. Il leur fallait quelque chose de *juste.* Sinon, ils ne feraient que troquer un mal contre un autre.

Perséphone savait que Zeus ne se laisserait pas faire sans se battre. La question était de savoir s'il regarderait dans la bonne direction quand l'attaque viendrait. Pour l'instant, il semblait considérer Perséphone comme une plus grande menace que Thésée.

Pourtant, elle avait une certitude : les dieux iraient en guerre et ils vivraient une nouvelle Titanomachie. Et peu importait l'issue, le monde souffrirait.

Elle prit une grande inspiration, puis expira lentement, mais la tension dans sa poitrine ne disparut pas. Elle était venue ici pour échapper à son angoisse, mais elle avait seulement réussi à l'aggraver.

Alors que le ciel devenait plus clair, Perséphone vit un mouvement, au loin. C'était Lexa.

Elle se redressa à l'approche de l'âme. De toutes les fois où elle était venue aux Champs Élysées, c'était elle qui avait cherché Lexa, jamais l'inverse. Son cœur se mit à battre la chamade alors que son amie approchait et qu'elle se demandait si quelque chose n'allait pas, ou si c'était simplement une preuve qu'elle allait mieux.

Lexa s'assit à côté d'elle et Perséphone se tourna en ramenant ses genoux sous son menton, imitant sa pose.

– Est-ce que tout va bien ? demanda Perséphone après quelques secondes de silence.

Lexa fronça les sourcils et appuya sa joue sur ses genoux, la tête tournée vers Perséphone, qui ne la regardait pas.

– Je crois que Thanatos est en colère contre moi, dit Lexa.

Perséphone recula la tête, surprise. Elle surréagissait sans doute, mais c'était bien la dernière chose qu'elle s'était attendue à entendre.

– Pourquoi t'en voudrait-il ?

Perséphone n'avait vu la colère de Thanatos que deux fois, et elle n'était même pas certaine de pouvoir parler de colère. C'était plutôt de la frustration. Or les deux fois, c'était au sujet de Lexa.

– Parce que je l'ai embrassé.

– Tu as *embrassé* Thanatos ?

Perséphone ne put cacher sa joie, qui la parcourait, chaude et solide, repoussant ses idées lugubres.

Mais Lexa ne partageait pas sa bonne humeur. Quoi qu'il se soit passé après le baiser, cela l'avait remplie de doutes.

– Je ne pense pas qu'il soit en colère contre toi, répondit tendrement Perséphone.

– Il m'a dit que ça n'aurait pas dû se passer, dit Lexa. Ça te semble suffisamment agacé ?

Perséphone hésita un instant, surprise, parce que la dernière phrase ressemblait à ce qu'aurait dit l'ancienne Lexa, mais aussi parce qu'elle en voulait elle-même à Thanatos d'être un de *ces* imbéciles.

Les Enfers tout entiers savaient qu'il tenait à Lexa différemment des autres âmes. Dès son arrivée dans le royaume, il s'était montré protecteur vis-à-vis d'elle, allant jusqu'à essayer de l'éloigner de Perséphone.

– Attends une seconde, dit Perséphone en se déplaçant pour être face à Lexa. Raconte-moi tout.

– Je… je ne sais pas par où commencer, dit Lexa en rougissant.

Perséphone ne s'habituait pas à voir Lexa rougir, car elle ne le faisait jamais de son vivant. Alors qu'elle avait cru revoir son ancienne amie, soudain, celle-ci avait disparu à nouveau.

– Reprends depuis le début.

– Je… ne sais pas comment ça a commencé, dit Lexa.

– Où étiez-vous quand vous vous êtes embrassés ? demanda plutôt Perséphone.

– On était allongés sous un arbre.

Eh bien, si ça, ce n'était pas intime…

– Parfois, on s'y assoit le soir et Thanatos me raconte sa journée. En général, la conversation est légère, mais hier soir, elle ne l'était pas. Je ne sais même pas pourquoi. Il ne s'était rien passé. J'étais juste frustrée.

– Alors tu l'as embrassé ? demanda Perséphone.

– Oui.

La déesse essaya de ne pas sourire, car Lexa prenait ça très au sérieux. Elle voulait lui dire que Thanatos était probablement juste frustré sexuellement et qu'être en présence l'un de l'autre avait exagéré son agacement.

– Et qu'est-ce qu'il a fait ?

– Il m'a embrassée en retour.

Perséphone marqua une pause et se pencha légèrement en avant.

– Comment ?

– Comment ? répéta Lexa, confuse.

– Il t'a embrassée comment ? Avec la langue ?

– Perséphone !

– C'est une question valable !

Elle ne pouvait plus s'empêcher de sourire. Avant de mourir, Lexa aurait exigé de Perséphone précisément les mêmes détails. Cette Lexa n'existait plus et ces sentiments lui étaient nouveaux.

– Tu peux me le dire, l'encouragea la déesse.

– Oui, admit enfin Lexa en baissant la tête pour se cacher dans ses cheveux.

– Ça t'a plu ?

– Oui, bien sûr, dit-elle en tendant les jambes pour s'allonger dans l'herbe. Mais ça n'a pas dû lui plaire, à lui.

Perséphone se tourna pour regarder Lexa dans les yeux.

– J'en doute sincèrement. Il a juste peur.

– C'est ridicule, pourquoi aurait-il peur ?

– Je ne sais pas. Connaissant Thanatos, il a sans doute inventé une règle qui dit qu'il n'a pas le droit de tomber amoureux d'une âme, répondit Perséphone en levant les yeux au ciel.

– S'il le croit, alors il ne tombera pas amoureux de moi, dit Lexa.

– Ce n'est pas vrai. Je sais qu'il tient à toi.

Il était sans doute déjà amoureux.

Lexa fronça les sourcils et leva la tête vers le ciel.

– Qu'est-ce que je dois faire ?

– Est-ce qu'il te plaît ?

– Oui. Beaucoup.

– Alors dis-le-lui, dit Perséphone. Et il te répondra probablement que vous ne pouvez pas être ensemble. Quand il le fait, demande-lui pourquoi.

– Et qu'est-ce que je fais quand il m'aura dit pourquoi ?

– Eh bien, tu auras deux options, selon ce qu'il te dit. Tu peux l'embrasser, ou tu peux le quitter.

– Le quitter ?

– Oui, le quitter. *Surtout* s'il te dit que vous ne pouvez pas être ensemble.

Lexa fronça les sourcils.

– Et ensuite, je fais quoi ?

– Tu vis, dit-elle. Tu vis comme s'il t'avait dit oui.

***

Avant de partir des Champs Élysées, Perséphone balaya le paysage du regard à la recherche de sa mère. Quand Lexa était morte, elle était venue ici presque tous les jours, même quand elle n'avait pas le droit de l'approcher. Elle n'avait pas eu cette envie avec Déméter. Elle ne savait pas trop pourquoi elle la cherchait maintenant, d'ailleurs, si ce n'est qu'elle était curieuse.

Elle l'aperçut au loin et reconnut ses cheveux dorés ainsi que sa silhouette allongée et gracieuse, elle regardait l'horizon.

Elle était seule, ce qui était typique des âmes qui résidaient sur l'île des Bienheureux. Ils venaient là sans souvenir de leur vie d'avant, afin de guérir. Puis la plupart iraient à Asphodèle et d'autres seraient réincarnés.

Perséphone ne savait pas ce qui arriverait à sa mère. Peut-être ne quitterait-elle jamais ce lieu.

Une part d'elle restait triste que Déméter vive ainsi aux Enfers, elle était aussi esseulée que dans le monde des vivants. Perséphone n'y avait jamais pensé avant, mais elle le voyait, maintenant.

« *Pars avec moi et on oubliera tout ce qui s'est passé.* » Déméter l'avait suppliée quand elles s'étaient affrontées dans l'arsenal. Mais Perséphone ne pouvait pas oublier, car en fin de compte, sa mère l'avait blessée trop de fois et elle ne pouvait pas repartir à zéro et faire comme s'il ne s'était jamais rien passé.

Soudain, sa poitrine se resserra et son cœur se pinça. Elle n'avait pas eu le temps de s'épancher sur tout ce qui était arrivé dans l'arsenal et, en vérité, elle n'en avait pas le temps maintenant.

Elle devait se concentrer sur Hadès.

Sa poitrine était soudain si comprimée qu'elle eut du mal à respirer.

Hadès.

Elle essaya d'imaginer comment ce serait de le revoir après tout l'horreur que Thésée lui avait sans doute fait subir et qu'elle ne pouvait que supposer, étant donné la façon dont les Impies et la Triade avaient traité Adonis, Harmonie et Tyché. Elle en eut la nausée.

Il était impossible qu'il revienne en étant le même. Mais Perséphone l'aimerait malgré tout, peu importait le nombre de morceaux qu'elle devrait tenter de recoller.

***

Perséphone se rendit dans sa suite pour voir Harmonie. Aphrodite y était encore, roulée en boule sur le lit, endormie. Sybil était assise près du feu et travaillait sur son ordinateur. Elle leva les yeux à l'approche de Perséphone.

– Aucun changement ? demanda la déesse.

– Aucun, dit Sybil.

Perséphone fronça les sourcils et dévisagea un moment l'Oracle. Ses yeux semblaient noirs tant ils étaient cernés.

– Est-ce que tu as dormi ? demanda-t-elle.

Sybil secoua la tête.

– Je travaille sur un article pour *Le Porte-Parole* qui raconte ta vie, basé sur ce que tu m'en as dit. Je sais que ce n'est pas ta priorité, mais pendant que tu sauves Hadès, je peux me pencher sur la façon dont le public te perçoit.

Perséphone se laissa tomber sur le fauteuil en face du sien, elle se sentait soudain écrasée par le poids des évènements passés et futurs.

– Ça semble ridicule, n'est-ce pas ? De m'attacher à ce qu'ils pensent… mais c'est le cas.

– Tu y tiens parce que tu sais la vérité, dit Sybil.

– Mais ma vérité n'est pas la vérité de tout le monde.

Il y avait des mortels et des immortels qui avaient connu une Déméter différente : une déesse qui leur accordait des Faveurs, la prospérité et l'abondance sous la forme qu'ils désiraient.

– Ça n'invalide pas pour autant ce que tu as subi, dit Sybil.

Perséphone ne répondit rien, même si les paroles de l'Oracle la rassuraient un peu. Toutefois, elle rouvrait également une vilaine plaie. Perséphone avait mérité la même gentillesse dont Déméter avait fait preuve envers d'autres. Personne ne lui avait montré cela autant qu'Hadès et son royaume. Des inconnus l'avaient mieux traitée que sa propre mère, une femme qui avait prétendu la désirer désespérément.

Elle ne le comprenait toujours pas, et elle se concentra plutôt sur le lit où dormaient Harmonie et Aphrodite.

– Que dit Hécate au sujet de sa blessure ? demanda Perséphone.

Sybil regarda dans la même direction qu'elle.

– Elle dit qu'on va peut-être devoir avoir recours à la Toison d'or.

Perséphone n'avait pas entendu parler de la Toison d'or en dehors de ce qu'elle avait appris au sujet de Jason et des Argonautes, à la fac. Jason, le roi légitime d'Iolcos, avait été envoyé récupérer la Toison d'or par son oncle Pélias, qui croyait la tâche impossible à accomplir. Ayant réussi, Jason put reprendre son trône et la Toison vint à représenter son règne. Mais le véritable pouvoir de la Toison était qu'elle pouvait guérir.

– Et tu ne veux pas ? demanda Perséphone.

Sybil hésita.

– Ce n'est pas son utilisation qui m'inquiète. C'est son obtention, admit-elle avant de marquer une pause. Hécate dit que la Toison est suspendue dans un arbre qui est protégé par un dragon, au sein du bosquet sacré d'Arès.

– Arès, dit Perséphone. Mais ça devrait être facile. Aphrodite…

Sybil secouait déjà la tête.

– Zeus a interdit à quiconque d'aider ceux qui l'ont trahi.

Perséphone se demanda comment Zeus pourrait l'apprendre. Son décret était-il imposé par la magie ?

– On doit trouver un autre moyen, dit Sybil.

Peut-être Hadès le saurait-il. Perséphone le pensa, mais n'en dit rien. Elle ne savait pourquoi, mais une part d'elle craignait d'espérer, car elle savait ce qu'elle deviendrait si on lui enlevait Hadès. Ce serait comme libérer à nouveau le mal de la boîte de Pandore, mais ce serait elle la responsable du chaos.

Il fut bientôt l'heure pour Perséphone de partir et elle rejoignit Hécate dans l'entrée du palais. La déesse lui tendit Galanthis, le chat noir qu'elle lui avait ordonné d'emmener avec elle dans le labyrinthe.

– Ne t'en fais pas pour lui. Il prendra soin de lui, *et* de toi, promit Hécate.

Elle le mit dans les bras de Perséphone avant de prendre son visage dans les mains. Ses doigts étaient froids et elle frissonna sous son toucher.

– Beaucoup d'entre nous reposons sur la magie depuis trop longtemps pour résoudre les problèmes sans elle, mais toi, tu as vécu presque toute ta vie comme une mortelle. Personne n'est mieux placé que toi pour survivre au labyrinthe.

Perséphone prit une grande inspiration et tenta de calmer l'angoisse qui enflait dans sa poitrine. Cela ne fonctionna pas, mais les propos de la déesse la rassurèrent néanmoins.

– Merci, Hécate, dit-elle d'une voix douce.

La déesse de la Sorcellerie sourit et retira ses mains. Elle aurait eu l'air d'une mère toute fière si ses yeux n'avaient pas possédé cet éclat de peur.

– Tu peux le faire, Perséphone.

Perséphone ne dit rien et se contenta de serrer le chat plus fort tout en invoquant sa magie pour quitter les Enfers.

Chapitre XIII

DIONYSOS

– Comment ça « elle est à l'hôpital » ? demanda Dionysos.

Naïa et Lilaïa, deux de ses Ménades, étaient venues le trouver avec des nouvelles auxquelles Dionysos ne s'attendait pas du tout. Phèdre avait été admise à l'hôpital Asclépios. Étant donné l'enfoiré à qui elle était mariée, il craignait que Thésée en soit responsable.

– Elle est en train d'accoucher, dit Naïa.

– D'accoucher, répéta le dieu.

– D'avoir un bébé, quoi, précisa Lilaïa. Au cas où tu ne saurais pas ce que ça veut dire.

– Bien sûr que je sais ce que ça veut dire, gronda Dionysos. Mais comment c'est arrivé ?

– Étant donné la fréquence à laquelle tu dévores Ariadne du regard, je suis surprise que tu ne saches pas comment on fait les bébés, Dionysos.

– Je ne sais vraiment pas pourquoi je vous supporte.

Lilaïa sourit.

– Ariadne n'a jamais dit que sa sœur était enceinte, dit le dieu.

– Elle n'a pas vu Phèdre depuis plusieurs mois, répondit Naïa en haussant les épaules. Il est possible qu'elle ne le sache pas.

– Et qu'est-ce que je suis censé faire du fichu bébé ?

– Comment ça, qu'est-ce que tu es censé en faire ?! s'exclama Lilaïa. Tu le prends avec toi !

– Ce serait un enlèvement.

– Ce n'est pas un enlèvement s'il y a consentement.

– Le bébé ne peut pas consentir !

Il y eut un court silence, puis Naïa soupira.

– Je ne comprends pas comment tu as fait pour vivre aussi longtemps, dit-elle.

– On est deux, rétorqua Dionysos.

– Trois, ajouta Lilaïa.

Dionysos les fusilla toutes les deux du regard.

Ce n'était pas sa faute. Il n'avait pas eu les meilleures figures parentales. Zeus avait été complètement absent et Silène lui avait seulement appris à picoler et l'avait encouragé à baiser autant que possible. C'est tout ce qu'il pouvait dire de sa prétendue enfance.

– Où qu'aille Phèdre, le bébé doit la suivre, déclara Naïa.

Bordel de dieux. Ça allait être un cauchemar.

Il avait su qu'ils devraient s'attendre à la vengeance de Thésée en kidnappant Phèdre… mais un bébé, aussi ? Ce serait un miracle s'il s'en sortait vivant et sans perdre ses proches, ses Ménades.

– Pourquoi j'ai accepté ça, bon sang ? grommela-t-il.

– Parce que… commença Lilaïa, cette femme subit des violences, et tu sais que ça ne changera pas avec la naissance de cet enfant.

– Oui, mais une seule vie va menacer celle de centaines de gens, répondit Dionysos.

– Deux vies, précisa Naïa. Et ça en vaut la peine si on le dit.

Dionysos n'allait pas la contredire sur ce point.

– Qu'est-ce que je suis censé faire ?

– Tu vas te transformer pour incarner cet homme, dit Naïa en lui montrant l'écran de sa tablette, sur lequel se trouvait la photo d'un mortel pâle et grisonnant. C'est le Docteur Phanes. Il est le seul à être autorisé dans la chambre de Phèdre, avec deux autres infirmières. Lilaïa se déguisera en l'une d'entre elles. L'autre sera une vraie employée de l'hôpital, poursuivit Naïa avant de regarder Dionysos dans les yeux. On a pensé qu'il valait mieux qu'au moins une personne sache ce qu'elle faisait.

– Je ne vois pas ton rôle dans ce plan, dit Dionysos.

– Je vais m'assurer que le docteur et son infirmière ne prennent pas leur poste, dit-elle. Et quand j'aurai fini, je viendrai m'occuper de cet imbécile, ajouta-t-elle en lui montrant la photo d'un molosse avec de petits yeux et une grimace figée sur le visage. Il s'appelle Tannis, et Thésée l'a posté devant la porte de Phèdre.

Dionysos secoua la tête. Cet enfoiré traitait Phèdre comme une prisonnière.

– Je vais m'assurer qu'il ne soit plus là quand il sera temps pour nous de partir, dit Naïa. On y va dès qu'Ariadne et Perséphone partent pour Cnossos.

Dionysos se crispa et eut soudain l'impression de peiner à respirer. Il savait que ça allait arriver, mais ça ne lui plaisait toujours pas. Ariadne avait essentiellement proposé de servir d'appât pour attirer Thésée loin de sa femme, et le demi-dieu irait parce qu'il voulait Ariadne.

Son estomac se souleva en y pensant.

Il avait été surpris qu'elle change brusquement d'avis. Elle avait refusé d'aider Hadès, mais avait bondi sur l'occasion d'aider Perséphone dans le labyrinthe. Dionysos comprenait, maintenant. Sa participation leur permettait de sauver Phèdre sans que Thésée ne le sache.

Ça ne lui plaisait pas, mais il le ferait pour elle.

Il craignait toutefois ce qu'il ferait si Ariadne ne sortait pas vivante du labyrinthe.

Dionysos regarda tour à tour Naïa et Lilaïa.

– Mieux vaut ne pas le dire à Ariadne, dit-il. Elle n'a pas besoin de distractions quand elle sera dans le labyrinthe.

– Me dire quoi ?

Dionysos fit volte-face vers Ariadne, qui entrait dans la pièce. Elle était vêtue de noir de la tête aux pieds, ses cheveux étaient attachés en queue-de-cheval et elle avait un sac de voyage sur l'épaule. Elle était suivie de Perséphone, qui tenait un chat dans les bras.

– Rien, se hâta de répondre Dionysos en étudiant le félin. Pourquoi tu as un chat ?

– Hécate m'a dit de l'emmener dans le labyrinthe, répondit-elle avant de regarder Ariadne. Et quand Hécate dit de faire quelque chose, on ne la contredit pas.

Ce n'était pas faux. Hécate était la déesse de la Sorcellerie. Tout ce qu'elle donnait à Perséphone, c'était pour l'aider, ce qui signifiait que cela aiderait aussi Ariadne. Mais… pourquoi un chat ?

Dionysos regarda l'inspectrice, qui laissa tomber son sac par terre. Elle se pencha pour l'ouvrir et en sortit des vêtements qu'elle tendit à Perséphone.

– Change-toi, dit-elle en prenant le chat. Au fond du couloir à droite.

Perséphone obéit sans hésiter, le visage déterminé.

– Qu'y a-t-il dans ce sac ? demanda Dionysos. À part des vêtements ?

Il s'en fichait, en fait, mais il ne voulait pas qu'elle insiste pour savoir ce qu'il lui cachait. Le fait qu'elle entre dans le labyrinthe en se demandant s'il réussirait à sauver Phèdre était suffisant ; elle n'avait pas besoin de se soucier d'un bébé aussi en plus.

– Du matériel, dit-elle en grattant l'oreille du chat.

Il n'aimait pas qu'elle se montre aussi sèche avec lui, même si ce n'était pas inhabituel. Cela semblait se produire chaque fois qu'ils étaient sur le point de coucher ensemble. Comme si, après coup, elle réalisait qu'elle avait commis une erreur.

Il ravala sa frustration et soutint son regard avant de la reluquer des pieds à la tête.

– Tu es armée ? demanda-t-il.

– À ton avis ? rétorqua-t-elle.

– J'ai du mal à imaginer où tu as mis ton arme.

La dernière fois qu'ils avaient eu cette dispute, elle lui avait montré ses fesses dans un ascenseur, et il s'était retrouvé sans voix. Il avait le pressentiment qu'elle s'apprêtait à faire la même chose.

Elle haussa un sourcil.

– Ah non ?

Elle souleva un pan de sa veste pour lui montrer l'étui de pistolet qu'elle portait autour du buste.

Bon sang, c'était presque aussi excitant.

Il y eut un silence durant lequel il ne put la quitter des yeux.

– Tu es prête ? demanda-t-il enfin.

– Autant que je peux l'être. Et toi ?

Non, avait-il envie de répondre. *Et si tu ne reviens pas ?*

Pourtant, il savait que ce n'était pas ce qu'elle voulait dire.

– Notre partie est facile, dit-il.

Ariadne parut en douter et il se demanda si c'était parce qu'elle n'avait pas confiance en lui. Cela dit, il n'avait pas le meilleur palmarès, avec elle. Il avait déjà promis d'aider sa sœur à condition qu'elle l'aide d'abord à trouver Méduse. Il avait pensé qu'ils auraient besoin de la Gorgone pour affronter Thésée.

Perséphone revint habillée comme Ariadne, en noir des pieds à la tête, avec une veste en cuir.

– La veste est nécessaire ? demanda Perséphone, les joues rouges.

– Si le labyrinthe est comme dans mes souvenirs, oui, répondit Ariadne.

Elle rendit le chat à Perséphone, ramassa son sac et le prit sur l'épaule.

– Tu es prête ?

– C'est tout ? demanda Dionysos. C'est quoi ton plan ?

– Le plan est de ressortir du labyrinthe avec Hadès, répondit-elle.

– Ça, c'est le but, pas le plan, Ari.

Elle le fusilla du regard.

– Je sais ce qu'est un plan, Dionysos. Je gère, ajouta-t-elle avant de regarder Naïa et Lilaïa. Dès qu'on y sera, Thésée le saura. Il viendra tout de suite à Cnossos. Vous pourrez y aller à ce moment-là.

Elles hochèrent la tête.

Dionysos détestait que l'inspectrice s'adresse à elles plutôt qu'à lui, comme s'il ne faisait pas partie du plan.

– Allons-y, dit Ariadne. Plus vite on y sera, plus vite se sera fini.

Dionysos serra les poings et se retint de la toucher et même de lui parler, mais il n'y parvint pas.

– Ari, appela-t-il alors qu'elle se tournait vers Perséphone.

Elle s'arrêta pour le regarder.

– Fais en sorte de sortir pour revoir ta sœur.

Pour que je puisse te revoir, pensait-il.

Elle hocha la tête, puis l'odeur sucrée de la magie de Perséphone embauma l'air. Il ne quitta pas Ariadne des yeux, fixant l'endroit où elle se tenait, même après qu'elle s'était évaporée.

***

– C'est l'heure, dit Lilaïa, le doigt sur son oreillette pour pouvoir entendre les infos de Naïa.

Ils attendaient dans un coin du garage de l'hôpital, à l'écart des caméras de surveillance.

– Elle est dans la chambre 323.

Elle regarda Dionysos dans les yeux, qui hocha la tête et se transforma pour incarner le médecin que Naïa lui avait montré. Sa capacité à changer de forme ne se limitait pas au Charme, qui était seulement une *apparence* de changement. Lui était capable de changer physiquement, et cela lui paraissait toujours mal, comme s'il portait la peau d'un autre par-dessus la sienne.

– C'est *tellement* bizarre, dit Lilaïa en frissonnant.

– Tu es prête ? demanda Dionysos.

Lilaïa mit son masque chirurgical pour couvrir son visage.

– Allons mettre cette maman en sécurité, dit-elle.

Il hocha la tête et ils sortirent ensemble de leur cachette, traversant une allée couverte pour entrer dans l'hôpital. Il y avait du bruit *partout*, et tout était horriblement fort. Dionysos avait l'impression de *sentir* chaque onde, depuis la sonnerie aiguë du téléphone jusqu'au bruissement de feuilles de papier. Le son éraflait sa peau et le mettait de plus en plus à cran au fur et à mesure qu'il longeait le couloir stérile, suivi de près par Lilaïa.

Dans l'intercom résonna une voix de femme qui fit sonner les oreilles du dieu.

– Docteur Phanes est appelé en chambre 323. Le docteur Phanes pour la chambre 323.

– C'est la chambre de Phèdre, dit Lilaïa.

– Je sais, répondit sèchement le dieu.

Ils étaient presque arrivés aux ascenseurs quand quelqu'un posa une lourde main sur son épaule.

– Docteur Phanes !

Dionysos se tourna face à une infirmière.

Il était tellement concentré sur sa mission qu'il avait presque oublié qui il incarnait.

– Ou... oui ?

– Notre patiente en 124 vient de perdre son bouchon muqueux. Le rythme cardiaque du bébé est stable à 143, et les contractions restent irrégulières, dit-elle. Doit-on augmenter l'ocytocine ?

Mais qu'est-ce qu'était un bouchon muqueux, et pourquoi cela lui donnait envie de vomir ?

Dionysos hésita.

– Ehm...

Lilaïa lui mit un coup de pied par-derrière et elle hocha la tête quand il la regarda.

– Oui, dit Dionysos en regardant à nouveau l'infirmière. Oui, augmentez-la...

Il avait oublié ce qu'elle avait dit. La ci-to-dine ?

– L'ocytocine ? proposa l'infirmière.

– Oui, oui. L'ocytocine.

– Ça marche.

L'infirmière tourna les talons et partit d'un pas rapide, Dionysos se tournait vers l'ascenseur et Lilaïa enfonçait le bouton pour monter.

– Tu es sûr que tu vas y arriver ? demanda-t-elle.

– Bien sûr, dit Dionysos alors que les portes s'ouvraient. Ça ne peut pas être bien dur, si ?

– Ok ! répondit-elle d'une voix chantante qui dit à Dionysos qu'elle ne le croyait pas.

Il fusilla son dos du regard et entra dans l'ascenseur. Ils se retrouvèrent écrasés dans un coin alors que d'autres personnes entraient.

– Tu ne m'en crois pas capable, dit Dionysos.

– Je n'ai pas dit…

– Tu l'as dit avec tes yeux.

Lilaïa soupira avant de lever les yeux vers le dieu.

– Je ne pense pas que tu sois préparé. C'est différent.

– Je suis parfaitement capable d'un enlèvement, aboya-t-il. Je l'ai fait des milliers de fois.

Plusieurs personnes tournèrent la tête vers eux et Lilaïa parvint à rire d'un ton nerveux en lui mettant un coup de coude d'apparence enjoué, mais qui était loin de l'être.

– Je sais que tu es capable d'un *déclenchement*, dit-elle à voix haute avant d'ajouter en grommelant dans sa barbe, c'est ce qui vient *avant* qui m'inquiète.

Il allait répondre, mais l'ascenseur s'arrêta au troisième étage et se vida. Dionysos emboîta le pas à Lilaïa. À leur gauche se trouvait la salle d'attente, à droite se trouvait une porte fermée à clé qui donnait sur les salles d'accouchement.

Lilaïa utilisa son badge pour entrer. Ils n'avaient pas besoin de regarder les numéros pour savoir quelle chambre était celle de Phèdre, car une seule était gardée.

Le molosse se tourna vers eux, les bras croisés.

– Vous êtes en retard, dit-il. Lord Thésée ne sera pas content.

– Lord Thésée peut aller se faire voir, dit Dionysos. Sa femme n'est pas ma seule patiente dans cet hôpital.

Dionysos était fier de sa réponse.

L'homme, Tannis, si Dionysos se rappelait correctement son nom, frappa le torse de Dionysos avec le poing pour l'arrêter. Le dieu le regarda dans ses yeux minuscules.

– Attention à ce que vous dites, Docteur.

Dionysos dégagea sa main.

– Que va penser ton patron quand il apprendra que tu m'as retardé davantage ?

Tannis fronça les sourcils, mais fit un pas de côté.

Dionysos lui lança un regard noir avant d'entrer, et une fois dans la chambre, il regretta d'y être.

Phèdre était allongée sur un lit au milieu de la pièce. Une infirmière était assise entre ses jambes, qu'elle pliait de sorte que ses genoux touchaient presque ses oreilles. Lilaïa le bouscula pour courir aux côtés de la jeune femme, aidant l'autre sage-femme à tenir sa jambe, comme si elle avait fait ça toute sa vie.

Que se passait-il, bon sang ?

Il regarda Lilaïa avec de grands yeux. C'est ce qu'elle voulait dire par « ce qui vient avant » ? Un véritable accouchement, en direct ?

– Docteur Phanes, dit l'infirmière.

Celle qui était supposée savoir ce qu'elle faisait.

– Le bébé arrive par le siège, l'informa-t-elle.

– Par le si… siège ? répéta Dionysos.

– Vos gants et votre blouse sont sur la table, dit-elle.

Dionysos hésita, Phèdre gémit, penchant la tête en arrière. Elle ressemblait beaucoup à Ariadne et cela le mettait mal à l'aise pour plusieurs raisons, principalement parce que Lilaïa et la sage-femme lui demandaient d'accoucher son bébé.

Pourquoi avait-il l'impression d'être en violation de son intimité ?

– Docteur ! On n'a pas le temps ! gronda l'infirmière, le ramenant à la réalité.

– Mets les gants, aboya Lilaïa.

Il fusilla du regard sa Ménade. Il ne le pardonnerait jamais à Naïa. Pourquoi n'aurait-il pas pu être l'infirmière ? Il était parfaitement capable de tenir une jambe.

Bordel de dieux.

Il marcha jusqu'à la table et mit les gants longs et bleu clair. Il se tourna ensuite vers Phèdre et… *nom de dieux !*

Soudain, il comprit ce qu'était le siège.

C'était une véritable torture. C'était sans doute Hadès et son esprit tordu qui avait inventé ça, car il était impossible qu'une tête sorte de *ça*.

Phèdre sanglota et Dionysos plongea son regard dans ses yeux marron, qui ressemblaient tant à ceux d'Ariadne.

– Je n'y arriverai pas, dit-elle en cherchant son souffle. Je ne peux pas.

Elle tremblait de tout son corps.

– Tu le peux, dit Lilaïa en serrant plus fort sa main.

– Je ne peux pas, dit Phèdre.

– Vous faites du super travail, dit l'infirmière. Il faut tenir encore un peu.

– Dites-lui que tout ira bien, Docteur, dit Lilaïa d'un ton menaçant.

– Ça n'ira pas, dit Phèdre. Vous ne comprenez pas. Mon mari…

Soudain, elle se mit à pleurer et à respirer plus fort, sa poitrine se soulevait violemment.

L'espace d'un instant, Dionysos paniqua. Puis il se souvint de ce qu'il avait appris des accouchements ; l'importance pour les femmes de respirer.

– Hii… hii… houuu, commença-t-il. Hii… hii… houuu.

Il continua même quand Lilaïa et l'autre infirmière le regardèrent d'un air horrifié, mais Phèdre se joignit à lui, suivant son exemple.

Bientôt, ils respiraient tous au même rythme, et quand Phèdre eut retrouvé son calme, Dionysos regarda entre ses jambes et son souffle se changea en cri horrifié.

– Oh mes dieux !

– Quoi ? Quoi ? sanglota Phèdre.

– Rien, répondit Lilaïa. Le bébé est presque sorti. Allez pousse !

Phèdre obéit et la tête du bébé fut bientôt sortie, alors que Dionysos avait les mains en l'air.

– Guidez la tête ! aboya l'infirmière.

– Comment je fais ça, putain ? demanda-t-il.

Le visage du bébé était tourné vers le sol. Et s'il lui faisait mal en la prenant ?

– Vous êtes fou ? cria la sage-femme. Guidez sa tête !

– Si tu répètes *guide la tête* encore une fois… siffla Dionysos.

– Tenez la tête ! cria-t-elle.

Dionysos lui tint la tête.

– La sonde, Docteur, la sonde !

– Quoi, la sonde ? demanda-t-il d'un ton aussi paniqué qu'elle.

L'infirmière fourra une sorte de poire dans ses mains.

– Tournez-lui la tête, aboya-t-elle. *Délicatement !*

Dionysos lui obéit et l'infirmière aspira le nez et la bouche du bébé.

– Poussez ! dit-elle ensuite.

Phèdre hurla et soudain le bébé eut les épaules sorties, puis Dionysos tint le bébé tout entier, un garçon, dans ses bras.

Il le garda quelques secondes dans ses bras avant que Lilaïa le lui prenne et le pose sur la poitrine de Phèdre.

Dionysos resta planté là, choqué et émerveillé par ce qui venait de se passer, mais il revint vite à la réalité quand il vit du sang et d'autres liquides couler par terre à ses pieds. Il recula d'un pas, pris de vertiges.

– Docteur, il nous faut l'Apgar, dit la sage-femme alors que Lilaïa séchait le bébé, frottant son dos et ses pieds.

– Il ne pleure pas, dit Phèdre d'un ton paniqué. Pourquoi il ne pleure pas ?

– Il va bien, dit la sage-femme. Parfois, les bébés ont besoin de temps. Ils sont sous le choc.

Pile à ce moment-là, un cri strident retentit dans la salle.

– Et voilà, dit Lilaïa alors que Phèdre souriait.

– L'Apgar, Docteur, répéta l'infirmière, clairement agacée.

Putain, mais c'est quoi un Apgar ? Dionysos regarda Lilaïa, qui désigna le bébé d'un hochement de tête en articulant quelque chose.

– Quoi ? articula-t-il en retour.

Elle se pencha vers lui et parla en grinçant des dents.

– Utilise ton stéthoscope.

– Et je le mets où ?

– *Sur son cœur et ses poumons.*

Il devinait au ton de sa voix qu'elle avait perdu patience, mais il n'y pouvait rien. Il n'était pas médecin, et ni elle ni Naïa ne lui avaient dit qu'il accoucherait un putain de bébé, si on voulait nommer ainsi la chose que Phèdre tenait entre les bras et qui ne ressemblait en rien à un humain. Il était tout bleu et recouvert d'un truc… dégoûtant. C'était le seul moyen de le décrire.

Dionysos posa d'une main hésitante le stéthoscope sur le bébé alors que la sage-femme approchait avec un chariot sur lequel était posé ce qui ressemblait à une balance.

– Quel est l'Apgar ? demanda-t-elle tout en aspirant à nouveau le nez et la bouche du bébé.

Dionysos regarda Lilaïa qui articulait un chiffre.

– Euh…

Putain, il ne savait pas lire sur les lèvres !

– … Quatre-vingt-dix ?

Lilaïa lui lança un regard noir et éclata de rire.

– Tu veux dire dix ! Bien sûr, tu veux dire *dix*.

– Oui, dix, dit-il avant de rire aussi. Je vérifiais que vous faisiez attention.

Dionysos recula. Lilaïa continuait de nettoyer le bébé et l'infirmière écoutait son cœur et ses poumons. Elle ne cessait de lancer des regards furieux dans sa direction, et Dionysos ne pouvait pas lui en vouloir. Il était certain qu'il ne se comportait pas comme le véritable docteur Phanes.

Il se concentra sur le visage de Phèdre, qui semblait heureuse, émerveillée, même, comme si toutes ses batailles antérieures et sa souffrance n'avaient plus aucune importance. Il se demanda si l'absence de son mari la dérangeait, maintenant que tout était fini.

Du moins, il pensait que c'était fini.

Jusqu'à ce qu'une chose horrible glisse entre les jambes de Phèdre.

– Putain, mais c'est quoi, ça ? s'exclama-t-il.

– Le placenta, Docteur, aboya la sage-femme.

– Le placenta, bien sûr, dit-il.

Il prit une grande inspiration et voulut s'essuyer le front quand il réalisa qu'il portait encore les gants couverts de sang.

– Et le clampage ? demanda l'infirmière.

– Faites-le, vous, dit-il avant de regarder Lilaïa. Tu as bientôt fini ?

– On doit peser le bébé, Di… *Docteur*, dit-elle. Et il lui faut un autre Apgar. Puis on aura fini.

Dionysos ne dit plus rien. Pendant que tout le monde s'activait, ses pensées se tournèrent vers Ariadne.

Dieux, il espérait qu'elle était en sécurité.

Quand Phèdre et le bébé furent nettoyés, habillés et bien au chaud, Dionysos la regarda dans les yeux.

Elle lui sourit d'un air presque rêveur.

– Merci, Docteur.

– Je ne mérite pas de remerciement, dit-il.

Le visage de Phèdre changea, sa joie fut remplacée par un air confus quand il lui posa une question.

– Tu es prête à voir ta sœur ?

Chapitre XIV

PERSÉPHONE

Quand Ariadne et Perséphone arrivèrent au palais de Cnossos, le soleil brillait à l'horizon, projetant des ombres sur les ruines éparpillées de ce qui devait avoir été une forteresse magnifique. Elle semblait s'étendre en tous sens sur plusieurs kilomètres, mais seuls quelques murs restaient debout. Ils étaient couverts de fresques et de peintures sublimes dont les couleurs brillaient sur la pierre blanche.

Il y régnait une paix étrange qui troubla Perséphone, étant donné que quelque part sous la pierre se trouvait un labyrinthe dans lequel Hadès était prisonnier.

Perséphone regarda Ariadne, qui fouillait dans son sac.

– Ils sont où, tous ? demanda-t-elle.

Elle s'était attendue à une sorte de forteresse gardée, or elle était face à des ruines, des arbres et des collines désertiques.

Ariadne se leva et remit son sac sur son épaule.

– Il n'y a personne, excepté ceux qui sont entrés dans le labyrinthe, répondit-elle. Et ils n'en ressortent jamais.

Galanthis miaula fort et Ariadne sourit timidement.

– Ne t'inquiète pas, dit-elle en grattant les oreilles du chat. J'imagine que s'il doit y avoir une exception, ce sera toi.

Perséphone fronça les sourcils.

– As-tu si peu confiance que ça ?

– Ce n'est pas une question de confiance, répondit Ariadne en la regardant dans les yeux. Mais je connais Thésée.

L'estomac de Perséphone se noua douloureusement.

Ariadne tourna les talons et se mit à slalomer entre les pierres éparpillées. Elle semblait savoir précisément où elle allait et Perséphone la suivit à distance, Galanthis dans les bras. Elle ne pouvait s'empêcher de rester sur ses gardes avec l'inspectrice, cette femme qu'elle connaissait à peine et qui était sans doute prête à tout pour protéger sa sœur, de la même façon que Perséphone ferait tout pour protéger Hadès.

– Depuis quand connais-tu Thésée ? demanda Perséphone.

Elle ne se rappelait pas la première fois qu'elle avait entendu parler du fils de Poséidon, mais elle se souvenait de leur première rencontre. Elle avait détesté sa façon de la regarder et avait refusé de lui serrer la main, ce qui l'avait beaucoup amusé. Malgré sa méfiance, elle ne l'avait pas perçu comme la menace qu'il allait devenir plus tard, quand il s'était tenu dans son bureau, le doigt de Sybil dans la main.

– Ça fait un moment, répondit Ariadne alors qu'elle glissait et se rattrapait avant de tomber.

– Pourquoi fait-il tout ça ? demanda Perséphone en suivant Ariadne en bas de quelques marches menant à une grande cour carrée, qui avait dû faire partie des fondations d'un palais bien plus large. Qu'est-ce qu'il veut ?

– Il veut être important, dit Ariadne. Il ne veut pas que qui que ce soit s'adresse à quelqu'un d'autre que lui pour obtenir ce qu'il veut dans la vie. C'est pour ça qu'il me voulait, moi, mais quand il comprit qu'il ne pourrait pas me dompter, il a choisi ma sœur. Il traite le monde de la même façon, mais il se débarrasse de ceux qui ne le suivent pas.

Ariadne tourna brusquement pour passer dans une ouverture étroite entre deux murs, puis elle descendit à nouveau des marches jusqu'à un couloir sombre bordé de deux grandes colonnes brisées. L'air provenant de l'intérieur était froid et poussiéreux. Perséphone le sentit alors qu'elle s'était arrêtée en haut des marches et regardait Ariadne poser son sac par terre.

– Mais tu as survécu, dit Perséphone.

Elle ne savait pas si c'était une question ou une déclaration, mais cela n'affecta pas Ariadne, qui s'arrêta pour la regarder, entourée par la noirceur menaçante du labyrinthe.

– Parce que je lui suis encore utile, dit Ariadne en grimaçant d'un air dégoûté.

Elle se concentra à nouveau sur son sac et en sortit ce qui ressemblait à une bobine. Toutefois, ce n'est pas ce qui intrigua Perséphone ; c'était la magie familière qui la heurta. Son estomac se noua et sa poitrine se comprima.

– Qu'est-ce que c'est ? demanda Perséphone en descendant les marches.

– Du fil, dit Ariadne en nouant le bout autour d'une des colonnes.

– Où l'as-tu eu ? questionna Perséphone en posant Galanthis.

Le chat miaula et se frotta à ses jambes.

– Je l'ai filé, répondit l'inspectrice en tendant la bobine à Perséphone.

– Tu l'as filé ? répéta Perséphone en scrutant le fil argenté, hésitant à le toucher.

Elle savait que la magie de Déméter persisterait dans le monde des vivants même après sa mort, mais elle ne s'était pas attendue à la sentir si tôt. Elle avait du mal à analyser les émotions qui l'envahissaient, mais elle savait qu'elle n'en avait pas le temps.

Elle finit par prendre la bobine et frissonna alors qu'il lui semblait soudain tenir le soleil chaud dans ses mains.

– C'est la magie de ma mère, dit-elle à voix basse.

Elle avait la même odeur, également, comme du blé doré séchant dans la chaleur de l'été. Elle regarda Ariadne et vit qu'elle avait pâli.

– Comment ?

Ariadne hésita.

– J'ai supposé que Thésée avait obtenu ça par un marché, pour me maudire.

– Tu veux dire que tu ne savais pas que tu avais cette capacité ?

– Un jour, Thésée m'a enfermée dans une pièce et m'a dit de filer de la laine pour en faire du fil, dit-elle. J'ai mis plusieurs jours à essayer, des jours sans boire ni manger, puis quand j'en ai eu assez, j'ai tenté. C'était… intuitif. Comme si j'avais fait ça toute ma vie.

Galanthis ronronnait fortement et continuait à se frotter aux mollets de la déesse.

– C'est pour ça qu'il garde ma sœur, dit Ariadne. Il espère que je vais revenir. Sans moi, il n'a aucun moyen de fabriquer les filets qu'il utilise pour capturer les dieux.

Hadès soupçonnait Harmonie et Tyché d'avoir été maîtrisées par un filet similaire à celui qu'Héphaïstos fabriquait dans les temps anciens. Ils étaient légers et fins, presque imperceptibles, comme le fil d'Ariadne qui composait cette bobine. Or ils n'en avaient pas eu la confirmation avant maintenant.

– Pourquoi toi, et pas Phèdre ? demanda Perséphone.

– Thésée aurait sans doute préféré ma sœur, mais je crois qu'à l'époque, il pensait pouvoir me dompter. C'est pour ça que je suis soulagée que ce soit tombé sur moi. J'ai pu partir quand j'ai compris ce qu'il faisait… mais je n'ai plus jamais revu ma sœur.

– Je suis désolée, dit Perséphone.

– Moi aussi, admit Ariadne en détournant les yeux, comme si elle ne supportait pas la compassion de la déesse.

Perséphone la comprenait.

Ariadne attacha le fil d'une deuxième bobine autour des colonnes.

– Tiens ça, dit-elle.

Perséphone prit l'autre bobine. Ariadne sortit une paire de gants en cuir de son sac. Lorsqu'elle eut fini, elle prit la bobine et dévisagea Perséphone.

– Ne la lâche pas, même si tu es complètement perdue. C'est notre seul moyen de sortir du labyrinthe.

Perséphone hocha la tête. Elle n'avait pas besoin de questionner la solidité du fil ; il avait maîtrisé des dieux. Il était incassable.

Galanthis ouvrit la voie, disparaissant dans le noir. Perséphone et Ariadne le suivirent, marchant côte à côte en déroulant leur fil. Un éclat de lumière attira le regard de Perséphone et elle tourna la tête vers Ariadne, qui tenait une pierre lumineuse dans sa main. Elle en tendit une autre à la déesse.

– Elle tiendra plus longtemps qu'une lampe de poche, dit-elle.

La pierre ressemblait presque à une opale et elle ne diffusait qu'une faible lumière qui n'atteignait même pas le sol, mais elles n'étaient plus totalement dans le noir. Perséphone fut surprise de se sentir moins angoissée.

En général, la pénombre ne la dérangeait pas. Elle s'y était habituée au point de s'y sentir chez elle, mais celle-ci était différente. Elle n'appartenait pas à Hadès mais à une autre entité et elle l'oppressait de tous les côtés, tout juste repoussée par la petite lumière qu'elle tenait dans sa main.

Plus elles avançaient, plus elle sentait l'obscurité l'écraser. C'était un poids tangible et quand elle essaya d'invoquer ses pouvoirs, elle comprit qu'elle ne le pouvait pas. L'adamantine réprimait déjà sa magie.

Galanthis miaula et Perséphone avança, découvrant que le sol avait disparu. Elle poussa un petit cri, mais son pied rencontra alors une marche.

– Merde, souffla-t-elle alors que son cœur battait la chamade.

Elle tendit la main et la pierre illumina des escaliers qui s'enfonçaient dans une noirceur épaisse. Les yeux de Galanthis brillaient, il les regardait, comme pour dire « je vous avais prévenues ».

Perséphone scruta Ariadne, dont le visage était à peine éclairé par sa pierre.

– Il faut beaucoup descendre pour trouver le labyrinthe ? demanda-t-elle.

– Encore quelques volées d'escalier.

Perséphone se dit qu'elle était idiote d'avoir pensé qu'en pénétrant dans le palais, elles seraient immédiatement dans le labyrinthe. Elle ravala sa panique à l'idée de s'enfoncer davantage dans la terre. *C'est le chemin pour retrouver Hadès*, se rappela-t-elle, regrettant de ne pas sentir sa présence dans cette obscurité horrible. Mais entre ces murs d'adamantine, il n'y avait rien, excepté un froid mordant qui s'insinuait sous sa peau malgré les vêtements qu'Ariadne lui avait donnés.

Elle essaya de l'ignorer et de se concentrer sur autre chose : sur ses pas dans la pénombre, sur le fil dans sa main qui était presque trop fin, comme une mèche de cheveux, mais elle ne cessait pas de grelotter. Être aussi loin sous la terre semblait également requérir le silence, et aucune des deux jeunes femmes ne parlait. Les seuls bruits provenaient de leur respiration et de leur pas sur le sol brut, et même cela semblait trop fort.

Elles tournèrent enfin et Perséphone vit une étrange lumière orange devant elles. Elle n'éclairait guère plus que les pierres qu'elles tenaient, mais elle semblait indiquer un chemin et la déesse comprit qu'elles étaient arrivées à l'entrée du labyrinthe.

Perséphone mit la pierre dans sa poche et fit un pas en avant.

– Attends ! cria Ariadne, mais c'était trop tard.

Des lianes jaillirent du sol, leurs branches grinçaient et craquaient tout en s'entremêlant et bloquant le passage pour former une épaisse broussaille remplie d'épines.

Lorsque ce fut fini, le silence régna à nouveau et Perséphone soupira.

– Comme si ce n'était pas déjà assez dur, dit-elle.

– Ce n'est pas drôle pour lui s'il n'y a pas d'obstacles, dit Ariadne.

Elle leva la tête vers l'obscurité, comme si elle savait que Thésée les observait.

– Est-ce qu'il nous entend ? demanda Perséphone.

– J'en suis certaine, oui. Il tiendra à entendre nos cris.

Une haine épaisse tordit l'estomac de Perséphone et elle se surprit à imaginer comment elle se vengerait quand Hadès serait libre. Elle voulait que Thésée voie son empire s'écrouler et elle prendrait soin d'être celle qui le démantèlerait.

– Fais attention aux épines, dit Ariadne. Le blouson devrait aider, mais elles sont empoisonnées.

– Quel genre de poison ?

– Je ne sais pas. Je sais seulement que leurs plaies brûlent et mettent du temps à guérir.

Perséphone peinait à croire qu'il serait possible de traverser les buissons sans être griffées ; sauf pour Galanthis, qui glissa sous les branches comme si elles n'existaient pas. Néanmoins, il n'y avait qu'un moyen de retrouver Hadès, c'était d'aller de l'avant.

Perséphone choisit un point de départ et déroula sa bobine avant de s'accroupir et de glisser entre deux branches dentelées. Quand elle l'eut franchi, elle put se relever quelques instants, mais pour franchir la barrière suivante, elle dut se baisser à nouveau, parfaitement consciente de la menace que représentaient les épines qui hérissaient les poils sur ses bras et sa nuque.

Elle entendit Ariadne pousser un cri aigu et quand elle se retourna, elle évita de justesse de se griffer la tête. Dans la pénombre, elle vit Ariadne appuyer sa main sur son bras.

– Ça va ? chuchota Perséphone.

– Ouais. *Dieux*, ça fait vraiment mal.

Perséphone fronça les sourcils et regarda devant elle, essayant d'évaluer la distance qu'il leur restait à parcourir, mais elle ne le pouvait pas. Les lianes étaient trop épaisses et la lumière trop faible.

– Il y a quoi, ensuite ? demanda-t-elle.

Elle ne s'était pas encore remise à bouger. Elle ne se faisait pas confiance pour avancer tout en parlant.

– Ça dépend de l'état dans lequel on sort de ces ronces, répondit Ariadne.

Perséphone resta silencieuse un moment, enjambant une branche et se baissant pour en éviter une autre.

– Comment se fait-il que tu connaisses le labyrinthe ? demanda-t-elle quand elle put à nouveau respirer, faisant une pause dans un petit espace sans épines.

– La première fois que Thésée me l'a montré, c'était parce qu'il y avait envoyé un homme que je voulais arrêter depuis longtemps. Je crois qu'il pensait que je lui serais reconnaissante d'avoir fait justice à ma place, mais j'ai été horrifiée.

Elles ne dirent plus rien, se concentrant pour avancer dans le roncier. Le seul avantage, c'était que Perséphone ne grelottait plus. Au contraire, elle transpirait et elle avait mal au dos. Elle en avait assez de se baisser et d'avancer aussi lentement, ça ankylosait ses muscles.

Elle se dit que le pire dans tout ça, c'était peut-être que cela semblait sans fin.

Galanthis miaula et quand Perséphone leva la tête, elle vit les yeux brillants du chat. Elle prit cela pour un signe qu'elles approchaient de la fin.

Elle essaya de ne pas se hâter. Elle était arrivée jusque-là sans une égratignure et elle ne voulait pas gâcher ça maintenant. Elle tourna précautionneusement la tête vers l'inspectrice, qui avait beaucoup ralenti.

Perséphone s'inquiéta.

– Est-ce que ça va ?

– Oui, dit Ariadne d'une voix faible et essoufflée qui fit comprendre à Perséphone que quelque chose n'allait pas.

– C'est bientôt fini, Ari, dit la déesse pour tenter de l'encourager.

C'est alors qu'un bruit étrange résonna dans le couloir étroit, faisant vibrer l'air. Le sang de Perséphone se glaça.

– Qu'est-ce c'était ? chuchota-t-elle en scrutant le noir.

Galanthis feula.

Le grognement retentit à nouveau, plus profond et plus près, cette fois. Il fut suivi par une série de couinements et de sabots frappant le sol, et Perséphone ne pensait pas se tromper en entendant du bois exploser.

Perséphone n'arrivait à voir qu'un éclat blanc au loin, derrière elle, des dents, peut-être. ?

– Oh, merde, dit Ariadne. C'est un sanglier. Cours !

Mais courir était impossible en étant piégée par les ronces. Perséphone pouvait seulement avancer plus vite sans lâcher son fil.

Elle essaya d'abord de poursuivre sa route précautionneusement, mais plus le sanglier approchait, plus elle se fichait des épines venimeuses. Elle préférait largement être griffée plutôt que percutée par un sanglier, mais alors que les épines lui griffaient les bras et le dos, elle comprit qu'elle n'était pas prête pour une telle douleur. Elle était mordante et aiguë, et cela la fit saliver et lui donna la nausée.

Elle avait envie de vomir, mais elle déglutit et continua d'avancer, les mains tremblantes, alors qu'elle déroulait son fil et que son cœur battait à toute vitesse. Les cris du sanglier résonnaient plus près et étaient si aigus qu'ils étaient presque insupportables. La bête déchirait sans effort le roncier qu'elle et Ariadne avaient mis tant de temps à traverser.

La déesse hurla alors qu'elle passait sous une branche dont l'épine entailla son dos, mais elle s'en fichait, car quand elle tituba en avant, elle découvrit qu'elle était libre, dans un air froid et noir.

– Je suis sortie, Ari ! cria-t-elle. Je suis…

Elle se retourna et vit qu'Ariadne luttait encore contre les ronces alors que le sanglier approchait. Perséphone le voyait mieux maintenant. C'était une énorme créature poilue avec de grandes défenses qu'elle utilisait pour déchiqueter les branches.

– Vas-y ! hurla Ariadne.

Mais Perséphone ne pouvait pas l'abandonner. Elle regarda Galanthis qui miaulait à ses pieds, et elle posa sa bobine sur le sol.

– Surveille ça, dit-elle avant de sortir le poignard que Ian lui avait offert, pour retourner dans le roncier.

– Qu'est-ce que tu fais ? demanda Ariadne. Je t'ai dit de partir !

– Continue juste d'avancer ! ordonna la déesse en plongeant et en enjambant les branches épineuses aussi vite que possible tandis qu'Ariadne faisait de même.

Quand Perséphone approcha du sanglier, son haleine chaude la souffla comme un brasier, elle sentait la pourriture et la décomposition, et lui souleva l'estomac. Ses défenses épaisses brisaient le mur d'épines avec une telle force que celles-ci semblaient faites de verre.

Perséphone se prépara, mais une de ses défenses la rata de quelques centimètres, alors elle se jeta en avant de toutes ses forces, enfonçant son couteau dans la chair tendre de son museau. Le sanglier rugit et agita la tête, soulevant Perséphone sur ses défenses pour la jeter dans les airs.

Elle hurla et sentit les branches se casser sur son dos alors qu'elle volait et atterrissait sur le sol, son couteau ensanglanté dans la main. Elle eut si mal qu'elle en eut le souffle coupé, mais elle savait qu'elle n'avait pas de temps à perdre. Elle s'assit, prise de vertiges.

– Perséphone ! cria Ariadne en courant vers elle.

Le sanglier rugissait derrière elle, se libérant de la dernière couche de ronces.

Perséphone se leva en vacillant, encore sous le choc.

– Cours ! cria l'inspectrice.

Elles foncèrent le long du couloir sombre, suivies de près par la bête. Ariadne tira sur son bras pour les faire passer par une ouverture et Perséphone espéra que cela les mettrait à distance du sanglier, mais elles entendirent une terrible explosion et des pierres volèrent sur elles alors qu'il percutait le mur du labyrinthe.

Elles couvrirent leurs têtes pour reprendre leur fuite dans le couloir jonché de roches, mais Perséphone trébucha sur une pierre et tomba au sol.

– Perséphone ! cria Ariadne.

L'impact l'avait presque assommé et la douleur était insupportable. Elle avait beau vouloir se lever, elle ne s'en pensait pas capable.

Elle saisit son poignard et roula sur le dos alors qu'une grosse chose noire bondissait par-dessus elle et fonçait sur le sanglier.

Un mélange de grognements et de rugissements retentit dans les oreilles de la déesse. Pendant quelques secondes, elle ne put quitter des yeux l'énorme bête qui se battait avec le sanglier.

– Perséphone, on y va ! dit Ariadne en la tirant debout.

Elles reprenaient leur fuite quand les rugissements du sanglier se changèrent en couinements aigus, puis ce fut le silence.

Perséphone ralentit, Ariadne l'imita. Elles regardèrent par-dessus leurs épaules et virent Galanthis assis devant le sanglier immobile, occupé à se lécher la patte. Au bout d'un moment, il leva la tête et ses yeux verts brillèrent comme de petites lumières.

– Miaou, fit-il, comme pour les saluer.

Puis elle se leva et disparut dans le noir.

Perséphone avança dans sa direction en appelant le chat… ou la créature… quoi qu'elle fût.

– Galanthis !

Le félin revint bientôt avec la bobine de Perséphone dans la gueule, déroulant le fil tout en marchant.

– Au cas où il y aurait des souris, c'est ça ? demanda Ariadne.

Perséphone regarda la mortelle et haussa les épaules. Elle vit alors que les bras de l'inspectrice étaient couverts de plaies sanglantes et que son tee-shirt avait des taches sombres aussi.

– Est-ce que ça va ? demanda la déesse en fronçant les sourcils.

Ariadne hocha la tête, mais son regard parut soudain lointain et ses yeux se révulsèrent. Elle vacilla et Perséphone plongea pour la rattraper, parvenant tout juste à l'allonger sur le sol avant de se sentir elle aussi très mal.

Merde.

– Ari ? dit Perséphone.

Sa langue lui semblait enflée, comme si tout le liquide de son corps avait séché.

– Ne le laisse pas te garder, dit Ariadne d'une voix faible et lointaine.

– Comment ça ? demanda Perséphone, confuse, mais elle n'eut pas de réponse.

Elle avait le tournis et elle se trouva bientôt allongée par terre au milieu des éclats de pierre et du sol sableux.

Quelque chose de poilu et doux toucha sa jambe puis elle entendit un petit miaulement.

Perséphone ouvrit les yeux et vit un éclat flou de lumière verte.

– Galanthis, bafouilla-t-elle juste avant que tout devienne noir.

Chapitre XV

PERSÉPHONE

– Lady Perséphone.

Elle se réveilla en entendant son nom, mais ce n'était qu'un écho lointain et elle ne voulait pas ouvrir les yeux.

– Lady Perséphone ? répéta la voix, plus proche, mais étouffée.

Elle fronça les sourcils.

Va-t'en, pensa-t-elle.

Elle voulait rester allongée dans l'ombre aussi longtemps que possible. Elle était en sécurité, ici.

– Lady Perséphone !

Soudain, il lui sembla être tirée du Styx et jaillir des ténèbres. Elle gonfla ses poumons et ouvrit les yeux, découvrant qu'elle était assise à son bureau de la Tour Alexandria. Ses mains étaient sur son clavier et elle se tourna vers la porte, où un homme aux traits fins et aux boucles brunes la regardait. Il semblait jeune et avait des yeux superbes. Elle n'avait pas la moindre idée de qui il était.

– Tu as un peu trop fait la fête, hier soir ? demanda-t-il en haussant les sourcils.

Fait la fête ?

– Je peux… t'aider ?

– Je m'assure juste que tu te prépares pour la réunion de demain, dit-il en entrant dans son bureau.

Il était vêtu d'une chemise cintrée, d'un pantalon à pinces, et portait un nœud papillon. Elle se demanda ce qu'Hermès penserait de la tenue.

– La réunion ? demanda-t-elle, confuse.

Elle n'était au courant d'aucune réunion.

L'homme baissa la tête et la dévisagea d'un air sévère.

– Ton interview avec le *News*. Ils font une double page sur ta prise de pouvoir au sein d'Epik Communications.

– Je te demande pardon ?

Ces choses lui étaient familières ; le News était l'un des plus gros médias du pays et Epik Communications était un conglomérat médiatique détenu par Kal Stavros, un homme qui désespérait de mettre un pied dans le monde du divin. Sauf qu'il s'y était pris de la mauvaise manière et Hadès l'avait sévèrement puni, sans pour autant que cela ne remédie au contrôle que Stavros exerçait sur les médias.

L'homme soupira.

– Ne me dis pas que tu as oublié.

– Personne ne me l'a dit ! rétorqua Perséphone, sur la défensive.

Elle tenta de se remémorer les derniers jours, mais ne se souvenait de rien.

– Tu plaisantes ?! Je t'ai envoyé les questions il y a trois semaines !

Il fit le tour de son bureau et s'empara de sa souris, cliquant plusieurs fois avant d'afficher un mail auquel était attaché un document détaillant le déroulement de l'interview ainsi que les questions. Il était signé par un certain Amphion dont le poste était apparemment « Assistant de Lady Perséphone, P.-D.G. de Key Media Company ».

– Key Media Company ? chuchota Perséphone.

– Tu vois ? dit-il d'un ton satisfait.

Perséphone regarda bêtement le mail quelques secondes, puis elle leva la tête vers l'homme qui devait être Amphion.

– Tu pourrais… m'accorder une minute ? demanda-t-elle, soudain incapable de se concentrer.

Elle ne se souvenait de rien de ce qui s'était passé avant de s'être réveillée dans son bureau, mais il semblait évident qu'il s'était passé tout un tas de choses, dont aucune ne lui semblait normale.

Amphion fronça les sourcils.

– Tu es sûre que tout va bien ?

– Oui, j'ai juste besoin d'une seconde.

– Ok, répondit-il sans paraître convaincu. Fais-moi signe si je peux t'aider, ajouta-t-il avant de se diriger vers la porte.

– Amphion, dit Perséphone, attendant qu'il se tourne vers elle. Où est Ivy ?

– Tu es sérieuse ?

– *Amphion…* gronda-t-elle, frustrée.

– Elle est à Halcyon, dit-il. Elle est là-bas depuis que tu l'as engagée comme cheffe de bureau.

– Ah oui, dit-elle en appuyant ses index sur ses tempes.

Quand elle fut seule, elle se tourna vers l'ordinateur et entra son nom dans le moteur de recherche. Le premier résultat disait :

La P.-D.G. de Key Media Company fête le succès de l'inauguration.

La première ligne entrait dans les détails :

Perséphone Rosi, propriétaire du plus grand groupe médiatique de la Nouvelle Grèce, fête l'inauguration de l'Halcyon.

Le centre de désintoxication offrira des soins gratuits aux mortels.

De nombreux éléments de l'article la choquèrent. Premièrement, il ne mentionnait pas sa relation avec Hadès, se concentrant plutôt sur sa carrière et ses accomplissements. Quand elle et Hadès avaient rendu leur relation publique, elle avait été atterrée que les médias la désignent comme *la maîtresse d'Hadès*, même si elle avait un nom et une identité propre en dehors de son couple.

Mais elle était en partie surprise par son titre, justement. Comment était-elle passée du *Porte-Parole*, un petit blog, à *ça* ? En poursuivant ses recherches, elle comprit qu'elle avait acheté *Epik Communications*. Parmi les articles qui traitaient de la fusion, certains parlaient de la chute de Kal Stavros, en partie à cause des accusations d'agressions sexuelles et de fraude dont il était la cible. Il y avait aussi une photo du mortel, sur laquelle sa mine furieuse accentuait les cicatrices sur son visage – des cicatrices laissées par Hadès.

Perdue dans sa recherche, elle entendit à peine frapper à sa porte.

– Entrez, dit-elle, distraite.

Quand la porte s'ouvrit, elle tourna brièvement la tête à gauche puis à nouveau sur son écran.

– Je peux… commença-t-elle en regardant à nouveau la porte où elle vit une paire d'yeux bleus qu'elle connaissait intimement.

– Prête pour déjeuner ? demanda Lexa.

Perséphone était stupéfaite et le choc parcourut tout son corps comme si elle venait de s'électrocuter. Elle était bouche bée.

– Lexa, chuchota-t-elle en se levant pour la rejoindre et la serrer dans ses bras.

Son amie lui paraissait solide et réelle, mais quand elle recula, elle avait l'air confuse.

– Tout va bien ? demanda-t-elle.

Perséphone fronça les sourcils. Dans un coin de sa tête, elle avait cru qu'elle ne la reverrait jamais, mais elle ne se rappelait plus pourquoi, à présent.

– Ouais, répondit-elle. Je pensais que tu étais partie.

– Tu m'as vue ce matin, dit Lexa.

– Ah bon ? Pardon, Lex. Je ne sais pas ce qui m'arrive.

Lexa éclata de rire.

– Ce n'est rien. Tu as beaucoup de pression et je doute que tu aies beaucoup dormi.

Elle haussa un sourcil et si Perséphone savait ce qu'elle sous-entendait, elle avait également l'impression d'avoir raté une blague.

Elle ne se souvenait ni d'hier soir ni des jours précédents, mais elle s'en fichait, car Lexa était là.

– Alors, on va manger ? demanda Lexa après un silence gênant.

– Oui, c'est vrai, répondit Perséphone.

Elle se tournait vers son bureau pour prendre son sac quand elle sentit la magie d'Hermès.

– On mange ?! s'exclama-t-il en apparaissant dans l'embrasure de la porte. Je suis mort de faim !

– C'est quoi cette tenue ? demanda Lexa.

Hermès baissa la tête.

– C'est du cuir holographique.

– Ça a l'air chaud, dit Perséphone.

– Merci, répondit Hermès en souriant.

– Ce n'est pas ce que je voulais dire, grommela Perséphone.

Lexa secoua la tête.

– Pourquoi ? s'étonna-t-elle.

– Comment ça, *pourquoi* ? Et pourquoi pas ? rétorqua-t-il en plissant les yeux. Je *suis* la mode, Lexa !

Perséphone regarda Lexa et elles levèrent les yeux au ciel en riant.

Hermès les fusilla du regard, vexé. Il croisa les bras et sa chemise couina.

– Tu couines comme un canard de bain, se moqua Lexa en riant.

– C'est quoi, un canard de bain ? demanda Hermès en fronçant les sourcils avant que son visage ne s'illumine. C'est un truc coquin ?

– Oui, dit Lexa.

Perséphone haussa les sourcils et Lexa se tourna vers elle.

– Quoi ? se défendit-elle d'un ton faussement innocent.

– Rien, répondit Perséphone en se baissant pour prendre son sac.

– Tu n'as pas intérêt à mentir, gronda Hermès d'un ton suspicieux.

– Je n'oserais jamais ! rétorqua Lexa.

– On va déjeuner ? demanda Amphion en arrivant dans le bureau.

Hermès leva le bras et appuya sa main sur le cadre de la porte pour reluquer l'assistant de Perséphone.

– J'ai quelque chose que tu peux manger, moi...

Lexa fit mine de s'étouffer alors que Perséphone râlait.

– Hermès, tu ne peux pas dire ce genre de chose à mes employés.

– Il aime ça ! s'offusqua Hermès. N'est-ce pas Amphion ?

Le visage du jeune homme était rouge cramoisi.

– Tu n'es pas obligé de répondre, Amphion, lui dit Perséphone.

– Bien sûr que si, insista Hermès.

– *Hermès !* gronda Perséphone.

– Bon, d'accord, très bien, marmonna le dieu de la Ruse.

Perséphone se faufila entre lui et Amphion pour sortir de son bureau.

– Je suis pris pour le déj', mais si tu m'invites à dîner, je suis libre, entendit-elle dire Amphion.

– Oh mes *dieux* ! se plaignit Lexa alors qu'ils s'entassaient dans l'ascenseur.

– Tu es juste jalouse parce que Thanatos refuse de coucher avec toi, dit Hermès.

– *Tais-toi* ! siffla Lexa en lui mettant un coup de coude.

– Aïe !

Perséphone éclata de rire en les observant.

C'est comme ça que ça aurait dû être, pensa-t-elle avant de froncer les sourcils. Les mots lui paraissaient étranges et elle ne comprenait pas pourquoi elle avait pensé ça alors que tout allait bien.

C'est ainsi que sont les choses, chuchota-t-elle quand les portes s'ouvrirent au rez-de-chaussée.

Elle était la dernière à sortir et lorsqu'elle se tourna pour suivre les autres, son cœur cessa de battre un instant.

– Zofie.

L'Amazone se tenait près de l'accueil, vêtue de noir. Sa longue tresse se balança quand elle tourna la tête vers Perséphone.

– Lady Perséphone, dit-elle en inclinant la tête. Prête pour déjeuner ?

Perséphone gonfla ses poumons en tremblant alors qu'un souvenir faisait surface dans son esprit ; Zofie sur un bûcher, la peau blanche comme du marbre, sans vie.

– Tu es… vivante, dit-elle.

– Seph ! s'offusqua Lexa. Pourquoi tu dis ça ?

Perséphone ouvrit la bouche, puis elle fronça les sourcils et secoua la tête.

– Je ne sais pas. Je…

– Peut-être que tu as fait un cauchemar, suggéra Zofie en lui souriant si tendrement que Perséphone dut acquiescer.

– Ouais. Peut-être.

Ils sortirent de la Tour Alexandria et choisirent d'aller à la Maison Grecque, un restaurant à quelques rues de là. Perséphone nota comment ses amis l'entouraient en marchant ; Hermès devant, Lexa et Amphion de chaque côté, et Zofie derrière.

Ils restèrent dans cette formation jusqu'au restaurant et leur table, même si ça ne protégeait en rien Perséphone des regards curieux.

Lexa se tourna sur sa chaise.

– Eh ! On ne vous a jamais dit que c'était impoli de regarder ?

– Lex ! siffla Perséphone.

– Ben quoi ! répondit Lexa en la regardant. Les gens sont…

– Impolis ? proposa Zofie.

– Oui ! s'exclama Lexa en saisissant sa fourchette.

– Eh, doucement, ce n'est pas sérieux à ce point, gronda Hermès.

Lexa le fusilla du regard.

– Ils sont juste curieux, dit Perséphone avant d'ajouter d'un ton dédaigneux : Ils veulent voir *l'épouse d'Hadès.*

– Oh, ils se fichent d'Hadès, dit Amphion. C'est toi qui les intéresses.

– Mais bien sûr ! ricana Perséphone.

Les gens s'intéressaient toujours à Hadès parce qu'ils voulaient ce qu'il avait à offrir.

– C'est vrai, dit Amphion. Ce que tu as fait… exposer la vérité sur Kal Stavros… c'était énorme.

Perséphone ne sut pas quoi répondre, mais elle était émue par les propos d'Amphion. Elle ne savait pas pourquoi c'était si difficile à imaginer, mais le monde ne semblait tout simplement pas accorder de valeur aux femmes qui tenaient tête aux hommes.

– Qu'est-ce que vous avez prévu, ce week-end ? demanda Perséphone pour changer de sujet.

– J'espère qu'on se la colle toujours à l'anniversaire surprise d'Hadès ?! dit Hermès.

Soudain, cela revint à Perséphone. Elle avait tenu à faire quelque chose pour fêter Hadès malgré l'horreur qui avait entouré sa naissance. Comme il n'existait pas à l'époque de système pour organiser les jours, elle avait décidé de choisir sa date d'anniversaire. Le 1er novembre.

– Tu ne crois pas qu'il s'en doute, si ? demanda Lexa.

– Si c'était le cas, il ne me le dirait pas, répondit Perséphone.

Il la laisserait s'amuser, même s'il redoutait d'être célébré.

Elle se demanda comment il réagirait en entrant dans Nevernight et en y trouvant tous leurs amis réunis pour le fêter, et ce qu'il ferait plus tard, lorsqu'ils descendraient aux Enfers et qu'il découvrirait que les âmes s'étaient rassemblées pour en faire autant.

Elle avait du mal à croire qu'il aurait l'air surpris, mais elle savait qu'il lui serait reconnaissant, même s'il était mal à l'aise d'être au centre de l'attention.

– Hadès devrait défier quelqu'un en duel, dit Zofie. C'est ainsi qu'on fête les anniversaires, à Terme.

Lexa regarda Perséphone, puis Zofie.

– Je ne crois pas…

– C'était une blague ! dit l'Amazone. Vous avez pigé ? demanda-t-elle, pleine d'espoir.

– Aaah, dirent-ils en se regardant.

Ils éclatèrent d'un rire gêné, mais celui-ci devint bientôt sincère. À la fin du déjeuner, Perséphone pensa qu'elle n'avait jamais été aussi épanouie et comblée.

***

Sa journée terminée, Perséphone rentra aux Enfers, tout excitée. Elle était heureuse de revenir chez elle et de voir Hadès, même s'il serait là seulement plus tard. Elle se changea et alla à Asphodèle pour dîner avec les âmes. Quand elle apparut au milieu du village, elle se tourna vers le Tartare.

C'était la première fois de la journée qu'elle ressentait de l'angoisse, or celle-ci était tellement vive qu'elle s'arrêta de marcher. En regardant l'horizon lointain, elle trouva celui-ci… déformé. C'était le seul moyen de le décrire ; la couleur du ciel et les montagnes semblaient distordues et déformées, comme les frontières d'un rêve.

– Perséphone !

Elle se tourna vers Yuri, qui agitait la main. Elle lui sourit et refit face aux montagnes, découvrant cette fois qu'elles avaient repris leur silhouette dentelée et que l'horizon était parfaitement net.

Bizarre, pensa-t-elle.

– Qu'est-ce que tu regardes ? demanda Yuri en venant vers elle.

– Je pensais… avoir vu quelque chose, mais j'ai dû me tromper, dit-elle alors que son estomac se nouait en y repensant.

– Les âmes t'attendent, dit Yuri en la prenant par la main pour l'emmener dans le pré en bordure du village, où des couvertures étaient éparpillées.

Deux tables avaient été installées bout à bout et étaient couvertes de mets et de boissons provenant de cultures et d'époques variées.

Ils mangèrent comme s'ils fêtaient quelque chose, ce qui était la coutume des habitants d'Asphodèle. Perséphone s'assit avec eux et discuta en riant, et quand ils sortirent leurs instruments, elle dansa avec eux.

Elle arrêta seulement quand elle se trouva face à Hadès, ou du moins, à son torse. Elle pencha la tête en arrière et plongea son regard dans le sien.

– Salut, chuchota-t-elle, à bout de souffle, émerveillée par le réconfort qu'il lui apportait.

– Salut, répondit-il en souriant.

Il effleura son menton et l'embrassa.

– Tu as passé une bonne journée ?

– Oui, répondit-elle. Et toi ?

Il fredonna et elle sentit sa voix vibrer dans sa poitrine.

– Elle est meilleure maintenant.

C'était une réponse typique d'Hadès, ce qui équivalait à une absence de réponse, elle sourit néanmoins.

– J'ai interrompu ta danse, dit-il.

– Ce n'est rien. Du moment que tu danses avec moi.

Il la tint contre lui et elle appuya sa joue contre son torse. Ils restèrent ainsi jusqu'à ce qu'elle sente le sommeil l'envahir.

– Tu es prête à aller au lit ? demanda-t-il d'une voix chaude qui la fit frissonner.

Elle recula.

– Je crois que j'ai l'esprit trop occupé pour dormir.

– Ah oui ?

Il haussa un sourcil et baissa la tête. Perséphone frissonna quand il effleura son oreille avec sa bouche.

– Je peux peut-être te changer les idées…

Elle tourna la tête et leurs lèvres se rencontrèrent.

– C'est culotté de ta part, dieu des Morts, de supposer que j'ai *envie* de me changer les idées.

Il esquissa un sourire.

– Pardonne-moi, Lady de mon Destin, répondit-il en passant ses doigts dans ses cheveux. Je t'en prie, dis-moi par quel moyen je peux te servir.

Elle sourit et s'apprêtait à l'embrasser quand elle vit quelque chose bouger du coin de l'œil. Elle tourna la tête et aperçut un chat assis à quelques pas. Il avait le poil épais et noir, et de gros yeux verts qui brillaient tellement qu'ils semblaient irréels.

– Non, gronda-t-elle alors qu'un froid glacial pénétrait soudain son corps.

– Qu'est-ce qui ne va pas ? demanda Hadès.

Elle tourna la tête vers lui et plongea son regard dans le sien. Il semblait inquiet et elle sentit sa poitrine se comprimer en le regardant.

Ne me quitte pas, avait-elle envie de dire.

– Embrasse-moi, dit-elle plutôt.

Il fronça les sourcils, mais elle se dépêcha de s'emparer de sa bouche et de passer ses bras autour de son cou. Elle avait besoin qu'il l'ancre ici pour qu'elle ne se perde plus jamais. Mais tandis qu'il l'embrassait en retour, il parut sentir que quelque chose n'allait pas, car il posa les mains sur ses épaules et recula la tête.

– Perséphone, dit-il, mais elle ne le regardait plus.

Elle étudiait le chat, qui était toujours assis dans l'herbe et l'observait en silence. Elle tourna tout son corps vers lui, furieuse.

– Non ! gronda-t-elle, et ses yeux se remplirent de larmes.

Le chat continuait de la dévisager.

– Je ne partirai pas ! insista-t-elle en désignant le sol. C'était comme ça que ç'aurait dû être !

– Perséphone, répéta Hadès.

Il tendit la main vers elle, mais elle lui échappa et le choc de son absence lui donna l'impression que sa poitrine se déchirait. Mais elle ne pouvait pas le laisser la toucher, sinon elle resterait.

Il écarquillait les yeux et Perséphone pensa qu'elle aurait préféré mourir plutôt que de voir le cœur d'Hadès se briser alors qu'elle reculait et mettait de la distance entre eux.

– Dis-moi ce qui ne va pas, supplia-t-il.

Elle secoua la tête et les larmes coulèrent à flots sur ses joues.

– Je ne peux pas, dit-elle d'une voix tremblante. Je dois juste… je *dois* partir.

Elle soutint son regard quelques secondes, scrutant ses yeux bleus, profonds et anciens. C'étaient bien les yeux d'Hadès, mais ce n'étaient pas ceux du dieu qu'elle aimait, et elle le savait, au fond d'elle.

Elle se tourna vers le chat.

Galanthis, pensa-t-elle, se rappelant son nom en marchant vers lui d'un pas déterminé. Le félin se leva et tourna les talons et, tandis qu'une noirceur froide s'abattait sur elle, Perséphone sentit le regard d'Hadès dans son dos.

Elle espérait qu'elle ne commettait pas une erreur.

Chapitre XVI

PERSÉPHONE

Perséphone ouvrit les yeux sur Galanthis, qui était assis sur sa poitrine et la regardait.

Quand le chat vit qu'elle était réveillée, il bondit sur le sol.

Perséphone resta allongée un moment, avec l'impression qu'elle émergeait d'une sorte de cauchemar dont elle se rappelait les moindres détails. L'agonie était de se réveiller et de découvrir qu'elle était encore piégée dans le labyrinthe et qu'elle n'était pas plus près de trouver Hadès ni la vie dont elle avait rêvé.

Ses joues semblaient collantes de larmes et un goût amer remplit sa gorge. Quand elle s'assit, elle fut saisie d'un vertige et ferma les yeux pour lutter contre la nausée qui contractait son ventre – le reste du poison des épines.

Quand ce fut passé, elle se leva et ramassa son couteau, qu'elle trouva par terre à côté d'elle. Elle regarda autour d'elle et vit Ariadne allongée sur le côté. Elle était réveillée et Galanthis était assis près d'elle. D'une façon ou d'une autre, le félin – ou quoi que soit cette créature – les avait tirées des griffes du labyrinthe.

Perséphone marcha vers Ariadne.

– On doit y aller, dit-elle en prenant ses mains pour l'aider à se lever.

Ariadne ne la contredit pas et la déesse vit malgré la pénombre qu'elle avait pleuré aussi. Son visage luisait, trempé par les larmes. Si elle se demandait ce qu'Ariadne avait vu, elle ne lui posa pas la question. Cela allait être suffisamment difficile de traverser le labyrinthe sans s'attarder sur ce qu'elles avaient vu pendant leur sommeil. Et plus difficile encore de ne pas retourner en arrière pour retrouver cette paix.

Si quelque chose devait les vaincre entre ces couloirs sombres, ce serait ça : les griffes d'un monde parfait qui les appelait à revenir.

Perséphone regarda un couloir après l'autre, ne sachant pas de quelle direction elles étaient arrivées ni dans laquelle elles devaient aller.

Elle regarda Galanthis, qui se léchait la patte, comme s'il s'était soudain rappelé qu'il était un chat et non une créature capable de vaincre un sanglier et de les éloigner de réalités parallèles.

Perséphone ramassa sa bobine de fil.

– Quelle direction pour trouver mon mari ? lui demanda-t-elle.

Galanthis finit de nettoyer sa patte avant de regarder Perséphone dans les yeux. Sans un bruit, il se leva et partit dans le couloir. La déesse et l'inspectrice se regardèrent, puis elles avancèrent en silence. Si Perséphone n'était pas télépathe, elle devinait qu'elles pensaient toutes deux à la même chose, à leurs désirs les plus profonds.

Elle se demanda si elle pourrait rebrousser chemin et retrouver ce monde.

Soudain, une douleur jaillit dans son bras. Elle siffla et regarda à droite, découvrant qu'Ariadne l'avait pincée.

– Je sais ce que tu penses, dit-elle. Mais tu ne peux pas y retourner.

Perséphone contracta sa mâchoire, frustrée qu'Ariadne ait deviné ce qu'elle voulait, mais aussi parce qu'elle se sentait faible.

– Le danger n'est pas le rêve, dit Ariadne. C'est l'après.

Perséphone comprit ce qu'elle voulait dire : c'était ce désir ardent qui les pousserait toutes deux à arpenter le labyrinthe, pour toujours, à la recherche de leur plus grand désir, qu'elles ne trouveraient jamais plus.

Elles poursuivirent leur chemin, suivant Galanthis d'un passage sombre à l'autre, chaque virage désorientant un peu plus Perséphone.

– Dis-moi une vérité, dit Ariadne alors que sa voix fendait l'obscurité comme un fouet.

– Qu'est-ce que tu veux savoir ? demanda la déesse.

Elle n'était pas vraiment en capacité de réfléchir ; son esprit ne cessait de passer en revue les images de ce monde parfait.

– N'importe quoi, dit Ariadne. Quel est ton premier souvenir ?

La question surprit la déesse et elle dut réfléchir un moment.

– Mon premier souvenir, c'est moi en train de pleurer, dit-elle. J'avais voulu cueillir une rose que je trouvais sublime et je ne savais pas qu'elle avait des épines.

Elle n'avait jamais oublié la sensation de sa peau percée, du picotement aigu qu'elle avait ressenti dans tout son corps.

– Ma mère s'inquiétait davantage de la rose que de moi et elle m'a laissée pleurer pendant qu'elle réparait les pétales que j'avais détachés.

Quand la jeune déesse avait exprimé sa douleur, Déméter ne lui avait apporté aucun réconfort.

– *Eh bien, ça t'apprendra que toucher les fleurs a des conséquences*, avait-elle dit.

Perséphone ne l'avait jamais envisagé avant, mais peut-être était-ce à cause de ça que plus tard, elle tuerait les fleurs d'un simple toucher.

Ariadne regarda Perséphone dans les yeux et elle parut regretter de lui avoir posé la question, mais la déesse comprit. Cela lui avait fait oublier les faux souvenirs de son rêve ainsi que l'infini du labyrinthe.

– Quel est ton souvenir préféré ? demanda-t-elle à l'inspectrice.

Ariadne prit le temps de répondre et Perséphone en conclut que le choix n'était pas facile. C'était étrange de comparer cela, mais Perséphone n'avait que quelques souvenirs préférés, et la plupart étaient avec Lexa ou Hadès.

– Sans doute les moments que j'ai passés avec ma sœur, dit-elle.

– Tous ? insista Perséphone, voyant qu'elle ne fournissait pas de détails.

– Oui. On était souvent seules quand on était jeunes et je me sentais responsable d'elle. Je m'assurais qu'elle s'habillait et était prête pour l'école, je préparais nos déjeuners et nos dîners… Et je veillais à ce qu'elle s'amuse pour qu'elle ne comprenne pas ce que j'avais compris : que nos parents étaient trop occupés pour se préoccuper de nous.

Soudain, le besoin désespéré d'Ariadne de sauver sa sœur fit sens.

– Tu ne peux continuer de te sentir responsable d'elle, Ariadne. Elle fait ses propres choix.

La bouche de la jeune femme se pinça et Perséphone supposa que ce n'était pas la première fois qu'elle l'entendait.

– J'aurais pris soin d'elle pour toujours, dit Ariadne. Elle n'était pas obligée de le choisir.

– Peut-être est-ce pour ça qu'elle l'a fait, justement. Parce qu'elle voulait que tu sois libre.

Ariadne pâlit. Les propos de Perséphone avaient semblé la frapper davantage que les autres. Après ça, elles restèrent silencieuses longtemps, jusqu'à ce que Perséphone s'arrête.

– Tu sens ça ? demanda-t-elle.

Ariadne s'arrêta aussi et inspira.

– Oh, dieux ! chuchota-t-elle en regardant la déesse.

Son visage confirmait ce qu'elle pensait ; il y avait un cadavre en décomposition dans les parages. Une peur terrible s'empara de Perséphone et, l'espace d'un instant, elle se demanda si c'était celui d'Hadès.

C'est impossible, se dit-elle, même si elle savait que ça ne l'était pas puisque c'était le domaine de Thésée et qu'il était capable de tuer les dieux.

Elles continuèrent d'avancer et l'odeur empira. Elle était douceâtre, sucrée et âcre, au point que les yeux et le nez de Perséphone se mirent à couler. Elle eut envie de vomir et sa gorge se remplit de salive. Elle n'était pas certaine de réussir à s'en empêcher.

Ariadne eut alors des haut-le-cœur et Perséphone ne put se retenir. Elle se pencha en avant et vomit.

– Putain, mais c'est horrible ! dit-elle en posant le revers de sa main sur sa bouche.

Sa gorge était en feu désormais et des gouttes de bile dégoulinaient de son nez. D'une certaine façon, ça ne la gênait pas, car cela masquait l'odeur de décomposition.

Quand Ariadne eut fini de vomir, elle souleva son tee-shirt pour couvrir son nez et Perséphone l'imita. Ça n'était pas d'une grande aide, mais elles n'avaient pas vraiment le choix. Galanthis continuait de les guider, avançant dans le labyrinthe, les rapprochant de la mort.

Elles tournèrent enfin et, malgré ses larmes, Perséphone vit la source de l'odeur. Un énorme tas de chair gisait à quelques pas de là.

– Bon sang, mais c'est quoi, ça ? demanda Ariadne.

Ça ne semblait pas inquiéter Galanthis, qui trotta en avant sans crainte.

Elles le suivirent précautionneusement, approchant du cadavre.

– Qu'est-ce que c'est ? demanda l'inspectrice.

Quoi qu'ait été la créature, elle était énorme, et elle était écorchée.

– Je ne sais pas, dit Perséphone.

Toutefois, elle crut le deviner lorsqu'elle s'en approcha.

– Je crois… que c'était un lion, dit-elle.

– Oh dieux ! souffla Ariadne avant de vomir à nouveau.

Perséphone attendit qu'elle ait fini pour continuer :

– Tu crois qu'il lui est arrivé quoi ?

– C'est l'œuvre d'une personne, dit Ariadne.

– Hadès ?

– Peut-être, répondit l'inspectrice.

Un rayon d'espoir s'alluma dans son cœur. Peut-être se rapprochaient-elles de lui.

– On dirait qu'il…

Ariadne ne finit pas sa phrase et Perséphone vint à ses côtés pour voir ce qu'elle regardait. Il manquait une griffe à l'une des pattes du lion.

Perséphone regarda Ariadne.

– Tu crois… qu'on devrait faire pareil ?

Elle n'eut pas le temps de répondre car Galanthis répondit par un miaulement.

– Tu n'es pas sérieuse ! dit Ariadne.

Perséphone s'agenouilla et examina les griffes.

Elles ressemblaient à du métal plus qu'à de l'os. Elle tendit la main et toucha une des pointes, surprise de se couper si facilement.

– Aïe ! siffla-t-elle avant de retirer son doigt. Elles sont aiguisées comme… des couteaux.

Elle pensait même qu'elles l'étaient encore plus.

– Tiens, dit Ariadne en enlevant ses gants en cuir pour les lui donner. Utilise-les comme protection.

Perséphone les prit et enfila les deux sur une main, espérant que cela suffirait à éviter qu'elle ne se tranche la paume. Elle choisit la griffe du milieu et lorsqu'elle la prit dans ses mains gantées, elle se demanda pourquoi Hadès avait fait ça, consciente qu'il ne l'avait pas fait sans raison.

Pourtant, elle n'était pas sûre de faire bien et son ventre se souleva à nouveau. Elle serra les dents en cherchant le haut de la griffe, à l'endroit où elle touchait l'os, puis elle utilisa son couteau pour les séparer. Quand la griffe fut détachée, elle enleva les gants et mit la griffe dans un des doigts avant de le ranger dans la poche de sa veste.

– Eh bien, c'était horrible, dit-elle en se relevant et en ramassant sa bobine. Partons d'ici.

Elles laissèrent le lion derrière elles et se faufilèrent dans le noir sans fin.

– On est encore loin du milieu ? demanda Perséphone.

– Je… je ne sais pas, dit Ariadne. J'ai perdu la notion de… de tout.

Perséphone aussi.

– Qu'est-ce qu'on fait s'il n'est pas là ? demanda-t-elle, même si elle détestait l'envisager.

– Ne pense pas de cette façon, dit Ariadne. Il sera là, ne serait-ce que parce que Thésée aimera vous voir vous retrouver pour vous séparer à nouveau.

C'était dur à entendre, mais Perséphone appréciait l'honnêteté de l'inspectrice.

– À ton avis, qu'est-ce qui nous attend quand on y arrivera ?

– Je n'en ai pas la moindre idée, admit Ariadne. Mais ce sera terrible.

Perséphone prit une grande inspiration. Quoi qui les attende, elle l'affronterait, du moment qu'Hadès était là. Elle se battrait pour lui. Elle le retrouverait et ils rentreraient chez eux ce soir… ou demain… quand ils sortiraient de ce putain de palais.

Galanthis miaula et Perséphone leva les yeux vers lui alors qu'elle disparaissait dans le noir.

Cette pénombre était différente de celle qui les entourait, elle était plus profonde et plus froide, et il y régnait un mal indescriptible.

– Ariadne, chuchota Perséphone. Tu crois…

– On y est arrivées, dit Ariadne.

Perséphone frissonna sans le vouloir alors qu'elles restaient en bordure du noir. Elle avait imaginé ça très différemment.

Elle s'était surtout attendue à ce qu'il y ait de la lumière.

Si elles se trouvaient bien au centre du labyrinthe, alors Hadès ne devait pas être loin.

Perséphone avança un pied, puis l'autre, mais le noir persistait. Comment était-elle censée le trouver ici ?

– Perséphone ! chuchota Ariadne au moment où Galanthis grognait et feulait.

La déesse s'immobilisa en voyant deux yeux rouges briller dans le noir.

– Ari, dit Perséphone. Qu'est-ce que c'est ?

Elle venait de parler quand les lumières furent allumées. Elle grimaça, agressée par tant de clarté, et lâcha sa bobine. Alors que sa vue s'ajustait, un grognement étrange attira son attention. En levant la tête, elle vit la source des yeux rouges ; un taureau blanc, anormalement large, avec des cornes énormes. Il semblait couvert d'une armure de bronze, et il frappait déjà le sol avec ses sabots en renâclant. Une épaisse fumée noire sortait de ses narines, comme s'il avait avalé du feu.

Perséphone avait vu une chose similaire chez la chimère qu'elle avait combattue aux Enfers. Son estomac se noua de terreur.

Elle était sûre que cette chose était capable de cracher du feu.

Les yeux de la créature étaient rivés sur Galanthis, qui se tenait devant la bête, les poils hérissés.

– Quoi que tu fasses, ne lui tourne pas le dos, dit Ariadne.

– Alors comment je suis censée m'enfuir ?

– Je ne sais pas, rétorqua Ariadne. Ton chat n'est pas un monstre ?

– Ce n'est pas mon chat ! répondit la déesse.

Elle regarda derrière elle en se demandant si elles devraient retourner dans le labyrinthe, mais Hadès était *devant*.

Le taureau agita la tête avant de la baisser en les scrutant de ses yeux rouges. Il chargea, et Perséphone vit Galanthis se transformer. Il grossit et des ailes ainsi que des cornes noires lui poussèrent quand il se jeta sur le taureau.

Perséphone et Ariadne n'attendirent pas de voir la suite, prenant leurs jambes à leur cou, mais elle grimaça en entendant le rugissement étrange du taureau suivi par les cris de Galanthis.

Elle commit l'erreur de regarder par-dessus son épaule et vit Galanthis projeté dans les airs. Il atterrit sur les cornes aiguisées du monstre.

– Non ! hurla Perséphone en s'arrêtant.

– Viens, Perséphone ! cria Ariadne en saisissant son bras pour la tirer en avant.

Elle avait les larmes aux yeux et sa colère crépitait dans ses veines. C'était une colère familière, qui réveillait généralement son pouvoir, mais dans cette prison en adamantine, elle ne servait à rien à part motiver sa fuite.

Quand le sol se mit à trembler sous ses pieds, elle sut que le taureau avait dirigé son attention sur elles. Perséphone sortit son poignard et Ariadne se tourna vers le taureau, qui fonçait sur elles.

– Qu'est-ce que tu fais ? demanda Perséphone.

– Vas-y ! ordonna Ariadne en sortant son arme pour viser le monstre.

– Putain, mais quoi ? T'avais ça pendant tout ce temps ?

– Les balles n'auraient pas marché sur le sanglier, dit-elle en tirant plusieurs fois dans le visage du taureau.

Mais les balles ricochèrent, impuissantes à pénétrer sa peau.

C'était fréquent chez les créatures divines. Si elles avaient souvent une seule faiblesse, elles étaient autrement invincibles.

– On y va ! aboya Perséphone en tirant Ariadne par le bras.

Elles tournèrent les talons et reprirent leur course alors que la bête rugissait, mais un vent brûlant les heurta, faisant tituber Perséphone. L'air était si chaud qu'elle en eut le souffle coupé.

Elle regarda Ariadne tout en courant.

– On doit se séparer ! cria-t-elle pour se faire entendre par-dessus les cris du taureau.

Il y avait un monstre, et elles étaient deux. Il ne pouvait pas les charger en même temps.

Ariadne fronça les sourcils, n'aimant clairement pas son plan, mais elle n'avait pas d'autre idée. Elles hochèrent la tête et chacune partit dans une direction différente.

Le taureau n'hésita pas, choisissant Perséphone.

Merde !

Elle se servit de ses bras pour accélérer, mais elle fut vite à bout de forces. Elle repensa à ce qu'Hécate lui avait dit du labyrinthe : qu'elle était la mieux équipée pour l'affronter parce qu'elle ne reposait pas sur sa magie. Or, en cet instant, elle se sentait parfaitement impuissante face à cette créature, magie ou pas.

Elle savait que le taureau gagnait du terrain, car elle sentait et entendait son souffle chaud autour d'elle. Elle sentit alors sa gueule dans son dos et l'instant d'après, elle volait dans les airs. Elle n'eut même pas le temps de crier, agitant les bras et les jambes avant d'atterrir sur le sol terreux. Elle ne s'était pas encore relevée que le taureau fonçait à nouveau sur elle.

Perséphone plongea sur le côté et se dépêcha de se lever. La bête dessina un arc de cercle et chargea encore. Cette fois, elle remarqua que son armure de bronze ne couvrait pas son ventre.

Elle voulut tirer son poignard de son fourreau, mais elle découvrit qu'il n'y était plus. Elle paniqua et chercha dans toutes ses poches, mais elle ne trouva que les gants d'Ariadne avec la griffe.

Merde. Il avait dû tomber.

Le taureau agita la tête et chargea. Perséphone voulut courir, mais elle avait attendu trop longtemps. La bête en armure la percuta et la projeta au sol, si fort que tout l'air fut expulsé de ses poumons. Elle chercha son souffle alors que le taureau revenait, ses cornes dirigées sur elle. Perséphone roula pour échapper à l'attaque, et soudain, le taureau n'était plus là. Quand elle leva la tête, elle vit qu'Ariadne avait réussi à le monter et s'accrochait à la bête par les cornes.

Le monstre rua, essayant de se débarrasser de la jeune femme.

Perséphone se leva en se tenant les côtes, car chaque inspiration était une torture.

Elle se détestait d'avoir perdu son poignard, car à présent, sa seule arme était la griffe du lion. La difficulté était d'avoir accès au ventre du taureau sans se faire piétiner par ses sabots.

Dieux, elle espérait que ça marcherait.

Le taureau essayait encore de dégager Ariadne de son dos, ruant en dessinant un cercle, et quand l'inspectrice fut projetée en l'air, Perséphone fonça, glissant sous le taureau pour planter la griffe dans son ventre. Elle roula aussitôt de côté alors que la bête rugissait, avançant de quelques mètres en se vidant de son sang, puis elle tituba et s'effondra.

Perséphone avait le vertige et elle avait encore du mal à respirer, mais elle se remit debout.

Ariadne approcha en tenant son bras contre sa poitrine.

– Il est cassé ? demanda Perséphone.

– Je ne crois pas, répondit-elle en secouant la tête. C'est juste douloureux. Tu vas bien ?

– Oui. Trouvons Hadès.

Elle avança en titubant et Ariadne la suivit.

Traverser le centre du labyrinthe était comme traverser un vaste océan. Évaluer leur progression était impossible, car il n'y avait rien, dans toutes les directions, excepté le sol sableux et le plafond sombre. Perséphone n'arrivait pas à savoir ce qui était pire ; ça, ou les couloirs sombres du labyrinthe. Et si elles parvenaient de l'autre côté sans avoir vu Hadès ?

Elle aperçut alors quelque chose ; une chose sombre, au loin, et il lui sembla soudain que son cœur pulsait dans tout son corps.

– Hadès, chuchota-t-elle, à bout de souffle.

Sans s'en rendre, elle courait, mais il lui semblait infiniment loin. Plus elle approchait, plus elle voyait de détails. Elle put voir qu'il pendait du plafond par les poignets et qu'il était sur une sorte d'estrade, comme pour un sacrifice. Son menton reposait sur son torse et ses cheveux cachaient son visage.

Elle n'y réfléchit pas à deux fois avant de monter sur l'estrade, jetant ses bras autour de lui pour s'accrocher à lui, envahie par un sentiment de paix.

– Hadès, souffla-t-elle.

Elle recula et effleura son visage.

Il remua et ouvrit ses yeux sombres, presque noirs.

– Hadès, répéta-t-elle.

Il fronça les sourcils, paraissant confus de la voir.

– Perséphone ?

– C'est moi, dit-elle. Je suis là.

Il déglutit et la dévisagea.

– C'est un rêve, dit-il.

– Ce n'est pas un rêve, répondit-elle avant de se mettre sur la pointe des pieds pour l'embrasser.

Quand elle recula, il semblait plus éveillé.

– Perséphone, dit-il en tirant sur ses bras comme s'il voulait l'étreindre.

Les chaînes tintèrent, lui rappelant qu'il était encore prisonnier du labyrinthe.

– Comment ?

– Je suis venue te sauver, dit-elle en caressant sa joue.

Sa barbe avait poussé et lui semblait rêche sous ses doigts, mais elle s'en moquait. Il ferma les yeux et prit une inspiration tremblante.

– J'en ai rêvé, dit-il avant de la regarder à nouveau.

Elle sourit et posa son regard sur ses lèvres. Elle aurait aimé l'embrasser, mais elle savait qu'ils devaient sortir de là. Elle recula en tenant les mailles du filet qui l'enveloppait. Elle ne pouvait le retirer sans lui détacher les mains.

– Il faut le couper, dit-il. Pour l'instant, je n'ai réussi qu'avec une griffe de lion.

– Une griffe de lion, répéta Perséphone en cherchant celle qu'elle avait utilisée pour tuer le taureau.

Hadès rit doucement quand elle la sortit de sa poche.

– Tu es... parfaite, dit-il alors qu'elle découpait le filet impénétrable tissé par Ariadne.

Elle le déchiqueta sans doute plus que nécessaire, mais une part d'elle éprouvait tant de colère envers cette chose qui avait blessé tant de gens, y compris son mari.

Quand elle eut fini, elle regarda Hadès dans les yeux.

– Je ne sais pas comment te détacher, dit-elle, mais Hadès y travaillait déjà.

Il planta ses talons dans le sol et tira sur ses bras. Les menottes écorchaient ses poignets, mais il ne semblait pas le remarquer malgré toute la force qu'il employait.

Elle entendit enfin un tintement sourd et les mains d'Hadès se libérèrent. Elle était enfin dans ses bras, et plus rien n'avait d'importance.

Il la tint si fort qu'elle eut horriblement mal aux côtes, mais elle s'en fichait. Elle s'agrippa à lui, le serrant dans ses bras et, la tête enfouie dans le creux de son cou, elle fondit en larmes.

– Oh, ma chérie, gronda-t-il d'une voix rauque en empoignant ses cheveux. Comme j'ai espéré te revoir un jour.

Perséphone le regarda dans les yeux. Elle voulait lui répondre une chose similaire, lui dire qu'elle avait rêvé de lui, que chaque jour sans lui avait été misérable, mais elle n'en eut pas le temps, car Ariadne les rejoignait sur l'estrade.

– Vous feriez bien de vous dépêcher, dit-elle, essoufflée. On a de la visite.

Perséphone quitta les bras d'Hadès. Ils se retournèrent et virent cinq Minotaures marcher vers eux. Ils étaient massifs, avec des muscles gonflés. Certains avaient de la fourrure, d'autres étaient torse nu. Certains avaient la tête d'un taureau, d'autres avaient des traits plus humains, mais ils avaient tous en commun le fait que leurs yeux étaient rivés sur leurs proies.

– Bon sang, mais qu'a fait Thésée ? gronda Hadès.

– Il en fait l'élevage, dit Ariadne.

Ils la dévisagèrent tous les deux.

Un élevage ?

L'estomac de Perséphone se souleva. Elle n'avait pas besoin de détails pour savoir ce que cela signifiait, mais elle voulait savoir d'où étaient venues les femmes et où elles étaient maintenant.

Si toutefois elles avaient survécu à l'accouchement de ces créatures.

– Je t'ai demandé de m'aider, dit Hadès. Et tu as refusé en sachant ce qu'il faisait ?

Ariadne le fusilla du regard.

– Je suis ici maintenant, non ?

– Ça n'a d'importance que *si* on survit, dit Hadès.

– Ce n'est pas le moment, gronda Perséphone.

Ils avaient de plus gros problèmes, littéralement.

– Il te reste combien de balles ? demanda Perséphone.

Ariadne sortit son pistolet et regarda.

– Deux.

– Tu penses pouvoir viser sans rater ?

L'inspectrice parut presque vexée.

– Oui.

– Donc on est responsables des trois autres, dit Perséphone.

Ariadne se mit en position pour tirer.

– Ne tire pas avant mon signal, dit Hadès. Ça va les rendre furieux.

– C'est compris.

Hadès se tourna vers Perséphone.

– Ils n'ont pas de grand pouvoir en dehors de leur force. Ça les ralentit, alors sois rapide.

Elle hocha la tête et ils descendirent de l'estrade.

Être au sol avec les Minotaures était différent, car elle pouvait désormais se rendre compte de leur véritable taille et sentir leur approche, car chacun de leurs pas faisait vibrer le sol.

Hadès et Perséphone se regardèrent, se promettant sans le dire de se revoir quand tout serait fini. Puis ils se séparèrent.

Perséphone garda les yeux sur les Minotaures qui se dispersaient. Deux la suivirent, et deux suivirent Hadès tandis que le dernier avançait vers Ariadne. Perséphone était perturbée par leurs mouvements humains et leur regard plein de malice alors qu'ils la traquaient. L'un d'eux frappait son arme, une hache à double tranchant, dans la paume de sa main. L'autre esquissait un sourire diabolique en montrant toutes ses dents.

Si Perséphone tenta de garder ses distances, les créatures étaient rapides et quand elles approchèrent, elles brandirent leurs armes pour la frapper.

– Hadès ! dit Perséphone d'un ton paniqué.

– Ari, maintenant ! ordonna Hadès, et deux coups de feu retentirent l'un après l'autre.

Le bruit résonna dans les oreilles de Perséphone, et tout ce qui se passa ensuite sembla se faire au ralenti. La balle toucha le Minotaure qui souriait en pleine tête. Son corps tressauta de manière étrange et sa tête recula sous l'impact du tir alors qu'une giclée de sang éclaboussait le sol. Quand l'autre Minotaure se retourna et vit son compagnon tomber au sol, mort, il rugit avec une telle rage que Perséphone la sentit dans tout son corps. L'instant d'après, il leva sa hache et l'abattit sur Perséphone.

Elle esquiva le premier coup et la lame s'enfonça si profondément dans le sol que celui-ci se fendit, mais le Minotaure l'en tira rapidement pour viser à nouveau la déesse. Elle sentit la force du coup lorsque la lame fendit l'air au-dessus de sa tête, et elle sut qu'elle n'aurait aucune chance contre la bête tant qu'elle était armée.

C'est alors qu'elle aperçut l'arme du Minotaure mort ; une masse que le monstre n'aurait eu aucun mal à manipuler, mais qui était beaucoup trop lourde pour qu'elle la soulève. Pourtant, cela n'impliquait pas qu'elle n'était pas utile.

Il lui fallait juste l'atteindre.

Un autre cri haineux jaillit de la gorge du Minotaure et Perséphone fonça en hurlant lorsqu'elle sentit la hache atterrir à un cheveu de son pied. Son cœur battait à toute vitesse, mais elle continua, esquivant les assauts du monstre en essayant de sortir la griffe de lion de sa poche. Quand elle parvint à la masse, elle n'eut pas le temps de réfléchir.

La créature visa à nouveau Perséphone, mais cette fois, la lame se logea dans le manche en bois de la masse. Perséphone sauta et prit appui sur le manche avant de se jeter sur le Minotaure. Elle brandit la griffe et la planta dans son cou.

Sa main se couvrit de sang, un sang comme elle n'en avait jamais vu, d'une teinte rouge noirâtre et très épais. Le Minotaure poussa un cri étranglé et tomba en arrière, emportant la déesse avec lui. Elle atterrit par terre à côté de lui, mais il ne bougea plus.

Elle se dépêcha de se relever et vit Hadès se battre contre l'un des deux Minotaures, les bras autour de son cou, qu'il serrait de toutes ses forces. La créature n'essayait plus de le dégager. Tout son corps se relâcha et elle tomba au sol. Quant à Ariadne, elle assenait un coup de pied après l'autre dans la tête de son Minotaure, une longue griffure sur la poitrine.

Elle s'arrêta, à bout de souffle.

– Ça va ? demanda Perséphone en haussant un sourcil.

L'inspectrice hocha la tête et dégagea ses cheveux de son visage.

– Ça va.

– Tu es blessée ? demanda Hadès.

Perséphone secoua la tête, il se rapprocha d'elle et l'embrassa sur le front. Elle ferma les yeux, heureuse de sentir ses lèvres sur sa peau, et elle empoigna ce qui restait de sa chemise en prenant une grande inspiration. Il sentait encore sa magie, sombre, dangereuse et juste. C'était son Hadès.

– Oh mes dieux ! dit Ariadne.

– Quoi ? dit Perséphone, et son cœur se mit à battre la chamade.

Elle se tourna, s'attendant à voir un autre monstre.

– Galanthis, dit Hadès d'une voix surprise.

– Tu connais Galanthis ? demanda Perséphone.

– Oui, répondit-il avant de froncer les sourcils et de marcher vers elle. Il est blessé.

La créature d'Hécate venait vers eux en boitant, laissant des taches de sang sur son passage. Elle n'avait pas repris sa forme de chat, et était encore dotée de ses cornes et de ses ailes.

– Il a été blessée par le taureau, dit Perséphone en suivant Hadès.

– Que… qu'est-ce qu'il est ? demanda Ariadne.

– C'est une eudaimon, dit Hadès. Un esprit guidant. Il fut un temps où ils n'étaient que des héros déifiés, mais Hécate a pensé qu'ils feraient de meilleurs gardiens en tant qu'animaux de compagnie. Bien évidemment, elle avait raison.

– Oh, Galanthis, dit Perséphone en passant sa main dans la fourrure douce de la créature, qui ronronna même si elle avait clairement mal. Je n'ai jamais eu de meilleur protecteur.

Hadès haussa un sourcil et elle leva les yeux au ciel.

– Il faut qu'on y aille, dit Ariadne.

Galanthis émit un mélange de grognement et de miaulement avant de s'agenouiller.

– Galanthis ? dit Perséphone.

– Il propose que nous montions sur son dos, expliqua Hadès.

– Mais… il est blessé ! répondit Perséphone en regardant Galanthis. Tu es *blessé* !

Galanthis miaula et Hadès posa une main dans le creux des reins de Perséphone.

– Viens, dit-il en la guidant aux côtés de l'eudaimon.

Ariadne montait déjà sur son dos quand un cri terrible fendit l'air. Perséphone se retourna et vit ce qui ressemblait à une nuée d'oiseaux métalliques et géants foncer sur eux.

– Oh merde, dit Hadès. Pas encore !

– Comment ça, pas encore ? demanda Perséphone.

– Monte ! ordonna-t-il.

– J'essaie ! aboya-t-elle en empoignant des touffes de poils de Galanthis qui bougeait déjà, les secouant quand il bondit pour traverser le centre du labyrinthe à une vitesse dont Perséphone ne le soupçonnait pas capable.

– Prends ma main ! cria Ariadne.

Perséphone grimpa davantage et tendit la main vers l'inspectrice, mais ses doigts glissèrent et elle tomba. Elle commença à crier, mais Hadès la rattrapa.

– Je t'ai, dit-il d'une voix qui résonna dans sa poitrine où son cœur battait plus vite que jamais.

Une série de cris aigus lui glacèrent le sang. Les oiseaux se rapprochaient et le tintement de leurs ailes métalliques devenait de plus en plus fort, donnant des frissons à Perséphone.

– Qu'est-ce que c'est ? cria Perséphone.

– Les oiseaux du lac de Stymphale, dit Hadès. Attention !

Soudain, il poussa Perséphone contre les côtes de Galanthis alors qu'une étrange lance en forme de plume sifflait dans les airs, juste à côté d'eux, suivie d'une autre. Galanthis les esquiva, mais chacun de ses mouvements secouait Perséphone qui n'avait qu'une maigre prise sur la fourrure.

Elle put enfin grimper davantage sur son dos et quand elle leva la tête, elle vit qu'Ariadne s'était tournée dans l'autre sens et tenait son pistolet à l'envers. Elle le jeta, visant l'oiseau le plus proche. Touché, il parut stupéfait un instant avant de chuter vers sol, déclenchant un nuage de poussière.

Lorsque Perséphone se fut rapprochée suffisamment, la jeune femme lui tendit la main et, cette fois, Perséphone ne glissa pas, elle put remonter enfin pour s'asseoir à cheval sur le dos de Galanthis. Hadès la suivit et ils furent bientôt entourés par la noirceur du labyrinthe.

Le fil d'Ariadne scintillait et Galanthis le suivait alors que les oiseaux de Stymphale crissaient au-dessus de leurs têtes, déclenchant une pluie de métal tout autour d'eux. Galanthis faisait de son mieux pour éviter les plumes, mais celles-ci les frôlaient parfois de près et il n'avait d'autre choix que de percuter les parois des murs, qui s'effritaient sous l'impact.

– Baissez la tête ! ordonna Hadès, et il se coucha sur elle pour la protéger.

Une pluie de rochers leur tomba dessus, suivie par le sifflement d'autres flèches et le claquement métallique des becs des oiseaux qui se rapprochaient.

Galanthis avançait à vive allure et ils passèrent bientôt par-dessus le cadavre du lion puis du sanglier, et Perséphone sentit sa gorge se nouer.

Il ne leur restait plus que le roncier, et ils seraient libres. C'est alors que Galanthis rugit et tituba, et ils furent éjectés de son dos.

Perséphone heurta le sol et roula. Quand elle s'arrêta, elle leva la tête et vit Galanthis tenter de se relever, puis s'écrouler. Ils se regardèrent dans les yeux, puis la tête de l'eudaimon s'arqua bizarrement, transpercée par une autre flèche.

– Galanthis ! hurla Perséphone.

Elle se remit debout et courut vers lui, mais un bec de bronze se referma sur le pauvre Galanthis.

– Non ! cria Hadès en la tournant juste à temps pour qu'elle voie l'expression horrifiée d'Ariadne. Il faut qu'on parte, insista-t-il en la poussant en avant.

Un sanglot s'échappa de la bouche de Perséphone. Elle savait qu'il avait raison, mais elle ne cessait de penser qu'ils avaient été si près de réussir sans subir aucune perte.

Ensemble, ils plongèrent à travers la barrière de ronces alors que les lances pleuvaient sur eux, chacune déclenchant une explosion de rochers et de terre. Ils n'arrêtèrent plus de courir, même quand ils furent abrités en atteignant les marches. Perséphone les gravit quatre à quatre alors que sa poitrine se rebellait sous la douleur et, pendant tout ce temps, elle cherchait sa magie. Elle sut qu'ils émergeaient de la prison d'adamantine quand elle sentit son pouvoir crépiter aux bords de sa conscience.

– Ramène-nous à la maison ! hurla-t-elle d'une voix rauque.

Pourtant, au lieu de se téléporter, le sol se mit à trembler violemment, remplissant le couloir de gravats dans un grondement assourdissant. Les oreilles de Perséphone vrombirent et elle vacilla, incapable de rester debout alors que la terre roulait. Hadès la saisit par la taille et l'attira contre son torse.

– Qu'est-ce qui se passe ? demanda-t-elle.

– Thésée, dit Hadès au moment où un nouveau craquement retentit et que les escaliers se fendirent.

Au-dessus de leurs têtes, des bouts de pierre commençaient à tomber. Le toit était sur le point de s'effondrer.

– Merde. Vas-y !

Hadès poussa Perséphone en avant et elle trébucha quand le plafond céda. Elle se retourna, des pierres tombaient, et elle découvrit qu'une crevasse s'était formée entre elle et Hadès et Ariadne.

– Hadès ! cria-t-elle alors qu'il rattrapait un bout de pierre et le jetait de côté.

Malgré ses efforts, Perséphone savait qu'ils seraient bientôt ensevelis sous les gravats.

Il la regarda dans les yeux et elle vit malgré l'obscurité que les siens brûlaient comme des braises.

– Vas-y ! ordonna-t-il.

Elle lui lança un regard assassin. Elle était horrifiée et furieuse, mais elle savait qu'au moins l'un d'eux devait sortir de là. L'un d'eux avait besoin de sa magie pour sauver l'autre.

– Juste… accroche-toi… pour moi, dit-elle.

Il lui offrit un petit sourire, puis elle tourna les talons et courut sur les marches qui tremblaient sous ses pieds, tandis que le plafond continuait à s'effriter. Elle trébucha et tomba, se cognant les tibias contre la pierre. La douleur était horrible, mais elle continua, se coupant les doigts et se cassant les ongles en rampant pour continuer de grimper, consciente qu'elle n'avait d'autre choix, jusqu'à ce qu'enfin elle cherche sa magie, et qu'elle soit *là*.

Elle aurait pu pleurer.

Elle se téléporta et atterrit à quatre pattes en haut de l'escalier d'où elle et Ariadne avaient entamé leur descente, mais l'ouverture s'effondra sur elle-même.

Elle se leva sur ses jambes tremblantes. Elle savait qu'elle saignait, mais elle ignora la douleur et invoqua sa magie pour soulever les rochers. Toutefois, l'atmosphère devint soudain lourde et électrique et ses poils se hérissèrent sur ses bras.

Elle se retourna et vit un demi-dieu aux yeux luisants propulser un éclair blanc-bleu sur elle, si chaud qu'elle le sentit la brûler même en se téléportant. Elle apparut derrière son assaillant, mais il avait un coup d'avance et s'était tourné pour jeter un autre éclair sur elle. Il la frappa dans la poitrine et la projeta en arrière en faisant bouillonner son sang.

Elle atterrit dans les ruines de Cnossos et eut à peine le temps d'enregistrer la douleur quand le demi-dieu apparut dans le ciel au-dessus de sa tête. Il la frappa à nouveau, cette fois avec un flot continu d'énergie. Son corps se mit à convulser et ses sens furent assaillis par une odeur de chair calcinée et un crépitement électrique.

Malgré tout cela, Perséphone ne cessait de penser à tout ce qu'elle avait traversé. Or ce n'était pas seulement elle, mais ses amis, aussi. Ceux qu'elle aimait plus que tout au monde. Sybil et Harmonie avaient été torturées, Zofie avait été assassinée. Les prisonniers des Enfers avaient déchiré son royaume et traumatisé à nouveau les âmes. Zeus avait ôté leurs pouvoirs à Hermès, Apollon et Aphrodite, et avait mis sa tête à prix.

Et elle supportait la culpabilité d'avoir tué sa mère.

Pendant toutes ces épreuves, elle avait eu hâte d'une seule chose : retrouver Hadès.

Il était sa lumière, le rayon d'espoir au loin même lorsque les ténèbres l'entouraient, et alors qu'elle venait de retrouver sa chaleur familière et le sentiment de sécurité que lui apportait son étreinte, on le lui avait repris encore une fois.

Sa colère enfla dans sa poitrine, répandant une noirceur en elle qui se manifesta sous la forme d'épines. Perséphone hurla alors qu'elles jaillissaient de son corps et transperçaient la lumière bleu-blanc. L'éclair cessa et le demi-dieu tenta de fuir, mais les ronces de Perséphone s'enroulèrent autour de lui et traversèrent sa chair. Elle tira sur ses lianes, son sang dégoulina sur le sol et il percuta la terre dans une explosion de pierres et de poussière.

Pendant un bref instant, Perséphone resta immobile, allongée par terre, attendant la douleur qui suivait inévitablement sa magie explosive, mais elle ne sentait que le sol dur contre son dos. Elle réalisa alors que les épines étaient parties et qu'elle avait guéri.

Elle s'assit, puis se leva et s'approcha du cratère au fond duquel gisait le demi-dieu. Il ouvrit ses yeux désormais ternes alors qu'elle le regardait et elle tendit la main pour faire pousser des lianes autour de lui. Il se débattit quand elles se resserrèrent et, quand il se mit à hurler, une autre tige le bâillonna.

Perséphone se tourna vers l'entrée effondrée du labyrinthe et invoqua les pierres. Elles étaient faciles à trouver, car elles étaient faites d'adamantine, mais elles étaient plus dures à bouger, car leur énergie était lourde. La déesse se mit à trembler de tout son corps, mais elle parvint à les déplacer, regardant le demi-dieu dans les yeux alors qu'elle les lâchait toutes sur lui.

Elle aperçut un mouvement du coin de l'œil et fondit en sanglots lorsqu'elle vit Hadès sortir des ruines, suivi de près par Ariadne.

– Hadès !

Elle courut vers lui et se jeta dans ses bras, enveloppée une fois de plus par sa chaleur et son odeur. Elle enfouit sa tête dans le creux de son cou.

– Allons-y, dit-elle alors que la magie d'Hadès s'élevait autour d'eux.

Ils étaient enfin libres, et Hadès était rentré.

DEUXIÈME PARTIE

« Nul homme vivant ne peut fuir sa destinée,
lâche ou brave. »
Homère, *L'Iliade*
traduction de Leconte de Lisle (1867)

Chapitre XVII

HADÈS

Hadès ne savait comment décrire ce qu'il ressentait d'être libéré de l'emprise du labyrinthe.

La seule comparaison possible, c'était lorsqu'il avait été régurgité par son père et libéré de la prison sombre qu'était son ventre.

Pourtant même cela était différent, car à l'époque il avait jailli en pleine bataille, alors que cette fois il renouait avec sa reine, et Perséphone était le seul objet de ses désirs.

Pendant qu'ils se téléportaient, il soigna ce qui était guérissable, conscient que la plaie sur sa taille était insensible à sa magie. Il imaginait déjà ce qu'Hécate allait dire et comment Perséphone réagirait.

Quand ils arrivèrent aux Enfers, il maintint Perséphone contre lui et soutint son regard en coiffant une mèche derrière son oreille, puis il pencha sa tête en arrière pour mieux voir son visage – et mieux embrasser sa bouche.

– Tu vas bien ? demanda-t-il.

– Oui, chuchota-t-elle d'une voix qui n'avait sa place que dans la lumière tamisée de leur chambre.

Il empoigna sa nuque, son désir s'embrasait dans son bas-ventre.

– Je n'ai rêvé que de toi dans l'obscurité du labyrinthe, dit-il en appuyant son front contre le sien.

Il n'avait d'autre envie que cette douce tension, mais Ariadne se racla la gorge et Perséphone recula.

Un éclat de frustration frémit dans son dos, aggravé par le fait qu'il ne portait pas l'inspectrice dans son cœur après qu'elle avait refusé de l'aider, surtout maintenant qu'il connaissait l'horreur du labyrinthe. Cela dit, il était curieux de savoir ce qui l'avait finalement convaincue.

– Où est Dionysos ?

– Là où tu l'as laissé, répondit Hadès.

– Hadès ! gronda Perséphone.

Elle s'éloigna et la distance l'agaça davantage.

– J'ai répondu au mieux de mes capacités, dit-il.

Il ne savait pas où était le dieu du Vin et, sincèrement, il s'en moquait. La seule chose qui l'intéressait, c'était de savoir combien de temps il devrait attendre avant d'être seul avec Perséphone.

– Si c'est le mieux que tu puisses faire, je suis navrée pour toi, Perséphone, dit Ariadne d'un ton lourd de sarcasme.

– Je ne fais que te renvoyer la même énergie que tu m'as offerte, répondit Hadès.

– C'est quoi votre problème, à tous les deux ? demanda Perséphone en les regardant tour à tour.

– Il m'en veut parce que j'ai refusé de lui donner des informations sur Thésée, expliqua Ariadne avant de le regarder en plissant les yeux. J'ai risqué la sécurité de Phèdre une fois pour te faire part des projets de Thésée, et tu n'as rien fait pour l'aider. Qu'est-ce qui t'a fait croire que je recommencerais ?

Perséphone chercha le regard d'Hadès et il n'aima pas ce qu'il vit dans le sien : comme si elle se préparait à être déçue.

– C'est vrai ? demanda-t-elle.

Hadès croisa les bras. Ce n'était pas ainsi qu'il avait imaginé leurs retrouvailles.

– J'ai dit que je l'aiderais, répondit-il. Seulement, je n'ai pas précisé *quand.*

Il y avait un moment et un lieu pour tout et, hélas, sauver Phèdre était peu à peu descendu sur sa liste de priorités alors que d'autres problèmes s'y inscrivaient, comme le meurtre d'Adonis, les agressions d'Harmonie et de Tyché, ou encore la traque de l'Ophiotauros pour le tuer.

Et c'était sans parler du fait que, pour autant qu'il sache, la sœur d'Ariadne n'avait aucune envie d'être sauvée.

– Peut-être que tu ne l'as pas remarqué, étant donné que Phèdre est au centre de ton univers, mais des gens sont morts des mains de Thésée pendant qu'elle restait assise à ses côtés. Donc pardonne-moi si elle n'est pas ma priorité.

Hadès n'aima pas le silence qui suivit ses propos ni le regard que Perséphone posait sur lui, comme si elle était choquée par sa froideur. Mais il ne regrettait pas sa réponse, même quand les yeux d'Ariadne rougirent.

Merde.

Peut-être la regrettait-il un peu.

– Ce n'est rien, dit Ariadne. Dionysos a fait ce dont tu étais incapable.

Et il le paiera.

Il ravala sa réponse, mais il n'était pas surpris. Le dieu du Vin était amoureux de l'inspectrice et il était prêt à tout pour elle, quelles que soient les conséquences. Or si Hadès pouvait le comprendre, il n'était pas convaincu que les sentiments d'Ariadne soient réciproques.

Hadès tourna le dos aux deux femmes, sinon il était certain de dire quelque chose qu'il regretterait. Il marcha jusqu'au bar et se servit un whisky, surpris par la forte odeur du liquide ambré. Elle était chaude et sucrée et elle lui brûla le nez. Il porta le verre à sa bouche, qui se remplissait déjà de salive à l'idée de boire une gorgée, mais il entendit Perséphone :

– Je vais demander à Hermès de…

Elle marqua une pause.

– Tant pis. Je t'emmène retrouver Dionysos.

– Non, dit Hadès en posant son verre pour leur faire face. Hermès est parfaitement capable de la ramener chez elle.

Perséphone lui lança un regard noir.

– Zeus les a privés de leurs pouvoirs, lui, Apollon et Aphrodite. Pour s'être battus à *nos* côtés, dit-elle. Donc non, il ne l'est pas.

Hadès contracta sa mâchoire. Il s'était attendu à ce que Zeus se venge de ce qui s'était passé près de Thèbes, car son autorité avait été défiée et les autres dieux avaient vu Perséphone retourner sa magie contre lui.

À présent, Zeus devait rappeler à tous son pouvoir et sa force. Or il ne pouvait ôter les pouvoirs que de sa progéniture, pas d'Hadès ou Perséphone.

Il se demanda ce que le dieu du Ciel leur préparait.

Merde.

Il regarda Ariadne, qui était tachée de sang. Son corps était couvert d'égratignures et elle avait une large entaille sur la poitrine.

– Je vais l'emmener, dit-il. Mais il faut la guérir, d'abord. Je ne veux pas que Dionysos se *tracasse*.

– Tu veux dire comme tu te tracasses pour moi ? demanda Perséphone en haussant un sourcil.

Il sentait sa désapprobation et savait déjà qu'elle ne le raterait pas en rentrant. Toutefois, il s'en moquait bien, du moment qu'ils étaient seuls.

Perséphone lui tourna le dos et posa les mains sur les épaules d'Ariadne. Elle n'avait pas beaucoup d'expérience en matière de guérison et il n'était pas certain qu'elle ait déjà soigné quelqu'un d'autre qu'elle-même, donc il était curieux de la voir faire.

Lorsque sa magie enfla, elle était comme les rayons chauds du soleil printanier. En la sentant, le dieu des Morts lâcha la colère et la tension qui avaient contracté ses muscles et nourri sa frustration. Ariadne sembla se détendre sous l'effet du pouvoir de Perséphone, qui guérit la plaie sur sa poitrine, les griffures sur ses bras et les autres blessures invisibles qu'elle avait subies dans le labyrinthe.

Quand Perséphone eut fini, elle baissa les mains et regarda l'inspectrice dans les yeux.

– Merci de m'avoir guidée dans le labyrinthe, dit-elle. Je n'aurais pas pu le faire toute seule.

Ariadne lui sourit modestement.

– Si, tu aurais pu, répondit-elle avant de lancer un regard noir à Hadès. Parfois, notre amour nous force à faire des choses extraordinaires.

C'était bien la première fois qu'Hadès était d'accord avec la mortelle.

Il avança vers Perséphone et fut soulagé qu'elle se tourne vers lui. Il prit son visage dans ses mains, puis glissa ses doigts dans ses cheveux.

– Je fais vite, dit-il avant de l'embrasser langoureusement.

Son cœur accéléra alors qu'elle répondait à son baiser en plantant ses ongles dans sa peau. C'était sans doute un peu dramatique, mais il ne voulait pas la lâcher, même pour une poignée de minutes.

Quand il recula, il était chaud et excité.

Il envisagea de téléporter Ariadne sans l'escorter, mais Perséphone n'approuverait pas. Et puis, c'était sans doute risqué, surtout après qu'ils avaient échappé au labyrinthe.

Et, apparemment, après que Phèdre avait été sauvée.

– Attends-moi ici, dit-il.

Il n'avait pas envie de devoir partir à sa recherche à son retour. Il soutint son regard tout en se tournant vers Ariadne. Il l'enveloppa dans sa magie tout en cherchant Dionysos, qu'il trouva dans sa suite à Bakkheia.

Hadès ne savait pas à quoi il s'était attendu, mais certainement pas de trouver Dionysos évanoui dans un fauteuil, vêtu de la peau d'un vieil homme blanc en blouse de médecin. Or c'est bien ce qu'ils trouvèrent.

Ariadne fronça les sourcils.

– Tu es sûr que tu m'as emmenée au bon endroit ? demanda-t-elle en regardant autour d'elle.

Mais c'était bien le bon endroit, et c'était bien le bon dieu.

Du pied, Hadès poussa celui de Dionysos, et le dieu se réveilla.

– Quoi ? aboya-t-il en se redressant sur le fauteuil, fusillant Hadès du regard.

Sa colère s'évanouit et se changea en un mélange d'excitation et de peur quand il reconnut Hadès. Il saisit les accoudoirs et se leva en retirant le filet qui recouvrait ses cheveux. Il semblait avoir oublié qu'il n'était pas lui-même.

– Où est Ariadne ?

– Elle est là, dit Hadès en faisant un pas de côté pour que le dieu du Vin voie mieux sa mortelle bien-aimée.

– Ari, souffla Dionysos en faisant un pas vers elle.

Mais elle écarquilla les yeux et recula en même temps.

– Qu'est-ce qui se passe ? demanda-t-elle en regardant tour à tour Hadès et Dionysos.

Le dieu du Vin fut d'abord confus, puis il baissa les yeux sur ses jambes.

– Merde, dit-il en reprenant sa véritable forme.

Ariadne était bouche bée.

– Tu ne savais pas ? demanda Hadès. Ton petit ami a le pouvoir de métamorphose.

– Pardon, dit Dionysos en se massant la nuque, l'air gêné. La journée a été longue.

– Où est ma sœur ? demanda Ariadne.

La bouche de Dionysos se pinça et Hadès devina qu'il n'avait pas prévu que leurs retrouvailles se passent ainsi.

– Je l'ai emmenée chez moi, dit-il. J'ai pensé que ce serait le mieux pour elle et le bébé.

– Le *bébé* ? demanda Ariadne.

– Le *bébé* ? répéta Hadès.

– Quel bébé ? insista Ariadne.

– Ta sœur est enceinte, expliqua Dionysos. Elle *était* enceinte. Elle a accouché aujourd'hui.

Ariadne le dévisagea, la bouche légèrement entrouverte.

Dionysos parut détester le silence, car il le combla maladroitement.

– Félicitations ! Aujourd'hui, tu es devenue tatie !

– Tu as pris la femme de Thésée *et* son enfant ? demanda Hadès.

Merde. Ce n'était pas bon.

– Je ne savais pas qu'il y aurait un enfant ; c'était déjà trop tard, dit Dionysos.

– Est-ce qu'elle a accouché chez toi ? demanda le dieu des Morts.

– Non…

– Alors ce n'était pas trop tard ! rugit Hadès.

– Ne lui crie pas dessus ! dit Ariadne en s'interposant entre lui et Dionysos. Il l'a fait pour moi !

Hadès la regarda et, quoi qu'elle vît dans ses yeux, cela la fit reculer.

– Tu crois que je ne le sais pas ? siffla Hadès. Tu crois que je ne sais pas que tout ce que tu as fait a toujours été pour toi-même, et toi seulement ?

– Fais gaffe, Hadès, gronda Dionysos.

– Thésée viendra pour sa femme, pour son enfant et pour toi, et tu *souffriras*, mais ce ne sera rien, comparé à ce que subiront ceux qui t'ont protégé.

Hadès sentit ses ténèbres assombrir la pièce tandis qu'il parlait, mais il ne quitta pas des yeux le visage stupéfait d'Ariadne.

– Tu penses connaître la douleur ? Tu penses connaître la culpabilité ? Tu es sur le point de connaître l'agonie que c'est de vivre avec le sang de personnes innocentes sur les mains.

Hadès se redressa et regarda Dionysos, dont les yeux brûlaient de rage.

– Tu peux espérer que je me trompe, conclut-il avant de disparaître.

Chapitre XVIII

THÉSÉE

Thésée saisit une poignée des cheveux d'Hélène qui était agenouillée sur la moquette moelleuse de la chambre d'hôtel. Mais il remarquait à peine la sensation de sa bouche sur sa verge, tant il était furieux de ce qui s'était passé dans le labyrinthe.

Il avait observé Ariadne et la déesse du Printemps dès l'instant où elles étaient arrivées sur l'île de Cnossos et étaient descendues dans sa prison. Il avait entendu toutes leurs conversations, chacun de leurs cris et tous leurs pleurs désespérés. Il avait vu leurs plus grands désirs prendre vie alors que la magie du labyrinthe exerçait son emprise sur leur esprit, même s'il n'avait pas été surpris.

Perséphone désirait son identité propre.

Ariadne voulait une famille.

Thésée voulait les en priver, et il le ferait. C'était seulement une question de temps. Ce que les autres n'arrivaient pas à comprendre, c'était qu'il ne pouvait être vaincu. Il avait accompli la prophétie de l'Ophiotauros. Il était destiné à renverser les dieux, et quand il aurait réussi, elles paieraient pour leur insolence – mais personne ne paierait aussi cher qu'Ariadne.

Elle l'avait trahi, et pour ça, elle souffrirait.

Il banda de plus belle à l'idée de ce qu'il lui ferait, de la torture qu'il lui infligerait, et il commencerait par punir sa vilaine bouche.

La pression autour de sa queue changea et devint plus intense, et quand il baissa les yeux, c'était Ariadne qui était agenouillée à ses pieds. Une vague de désir brûlant parcourut ses veines et il serra plus fort ses cheveux épais. Elle s'arrêta et leva ses yeux marron vers lui, puis elle se redressa et appuya ses mains sur ses cuisses, sachant ce qui arrivait.

Il l'agrippa et avança le bassin pour s'enfoncer plus profond en elle. Il sentit le fond de sa gorge contre son gland, elle eut un haut-le-cœur et planta ses ongles dans sa peau. La douleur ne fit que l'encourager et la pression s'intensifia jusqu'à ce qu'il explose en elle.

Il ne remarqua pas si elle le repoussa ou recula, mais quand il baissa les yeux vers la femme à ses pieds, ce n'était plus Ariadne mais Hélène. Elle cherchait son souffle en toussant et son foutre coulait de sa bouche. Elle leva la tête vers lui, les yeux larmoyants et pleins de haine.

Il s'habituait à cette expression. Elle l'avait dévisagé de la même façon quand il l'avait prise sur la table de la salle de réunion du *New Athens News*, mais elle était tout de même venue quand il l'avait convoquée au Diadème et elle s'était agenouillée devant lui quand il l'avait ordonné.

Elle se leva sans un mot et disparut dans la salle de bains. Quelques secondes plus tard, il entendit l'eau couler dans la douche. Il pensa qu'elle s'en servait peut-être pour étouffer ses pleurs, mais il entendit le bruit distinct de son vomissement.

Il grinça des dents, dégoûté, et sortit de la chambre pour se rendre dans la suite adjacente.

Il était parti de Cnossos peu de temps après Hadès, Perséphone et Ariadne, sans même prendre la peine de déterrer Sandros. Sans doute était-il encore piégé sous les gravats, car c'était de l'adamantine et elle était quasiment impossible à bouger tout seul, mais cela lui apprendrait à ne pas avoir su mater la déesse du Printemps.

Une nouvelle poussée de colère vrombit en lui quand il entra dans la douche, mais il savait qu'il était futile de ressentir une telle émotion. Peu importait que les trois lui aient échappé, il était destiné à gagner. S'il avait espéré leurrer Cronos dans une alliance en offrant Hadès comme sacrifice, il pouvait faire la même chose avec Zeus.

La balle restait dans son camp.

Laisse-les fêter cette victoire, pensa-t-il. *Plus leur ascension sera haute, plus leur chute sera grande.*

Thésée finit de se laver, puis il retourna dans sa chambre où Hélène l'attendait, la perfection incarnée. En la voyant maintenant, personne ne se serait douté que quelques minutes plus tôt, elle était à genoux devant lui, sa verge au fond de la gorge.

Elle lui parla pendant qu'il s'habillait.

– J'ai préparé une déclaration pour annoncer la naissance de ton fils. Comme convenu, elle dit que tu étais présent lors de sa venue au monde.

Il esquissa un sourire narquois en entendant son ton désapprobateur.

– Est-ce du mépris que j'entends dans ta voix, Hélène ?

Son silence en disait long sur le fond de sa pensée, mais elle lui répondit par une question.

– Tu connais son prénom, au moins ?

Il se tourna vers elle en nouant sa cravate.

– Quoi, tu as soudain acquis un sens de la morale ? répondit-il.

– J'ai toujours eu certaines valeurs, rétorqua-t-elle.

– Ah ? Et lesquelles ? La malhonnêteté ? La trahison ? Le désespoir ?

Elle le fusilla du regard.

– Tu n'as aucune raison de m'accuser de telles choses.

– Bien sûr que si. Tu as démontré chacune d'elles en tournant le dos à tes amies pour moi.

– Je ne leur ai pas tourné le dos pour *toi.* J'ai choisi la Triade.

– Je *suis* la Triade, gronda-t-il.

Elle lui lança un regard noir, sa poitrine se soulevait rapidement sous l'effet de sa colère.

– Aide-moi avec cette fichue cravate ! aboya-t-il.

Elle haussa le menton et il crut un instant qu'elle refuserait, mais elle se leva et marcha vers lui.

– À qui tu pensais quand tu baisais ma bouche ? demanda-t-elle.

Sa question ne lui plut pas, elle lui paraissait trop familière, comme une maîtresse qui exige des réponses.

– Tu es jalouse, Hélène ?

– Elle t'obsède, déclara-t-elle.

Il se crispa des pieds à la tête. Hélène sous-entendait qu'il avait une faiblesse.

– Pour autant que tu saches, j'imaginais peut-être ma femme, dit-il.

– La femme que tu as laissée seule pour accoucher de ton fils ? demanda-t-elle. Je ne crois pas, non.

Il saisit ses hanches et planta ses ongles dans sa peau.

– N'oublie pas ta place, Hélène, dit-il.

– Si tu me refais ça un jour, j'arracherai ta queue avec mes dents, dit-elle. Je me fiche des conséquences. C'est compris ?

Il esquissa un sourire, mais ne répondit rien et elle poursuivit, comme s'ils n'avaient jamais changé de sujet.

– Les journalistes attendent devant l'hôpital. Quand tu sortiras, tu t'arrêteras en haut des marches avec Phèdre, tu annonceras la naissance de ton fils, tu souriras et les salueras de la main, puis tu l'accompagneras dans la voiture qui vous attendra.

Elle fit glisser son nœud de cravate sur sa gorge en le serrant un peu trop, ce qui le fit tousser. Il dégagea ses mains et se tourna vers le miroir pour l'ajuster afin qu'elle ne l'étrangle pas.

– Je sais comment séduire la presse, dit-il.

C'était plutôt de Phèdre qu'ils devaient s'inquiéter. Ce serait leur première apparition en public depuis ce qui s'était passé dans le couloir, chez eux, mais il présumait qu'elle ferait tout pour le satisfaire, s'accrochant à l'espoir que si elle acceptait, il l'aimerait peut-être encore.

En vérité, il se fichait de ce dont elle se persuadait du moment qu'elle jouait son rôle, un rôle qui était de plus en plus critique maintenant qu'Ariadne avait choisi le camp d'Hadès et Perséphone.

Il regarda Hélène s'approcher de la table de nuit pour prendre sa tablette et son sac.

– Tu pars déjà ? demanda-t-il.

– Je dois aller travailler, répondit-elle en croisant son regard dans le reflet du miroir.

Il se tourna vers elle.

– Tu travailles pour moi.

Elle grinça des dents et ses yeux noircirent de colère. Thésée gloussa. Elle détestait ça, et ça rendait la situation encore plus jouissive.

– C'est toi qui m'as dit de préparer une contre-attaque pour Perséphone, dit-elle. Et j'ai une piste.

– Tu veux m'en faire part ?

– Je préfère que ce soit une surprise.

Il pencha la tête sur le côté et la dévisagea. Il attendit qu'elle baisse les yeux ou qu'elle se mette à tripoter ses mains, à montrer une gêne, mais elle resta sereine sous son regard.

Il marcha vers elle et effleura sa joue du revers de sa main. Elle se crispa quand il finit par la poser sur sa gorge.

– Tu ne me mentirais pas, Hélène, n'est-ce pas ?

– Non, dit-elle.

– Non ? insista-t-il en serrant plus fort son cou, la sentant déglutir sous sa main. Ou *jamais* ?

Elle ne répondit pas et il finit par retirer sa main, satisfait de la voir s'affaisser légèrement. Peut-être désirait-il sa peur davantage que son acquiescement.

– Si tu avais dit « jamais », je ne t'aurais pas crue, dit-il. Et j'aurais été forcé de te tuer.

Elle ne cligna même pas des yeux et il ne sut décider si elle était courageuse ou naïve.

Il jouait ce jeu depuis longtemps et il savait quel genre de personne Hélène était : c'était une opportuniste, déterminée à plaire du moment que cela lui permettait d'accéder au sommet. Thésée l'emmènerait avec lui jusqu'à ce qu'elle ne lui soit plus utile, même s'il ne doutait pas qu'elle comptait le poignarder dans le dos avant.

Heureusement, il était invincible.

Hélène se retourna et il la regarda partir, lui parlant seulement quand elle arriva à la porte.

– Il s'appelle Acamas.

Quand elle se tourna vers lui, il la mit en garde.

– Je sais que ta loyauté va de pair avec ton ambition, Hélène. Simplement, n'oublie pas que tu ne pourras pas atteindre le sommet si tu es morte.

***

Thésée se téléporta à l'hôpital Asclépios.

Quand il y arriva, il s'attendait à ce que Tannis l'accueille dans le couloir, devant la porte de Phèdre, mais il découvrit qu'il avait abandonné son poste. D'ailleurs, toute l'aile était silencieuse. Il se dit d'abord qu'il ne servait à rien de s'inquiéter ; peut-être Tannis avait-il vidé le couloir et était entré pour aider Phèdre à se préparer pour son départ.

Il entra et trouva Tannis dans la chambre, en effet, mais il était à genoux par terre. Persée se tenait derrière lui, un pistolet pointé sur son crâne.

Thésée ferma la porte.

– Dis à Lord Thésée où est sa femme, Tannis, dit Persée.

Il y eut un bref silence, puis Tannis parla d'une voix tremblante.

– Je ne sais pas.

– Tu ne sais pas, répéta Thésée.

Il regarda Persée puis balaya toute la pièce, mais toutes ses affaires avaient disparu.

– Et mon fils ?

– Je… ne sais pas… Milord, dit Tannis.

– Est-il né ? gronda Thésée.

– J'ai entendu ses pleurs.

Thésée contracta sa mâchoire, chaque mot accroissait sa colère. Il n'aurait su décrire la rage qui l'envahissait, car il n'avait qu'une unique pensée : il avait eu un fils, et celui-ci avait disparu. C'était la seule chose à laquelle il pensait et… cela le surprit.

– *Quand* as-tu réalisé qu'il avait disparu ?

– Le docteur n'est jamais sorti de la chambre, répondit Tannis.

Jamais sorti.

Jamais sorti.

Il se concentra sur ces mots.

Jamais sorti.

Quelqu'un était sorti, à l'évidence, et avait emporté sa femme et son fils.

Sa propriété et sa succession.

Thésée scruta un moment le garde du corps avant de croiser les yeux de Persée. Le demi-dieu tira sur la gâchette, exécutant Tannis d'une balle dans la tête. Il n'avait plus d'utilité pour Thésée maintenant qu'il avait échoué à protéger sa femme et son fils, et il n'avait plus de questions à lui poser. Il savait qui était responsable.

Ariadne.

– Tu as retrouvé le docteur Phanes ? demanda Thésée en regardant le sang de Tannis se répandre sur le sol.

– On l'escorte ici en ce moment même avec son infirmière, dit Persée. On les a trouvés dans le parking, désorientés.

Elle t'obsède.

C'était vrai. Ariadne l'obsédait, et il la détestait pour cela.

Il la détestait, parce qu'elle le savait et qu'elle l'avait utilisé à son avantage pour prendre le contrôle de ce moment. Il devait admettre qu'il était surpris qu'elle ait osé agir en sachant qu'il se vengerait… en sachant que Phèdre souffrirait aussi.

La porte s'ouvrit et Damian, un fils de Zeus, entra avec le médecin et une femme dans la quarantaine. Ils affichaient des mines confuses, un symptôme de la compulsion qu'ils avaient subie, puis leurs yeux tombèrent sur Tannis sans vie sur le sol.

L'infirmière cria et Damian couvrit sa bouche pour étouffer le son.

– S'il vous plaît, Milord, supplia Phanes, les larmes aux yeux.

Son front large et charnu suintait sous les lumières fluorescentes.

– Je… je ne sais pas ce qui s'est passé.

– Chuuut, fredonna Thésée en approchant de l'homme pour presser son index contre sa bouche.

Il attendit d'être sûr que le docteur reste silencieux avant de le retirer.

– Je sais que ce n'est pas ta faute. Certaines choses sont parfois hors de notre contrôle, tout comme la longévité de ta vie.

Thésée recula et Persée leva son arme.

– S'il vous plaît, chuchota le médecin, mais sa prière fut interrompue par le tir de Persée.

L'infirmière hurla, mais son cri fut étouffé par Damian qui maintint sa main sur sa bouche tout en glissant son bras sur sa gorge, la serrant jusqu'à ce qu'elle s'effondre par terre.

Dans le silence qui suivit, Persée prit la parole :

– Je la trouverai, Milord. Et votre fils.

Mais Thésée n'avait pas besoin de les chercher. Il savait précisément où ils étaient.

– Non, dit-il. Tu vas m'amener Dionysos.

Chapitre XIX

HADÈS

Hadès ne s'était pas attendu à être d'aussi mauvaise humeur en partant de Bakkheia. Si Perséphone avait entendu sa façon de s'adresser à Ariadne, elle ne lui aurait probablement pas parlé de la soirée, mais la décision de Dionysos de kidnapper Phèdre et son fils allait avoir de terribles conséquences. Il espérait seulement qu'il pourrait arrêter Thésée avant qu'il ne se venge. Mais ces préoccupations pouvaient attendre demain.

Ce soir, il ne voulait s'occuper que de Perséphone.

Cependant, quand il revint aux Enfers, elle n'était pas seule. Hécate l'avait rejointe dans son bureau.

– Quand je t'ai demandé de m'attendre, je voulais dire seule, grommela-t-il.

Il devait pourtant admettre qu'il n'était pas mécontent de voir la déesse de la Sorcellerie.

– Tais-toi ! rétorqua Hécate avant de le prendre dans ses bras.

Il fut surpris par son geste, il lui retourna néanmoins son étreinte.

– Tu n'es qu'un imbécile, dit-elle, son visage enfoui contre son torse.

– Tu m'as manqué aussi, Hécate, répondit-il en souriant.

Elle recula et toucha son visage avec un air qu'il ne lui connaissait pas. Elle semblait presque incrédule, comme si elle n'avait pas été sûre qu'il revienne, et son estomac se noua en y pensant.

– Il faut que tu te rases, dit-elle.

– C'est noté.

– Je vous laisse, ajouta-t-elle avant de reculer. Mais il fallait que je vous voie, tous les deux.

Hécate se tourna vers Perséphone et la serra fort dans ses bras, puis elle partit, et ils se retrouvèrent seuls.

C'était le moment qu'il avait tant attendu, mais il ne franchit pas tout de suite la distance qui les séparait, se contentant d'admirer sa femme, sa déesse, sa reine. Elle était si belle que son cœur se pinçait quand il la regardait. Il avait passé le gros de son temps dans le labyrinthe à ne penser qu'à elle, à invoquer son image d'après ses souvenirs, mais il ne lui avait pas fait justice. Il lui était impossible de saisir sa vérité, la beauté insoutenable de son âme qui appelait la sienne, qui était la raison pour laquelle ils étaient faits l'un pour l'autre.

Elle ne le quitta pas des yeux et son regard sembla s'illuminer, comme nourri par la chaleur qui augmentait entre eux.

– On devrait prendre un bain, dit-elle d'une voix grave qui le fit frissonner.

Il n'allait pas la contredire. Ils étaient couverts de boue et de sang – et il tenait à la voir complètement nue.

– Comme tu voudras, ma chérie, dit-il.

Il envisagea de la porter dans le palais jusqu'aux bains afin d'informer tout le monde de son retour et indiquer qu'ils ne voulaient pas être dérangés, mais il décida que cela prendrait trop de temps et il préféra se téléporter.

Lorsqu'ils arrivèrent, il fut immédiatement assailli par le parfum d'eucalyptus et de lavande. La chaleur humide colla à sa peau et réchauffa ses muscles endoloris. Il n'avait pas accordé beaucoup d'attention à ce qu'il ressentait en dehors de la lourdeur entre ses cuisses.

Ils restaient séparés par la même distance, mais la tension qui les liait était plus palpable qu'avant, rendue plus lourde et épaisse par leur désir.

Perséphone soutint son regard en enlevant son débardeur, puis son pantalon. Elle se redressa, nue devant lui, et même s'il l'avait vue ainsi des dizaines de fois, il ne s'en lassait jamais.

– Qu'est-ce que tu attends ? demanda-t-elle avant de se tourner pour entrer dans le bassin.

Il la regarda plonger sous la surface et il retira ce qui restait de ses vêtements déchirés, puis il entra dans l'eau au moment où elle ressortait la tête, les cheveux collés à ses épaules.

Il en fit de même et nagea vers elle, et quand à son tour il sortit la tête de l'eau, il n'était plus qu'à quelques centimètres d'elle.

Il ne la prit toujours pas dans ses bras et maintint la distance entre eux, excepté sa verge qui était si pleine et lourde qu'elle était pressée contre le ventre de Perséphone.

– Tu as manqué à tout le monde, dit-elle.

Il ne s'était pas attendu à être aussi ému d'entendre ses mots, mais sans doute était-ce à cause de sa façon de le regarder, comme si quelque chose avait été brisé durant son absence et qu'elle essayait de le cacher. Soudain, il le vit. Sa bouche se mit à trembler et ses yeux se remplirent de larmes alors qu'elle secouait la tête, comme pour leur dire de partir.

– C'était horrible, sans toi, dit-elle.

Il l'attira dans ses bras et la serra fort, espérant qu'elle finirait par ne plus trembler.

– Je suis tellement désolé, chuchota-t-il.

– C'est moi qui suis désolée, répondit-elle en reculant pour essuyer ses larmes. Je n'aurais jamais dû partir…

Il baissa les bras et prit ses poignets dans ses mains.

– Non, Perséphone, dit-il en secouant la tête. Tu savais ce que j'aurais fait. Je ne t'aurais jamais laissée partir avec Thésée, donc je n'aurais jamais rempli ma part du marché. Je n'aurais jamais dû lui accorder cette Faveur.

Elle prit son visage dans ses mains, puis elle peigna sa barbe avec ses doigts avant de glousser.

Il aimait l'entendre, et souhaitait l'entendre plus souvent.

– Hécate a raison. Il faut que tu te rases.

– Tu n'aimes pas ? Je pensais la garder.

– Hadès… gronda-t-elle d'un ton sérieux.

– Tu trouves que ça me vieillit ?

Elle pressa les paumes de ses mains sur ses joues et parla tout près de son visage.

– Je trouve que ça chatouille.

– Ah oui ? demanda-t-il en nichant son nez dans son cou. Ça chatouille, ça ?

Elle frissonna des pieds à la tête.

– Hadès, susurra-t-elle.

Il ne sut si elle le mettait en garde ou l'invitait, mais elle ne le repoussa pas. Elle plongea ses mains dans ses cheveux et il remonta le long de son cou puis de sa mâchoire en l'embrassant.

– Et ça ? demanda-t-il en mordillant le lobe de son oreille.

Elle se colla soudain à lui et s'empara de sa bouche.

Enfin, pensa Hadès en perdant sa capacité à réfléchir. Il l'attira contre lui et dévora sa bouche, envoûté par la sensation de son corps et le vrombissement de son sang dans ses veines. Son cœur battait plus vite et sa verge pulsait douloureusement.

Elle ouvrit la bouche et leurs langues se percutèrent. Il grogna en sentant son goût, en sentant sa façon de prendre le contrôle. Il avait l'impression d'être immense en se penchant sur elle et en empoignant ses cheveux, mais elle s'agrippa à lui et bougea avec lui, l'embrassant avec autant de passion qu'il lui en offrait.

Il glissa ses mains dans son dos jusqu'à ses fesses et la souleva. Elle entoura sa taille de ses jambes. Il fut pris d'un vertige en sentant le sexe chaud de Perséphone plaqué contre son érection et son désir vrombit de plus belle dans ses oreilles. Il embrassa sa mâchoire puis sa gorge en la portant vers le rebord du bassin, puis il l'assit dessus pour prendre ses seins dans ses mains et sa bouche, léchant et suçant sa chair douce et soyeuse.

– Oui, siffla-t-elle en écartant les cuisses.

Putain, il adorait ça.

– Ça ne chatouille plus autant, alors ? demanda-t-il en suçant son téton.

Elle retint son souffle en serrant les dents.

– Tu es impossible, dit-elle.

Il sourit et rapprocha sa bouche de la sienne.

– Mais tu m'aimes, dit-il en effleurant son nez avec le sien, lèvres contre lèvres.

– J'espère que ce n'est pas une question, dit-elle.

– Tu peux y répondre quand même.

Elle passa ses bras autour de son cou et l'attira contre elle.

– Oui, dit-elle. Bien sûr que je t'aime.

Elle l'embrassa et empoigna ses cheveux. La plaie à sa taille se réveilla quand elle le tint plus fort, pressant ses talons dans son dos, mais il ravala sa souffrance.

Rien ne gâcherait ce moment : ni Thésée ni la fichue faux de son père.

Il était frustré de penser à eux dans ce moment, surtout quand sa queue était confortablement blottie entre les cuisses de Perséphone. C'était sur ça qu'il devait se concentrer, sur le plaisir qu'il prendrait quand il serait en elle.

Il l'embrassa plus fort avant de se baisser pour se diriger vers son entrejambe.

– Hadès, tu… tu saignes ! s'écria Perséphone d'un ton angoissé.

Elle réagit aussitôt, refermant les cuisses pour sauter dans l'eau. Il remarqua alors que l'eau s'était teintée de rouge.

Merde.

C'était précisément ce qu'il avait voulu éviter.

Elle saisit sa main, qu'il avait posée sur sa plaie. Elle écarquilla les yeux en la voyant et son regard devint hanté.

– Tu ne guéris pas, dit-elle avant de faire un pas en arrière, la main sur sa bouche, comme pour contenir ses émotions.

– Perséphone, je vais bien.

Elle le fusilla du regard, furieuse, et baissa la main.

– Tu mens !

– Je n'ai pas envie de m'occuper de ça ce soir, dit-il en se tenant plus droit. Je viens de passer un temps insensé loin de toi. Je veux te faire l'amour, et je veux dormir.

– Je n'en reviens pas que tu ne me l'aies pas dit ! s'exclama-t-elle avant de s'arrêter et de secouer la tête. Cela dit, je ne devrais pas être surprise, étant donné tout ce que j'ai appris pendant que tu étais dans le labyrinthe.

Hadès fronça les sourcils. S'il voulait savoir à quoi elle faisait référence, engager cette conversation maintenant l'éloignerait davantage de ce qu'il voulait.

– Demain, Perséphone, dit-il d'un ton grinçant.

– Non, pas demain. Merde !

Elle se dirigea vers marches et sortit du bassin.

Hadès se tourna pour la suivre, prêt à la supplier – car il n'était pas au-dessus de ça.

Elle s'arrêta en haut de l'escalier, son corps scintillait dans la lumière tamisée des bains.

– Harmonie ne guérit pas non plus, dit Perséphone d'une voix tremblante. Elle ne se réveille pas, Hadès.

Soudain, il comprit. Perséphone pensait qu'il subirait le même sort.

– Comment ça, elle ne se réveille pas ? demanda-t-il en sortant du bain.

Perséphone prit une serviette dont elle s'enveloppa avant de se tourner vers lui.

– Thésée l'a poignardée, et la plaie ne guérit pas. Ça fait plusieurs jours qu'elle a de la fièvre.

Hadès fronça les sourcils en l'apprenant. Harmonie semblait avoir été victime de la faux de Cronos, aussi.

Perséphone passa devant lui et il la suivit dans le couloir qui menait à leur chambre.

– Je ne te l'ai pas caché, dit-il. J'ai oublié.

Elle s'arrêta brusquement et lui fit volte-face.

Parce que tu n'es qu'un imbécile, dit la voix d'Hécate dans sa tête.

– Tu es sérieux ? s'exclama-t-elle.

– J'avais d'autres choses en tête, Perséphone. Ça a tendance à anesthésier la douleur.

– Alors tu as mal ?

Il soupira, frustré.

– Oui, bon sang. On m'a poignardé !

Elle tourna les talons et reprit le chemin de leur chambre.

– Je n'en reviens pas que tu m'aies caché ça, juste pour pouvoir faire l'amour !

Hadès ne voyait pas où était le problème ; ce n'était pas sa verge qui était blessée.

– On, corrigea-t-il. Pour qu'on puisse faire l'amour. Tu étais aussi pressée que moi jusqu'à ce que tu t'aperçoives que je suis blessé.

– Parce que tu souffres ! cria-t-elle.

– Je me sens…

Elle se tourna brusquement pour lui faire face et sa colère lui fit l'effet d'une gifle.

– Si tu répètes encore une fois que tu te sens bien… menaça-t-elle en serrant les dents.

Elle n'avait pas besoin de finir sa phrase. Il lui sembla que toute sa vie défilait devant ses yeux, car tout ce qu'elle avait envie de lui faire se reflétait dans ses yeux – or ça n'avait rien de sexuel.

Quand ils arrivèrent dans leur chambre, elle ouvrit la porte en la faisant claquer et elle invoqua Hécate.

Hadès leva les yeux au ciel.

Super. Maintenant, il allait être sermonné par deux déesses.

Il fit apparaître une serviette, n'étant pas particulièrement ravi qu'Hécate voie son érection.

– Qu'y a-t-il, ma chère ? demanda Hécate en se matérialisant alors qu'il finissait de nouer la serviette sur sa taille.

Elle portait des robes noires et il supposa que si elle n'était pas déjà dehors, à harceler des mortels, elle s'apprêtait à sortir.

Perséphone se tourna vers lui.

– Dis-lui ! ordonna-t-elle.

Il n'aimait pas recevoir d'ordres, mais il détestait encore plus avoir mis Perséphone dans cet état.

– Thésée m'a poignardé avec la faux de Cronos. La plaie ne guérit pas. J'allais venir te voir demain, mais Perséphone a insisté.

Hécate enleva sa capuche et il fut surpris de la voir inquiète à ce point. Elle se rapprocha de lui d'un pas déterminé et se baissa pour étudier la plaie. Quand elle se releva pour le regarder dans les yeux, elle semblait aussi agacée que Perséphone.

– Allonge-toi, dit-elle.

C'était encore un ordre, et s'il ne l'aimait pas plus que le précédent, il ne protesta pourtant pas.

Il était extrêmement conscient de la façon dont Hécate et Perséphone l'observaient et il serra les dents en s'asseyant. Il retint son souffle en s'allongeant et la douleur se calma un peu.

Il n'avait pas envisagé combien il serait bon de s'allonger sur un matelas, mais après avoir été suspendu au plafond pendant ce qui lui avait semblé être plusieurs jours, il avait l'impression de flotter sur un nuage.

– Perséphone, tu pourrais être un amour et m'apporter des serviettes ? demanda Hécate. Beaucoup.

– Bien sûr, répondit Perséphone en dirigeant vers la salle de bains.

Hécate dévisagea Hadès.

– Tu ne devrais pas lui faire peur comme ça, gronda-t-elle.

– Je n'avais pas l'intention de lui faire peur, rouspéta-t-il. J'allais m'en occuper.

– Ouais, demain, dit Hécate d'un ton moqueur. Quand ça pourrait être trop tard.

Hadès fuit son regard, frustré. Perséphone revenait avec une pile de serviettes.

– Ta magie n'atteint pas du tout ta plaie, dit Hécate. Je ne pourrai pas faire grand-chose, à part éviter qu'elle s'infecte.

Perséphone le regardait froidement, les yeux vitreux. Hadès était on ne peut plus agacé de lui revenir de cette façon, encore plus brisé qu'avant.

Hécate posa des serviettes autour de la plaie pour former une barrière, puis elle invoqua une carafe en verre.

– Tu peux la remplir d'eau chaude, ma chérie ? demanda-t-elle.

– Tu sais, tu peux utiliser ta magie, dit Hadès quand Perséphone fut dans la salle de bains. Pourquoi tu la fais partir ?

– Si j'utilise ma magie tout de suite, l'eau t'ébouillantera à mort, rétorqua Hécate. Et puis, tu préfères que je te réprimande devant ta femme ?

– Je préférerais que tu ne me réprimandes pas du tout, dit-il.

– Alors ne sois pas…

– Un imbécile, je sais, gronda-t-il en lui coupant la parole. Crois-le ou non, j'essaie vraiment de ne pas l'être.

– Déméter est morte, Hadès.

Il ouvrit la bouche, mais fut incapable de parler.

En général, il était au courant de chaque âme qui entrait dans son royaume, mais il avait été coincé dans le labyrinthe et avait été trop préoccupé en revenant pour faire l'inventaire.

– Comment ?

– Perséphone, répondit Hécate. Elle a besoin que tu sois en aussi bonne forme et aussi solide que possible. Pour s'appuyer sur toi dans son deuil, mais aussi pour affronter sa culpabilité.

Hadès déglutit difficilement et serra les poings.

Il peinait à décider ce qui était le pire dans le fait d'avoir été prisonnier de Thésée. Était-ce d'avoir été séparé de Perséphone ou qu'ils aient séparément traversé des épreuves inimaginables sans avoir pu se soutenir l'un l'autre ?

Quand Perséphone revint avec la carafe d'eau, il ne put s'empêcher de la voir différemment. Cela lui noua l'estomac et le remplit d'une culpabilité qu'il n'avait jamais connue. Maintenant qu'il savait ce qu'elle avait vécu, il lui semblait voir le fardeau qui pesait sur ses épaules et durcissait ses traits.

Hécate se mit au travail et nettoya la plaie. Ce n'était pas tout à fait douloureux, mais c'était clairement inconfortable.

– Sybil dit que tu as mentionné qu'on aurait peut-être besoin de la Toison d'or pour guérir Harmonie, dit Perséphone.

– C'est probablement la seule façon de vous guérir l'un comme l'autre, à présent, répondit Hécate.

Putain, génial, pensa Hadès. Quand Hécate et Perséphone le dévisagèrent, il en conclut qu'il avait dû le dire à voix haute.

– La Toison d'or est dans le territoire d'Arès, et au cas où tu l'aurais oublié, on se bat dans des camps opposés. Il ne cédera pas la Toison sans se battre.

– Dans ce cas, on le combattra, dit Perséphone. Il sera ravi, d'ailleurs, s'il pense pouvoir me capturer. Zeus offre son égide comme récompense à celui qui m'emmènera à lui, menottée.

Une rage inouïe bouillonna en lui.

– Quoi ?

– Peut-être aurais-tu dû garder cette information pour plus tard, dit Hécate à Perséphone en étalant une couche d'un produit transparent et collant sur sa plaie.

– Ne prétends pas être surpris, répondit Perséphone d'un ton nonchalant. Tu savais qu'il se vengerait.

Peu importait qu'il se soit attendu à sa vengeance, faire concourir les dieux qui s'opposaient à eux était une tout autre chose.

– Je le tuerai, dit-il.

– Quand tu seras guéri, dit Perséphone.

Il lui lança un regard noir. Il n'était pas certain de pouvoir le lui promettre.

Hécate finit de panser la plaie, qui était plus douloureuse que jamais.

– Espérons que d'ici demain matin, tu auras combattu l'infection, dit-elle.

Elle allait partir quand elle se tourna vers lui et le fixa d'un air sévère.

– Repose-toi, ordonna-t-elle. Au cas où tu aurais besoin de consignes précises, ça veut dire que tu devrais éviter le sexe pour l'instant.

– J'aurais pu passer mon existence tout entière sans t'entendre prononcer ces mots, dit Hadès.

Quand elle fut partie, une tension étrange remplit la chambre, et ça n'avait rien à voir avec du désir. C'était un mélange de colère et de peur, en lui comme chez Perséphone. La déesse se tenait au bout du lit et il ne savait pas si elle fixait le mur ou si son regard était perdu au loin.

– Perséphone.

Il l'appela, et elle sembla revenir à la réalité.

– Viens, allonge-toi à côté de moi.

S'il ne pouvait avoir le réconfort d'être en elle, il se satisferait de la tenir contre lui.

Elle ne bougea pas et il fut saisi d'appréhension. Avait-il déjà merdé ?

– Perséphone, s'il te plaît, insista-t-il.

Elle vint enfin et rampa sur le matelas jusqu'à lui, posant sa tête sur son torse. Son angoisse disparut enfin.

– Je suis désolé, dit-il en embrassant ses cheveux.

Elle ne répondit rien et il sentit ses larmes couler sur sa peau. Il envisagea de lui demander de le regarder pour les essuyer, mais s'il le faisait, il lui faudrait lutter contre les émotions qui enflaient dans sa gorge, et il n'était pas certain d'être capable de les affronter.

Alors il n'en fit rien.

***

Il fut réveillé par le baiser de Perséphone.

Il poussa un grognement et posa une main sur son dos, l'autre cherchait son sein par-dessus son peignoir, puis dessous. Il titilla son téton, satisfait de l'entendre gémir.

Il la libéra un instant et défit le nœud de sa robe, puis il roula sur elle et enfouit son visage entre ses seins, qu'il embrassa et lécha avant de les sucer. Elle remuait sous lui et glissait son pied sous sa verge enflée.

– Putain, souffla-t-il en tenant son visage pour l'embrasser.

Elle l'attira contre elle et il en profita pour appuyer ses pieds dans le matelas et frotter sa verge à sa chair. C'était si bon qu'il pouvait à peine réfléchir.

Il s'allongea sur le côté et promena sa main sur son ventre puis entre ses cuisses, dessinant des cercles autour de son clitoris avant d'effleurer sa fente mouillée.

– Tellement trempée, fredonna-t-il contre sa peau en embrassant son cou.

Il passa ses doigts sur son clitoris jusqu'à ce qu'il durcisse, puis il s'allongea à nouveau sur elle. Il avait la ferme intention de couvrir son corps de baisers et de la dévorer avec sa bouche quand elle planta ses ongles dans sa peau, l'arrêtant dans son élan.

– Hadès, dit-elle d'un ton qui lui dit qu'elle avait émergé du brouillard de son désir.

Ne me dis pas d'arrêter, supplia-t-il en lui-même, mais il lui parut déplacé de prononcer ces mots à voix haute.

– Laisse-moi juste te goûter, grogna-t-il.

Elle s'assit, l'obligeant à s'agenouiller sur elle.

– Tu saignes, dit-elle.

Il baissa les yeux et vit que le bandage était taché de rouge.

– Je saignais sans doute déjà avant, dit-il en sachant que sa réponse n'arrangerait pas la situation.

La bouche de Perséphone se pinça et elle referma son peignoir.

– Je suis désolée, Hadès. Je n'aurais pas dû… je ne voulais pas…

– Ne t'excuse jamais pour ça, dit-il.

Ils se regardèrent longuement et il sut qu'elle se sentait affreuse. Elle rampa à l'autre bout du lit et il soupira, frustré, avant de se laisser retomber sur le dos.

Sa verge le narguait, pointée vers le plafond, et il resta immobile quelques instants avant de la prendre dans sa main. Il n'en revenait pas de devoir se masturber alors que sa femme était à côté de lui et trempée.

– Quelle partie de « pas de sexe » est si dure à comprendre ? demanda Perséphone.

– Ma queue, Perséphone, aboya-t-il. C'est elle qui est dure.

Un silence pesant suivit sa réponse et il lâcha sa verge pour croiser les mains sous sa tête. Il se sentait bête, maintenant, d'être frustré à ce point.

– Pardon, dit-il. C'est juste que… j'avais imaginé nos retrouvailles différemment.

– Moi aussi, finit par chuchoter Perséphone.

Il la sentit bouger, il tourna la tête et la vit s'installer à côté de lui, sans son peignoir.

– Qu'est-ce que je peux faire ? demanda-t-elle.

– N'importe quoi, répondit-il alors que sa queue tressautait d'impatience.

– Qui ne te fera pas mal, gronda-t-elle en fronçant les sourcils d'un air sévère.

Il fit mine d'y réfléchir, mais il avait une longue liste de réponses.

– Assieds-toi sur ma tête, dit-il enfin.

Elle baissa les yeux sur sa verge, puis chercha à nouveau son regard.

– Je ne crois pas que cela soulagera ton… problème.

– Je ne suis pas d'accord, répondit-il.

Comme elle semblait en douter, il poursuivit son explication.

– Te donner du plaisir m'en donne aussi. Si tu as peur de me faire mal, c'est la meilleure solution. Tu gardes le contrôle. Tu es la seule à bouger. Je me contenterai de te tenir.

Et de te bouffer, pensa-t-il.

Il la vit y réfléchir, puis elle se mit à genoux et passa sa jambe par-dessus son torse pour le chevaucher. Il empoigna ses cuisses, se sentant enfin triomphant.

– Tu es sûre que ça va ? demanda Perséphone.

Elle appuyait ses mains sur son torse, ce qui pressait ses seins l'un contre l'autre entre ses bras.

– De quoi as-tu peur ? demanda-t-il en soutenant son regard pétillant dans la lumière tamisée de leur chambre.

– De te faire mal, répondit-elle avant d'ajouter timidement, et de t'étouffer.

– Si c'est comme ça que je m'étouffe, je veux bien me noyer dans ton plaisir.

– Hadès !

– Appuie-toi sur tes genoux, ma chérie. Je m'occupe du reste. Viens.

Elle céda et remonta sur son torse, les muscles d'Hadès se contractèrent d'excitation et elle plaça ses genoux de part et d'autre de sa tête. Elle baissa les yeux sur lui et soutint son regard. Il posa les mains sur ses cuisses, promenant sa langue sur sa chair trempée. Il fut instantanément envoûté par son odeur délicieuse et par la vue qu'il avait. Elle gémit la bouche ouverte et empoigna la tête de lit quand il plongea sa langue en elle, ravi de la voir rouler les hanches.

– Chevauche-moi, ma chérie, dit-il. Comme si tu étais sur ma queue.

Il était déterminé à lui montrer combien ce pouvait être bon pour elle.

Ses gestes furent d'abord timides, mais elle trouva bientôt son rythme et quand elle accéléra, il empoigna ses fesses pour l'écarter davantage et plonger sa langue plus loin en elle. Dès qu'elle ralentissait ou s'arrêtait, il changeait d'approche et l'embrassait, la léchait et la suçait, frottant son clitoris jusqu'à ce que tout son corps se mette à frémir. Quand il la sentit monter au septième ciel, il se laissa y monter aussi. Ses muscles se contractèrent et il souleva le bassin en appuyant ses talons dans le matelas, tenant Perséphone contre sa bouche.

Elle jouit en criant et elle referma ses cuisses sur son visage. Il n'en fallut pas plus pour libérer la pression qui s'accumulait en lui et son orgasme vrombit dans ses veines, tordant son corps tout entier.

Putain, il aurait mal demain, mais il s'en fichait royalement, car quand il redescendit de son nuage exquis, son esprit se tut enfin.

Chapitre XX

DIONYSOS

Les propos d'Hadès avaient réveillé en Dionysos un besoin primitif de protéger Ariadne.

Hélas, ce besoin était directement lié à sa folie, et il lui fallut user de tout son pouvoir pour réprimer les frémissements qui secouaient son épine dorsale, pour ravaler sa colère et rester où il était plutôt que de suivre le dieu des Morts et lui arracher tous ses membres.

Tu ne gagnerais pas, se dit-il. Même doté de la force de sa folie, il ne faisait pas le poids face à l'un des trois Olympiens les plus forts.

– Bon sang, c'est le pire des dieux, dit Ariadne.

Il dut inspirer plusieurs fois pour calmer le rythme effréné de son cœur et pouvoir la regarder dans les yeux.

– Crois-le ou pas, ce n'est pas le pire, répondit Dionysos. Ce titre revient à Thésée.

– Tu veux dire quoi par là ?

– Je dis qu'il n'a pas tort au sujet de Thésée. Si Phèdre ne retourne pas auprès de lui, il viendra pour elle. Et pour toi.

– On le savait avant de la sauver, dit Ariadne. Tu veux dire que tu regrettes ?

– Je le regretterai seulement si quelqu'un vient à souffrir, répondit Dionysos.

Il vit à sa façon de pincer sa bouche que sa réponse ne lui plaisait pas.

– Emmène-moi la voir. S'il te plaît, ajouta-t-elle.

Il baissa les yeux sur ses vêtements ensanglantés.

– Je crois que tu devrais te doucher, avant.

Elle écarquilla les yeux, comme si elle avait oublié qu'elle sortait tout juste du labyrinthe.

– Je n'ai pas de vêtements, dit-elle.

– Je vais t'en trouver.

Il pensait qu'elle partirait, mais elle hésita.

– Le bébé… est-ce qu'il est en bonne santé ?

– Oui, répondit le dieu.

– Et… il ressemble à qui ?

– Tu veux dire à part à un extraterrestre ?

Elle leva les yeux au ciel.

– J'ai été bête de te le demander, dit-elle avant de se tourner vers la porte.

– Je trouve qu'il a ton nez, lança Dionysos et elle s'arrêta pour le regarder. Et tes yeux.

– Tu n'en sais rien, c'est juste un bébé, répondit-elle.

– Je reconnaîtrais tes yeux n'importe où.

Sa bouche se pinça, comme si elle se retenait de sourire, puis elle sortit de sa suite.

Une fois qu'il fut seul, il vida tout l'air de ses poumons, on ne peut plus frustré.

Dieux.

À quoi pensait-il, bon sang ?

Il n'aurait jamais dû prendre cette voie avec elle. Il ne savait pas comment il avait tenu jusque-là ni comment il s'était retrouvé mêlé à ce point à la querelle des Olympiens, mettant des bébés au monde avant de kidnapper leur mère. Autant peindre une cible rouge sur son dos, parce qu'il venait d'inviter un psychopathe dans son territoire.

Tout ça à cause d'Ariadne.

Ces fichus sentiments, pensa-t-il en sortant de sa suite pour aller dans le sous-sol.

En sortant de l'ascenseur, il trouva les Ménades éparpillées dans la salle commune. Certaines tricotaient ou nettoyaient leurs armes, d'autres lisaient. Un petit groupe était rassemblé devant une des télévisions et regardait le dernier épisode des *Titans après la nuit* ou… peu importait le nom du feuilleton.

Il traversa la salle et vit Océanos à l'écran, le visage déformé par l'horreur tandis qu'il regardait Gaïa, qui sanglotait à ses côtés. Ils observaient le monde, détruit par les flammes que Zeus avait allumées après la mort de Typhon qui, dans un épisode précédent, avait assiégé le mont Olympe.

Non pas que Dionysos suive la série… mais la scène le troubla. Il avait l'impression qu'il s'apprêtait à voir la même se dérouler dans le monde des vivants.

Il emprunta l'un des longs couloirs qui donnaient sur les chambres et les dortoirs, cherchant Naïa qui aurait sans doute des vêtements pour Ariadne.

La porte de sa chambre était entrouverte, mais il frappa pour ne pas envahir son espace. Elle répondit rapidement, un livre à la main.

– Tu vas bien ? demanda-t-elle d'un air enjoué.

À l'évidence, Lilaïa lui avait raconté ce qui s'était passé en salle d'accouchement.

– Tu sais quoi, précisément ? demanda-t-il en plissant les yeux.

– Oh, mais je sais tout, répondit-elle.

– Et… combien des Ménades sont au courant ?

– Oh, mais toutes, déclara-t-elle en souriant.

Dionysos soupira et se massa la nuque.

– Super.

– Si ça peut te rassurer, je pensais que tu t'évanouirais, dit-elle.

– Ça ne me rassure pas, rétorqua-t-il.

La Ménade ricana.

– Je suis venu voir si je pouvais t'emprunter des vêtements.

– On ne fait pas vraiment la même taille, Dionysos.

– Pour Ariadne, gronda-t-il. Elle est sortie du labyrinthe.

L'air enjoué de la jeune femme s'évanouit.

– Elle va bien ?

– Je crois, dit-il. Elle me crie dessus comme si tout allait bien.

Naïa fronça les sourcils.

– Est-ce que tu lui as demandé si elle allait bien ?

– Non. Je n'en ai pas vraiment eu l'occasion.

Il choisit de ne pas lui dire qu'Hadès leur avait également hurlé dessus.

Naïa ferma la bouche et ne répondit rien. Elle partit dans sa chambre et revint avec une pile de vêtements.

– Elle ne va pas bien, Dionysos, dit-elle.

– Dans ce cas, je suppose qu'elle en parlera à sa sœur.

Elle le fusilla du regard.

– Tu tiens à elle ?

– Tu as vraiment besoin de me le demander ?

– Dans ce cas, assure-toi qu'elle va bien, insista-t-elle en plaquant les vêtements sur son torse.

– D'accord, je vais lui demander. Mais tu sais ce qu'elle va me dire ? De l'emmener voir sa sœur.

– Mais tu auras pris la peine de lui poser la question, répondit Naïa.

Il pensait encore à ce que la Ménade avait dit quand il arriva à la chambre d'Ariadne. Il frappa à sa porte, mais elle ne répondit pas. Il appuya sur la poignée et la porte s'ouvrit, mais il hésitait à entrer. Envahissait-il son intimité en entrant ? Elle savait qu'il venait lui apporter des vêtements, non ?

L'angoisse qu'il ressentait était absurde, mais il ne voulait pas donner d'autres raisons à Ariadne de lui en vouloir.

Il poussa légèrement la porte.

– Ari, appela-t-il.

Pas de réponse. Il supposa qu'elle était encore sous la douche et qu'il pouvait entrer.

Sa chambre n'avait qu'un lit simple et un bureau. Elle n'avait pas tenté d'y mettre sa patte, mais Dionysos n'était pas surpris. Elle n'était pas venue là volontairement et elle avait passé ses premières journées à essayer de s'enfuir. Si elle restait, maintenant, c'était seulement parce qu'elle se savait en danger, parce que Thésée la voulait – même si ça ne semblait pas l'effrayer autant que ça le devrait. Ariadne était prête à risquer sa vie pour les autres, même ceux qui ne souhaitaient pas être sauvés.

Sa sœur en était l'exemple parfait. Il n'était pas persuadé de dire un jour la vérité à Ariadne au sujet du sauvetage de Phèdre, à savoir qu'elle l'avait supplié de rester là.

– Ce sera pire pour tout le monde si je pars, avait-elle dit.

– On te protégera, avait répondu Dionysos.

Toutefois, il avait conscience que ce qui l'avait convaincue de partir, c'était de revoir Ariadne. C'était une preuve de l'amour qu'elles avaient l'une pour l'autre, mais Dionysos savait que la peur que Phèdre éprouvait vis-à-vis de Thésée était plus forte que son amour fraternel. Elle retournerait auprès de son mari, c'était certain ; la seule incertitude était le degré de destruction qu'engendrerait Thésée à cause de son départ.

Or son retour mettrait-il seulement fin au chaos qu'il prendrait plaisir à semer ?

Dionysos approcha du lit d'Ariadne pour y déposer les vêtements et il remarqua une photo accrochée au mur. Elle était froissée et tachée, mais cela ne gâchait en rien les sourires resplendissants d'Ariadne et de Phèdre dans leur jeunesse. Il se demanda ce qui les avait menées jusqu'à cette situation. Cependant, il pouvait aisément le deviner : un prédateur du nom de Thésée.

Il posa les vêtements sur le lit et aperçut un livre qui dépassait de sous le lit. Il le ramassa et constata que c'était un carnet de notes avec une couverture en cuir.

– Qu'est-ce que tu fais ?

Dionysos se retourna et vit Ariadne dans l'embrasure de la porte de la salle de bains. Elle était enveloppée dans une serviette blanche et ses cheveux étaient mouillés. Il savait qu'elle lui avait posé une question, mais il était incapable de réfléchir, obnubilé par les gouttes d'eau qui glissaient le long de son corps, ce qui le poussa à réfléchir au fait qu'elle était nue sous la serviette et à la sensation de son corps contre le sien dans la grotte.

Merde. Il était excité, et elle n'était même pas à poil.

Ariadne baissa les yeux sur le carnet entre ses mains. Elle parut d'abord horrifiée, puis furieuse.

Dis quelque chose, espèce d'imbécile ! pensa-t-il, mais il n'arrivait pas à ouvrir la bouche.

Elle s'approcha de lui et saisit le carnet, ce qui fit tomber sa serviette. Elle se retrouva nue, et Dionysos resta sans voix. Cependant, il parvint à ramasser la serviette ; du moins, il essaya, mais Ariadne bougea en même temps et ils se cognèrent la tête. Si Dionysos ne sentit presque rien, l'impact projeta Ariadne par terre. Le fait qu'elle atterrisse dans ce qui devait être l'une des positions les plus érotiques au monde n'arrangea pas la situation. Elle était sur le dos, les jambes écartées, face à lui.

Putain, pensa-t-il.

Elle se redressa sur les coudes et se frotta la tête.

– Dieux, je te déteste, râla-t-elle.

Ses mots le heurtèrent et il réalisa qu'il tenait encore sa serviette à la main. Il la lui tendit, puis lui offrit sa main pour l'aider à se lever. Il lui tendit également son carnet, qu'elle saisit et serra contre sa poitrine avec la serviette.

– Je ne l'ai pas lu, se dépêcha-t-il de dire. Je l'ai vu par terre et je l'ai seulement ramassé.

Cela dit, il était encore plus curieux de savoir ce qu'il contenait, maintenant.

– Je… euh…

Il déglutit.

– Je t'ai apporté des vêtements. Ils sont à Naïa.

Bon sang, ce que c'était gênant.

– Merci, dit-elle.

Ils se dévisagèrent un moment, puis il leva la main pour guérir avec sa magie la bosse rouge qui se formait sur son front. Elle ferma un instant les yeux et il ne baissa pas tout de suite la main, effleurant sa pommette puis sa joue, jusqu'au coin de sa bouche.

Il avait envie de l'embrasser, mais il laissa retomber sa main et elle ouvrit les yeux.

– Est-ce que ça va ? demanda-t-il.

Il espérait qu'elle savait qu'il ne parlait pas juste de sa tête.

– Ça ira, dit-elle, quand j'aurai vu ma sœur.

C'était la réponse à laquelle il s'attendait, il la comprenait.

– Je te laisse t'habiller, dit-il.

Il sortit de sa chambre et peigna ses cheveux avec ses doigts avant de joindre les mains sur sa nuque.

– Espèce d'imbécile, marmonna-t-il en faisant les cent pas devant sa porte jusqu'à ce qu'elle sorte de sa chambre, quelques minutes plus tard. Tu es prête ? demanda-t-il.

Il connaissait la réponse, mais il avait trouvé nécessaire de lui poser la question avant de les téléporter.

Elle hocha la tête et inspira. Elle semblait nerveuse, et il se demanda pourquoi. D'après ce qu'il savait, Phèdre et elle avaient été proches, même s'il était possible que Thésée ait empoisonné le lien qui les unissait.

– Je suis prête, dit-elle.

Il lui tendit la main. Il n'avait pas besoin de la toucher pour les téléporter, mais il pensait que ce serait réconfortant. Elle n'hésita pas et quand il referma sa main sur la sienne, ils disparurent pour se matérialiser dans le salon de son appartement.

Elle lâcha immédiatement sa main.

– Où est-elle ?

– Dans ta chambre, dit-il avant de se corriger. Enfin, pas ta chambre. La chambre d'amis, je veux dire.

Il n'avait jamais vu Ariadne aussi excitée et impatiente et, en vérité, cela l'attrista. Il ne prenait conscience que maintenant de ce que toute cette histoire lui avait fait.

Elle se dirigeait vers la porte quand elle s'arrêta.

– Merci, Dionysos, dit-elle. Tu ne sais pas ce que ça représente pour moi.

Il espérait que c'était tout, car c'était exactement ce que cela lui coûterait.

Elle n'attendit pas sa réponse, tournant les talons pour se précipiter vers la porte, à laquelle elle frappa doucement.

Il y eut un silence, puis elle s'ouvrit, d'abord un peu, puis il aperçut Phèdre, pâle comme un drap, éclairé par la lumière ambrée de la chambre.

– Ariadne, chuchota-t-elle.

La jeune femme hocha la tête, la bouche tremblante, mais ce fut Phèdre qui fondit en larmes la première avant de se jeter dans les bras de sa sœur.

Dionysos laissa les sœurs tranquilles, car il avait l'impression de violer leur intimité.

Il longea le couloir jusqu'à sa chambre et se doucha, puis il se mit au lit. Il resta longtemps allongé sur le dos, les yeux rivés au plafond. Son esprit lui semblait plein de mots et d'émotions, mais il ne savait pas par où commencer pour digérer ce qui s'était passé au cours des dernières vingt-quatre heures. Il espérait seulement que lorsque Thésée viendrait, il serait assez puissant pour protéger son peuple.

***

Il était tard quand Ariadne le réveilla en entrant dans sa chambre. Il ne se souvenait pas de s'être endormi et n'était pas certain de la durée de son sommeil. Il se releva sur un coude.

– Ari ? demanda-t-il d'une voix rauque, légèrement perdu. Tout va bien ? ajouta-t-il en bâillant.

– Oui, chuchota-t-elle. Je ne voulais pas te réveiller.

Il avait beau être à moitié endormi, il trouva sa réponse étrange.

– Alors que voulais-tu faire ?

Elle le dévisagea depuis le pied du lit, puis le matelas s'enfonça sous son poids et il fut stupéfait de la voir ramper jusqu'à lui.

Soudain, il était parfaitement réveillé.

– Ari, dit-il.

– Dionysos, répondit-elle dans un murmure sensuel.

– Qu'est-ce que tu fais ? demanda-t-il alors qu'elle poussait sur son torse pour l'allonger.

– À ton avis ? répondit-elle en chevauchant sa queue déjà dure.

Ça doit être un rêve, pensa-t-il.

Il posa ses mains sur les cuisses de la jeune femme.

– Je crois que tu devrais m'expliquer. En détail.

Ses yeux pétillèrent dans l'obscurité et elle roula des hanches contre lui, comme pour tester les sensations que cela lui procurerait.

Il éclata de rire.

– Je voulais te remercier à nouveau, dit-elle. D'avoir sauvé ma sœur.

– En couchant avec moi ? s'enquit-il en haussant un sourcil.

– Tu dis que tu n'en as pas envie ? demanda-t-elle en guise de réponse, posant ses mains sur son torse pour se frotter plus fort à lui.

Bon sang, elle lui rendait vraiment la tâche difficile. Ce n'était pas qu'il n'avait pas envie d'elle, mais il ne voulait pas des sentiments qui en découleraient inévitablement.

Il planta ses doigts dans ses cuisses.

– Je dis que je ne veux pas que tu couches avec moi parce que tu t'en sens obligée, dit-il.

– Je ne m'en sens pas obligée, répondit-elle.

Elle se pencha et déposa un baiser sur son torse, puis un autre.

– Ari…

Quand il prononça son prénom, elle lécha son téton puis le mordilla, et il décida qu'il se fichait de savoir pourquoi elle était venue dans son lit. Seul comptait le fait qu'elle était là et qu'elle le touchait.

Ça se passe réellement, pensa-t-il en cherchant son regard.

– Tu n'es pas obligée de le faire, dit-il tout en espérant qu'elle le ferait.

Elle ne répondit rien, prenant sa verge dans sa main avant de la lécher de la base jusqu'au gland. Il se pensa sur le point de mourir, mais ce n'était pas possible, car il raterait tout, et il ne voulait vraiment pas en rater une seule seconde.

Il était également soulagé qu'elle n'entende pas ses pensées, parce que ce serait horriblement gênant.

– Putain, oui, Ari, siffla-t-il lorsque sa bouche chaude et humide engloutit sa verge et qu'elle la taquina avec sa langue.

Il baissa la main pour coiffer ses cheveux sur le côté et mieux voir sa tête, la voir monter et descendre pour le sucer. Elle le lâcha avec un gémissement délicieux, puis elle le regarda dans les yeux en souriant et en léchant le liquide préséminal qui avait perlé au sommet de sa queue. Il n'aurait su dire ce qui était plus excitant, la sensation de sa bouche ou le fait qu'elle prenait du plaisir à le faire.

– Espèce d'aguicheuse, gronda-t-il.

Elle caressa avec sa langue les veines de son sexe jusqu'aux testicules.

Quand elle remonta vers sa verge, il s'assit et elle le suivit. Leurs bouches fusionnèrent brutalement et Dionysos empoigna ses fesses pour la ramener vers lui de sorte qu'elle le chevauche, ses cuisses de part et d'autre des siennes. Il passa ses mains sous sa chemise et les remonta le long de sa taille jusqu'à ses seins, qu'il palpa et titilla alors qu'elle ondulait contre lui.

Dionysos avait tellement chaud qu'il lui semblait qu'il allait exploser.

Ils se séparèrent assez longtemps pour qu'Ariadne enlève son chemisier, puis Dionysos enfouit la tête entre ses seins, prenant chacun dans sa bouche, savourant sa peau sucrée. Il aimait sa façon de se cambrer contre lui, sa façon de lui tirer les cheveux.

– Je te veux en moi, dit-elle en l'embrassant.

Il ne dit rien, car il en était incapable. Il n'avait pas à réfléchir à autre chose qu'aux sensations et au désir qu'il ressentait.

Il voulait être en elle, aussi.

Elle descendit de ses cuisses pour enlever son short, puis elle se remit à genoux pour le chevaucher. Il l'attira plus près et effleura sa fente humide avec son gland avant de l'enfoncer légèrement. Ariadne s'assit complètement, les jambes autour de sa taille, de sorte que leurs corps étaient parfaitement alignés, y compris leurs yeux. C'était une intimité différente, qui allait au-delà du fait d'être en elle.

– Tu es sublime, dit-il.

Elle esquissa un sourire, puis elle se pencha en avant pour approcher sa bouche de la sienne.

– Dire que tu ne voulais pas de moi.

– Mais je te veux toujours, répondit-il. Même quand ce n'est pas réciproque.

Il l'embrassa alors, langoureusement, et Ariadne se colla à lui, l'étreignant plus fort. Il était enfoui tellement profondément en elle que ses testicules étaient pressés contre ses fesses et qu'il sentait son clitoris effleurer les poils de son bas-ventre.

Elle l'utilisa pour son plaisir et il durcit davantage, se cambrant pour s'enfoncer en elle.

Il finit par s'allonger sur le dos en l'emportant avec lui, puis il roula pour inverser les rôles. Il ne pensait pas qu'elle pouvait être plus belle, mais ses paupières lourdes et ses cheveux en éventail autour de sa tête la rendaient exquise, elle le fut plus encore quand elle se mit à palper ses seins et à titiller ses tétons pendant qu'il poursuivait ses va-et-vient.

Son sang bouillonnait en la regardant onduler sous lui, et il sut qu'elle approchait de l'orgasme quand elle baissa la main pour caresser son clitoris. Elle enfonça bientôt les talons dans le matelas et souleva son bassin, et il sentit tout son corps se crisper autour de lui.

Dionysos accéléra et la prit plus fort, elle s'agrippa à lui et quand son orgasme le frappa, il frémit si violemment que ses bras et ses jambes ramollirent.

Étourdi, il s'allongea sur elle et même s'il pouvait à peine respirer, il l'embrassa langoureusement.

Cette fois n'était pas comme la dernière fois, quand il n'avait pas su quoi faire après le sexe. Cette fois-là, il avait douté du fait qu'elle attende quoi que ce soit de lui après qu'ils avaient fini, mais cette fois, il n'y réfléchit même pas. Il fit ce que lui dictait son instinct et fut ravi qu'elle l'embrasse en retour.

– Tu vas bien ? demanda-t-il.

– Oui, chuchota-t-elle. Merci.

Il fronça les sourcils, car il ne savait pas pourquoi elle le remerciait ; mais si c'était pour le sexe, il aurait préféré qu'elle se taise. Il roula sur le dos puis s'assit.

– Tu peux utiliser ma salle de bains, si tu veux.

– Merci, répéta-t-elle.

Le mot l'agaçait. Il ne savait pas pourquoi, mais chaque fois qu'elle le prononçait, il lui semblait qu'ils redevenaient des inconnus l'un pour l'autre.

Elle se leva et disparut dans la salle de bains. La lumière l'aveugla brièvement avant qu'elle ne ferme la porte. Pendant ce temps, il rassembla ses vêtements, pensant qu'elle voudrait s'habiller et se dépêcher de partir. Pourtant quand elle revint, elle s'attarda au bout du lit.

– Je peux rester ? Juste… un peu ?

Sa question le ravit, même s'il trouvait étrange qu'elle soit aussi éhontée en matière de sexe, mais si timide maintenant.

– Bien sûr, dit-il.

Il rabattit la couette et elle s'installa à côté de lui. Il la tint contre lui, un bras sous sa nuque, l'autre autour de sa taille. Leurs corps nus paraissaient chauds et fluides et c'était une torture pour sa queue, qui était déjà dure, mais il refusait de céder à son envie avant qu'elle soit prête.

Ils restèrent silencieux et les paupières de Dionysos devinrent bientôt lourdes. Mais, avant de succomber, il avait besoin de lui poser une question.

– Est-ce que tu as vu Thésée ? Dans le labyrinthe ?

Elle mit plusieurs secondes à répondre et lorsqu'elle le fit, il entendit que sa voix était gonflée par les larmes.

– Je ne l'ai pas vu, non. Seulement l'horreur dont il est capable.

Chapitre XXI

HADÈS

Hadès se concentra sur la douce caresse des draps sous lui et la chaleur de Perséphone contre son torse.

Il comptait ses inspirations et ses soupirs chaque fois qu'elle bougeait.

Être dans le labyrinthe avait été la première fois, depuis des siècles, qu'il avait été privé de luxe, et il se demanda si être piégé dans ses ténèbres était une façon pour les Moires de lui montrer qu'il était devenu trop confiant, qu'il méritait de craindre que ses bénédictions prennent fin.

Mais il n'avait jamais cessé d'avoir peur pour Perséphone.

Même maintenant, alors qu'ils se reposaient dans la tranquillité de leur chambre, paisibles et seuls, il savait qu'au-delà de ces murs, le trouble grondait. Il le sentait sous sa peau, sentait que les âmes dont les fils marquaient son corps étaient agitées.

C'était un augure terrible, mais il savait d'où cela venait : de la magie d'un dieu ancien et furieux.

Son père, Cronos.

Depuis que Thésée lui avait annoncé que le dieu du Temps avait été libéré, Hadès avait ressenti une appréhension terrible. Et maintenant qu'il était rentré, ça n'avait fait qu'empirer.

Il savait que son père viendrait le chercher. Il s'en prendrait à Zeus et Poséidon, aussi.

Mais avant ça, il chercherait leur mère.

Hadès se leva et s'habilla puis, ayant regardé Perséphone une dernière fois, il invoqua sa magie et disparut.

***

Hadès se manifesta à la Limite du Monde. C'était un temple ouvert et circulaire bâti avec des colonnes de marbre blanc. Il s'élevait si haut qu'il touchait les nuages cotonneux, qui étaient comme des vagues bleues et argentées dans la nuit. De là, on pouvait observer le Divin et voir Atlas plié sous le poids de la Terre, ou Nyx jeter son voile sur le monde, mêlé à l'étreinte sombre d'Érèbe.

C'était le temple de la direction divine, et c'était ici que Rhéa regardait à l'Est, assise par terre.

D'où Hadès se tenait, elle n'était qu'une ombre dont la silhouette était illuminée par les étoiles, mais quand sa vue s'ajusta, il vit qu'elle portait des robes orange et rouges, de la couleur du coucher du soleil. Ses longs cheveux noirs tombaient dans son dos comme les méandres de la nuit et une couronne en forme de tour scintillait sur sa tête comme le soleil levant. De chaque côté d'elle étaient allongés ses deux lions fidèles.

La scène aurait été à couper le souffle si ses lions n'avaient pas été morts et qu'une rivière de sang n'avait pas coulé aux pieds de Rhéa, recouvrant le sol en mosaïque.

Il arrivait trop tard.

Il approcha et entendit son souffle rauque. Son cœur adopta le même rythme que le sien, se brisant un peu plus à chaque pas. Il la contourna et vit une grande lance plantée dans sa poitrine. Elle tourna la tête vers lui et quand elle le regarda, il reconnut l'ombre dans ses yeux.

C'était l'ombre de la mort.

– Es-tu venu m'emporter, mon fils ?

– Il semblerait que je le doive, répondit-il en s'agenouillant à ses côtés. Quand est-il venu ?

Il ne souhaitait pas prononcer le nom de Cronos de peur que son père l'entende.

– Je ne sais pas, dit-elle. Le temps est différent quand il est tout près, répondit-elle avant de tourner la tête vers l'Est. J'ai su qu'il était à nouveau dans le monde, chuchota-t-elle. Je l'ai senti dans mon cœur.

– Pourquoi tu ne t'es pas cachée ?

Elle esquissa un sourire discret, le même sourire que lui.

– Peut-être... est-ce ce que je mérite.

– Pourquoi ?

– Pour ne pas t'avoir protégé, dit-elle. Pour avoir sauvé le seul enfant qui deviendrait un roi cruel et malfaisant.

Il voulait dire quelque chose pour soulager sa culpabilité, mais il était forcé d'admettre qu'il s'était souvent demandé pourquoi elle avait choisi de sauver Zeus alors qu'elle aurait pu tromper Cronos dès le début.

– Je suis ici pour regarder l'aube, dit-elle. Penses-tu qu'Éos ouvrira ses grilles d'or pour moi ?

– Si elle ne le fait pas, je les ouvrirai de force, dit-il en suivant son regard en direction du portail derrière lequel le soleil matinal était enfermé, ses rayons rouges s'étirant de toute leur hauteur dans la nuit. Est-ce que tu as peur ? demanda Hadès alors que le ciel devenait de plus en plus doré autour d'eux.

– Oui, admit-elle, et il lui prit la main. Me souviendrai-je de toi ?

– Avec le temps, oui.

Elle posa son regard sur lui.

– Tu le promets ?

– Je le promets, dit-il.

Elle émit un petit bruit, comme un soupir satisfait, et la lumière dorée réchauffa son visage. C'est alors qu'Éos ouvrit ses grandes grilles et apparut dans ses robes safran, encadrée par les rayons aveuglants de l'aube.

Et, dans cette lumière resplendissante, Hadès tint la main de sa mère jusqu'à ce que son corps soit froid.

***

Plus tard, après avoir emmené Rhéa aux Enfers, Hadès se posta sur le balcon à l'avant de son palais, ignorant la douleur brûlante sur sa taille, dont la chaleur irradiait dans tout son ventre. Il savait que ce n'était pas bon signe et qu'il devrait bientôt le dire à Hécate, mais pour l'instant, il se contentait de regarder son royaume s'illuminer lentement sous son soleil mat.

En général, il voyait alors son royaume s'éveiller, mais celui-ci semblait ne s'être jamais endormi, ni les âmes qui frappaient le fer à Asphodèle ni Cerbère qui patrouillait le long des frontières des Enfers.

Il savait qu'ils étaient agités parce qu'ils avaient peur.

Thésée avait amené la bataille à eux, dans une existence qui n'était censée connaître que la paix. Hadès était en colère que son peuple ait souffert et se sentait coupable de ne pas avoir été là pour prévenir le chaos libéré par Thésée.

Rien de tout ça ne serait arrivé si tu avais été là, pensa-t-il amèrement. Or il ne lui semblait pas opportun de le penser, car cela minimisait ce que Perséphone avait enduré pour protéger leur royaume, et la dernière chose qu'il souhaitait était qu'elle pense que ça n'avait pas été suffisant, *qu'elle* n'avait pas été suffisante.

– Qu'est-ce que tu fais ici ?

Il se crispa et se redressa en entendant Perséphone.

Il se retourna et la vit sur le seuil de la baie vitrée, belle et ensommeillée, illuminée par la lueur matinale des Enfers, vêtue de soie noire.

Il se sentit stupide de ne pas être retourné à ses côtés.

– Je… j'observe, simplement, répondit-il.

Elle inspira et frémit violemment, ce qui ne fit qu'augmenter sa colère et sa culpabilité. Il aurait aimé être là pour la protéger de cette horreur.

Elle vint se placer à ses côtés, les yeux rivés sur la montagne monstrueuse.

– J'ai essayé de le retenir avec ma magie, mais elle n'était pas aussi puissante que la tienne, dit-elle.

– Il n'y a aucune différence entre nos magies, Perséphone.

Il avait à peine prononcé ces mots qu'il se rendit compte qu'il avait parlé d'un ton frustré. Il n'avait pas eu l'intention de la réprimander. Ce devait être accablant d'avoir brusquement accès à sa magie alors qu'elle venait tout juste de s'habituer à la sienne, mais les deux étaient aussi puissantes l'une que l'autre.

Il s'y reprit à nouveau, d'une voix plus douce.

– Certaines choses fonctionnent, d'autres non. C'est aussi simple que ça.

Elle le regarda avant de se tourner à nouveau vers le Tartare en tapotant la rambarde, anxieuse.

– Je pensais que tu pourrais tout remettre… comme avant, dit-elle, comme si elle suggérait une extension pour le palais ou un nouveau parterre de fleurs.

– Pourquoi je le changerais ?

L'idée ne lui avait même pas traversé l'esprit.

– À cause de ce que ça représente, dit-elle.

– Que penses-tu que ça représente ? demanda-t-il en fronçant les sourcils.

– La terreur.

– Tu dis ça parce que tu as eu peur de ne pas réussir à l'enfermer ?

Il vit sa mâchoire se crisper, et elle ne répondit rien.

Il se plaça derrière elle, grinçant des dents pour supporter la douleur qui transperça sa cuisse quand il se colla à elle. Perséphone lui semblait stressée et il voulait qu'elle se détende, mais sa proximité n'y changea rien.

– Tu n'as pas vu la façon dont les âmes les regardent, dit-elle en serrant les poings. Comme si elles n'étaient pas sûres qu'elles tiennent.

– Ce n'est pas inhabituel de craindre qu'une chose se reproduise, Perséphone. Ce n'est pas ta magie qu'ils questionnent.

Il la sentit frissonner contre lui.

– Alors, les montagnes tiendront ?

– Oui, chuchota-t-il en effleurant son oreille. Mais si elles te dérangent, je les changerai.

Elle resta silencieuse et, au bout d'un moment, elle se tourna dans ses bras et pencha la tête pour le regarder dans les yeux. Elle était si belle, si hantée… il souhaitait seulement la réconforter. Il se baissa et rapprocha sa bouche de la sienne et, si le baiser était timide, ils s'étreignirent plus fort.

– Je suis désolé, dit-il en reculant, caressant sa lèvre avec son pouce. Je ne voulais pas que tu te réveilles seule.

Elle l'étudia, scrutant son expression, et Hadès devint anxieux à l'idée qu'elle ne trouve pas ce qu'elle y cherchait.

– Je sais que tu as quitté les Enfers. Où étais-tu ?

Il essaya de ne pas avoir l'air surpris, mais il ne s'était pas attendu à cette question ni à ce qu'elle sache qu'il était parti. Or elle ne paraissait pas en colère, mais curieuse et inquiète.

Il baissa les yeux en prenant ses mains dans les siennes.

– Je suis allé faire mes adieux à ma mère.

Perséphone fronça les sourcils.

– Comment ça, tes adieux ?

Il devina à sa voix qu'elle savait ce qu'il voulait dire, alors il ne répondit rien.

– Oh, Hadès…

Elle prit son visage dans ses mains, puis elle entoura son cou et l'attira contre elle.

– Je suis tellement désolée, chuchota-t-elle.

Il la serra dans ses bras et tenta de ravaler le nœud dans sa gorge, luttant contre les émotions qui enflaient en lui. Il était conscient que faire le deuil de sa mère était ironique ; c'était presque une forme de vengeance divine après qu'il avait été aussi insensible à celui de Perséphone quand elle avait perdu Lexa.

– *Je ne comprends pas pourquoi sa mort est si grave*, lui avait-il dit. *Tu viens aux Enfers tous les jours. Tu aurais pu la revoir !*

– *Parce que ce n'est pas pareil*, avait-elle répondu, et à l'époque, il n'avait pas compris.

Mais il savait, maintenant. Le fait qu'il puisse la voir ici, *dans une autre vie*, ne changeait rien au fait qu'elle était morte là-bas, qu'elle avait été seule quand Cronos était venu se venger, qu'il avait tué ses lions adorés avant d'enfoncer sa lance dans sa poitrine. Elle avait voulu voir le soleil se lever une dernière fois. Ça ne changeait rien au fait qu'il n'oublierait jamais son visage quand le voile de la mort était descendu sur elle et qu'une larme unique avait coulé sur sa joue.

Ce n'était pas pareil, car rien ne l'empêcherait de se souvenir de tout ce qui avait précédé sa venue dans son royaume.

– Il l'a tuée, dit-il.

– Qui ? demanda Perséphone en reculant pour le regarder.

– Cronos.

Il tourna la tête vers le Tartare, et si Perséphone craignait que ses montagnes ne retiennent pas Iapétus, elle avait oublié que les siennes n'avaient pu enfermer son père.

– Je crois que je suis le prochain, dit-il.

– Ne dis pas ça.

Il ne souhaitait pas lui faire peur, mais c'était la vérité.

– Comment peut-on l'arrêter ? demanda-t-elle.

– Je ne sais pas.

Il y réfléchissait depuis que Thésée l'avaient nargué avec cette nouvelle, dans le labyrinthe. Jadis, ils avaient réussi à emprisonner Cronos parce que les Olympiens étaient unis contre les Titans et parce que Zeus avait son foudre, Poséidon son trident et Hadès son Casque de Kunée.

Or, à présent, les Olympiens étaient divisés. Certains n'avaient même pas leur magie, et le Casque de Kunée était entre les mains de Thésée.

Non pas que Cronos se ferait avoir à nouveau par de telles tactiques. Il leur faudrait trouver une autre solution, et vite. Hadès savait qu'il ne pouvait affronter son père avec cette plaie. Pour être honnête, elle était encore plus douloureuse que la veille et il savait que le moment arriverait où il ne pourrait plus la supporter. Elle affectait sa capacité à élaborer une stratégie.

Perséphone tourna les talons.

– Perséphone ? demanda-t-il, mais elle ne s'arrêta pas. Perséphone, où tu vas ?

Il la rattrapa dans le couloir, mais elle ne ralentit pas.

– Je vais me préparer, dit-elle.

– Pour ?

– Si l'on doit vaincre Cronos, il nous faut la Toison d'or.

– Et tu as un plan pour t'en emparer ? demanda-t-il sans toutefois la contredire.

Il lui faudrait toutes ses forces pour combattre son père.

– Je t'ai déjà dit mon plan, répondit-elle.

Il marqua un arrêt en haut de l'escalier alors qu'elle le dévalait.

Elle me l'a déjà dit ?

Il lui fallut un moment pour se remémorer leur conversation de la veille. Dieux, il détestait être affecté à ce point par sa blessure. Il ferma les yeux un instant, puis il se souvint : Zeus avait offert son égide en échange de Perséphone.

Il se téléporta en bas de l'escalier au moment où elle atteignait la dernière marche.

– Pousse-toi de mon chemin, Hadès, dit-elle en essayant de l'esquiver, mais il la saisit par la taille. On n'a pas le temps pour ça !

– Tu ne te livreras pas en échange de la Toison d'or ! aboya-t-il.

– Je ne me livre pas, répondit-elle en le fusillant du regard. Je vais proposer un marché.

– Pas au prix de ta *vie* !

Ils furent interrompus par un craquement et quand il regarda par-dessus son épaule, il vit Hermès au milieu du couloir, un grand saladier de pop-corn dans les bras, vêtu d'un boxer à motif fleuri et d'un peignoir rose et transparent brodé de plumes.

– C'est mon… peignoir ? demanda Perséphone.

Hermès plongeait la main dans le bol et baissa les yeux sur sa tenue.

– Ah, ouais. Je te l'ai emprunté. J'ai pensé que ça ne te gênerait pas.

– Quand ? demanda Perséphone d'un ton agacé.

– Quand je suis arrivé.

– Et *quand* es-tu arrivé, Hermès ? s'impatienta Hadès.

Hermès pencha la tête sur le côté et se caressa le menton en réfléchissant – ou en faisant mine de réfléchir.

– Tu sais, je ne me souviens pas. Depuis que j'ai perdu mes pouvoirs, tout est… *duveteux.* Comme cette robe ! ajouta-t-il alors que son visage s'illuminait.

– Tu as dormi ici ? demanda Hadès.

– Carrément, répondit Hermès en se grattant le bas du dos avant de s'étirer bruyamment, un bras en l'air tandis que l'autre tenait le saladier. À ce propos, il faudrait vraiment que tu laves les draps de tes chambres d'amis et que tu investisses dans le Wi-Fi. Je n'ai même pas pu voir la fin des *Titans après la nuit.*

– Je n'ai aucune envie de rendre ton séjour plus confortable, Hermès, gronda Hadès.

Le dieu de la Ruse ouvrit la bouche, offusqué.

– Mais je suis un invité !

– Il n'y a pas d'invités aux Enfers. Seulement des visiteurs indésirables.

Hadès se tourna à nouveau vers Perséphone, mais Hermès n'avait pas fini.

– Eh bien, c'est super impoli ! Tu sais combien ça a été difficile de venir jusqu'ici ? J'ai dû dévaler une *montagne* et je *déteste* la marche. J'étais *épuisé,* et quand je suis enfin arrivé dans ton horrible palais et que j'ai trouvé une chambre, je voulais seulement *dormir,* mais je ne pouvais pas parce que je m'étais à peine allongé sur ton lit poussiéreux que je *vous* ai entendus.

Hermès leva la tête vers le plafond et se cambra en ouvrant les bras, gémissant à voix haute, faisant voler des bouts de pop-corn.

– Chevauche-moi, ma chérie. Comme si tu étais sur ma queue !

Hadès haussa un sourcil face à la démonstration théâtrale du dieu, mais elle avait au moins le mérite de révéler quand Hermès était arrivé au palais.

Le dieu de la Ruse se redressa et jeta un pop-corn dans sa bouche.

– Et je n'ai pas pu dormir, car je ne cessais de me demander : qu'est-ce qu'elle chevauche si ce n'est sa queue ?

– Ma tronche, Hermès, dit Hadès. Elle chevauchait ma tronche.

– Oh mes dieux, chuchota Perséphone.

Le dos d'Hermès se voûta, déçu.

– Eh ben, ce n'est pas très original.

Peut-être pas, mais c'était sa première fois avec Perséphone depuis bien trop longtemps, et ça avait été génial, même si la plaie d'Hadès continuait de saigner.

– Si je peux me permettre de proposer…

– *Non*, grondèrent Hadès et Perséphone.

– Vous ne savez même pas ce que j'allais dire !

– Justement, Hermès, répondit Hadès.

– Je ne sais même pas pourquoi on est amis, rouspéta Hermès.

Parfois, Hadès ne le savait pas non plus.

Perséphone en profita pour franchir la dernière marche et lui échapper.

– Perséphone…

Il tendit le bras vers elle, mais elle fit volte-face et le scruta de ses yeux vifs et déterminés.

– Je vais sur l'île d'Arès aujourd'hui, dit-elle. Il nous faut la Toison. L'état d'Harmonie s'aggrave… et le tien aussi.

Hadès se crispa, surpris qu'elle le sache, et sa réaction confirma ce que la déesse soupçonnait. Sous sa frustration, il vit aussi qu'elle était blessée.

Merde, il n'avait pas voulu l'inquiéter, mais il était vrai qu'il lui avait déjà caché trop de choses.

Il s'apprêtait à s'expliquer quand Hermès l'interrompit.

– Dommage que tu ne puisses pas piéger de nouveau Arès dans un pot en bronze. Il y était resté toute une année, emprisonné par des géants, et il ne s'en est échappé que parce que je l'ai sauvé.

Il marqua une pause pour sortir un bout de pop-corn d'entre ses dents.

– Il me le doit encore, d'ailleurs.

Hadès et Perséphone le dévisagèrent.

– Quoi ? s'étonna Hadès.

– Arès te doit une Faveur ? demanda Perséphone.

– Ouais, depuis les temps anciens, dit Hermès, ne comprenant toujours pas où Hadès et Perséphone voulaient en venir.

– Hermès, dit Perséphone en faisant un pas vers lui. J'ai besoin que tu utilises ta Faveur avec Arès pour obtenir la Toison d'or.

– Quoi ? Non.

– Hermès, s'il te plaît, dit Perséphone. Je t'accorderai une Faveur en retour. Je…

– Ce n'est pas une question de Faveur, c'est la question d'Arès. Son île n'est qu'un immense piège ! dit-il. Et le problème, Hadès, c'est que je suis pratiquement mortel en ce moment, et que comme c'est ma Faveur, il faudrait que j'y aille. Et si je meurs ?

– Je te protégerai, dit Hadès.

Hermès entrouvrit la bouche.

– J'ai attendu toute ma vie pour entendre ces mots, répondit le dieu en frémissant.

– Et tu pourras porter la Ceinture d'Hippolyte, dit Perséphone.

Hadès la regarda, surprit qu'elle l'ait en sa possession ; elle le remarqua.

– Elle me l'a donnée aux obsèques de Zofie. Elle a parlé d'un accord grâce auquel tu l'as obtenue.

Hadès ne manqua pas son ton accusateur. Elle n'était clairement pas ravie d'avoir découvert cette information de cette manière. En fait, il ne s'était pas attendu à ce qu'elle soit au courant pour la ceinture… ni pour Thésée, d'ailleurs, mais il réalisait maintenant qu'il l'avait sans doute trop protégée.

Elle se concentra à nouveau sur Hermès.

– Au moins, tu auras une force surhumaine.

– Hmmm, ça m'intrigue. Donne-la-moi.

– Pas avant notre départ, dit Perséphone avant de reprendre le couloir vers leur chambre. On part dans une heure ! ajouta-t-elle.

– La reine Sephy me plaît, dit Hermès. Elle est comme la vieille Sephy mais… plus en colère.

Elle était en colère, en effet ; c'était d'avoir vu souffrir ceux qu'elle aimait. D'une certaine façon, Hadès était triste qu'elle ait eu à vivre tout ça, même s'ils savaient tous deux que c'était sa colère qui nourrissait sa magie.

Et c'était sa colère qui les sauverait.

Hermès mâchait à nouveau son pop-corn et Hadès tourna la tête vers lui.

– Tu en veux ? proposa-t-il.

Hadès en prit un et soutint le regard d'Hermès en le mettant dans sa bouche. Il était plein de beurre et il fondit sur sa langue.

– Hmmm, pas mal, dit-il avant de se lécher les doigts.

Hermès parut un peu confus, puis il déglutit en fronçant les sourcils.

– Tu cherches à me tourmenter, tu es juste diabolique.

Hadès rit et partit dans le couloir.

– Une heure, Hermès !

Chapitre XXII

PERSÉPHONE

Perséphone boutonnait son jean quand Hadès entra dans la chambre. Elle faisait de son mieux pour respirer et évacuer sa frustration car, quelques heures plus tôt, il avait emmené sa mère aux Enfers. Elle peinait pourtant à le faire, car elle savait qu'il n'aurait jamais admis que sa blessure s'était aggravée. Après tout ce qu'ils avaient traversé, il continuait à lui cacher la vérité.

– Tu m'en veux, dit-il.

Étrangement, cela ne fit qu'accentuer sa colère. Elle serra les dents et refusa de le regarder.

– Perséphone… dit-il alors qu'elle se baissait pour prendre le débardeur qu'elle avait jeté sur le lit.

– Je n'ai pas envie d'en parler, répondit-elle en l'enfilant.

– Je ne voulais pas que tu saches ce que je ressentais parce que je ne voulais pas que tu t'inquiètes, dit-il.

Elle s'arrêta et se tourna brusquement vers lui, alors sa colère explosa. Elle l'avait prévenu.

– Tu ne voulais pas m'inquiéter ? s'écria-t-elle. Tu crois que l'inquiétude commence et s'arrête quand tu le décides ?

Son visage restait impassible, mais Perséphone eut l'impression qu'il réalisait combien sa réponse avait été stupide.

– Tu ne dis *jamais* la vérité, dit-elle.

Son expression noircit et sa colère la heurta violemment.

– Je ne t'ai pas menti, dit-il.

– Tu n'as pas besoin de mentir pour ne pas dire la vérité, rétorqua-t-elle en secouant la tête.

Elle se sentait presque incapable de communiquer ce que son silence lui avait fait, mais elle se devait de le dire.

– Je l'ai compris quand j'ai appris la Faveur de Thésée, dit-elle en voyant Hadès se crisper des pieds à la tête. Sur le moment, j'étais choquée, mais ce n'était rien comparé à la suite, donc je n'y ai plus repensé. Et puis, il y a eu Zofie et la ceinture. Zofie qui était mon Aegis, ma compagne, et je ne savais rien de la façon dont tu l'avais engagée, mais je me suis dit que je respecterais son intimité. Puis je t'ai regardé te disputer avec Ariadne, ce qui m'a fait comprendre que tu es mêlé à ce combat contre Thésée depuis bien plus longtemps que je l'imaginais. Et maintenant, tu prétends ne pas souffrir d'une plaie qui s'est infectée durant la nuit. Si tu te souciais vraiment de mes sentiments, tu me l'aurais dit. Tu m'aurais tout dit. Parce que ça… l'apprendre comme ça, c'est bien plus horrible que l'annonce de toutes ces choses ne l'aurait été.

Perséphone se sentit soulagée d'avoir tout dit. Elle ne s'était pas rendu compte du fardeau que ça avait été et qui s'était accumulé pendant qu'elle tentait de survivre. Elle était censée être son égale, sa reine, mais au lieu de ça, il la couvait. Et il ne semblait pas comprendre que ses choix la rendaient vulnérable.

Hadès parut… hanté.

Le silence qui les séparait était palpable, presque insupportable. Elle avait l'impression qu'un abîme les séparait, plein de ses secrets qui lui apparaissaient semblables à des mensonges, et il faudrait à Hadès traverser ce fossé, sinon ils ne survivraient pas.

– La plaie fait un mal de chien, admit-il enfin. Et je ne l'ai pas regardée parce que je ne veux pas savoir la vérité.

Perséphone le dévisagea en silence.

– Je ne sais pas pourquoi je ne t'ai rien dit de tout ça. Peut-être que je pensais que ça ne t'affecterait pas, que je pourrais résoudre ces problèmes avant qu'ils ne deviennent les tiens, pour que tu n'aies jamais à savoir l'horreur qui arrivait.

Perséphone fit un pas vers lui.

– Quand je t'ai choisi, j'ai tout choisi, Hadès : ton peuple, ton royaume, tes ennemis. La seule chose dont j'ai peur, c'est de ne pas t'avoir à mes côtés.

Hadès prit son visage dans ses mains et approcha le sien.

– Je suis à tes côtés. Je ne te quitterai plus jamais.

– C'est une promesse ? chuchota-t-elle.

Elle savait qu'il ne pouvait pas lui faire une telle promesse, mais elle voulait l'entendre quand même.

– C'est un serment, répondit-il avant de l'embrasser.

***

Avant leur départ pour l'île d'Arès, Perséphone rendit visite à Harmonie. Elle était à peine entrée dans la suite qu'elle sut que quelque chose n'allait pas. L'air était étouffant, pesant de maladie, et elle se souvint aussitôt de la chambre d'hôpital de Lexa.

Cela lui rappelait la mort.

Sa gorge se noua et quand elle vit Harmonie, son sang se glaça.

La déesse était pâle, les lèvres incolores, et elle était couverte d'une fine couche de sueur.

Sybil était allongée d'un côté et Aphrodite était assise de l'autre, Opale gémissait à ses pieds. Les deux femmes pleuraient.

Hécate se tenait tout près, le visage triste.

– Non… chuchota Perséphone.

– Elle ne nous a pas encore quittés, dit Hécate. Mais ce ne sera pas long. J'ai fait tout ce que j'ai pu.

– On obtiendra la Toison à temps, dit Perséphone.

Elle voulait le leur promettre, mais elle n'osait le dire à voix haute.

Aphrodite se tourna vers elle, essuyant les larmes sur son visage enflé.

– Fais attention, Perséphone. Arès est un dieu cruel.

Le maigre espoir qu'avait eu Perséphone de convaincre Arès en lui parlant de la souffrance d'Aphrodite se volatilisa quand elle entendit sa mise en garde.

– Je pensais qu'il était ton ami, dit-elle.

Aphrodite regarda Harmonie et chuchota sa réponse.

– Peut-être ne l'est-il plus.

Hécate s'approcha.

– Il est vrai qu'Arès est cruel, mais c'est aussi un lâche. Si tu le blesses, il s'enfuira.

– Je croyais qu'il était le dieu du Courage, dit Perséphone.

– Il l'est, mais il est aussi le dieu de son contraire.

Perséphone sortit de la suite et, arrivée dans le couloir, elle eut à nouveau l'impression de pouvoir respirer. L'air était frais et pur, mais cela ne suffit pas à apaiser son angoisse.

L'état d'Harmonie s'était dégradé, et vite.

Maintenant, elle s'inquiétait qu'il en soit de même pour Hadès.

Elle longea le couloir et trouva son époux dans l'entrée. Elle s'attendait à le voir, mais pas vêtu de cette façon. Il portait un pantalon de combat noir et un tee-shirt gris qui attirait le regard sur ses épaules et son torse. Ses cheveux mouillés étaient attachés en chignon derrière sa tête et cela avait beau être bête à dire, mais cette version d'Hadès était incroyablement attirante.

Elle avait cru qu'il viendrait en costume, peu importait que ce ne soit pas pratique.

– Qu'est-ce qu'il y a ? demanda Hadès d'un ton inquiet.

– Quoi ? dit-elle, tirée de ses pensées.

– Tu me regardes bizarrement. C'est le tee-shirt ? demanda-t-il en tirant dessus. Hermès a dit que ce serait approprié.

– Ce n'est pas le tee-shirt, Hadès, dit Perséphone en riant.

– Elle te trouve canon, imbécile, dit Hermès en approchant. Pour quelqu'un qui baise aussi souvent que toi, tu ne te rends vraiment pas compte de certaines choses.

Hermès était vêtu d'un short cycliste noir et d'un tee-shirt vert fluo sur lequel il avait mis la ceinture d'Hippolyte.

– Dieux, on dirait un drapeau, dit Hadès. Arès va te voir approcher depuis la plage.

Hermès croisa les bras.

– Je ne savais pas qu'on l'attaquait en douce, grommela-t-il.

– Et la banane sous la ceinture, c'est pour quoi ? demanda Perséphone.

– C'est pour mes en-cas.

Ils le dévisagèrent tous les deux.

– Jugez-moi autant que vous voudrez, mais si l'un d'entre vous a faim, je ne partagerai pas.

Hadès soupira, déjà agacé.

– Quand on arrivera sur l'île, il faudra prendre toutes les précautions nécessaires. On ne tue pas, on ne se téléporte pas. Je ne veux pas énerver Arès alors qu'il sera déjà furieux qu'on soit sur son territoire.

– Est-ce qu'il refuserait la Faveur, au risque d'encourir un châtiment divin ? demanda Perséphone.

– Je m'inquiète surtout qu'il te voie comme un trophée. Je préfère qu'on soit courtois. Peut-être en fera-t-il de même avec nous.

– Tu parles ! dit Hermès. Arès ne connaît pas la définition de la courtoisie.

– Allez, finissons-en, dit Hadès.

Perséphone sentit la magie d'Hadès s'élever et l'envelopper, sombre et familière, chargée d'une électricité qui la réconforta malgré la peur qui la saisit quand ils se téléportèrent.

***

– On y est ? demanda Hermès.

Ils étaient debout dans l'océan, l'eau jusqu'aux chevilles, face à l'île d'Arès, qui était bien plus petite que Perséphone ne le pensait. Elle lui fit penser à une colline qui aurait poussé dans l'océan. Le rivage était parsemé de pierres et de coquillages et menait à un bosquet pentu.

– S'il utilise cet endroit pour impressionner les gens, je comprends qu'il soit célibataire, parce que c'est ultra décev… *aïe* !

Hermès sursauta à ses côtés et saisit son épaule.

– Putain, c'est quoi ce truc ? dit-il en retirant ce qui ressemblait à une fléchette de son bras.

Une ligne parfaite de sang coulait sur sa peau dorée.

– C'est une plume ? demanda Perséphone.

Hermès grimaça de dégoût et regarda Perséphone. Il bondit à nouveau, mais une autre plume se planta dans son épaule.

– Sérieusement ? s'exclama-t-il.

– Merde, dit Hadès. Pas encore.

Perséphone fut d'abord confuse, puis elle vit un mouvement dans les arbres et un oiseau sortit de ses branchages. Il se déplaçait vite, fonçant comme une lance jetée par un dieu. Il fut suivi par un autre oiseau, puis un autre, puis il y en eut des centaines, accompagnés par une giclée de petites fléchettes à plumes.

– Tu veux rétracter ton interdiction de tuer quoi que ce soit, Hadès ? demanda Hermès.

– Courez ! dit le dieu des Morts en saisissant la main de Perséphone.

Ils sprintèrent sur la plage vers un amas de gros rochers. Hadès tentait de la protéger des fléchettes, mais elles étaient trop nombreuses. Perséphone serrait les dents alors qu'elles se plantaient dans sa peau, et elle les arrachait par poignées de ses bras et de ses jambes tout en courant, ne trouvant de répit qu'en parvenant à se cacher derrière les rochers alors que les oiseaux fonçaient à côté dans un brouillard blanc.

Hadès la tenait contre lui, ses mains par-dessus sa tête, et l'espace d'un instant, elle entendit seulement les cris stridents des oiseaux et le vrombissement de leurs ailes.

Puis tout redevint silencieux et elle n'entendit plus que les battements effrénés de son cœur. Elle ne fut pas surprise que celui d'Hadès soit calme.

– Tu es blessée ? demanda-t-il alors que Perséphone se détachait de lui.

– Non, répondit-elle en grimaçant quand il retira une dernière plume de son épaule. Merci.

– Je t'ai entendu dire « pas encore » ? demanda Hermès. Combien de fois tu as été pourchassé par des oiseaux assassins, au juste ?

– Trois, déclara Hadès. En comptant celle-ci. Même si ces oiseaux sont relativement inoffensifs, comparés aux autres.

– Inoffensifs ? *Inoffensifs* ? grommela Hermès en s'empourprant. Regarde mon cul, Hadès. Tu les trouves toujours inoffensifs ?

Il se tourna pour leur montrer ses fesses, qui étaient criblées de petites plumes. Il ressemblait à un paon, ou à un porc-épic – Perséphone n'arrivait pas à se décider, et elle fit tout son possible pour ne pas rire. Elle ferma la bouche et, comme ça ne marchait pas, elle la couvrit avec sa main pour se cacher.

Hadès n'essaya même pas, il éclata de rire. Ce son la réchauffa et elle réalisa soudain combien cela lui avait manqué.

– Riez autant que vous voulez, mais vous allez devoir me guérir, gronda Hermès.

Il fallut quelques secondes à Perséphone pour se calmer, et si elle avait pitié du dieu de la Ruse, elle dut cependant admettre que cela faisait du bien de rire.

Ça faisait longtemps.

– Hermès, laisse-moi t'aider, dit-elle en s'approchant de lui au moment où une fléchette se plantait à côté de son pied. Oh non, dit-elle en levant la tête vers la nuée d'oiseaux qui leur fonçaient dessus.

Elle se couvrit la tête et Hermès hurla d'une voix stridente, plus aigu encore que le cri qu'il avait poussé aux obsèques de Zofie. Le son parcourut tout son corps et lui hérissa les poils, et elle était tellement concentrée dessus qu'il lui fallut du temps pour réaliser que les oiseaux n'avaient pas attaqué. Elle leva les yeux et vit qu'ils s'étaient éparpillés, fonçant dans tous les sens, comme si le cri d'Hermès les avait rendus fous.

Son cri mourut lentement.

– Qu… qu'est-ce qui se passe ? demanda-t-il.

– Il semblerait que les oiseaux d'Arès te trouvent aussi agaçant que moi, dit Hadès.

Hermès le fusilla du regard.

– Il me semble que ce que tu veux dire, c'est : « Merci, Hermès, je ne pensais pas que tu serais aussi utile quand je t'ai forcé à venir sur cette île habitée par des oiseaux assassins que, *au fait*, j'ai déjà affrontés *deux fois* par le passé. »

Hadès ouvrit la bouche pour lui répondre, mais Perséphone le devança en sachant que ce que son mari s'apprêtait à dire n'arrangerait pas la situation.

– C'est exactement ce qu'il voulait dire, Hermès, dit-elle en lançant un regard noir à Hadès. Merci.

– Au moins quelqu'un apprécie mon aide, répondit Hermès.

– Putain de Moires, marmonna Hadès en levant les yeux au ciel. Partons d'ici avant que les oiseaux ne reprennent leurs esprits.

Ils traversèrent ce qui restait de la plage, se dirigeant vers la lisière des bois.

– Non, non, non, dit Hermès alors qu'ils approchaient. Je refuse d'entrer là-dedans.

– Tu as peur, Hermès ? demanda Perséphone.

– Je viens de ruiner mes cordes vocales pour nous sauver de ces putains d'oiseaux et tu veux que je m'aventure dans leur maison !

– Les oiseaux ne vivent pas dans les arbres, Hermès, dit Hadès qui ne s'était pas arrêté.

Soudain, la frustration d'Hermès s'évanouit.

– Ah ! Ils vivent où, alors ?

– Dans la falaise, répondit Hadès.

– Ah !

Hermès se remit à marcher et Perséphone le suivit, à côté de lui, alors qu'ils franchissaient la lisière.

– Depuis quand il est expert en ornithologie ? marmonna Hermès.

– Je croyais que tu étais un guerrier, Hermès, se moqua Perséphone.

– La nature est un champ de bataille très différent, Sephy.

Ils n'étaient pas encore à l'abri des arbres quand ils rencontrèrent une paroi rocheuse. Elle crut d'abord qu'il leur faudrait l'escalader, mais elle vit un sentier étroit sculpté dedans.

Elle s'inquiéta immédiatement, car cela paraissait trop facile, comme une invitation à approcher d'un danger plus terrible encore, mais elle ne dit rien pendant qu'ils remontaient la falaise, suivant le sentier qui les amena au-dessus de la cime des arbres et offrait une vue imprenable sur l'immense océan. D'ici, le monde paraissait sublime, et elle se sentit triste qu'il soit entre les mains d'une personne si affreuse.

Quand ils arrivèrent en haut de la falaise, l'admiration qu'elle ressentait disparut, remplacée par un malaise terrible. Un frisson parcourut sa colonne vertébrale et ses poils se hérissèrent sur ses bras. Le vent était plus froid, également.

Devant eux, un champ s'étendait sur des kilomètres. Il était vierge, excepté des épis dorés qui sortaient du sol et ressemblaient à du blé dont les épillets auraient été fauchés. Au loin, de l'autre côté de l'île, se dressait un grand chêne auquel était suspendue la Toison d'or, scintillant dans la lumière grisâtre.

Le cœur de Perséphone se mit à battre plus fort. L'envie de s'y téléporter se fit intense et elle serra les poings pour se retenir de céder.

– Je sais que tu es à fond sur la courtoisie, dit Hermès, mais on n'aurait pas pu arriver de *l'autre côté* de l'île ?

Hadès ne répondit pas, car il scrutait le sol.

– Qu'est-ce qu'il y a ? demanda Perséphone.

– Des guerriers terrestres.

– Tu parles du blé ? demanda-t-elle.

– Ce n'est pas du blé. C'est la pointe de leurs lances.

La pointe de leurs lances. Et il y en avait des *centaines.*

– Tu veux dire… qu'ils sont enterrés sous ce champ ?

– Ils ont été semés, dit-il. Ils sont nés de dents de dragon et s'appellent les Spartes, les nés de la terre.

– Eh bien, est-ce qu'ils sont vraiment menaçants s'ils sont sous la terre ? demanda Hermès.

Il voulut s'accroupir pour effleurer l'une des pointes.

– Non ! aboya Hadès, et Hermès retira vite sa main, la plaquant sur son torse comme s'il avait été électrocuté. Si tu les touches, ils se réveilleront et tu découvriras à quel point ils sont dangereux.

– Tu aurais peut-être dû commencer par cette information vitale, râla Hermès en se relevant.

– Attention où vous marchez, dit Hadès en faisant un premier pas dans le champ.

Perséphone le suivit. Ç'aurait été plus facile si les guerriers avaient été semés en rang bien droits, mais ils étaient éparpillés partout, rendant la traversée laborieuse.

– C'est comme la marelle, dit Hermès.

Perséphone ne s'arrêta pour regarder le dieu, qui sautait d'un endroit à l'autre sur une jambe.

– Sauf que si tu perds, tu es poignardé à mort, répondit Hadès.

La joie disparut du visage d'Hermès.

– Tu as le chic pour tout gâcher, grommela-t-il.

– Je ne fais que te rappeler ta mortalité.

Perséphone aperçut son rictus avant qu'il ne se concentre à nouveau sur le champ. Elle avança aussi, levant les yeux de temps en temps pour voir la distance qu'il leur restait à parcourir avant d'atteindre le chêne, de plus en plus déçue car cette distance ne semblait jamais raccourcir.

– Dieux, ça prend une éternité, dit-elle juste avant que son ventre gargouille.

– Je t'avais dit d'emporter un goûter, dit Hermès.

Elle tourna la tête vers lui et vit qu'il mangeait déjà une sorte de barre de céréales. Il mit sa main dans sa banane et en sortit une autre.

– Tiens, attrape ! dit-il.

Elle n'eut pas le temps de répondre, car la barre volait déjà vers elle. Elle frappa sa poitrine et elle essaya de la rattraper, mais celle-ci tomba par terre, juste à côté d'une lance dorée.

– Oh merde, ça l'a touchée ? demanda Hermès en faisant les gros yeux.

– Je ne sais pas, Hermès, rétorqua Perséphone. Tu ne pouvais pas attendre ?

– Ben, désolé d'avoir partagé mon goûter avec toi ! Je croyais que tu avais faim !

Ils restèrent immobiles et silencieux quelques minutes pour voir s'il se passait quelque chose. Comme rien ne se passait, Perséphone s'autorisa enfin à respirer, mais la voix d'Hadès la remit à cran.

– Perséphone. Viens jusqu'à moi.

Elle regarda dans ses yeux sombres alors qu'il était tourné vers elle, la main tendue, comme s'il était prêt à l'attirer dans ses bras.

Elle n'avait fait qu'un pas quand une main jaillit du sol et saisit sa cheville pour la tirer par terre. Elle hurla, terrifiée. Si elle tombait, elle serait empalée. Elle se téléporta pour se libérer et apparut aux côtés d'Hadès.

Tout autour d'eux, les guerriers surgissaient de la terre, vêtus d'armures et armés de lances.

Perséphone regarda Hadès.

– Je crois que je me fiche qu'on soit courtois, dit-elle.

De la même façon que les Spartes étaient sortis du sol, la magie de la déesse en jaillit sous forme de lianes qui serpentèrent entre les soldats et leurs armes pour les enfouir à nouveau sous terre. Certains parvinrent à se libérer, mais ils furent ligotés à nouveau. Plus ils se débattaient, plus les lianes accéléraient, jusqu'à ce que tout le champ soit couvert de plantes feuillues et grasses, parsemées de lances plantées dans tous les sens.

Hadès la regarda et elle vit cette fierté qu'elle adorait briller dans ses yeux.

– Bien joué, Sephy, dit Hermès en marchant vers eux.

Il sortit une autre barre de céréales de sa banane et commençait à l'ouvrir quand elle la lui arracha.

– Eh ! C'est ma dernière !

– Je crois, commença Hadès, que ce que tu veux dire, c'est : « Merci, Perséphone, de m'avoir sauvé la vie. Sans ma bêtise, on n'aurait jamais été dans cette situation. Voici un en-cas en gage de reconnaissance. »

Perséphone essaya de ne pas rire. Hadès soupira et reprit la traversée du champ, s'armant d'une lance. Perséphone le suivit. Le sol était désormais moelleux et il était plus difficile de marcher dessus. Quand son ventre gargouilla à nouveau, elle coupa la barre en deux et en offrit la moitié à Hermès.

– Merci, Sephy, dit-il avant d'hésiter. Je te suis reconnaissant de nous avoir sauvés de ma bêtise.

– Je sais, Hermès, dit-elle en lui souriant.

– Tu es vraiment une super amie, Sephy. Parfois, je me dis que je ne mérite pas…

Il ne termina pas sa phrase et Perséphone s'immobilisa, car le sol tremblait sous leurs pieds. Il y eut une série de craquements. Les guerriers se libéraient de leurs lianes les uns après les autres. Ils furent encerclés avant d'avoir pu s'enfuir.

– Peut-être des vignes plus solides la prochaine fois, Sephy, dit Hermès.

Elle réfléchissait déjà à une stratégie quand Hadès se matérialisa à côté d'eux et tendit la main. Sous sa magie, les guerriers se changèrent en poussière.

Perséphone pencha la tête et regarda Hadès, qui la dévisageait.

– Au diable la courtoisie, dit-il.

Ils se téléportèrent alors et se trouvèrent au pied du chêne dans lequel était suspendue la Toison d'or.

Perséphone avait su, de loin, que l'arbre serait majestueux, mais rien n'aurait pu la préparer à son immensité. Le chêne était massif, avec de longues branches épaisses et sinueuses, certaines si lourdes qu'elles avaient plié sous leur propre poids et touchaient désormais le sol.

Toutefois, ce qui stupéfia Perséphone, c'était la sorte de dragon dont le corps était enroulé autour du tronc comme un serpent. Il était couvert d'écailles scintillantes comme du feu et ses yeux étaient ouverts, immobiles, observateurs.

Près de lui, sous les branches couvertes de fougères, se tenait Arès.

Il était grand et imposant dans sa forme divine et ses cornes ne faisaient qu'accroître sa présence redoutable. Elles étaient longues et pointues et se recourbaient derrière sa tête. Il portait une armure dorée et un casque assorti, et son visage était dépourvu de gentillesse. Il n'y avait que de la malice.

– Vous avez tué mes guerriers, dit-il.

– Ils renaîtront, répondit Hadès.

– Vous venez sur mon île sans y être invités, pour me voler, dit le dieu de la Guerre. Et vous m'insultez en blessant ce qui m'appartient.

– On n'est pas venus pour voler, dit Perséphone, outrée d'être accusée ainsi, regrettant néanmoins d'avoir attiré son regard furieux.

– Alors vous êtes venus me demander une Faveur ? C'est encore pire, déesse traîtresse.

– Ce n'est pas pour nous mais pour Harmonie, dit Perséphone. La sœur d'Aphrodite est en train de mourir.

La contenance d'Arès faiblit à ses mots et son regard trahit son inquiétude avant de recouvrer sa colère et son agressivité.

– Tu mens, dit-il en interrogeant Hadès du regard. Je peux sentir ton sang.

– Je ne mens pas, gronda Perséphone. Harmonie est en train de mourir. La Toison d'or est la seule chose qui la sauvera !

– Tout comme ton amant, semble-t-il, répondit Arès. Dis-moi, pourquoi devrais-je vous aider ?

– Parce que tu n'as pas le choix, Arès, dit Hermès. Je suis venu récolter ma Faveur. L'une parmi tant d'autres, d'ailleurs, car tu as une dette envers moi après toutes les fois où je t'ai sauvé.

– Aussi utile que cela pourrait vous être, je ne suis pas d'humeur à l'accorder.

– Tu risquerais donc le châtiment divin ? demanda Perséphone.

– À cet instant, Hermès est mortel, et selon la loi divine, je ne suis pas obligé de tenir une promesse faite à un traître.

Perséphone regarda Hadès pour confirmer les propos d'Arès, mais il ne la regardait pas. Il dévisageait le dieu de la Guerre.

– Tu te comportes comme un enfoiré, là, dit Hermès.

– Je n'ai aucune envie de provoquer le roi des dieux, et je n'ai aucune envie de perdre mon pouvoir, dit Arès.

– Même si cela implique de faire souffrir Aphrodite ? tenta Perséphone.

Arès ne bougea pas et elle vit sa gorge se contracter quand il déglutit.

– Si tu crois que je ne lui dirai pas que tu as refusé, tu te trompes, dit Perséphone. Elle te haïra pour toujours.

Arès resta silencieux, puis il passa sa lance d'une main à l'autre.

– Qui a dit que vous rentreriez pour le lui dire ? demanda Arès.

Il invoqua son bouclier et se téléporta.

Hadès bougea en poussant Perséphone au sol, Arès apparut devant eux et planta sa lance dans le visage d'Hadès.

– Sephy ! cria Hermès en courant vers elle, l'aidant à se relever alors que les deux dieux avaient commencé à se battre.

Hadès invoqua son bident et visa Arès, qui para le coup avec son bouclier. Les armes se heurtaient si fort que le tonnerre semblait gronder, tirant le dragon de son sommeil éveillé. Il grogna et se leva, glissant plus haut dans l'arbre, de la fumée s'échappait de ses narines et de sa bouche.

Ni Hadès ni Arès ne semblèrent le remarquer. Ils bougeaient si vite qu'il était difficile de les suivre. Chaque coup était plus furieux que le précédent et si Perséphone comprenait la source de la colère d'Hadès, elle peinait à comprendre pourquoi Arès avait choisi de les combattre plutôt que d'aider Harmonie et Aphrodite, la seule déesse réputée proche de lui et qui avait fait preuve de bonté envers lui en dépit de la colère des Olympiens.

Cherchait-il l'approbation de son père ? L'estime des autres Olympiens ? Ou était-il simplement né ainsi, furieux et assoiffé de sang, choisissant toujours la guerre plutôt que la paix ?

Pendant qu'ils se battaient, Perséphone regarda la Toison d'or et le dragon qui la protégeait. Ses yeux étaient rivés sur Hadès et Arès et sa gorge luisait davantage au fur et à mesure que leur affrontement se prolongeait. Il semblait se préparer pour quelque chose, et Perséphone ne voulait pas découvrir ce que c'était.

Elle invoqua sa magie, appelant les branches sinueuses de l'arbre dans lequel le dragon reposait. Elles s'étirèrent et rampèrent pour s'enrouler autour du dragon jusqu'à ce que, tout à coup, elles se resserrent, refermant sa gueule mortelle. Il parvint à rugir et se débattit violemment sous les liens qui l'enserraient, la gorge désormais blanche de chaleur.

Perséphone regarda Hermès.

– Prends la Toison ! ordonna-t-elle au moment où Arès apparaissait devant elle et la frappait au visage avec son bouclier.

Le coup était si fort qu'il lui sembla que tout son corps se brisait et elle vola dans le champ, glissant sur le sol, le souffle coupé, heurtant les lances laissées derrière. Elle finit par s'arrêter et elle gonfla ses poumons tout en guérissant ses plaies et en se levant, encore ankylosée par la douleur.

Arès l'attaqua à nouveau mais, cette fois, son coup fut arrêté par Hadès et son bouclier fait d'ombres durcies. L'impact du coup d'Arès était tel qu'Hadès glissa en arrière sur plusieurs mètres. Leurs armes tintèrent à nouveau et les lianes de Perséphone jaillirent du sol pour s'emparer de la lance d'Arès et de ses bras, mais elles se brisèrent sous sa force immense.

– Je l'ai, Sephy ! Allons-y ! cria Hermès.

Elle tourna la tête à temps pour voir Hermès courir avec la Toison, et Arès se téléporta. Hadès et Perséphone le suivirent, mais le dieu de la Guerre était plus rapide et il frappa Hermès dès qu'il apparut, l'envoyant de l'autre côté de l'île. Hadès l'attaqua par-dessus, voulant abattre son bouclier sur Arès, mais le dieu se téléporta derrière lui et enfonça sa lance dans son dos, usant de toutes ses forces pour lui transpercer le torse.

Perséphone hurla quand Hadès tomba à genoux.

Arès prit appui sur lui avec son pied pour le pousser au sol, puis il lui mit un coup de pied qui le fit rouler sur le dos.

Tout était arrivé si vite que Perséphone n'avait pas eu le temps de réagir, d'aider son époux. Elle se tenait désormais face à eux et regardait Arès reprendre sa lance, laissant Hadès par terre. Il se tourna ensuite et ramassa le bident du dieu des Morts.

– Il n'y a pas de plus belle victoire que de s'emparer de l'arme du dieu que l'on vient de vaincre, dit-il en faisant tourner l'arme dans sa main.

Le cœur de Perséphone battait la chamade et sa rage bouillonnait en elle. Elle regarda Hadès, dont la tête était tournée vers elle. Normalement, ses yeux luisaient d'une lueur qui révélait la vie qui frémissait en lui, mais celle-ci avait disparu.

Elle se concentra à nouveau sur Arès.

– Tu es ignoble, cracha-t-elle.

Le sol se mit à trembler sous ses pieds. Si Arès le remarqua, cela ne sembla pas l'inquiéter.

– C'est la guerre, petite déesse, dit-il. Maintenant, voyons comment tu te bats.

Petite déesse ! Ce nom ne fit que l'enrager davantage.

Arès avança de quelques pas, puis il se jeta sur elle en pointant le bident d'Hadès, mais il lâcha son bouclier quand une branche de son chêne immense se planta dans son dos et ressortit par sa poitrine.

Perséphone grimaça alors que du sang jaillissait de la bouche du dieu de la Guerre et éclaboussait son visage, mais elle soutint son regard stupéfait. Il n'y eut plus d'autre son que le gargouillis du sang dans sa gorge avant qu'il ne forme une flaque à ses pieds.

Elle envisagea de dire quelque chose, mais il lui semblait que ses actions parlaient d'elles-mêmes. Arès avait été trop confiant, et cela l'avait rendu imprudent.

Elle se baissa pour prendre le bident d'Hadès, qui était si lourd qu'elle peina à bouger. Puis, lançant un dernier regard haineux vers Arès, elle courut auprès de son mari.

– Hadès ! s'écria-t-elle en lâchant le bident et en retirant la lance d'Arès avant de s'agenouiller à ses côtés.

Ses yeux se remplirent de larmes et sa gorge se noua quand il ne répondit pas.

– Hadès, répéta-t-elle en prenant son visage dans ses mains.

Ses paupières s'agitèrent, puis il ouvrit les yeux et quand il la vit, il sourit. Elle fondit en larmes, accablée par la peur. Elle se baissa et pressa son front contre le sien avant de l'embrasser, puis elle le regarda dans les yeux, mais il les avait refermés.

– Hadès ! cria Perséphone. Hadès !

Elle souleva son tee-shirt. La blessure sur son torse n'avait pas guéri et celle sur sa taille était bien pire, suintant le sang et le pus.

– Non.

Elle posa ses mains sur les deux pour les soigner avec sa magie, mais il ne se passa rien.

Ce n'était pas normal. Est-ce que l'infection l'empêchait de guérir ?

– Putain ! hurla-t-elle.

Elle devait trouver Hermès. Elle se le va et le vit au loin. Il courait aussi vite que possible, avançant les bras pour accélérer, gonflant ses joues pour mieux respirer, la Toison d'or brillant dans une de ses mains.

– Je l'ai, Sephy ! J'arrive… aaah !

Elle le vit trébucher et s'étaler face contre terre.

Elle se téléporta immédiatement à côté de lui.

– Viens, Hermès, dit-elle, se téléportant auprès d'Hadès dès qu'il lui prit la main.

– Oh, merde, s'exclama Hermès. Qu'est-ce qui s'est passé ?

– Il ne guérit plus du tout, dit-elle en posant la Toison sur lui. C'est comme ça que ça marche ?

– Je crois, dit Hermès. C'est comme ça que j'ai pu guérir quand Arès m'a fait voler de l'autre côté de l'île. Heureusement que je ne l'ai pas perdue en tombant.

Ils attendirent. Perséphone caressait la Toison sans quitter le visage d'Hadès des yeux.

– Hadès, chuchota-t-elle, les yeux remplis de larmes. S'il te plaît.

Il ne bougeait pas, alors elle tenta la colère.

– Tu as dit que tu ne me quitterais plus. Tu l'as *juré*.

Il ne se passait rien et elle enfouit sa tête dans le creux de son cou.

– S'il te plaît, je ferais n'importe quoi. Mais ne me quitte pas.

Elle le sentit bouger, puis il plongea ses doigts dans ses cheveux.

– Fais gaffe à ce que tu proposes, ma chérie, dit-il. Il se pourrait que je demande des folies.

Elle sanglota de plus belle, puis elle leva la tête et l'embrassa, savourant de sentir son souffle sur ses lèvres.

Elle recula sur ses talons et enleva la Toison, découvrant son corps parfaitement guéri.

Hadès s'assit et regarda en direction du tronc couvert de sang que Perséphone avait utilisé contre Arès. Le dieu de la Guerre s'était enfui, comme l'avait prédit Hécate.

– Allons guérir Harmonie, dit Perséphone.

Cette fois, c'est sa magie qui les enveloppa et les ramena aux Enfers.

Chapitre XXIII

HADÈS

Hadès suivit Perséphone dans la suite de la Reine où Harmonie reposait au seuil de la mort, suspendue à la vie par un fil. Il avait perçu le changement en elle avant qu'ils partent et avait espéré que les Moires la laisseraient vivre aussi longtemps que possible. Les trois sœurs n'aimaient pas que leur choix de destin soit entravé, et c'était sans doute pour ça que la déesse avait tenu aussi longtemps – mais même elles ne pouvaient empêcher un fil de casser si l'âme avait décidé qu'il était temps.

C'était la seule pitié dont elles faisaient preuve.

Il n'approcha pas du lit avec Perséphone, préférant rester à l'écart des autres. Il observa Sybil, Leucé et Aphrodite enlever Opale du lit et retirer la couverture afin que Perséphone puisse poser la Toison d'or sur Harmonie. Ils attendirent ensuite en silence que son pouvoir fasse effet.

Hadès l'avait senti, une chaleur douce qui s'était immiscée sous sa peau. En vérité, il se sentait plus en forme que jamais, même avant son emprisonnement dans le labyrinthe. Il espérait qu'il en irait de même pour Harmonie.

– Son souffle est plus profond, dit Sybil d'une voix pleine d'espoir.

Elle se pencha en avant et coiffa ses cheveux en arrière.

– On t'aime, Harmonie. Tellement.

Les lèvres et le visage de la déesse retrouvèrent leur couleur, puis elle bougea et, soudain, tout le monde fondit en larmes. Elle ouvrit les yeux et fronça les sourcils.

– Pourquoi tout le monde pleure ?

Sa question fut suivie d'éclats de rire mêlés aux sanglots et Opale se mit à japper en courant après sa queue.

Hadès tourna la tête vers Hécate, qui s'approchait.

– La Toison n'a pas été facile à obtenir, n'est-ce pas ? demanda-t-elle.

– Je ne m'attendais pas à ce que ça le soit, répondit-il. Mais je dois admettre que je pensais qu'Arès serait davantage touché par la peine d'Aphrodite.

– Peu de dieux ont de l'amour pour Arès et sa violence, dit Hécate. Sans doute a-t-il vu une occasion d'obtenir la préférence de son père.

Or, ce faisant, il avait sacrifié l'amitié de la seule déesse qui avait fait preuve de gentillesse envers lui.

– Je ne sais pas comment il se vengera, dit Hadès. C'est Perséphone qui a mis fin à sa soif de sang.

– Il attendra sans doute le champ de bataille, dit la déesse. Il voudra qu'elle soit distraite, étant donné qu'il a perdu contre elle à un contre un.

Or il l'avait déjà ciblée en pleine bataille auparavant.

– Aphrodite va être anéantie, chuchota Hadès.

– En effet. Mais cela cédera à sa rage, et c'est justement le degré de pouvoir dont on a besoin maintenant.

Hadès et Hécate se regardèrent dans les yeux.

– C'est pour bientôt, dit la déesse. Lorsque le premier coup sera porté devant l'homme, la guerre pour la domination de la Terre commencera.

C'était ce que Zeus et ses loyalistes ne parvenaient pas à comprendre. Il ne s'agissait pas simplement d'une autre tentative de renverser le roi des dieux. C'était devenu autre chose qu'une lutte pour un trône. C'était une lutte pour tous les trônes d'Olympe, une lutte pour la vénération d'une population que les dieux avaient négligée, et Hadès craignait que quand ils le comprendraient enfin, ce soit trop tard.

– Profite de cette soirée, dit Hécate. Il se peut que ce soit votre dernière nuit seuls avant un long moment.

Elle partit et Perséphone vint vers lui, le regard sombre. Ses joues étaient rougies et Hadès ressentit la même chaleur dans son bas-ventre.

Ils se téléportèrent dans leur chambre et apparurent en se regardant dans les yeux, mais ils n'approchèrent pas l'un de l'autre.

Hadès sentait la tension s'accumuler, crispant tous ses muscles et durcissant sa verge.

– Je n'ai aucune intention de me reposer, aucune envie de dormir, dit-il. Je veux passer chaque seconde à rattraper toutes celles où j'ai été loin de toi.

Elle frémit à ces mots et ses tétons durcirent sous son débardeur.

– Alors pourquoi perds-tu du temps à parler ?

Il esquissa un sourire ; elle parlait comme une véritable reine.

Soudain, il n'y eut plus la moindre distance entre eux, car ils se collèrent l'un à l'autre pour s'embrasser. Hadès la fit reculer contre le poteau du lit en serrant ses hanches. Quand il frotta son érection à elle, il déclencha un frisson délicieux qui crépita jusque dans sa tête.

Il glissa ses mains sur elle jusqu'à ses fesses, puis il la souleva et elle entoura sa taille avec ses jambes. Il la porta sur le lit et l'embrassa plus fort, plus profondément, jusqu'à ce que ses poumons le supplient de respirer.

Ce n'est qu'à ce moment-là qu'il bougea, parcourant avec sa bouche l'os de sa mâchoire puis son cou, soulevant son débardeur pour s'occuper de ses seins qu'il lapa langoureusement alors qu'elle plongeait ses mains dans ses cheveux pour les détacher.

Il descendit sur son ventre et elle commença à se débarrasser de son jean, ce qui fit ricaner Hadès.

– Toujours si pressée… marmonna-t-il en l'aidant à enlever son pantalon.

Il prit le temps d'apprécier son corps rosé et offert à lui, son sexe déjà mouillé, bientôt plein de son foutre.

– Hadès… chuchota Perséphone d'un ton légèrement inquiet.

Il la regarda dans les yeux et pensa qu'elle n'avait jamais été aussi belle, aussi *sienne*. Le vert vif de ses yeux était englouti par ses pupilles noires et dilatées par son désir. Ses lèvres étaient enflées par leur baiser et sa peau marquée par sa bouche.

– Je veux que tu me sentes en toi pendant des semaines, après cette nuit, dit-il. Quand tu seras sur le champ de bataille, c'est pour *ça* que tu te battras. Pour le plaisir d'être à nouveau sous moi.

Il plissa les yeux, car il n'arrivait pas à déterminer si ses propos lui plaisaient. Mais elle s'assit et sa bouche se trouva devant sa verge épaisse et lourde qui se débattait dans son pantalon.

– Et pour quoi te battras-tu, roi des Enfers ? demanda-t-elle.

Malgré le tissu, il sentait la chaleur de son souffle sur son érection et il regretta d'être encore habillé.

Il la dévisagea, essayant d'imaginer comment elle le percevait en cet instant. Il se sentait crispé, et son énergie était colérique et légèrement violente, comme un orage qui faisait crépiter l'air entre eux.

Elle déboutonna son pantalon et sortit son sexe d'un geste possessif. En même temps, elle lui appartenait.

Elle avança sur le lit en le branlant lentement.

– Est-ce que tu te battras pour ça ? demanda-t-elle avant de le lécher de bas en haut sans jamais le quitter des yeux.

Hadès inspira brusquement avant d'expirer lentement en empoignant ses cheveux.

– Putain, jura-t-il en grognant, penchant la tête en arrière pour se concentrer sur sa bouche chaude, sur la pression de sa langue et la sensation de sa queue dans sa main.

Elle avait beau ne tenir que son érection, Perséphone avait envahi tout son être.

Il tint ses cheveux plus fort et elle le regarda dans les yeux alors qu'il glissait entre ses lèvres. Il vit dans son regard des choses qu'il reconnaissait : le deuil, la colère et la violence, et il se demanda si ces choses auraient pris racine dans son âme si elle ne l'avait pas rencontré.

– J'aime ta bouche, ma reine, surtout quand elle est sur ma queue, dit-il en effleurant sa lèvre inférieure avec son pouce.

– J'attends ta réponse, mon roi, dit-elle.

Pourquoi me battrai-je sur le champ de bataille ?

Il l'étudia un instant, parfaitement conscient de son érection encore pleine et mouillée par sa bouche.

– Est-ce que tu me poses la question parce que tu ne le sais pas ou parce que tu veux me l'entendre dire ?

– Peu importe. Je t'ai donné un ordre.

– Oh, mais ça importe, mon amour, répondit-il en posant la main sur sa nuque pour pencher davantage sa tête vers lui. Si c'est la première raison, alors je dois te rappeler ma dévotion. Mais je te préviens que je ne ferai pas preuve de gentillesse.

Il n'avait pas cette maîtrise de lui-même ce soir, mais elle le savait. Elle le sentait, de la même façon qu'il sentait les émotions tempétueuses de Perséphone.

– Je ne demande pas de gentillesse, mon roi. Tu as promis de me baiser.

Il aurait éclaté de rire tant il n'en revenait pas que tout ça soit vrai, mais les paroles de Perséphone avaient précipité encore plus de sang dans sa verge.

Il s'empara de sa bouche et la poussa sur le dos en la dévorant avec sa langue et ses dents. Sa main était toujours sur son cou et il frottait sa queue à sa peau nue. La friction était délicieuse, mais ça ne faisait rien pour soulager son envie d'elle, surtout quand elle se mit à onduler sous lui.

Il la lâcha et descendit du lit pour se déshabiller. Il aimait sa façon de se dresser sur les coudes pour le regarder, les seins lourds, les tétons durs et roses, les jambes écartées.

Il saisit ses jambes sous ses genoux et la tira au bord du lit, puis il se baissa pour l'embrasser, pour embrasser ses seins et son ventre avant de s'agenouiller entre ses cuisses et choyer sa chair sensible. Il recula quand il approcha de son sexe et admira la façon dont il s'était empourpré et son clitoris enflé sous ses taquineries.

– Hadès, gronda-t-elle en plantant ses talons dans ses épaules.

Il ricana et promena son nez à l'intérieur de sa cuisse. Sa frustration était palpable et elle était tellement crispée qu'il se demanda si elle exploserait quand sa bouche la toucherait.

Elle le fusilla du regard et il soutint le sien, sa bouche survolant sa chair brûlante.

– Je n'ai pas promis d'être gentil, lui rappela-t-il.

Il vit sa peau se couvrir de chair de poule sous son souffle chaud.

– Non, dit-elle. Mais je peinerai à me souvenir de tes taquineries sur le champ de bataille.

Il éclata d'un rire qu'il ne reconnut pas.

– Oh, ma chérie, je ne te laisserai jamais les oublier.

Il serra plus fort ses cuisses et abattit sa bouche sur elle. Sa langue l'avait à peine touchée qu'elle soupira, émettant un son qui parcourut tout son corps jusqu'à son gland là où il reposait contre la soie froide du lit. Ses oreilles vrombirent de plus belle et son désir devint plus bouillant encore.

Putain.

Elle avait beau être pressée, Hadès commença lentement. Elle ne s'en rendait pas compte, mais il était à ses ordres. Chaque gémissement et chaque cri étranglé le poussaient à continuer.

Quand il prit son clitoris dans sa bouche pour le sucer et le titiller avec sa langue, il glissa ses doigts en elle.

Putain, elle était trempée et elle était douce comme de la soie.

Il avait hâte de la sentir avec sa verge.

Il forma des crochets avec ses doigts en maintenant sa bouche sur son clitoris et il adopta un rythme effréné. Perséphone gigotait sous lui et semblait partagée entre se frotter contre son visage et reculer entièrement, à la fois désespérée et accablée par le plaisir. Hadès la maintint en place en l'empoignant plus fort. Il la sentait approcher de l'orgasme, se contracter et se détendre jusqu'à ce que ses muscles se verrouillent enfin et qu'elle chute dans l'abîme.

Il conserva la pression sur son clitoris et chaque coup de langue la fit crier à gorge déployée. Quand elle se détendit enfin, il la lâcha et se leva pour ramper sur le lit et s'allonger sur elle.

Il promena son gland sur sa fente trempée.

– Hadès, s'il te plaît, gémit-elle en essayant de rapprocher son sexe du sien.

– Tu te souviens de ce que j'ai dit ?

– Que tu ne serais pas gentil, répondit-elle.

Elle baissa la main pour saisir son poignet alors qu'il tenait sa verge entre ses lèvres luisantes.

– Je peux encaisser, chuchota-t-elle.

Ses propos étaient suffisants, il s'enfouit en elle en un coup de bassin.

Perséphone gémit et il se baissa pour s'emparer de sa bouche, adoptant un rythme qui la secoua sous lui.

– Oui, susurra-t-elle en entourant sa taille avec ses jambes, plantant ses ongles dans son dos pour s'agripper à lui.

Elle le prit comme une reine et il se dit qu'elle était faite pour lui. Il saisit sa nuque et l'embrassa à nouveau dans un baiser brutal, puis il recula sur ses talons. Il posa une main sur sa gorge en glissant l'autre sous son genou, sans jamais cesser ses va-et-vient, s'enfouissant dans sa chair chaude en serrant toujours autant son cou.

– Oh, putain, souffla Perséphone en empoignant ses bras, ses mots et ses cris ponctués par ses coups de bassin. C'est tellement bon, gémit-elle.

Elle plantait ses ongles dans ses bras et elle criait de plus en plus fort, lui nouant le bas-ventre.

Putain, elle était parfaite.

– Regarde-moi, ordonna-t-il.

Elle ouvrit alors ses grands yeux verts remplis de désir et d'amour.

Il lâcha son cou et se baissa, appuyant les mains de part et d'autre de sa tête. Leurs souffles étaient laborieux, leurs corps brûlants et couverts de sueur, et la verge d'Hadès pulsait en elle, mais il devait prononcer ces mots.

– Tu m'as demandé pour quoi je me battrai. Pour ça. Pour que tu me regardes avec ces yeux. Ces yeux avec lesquels tu me vénères.

Perséphone esquissa un sourire.

– Tu es romantique, mon roi.

– Je suis amoureux, dit-il. C'est différent.

Elle sourit de plus belle et Hadès l'embrassa en glissant un bras sous sa nuque. Cette fois, il reprit ses va-et-vient lentement, profondément. Il était conscient de tout ce qu'elle était, de la façon dont ses tétons frottaient son torse, de ses genoux plaqués contre sa taille, de ses ongles plantés dans ses biceps.

Elle soutint son regard jusqu'à ne plus le pouvoir, puis elle pencha la tête en arrière sur son bras. Son corps se contractait sous lui et il la savait proche de l'orgasme. Il sentait le sien enfler dans son ventre et la pression augmenter à la base de sa queue.

Perséphone plongea une main dans ses cheveux et empoigna sa nuque alors que ses cris remplissaient la chambre au rythme de ses coups de bassin, puis tous ses muscles se crispèrent et étranglèrent sa verge, et elle se mit à frémir sous lui.

Il continua ses va-et-vient, accueillant chaque vague jusqu'à ne plus supporter la pression en lui, et il jouit dans un éclair aveuglant, conscient seulement que son corps tremblait et que ses bras et ses jambes étaient anesthésiés. Lorsque ce fut fini, il réalisa qu'il s'était effondré sur Perséphone et qu'elle peignait ses cheveux avec ses doigts.

Il se souleva légèrement pour ne pas l'écraser, même si ça ne semblait pas la déranger.

– Tu vas bien ? demanda-t-il.

Il adorait la regarder, surtout après le sexe. Il aimait savoir qu'il était à l'origine de ses joues rouges et de ses lèvres enflées.

Elle sourit, les paupières lourdes.

– Oui, chuchota-t-elle. Et toi ?

– Je vais plus que bien, répondit-il.

Ils ne bougèrent ni l'un ni l'autre, heureux de se reposer l'un contre l'autre après avoir fait l'amour.

– Ça m'a manqué, dit Perséphone, et ses yeux se remplirent de larmes.

Elle leva la main pour cacher son visage.

– Tu n'as pas à te cacher de moi, dit Hadès en fronçant les sourcils avant d'embrasser ses doigts. Je te veux tout entière, même ta douleur.

Il lui laissa le temps de respirer, puis elle finit par retirer ses mains. Ses yeux étaient encore larmoyants et des larmes coulaient sur son visage.

– Je ne sais pas pourquoi je pleure, admit-elle.

– Tu n'as pas besoin d'une raison, dit-il.

Cependant, elle avait de nombreuses raisons de pleurer après tout ce qu'elle avait traversé au cours du dernier mois. C'était sans doute la première fois qu'elle cessait de se battre. La réalité de ce monde nouveau s'abattait sur elle.

Hadès roula sur le dos en emportant Perséphone avec lui et il la tint dans ses bras pendant qu'elle pleurait, jusqu'à ce qu'elle s'endorme contre lui.

***

Hadès se réveilla peu de temps après s'être endormi alors que Perséphone frottait son bassin au sien.

Elle mouillait déjà et ses mains étaient plaquées sur son torse pendant qu'elle ondulait. Il poussa un grognement et saisit sa taille, agrippant sa peau brûlante. Elle se pencha pour l'embrasser. Sa bouche était chaude et ses seins lourds l'effleuraient, le rendant aussi fou que son sexe trempé. Il les prit dans ses mains et les palpa, les pressant l'un contre l'autre en pinçant ses tétons avant de les prendre dans sa bouche.

Il continuait de les dévorer quand elle glissa sa main entre ses cuisses. Elle se redressa et, assise sur lui, elle chevaucha ses propres doigts alors que son autre main massait ses seins. Ses yeux étaient fermés et sa tête tombait d'un côté puis de l'autre alors que sa respiration adoptait un rythme passionné et qu'elle pourchassait les sensations qui l'envahissaient.

La poitrine d'Hadès lui semblait oppressée alors que son désir enflait en lui, et il peinait à respirer en la regardant. Une part de lui voulait la rejoindre, et une autre voulait la voir grimper vers l'orgasme, voulait attiser les braises de son désir jusqu'à être sur le point de craquer.

Lorsqu'il serait enfin en elle, ce serait un feu d'artifice – mais pour l'instant, *bon sang*, elle était sublime. Et elle était à lui pour l'éternité.

Elle retira la main de ses seins pour s'occuper de son clitoris et elle se masturba plus fort, plus vite, puis soudain, elle se crispa entièrement et tomba en avant sur son torse, cambrée par la force de son orgasme.

Elle resta allongée sur lui un moment, le souffle rapide, puis elle retira sa main de son sexe et porta ses doigts à la bouche d'Hadès. Il les suça, puis leurs bouches se rencontrèrent dans un baiser mouillé. Hadès plia les genoux pour plaquer sa queue contre ses fesses, il écartait déjà sa chair trempée avec ses doigts.

Elle sembla comprendre ses intentions et elle tendit la main derrière elle pour caresser sa queue, puis elle se leva et se rassit sur sa verge en gémissant.

Hadès gonfla ses poumons dans un grognement et Perséphone sourit avant de se balancer d'avant en arrière sur lui, jusqu'à ce qu'il soit profondément enfoui en elle. Elle se pencha pour embrasser son torse et titilla ses tétons avec sa langue. Elle remonta et il crut qu'elle l'embrasserait, mais elle n'en fit rien.

Au lieu de ça, elle se souleva jusqu'à ce que sa queue soit presque entièrement retirée, puis elle se rassit brusquement dessus. Elle recommença, encore et encore, de plus en plus vite, jusqu'à ce que le bruit de leurs chairs claquant l'une contre l'autre résonne dans toute la chambre. Il adorait ça et il en voulait plus. Il serra plus fort sa taille et quand elle fatigua, il prit le relais pour s'enfouir en elle. Il ne savait ce qu'il aimait le plus : la façon dont ses seins rebondissaient ou son expression extatique. Les deux le remplissaient d'un désir insatiable.

Il prit son visage dans ses mains pour la tenir en place, lui ordonnant sans le dire de le regarder, ce qu'elle fit.

Elle posa les mains sur ses épaules, ses genoux de part et d'autre de sa taille, et elle survola sa bouche avec ses lèvres chaudes. Hadès les regarda, puis il l'embrassa et roula en l'emportant avec lui. Étendu sur elle, il s'enfouit en elle plusieurs fois alors que leurs langues s'enroulaient l'une autour de l'autre, puis il s'agenouilla, empoignant ses cuisses pour la rapprocher et sentir ses fesses contre ses testicules. Il l'empala brusquement et ses muscles se bandèrent un peu plus à chaque fois qu'elle se cambrait et empoignait les draps.

Elle se mit alors à bouger et il ne put plus penser à quoi que ce soit en dehors d'elle. Il écarta les doigts pour tenir plus fort ses hanches et il sut qu'elle jouirait bientôt lorsqu'elle empoigna ses cuisses pour le tenir en place et se frotter à lui. Il pinça son clitoris sans cesser ses va-et-vient et il le sentit enfler entre ses doigts alors que son orgasme approchait. Il eut trop envie de le prendre dans sa bouche pour se retenir et Perséphone grogna de frustration quand il se retira. Son grognement se changea en gémissement quand il prit son clitoris dans sa bouche et le suça tout en le lapant, jusqu'à ce qu'elle jouisse. Elle frémissait encore lorsqu'il remplaça sa bouche par ses doigts et s'enfouit de nouveau en elle, de sorte que son sexe contracté lui arracha à son tour son orgasme.

Hadès grogna quand la première giclée de sperme jaillit. La seconde fit trembler ses bras et à la troisième, il s'effondra sur la peau trempée de Perséphone. Il posa sa tête contre ses seins et il était si heureux, ses paupières étaient si lourdes qu'il aurait pu s'endormir, mais Perséphone parla.

Sa voix était presque surprenante après qu'ils avaient été silencieux si longtemps, hormis leurs souffles et leurs cris.

– Comment savoir si ma mère était destinée à mourir ?

C'est à ça que tu penses maintenant ?

C'était la question qu'il voulait lui poser, car il aurait préféré savoir qu'elle pensait à lui et à la façon dont il lui avait fait oublier le reste du monde en la baisant.

Mais, apparemment, ce n'était pas le cas.

Il lui faudrait essayer à nouveau.

Pourtant, il savait pourquoi elle lui posait cette question. Elle tentait de se débarrasser de sa culpabilité.

Il leva la tête pour la regarder dans les yeux.

– Penses-tu que le savoir t'aidera à accepter la part que tu as eue dans sa mort ?

Son souffle devint plus laborieux et il savait qu'elle allait pleurer, alors il remonta pour que leurs visages soient alignés.

– Je ne sais pas comment vivre avec ça, dit-elle en tremblant.

Il s'allongea sur le côté et l'attira contre lui, son dos contre son torse, et il s'enroula autour d'elle alors qu'elle sanglotait. C'était tout ce qu'il pouvait offrir. Il n'avait rien d'autre.

Chapitre XXIV

THÉSÉE

Thésée se tenait près de la porte du bureau de Zeus, coiffé du Casque de Kunée. Hypnos, le dieu du Sommeil que Thésée avait tiré des Enfers durant son assaut, avait pris la forme d'un oiseau multicolore et était enchaîné à un perchoir.

De l'autre côté de la pièce, Héra regardait par la baie vitrée qui donnait sur le vaste jardin qu'elle partageait avec le dieu du Ciel sur le mont Olympe. Elle était vêtue d'un peignoir en soie, noué sur la taille. Elle s'était ointe d'huiles aux parfums acides et sucrés et quand elle bougeait, sa peau luisait. Elle serait une gourmandise irrésistible pour Zeus, qui ne verrait pas qu'elle était trop fière pour être belle et trop sévère pour être séduite, car malgré ses mains et sa queue baladeuses, il l'aimait.

– Pourquoi c'est si long ? demanda Thésée, frustré.

Il regarda sa montre.

Cela faisait plus d'une heure qu'ils attendaient et il perdait patience. Ce n'était que le début de son plan, mais sa réussite déterminerait la suite de la journée et des suivantes.

– Tu t'attendais à ce que Zeus se soucie de mon temps ?

– N'importe quel homme se soucierait du temps quand le sexe est au menu, dit-il. À moins, bien sûr, qu'il ne soit plus motivé par la promesse de ton corps.

Thésée vit la déesse se crisper et le fusiller du regard, même si elle ne le voyait pas.

– J'ai *demandé* un rendez-vous, dit-elle.

– Alors tu as cru que tu l'attirerais avec une promesse de quoi ? De discussion ?

Elle l'ignora et le silence régna à nouveau.

– Tu es sûre de pouvoir le séduire ?

– Ne te méprends pas sur mon dégoût pour une incapacité à mettre en œuvre ce plan, rétorqua-t-elle avant de se tourner vers la fenêtre. Il est sans doute en train de séduire une vulgaire mortelle.

Elle avait parlé d'un ton amer et Thésée ne comprit pas sa jalousie. Si elle n'aimait pas son époux, pourquoi s'attachait-elle à qui il baisait ? Après tout, ce n'était pas comme si elle ne bénéficiait pas de son pouvoir et de son titre. Mais Thésée comprenait rarement les émotions humaines, et les dieux semblaient souvent plus humains, même, que les mortels.

C'était un attribut que Thésée ne possédait pas. La sensation qu'il connaissait et qui se rapprochait le plus de la passion était la violence.

Il aimait la violence. Il la préférait, et son futur en serait rempli.

Soudain, l'atmosphère se chargea d'un courant électrique et Zeus apparut à la vitesse d'un éclair. Sa présence était tout aussi tonitruante. Si Thésée éprouvait un grand mépris pour le dieu du Ciel, la vérité était que ce dernier exigeait l'attention. Même Héra ne pouvait le nier quand elle se tourna vers lui – même si elle prétendait jouer un rôle.

– Mon roi, dit-elle.

– Héra, répondit-il de sa voix grave.

Ses yeux brillaient d'un éclat lugubre en parcourant son corps, excité malgré le fait qu'Hécate l'avait privé de ses testicules.

– Tu ne t'es pas habillée pour aujourd'hui, ajouta-t-il enfin.

– Je ne suis pas habillée du tout, répondit-elle, laissant glisser le peignoir sur sa peau jusqu'à ce qu'il forme une flaque de soie à ses pieds.

L'atmosphère s'épaissit alors que le désir mais aussi la suspicion de Zeus se réveillaient.

– Pourquoi tu m'as invoqué ? demanda-t-il.

– Ce n'est pas évident ?

– Ce n'est pas habituel, répondit-il, méfiant.

Héra baissa les yeux un instant et avança vers le dieu avant de chercher à nouveau son regard, presque timide.

– J'espérais qu'on mettrait de côté nos différends.

Zeus avança également vers elle.

– On en a beaucoup, Héra, dit-il d'une voix suave qui ressemblait à celle d'un amant plutôt que d'un roi.

Peut-être était-ce la plus grande faille de Zeus. Au fond, il voulait être romantique, pas roi.

– Est-ce qu'on ne les a pas toujours dépassés ? demanda Héra, désormais si près de Zeus que ses seins effleuraient son torse.

– C'est un piège, dit-il.

– Alors je ne peux pas désirer mon mari ? s'offusqua Héra, la voix et le regard furieux.

Thésée se demanda si sa colère le convaincrait ou ferait échouer leur plan.

Zeus scruta longuement son visage avant de poser les yeux sur ses lèvres.

– J'en ai rêvé, admit-il à voix basse. Mais je peine à croire que c'est vrai.

– Alors, touche-moi, dit-elle. Et tu sauras que je suis réelle.

Héra prit sa main et la posa sur son sein, que Zeus reluqua en le palpant et en pinçant le téton entre ses doigts. Héra retint son souffle de façon audible et ferma les yeux. Sa bouche se pinça et elle baissa les bras en serrant les poings. Ces gestes pouvaient être interprétés comme du désir, et ils semblèrent convaincre Zeus, qui rapprocha sa tête de celle d'Héra.

– Je ne peux pas te satisfaire comme je le souhaite, dit Zeus, et elle ouvrit les yeux pour le regarder. Mais je peux quand même te donner du plaisir.

Il fallut quelques secondes à Héra pour parler, pour maîtriser sa voix alors qu'elle mentait.

– Tout ce qui compte, c'est que c'est toi.

Zeus l'embrassa, plantant ses ongles dans sa peau en l'attirant contre lui.

Il rompit le baiser et parla tout contre ses lèvres.

– Tu sais qu'il n'y a toujours eu que toi, dit-il d'une voix pleine de passion. Je n'ai toujours aimé que toi.

– Chuut, implora Héra. Ne parle pas. Aime-moi, plutôt.

Zeus s'empara à nouveau de sa bouche, puis il l'embrassa sur la mâchoire et dans le cou. Elle plongea ses doigts dans ses cheveux grisonnants alors qu'il descendait sur ses seins et lapait l'huile qui couvrait sa peau.

– Tu es délicieuse, grogna-t-il.

Comme une nuit de sommeil, espérait Thésée, agacé que ce soit aussi long. Il zyeuta Hypnos sur son perchoir, la tête détournée de la douloureuse démonstration d'affection d'Héra et de Zeus.

Hypnos avait-il donné à Héra un faux poison ? Ce serait une des façons par lesquelles il pourrait se venger.

S'il ne se passait pas bientôt quelque chose, Thésée emprisonnerait Héra et Zeus ensemble. Quelle torture pour la déesse du Mariage que d'être piégée sous son mari, qui saurait que sa séduction n'avait été qu'une farce !

Une part de lui aurait aimé voir cela.

Zeus poursuivit son chemin vers le ventre d'Héra et quand il fut à genoux, Héra leva la tête vers le plafond.

– C'est encore long ? demanda-t-elle.

Zeus rit, supposant qu'elle s'impatientait qu'il la dévore.

– Patience, ma perle, dit-il, et elle baissa la tête vers lui.

Zeus parut soudain très sérieux et ses yeux brillaient d'une étrange lumière.

– Je ne me mets à genoux pour personne d'autre que toi.

Héra passa ses doigts dans ses cheveux. Il déposait des baisers sur ses cuisses, se rapprochant lentement de son sexe.

Il grogna, puis sa tête tomba contre ses cuisses.

– Zeus ? demanda-t-elle avant de reculer.

Il vacilla et frappa lourdement le sol.

– Dieux, c'était trop long ! dit Héra en saisissant son peignoir pour le nouer sur sa taille. Il va me falloir un bain d'acide pour oublier la sensation de son toucher.

Elle frissonna violemment et Thésée enleva le Casque de Kunée. Hypnos quitta sa forme de perruche pour redevenir le dieu enchaîné qu'il était.

– Si tu avais utilisé la potion comme je l'avais dit, tu n'aurais pas eu à endurer une telle… torture, dit Hypnos d'une voix hautaine. Elle est censée être consommée, pas léchée sur ton corps.

– Je t'ai *dit* que Zeus n'accepterait aucune boisson ou nourriture de ma main, rétorqua Héra.

– Est-ce parce que la dernière fois que tu lui as offert un verre, il s'est réveillé enchaîné ?

– Peut-être qu'il ne devrait pas se réveiller du tout, proposa Héra en lançant un regard noir à son époux endormi.

– J'ai beau vouloir te faire plaisir, dit Thésée, nous avons besoin de lui.

– *Tu* as besoin de lui, rétorqua Héra. Moi, je n'essaie pas d'obtenir la faveur de Cronos.

– Mais tu essaies de gagner une guerre, dit Thésée.

– Oui. Et tu as libéré le seul Titan qui a passé l'éternité à prévoir toutes les façons par lesquelles il se vengerait des Olympiens.

– Peut-être que tu devrais cesser de te considérer comme Olympienne.

– Tu crois que ça changera quelque chose ? Cronos n'oublie pas les transgresseurs.

– Un trait que tu sembles avoir hérité de lui, dit Thésée.

– Et *toi* tu as hérité de l'arrogance de ton père, contra-t-elle.

– C'est vrai. Mais au moins, la mienne n'est pas infondée.

Il avait tué l'Ophiotauros et mangé la pomme d'or. Il était désormais destiné à renverser les dieux, et il était invincible.

– Eh bien ? Quoi, maintenant ? s'agaça Hypnos.

Thésée invoqua son filet par magie et l'étendit sur Zeus comme une couverture. Il était tellement fin et léger qu'il était dur à croire qu'il pouvait restreindre un dieu.

– Il pendra dans le ciel comme il m'y a pendue, dit Héra. Que les Olympiens soient témoins de sa honte.

Pendant un bref instant, Thésée se demanda pourquoi il n'avait pas choisi de l'emprisonner avec Zeus. Il ne se faisait pas d'illusion, il savait que la déesse s'était seulement alliée à lui dans l'espoir de renverser Zeus et de s'approprier le trône.

Ce qu'elle n'avait pas compris, c'est qu'il n'y aurait pas de place dans le monde futur pour les Olympiens.

– Seulement les Olympiens ? demanda Thésée.

– Le public mortel ne peut pas le savoir. Ils remettraient en question notre pouvoir, répondit Héra en se crispant.

– C'est déjà le cas, dit Thésée. Et maintenant, ils sauront que vous pouvez être vaincus.

La bouche d'Héra se pinça, mais Thésée soutint son regard.

– Le foudre, Héra, dit Thésée. Amène-le-moi.

Elle ne bougea pas. Il la dévisagea alors que quatre de ses hommes entraient dans le bureau. Tous étaient des demi-dieux, fils d'un dieu ou un autre. Deux d'entre eux emportèrent Zeus et les deux autres traînaient Hypnos.

– Lâchez-moi ! aboya le dieu du Sommeil en se débattant, mais Damian et Sandros, les fils de Thétis et de Zeus, le tenaient trop fort.

Il fusilla Thésée du regard.

– Qu'est-ce que tu vas faire ? demanda-t-il.

– T'utiliser, dit Thésée alors qu'un poignard apparaissait dans sa main.

Il le planta dans la gorge d'Hypnos et le sang gicla sur Thésée, le couvrant de rouge. Hypnos écarquilla les yeux et prit quelques inspirations balbutiantes avant de tomber à genoux, ses ailes blanches grandes ouvertes, puis il s'étala face contre terre.

Il ne bougea plus, et Thésée regarda Héra.

La déesse n'avait pas encore vu de ses propres yeux les effets du venin de l'Hydre sur ses armes.

Il fut satisfait de voir la peur sur son visage.

– Le foudre, Héra, répéta-t-il.

Cette fois, elle n'hésita pas.

Chapitre XXV

DIONYSOS

Dionysos se réveilla plusieurs heures plus tard avec Ariadne dans les bras. Il se crispa aussitôt, car hélas, sa verge n'était pas la seule à être surprise, son cerveau l'était aussi.

Il s'était attendu à ce qu'elle parte au petit matin, même si elle avait demandé à rester un peu, la veille au soir. Il s'était interdit de se laisser emporter en entendant sa requête, tout comme il s'était dit qu'il se fichait des raisons pour lesquelles elle voulait coucher avec lui. Elle avait vécu des évènements traumatiques au cours des dernières vingt-quatre heures. D'ailleurs, sa vie entière était une tragédie.

Elle cherchait juste du réconfort.

Et il était assez tordu pour le lui donner.

Il se répéta ça plusieurs fois, espérant qu'à force son cœur arrêterait de battre la chamade quand il la verrait et que cela l'empêcherait de se briser quand elle déciderait que cela avait été une grave erreur.

– Ari ? chuchota-t-il en la secouant délicatement pour la réveiller.

– Hmmm ?

– Je crois que tu… enfin, je ne sais pas… mais ta sœur est peut-être inquiète.

Il y eut un temps de pause et s'il ne pouvait voir son visage, il imaginait que la réalité de la veille lui revenait. Il recula légèrement pour qu'elle ne le frappe pas au visage en bondissant du lit, morte de honte.

Elle n'en fit rien.

Elle se tourna pour le regarder, l'air endormie et heureuse. Elle sourit, même. Il avait rêvé de ça depuis un moment et maintenant que c'était une réalité, il détestait l'alarme qui retentissait dans sa tête et lui disait de faire attention.

– Salut, dit-elle.

Il lui fallut plusieurs secondes pour se retenir de lui demander ce qui n'allait pas chez elle – ce qui aurait inévitablement entraîné une dispute. Et il ne pourrait s'en prendre qu'à lui-même d'avoir gâché le plus beau réveil de sa vie.

Il déglutit, ravalant sa suspicion.

– Salut, répondit-il. Tu as bien dormi ?

– Oui. Et toi ?

Il hocha la tête.

– Tu es sûre ? s'enquit-elle en fronçant les sourcils.

– J'ai dit oui, non ?

– Tu n'as rien dit du tout. Tu as juste hoché la tête.

– Je conçois que je ne suis pas un pro des coutumes mortelles, mais il me semble que ça veut dire *oui*.

Son regard s'étrécit.

– Pourquoi tu refuses d'admettre que quelque chose ne va pas ?

– Tout va bien, Ari, bon sang ! Lâche l'affaire, tu veux ?

Merde, il aurait dû poser sa question dès le début.

– Alors il y a bien quelque chose qui ne va pas…

– Pourquoi tu as couché avec moi ?

Puisqu'elle insistait, autant le lui demander.

Elle cligna des yeux, surprise, et elle ferma la bouche avant de répondre.

– Parce que j'en avais envie. Pourquoi tu crois que j'ai couché avec toi ?

Il ne répondit pas.

– *Dionysos*... ordonna-t-elle.

– Tu as dit que tu voulais me remercier.

– Parce que je te suis reconnaissante pour ce que t'as fait, insista-t-elle.

– Je ne suis pas sûre d'aimer que tu dises ça.

– Quoi ? demanda-t-elle, confuse.

– Je ne suis pas sûre d'aimer que tu m'embrasses et couches avec moi en me disant que tu es reconnaissante... expliqua-t-il en fuyant son regard.

– Ça ne te plaît pas, mais... tu as quand même baisé avec moi ? gronda-t-elle, de plus en plus en colère.

Mais ce n'était pas grave, car il pouvait rivaliser.

– J'ai baisé avec toi parce que j'avais envie de toi, dit-il. J'ai baisé avec toi parce que tu me *plais*. Parce que j'aimerais tomber amoureux de toi, mais je ne peux pas te faire confiance. Et ça n'a rien à voir avec Thésée, et tout à voir avec le fait que tu regrettes chaque fois qu'on couche ensemble.

Un silence tendu s'abattit sur eux. Maintenant que c'était dit, il ne savait plus pourquoi il avait attendu aussi longtemps.

Ariadne était immobile près de lui et elle ne le regardait pas. Elle avait tourné la tête et regardait droit devant elle. Après plusieurs secondes, elle dégagea la couette et se leva.

– Ari... supplia Dionysos en la suivant.

Elle était à la porte quand elle se retourna brusquement vers lui.

– Tu crois que je regrette ?

– Tu l'as dit ! s'exclama-t-il en s'approchant. Et même si ce n'était pas le cas, je le saurais.

– Tu le saurais ? Tu lis dans les pensées, maintenant ? C'est un autre pouvoir dont tu as oublié de me parler ?

Dionysos grinça des dents.

– Chaque fois qu'on couche ensemble, tu prends tes distances.

– On a couché ensemble *deux fois* ! aboya-t-elle.

– Et quand on est rentrés de l'île, tu t'es enfuie.

– Je ne me suis pas enfuie ! Je suis là, non ?

Il déglutit. Voyant qu'il ne disait rien, Ariadne secoua la tête, levant les bras en haussant les épaules, clairement frustrée, puis elle se tourna vers la porte.

– Alors tu vas t'enfuir maintenant ?

Elle s'immobilisa. Le cœur de Dionysos battait à toute vitesse en attendant qu'elle se décide. Elle finit par se planter face à lui, le dévisageant d'un regard si furieux que son sang s'embrasa.

– Va te faire voir !

Il pensait qu'elle partirait, mais elle marcha jusqu'à lui. L'instant d'après, sa bouche était sur la sienne et elle entourait son cou de ses bras. Dionysos la fit reculer contre la porte et la souleva, pressant son érection contre sa peau nue, puis il fut à nouveau en elle. Il marqua une pause, immobile, son front contre le sien.

Une part de lui était tentée d'interroger ce qu'ils faisaient et de se demander si c'était bien. Était-ce simplement un défi qu'Ariadne voulait relever ?

Elle posa sa main à plat sur son torse et sa gorge se noua quand elle chuchota.

– Je ne sais pas ce que tu attends de moi.

Il eut du mal à déglutir, et il recula pour la regarder dans les yeux en répondant.

– Je veux juste *plus* de toi.

Une fois que c'était dit, il ne pouvait plus revenir en arrière. La seule raison pour laquelle il aurait voulu retirer ses propos, c'était qu'il venait de réaliser qu'elle n'avait peut-être rien d'autre à lui offrir, pour l'instant. Mais si c'était le cas, il accepterait tout, n'importe quoi.

Elle lui offrit alors ses lèvres et sa langue, initiant un baiser qui réveilla une sorte de folie en lui, quelque chose qu'il ne pouvait pas contrôler. Il planta ses ongles dans sa peau en la plaquant contre la porte. Chaque coup de bassin semblait couper le souffle à la jeune femme, mais ce n'était quand même pas assez, pas assez profond.

Il les éloigna de la porte et tituba jusqu'au lit en poursuivant ses va-et-vient, et elle prit tout, griffant son dos, empoignant ses fesses, l'attirant plus près, le poussant plus fort. La tension s'accumulait en lui quand la porte s'ouvrit et il lui sembla que tout arrivait en même temps.

Phèdre se tenait à la porte, l'air horrifié, et Dionysos se figea.

– Oh mes dieux ! s'exclama-t-elle. Pardon !

– Phèdre ! s'écria Ariadne en poussant le dieu en arrière. Merde !

Elle ne lui accorda pas même un regard quand elle se leva pour courir derrière sa sœur.

***

Une demi-heure plus tard, Dionysos était habillé, mais il hésitait à sortir de sa chambre.

C'était ridicule, puisqu'il était chez lui, mais il était anxieux à l'idée de ce qu'il affronterait en sortant, et ça n'avait rien à voir avec le fait que Phèdre les avait surpris. Aujourd'hui, il allait devoir affronter la réalité de tout ce qui s'était passé et se préparer à la vengeance inévitable de Thésée.

Le demi-dieu n'était pas bête. Il n'avait pas besoin de preuves pour faire le lien entre Ariadne et la disparition de Phèdre. Il n'avait pas besoin de preuves pour savoir que Dionysos l'avait aidée, ce qui signifiait que tous ses proches étaient désormais en danger. La seule chose en sa faveur était son refuge, et le fait que les tunnels qui y menaient étaient secrets.

Dionysos finit tout de même par sortir de sa chambre.

Il espérait qu'Ariadne serait dans le salon pour lui parler du plan de la journée, mais elle n'y était pas. La télévision était allumée et le bébé dormait dans un couffin que les Ménades avaient apporté la veille avec une tonne d'autres équipements.

Dionysos s'approcha silencieusement du couffin et observa le bébé qui dormait profondément, emmailloté dans une couverture, un bonnet sur la tête. Il avait changé depuis hier ; il ressemblait moins à un extraterrestre.

– Pour quelqu'un de si petit, tu respires sacrément fort, chuchota Dionysos en se penchant. Tu es mignon, au moins.

Il entendit quelqu'un inspirer brusquement et il tourna vite la tête vers sa gauche. Phèdre était revenue. Dionysos se redressa rapidement.

– Milord, dit-elle en inclinant la tête.

Le titre lui parut étrange. Il ne l'entendait pas souvent, il était surtout réservé aux Olympiens.

– Pardon, dit-il. Je ne voulais pas te faire peur.

– Ce n'est pas le cas.

Un silence gênant s'ensuivit et Dionysos ne sut quoi dire. Il avait rencontré Phèdre pour la première fois en la kidnappant, et ce matin, elle l'avait surpris en train de coucher avec sa sœur. Il avait le pressentiment qu'ils mettraient du temps à être amis.

– Est-ce qu'Ari... commençait-il lorsqu'elle l'interrompit.

– Est-ce que tu paies ma sœur pour le sexe ? demanda-t-elle.

Dionysos était bouche bée, choqué par sa question.

– Quoi ?

– Est-ce que tu paies ma sœur pour le sexe ? répéta-t-elle sans le quitter des yeux.

Il avait envie de lui demander si toute leur famille avait ce même regard pénétrant. Dieux, c'était vraiment perturbant.

– Non, répondit-il, mais elle continua de le dévisager. C'est à ce point dur à croire qu'elle m'ait choisi ?

Phèdre baissa enfin les yeux et approcha lentement.

– C'est ce que Thésée m'a dit, expliqua-t-elle. Qu'Ariadne s'était tournée vers la prostitution. Il m'a montré des photos de vous deux dans le Quartier du Plaisir.

– Ce n'est *pas* ce qu'on faisait dans le Quartier du Plaisir.

Enfin, pas vraiment.

Phèdre resta silencieuse, elle observait son fils.

– Je ne sais pas ce qui est le plus douloureux. Que mon mari m'ait menti... ou que je l'aie cru.

– Ne te sens pas coupable pour ce qu'il t'a fait croire, dit Dionysos.

Phèdre mit du temps à répondre et quand elle le fit, ce fut d'une voix tellement basse que Dionysos crut qu'elle se parlait à elle-même.

– C'est juste que je ne comprends pas.

D'une certaine façon, il compatissait. Il avait souvent tenté d'expliquer la haine qu'Héra ressentait envers lui. Mais surtout, il avait souvent vu des femmes chercher une explication à la souffrance que leur avait causée leur époux, comme Phèdre.

– Tu n’es pas tenue de le comprendre aujourd’hui, dit-il.

Sans doute ne comprendrait-elle jamais, mais il n’allait pas le lui dire maintenant.

Il vit alors quelque chose du coin de l’œil et il se tourna vers la télévision.

– C’est quoi ce bordel ?

Dionysos saisit la télécommande et augmenta le son. Phèdre se tourna également et se couvrit sa bouche en voyant son mari à l’écran. Un bandeau rouge en bas de la télé annonçait la raison de la conférence de presse de dernière minute : FEMME ET FILS KIDNAPPÉS À L’HÔPITAL.

– Aujourd’hui, j’espérais me tenir devant vous aux côtés de Phèdre, ma femme sublime et aimante, et vous annoncer la naissance de mon fils. Mais au lieu de célébrer cette bonne nouvelle, je suis venu vous implorer. Ma femme et mon fils ont été enlevés de l’hôpital Asclépios par un dieu.

Thésée marqua une pause et la mâchoire de Dionysos se contracta. Il devait admettre que le demi-dieu jouait à merveille le rôle de l’époux et du père dévastés.

– Vous êtes nombreux à connaître le combat que j’ai mené pour m’opposer aux Olympiens. Je suis persuadé que ceci n’est qu’une tentative cruelle pour se venger, et c’est sans doute un exemple extrême de la raison pour laquelle nous ne pouvons plus nous prosterner devant la loi archaïque des dieux. Aujourd’hui, je suis devant vous pour implorer le retour de ma femme et de mon enfant, mais aussi pour prier pour chaque vie mortelle sur cette terre. Nous ne méritons pas d’être traités ainsi. Tâchons de rappeler notre pouvoir aux dieux, et cessons de les vénérer… aujourd’hui.

Il marqua une pause et inspira en frémissant, les yeux droits dans l’objectif de la caméra.

– Quant au dieu qui m’a volé ma famille, j’arrive.

Il fallut un moment à Dionysos pour mettre ses pensées en ordre, car elles se battaient toutes pour la première place. Il s'attendait à ce que Thésée se venge, mais il ne pensait pas qu'il déclarerait la guerre contre les dieux. Or cela l'inquiétait tant qu'il avait du mal à mettre des mots sur son angoisse.

Qu'avait prévu Thésée pour faire preuve d'une telle arrogance ?

La porte de la chambre d'Ariadne s'ouvrit et elle entra dans le salon, douchée et changée. Quand elle les vit, elle s'arrêta et parut hésiter.

– Qu'est-ce qui se passe ?

Il allait répondre quand on frappa à sa porte, et Ariadne n'était qu'à quelques pas. Elle regarda Dionysos dans les yeux.

Il parla vite et à voix basse.

– En bas, il y a une cave à vin. Quand tu entres, compte jusqu'à la septième étagère. Touche la plaque sur le mur et un tunnel s'ouvrira. Entrez-y, refermez la porte et ne regardez plus derrière vous. Il vous mènera jusqu'à Bakkheia. Compris ?

Elle hocha la tête, la sonnette retentissait, et son sang se glaça quand le bébé se mit à pleurer.

Merde.

– Allez-y, ordonna-t-il.

Phèdre prit le bébé et s'avança vers l'escalier, mais Ariadne hésitait.

– Je t'ai dit d'y aller ! dit-il en invoqua son thyrse.

Il n'aimait pas sa façon de le regarder, comme si c'était peut-être la dernière fois qu'ils se voyaient, mais elle partit, disparaissant dans le couloir alors que le sol se mettait à trembler. Il réalisa trop tard que son attention n'aurait pas dû être sur la porte mais sur les fenêtres.

Elles explosèrent dans un souffle si fort que Dionysos fut projeté à terre. Il fut tout de suite conscient de la douleur dans son corps et sut qu'il était criblé de débris de verre.

Il grogna en se relevant et grimaça en s'appuyant sur son bras, dans lequel était plantée une grosse écharde de bois.

Double merde.

Dionysos essaya de l'enlever, mais il n'en eut pas le temps parce qu'une nouvelle douleur transperça son dos. Il hurla et se tourna pour affronter son assaillant, brandissant son arme, mais il n'y avait personne.

Il a dû se téléporter, pensa-t-il. Mais si ça avait été le cas, il l'aurait perçu. La douleur de la blessure dans son dos pulsait dans tout son corps. Il n'était pas habitué à ce genre de souffrance car, en général, il guérissait sans y penser. Or là, il n'y arrivait pas, même en y réfléchissant.

Dionysos respira fort pour supporter la douleur, la mâchoire contractée, scrutant son salon calciné et fumant. Il tint plus fort son thyrse, et c'est alors qu'il le sentit – le changement subtil dans l'atmosphère. Il leva son thyrse pour parer l'attaque, surpris de sentir l'impact d'une lame contre son arme.

Il écarquilla les yeux en réalisant que son adversaire était invisible.

Il y eut un nouveau coup et il sentit la lame s'enfoncer dans son ventre avant que son assaillant le pousse à terre. Des années de guérison lui avaient épargné ce genre de douleur.

Il avait tellement mal qu'il se sentait chaud et peinait à respirer. C'est alors qu'un homme apparut devant lui, ayant retiré le Casque de Kunée d'Hadès. C'était un demi-dieu, jeune, avec des cheveux bouclés, sans doute un fils de Zeus.

Dionysos ne pouvait pas parler, et l'autre lui sourit.

– J'ai pensé qu'il valait mieux que tu connaisses le visage de celui qui t'a ôté la vie.

Dionysos prit deux grandes inspirations, espérant apaiser suffisamment son esprit pour invoquer sa magie, mais le demi-dieu se figea quand quelque chose le frappa à la tête. Il s'effondra par terre, révélant Ariadne, debout derrière lui. Elle tenait une statuette de bronze, qu'elle abattit à nouveau sur la tête du demi-dieu avant de courir à ses côtés.

– Tu dois te lever, dit-elle, le regard aussi déterminé que la voix.

Il hocha la tête et serra fort les dents en s'asseyant puis en se levant, les jambes tremblantes. Ariadne passa son bras autour de sa taille et ils titubèrent jusqu'à la cave, où il s'effondra par terre malgré les tentatives d'Ariadne de l'aider à tenir debout.

Elle tomba avec lui, mais se releva aussitôt, tirant sur son bras pour l'aider.

– Tu dois te lever, Dionysos ! Lève-toi !

– Ari, chuchota-t-il d'une voix rauque.

Ses yeux se remplirent de larmes.

– Je peux aller chercher de l'aide ! Dis-moi quoi faire !

Mais ils furent interrompus par des bruits de pas dans l'escalier et quand Dionysos tourna la tête, il vit que le demi-dieu s'était relevé. Son visage était couvert de sang, mais il avait guéri. Au lieu de courir, Ariadne se tourna pour lui faire face, prête à se battre. Toutefois, elle avait beau être forte, elle ne pourrait jamais gagner.

Cette pensée s'accompagna d'un sentiment d'hystérie – un bouillonnement dans son ventre qui annonçait sa folie. Il s'y accrocha et s'en servit pour nourrir sa magie, qu'il étira jusqu'à Ariadne, Phèdre et le bébé, et il se téleporta juste avant que tout devienne noir.

Chapitre XXVI

PERSÉPHONE

Perséphone se réveilla en sursaut.

Elle ne savait pas ce qui l'avait réveillée, mais une profonde angoisse lui tordait les entrailles. Elle s'appuya sur le torse d'Hadès pour se redresser, balayant la chambre des yeux, mais il n'y avait rien. Or son angoisse ne la quittait pas. Elle s'assit complètement et elle fut suivie d'Hadès, dont le visage était aussi inquiet que le sien.

– Qu'est-ce que c'est ? demanda-t-elle.

Elle ne savait décrire le sentiment qui la tiraillait, si ce n'était que l'atmosphère dans leur royaume semblait physiquement pesante, remplie d'une tristesse terrible. Lorsqu'ils respiraient, elle pénétrait dans leurs poumons.

– C'est Thanatos, dit Hadès en dégageant la couverture pour se lever.

Perséphone l'imita et enfila son peignoir, mais elle vit Hadès hésiter. Elle savait ce qu'il allait lui dire : *reste ici.* Il la suppliait déjà du regard, mais il n'en dit rien. Au lieu de ça, il invoqua sa magie pour se vêtir de robes noires et il lui tendit la main.

La frustration qu'elle avait commencé à ressentir se changea en tendresse. Elle avait été prête à le contredire et avait déjà envisagé ce qu'elle lui dirait pour justifier qu'il l'emmène, mais ce n'était plus nécessaire et elle pensa qu'il commençait enfin à comprendre que son côté protecteur n'était pas toujours approprié.

De toute façon, rien de ce qu'il aurait pu dire ne l'aurait fait rester dans cette chambre ; pas après ce qu'elle avait affronté dans leur royaume.

Ils se téléportèrent et trouvèrent Thanatos sur les berges du Styx. Il sanglotait à genoux, agrippant les robes d'Hypnos.

Charon était quelques pas plus loin, en retrait, sa barque amarrée au ponton, tenant sa rame à la verticale, comme un sceptre. Il regardait Thanatos et son frère, le visage impassible, comme s'il peinait à comprendre ce qu'il voyait.

Perséphone n'était pas certaine d'y arriver non plus.

– Ah, super, grommela Hypnos en les voyant. On a un public, maintenant. Vous n'avez donc aucun respect pour les morts et ceux qui les pleurent ?

Les morts ?

– C'est impossible, sanglota Thanatos.

– Ne pleure pas pour moi, mon frère, dit Hypnos. Ça change très peu de choses pour moi. J'étais déjà prisonnier de cet enfer ; maintenant je suis simplement un prisonnier mort.

Hypnos aida Thanatos à se relever.

Voir Thanatos aussi anéanti était presque déconcertant, mais elle ne pouvait pas lui en vouloir. La dernière chose à laquelle s'attendait le dieu de la Mort était de voir un jour son frère immortel dans son royaume.

– J'ai eu du mal à le croire quand il est arrivé à mon ponton, dit Charon.

– Qu'est-ce qui s'est passé ? demanda Perséphone.

– Je suis mort, répondit Hypnos d'un ton lourd de sarcasme.

À l'évidence, il n'avait pas perdu son sens de l'humour, aussi déplacé soit-il.

– Et si tu tentais une nouvelle réponse ? insista Hadès d'un ton lugubre.

Perséphone percevait sa frustration, il n'était pas d'humeur à rire. Hypnos avait beau plaisanter au sujet de sa mort, les autres ne le pouvaient pas – pas quand trop de dieux l'avaient précédé et le suivraient peut-être.

La bouche d'Hypnos se pinça.

– Tu veux savoir ce qui m'est arrivé ? Thésée m'est arrivé, voilà. Il m'a emmené auprès d'Héra, qui a menacé de tuer ma femme si je ne lui fournissais pas une potion de sommeil pour Zeus. Donc je la lui ai donnée.

Ce ne serait pas la première fois qu'Héra requérait les pouvoirs d'Hypnos pour plonger Zeus dans un profond sommeil. Elle l'avait fait deux fois auparavant.

Toutefois, Perséphone était surprise d'apprendre l'ampleur de l'alliance entre Thésée et la reine des dieux. Si le demi-dieu le lui avait dit par le passé, elle ne l'avait pas réellement cru.

– Thésée t'a amené à Héra ? demanda Perséphone.

Qu'avait à gagner le demi-dieu en s'alliant à Héra ?

– C'est ce que j'ai dit.

Perséphone regarda Hadès.

– Tu savais qu'ils étaient unis à ce point ?

Hadès ouvrit la bouche, mais Perséphone eut la réponse avant même qu'il parle. Elle détourna les yeux et se concentra à nouveau sur Hypnos.

– Tu as dit qu'Héra voulait une potion d'endormissement pour Zeus. Est-ce qu'il…

– Dans un profond coma, répondit-il.

Bizarrement, cela ne fit rien à Perséphone. Il méritait d'être destitué, et pire encore, mais la fin de son règne ne servirait à rien s'il était remplacé par quelqu'un de plus terrible encore.

– Mais ils t'ont tué toi, et pas lui. Pourquoi ?

– Pour la même raison que Thésée m'a gardé vivant, dit Hadès. Il espère convaincre Cronos de se rallier à son camp. Du moins, jusqu'à ce qu'il ait conquis le monde entier.

– Thésée croit vraiment qu'il peut gagner contre un Titan ? demanda Perséphone.

– Thésée se croit invincible, répondit Hadès.

Perséphone voulut lui demander pourquoi. Était-ce de l'arrogance ou autre chose ? Mais Hypnos l'interrompit.

– Je présume qu'il doit se sentir sacrément indestructible maintenant qu'il possède le foudre.

– Quoi ? s'exclama Perséphone, choquée, Hadès se crispa à ses côtés.

– *J'ai dit que…* grommela Hypnos d'un air agacé.

– Je sais ce que tu as dit ! rétorqua Perséphone, même si elle refusait de le croire.

Thésée détenait maintenant le Casque de Kunée et le foudre de Zeus. Et sans doute avait-il accès au trident de Poséidon, puisqu'il était son fils. C'étaient les trois armes qui avaient aidé les Olympiens à renverser les Titans.

– Il a dit autre chose ? demanda Hadès.

– Rien au sujet de ses projets, répondit Hypnos.

Perséphone regarda Hadès, qui la scruta en retour. Elle voulait dire quelque chose, mais elle n'avait que des platitudes à l'esprit. Ils devaient arrêter Thésée. Ils devaient élaborer une stratégie. Ils devaient agir vite.

– Merci, Hypnos, dit Hadès. Je suis navré que ça finisse ainsi.

Perséphone s'attendait à ce que le dieu offre une réponse cynique et mordante, mais il n'en fit rien. Au lieu de cela, il regarda tour à tour Hadès et Thanatos.

– Qui préviendra ma femme ? demanda-t-il.

C'est alors que Perséphone comprit pourquoi Hypnos était endeuillé.

– Je crois qu'il vaut mieux qu'elle l'apprenne de ton frère.

Thanatos ne le contredit pas.

Ils quittèrent les bords du Styx et retournèrent au palais. L'atmosphère dans le royaume était libérée du choc et de la peine de Thanatos.

– On doit faire quelque chose, dit Perséphone quand ils apparurent dans leur chambre.

Hadès ne dit rien et lui tourna le dos, ce qui accrut sa frustration.

– On ne peut pas sans cesse laisser Thésée s'en tirer avec ces meurtres, dit-elle.

– Tu crois que c'est ce que j'ai fait ? rétorqua Hadès en se tournant vers elle. Que je le laisse s'en tirer ?

Ce n'était pas ce qu'elle voulait dire, mais elle tentait encore de se débarrasser de son agacement après avoir découvert tout ce qu'il lui avait caché. Or les secrets continuaient à surgir.

– Apparemment, je ne sais rien de ce que tu as fait. Héra et Thésée sont fortement alliés ?

Il détourna le regard pour scruter le mur, mais il finit par prendre une grande inspiration et Perséphone sentit la colère diminuer dans la pièce.

– À peu près au même moment où tu as perdu Lexa, Héra m'a demandé de l'aider à renverser Zeus. Quand j'ai refusé, elle a trouvé quelqu'un d'autre pour l'aider à mettre son plan à exécution. Elle a choisi Thésée parce qu'elle l'en a cru capable, mais elle pensait aussi qu'elle s'en débarrasserait facilement. Je crois qu'elle a appris aujourd'hui qu'elle s'était trompée.

Et maintenant, c'était trop tard. Le demi-dieu était équipé des armes capables non seulement de vaincre les Olympiens mais également de les tuer.

– Il y aurait beaucoup à dire au sujet de tout ça, dit Hadès, mais étant donné ce que l'on sait, je crois qu'on devrait convoquer nos alliés.

Elle avait beau être curieuse, elle était d'accord. Un silence qu'elle n'aimait pas s'installa alors ; c'était comme si une colère sourde s'était immiscée entre eux. Elle parla donc, car elle voulait qu'il sache ce qu'elle pensait.

– Je… je ne voulais pas insinuer que tu n'as pas essayé d'arrêter Thésée. Et je sais qu'il y a encore des choses que tu essaies de me dire. Je crois que j'ai juste peur de ce que j'ignore.

Hadès vint à elle et prit son visage dans ses mains.

– Je n'ai pas moins peur, en dépit de tout ce que je sais, dit-il. Mais je te promets que je ne te cacherai plus jamais quoi que ce soit.

Elle pencha davantage la tête en arrière et soutint son regard brûlant. Elle esquissa un léger sourire en coiffant une de ses mèches derrière son oreille.

– Je veux tes ténèbres, dit-elle. Mais je veux tes secrets, aussi.

– Ma chérie… laisse-moi du temps, et je te donnerai tout.

– J'aimerais juste avoir la certitude que nous avons le temps, justement, chuchota-t-elle d'une voix qui trahissait sa peur. Je veux savoir que nous avons l'éternité.

Hadès l'étudia et passa un bras dans son dos, une main sur son visage, caressant sa joue avec son pouce.

– Alors peut-être devrions-nous en rêver. Afin que l'on y pense quand on sera sur le champ de bataille.

Elle haussa un sourcil.

– Tu n'avais pas dit que je devais penser au plaisir d'être sous toi ?

– Eh bien… commença-t-il en souriant. C'est un des aspects de l'éternité que j'attends avec hâte.

Il se pencha pour effleurer sa bouche avec ses lèvres, mais au lieu de l'embrasser, elle le sentit se figer et elle sut que quelque chose n'allait pas. Son cœur se mit aussitôt à battre la chamade. Puis un cri déchira le silence.

– À l'aide, quelqu'un ! S'il vous plaît !

– C'est… Ariadne ? demanda Perséphone.

Hadès et elle se regardèrent avant de sortir de leur chambre en courant, suivant les cris désespérés jusqu'au hall d'entrée, où ils trouvèrent Ariadne penchée sur le corps ensanglanté de Dionysos. Une autre femme – Phèdre, comprit Perséphone – se tenait près d'eux, un bébé vociférant dans les bras.

– Aidez-le, aidez-le, s'il vous plaît, sanglotait Ariadne alors qu'ils approchaient.

Elle était également couverte de sang, mais il était difficile de savoir si c'était le sien ou celui de Dionysos.

– Putain de Moires, marmonna Hadès.

– Il ne guérit pas, chuchota Perséphone.

Elle s'apprêtait à courir jusqu'à la suite de la Reine pour prendre la Toison quand Hadès prit la parole.

– Hécate, la Toison d'or !

La déesse apparut et écarquilla les yeux en voyant Dionysos. Elle courut à lui pour poser la Toison sur son torse. Ils attendirent qu'il guérisse sous les reniflements d'Ariadne et les cris furieux du bébé qui semblaient augmenter à mesure que Phèdre essayait de le calmer.

Perséphone se rapprocha d'Hadès et, pendant qu'ils observaient Dionysos, elle se demanda si la Toison avait des limites. Y avait-il un stade où même elle ne pouvait guérir ?

La respiration de Dionysos se fit plus profonde, puis il ouvrit les yeux. Il parut d'abord troublé, mais sa confusion disparut quand il vit Ariadne et il chuchota son nom en posant sa paume sur sa joue. L'inspectrice sourit malgré ses lèvres tremblantes, et elle recouvrit sa main avec la sienne.

– Je suis désolée, dit Phèdre, qui ne pouvait calmer son nouveau-né dont les cris semblaient plus stridents encore.

– Ne t'excuse pas, dit Perséphone. Il n'y peut rien, et tu fais de ton mieux, étant donné les… circonstances.

Elle ne savait pas ce dont ils avaient été témoins, mais voir Dionysos dans cet état était largement suffisant, et Phèdre venait à peine d'accoucher.

– Viens, dit Hécate en s'approchant d'elle. Je vais t'emmener dans la bibliothèque, où tu pourras rassurer ton petit.

– Je viens avec toi, dit Ariadne en se levant, laissant retomber la main de Dionysos.

– Je crois que tu devrais rester là, dit Hécate en regardant Hadès et Perséphone. Lord Hadès et Lady Perséphone ont des questions, et il semblerait que tu sois la seule à pouvoir y répondre.

Perséphone vit Ariadne serrer les poings, mais il ne lui sembla pas qu'elle était frustrée. L'inspectrice était sans doute inquiète de ne pas rester avec sa sœur, et Perséphone connaissait ce sentiment qui l'accompagnait chaque jour. C'était la peur qu'un jour elle se réveille dans un monde nouveau où Hadès n'existait plus, comme le jour où elle s'était réveillée sans Lexa.

– Quelqu'un pourrait expliquer ce qui s'est passé ? demanda Hadès.

Dionysos se redressa pour s'asseoir, portant sa main à sa tête.

– Est-ce que ça va ? demanda Perséphone en fronçant les sourcils.

– Oui, j'ai juste le tournis, dit-il. Je… je n'ai jamais ressenti rien de tel.

– Tu veux dire la douleur ? demanda Hadès.

– Exactement, répondit le dieu en se levant. Normalement, je guéris, mais quoi qui m'ait poignardé…

Il ne finit pas sa phrase, mais ils n'en avaient pas besoin.

– Qui t'a attaqué ?

– Je suis sûr que c'était l'un des hommes de Thésée, dit Dionysos en se remémorant ce qui s'était passé. Quand je l'ai vu, c'était déjà trop tard. Il avait ton casque, Hadès.

Dionysos avait regardé Hadès dans les yeux en prononçant cette dernière phrase, et Perséphone sentit la colère de son époux enfler, formant une vague électrique qui réchauffa sa peau.

– Il s'appelle Persée, dit Ariadne. C'est un guerrier hors pair et un excellent traqueur.

– Persée ? répéta Hadès. Un fils de Zeus ?

Ariadne hocha la tête.

– De tous les demi-dieux, je dirais que c'est celui qui est le plus proche de Thésée.

Il y eut un court silence avant que Dionysos ne reprenne la parole.

– Tu dois être satisfait, Hadès. Tu avais raison. Thésée est venu.

– Ta souffrance ne m'apporte pas la moindre satisfaction, Dionysos, répondit Hadès. Et si c'est ce que tu penses, alors tu m'as mal compris.

Un nouveau silence s'installa, tendu cette fois, même si la posture de Dionysos changea. Perséphone crut qu'il allait s'excuser pour son commentaire, mais Hadès les congédia avant qu'il n'ait pu le faire.

– On était sur le point de réunir nos alliés pour décider comment procéder avec Thésée, dit-il. Au moins, je n'ai pas besoin d'aller vous chercher. Allez vous laver et soyez prêts dans une heure, ajouta-t-il avant de regarder Perséphone. Informe Aphrodite, Harmonie et Sybil. Je reviendrai avec Ilias, Héphaïstos et Apollon.

– Et Her…

Hadès plaqua son index sur sa bouche.

– Ne prononce pas son nom, dit Hadès.

Perséphone fronça les sourcils.

– Est-ce que… j'ignore quelque chose ?

– À moins que tu aies envie d'entendre un nouveau monologue sur les manquements de notre hospitalité et sur tes gémissements trop forts quand on baise, je suggère qu'on attende la dernière minute pour invoquer le dieu des Paillettes.

Perséphone haussa un sourcil.

– Si je me souviens bien, dans son monologue, c'est toi qu'il a imité, pas moi.

– Mais c'était *avant* notre escapade la plus récente.

Perséphone le dévisagea en plissant les yeux.

– Tu sais qu'il n'a plus de magie, n'est-ce pas ?

– Il n'a pas besoin de magie pour être invoqué. À ce stade, c'est un sixième sens pour lui. Il est juste sélectif quant au moment où il l'utilise, répondit Hadès en lui levant la tête. On se voit dans une heure.

Elle sourit et il l'embrassa. Perséphone ignora l'appréhension qui lui noua le ventre quand il disparut, mais elle ne pouvait s'empêcher de s'inquiéter de son retour. Elle s'agaça de penser ainsi, mais elle savait qu'il faudrait du temps pour que la peur disparaisse après l'horreur du labyrinthe.

Perséphone quitta le hall d'entrée pour aller rejoindre Aphrodite, Sybil et Harmonie. Quand elle ne les trouva pas dans la suite de la Reine, elle sortit dans le jardin, à la lumière, découvrant que les signes de flétrissement qui avaient hanté le royaume durant l'absence d'Hadès avaient disparu. L'air sentait le printemps, à la fois terreux et floral, et tout semblait plus brillant et luxuriant. Si cela semblait normal, Perséphone pensa que c'était presque surfait, comme si Hadès cherchait à faire oublier à tout le monde ce qui s'était passé pendant son absence.

Elle se demanda si elle avait eu tort de laisser les Enfers se faner. Or sur le moment, cela lui avait paru comme la bonne chose à faire. Elle ne savait pas si elle aurait été capable d'invoquer quoi que ce soit de beau et de vivant étant donné ce qu'elle ressentait. Qu'aurait-elle fait s'il n'était pas revenu ? Elle pensa à la façon dont Hadès avait décrit le début de son règne aux Enfers, la vie incolore et misérable qu'il avait menée. Aurait-elle infligé la même existence à son peuple ?

La notion l'effrayait.

Elle ne souhaitait pas être ce genre de reine.

– Perséphone !

Elle leva la tête et vit Sybil qui s'était levée en la voyant. Perséphone avait été tellement perdue dans ses pensées qu'elle n'avait pas vu Aphrodite, Harmonie et Sybil assises sur un banc en marbre dans les jardins du palais, baignant dans la lumière artificielle du soleil.

Elle sourit et se sentit soudain sincèrement heureuse. Son angoisse mise de côté, elle traversa le jardin jusqu'à elles, les prenant l'une après l'autre dans ses bras. Elle étreignit Harmonie plus longtemps et quand elle s'écarta, elle soutint son regard.

– Je suis contente que tu ailles bien, dit Perséphone.

– Je vais bien grâce à toi, répondit Harmonie. Merci, Perséphone.

– Je ne mérite pas ta reconnaissance. Tu n'aurais jamais été dans cette situation sans moi.

– Ne te sens pas coupable de ce qui nous est arrivé, répondit la déesse. Tu ne pouvais pas savoir que Thésée serait aussi maléfique.

Il était vrai que Perséphone avait compris trop tard l'ampleur de sa malveillance. Peut-être que ce n'aurait pas été le cas si Hadès avait été sincère au sujet de ses interactions avec lui.

Soudain, une colère immense parcourut ses veines comme un courant électrique, brûlant tout son corps. Il disparut aussi vite qu'il avait surgi, la laissant secouée et frigorifiée. C'était la première fois qu'elle comprenait ce qu'elle éprouvait réellement au sujet des secrets d'Hadès, et c'était effrayant.

– J'adorerais vous accorder plus de temps et de paix, mais je crains de vous apporter une mauvaise nouvelle, dit Perséphone. Hypnos est arrivé aux portes des Enfers, tué de la main de Thésée.

Aphrodite pâlit et Harmonie plaqua sa main sur sa bouche. Elle décida d'attendre la réunion pour les informer du sort de Zeus et du foudre.

– On convoque nos alliés pour discuter de la suite de notre guerre contre Thésée. J'aimerais que vous soyez toutes les trois présentes. Hadès est déjà parti chercher Héphaïstos et Apollon. Nous nous retrouvons dans le bureau d'Hadès dans une heure.

Il y eut un silence et Perséphone regarda Aphrodite qui secouait la tête.

– On se comporte comme si on n'était pas des dieux, dit-elle. On aurait dû tuer cet homme depuis longtemps.

– Nous sommes peut-être des dieux, mais nous sommes gouvernés par un pouvoir plus grand que nous, répondit Perséphone.

– Tu veux dire les Moires ? ricana la déesse de l'Amour. Il n'y a pas de trahison plus grande que les fils d'or avec lesquels elles tissent la douleur et la souffrance, confortablement installées dans leur palais de miroir. Peut-être que c'est elles qui devraient…

– Aphrodite ! s'exclama Harmonie d'un ton de mise en garde. Tu parles comme *eux*.

Comme les Impies. Comme la Triade.

Pourtant, d'une certaine façon, Perséphone était d'accord. Les Moires n'étaient pas gouvernées par un sentiment de justice. Elles mesuraient, tissaient et coupaient les fils pour avoir le contrôle, sous couvert de maintenir l'équilibre. Quand Hadès prenait ou accordait une vie, elles exigeaient un échange. Quand Déméter les avait suppliées d'avoir un enfant, elles lui avaient offert une fille, dont elles avaient emmêlé le destin avec l'un de ses plus grands rivaux.

Cela avait été une punition pour Déméter et une bénédiction pour Hadès et Perséphone, mais même maintenant, ils savaient qu'ils ne devaient pas le prendre pour acquis, car les Moires pouvaient détisser leur destin d'un moment à l'autre. Si Hadès avait toujours juré qu'il trouverait un moyen de revenir à elle, au fond, elle savait que tant que les trois sœurs vivaient, c'était impossible.

Perséphone ne pouvait que se demander ce qu'elles avaient prévu pour le futur du monde.

– Tu crois que les Moires laisseront Thésée renverser les Olympiens ? demanda-t-elle.

– Si elles souhaitent nous punir, répondit Aphrodite.

– Même si Thésée compte les tuer ?

– Les Moires ne voient pas leur propre fil, dit Sybil. C'est le prix qu'elles paient en échange de pouvoir tisser le destin du monde. Sans doute ne s'attendent-elles pas à mourir bientôt, surtout de la main d'un demi-dieu.

Zeus avait supposé la même chose, or il était désormais dans les griffes d'un sommeil éternel, sans arme, vulnérable – et peut-être était-ce la fin qu'elles avaient tissée pour leur père. C'était impossible à savoir et les sœurs ne le diraient jamais.

Perséphone en vint à se demander si, quelque part, Thésée n'avait pas raison. Leur combat devrait-il commencer par la fin des Moires ?

Chapitre XXVII

HADÈS

Hadès se manifesta dans la chambre sombre du palais où Hermès avait élu résidence. Il fut tout de suite frappé par les ronflements gutturaux du dieu, si forts que l'air vibrait autour de lui et qu'il se demanda si Hermès respirait vraiment.

Il invoqua des flammes dans la cheminée et les flambeaux fixés au mur, mais Hermès ne bougea pas d'un iota.

– Hermès ! gronda Hadès d'une voix tonitruante, mais le dieu de la Ruse ne remuait toujours pas.

Il ne m'entend probablement pas par-dessus ses ronflements, pensa Hadès.

Il approcha du lit sur lequel Hermès était allongé sur le ventre, bras et jambes écartés comme une étoile de mer.

– Hermès ! répéta Hadès.

Toujours rien. Il saisit la couverture et l'enleva.

– Putain de Moires, grommela-t-il.

Hermès était à poil.

Bien évidemment.

Hadès invoqua une giclée d'eau gelée et Hermès hurla quand elle lui fouetta le dos. C'était le même cri aigu qu'il avait émis sur l'île d'Arès. Il roula sur le dos tout en bondissant debout, prêt à se battre.

Hadès lui jeta la couverture et Hermès l'attrapa pour se couvrir.

– Putain, Hadès ! aboya-t-il. Tu aurais pu te contenter de me secouer un peu, ça aurait suffi.

– Tu sais bien que je préfère te malmener.

– Oh, allez, grogna-t-il. Tu me taquines, maintenant.

– Pas du tout.

– Si, bien sûr que si. Tu ne sais pas à quel point ça sonne sexuel ?

– Non, dit Hadès.

– Menteur, grommela Hermès avant de se laisser tomber sur le lit. Je présume que tu n'es pas venu me séduire, alors qu'est-ce que tu veux ? Je dormais tellement bien.

– On n'aurait pas dit.

– Comment ça ?

– Je t'entendais ronfler depuis ma chambre.

– *Je ne ronfle pas !*

– Ah, si. Fort. Le sol tremblait sous mes pieds, même.

– Je te déteste, gronda Hermès en le fusillant du regard, ce qui fit ricaner Hadès. Si je ronfle, c'est ta faute. Ce matelas est dur comme la pierre. Sephy aura des problèmes de dos si elle dort ici.

– Le lit est parfaitement confortable, répondit Hadès. Et tu te soucies beaucoup trop de ma femme.

– Bien sûr ! Elle doit te supporter, après tout !

Hadès leva les yeux au ciel.

– J'ai besoin que tu invoques Ilias et Apollon ici dans une heure.

– Non, répondit Hermès.

– Non ? répéta Hadès en haussant les sourcils.

– Quelle partie de « je n'ai plus de pouvoirs » tu peines à comprendre ?

– Tu n'as pas de pouvoirs, mais tu es un messager divin et tu joues un rôle dans cette guerre.

– Pourquoi tu ne peux pas les invoquer, toi ?

– J'ai autre chose à faire, répondit Hadès.

– J'espère que tu comptes tondre cette barbe horrible.

C'était justement ce qu'il allait faire. Et il voulait prendre un bain, aussi. Il y avait des choses que le Charme ne pouvait remplacer.

– Même si c'est le cas, et ça devrait l'être, tu peux invoquer Ilias et Apollon *et* te raser plus vite que je peux sortir des Enfers.

Il y eut un court silence, puis Hadès capitula.

– Très bien. Je n'ai qu'à leur… *envoyer un email.*

– Tu ne ferais pas ça ! s'offusqua Hermès.

– Tu ne me laisses pas le choix, répondit Hadès en haussant les épaules.

– Après tout ce que j'ai fait, rouspéta le dieu de la Ruse en dégageant la couverture pour se lever.

Il se mit à chercher quelque chose par terre, Hadès espéra que c'étaient ses vêtements.

– Si tu parles de l'île d'Arès…

– Je parle d'être ton meilleur ami ! dit Hermès. Mais un meilleur ami n'emploierait pas mon ennemi juré, n'est-ce pas ? Non. Tu sais pourquoi les emails sont si débiles ? Il y a plus rapide, pour communiquer ! Les appels ! Ou tu pourrais envoyer un texto ! Mais tu es tellement vieux que tu ne le sais même pas !

Hadès cligna lentement des yeux.

– Tu as fini ?

Hermès avait encore les joues rouges et le souffle rapide.

– Non, rétorqua-t-il avant de croiser les bras et de bouder en silence.

– Je suis tout à fait conscient de ce dont sont capables les téléphones. J'en ai un, d'ailleurs. Mais sur qui ai-je toujours compté pour délivrer mes messages ? Toi.

– Ne me culpabilise pas ! Je suis sans pouvoirs !

Hadès plissa les yeux.

– Il y a plus à être dieu que les pouvoirs, Hermès.

– C'est facile à dire, pour toi. C'est quand, la dernière fois que tu as été privé de pouvoirs ?

– Dans le labyrinthe, répondit Hadès.

– Ah pardon, Hadès, dit Hermès en pâlissant et en se frottant le visage avec les mains. Très bien, je vais convoquer Ilias et Apollon, mais tu pourrais me téléporter, au moins ? Je n'ai aucune envie de retraverser tous les Enfers.

– Bien sûr, dit Hadès alors que sa magie s'élevait.

– Attends ! Laisse-moi m'habiller…

Mais Hermès disparut avant d'avoir fini sa phrase. Hadès l'avait envoyé dans le monde des mortels complètement nu.

Peut-être, pensa Hadès, que cela donnerait un autre sujet aux médias que le scandale causé par Dionysos.

Hadès soupira.

Soudain, il avait vraiment mal à la tête.

Hermès était épuisant.

***

Hadès retourna à sa chambre pour se doucher et se raser. Une fois habillé, il attendit l'arrivée de ses alliés dans son bureau. Il s'était même servi un whisky, mais qui restait intouché sur son bureau. S'il avait l'air d'être lui-même, il ne s'était jamais senti aussi différent. Il avait du mal à savoir ce qui avait changé ; il savait seulement qu'au cours des prochains jours, semaines et mois, il viendrait à comprendre l'impact qu'avait eu son emprisonnement sur lui, comme il lui avait fallu du temps après avoir été libéré du ventre de son père.

Il redoutait la manière dont cela se manifesterait et surtout comment cela affecterait Perséphone, qui gérait déjà son propre traumatisme après ses confrontations avec Thésée et Déméter. Maintenant, elle devait également gérer ce qui s'était passé dans le labyrinthe.

Il savait qu'elle n'allait pas bien.

Il le voyait à son visage et le percevait à son énergie, mais surtout à cause de ce qu'elle lui avait dit quand elle avait fondu en larmes dans ses bras. Il était on ne peut plus conscient de ne pas avoir réussi à balayer sa peine et de l'avoir laissée vulnérable. Il l'avait déçue.

Il l'avait emmenée dans son monde sans l'y avoir préparée, pensant qu'il la protégerait du moindre mal. Or, en fin de compte, il ne lui avait rien épargné, il ne l'avait sauvée de rien.

C'était *elle* qui l'avait sauvé de *tout*.

Il se souciait de ce qu'il avait fait, de toutes les erreurs qu'il avait commises. Quand il baissa les yeux sur son verre, il remarqua une ondulation à la surface du liquide ambré.

Il fronça les sourcils au moment où la porte s'ouvrit en claquant.

Ilias se tenait sur le seuil, les yeux grands ouverts et la respiration sifflante. Il avait couru. Quand il vit Hadès, il s'immobilisa, puis il éclata de rire à voix haute.

– Tu es de retour !

Hadès hésita, ne sachant comment réagir. Il ne s'était pas attendu à ce qu'Ilias ait l'air aussi… soulagé de le voir, et sa poitrine se comprima.

Bien que bref, le sourire d'Hadès était néanmoins sincère.

– Je le suis, acquiesça-t-il. Quelles sont les nouvelles ?

– Mauvaises, répondit Ilias. Thésée a demandé publiquement aux mortels de retirer leur adulation. Il prétend qu'un dieu est responsable de l'enlèvement de sa femme et de son enfant.

Ilias parlait comme s'il ne croyait pas le demi-dieu.

– Il a dit qui c'était ? demanda Hadès.

– Quoi ? s'étonna Ilias. Tu ne crois pas que…

Hadès se contenta de le dévisager et Ilias écarquilla les yeux.

– Non… confirma le satyre. Hadès, Ne me dis pas que tu as…

– Non, répondit-il. Dionysos.

Ilias serra les poings, et Hadès comprit son agacement. Les actions du dieu du Vin n'affectaient pas seulement lui-même et son territoire. Elles auraient des conséquences pour tous les dieux.

– Il n'empêche qu'il doit avoir une pulsion de mort pour invoquer la colère des dieux.

– Au contraire, répondit Hadès en regardant par la fenêtre.

De l'endroit où il se tenait, il ne voyait qu'une bande d'arbres verts enveloppés dans la brume.

– Thésée se sent plutôt invincible en ce moment. Il a réussi à piéger Zeus dans un sommeil éternel et à s'emparer de son foudre.

– Pourquoi tu ne m'as pas dit que Zeus était endormi ? demanda Hermès.

Hadès se tourna et vit qu'il était arrivé avec Apollon.

– Je suppose qu'il faut qu'il meure avant qu'on récupère nos pouvoirs, dit Apollon alors qu'Aphrodite, Harmonie et Sybil entraient dans le bureau. Merde !

– À ce rythme, ton souhait sera peut-être exaucé, dit Hadès. On sait que Thésée compte l'offrir en sacrifice à Cronos.

– À moins qu'on ne le sauve, dit Harmonie.

– Allons, ne nous emportons pas, dit Hermès en regardant tous ceux qui étaient présents. Après tout, est-ce que quelqu'un veut *vraiment* que Zeus soit libre ?

– Je n'ai pas dit qu'on devait le réveiller, répondit Harmonie. Mais est-ce juste de le laisser entre les mains de notre ennemi ?

– Je crois que ce qu'Harmonie veut dire, c'est qu'on devrait capturer et emprisonner Zeus nous-mêmes, dit Aphrodite en zyeutant le coin de la pièce où Héphaïstos venait de se manifester, son regard de braise soutenant le sien. De cette façon, au moins, Thésée ne pourra pas l'utiliser.

Hadès n'avait pas envisagé de sauver Zeus. Il en était venu à accepter que son plus jeune frère meure entre les mains de son père, et il n'avait aucune intention d'y remédier, même si cela impliquait que Cronos s'allie avec Thésée.

Il était encore possible que l'un des deux derniers Hécatonchires sauve Zeus, comme leur frère Briarée l'avait fait auparavant – à moins bien sûr qu'Héra les ait également fait assassiner.

Après cette réunion, Hadès enverrait Ilias pour prévenir les géants aux cent bras.

– C'est cool de voir que la réunion a commencé sans nous, dit Dionysos en arrivant avec Ariadne.

À l'évidence, ils venaient tout droit des bains ; les cheveux du dieu gouttaient encore et ceux d'Ariadne étaient plaqués sur sa tête.

– Peut-être que vous auriez été à l'heure si vous n'étiez pas occupés à baiser, dit Hermès.

– Je crois que Dionysos et Ariadne sont pile à l'heure, déclara Perséphone en entrant dans le bureau.

Hadès se tint plus droit et chercha son regard quand elle s'approcha.

– Pardonne-moi, dit-il en prenant sa main pour embrasser ses doigts. Notre conversation a dérapé.

– Je te pardonne, dit-elle en souriant avant de se tourner vers le groupe. J'ai bien entendu ? On parle de sauver Zeus ?

– Sauver Zeus ne neutralise pas la menace que représente Cronos, dit Hadès. Thésée a d'autres monnaies d'échange, dont le foudre et mon casque.

Un silence pesant s'abattit sur le groupe, ceux qui ne le savaient pas encore découvraient que deux des armes les plus puissantes au monde étaient désormais entre les mains de leur ennemi.

– Pour l'instant, concentrons-nous sur Thésée, poursuivit Hadès. C'est lui qui a le plus grand pouvoir et des armes capables de nous tuer. Il doit être arrêté d'abord.

– Je dis ça comme ça, intervint Apollon, mais… et si on l'assassinait ?

– Si c'était aussi simple, on l'aurait déjà fait, rétorqua Hadès. Thésée s'est fait aimer du public et, aujourd'hui, il est perçu comme la victime. S'il tombe en étant au sommet de sa popularité, la Triade et les Impies feront en sorte que les dieux soient blâmés.

– Si Thésée a convaincu le monde que sa femme et son fils ont été enlevés par un dieu, pourquoi sa femme ne pourrait-elle pas dire au monde que c'est faux ? proposa Ilias.

– Non, aboya Ariadne. À moins que Thésée soit hors d'état de nuire ou mort, vous ne pouvez pas lui demander ça. C'est trop dangereux.

– Tu ne nous fais pas confiance pour la protéger ? demanda Aphrodite.

– Excuse-moi, mais vous venez tous de remarquer que Thésée était autant une menace pour vous que pour tout le monde, dit Ariadne. Donc, non.

– Pourtant tu n'as aucun mal à profiter de notre gentillesse et à accepter notre protection.

– Aphrodite… gronda Dionysos d'un ton menaçant alors qu'Héphaïstos se postait derrière la déesse de l'Amour.

– Je n'ai pas le souvenir que tu aies eu quoi que ce soit à voir là-dedans, rétorqua Ariadne.

– Stop ! ordonna Perséphone d'une voix qui claqua comme un fouet et les fit tous taire. Si Thésée ne nous tue pas d'abord, les conflits internes le feront. La bienveillance et la protection ne devraient pas avoir à être remboursées. Si Phèdre souhaite faire une déclaration, elle le peut, mais ce doit être sa décision et pas celle d'un autre.

Les yeux de Perséphone se mirent à briller tandis qu'elle parlait et elle fusilla du regard Aphrodite puis Ariadne. Hadès se redressa, son pantalon était soudain trop étroit.

Bon sang, sa femme était canon.

– Il y a d'autres façons de discréditer Thésée, dit-il. Nous devons choisir une solution qui le forcera à montrer sa véritable nature en public.

– Je peux fouiner dans son entourage, proposa Sybil. Peut-être qu'il y a quelque chose dans son passé qui…

– Tu ne trouveras rien, dit Ariadne.

– Aucun homme n'est dépourvu de secrets, rétorqua Aphrodite.

– Tu crois que je n'ai pas déjà essayé de trouver des infos compromettantes sur lui ? aboya l'inspectrice.

– Je présume que tu as essayé, mais après tout, tu es seulement mortelle.

– Je suis peut-être mortelle, mais je connais Thésée. S'il a des secrets, ceux-ci meurent avec les gens qui les connaissent.

– Pourtant tu es toujours en vie, dit la déesse de l'Amour.

– Je suis en vie parce que je peux tisser ses putains de filets.

– C'est *toi* qui les as tissés ? s'étonna Dionysos, aussi surpris que les autres.

À part Perséphone, apparemment, qui rougit d'un air coupable quand il la regarda.

– Pourquoi crois-tu qu'il me veuille autant ? demanda Ariadne.

Il y eut un court silence.

– Je pourrais organiser des jeux funéraires, proposa Aphrodite. Pour Adonis, Tyché, Hypnos, et ceux qui sont morts lors de l'attaque du Stade Talaria. Cela forcerait les mortels à voir et à accepter ce qu'ont fait les Impies et la Triade et les obligerait à choisir un camp.

Des jeux funéraires étaient presque toujours organisés après une fatalité importante et consistaient en une série de compétitions sportives. S'ils étaient censés offrir une distraction pendant le deuil, ils risquaient d'aggraver le fossé qui séparait les Fidèles des Impies.

Perséphone posa une main sur son épaule en entendant parler du Stade Talaria. Elle avait pris une balle à cet endroit pendant le combat et même si elle était guérie, Hadès n'oublierait jamais la vue de son sang.

– Non, déclara Héphaïstos d'un ton définitif qui fit comprendre à Hadès que le contredire aurait des conséquences.

Il était sur le point de se proposer pour organiser les jeux quand Aphrodite se tourna vers son mari et lui lança un regard noir.

– Tu dis seulement ça parce que j'ai mentionné Adonis.

– Tu as déjà été visée par la Triade, dit Héphaïstos sans décroiser les bras. Si tu organises ces jeux, tu ne feras qu'attirer davantage l'attention sur toi, et tu es sans pouvoir.

– Le but est de les forcer à agir en public, répondit-elle. Ils voulaient mon attention ? Eh bien ils l'ont, maintenant.

– Absolument pas. Je ne te laisserai pas faire.

– Tu ne me *laisseras pas faire* ? répéta la déesse. Depuis *quand* je requiers ta permission pour quoi que ce soit ?

– Le sujet est clos.

– À quoi tu joues, là ? C'est une tentative minable de te comporter comme mon époux ? Tu m'as libérée de ces obligations depuis longtemps, tu as oublié ?

Héphaïstos se servit de sa grande taille pour la surplomber en la scrutant d'un regard noir.

– Ne prétends pas que tu n'étais pas pressée d'être libérée de moi.

– Tu appelles ça être libérée ?

– Bon sang, vous ne pourriez pas juste baiser et en finir avec tout ça ? râla Hermès.

– Je vais te *tuer* ! s'écria Aphrodite en faisant volte-face pour regarder le dieu de la Ruse.

– Si on organise des jeux funéraires pour Tyché et Hypnos, intervint Apollon, mettant fin à la dispute avant qu'elle ne commence vraiment, on communique au monde entier que Thésée a trouvé un moyen de nous assassiner.

– C'est mieux que de laisser Thésée le faire, dit Sybil. Au moins, on contrôlera le récit.

– Et c'est quoi, le récit ? demanda Apollon. Que Thésée est plus puissant que les Olympiens ?

– Que Thésée assassine des dieux innocents, répondit Sybil.

– Si c'est vrai, est-ce qu'il a accompli la prophétie de l'Ophiotauros ? demanda Dionysos.

– On le saura à la tombée de la nuit, dit Hadès.

Si la prophétie avait été réalisée, l'Ophiotauros aurait repris sa place dans le ciel comme constellation.

– Tenir des jeux funéraires nous rendra peut-être les mortels plus favorables, mais ça ne résout pas le problème de Thésée, dit Dionysos.

– Sauf s'il meurt pendant les jeux, dit Apollon.

– Ce serait une violation des règles, répondit Harmonie.

C'était vrai. La tradition voulait que les deux camps opposés déclarent un cessez-le-feu. Les jeux étaient censés célébrer la vie, pas encourager davantage de violence.

– Étant donné les circonstances, la dernière chose qui m'inquiète, c'est bien de respecter les règles, dit Hadès.

– Je croyais que tu te souciais de la perception du public ? répondit Sybil. Si tu tues Thésée pendant un cessez-le-feu, tu ne feras que prouver qu'il a raison.

– Ne crois pas que Thésée jouera fair-play, dit Hadès.

– Peut-on être sûr qu'il participera aux jeux ? demanda Perséphone.

– Il participera, confirma Ariadne. Il voudra se défendre contre les accusations d'Aphrodite.

Hadès sentit la colère d'Héphaïstos jaillir – c'était précisément ce que le dieu du Feu craignait.

Un silence tendu suivit les propos d'Ariadne.

– C'est ça votre plan ? demanda Dionysos. Exécuter Thésée publiquement ? Et après, quoi ? Il a une armée de demi-dieux équipés d'armes capables de nous tuer.

– Alors on se rend aux jeux en étant armés jusqu'aux dents et on présume qu'ils finiront en affrontement.

Personne ne parla, ni pour acquiescer ni pour s'opposer. Ils devaient faire quelque chose. Thésée avait déjà mis ses plans en action, dès l'instant où il avait requis une Faveur d'Hadès en échange de Sisyphe. Cela lui avait garanti l'accès aux Enfers, à son casque et à Hypnos. Le sommeil de Zeus était simplement une autre étape du plan, et maintenant qu'il avait le foudre, Hadès redoutait de découvrir ce qui viendrait après.

Il espérait ne pas en arriver là.

– Annonce les jeux, Aphrodite, dit-il.

La déesse de l'Amour lança un regard furieux à son mari avant de partir. Harmonie la suivit, tout comme Sybil. Lentement, les autres partirent, tous sauf Héphaïstos, qui ne quittait pas Hadès des yeux.

– Je vous laisse, dit Perséphone.

Héphaïstos attendit qu'elle soit partie et que la porte soit fermée pour parler.

– Tu n'aurais jamais laissé ta femme prendre un tel risque. Pourquoi laisser la mienne le faire ?

– Ce que je sais de nos femmes, c'est qu'elles feront ce qu'elles veulent, quoi qu'on en pense, dit Hadès, même s'il avait mis longtemps à le comprendre. Je préfère marcher dans l'ombre de Perséphone, prêt à la sauver au premier signe de danger, plutôt qu'elle me cache ses projets. Je sais que tu penses la même chose.

Héphaïstos contracta sa mâchoire et détourna les yeux.

– Si Aphrodite pouvait devenir le soleil, elle le ferait, ne serait-ce que pour se débarrasser de mon ombre, dit-il.

– Ce n'est pas vrai, dit Hadès.

Héphaïstos le regarda droit dans les yeux.

– Soyons d'accord pour ne pas être d'accord, répondit-il en souriant tristement. Viens à Lemnos demain. J'armerai les dieux.

Sur ces mots, le dieu du Feu disparut.

Chapitre XXVIII

DIONYSOS

Dionysos retourna à Bakkheia avec Ariadne, Phèdre et le bébé.

Il choisit de se manifester sous terre dans les tunnels sous son club, conscient que le lieu pouvait également être ciblé par Thésée.

Quand ils arrivèrent, les Ménades s'étaient réunies dans la salle commune, vêtues de combinaisons tactiques et armées jusqu'aux dents.

Naïa était en train de parler et Dionysos reconnut le ton de sa voix : elle se préparait à se battre.

– Plus tôt dans la journée, la maison de Dionysos a été la cible d'une attaque. À notre arrivée, plusieurs des nôtres ont été trouvées mortes, et il n'y avait aucun signe de Dionysos, d'Ariadne, de sa sœur ou du bébé. Nous pensons que l'assaut a été orchestré par Thésée, même si les vidéos des caméras de surveillance montrent une sorte de force invisible…

Naïa balayait la salle des yeux et quand son regard se posa sur lui, elle cessa de parler. Lentement, les autres Ménades se tournèrent vers eux, et Naïa fendit la foule pour le prendre dans ses bras.

– C'est sympa de voir que je vous manque, dit-il en la serrant en retour.

Naïa recula et le frappa dans l'épaule, les larmes aux yeux.

– Je... on ne savait pas ce qui s'était passé ! Ta maison. Elle est...

– Détruite, je sais, dit-il avant de regarder les autres Ménades. Le demi-dieu qui m'a attaqué s'appelle Persée. Il portait le Casque de Kunée et une arme trempée dans du venin d'Hydre. C'était une association mortelle et j'ai... failli ne pas survivre.

Les assassines se regardèrent, stupéfaites.

– Le Casque de Kunée ? demanda Lilaïa. Comment est-on censées combattre une force invisible ?

– Je n'ai pas la réponse, dit Dionysos. J'ai eu de la chance, car Ariadne est revenue me chercher.

La jeune femme le regarda d'un air surpris, puis son étonnement céda à quelque chose de plus chaud, de plus tendre, qui lui donna envie de l'étreindre et de l'embrasser. Toutefois, il se força à se concentrer sur les Ménades.

– Mais je crois que nous savons tous que Thésée frappera à nouveau.

– Non, s'il vous plaît, dit Phèdre en se frayant un passage jusqu'à eux, serrant son bébé contre elle. Je ne vaux pas la peine que vous...

– Phèdre ! s'écria Ariadne d'une voix choquée et furieuse.

– Je peux mettre fin à tout ça, Ari, dit-elle.

Le pire dans ce qu'elle disait, c'est qu'elle avait tort.

– Tu ne peux pas y mettre fin, dit-il. Même si tu retournes auprès de Thésée, il nous trouvera, et il est impossible de savoir ce qu'il fera pour te punir.

Il y eut un silence pesant, puis Naïa prit la parole.

– Tu n'es pas responsable des actions de Thésée.

– Je suis partie. J'ai...

– *Fui* dit Ariadne. Tu as fui l'homme qui te maltraitait, Phèdre.

– Il ne me…

Elle allait protester, mais elle regarda Dionysos et ravala ses mots.

– Comment tu sais que Thésée est responsable de l'assaut sur ta maison ?

– Phèdre ! s'exclama Ariadne, outrée. Persée *travaille* pour Thésée.

– Mais tu ne sais si c'est Thésée qui l'a envoyé, rétorqua Phèdre. Peut-être que Persée a agi seul. Ce serait logique. Thésée ne mettrait jamais en péril la vie de son fils.

Ses propos n'agacèrent même pas Dionysos, car il s'y attendait.

– Thésée ferait n'importe quoi pour obtenir la faveur du public. *Il veut être un dieu !*

– Il ne veut pas être un dieu, dit Phèdre. Il veut la liberté, l'équité…

– Si tu le crois vraiment, alors tu es plus naïve que je ne le pensais, cracha Ariadne.

Phèdre pâlit et parut aussi stupéfaite qu'Ariadne. Elle regarda à sa gauche et à sa droite, comme si elle se souvenait qu'elle avait un public, puis elle partit.

Ariadne resta figée quelques instants, sous le choc.

Dionysos envisagea de la prendre par la taille, peut-être de l'attirer dans ses bras. Il ne savait pas ce qui serait approprié, mais Ariadne s'en alla en appelant sa sœur avant qu'il n'ait pu le décider.

– J'espère seulement qu'il sera mort avant qu'elle réussisse à s'enfuir, dit Naïa.

C'étaient des propos durs, mais Dionysos était d'accord.

– Nous devons être prêts à toute éventualité, dit-il. Fortifiez les tunnels. Je veux toutes les entrées surveillées vingt-quatre heures sur vingt-quatre. Si vous voyez quoi que ce soit d'étrange, si pour quelque raison que ce soit vous avez un mauvais pressentiment, sonnez l'alarme, annonça-t-il alors que les Ménades hochaient la tête. Gardez vos armes près de vous lorsque vous dormez. Les Olympiens sont en guerre.

Leurs ordres reçus, les Ménades se dispersèrent, toutes sauf Naïa qui prit Dionysos à part.

– J'ai des nouvelles à te donner, dit-elle.

– Très bien, répondit-il alors que son estomac se nouait.

– Hébé nous a contactés ce matin. Elle sait ce qui est arrivé à Méduse.

Hébé était l'une des Ménades missionnées pour retrouver la Gorgone, et Dionysos craignit le pire quand il entendit le ton de Naïa.

– Qu'est-ce qui s'est passé ? demanda-t-il.

– Elle a été kidnappée par les pirates tyrrhéniens, dit la jeune femme. Ils l'ont prise en otage.

Si ce n'était pas le pire qui aurait pu arriver à la Gorgone, le pire étant la mort, ce n'était pas loin derrière. Dionysos avait un lourd passif avec les pirates tyrrhéniens, qui remontait aux temps anciens, ce qui signifiait que le fait qu'il puisse payer la rançon n'avait pas d'importance. Ils refuseraient de faire affaire avec lui.

– *Merde*, grommela-t-il en coiffant ses cheveux en arrière. Quand la rançon a-t-elle été annoncée ?

– Ce matin.

– Comment sait-on que c'est vraiment elle ?

Il y avait peu de descriptions de la Gorgone en dehors du fait qu'elle était belle et qu'elle pouvait changer les hommes en pierre d'un simple regard. Il s'avérait qu'il fallait que sa tête soit séparée de son corps pour que ce pouvoir fonctionne.

Maintenant, il craignait véritablement le pire – qu'elle soit morte.

Naïa hésita.

– On ne peut pas en être certains, admit-elle. Mais je crois qu'on ne peut pas ignorer la possibilité qu'ils disent la vérité. La dernière fois qu'elle a été vue, c'était sur le rivage de la mer Égée.

C'était vrai. Même Poséidon, tout enfoiré qu'il était, l'avait confirmé.

Je l'ai baisée et je l'ai laissée, avait-il dit. *Si j'avais su la valeur de sa jolie tête, je l'aurais tranchée quand elle était à terre.*

Dionysos serra les poings en y repensant.

Le dieu de la Mer était un ennemi presque aussi grand qu'Héra. Ils étaient rivaux depuis les temps anciens. Cela avait commencé avec Béroé, une nymphe qu'ils avaient tous les deux aimés, et maintenant Ariadne, une femme qui semblait obséder Poséidon et son fils.

– J'ai une idée, dit Naïa.

– Laquelle ?

– Peut-être… qu'il est temps de consulter ton Oracle, dit-elle.

– Je n'ai pas le temps d'analyser un poème débile, dit Dionysos, rejetant immédiatement sa proposition. Et au cas où tu l'aurais oublié, mon Oracle est censée parler pour *moi*, pas l'inverse.

– C'est ton Oracle, elle t'offre des prophéties aussi ! rétorqua Naïa.

– Prophétie, prédiction… Ce ne sont pas des *certitudes*, or c'est ce dont j'ai besoin dans l'immédiat.

– Eh bien, tu n'as rien d'autre dans l'immédiat, justement, alors tu choisis quoi ?

Dionysos grinça des dents.

– Ne fais pas l'enfant, dit Naïa. Ce n'est pas parce que vous sortiez ensemble…

– On n'est pas sortis ensemble, aboya Dionysos.

– Pardon, vous *baisiez*…

Il la fusilla du regard.

– Dionysos, insista la Ménade en l'implorant du regard. Pense à ce qui arrivera si Thésée met la main sur Méduse.

Il n'avait pas besoin d'y penser – il le savait déjà. Thésée la décapiterait, et non seulement une femme innocente mourrait de sa main mais le demi-dieu obtiendrait une autre arme puissante.

Il se frotta le visage.

– Merde. D'accord. Ça va aller ?

– Tout ira bien, dit-elle en souriant discrètement. Tu dois le faire. Tu n'as pas le choix.

Il déglutit et hocha la tête.

– Je… euh… je vais le dire à Ariadne.

Elle tiendrait à savoir où il allait ; pas pour lui spécialement, mais parce que leur partenariat avait débuté en cherchant la Gorgone.

– Bien sûr, répondit-elle. (Elle l'interpella alors qu'il tournait les talons.) Si je peux me permettre, ne prenez pas trop de temps pour vous dire au revoir.

Dionysos lui fit un doigt d'honneur avant de partir dans le couloir. Il ne la chercha pas longtemps, car il la trouva assise par terre devant sa chambre, les genoux repliés, en larmes.

– Eh, dit-il en s'accroupissant devant elle. Ça va ?

– Non, sanglota-t-elle. Je me sens horrible. Je n'aurais pas dû dire ça à Phèdre.

– Tu n'avais pas tort, dit-il.

– Mais il y a un temps pour dire ce genre de chose et je me suis trompée.

– Viens, dit Dionysos en se levant.

Il lui tendit la main et l'aida à se lever, pris d'une bouffée de chaleur, et elle n'essaya pas de se dégager de son étreinte. Il la guida dans une chambre modeste au fond du couloir.

– C'est ici que je dors. Si tu veux accorder un peu d'espace à ta sœur, tu peux dormir ici.

Il chercha son regard, et découvrit qu'elle le dévisageait.

– Merci, chuchota-t-elle.

Il leva la main pour caresser sa joue.

– Je déteste voir la douleur dans ton regard, dit-il.

– Je ne sais pas qui je suis sans elle.

Il ne sut quoi dire et ses mots rendirent sa respiration laborieuse.

– Si je pouvais l'enlever…

– Il faudrait que tu sois la mort elle-même, dit-elle.

– Ne dis pas de telles choses.

– Non ? Même si c'est moi qui ai dû te voir frôler la mort ?

Il la contempla un instant.

– Pourquoi tu es revenue ?

Il lui avait dit de partir, d'emmener sa sœur dans les tunnels et de ne pas rebrousser chemin.

– J'étais obligée, dit-elle.

– Non, tu ne l'étais pas. Tu aurais pu faire ce que j'avais dit. Tu aurais pu t'enfuir par les tunnels.

– Non, je ne pouvais pas, rétorqua-t-elle. Tu as tout risqué pour sauver ma sœur. Tu as tout risqué pour moi. Qu'est-ce que ça dirait de moi si je t'avais abandonné ?

– Que tu es intelligente. Foutrement intelligente, répondit-il avant de l'attirer dans ses bras.

Il l'embrassa et, même s'il aurait aimé faire ça pendant des heures, il savait qu'il n'avait pas le temps.

Il recula en la serrant fort dans ses bras.

– Je dois partir. J'ai une piste sur Méduse.

– Laisse-moi venir avec toi, dit Ariadne en écarquillant les yeux.

Le dieu sentit son regard s'attendrir en entendant sa requête. Il était surpris qu'elle l'ait formulée, car cela impliquait de laisser sa sœur.

– J'adorerais, mais Phèdre a besoin de toi, répondit-il en coiffant une mèche derrière l'oreille de la jeune femme.

– Elle a peut-être besoin de moi, mais elle ne veut pas de moi.

– C'est peut-être la vérité de ce soir, mais ce ne sera pas celle de demain.

– Tu penses partir longtemps ?

– Ce n'est pas mon intention, dit-il. Je reviendrai dès que possible.

Il ne savait pas si sa mission de sauvetage serait un succès. Les pirates avaient annoncé la rançon de Méduse sur le marché noir, ce qui signifiait que tous ceux qui la convoitaient allaient se mettre en route. Or nombre d'entre eux – lui y compris – n'avaient aucune intention de réellement payer.

Ariadne baissa les yeux sur son torse et elle empoigna son tee-shirt.

– Fais attention à toi, s'il te plaît, chuchota-t-elle, et il comprit ce qu'elle disait vraiment.

Ne me quitte pas.

– Si tu m'attends ici, je reviendrai toujours.

Il l'embrassa à nouveau, fermement cette fois, ignorant combien ce baiser ressemblait à une fin plus qu'à un au revoir.

***

Dionysos avait des temples partout en Nouvelle Grèce, mais celui où il se trouvait maintenant était situé dans la citadelle de Perperikon, dans la région de Thrace. Comme la petite ville qu'il surplombait, le temple était creusé dans la falaise. Vingt-cinq marches menaient à un porche couvert, soutenu par de grandes colonnes couronnées de motifs de parchemins. Sur le fronton était gravée une image de lui entouré par ses fidèles fous – la gravure reflétait parfaitement la folie qui se déroulait en temps réel.

Le porche était rempli de gens dont les corps baignaient dans la lumière des feux. Ils dansaient, buvaient et baisaient, pris dans les affres d'une extase religieuse. L'odeur lui monta à la tête – c'était un mélange vibrant de parfums musqués et poudrés, d'alcool et de drogue, en particulier le datura, qui avait une senteur âcre d'ammoniac.

Ce temple n'avait rien à voir avec les autres lieux de culte, où les fidèles venaient en paix pour prier, laisser des offrandes et écouter la parole de l'Oracle. Peut-être le plus difficile pour Dionysos était que ce type de culte était le résultat de la folie d'Héra et qu'en dépit d'en être « guéri », son corps tremblait toujours en le voyant.

Il détestait se souvenir de cette époque effrénée, détestait être saisi d'appréhension aux portes de son propre temple, dans lequel les prêtresses le vénéraient. En vérité, il craignait de plonger à nouveau dans ce chaos, de perdre le contrôle et de ne plus jamais refaire surface, et cela lui donnait l'impression de ne s'être jamais réellement libéré de l'horreur de la magie d'Héra.

Il n'était pas certain du temps qu'il passa à attendre au pied des marches, mais il finit par se sentir suffisamment stable pour entrer dans le temple. Hélas, il n'y trouva aucun répit, car il était aussi bondé que dehors. Sa frustration augmenta et il envisagea de se transformer en jaguar ou en lion pour bondir par-dessus les fidèles, mais sans doute n'obtiendrait-il qu'une ruée mortelle.

Il arriva enfin sur l'autel, où une statue de lui était érigée, et c'est là, dans son ombre, qu'il trouva son Oracle.

C'était une femme sublime, grande et mince, elle était allongée au pied de la statue, nourrie par des serviteurs qui lui offraient raisins et vins.

– Érigone, dit-il en guise de salut, tout en inclinant la tête.

Elle appuya ses mains derrière elle et pencha la tête en arrière de sorte que sa poitrine fut mise en avant, et comme elle portait des robes transparentes et scintillantes, Dionysos put voir tous les détails de son corps.

Il riva son regard sur ses yeux marron qui brillaient de malice.

– Dionysos, dit-elle. Ça fait longtemps.

– Je crains de ne pas avoir eu besoin de tes talents.

– Ni de mes conseils, dit-elle en acceptant la coupe que lui tendait un serviteur. Jusqu'à maintenant, semblerait-il. Tu dois être désespéré.

Son commentaire fut suivi d'un silence rempli de colère.

– Je le suis, admit Dionysos.

Il savait que faire preuve d'humilité l'aiderait avec son Oracle, même s'il peinait à l'exprimer à voix haute.

Elle soupira.

– Que veux-tu, Dionysos ?

Elle sirota son vin, qui avait déjà empourpré ses lèvres.

– J'ai besoin de ton aide pour localiser une jeune femme.

– Souhaite-t-elle être trouvée ?

– Au départ, je ne crois pas, mais elle a depuis été kidnappée par des pirates. Maintenant, ils la retiennent en otage.

Erigone le scruta longuement, le regard froid et confiant. Malgré leur passé, elle ne tournerait pas le dos à une femme en danger.

Elle rendit sa coupe de vin, puis elle prit ses robes miroitantes dans ses mains et se leva.

– Viens, dit-elle, et Dionysos la suivit dans la pièce voisine.

Quelques torches y brûlaient, illuminant des piles d'or scintillant et d'argent miroitant ; des offrandes apportées par les fidèles au fil des siècles. Elle zigzagua entre les trésors jusqu'à atteindre le centre de la salle où se trouvaient une petite table et un plateau d'encens.

– Cette femme, dit Érigone en allumant un des bâtonnets dans les flammes d'une des torches. Est-ce une amante ?

– Ça change quelque chose ?

– Non, répondit-elle en revenant vers lui. Mais elle doit être importante si tu es venu ici.

Dionysos ne répondit rien et le regard d'Érigone s'étrécit tandis qu'elle éteignait la flamme. Des rubans de fumée s'élevèrent autour d'elle dans des effluves d'épices et de raisin.

– Tu te souviens quand je t'offrais des prophéties, Dionysos ?

Le dieu passa d'un pied sur l'autre, mal à l'aise.

– Doit-on revisiter le passé ?

– Je ne demande pas à le revisiter. Je te demande si tu t'en souviens.

Il la dévisagea, frustré, et grinça des dents.

– Je m'en souviens, admit-il.

– À genoux. Entre mes cuisses, dit-elle.

– C'était il y a longtemps, Érigone. Nous avons dépassé tout ça.

– Peut-être est-ce vrai pour toi. Mais je te veux quand même à genoux.

Il la dévisagea quelques secondes.

– Tu es mon Oracle.

– Et comme tout ce qui t'a appartenu, j'ai été délaissée, abandonnée, dit-elle. Est-ce que cette femme le sait ? Celle pour laquelle tu soutiens si galamment mon regard, pour laquelle tu es si mal à l'aise en ma présence ? Sait-elle que ta loyauté est aussi faible qu'une toile d'araignée ?

– Donne-moi la prophétie, Érigone, dit Dionysos.

– Tu es un dieu pathétique, dit-elle, les yeux noirs. La seule raison pour laquelle tu as encore des fidèles, c'est que tout le monde aime boire et baiser.

Dionysos serra les poings, son sang bouillonnait. L'espace d'un instant, il eut envie de la tuer, car les griffes de la folie s'enfonçaient profondément en lui.

Érigone esquissa un sourire malicieux et il pensa que c'était peut-être ce qu'elle voulait, mais elle pencha alors la tête en arrière et ouvrit grand les bras. La fumée d'encens changea de forme pour prendre celle d'une colonne s'élevant dans le noir. Elle prononça des choses, des sons inintelligibles. Cela ressemblait à une chanson dite dans un rythme lent et lyrique.

C'était à la fois perturbant et envoûtant, et une part de lui eut envie de ramper en elle pour voir de ses propres yeux ce qu'elle voyait, mais telle était la magie d'Érigone. Elle était séductrice autant qu'Oracle et elle offrait ses prophéties comme elle baisait, avec un abandon dissolu.

Dionysos planta ses ongles dans les paumes de ses mains. La douleur l'aida à rester lucide et à lui éviter de sombrer dans l'étrange folie qu'était sa prédiction. Lorsqu'elle sortit de sa transe, elle regarda le dieu d'un air déçu.

Il ne bougea pas, trop effrayé de rompre le sort.

– Tu as négligé un devoir sacré. Tu n'as pas enterré les morts, dit-elle.

Dionysos savait ce qu'il lui fallait faire avant même que l'Oracle ait terminé sa prophétie : il devait enterrer l'Ophiotauros, qu'il avait laissé pourrir sur l'île de Thrinacie après que Thésée l'avait assassiné.

Merde.

– Corrige cette offense, poursuivit Érigone, et tout sera révélé.

Il aurait dû écouter Ariadne quand elle l'avait supplié de retourner sur l'île pour finir le travail, mais à l'époque, sa requête avait semblé imprudente, étant donné le danger.

– Tu sais ce que tu dois faire, dit l'Oracle.

– Je le sais, oui.

Ils restèrent silencieux un moment, puis Érigone parla à nouveau.

– La mort jonche ton chemin, Dionysos. Fais attention où tu mets les pieds.

L'écho de ses paroles résonnant dans son esprit, il sortit de la salle.

Il aurait pu se téléporter, mais il préféra retourner dans la foule et marcher dans leur célébration, conscient qu'il aurait besoin de leur culte pour le soutenir dans les jours à venir. Alors que leur énergie l'enveloppait, il ne pouvait toutefois oublier que leurs jours touchaient à leur fin. Bientôt, la chaleur qui l'entourait ne proviendrait plus de leurs corps mais de leurs cendres.

***

Dionysos avait besoin d'un moyen d'atteindre l'île de Thrinacie, car il ne pouvait s'y téléporter directement étant donné que c'était le territoire de Poséidon. La seule raison pour laquelle il avait pu en échapper la dernière fois, c'était qu'Hermès les y avait localisés, lui et Ariadne, et les avait ramenés chez eux.

Il se retrouva donc aux Enfers, frappant à contrecœur à la porte d'Hermès.

– Entrez ! dit le dieu d'une voix chantante mais étouffée.

Sa joie ne fit que mettre Dionysos à cran, et il avait raison d'être suspicieux. Il poussa la porte et se retrouva nez à nez avec les fesses d'Hermès.

Enfin, pas *littéralement.*

Il n'était pas nu, mais c'était tout comme. Ses leggings étaient comme une seconde peau et ne laissaient rien à l'imagination. Quant à son crop-top, ce n'était presque que des manches.

– Qu'est-ce que tu fais ? demanda Dionysos.

– J'ai l'air de faire quoi ? répondit Hermès en le regardant entre ses jambes.

Dionysos était incapable de le regarder dans les yeux.

– Tu te tortures ? proposa-t-il.

– C'est le chien tête en bas, expliqua Hermès avant de se redresser pour se cambrer en arrière.

– C'est bien ce que je disais, répondit Dionysos.

– Tu devrais essayer.

– Je m'en passerai, merci.

– Tu es juste jaloux que je sois plus souple, rétorqua Hermès.

– Je ne crois pas que *jaloux* soit le bon terme.

– Excité, alors ? proposa le dieu de la Ruse.

Il voulut se relever et tomba par terre sur les fesses.

– Pas du tout, non.

– Eh ben mince alors, dit Hermès en se levant et en époussetant ses mains. Qu'est-ce que tu veux ?

– J'ai besoin d'aide pour localiser des pirates, dit Dionysos.

Hermès plissa les yeux.

– Tu es sûr qu'il n'y a rien de sexuel ?

– On ne t'a jamais dit combien tu étais agaçant ?

– Tu veux mon aide, ou pas ?

– Je me pose sérieusement la question, dit Dionysos.

– Eh ben super, rouspéta Hermès. Je n'ai pas de pouvoirs, de toute façon. Pourquoi tu crois que je fais du yoga ?

Dionysos le fusilla du regard. Il savait qu'Hermès n'avait plus de pouvoirs, mais il savait aussi que tous les dieux avaient au moins un article magique. Et Hermès n'était pas une exception.

– Tu as les sandales, dit-il.

– Tu veux mes Talaria ?

– Je ne peux pas me téléporter dans l'océan, Hermès.

– Mes sandales sont des reliques ! Leur place est dans un musée, pas à tes pieds !

– Si c'est vrai, où sont-elles ?

– Je ne vais pas te le dire !

– Tu as oublié, c'est ça ?

– Non ! aboya Hermès en croisant les bras avant de les laisser tomber. Si tu les veux, il va falloir m'emmener à ma maison.

Dionysos haussa un sourcil.

– Laquelle ?

Hermès hésita.

– On va commencer par celle d'Olympe.

– *Commencer ?!* s'exclama Dionysos.

– Ça fait longtemps que je n'ai pas eu à les utiliser ! se défendit Hermès. À ce stade, elles sont symboliques !

– Putain, grommela Dionysos, se téléportant avant qu'Hermès ait pu dire quoi que ce soit.

Il apparut devant l'immense villa d'Hermès avec son toit pentu et son extérieur en stuc.

Hermès approcha de l'entrée arrondie avec ses colonnes de marbre blanc. Dionysos le suivit alors que le dieu de la Ruse tapotait ses cuisses, sa poitrine et même ses fesses.

– Qu'est-ce que tu fais ? demanda Dionysos, déjà agacé.

– J'ai oublié mes clés.

– Tu plaisantes ?

– Ne me juge pas ! En général, j'ai ma *magie* !

Dionysos soupira.

– Pousse-toi.

Le dieu du Vin avança et enfonça son pied dans la porte. Il y eut un craquement, puis elle s'ouvrit en claquant si fort contre le mur intérieur que le verre trembla.

Il se tourna vers Hermès, qui lui lançait un regard noir.

– Tu aurais pu utiliser ta magie, dit-il en lui passant devant pour entrer.

Dionysos le suivit et découvrit un immense double escalier.

– Comment tu décides lequel emprunter ? demande Dionysos.

Hermès ouvrit la bouche, puis la referma et fronça les sourcils.

– Je n'y ai jamais vraiment réfléchi, dit-il avant de poser ses deux mains sur sa tête. Merde, comment je décide ?

Dionysos le regarda d'un air incrédule.

– *Comment* tu as fait pour vivre aussi longtemps, bon sang ?

– Eh ! Je te ferai savoir que je suis futé !

– Bien sûr, dit Dionysos avant de prendre l'escalier de droite. Et moi, je bois de l'eau.

– Toi et Hadès avez de sérieux soucis, dit Hermès en le suivant.

Quand ils arrivèrent en haut, Hermès doubla Dionysos et prit le couloir de gauche jusqu'à une porte. Lorsqu'il alluma, le dieu du Vin fut aveuglé par le rose criard qui recouvrait les murs, le sol et le lit, et même le chandelier.

– Pourquoi tout est *rose* ? demanda Dionysos en se couvrant les yeux.

– Parce que. C'est la chambre rose.

– La chambre rose ?

– Ouais. Et j'ai une chambre dorée, une chambre rouge… commença Hermès en les comptant sur ses doigts.

– Pourquoi ? demanda Dionysos.

– Pourquoi pas ? répondit Hermès en haussant les épaules.

Parce que c'est complètement taré, voulut répondre Dionysos.

– Je ne sais jamais de quelle humeur je vais être, expliqua Hermès en avançant jusqu'à la salle de bains rose de la chambre rose. Certaines nuits, je me sens doré. D'autres, je suis vert.

Dionysos envisagea de demander ce qu'il voulait dire par là, mais il se retint. Il manquait de temps, et il avait besoin des sandales d'Hermès. Moins il y aurait de distractions, mieux ce serait.

Dans la salle de bains se trouvait un coffre, qui était également rose et entouré de miroirs qui reflétaient la lumière du plafonnier. Dionysos supposa que c'était censé être glamour, mais en fait, c'était juste douloureux à regarder.

Hermès approcha de la porte et lança un regard en direction de Dionysos avant de cacher le boîtier numérique du coffre avec ses mains.

Dionysos leva les yeux au ciel.

– Je ne vais pas voler ce qui se trouve dans ton armoire, Hermès.

– Si tu avais pu me voler mes sandales ailées, tu ne l'aurais pas fait ?

– Pour t'éviter ? Si, admit Dionysos.

– Quelle impolitesse ! s'exclama Hermès avant de tourner la molette, puis il ouvrit la porte, révélant une immense penderie pleine d'étagères de chaussures.

– Je t'en supplie, dis-moi que tu n'as qu'un placard à chaussures, dit Dionysos.

– D'accord.

– Oh, merde, grogna le dieu du Vin.

– Ne me juge pas ! J'ai une obsession.

– Tu veux dire une addiction ?

– Mouais, c'est pareil, répondit Hermès avant d'entrer dans le dressing pour commencer sa recherche.

Dionysos le suivit, scrutant les chaussures nombreuses et variées. Il prit une paire de talons compensés couverts de sequins.

– Comment tu portes ces trucs ? demanda-t-il.

– Sur mes pieds, dit Hermès.

– Très drôle, grommela Dionysos en secouant la tête tandis qu'Hermès ricanait. Tu sais ce que je veux dire.

– Je veux bien admettre que ça demande un certain talent.

– Tu ne te contentes pas de te déplacer en volant, quand tu les mets ? demanda Dionysos.

– Ça requiert quand même du talent.

– Ce n'est pas du talent. Tu es un dieu.

– Tu verras ce que tu verras, répondit Hermès.

Ils continuèrent à fouiller le placard.

– Eh bien, elles ne sont pas ici, finit par dire Hermès. Faut qu'on aille voir les autres armoires.

– Les armoires dans tes autres maisons, dans celle-ci ? demanda Dionysos.

La différence était importante.

– Les armoires dans cette maison. Si les sandales n'y sont pas, on ira voir dans une autre maison.

Dionysos se frotta le visage.

– Pourquoi je m'inflige ça ? grogna-t-il.

– Parce que secrètement, tu adores traîner avec moi, déclara Hermès en lui passant devant.

Ils sortirent de la chambre rose et entrèrent dans une chambre bleue, qui n'était pas sur la liste dressée par Hermès précédemment, ce qui inquiéta encore plus le dieu du Vin. Les sandales n'y étaient pas non plus, ils allèrent dans une autre. Celle-ci était violette, et le placard ne contenait pas seulement des chaussures, mais les sandales n'y étaient pas.

Les heures passèrent et Dionysos en vint à se demander si Hermès avait encore les sandales en sa possession. Il se mit à envisager d'autres moyens d'atteindre Thrinacie. Il craignait que, le temps d'avoir les sandales et d'enterrer l'Ophiotauros, il soit trop tard pour sauver Méduse. Toutefois, il n'avait pas vraiment le choix. Il ne possédait pas de monstre volant, et un monstre capable de nager serait aussi dangereux que de tenter une traversée en bateau, étant donné la haine que Poséidon lui vouait.

Même avec les Talaria d'Hermès, il y avait des chances que les pirates lui tirent dessus, mais ses chances d'atterrir près de Méduse seraient quand même meilleures.

C'était ce à quoi il pensait en s'installant sur le lit de la chambre verte, où il finit par piquer du nez. Il ne sut combien de temps il avait dormi quand Hermès s'exclama :

– Oui !

Surpris, Dionysos se leva d'un bond. La vue floue, il vit Hermès sortir du placard une paire de sandales en cuir, ailées, à la main. Elles étaient étonnamment simples, étant donné le penchant du dieu pour les choses extravagantes.

– Je les ai trouvées ! déclara-t-il alors que Dionysos constatait un autre problème.

– Pourquoi elles sont si petites ? demanda-t-il.

– Elles ne sont pas *petites*, dit Hermès en levant les chaussures.

– Tu fais quelle pointure ?

– Je ne sais pas, répondit Hermès.

– Comment tu…

Dionysos s'arrêta. Il avait déjà posé cette question trop de fois, et ça ne le menait jamais nulle part.

– Comment je suis censé les porter si je ne rentre pas dedans ?

– Dionysos, ce sont grosso modo des semelles avec des ficelles, dit Hermès. Vas-y, mets-les.

Dionysos en prit une et essaya de glisser son pied dedans, mais il n'y rentra que trois orteils.

– Pourquoi tes pieds sont aussi énormes ?! s'exclama Hermès avant de hausser un sourcil en le regardant. C'est vrai ce qu'on dit ? Que la taille des pieds reflète la taille du pénis ?

– Je n'en sais rien, répondit Dionysos. Mais je préfère éviter de parler de ma queue avec toi.

– Comme tu voudras, grommela Hermès. J'étais juste curieux.

– Ben, j'ai besoin que ces fichues chaussures m'aillent !

– Tu as ta magie, imbécile. Agrandis-les !

– Ce sont *tes* Talaria, Hermès, je ne peux pas les agrandir !

– Tu peux ajouter des trucs ! Enroule des vignes autour de tes fichus pieds ! gronda Hermès. Dieux, et tu crois que *je* suis débile ?!

Dionysos se sentit rougir et il ne sut si c'était de honte ou de colère.

Il posa les deux sandales par terre et mit ses pieds sur les semelles. Des vignes en jaillirent et s'enroulèrent sur ses pieds, puis sur ses mollets.

– Là ! Lève-toi, maintenant.

Dionysos s'exécuta et fut aussitôt projeté en arrière quand les sandales décollèrent. Il se cogna la tête sur le lit en chutant, il était désormais suspendu par les pieds, la tête en bas, alors que les ailes des Talaria battaient à toute vitesse.

– Putain, Hermès ! Dis-leur de me remettre à l'endroit !

– Je ne peux pas.

– Comment ça, tu ne peux pas ? cracha Dionysos.

– Ce n'est pas comme ça qu'elles fonctionnent. Tu dois apprendre à trouver ton équilibre, puis tu glisses. Comme sur des patins à glace.

– Je n'ai pas le temps d'apprendre à patiner, bon sang !

– Je suppose que tu n'y es pas obligé, remarqua Hermès. Tu peux tout à fait voler jusqu'à ta destination la tête en bas.

Dionysos grinça des dents.

– Allez, mon grand. Fais comme si tu faisais des abdos. Quand tu seras assis, ton poids t'aidera à te lever.

– Comme des abdos, répéta Dionysos d'un ton moqueur.

Il essaya néanmoins, contractant ses abdominaux pour s'asseoir. La première fois, il n'y parvint qu'à moitié. La deuxième, il alla un peu plus loin. La troisième fois, il fit un tour complet et se retrouva à nouveau la tête en bas.

– Putain !

– Tu y étais presque, dit Hermès.

– Je sais que j'y étais presque, bon sang ! Je n'ai pas besoin de tes commentaires !

– Je voulais juste t'aider, rouspéta le dieu de la Ruse en croisant les bras.

– Eh bien, arrête.

– Très bien. Mais tu es *nul* à ça. Complètement naze.

La frustration de Dionysos augmenta et il resta un moment suspendu à l'envers en grinçant des dents, puis il prit une grande inspiration.

– Pardon, Hermès.

Il y eut un long silence.

– Tu gères, Dionysos. Tu vas y arriver.

Il hocha la tête et essaya encore une fois. Il serra les poings, contracta ses abdos et se balança. Une fois dans le bon sens, il ouvrit les bras pour trouver l'équilibre. Ses jambes tremblaient et tout son corps semblait vibrer au rythme des sandales ailées, mais il était debout.

– Oui ! s'exclama-t-il avant de perdre l'équilibre et de retomber à l'envers. Putain ! J'en ai marre !

Dionysos utilisa sa magie pour dénouer les sandales et il s'écrasa par terre, réalisant en heurtant le sol qu'il n'était plus au-dessus du lit.

– Putain de sandales débiles ! marmonna-t-il en se levant et en les saisissant alors qu'elles faisaient du surplace en l'air.

– Comment tu les fais arrêter… de voler ?

Il eut à peine fini sa phrase qu'elles cessèrent de battre les ailes.

– Comme ça, déclara Hermès.

– Tu veux dire que tu peux leur dire d'arrêter de voler, mais pas leur dire de me mettre à l'endroit ?

– Oui.

– Je te déteste.

– Eh, ne me déteste pas. Je ne suis que le messager, répondit Hermès avant de glousser. Tu as compris ? Parce que je suis le Messager des dieux.

Dionysos le fusilla du regard, puis il se téléporta, non sans avoir entendu Hermès crier.

– Eh, attends ! Ramène-moi aux Enfers !

***

Dionysos apparut sur la côte de la mer Méditerranée. Le soleil se levait et projetait ses rayons orange et jaunes sur la surface calme de l'eau. Toujours sublime et chaude, il était difficile d'imaginer tout le mal qui sévissait sur ces eaux, mais c'était un endroit sans foi ni loi, gouverné par un dieu sans merci.

Dionysos posa les sandales sur la plage et mit ses pieds dessus tout en faisant pousser ses vignes afin qu'elles ne décollent pas de nouveau sans lui. Lorsqu'il fut prêt, il se mit sur la pointe des pieds et ouvrit les bras pour garder l'équilibre alors qu'il s'élevait dans les airs.

Son cœur battait la chamade et son front se couvrit de sueur, et il leva une main tremblante pour l'essuyer afin que la transpiration ne coule pas dans ses yeux. Il ne l'avouerait jamais à Hermès, même s'il était évident qu'il peinait, mais bon sang, *c'était dur* !

Avec Hermès, cela paraissait toujours facile. Il glissait dans le ciel dans un éclair doré, alors que Dionysos allait à la vitesse d'un escargot. À ce rythme, il serait à Thrinacie dans une semaine et Méduse serait partie – et sans doute morte – depuis longtemps.

Dionysos prit son courage à deux mains et fit ce que lui avait dit Hermès, penchant son corps légèrement en avant. Il sentit le vent souffler plus fort autour de lui alors qu'il accélérait au-dessus de l'eau, les couleurs se fondant l'une dans l'autre dans un bleu sans fin. Lorsqu'il passait suffisamment de temps à une certaine vitesse, il lui était plus facile d'accélérer et, bientôt, il eut l'impression d'être sur une planche à voile.

Il se mit à rire en se sentant triomphant, puis il perdit l'équilibre et tomba la tête la première dans l'eau, inhalant une gorgée d'eau salée qui lui brûla la gorge. Il sortit la tête de l'eau et se demanda comment il était censé se remettre debout. Il n'y avait aucun rocher ni aucune île à des kilomètres à la ronde, et il était à court de temps.

– Putain ! cria-t-il en s'essuyant les yeux. Je hais *tout* !

Il roula sur le côté de sorte à flotter sur le dos et tendit les pieds en l'air. Les ailes des sandales battaient à toute vitesse et Dionysos se retrouva bientôt suspendu à l'envers, la tête dans la mer.

Il essaya de se lever, mais il n'arrivait pas à respirer, son nez et sa bouche étaient pleins d'eau salée. Plus les ailes séchaient, plus il prenait de la hauteur, mais à ce stade, il était trop fatigué pour essayer de se lever, alors il se résigna à faire le trajet la tête en bas.

Jusqu'à ce qu'il remarque une énorme vague venir vers lui.

– Nom de dieux ! dit-il en retrouvant soudain ses forces.

Mais comme il ne parvenait pas à se remettre à l'endroit, il se mit à crier.

– Je sais que vous m'entendez, putain ! hurla-t-il en regardant les sandales. Volez plus haut, imbéciles !

Elles n'écoutèrent pas.

La première vague le frappa avec une telle force qu'il en eut le souffle coupé. Il profita du court répit jusqu'à la suivante pour crier de nouveau.

– Vous ne servez à rien ! Comme votre propriétaire !

La deuxième vague était encore plus violente et il ne parvint pas à retenir son souffle. L'eau lui brûla la gorge et les poumons et il toussa violemment. Il n'avait pas eu le temps de se préparer pour la vague suivante et, entouré d'eau, il fut certain qu'il allait mourir. Peu importe qu'il soit dieu et qu'il puisse se guérir. La mer était toute-puissante et il ne pouvait pas respirer dans ce lieu sombre et violent ; il ne supportait pas la douleur qui transperçait sa poitrine et gonflait dans sa gorge – mais soudain, un calme étrange s'empara de lui et il ne sentit plus rien.

L'espace d'un instant, il était juste… *anesthésié.*

C'est alors qu'il émergea à la surface de l'eau, les sandales le portaient quelques mètres au-dessus des vagues. Dionysos gonfla douloureusement ses poumons, puis il s'étouffa en vomissant toute l'eau qu'il avait avalée. Il avait envie d'insulter les sandales, mais il avait trop mal à la gorge pour parler, alors il resta suspendu à l'envers au-dessus de la houle, puis il perdit connaissance.

***

Une odeur atroce réveilla Dionysos. Quand il ouvrit les yeux, il se retrouva nez à nez avec le strabisme convergent d'un mouton.

– BEEE ! cria l'animal au même moment où Dionysos hurlait.

Il se couvrit la bouche, à la fois pour se taire mais aussi pour se retenir de frapper la bête. Cela dit, il en avait très envie.

Ariadne serait très déçue que tu cognes le mouton, se rappela-t-il.

– Dieux, mais pourquoi tu fais ça ? demanda-t-il.

– Beee ! répondit l'animal.

– Tais-toi ! gronda le dieu en s'asseyant, pris d'un vertige.

Il leva la tête vers le mouton, puis il regarda autour de lui en réalisant qu'il connaissait cet endroit. Il était sur le rivage de Thrinacie.

Dionysos baissa les yeux, soulagé de voir que les sandales étaient encore accrochées à ses pieds, puis il regarda à nouveau le mouton.

– C'est quoi cette odeur ? demanda-t-il.

La bête répondit par un autre bêlement et, si son haleine était rance, ce n'était rien comparé à l'odeur qui flottait autour de lui.

Cette odeur était le signe de quelque chose de bien pire. C'était le genre d'odeur qui laissait une trace longtemps après qu'elle avait disparu.

C'était l'odeur de la mort.

L'estomac de Dionysos se noua d'appréhension. Il était possible que l'odeur provienne du corps en décomposition de l'Ophiotauros, mais il sut, même en le pensant, que c'était un vœu pieux. Il s'était passé autre chose, ici.

Quelque chose de terrible.

Le mouton et lui échangèrent un regard. L'animal ouvrit la bouche et bêla à gorge déployée avant de tourner les sabots pour le mener vers la forêt. Il ne pensait pas avoir besoin d'être escorté par l'ovin pour retourner à la grotte du cyclope, mais suivre la bête lui apporta un certain réconfort alors qu'ils arpentaient le terrain dense et rocheux à flanc de montagne. L'odeur ne fit qu'empirer au fur et à mesure qu'ils avançaient.

Dionysos n'avait jamais accordé beaucoup d'attention au pouvoir d'une odeur, mais il avait l'impression de heurter un mur solide, et peu importe qu'il tente de le repousser, celui-ci ne bougeait jamais. L'odeur flottait dans l'air, imprégnant ses vêtements et brûlant son nez.

Quand ils arrivèrent enfin à l'entrée de la grotte, ses yeux pleuraient et son nez coulait, et il lui semblait qu'il allait vomir d'un instant à l'autre. Mais il venait de trouver l'origine de l'odeur.

L'Ophiotauros n'était pas le seul corps en décomposition à l'intérieur de la caverne.

Il y avait aussi celui du cyclope.

Polyphème.

Son cadavre grisâtre reposait comme une montagne près de la source que Dionysos avait changée en vin. Il approcha d'un pas hésitant, le bras sur le nez – non pas que cela le protégeât de l'odeur. Il se demanda ce qui était arrivé à la créature. Il semblait être dans la même position que celle dans laquelle Dionysos et Ariadne l'avaient laissé quand il avait perdu connaissance, saoul. Mais quand Dionysos contourna son corps, il découvrit que son œil était percé d'une lance.

Le cyclope avait été assassiné.

Dionysos scruta la pénombre en se demandant qui l'avait attaqué, même si le coupable devait être parti depuis longtemps. Peut-être le vieil homme qui lui avait demandé de tuer le cyclope l'avait-il suivi pour finir lui-même le travail. Quoi qu'il en soit, Dionysos se demanda quelle malédiction hanterait la personne qui avait négligé de l'enterrer.

Dionysos quitta le cyclope et s'enfonça davantage dans la grotte, suffoquant sous l'odeur de chair en décomposition, jusqu'à trouver les restes de Bully.

Il resta silencieux un moment, saluant la mémoire de l'Ophiotauros qui avait protégé Ariadne. Il avait beau être un monstre au corps de serpent et à la tête de taureau, c'était une créature inoffensive qui était effrayée plus qu'elle n'était violente. Les Moires lui avaient assigné un destin terrible. Car telle était leur nature cruelle.

Après quelques secondes, il s'agenouilla et se mit à creuser autour du corps de Bully à l'aide d'une pierre pointue. Quand le trou fut assez profond, il prit la créature par les cornes, espérant tirer son corps à l'intérieur, mais son état de composition était tel que seule la moitié du corps y parvint, et Dionysos dut pousser ce qui restait dans la fosse avec son pied.

C'était horrible, et l'odeur ne diminuait pas.

Quand il eut fini, il recouvrit la créature avec de la terre. C'est tout ce qu'il réussit à faire avant de sortir de la grotte en courant et de vomir.

Il était penché en avant, les mains sur les genoux, quand quelque chose le frappa à la tête, par-derrière, et il crut que sa tête allait exploser, mais il perdit connaissance. Encore une fois.

Chapitre XXIX

PERSÉPHONE

Perséphone était installée dans son fauteuil préféré de la bibliothèque. Un feu crépitait dans la cheminée et Cerbère, Typhon et Orthos dormaient pendant qu'elle lisait – ou qu'elle essayait de lire. Malgré la tranquillité de la soirée, elle ne pouvait se débarrasser de l'impression qu'il se passait quelque chose de mal. Le sentiment enflait dans sa poitrine et lui nouait la gorge, empirant à chaque seconde.

Quelque chose lui éclaboussa la jambe.

Elle n'y prêta d'abord aucune attention, pensant l'avoir imaginé, mais elle sentit alors une deuxième goutte.

Elle posa son livre en s'attendant à découvrir qu'Orthos lui bavait dessus, mais ce n'était pas le cas. Elle essuya le liquide et quand elle regarda ses doigts, elle découvrit qu'ils étaient couverts de sang.

Bizarre, pensa-t-elle.

Quand une autre goutte tomba, elle leva la tête et son sang se glaça en découvrant que le plafond était saturé de rouge – elle sut que c'était du sang. Il formait des flaques par endroits, puis gouttait au sol ou coulait le long des murs.

Son cœur se mit à battre la chamade et la panique grossit en elle.

Elle se leva d'un bond et découvrit soudain qu'elle était au lit, à côté d'Hadès. Il n'y avait pas de sang, seulement le satin noir de leurs draps.

Elle prit une grande inspiration et se leva. L'air était froid malgré le feu et elle frissonna, couverte de chair de poule.

Elle alla jusqu'au bar d'Hadès et se servit un whisky, elle s'apprêtait à le boire quand sa voix fendit le silence.

– Qu'est-ce que tu fais ?

Elle se tourna et le découvrit tout près d'elle. Sa chaleur effleura sa peau et elle se rapprocha de lui en le regardant dans les yeux.

– J'essaie de chasser les ténèbres, dit-elle.

– Tu ne feras que les nourrir, répondit-il en lui prenant le verre des mains.

Elle s'attendait à ce qu'il le boive lui-même, mais il n'en fit rien, il le posa sur le bar sans jamais la quitter des yeux.

– C'est pour ça que tu bois ? demanda-t-elle.

Il l'étudia en silence avant de répondre.

– Je ne souhaite pas que tu sois comme moi.

– Est-ce que tu m'aimerais moins ?

– Jamais, répondit-il avant de froncer les sourcils. Cette question était injuste.

Perséphone baissa les yeux et Hadès se rapprocha encore, glissant un doigt sous son menton pour relever sa tête vers lui.

– Dis-moi, dit-il d'une voix grave qui vibra dans sa poitrine.

– Il n'y a rien à dire, dit-elle en le regardant. C'était juste un cauchemar.

Hadès l'étudia, les yeux brillants comme de l'obsidienne, reflétant le désir qui brûlait en elle.

– Tu veux dormir ?

– Non, dit-elle. Non… je ne veux pas dormir.

Hadès regarda sa bouche.

– Alors, que veux-tu ? demanda-t-il d'une voix qui promettait l'adulation et fit frémir son sang.

Elle passa sous son bras, qu'il avait appuyé contre le bar pour l'enserrer, et elle prit le tas de carte sur la cheminée.

– Je veux jouer, dit-elle.

– Jouer ?

– Oui. Avec un gain à la clé.

Hadès pencha la tête sur le côté.

– Alors annonce tes conditions, Déesse.

– Si tu gagnes, tu obtiens tout ce que tu désires, du moment que ça m'apporte du plaisir.

– Puis-je demander la même chose de toi ? demanda Hadès dont le regard noircit.

Elle essaya de ne pas sourire.

– Tu peux.

– Et à quoi veux-tu jouer ?

– Au poker.

Il haussa un sourcil.

C'était le jeu qu'il avait choisi le soir où ils s'étaient rencontrés pour la première fois, et elle le choisissait maintenant parce qu'elle avait besoin de se changer les idées.

– Très bien, Déesse, dit-il. Tu veux distribuer les cartes ?

– Je te laisse l'honneur, dit-elle avant de s'asseoir, se retrouvant soudain nez à nez avec la verge d'Hadès.

Elle remonta lentement les yeux vers les siens.

– Dépêche-toi, Milord, chuchota-t-elle d'une voix rauque.

Elle vit Hadès fermer les poings et des ombres dansèrent dans ses yeux.

– Comme tu le souhaites, ma chérie.

Il s'assit en face d'elle et mélangea les cartes avant d'en distribuer deux à chacun.

Perséphone ne regarda pas les siennes et Hadès haussa un sourcil.

– Tu ne souhaites pas connaître ton jeu ? demanda-t-il.

Elle ricana et soutint son regard en lui répondant.

– Chéri, je gagne d'une façon ou d'une autre.

Hadès se crispa et elle crut un instant qu'il laisserait tomber le jeu et la prendrait tout de suite sur la table qui les séparait, mais il finit par distribuer cinq cartes supplémentaires, face retournée – un valet, un huit, un roi, un neuf et un as.

Perséphone retourna ses cartes ; elle avait un roi et un as.

Hadès avait une reine et un dix.

Il avait gagné.

Elle serra les cuisses, envahie tout à coup par une vague de désir brûlant.

– Viens, dit Hadès.

Perséphone se leva, puis elle s'agenouilla devant lui.

– Pourquoi es-tu à genoux ?

– Pardonne-moi, je supposais que tu voulais ma bouche.

Hadès prit son visage dans ses mains et caressa ses lèvres avec son pouce.

– Ne prends pas ma question pour un refus, dit-il. Je désire ta bouche, mais j'avais autre chose en tête. Debout.

Elle obéit et il empoigna ses fesses pour l'attirer à lui, restant assis et enfouissant sa tête entre ses cuisses.

Elle soupira et plongea les doigts dans ses cheveux tout en écartant les jambes.

– Il était censé être question de *ton* plaisir, dit-elle.

– Mais ça me fait plaisir, répondit-il.

Son souffle chaud contre sa chair lui donna le tournis.

– Qu'est-ce qui te fait plaisir, exactement ? demanda-t-elle, et il fredonna contre sa peau.

– Tout, dit-il en écartant ses lèvres pour la lécher, glissant lentement ses doigts dans sa chaleur mouillée.

Il était dur de décrire combien c'était bon, mais aussi le fait dont elle le sentait dans tout son corps alors qu'il n'accordait d'attention qu'entre ses jambes.

– Hadès, chuchota-t-elle en empoignant ses cheveux.

Elle voulait qu'il soit plus près pour se frotter à son visage.

Elle voulait se contracter autour de lui et jouir.

Il glissa par terre et l'invita à appuyer son pied sur l'assise du fauteuil. Il passa ses bras sous ses cuisses et suça son clitoris en la regardant dans les yeux, puis il la lâcha.

– Prie-moi, ma chérie, dit-il. Et je te laisserai peut-être jouir.

– Mais je te prie tous les jours, répondit-elle en griffant son crâne avant d'empoigner ses cheveux. Je te vénère constamment.

Elle pressa son sexe contre son visage et il la fit grimper au septième ciel.

– Putain, gémit-elle en tremblant des pieds à la tête.

Elle se pencha en avant, incapable de rester droite, la tension déferlait par vagues dans ses veines. La position rapprocha ses seins du visage d'Hadès et il titilla ses tétons avec sa bouche, les suçant et les léchant jusqu'à ce qu'elle puisse se redresser, même si cela n'empêcha pas Hadès d'embrasser sa peau.

– Poursuivons-nous notre jeu ? demanda-t-il d'une voix suave, la bouche luisante de son orgasme.

Elle soutint son regard, les mains sur ses épaules.

– Bien sûr, dit-elle d'une voix essoufflée qu'elle n'arrivait pas à cacher.

Elle voulut retourner à sa place, mais Hadès la retint.

– Non, dit-il en se rasseyant dans son fauteuil. Assieds-toi.

Perséphone haussa un sourcil tout en obéissant et elle le laissa la guider sur ses cuisses, sa verge blottie contre ses fesses. Elle peina à respirer et à se concentrer sur autre chose que le vide qu'elle ressentait.

Elle préférait largement cela – n'importe quoi pour la distraire du cauchemar qui avait précédé.

– Tu es sûre que ta performance n'en sera pas affectée ? demanda-t-elle.

Hadès tendit la main pour prendre les cartes et elle bougea avec lui.

– Il me semblait qu'on avait établi que j'étais capable de faire plusieurs choses en même temps, dit-il tout contre son oreille, qu'il mordilla.

– Je ne suis pas certaine que j'aime que tu fasses plusieurs choses en même temps, répondit-elle en frissonnant.

– Tu trouves que je te fais défaut ? demanda-t-il en mélangeant les cartes devant elle.

– Non. Mais peut-être que moi, oui.

– Tu sous-estimes grandement le pouvoir que tu as sur moi, ma chérie. Je suis simplement déterminé à faire ce que tu as demandé.

Elle tourna la tête vers Hadès et joignit les mains dans son cou, ouvrant la bouche pour lui. Il plongea la langue dans la sienne, et quand ils rompirent le baiser, Perséphone découvrit qu'il avait tant serré les poings que les cartes étaient en boule.

– Tu les as ruinées.

– On se fout des cartes, Perséphone. Maintenant, assieds-toi sur ma queue.

Elle sourit et se souleva. Hadès approcha son gland de son sexe et ils gémirent quand elle s'assit sur lui.

Hadès remonta ses mains le long de sa taille et palpa ses seins avant de déposer des baisers dans son dos. Il écarta ensuite ses jambes avec les siennes et saisit ses hanches pour la faire rebondir sur sa verge.

– Dieux, chuchota-t-elle en penchant la tête en arrière pour l'appuyer sur son épaule.

Hadès saisit sa mâchoire et rapprocha leurs bouches, l'embrassant sans cesser ses coups de bassin, tout en baissant une main entre ses cuisses.

Elle retint son souffle et susurra son nom, se cambrant en arrière alors que son plaisir gonflait en elle. Elle appuya ses omoplates à son torse et son corps se crispa de plus en plus, car elle se soulevait jusqu'à la pointe de sa verge pour se rasseoir brusquement dessus.

– Oui, chérie. C'est ça. Jouis pour moi, dit Hadès en enfouissant son visage dans le creux de son cou. Putain !

Elle jouit par vagues, chacune frémissant dans ses veines pendant qu'Hadès taquinait son clitoris enflé et dur. Elle crut qu'elle allait exploser tant le plaisir était intense.

Lorsqu'il eut fini, il la serra contre elle et, alors que le silence s'abattait sur eux, les ténèbres en firent de même.

– J'ai rêvé de murs en sang, dit-elle en crispant la mâchoire. Qu'est-ce que ça signifie ?

Il la serra contre lui en lui répondant.

– C'est une mise en garde.

– Contre quoi ?

– Je ne sais pas, admit-il en cherchant son regard.

Et dans ses yeux, elle vit son appréhension, qu'elle ressentit dans son propre cœur.

***

Quand Perséphone se réveilla, elle vit un brouillard rouge du coin de l'œil et tourna la tête aussi vite que possible, découvrant que le soleil matinal éclairait les fenêtres. Elle inspira et tenta de calmer son rythme cardiaque.

– Tu vas bien ? demanda Hadès.

Elle se tourna vers lui en se demandant s'il avait perçu sa frayeur. Elle se rapprocha et fondit contre lui. Si elle l'avait pu, elle serait restée là pour toujours, mais ce n'était possible ni pour l'un ni pour l'autre.

Aujourd'hui, Aphrodite annonçait les jeux funéraires, et Perséphone retournait au travail. Elle, Sybil et Leucé travaillaient sur un article pour *Le Porte-Parole* qui offrirait une chronologie détaillée des atrocités commises par la Triade et leurs fidèles Impies.

Face aux accusations de Thésée, elles espéraient que cela montrerait son hypocrisie et saperait son appel à cesser de vénérer les dieux.

Perséphone avait beau croire en ce travail et à l'importance de révéler les injustices, elle craignait des représailles – pas contre elle, mais contre tous ceux qu'elle aimait.

Hadès avait eu la même crainte au début de leur relation et, aujourd'hui, après la mort de Zofie et l'enlèvement puis la torture de Sybil et d'Harmonie, elle comprenait son inquiétude d'une manière qu'elle aurait préféré ne jamais connaître.

– Ça me semble mal, dit-elle. De… d'essayer de retourner à la *normale* alors que tant de gens souffrent.

Hadès caressa son bras avec son pouce. Elle se concentra sur son toucher, qui la distrayait de l'angoisse qui crépitait dans sa poitrine.

– Si on ne fait rien, on cesse de vivre, dit Hadès. Et si on cesse de vivre, Thésée gagne.

C'était dur à entendre, mais elle savait que c'était vrai.

– Où seras-tu aujourd'hui ?

Même en posant la question, elle se demandait s'il lui dirait la vérité ou éviterait tout bonnement la question.

– Je vais aller voir Héphaïstos, dit-il. Cela fait longtemps que nous nous préparons pour le besoin d'armer nos alliés pour la bataille.

Perséphone se crispa.

– Qu'y a-t-il ?

– Rien, chuchota-t-elle.

En vérité, c'était la première fois qu'il parlait d'armer leurs fidèles pour le combat.

– C'est juste que… je ne crois pas que j'avais envisagé que ce combat s'étende au-delà de nous, au-delà des dieux.

– Thésée a rallié les masses, dit Hadès. Quand nous nous affronterons, il en ira de même pour les mortels.

– Et les innocents ? demanda-t-elle en reculant pour le regarder. Les enfants ? Où iront-ils pendant cette guerre ?

Hadès parut soudain hanté.

– Je… je ne sais pas, admit-il.

– On doit le savoir, Hadès. Comment peut-on se lancer dans cette horreur sans stratégie pour les protéger ?

Il hésita et elle comprit le sens de son silence. Dans toutes les batailles qu'il avait connues, il ne s'était jamais posé la question. Au bout d'un moment, il coiffa une mèche derrière son oreille dans un geste tendre qui contrastait avec leur conversation lugubre.

– Alors nous allons élaborer un plan, dit-il. Et espérer que Thésée mourra avant d'avoir à le mettre en action.

Perséphone attendit qu'Hadès se lève pour se doucher. Elle n'arrivait pas à se débarrasser de l'impression qu'une chose terrible allait se passer, ce qui était logique étant donné tout ce qui s'était passé au cours des dernières semaines et ce qui les attendait durant les jeux funéraires.

Pourtant cette fois, c'était différent. Elle se sentait différente.

Thésée avait mis son monde sens dessus dessous et elle était devenue une autre personne, une personne qu'elle ne reconnaissait pas et qu'elle n'était même pas sûre d'apprécier.

Cette personne, celle qui portait sa peau, était une meurtrière. Peu importait qu'elle n'ait pas eu l'intention de tuer sa mère. C'était arrivé, et elle n'arrivait pas à décider comment vivre avec la honte que cela entraînait. Le plus dérangeant, toutefois, était la colère qui faisait rage sous son désespoir et empoisonnait son sang d'un besoin de vengeance. Or elle ne pensait pas se sentir apaisée avant d'avoir témoigné de la souffrance de Thésée.

Peut-être est-ce ainsi que les dieux sont véritablement faits, pensa-t-elle.

Quand elle fut habillée, elle sortit de sa chambre et se rendit dans la suite de la Reine pour récupérer Sybil. Elle et Harmonie séjournaient encore aux Enfers et Perséphone ne souhaitait pas qu'elles rentrent chez elles. Pas tant que tout n'était pas réglé avec Thésée et la Triade.

Elle frappa à la porte et attendit que Sybil lui ouvre, elle la découvrit totalement bouleversée.

Le ventre de Perséphone se noua.

– Sybil, qu'est-ce qui ne va pas ? demanda-t-elle en avançant d'un pas. Est-ce qu'Harmonie va bien ?

– Oh, Perséphone dit Sybil, les yeux rouges et larmoyants.

– Sybil, insista Perséphone. Qu'est-ce qu'il y a ?

L'Oracle tourna sa tablette vers elle et elle baissa les yeux sur l'écran. Un vrombissement remplit ses oreilles tandis qu'elle scrutait les mots à l'écran :

La déesse du Printemps accusée de matricide : Hélios raconte tout.

Chapitre XXX

HADÈS

Quand Hadès arriva sur l'île de Lemnos, Aphrodite ne l'accueillit pas comme à son habitude, mais il n'en fut pas surpris. Sans doute était-elle occupée à organiser et à préparer l'annonce des jeux funéraires. Si Hadès comprenait qu'Héphaïstos s'inquiète pour elle, il lui semblait que les jeux étaient le meilleur moyen d'inciter Thésée à se montrer en public. S'ils réussissaient à le tuer là-bas, ils pourraient facilement laisser penser à un accident, en dépit des règles. Thésée avait beau être un demi-dieu, il guérissait lentement, et s'il était tué grâce à une arme qu'il avait lui-même créée, eh bien… Némésis appellerait ça le karma.

Hadès traversa le pont qui reliait la villa d'Héphaïstos et Aphrodite à la forge du dieu de Feu, située au cœur d'un volcan. La dernière fois qu'il était venu, ils avaient parlé d'armes et, en particulier, Hadès lui avait demandé un arsenal empoisonné de venin d'Hydre, ainsi qu'un outil capable de couper les filets de Thésée. Il ne s'était pas attendu à trouver une telle arme dans le labyrinthe, sous la forme de la griffe du lion de Némée – c'était bien la seule chose positive à être sortie de ce lieu horrible.

Le problème était qu'il n'avait qu'une seule griffe et s'il y en avait d'autres dans le palais de Cnossos, elles ne valaient pas la peine d'y retourner. Ils devraient se contenter d'une seule.

Le rugissement de l'océan tira Hadès de ses pensées. La dernière fois qu'il était venu ici, tout était couvert d'épaisses couches de neige et de glace, mais le soleil brillait à présent dans le ciel bleu. Hadès sentait les rayons brûlants d'Hélios, qui n'aimait pas être éclipsé ni ignoré – le fait qu'Hadès soit derrière la récente tempête de neige l'avait sans doute mis encore plus en colère.

Hadès se demanda si Hélios se préoccupait de Cronos. Il était certain que le dieu omniscient avait été témoin du meurtre de sa mère, et étant donné qu'il s'était rangé dans le camp des Olympiens pendant la Titanomachie, le dieu du Soleil était sans doute sur la liste assassine de son père. Or Cronos, avec sa capacité à manipuler et détruire par le temps, ne serait repéré par Hélios que lorsque ce serait trop tard.

Hadès échappa à la chaleur en entrant dans l'atelier caverneux d'Héphaïstos. Il y régnait le chaos organisé habituel et c'était plein à craquer d'inventions et d'armes de sorte qu'il ne restait qu'un étroit passage menant à sa forge, qui se trouvait au pied d'un escalier en colimaçon.

L'air devint de plus en plus chaud au fur et à mesure qu'Hadès descendait. Quand il arriva enfin devant la forge, il trouva Héphaïstos devant une table sur laquelle se trouvait un monticule d'épées. Il en tenait une dont il fourbissait la lame teinte de noir, là où elle aurait dû être argentée.

Le forgeron leva la tête quand Hadès entra.

– Est-ce que tu m'as pardonné ? demanda Hadès.

– Je te répondrai après les jeux.

– Je comprends, répondit Hadès en approchant de la table.

Cela dit, Héphaïstos ne laisserait rien arriver à Aphrodite.

– Les armes pour tes mortels, dit le dieu en désignant d'un hochement de tête la table, mais aussi l'amas de lances, de flèches et les seaux de balles à sa droite.

– Toutes trempées dans du venin d'Hydre ? demanda Hadès.

– Comme tu me l'as demandé.

– Comme je l'ai demandé, répéta Hadès, même s'il s'inquiétait d'armer des milliers de mortels avec des armes capables de blesser et de tuer les dieux. Est-ce que je commets une erreur, Héphaïstos ?

– À défaut d'avoir de meilleures armes qu'eux, les nôtres devraient au moins être égales.

– Une fois qu'elles circuleront dans le monde, elles seront impossibles à récupérer, dit Hadès.

– C'est vrai de bien des choses, admit Héphaïstos.

– Oui, mais peu de choses ont des conséquences aussi graves, répondit Hadès.

Par le passé, il n'aurait pas réfléchi longtemps aux conséquences. Mais c'était avant Perséphone. Maintenant, il n'avait de cesse de penser que l'existence de ces armes représentait une menace pour elle, et il voulait toutes les éliminer, même s'il savait que c'était impossible. Même s'ils essayaient de récupérer toutes les armes, certaines finiraient vendues au marché noir. Il s'était passé la même chose après la Grande Guerre, et Hadès avait beau s'acharner, des reliques lui filaient toujours entre les mains.

– Si on ne peut pas retirer les armes de la circulation, il nous faudra trouver un autre moyen de lutter contre leurs effets, dit Héphaïstos.

– Que proposes-tu ?

– Pour l'instant, je peux forger des flèches guérisseuses grâce à la Toison d'or, dit Héphaïstos.

Cela signifiait qu'elles pourraient facilement être utilisées pendant le combat si l'un d'entre eux était blessé.

– Toutefois, ajouta le forgeron, la ressource est limitée. Lorsqu'il n'y en aura plus, il n'y en aura vraiment plus.

Limitée, pensa Hadès. Il voulait qu'elle soit *illimitée*, mais ce n'était pas possible. La Toison avait appartenu à Chrysomallos, un bélier ailé né de l'accouplement d'une mortelle et de Poséidon, et même s'ils essayaient de recréer ces circonstances – ce qu'Hadès ne ferait jamais –, cela n'impliquait pas qu'un autre bélier doré verrait le jour.

– J'ai une dernière requête, dit Hadès en sortant la griffe de lion de sa poche pour la donner au dieu du Feu. Quand j'étais dans le labyrinthe, j'ai affronté le lion de Némée et il s'avère que sa griffe a pu couper le filet de Thésée. Mais je n'ai pu en rapporter qu'une. Est-ce que tu peux en faire un poignard ?

– Je peux, dit Héphaïstos. Peut-être deux, si j'arrive à la diviser.

– Tout ce que tu parviens à faire sera bienvenu, dit Hadès.

Héphaïstos mit la griffe de côté.

– Est-ce que tu veux voir ce que j'ai fabriqué pour ta femme ?

– Bien sûr, dit Hadès.

Héphaïstos traversa la pièce vers une table couverte d'un épais drap en lin. Il le retira, révélant plusieurs armes : des arcs et des flèches aux pointes dorées, des lances et un bident. Mais ce fut l'armure noire et le bident doré qui attirèrent l'attention d'Hadès.

L'armure était en plusieurs morceaux : un plastron et une jupe armurée gravés de fleurs et de détails dorés que le dieu avait dû faire à la main. Le bident semblait avoir été trouvé dans un jardin, car il était couvert de vignes et de fleurs. Le tout était sublime.

– Héphaïstos, dit Hadès en prenant le bident.

Il était léger malgré les nombreux éléments décoratifs à la base des dents.

– C'est… trop beau pour connaître le combat.

– Si les jeux funéraires se déroulent comme prévu, peut-être qu'il ne le connaîtra jamais.

Ils pouvaient seulement l'espérer.

– Héphaïstos ! appela Aphrodite.

Sa voix inquiète résonna dans la forge caverneuse et les poils se hérissèrent sur la nuque d'Hadès. Son appel fut suivi par un cri aigu et les deux dieux se téléportèrent aussitôt auprès d'elle, craignant le pire, découvrant qu'elle avait glissé et était tombée en descendant les marches.

– Hadès, dit-elle en essayant de se lever. Tu dois aller…

Ses propos furent interrompus par un cri de douleur quand elle voulut s'appuyer sur son pied. Elle commença à tomber, mais Héphaïstos l'attrapa et la souleva dans ses bras.

– Tu dois aller auprès de Perséphone, dit-elle pendant qu'Héphaïstos la portait dans sa forge. Tout est gâché. Notre plan pour les jeux funéraires ne marchera plus, maintenant !

– Je ne comprends pas, dit Hadès.

Quand Héphaïstos la déposa sur une table, ils purent voir que sa cheville était enflée et bleue. Héphaïstos la prit dans ses mains et Aphrodite gémit alors que sa magie la guérissait.

– Je déteste être mortelle, soupira-t-elle quand il eut fini.

– Tu disais, Aphrodite ? s'impatienta Hadès. *Au sujet de Perséphone ?*

– Hélios prétend avoir vu Perséphone assassiner Déméter, dit Aphrodite. Tout le monde ne parle que de ça, ce qui signifie non seulement que l'annonce des jeux sera éclipsée mais également que nos raisons ne sont plus valables. On peut difficilement accuser Thésée de tuer des dieux alors que Perséphone a fait la même chose.

– Ce n'est pas la même chose, rétorqua Hadès.

– Tu crois que le monde mortel se souciera des détails ? Un tueur de dieu est un tueur de dieu.

Hadès se fichait de ce que penserait le monde mortel. Il se souciait seulement de Perséphone et de l'impact que cela aurait sur elle.

Il regarda à sa gauche, où les armes qu'Héphaïstos leur avait fabriquées scintillaient à la lueur des flammes, et il prit le bident dans ses mains.

– Hadès, qu'est-ce que tu vas faire ? demanda Aphrodite d'un ton de mise en garde.

– Je vais tuer un dieu, répondit-il.

– Tu penses vraiment que c'est la meilleure solution, étant donné la situation ?

– Tu me poses sérieusement cette question ?

– Ne fais rien qui encouragera le monde à se ranger dans le camp de Thésée, Hadès, dit Aphrodite. On a encore besoin de fidèles. On a encore besoin d'être vénérés.

– *Tu* as besoin d'être vénérée. Moi, je n'ai besoin de rien au-delà de la peur de la mort, répondit-il.

– Ne sois pas égoïste, Hadès. Réfléchis. Qu'est-ce que tuer Hélios accomplira ?

– Ma vengeance.

– Et qu'est-ce que ça accomplit pour Perséphone ? En dehors de confirmer sa culpabilité ?

Hadès la fusilla du regard.

Il détestait qu'elle ait raison presque autant qu'il détestait Hélios.

Il pointa le bident sur elle.

– Annonce les jeux, Aphrodite. Nous tuerons Thésée, puis nous ferons payer Hélios pour chaque seconde où ma déesse sera en détresse.

Il partit aussitôt en quête de Perséphone.

***

Hadès trouva la déesse assise au milieu de touffes d'asphodèles, dans le champ au-delà du palais. Elle pleurait et ses joues étaient striées par les larmes. Il s'assit derrière elle, son torse contre son dos, entourant son corps avec ses jambes. Il la prit dans ses bras et la serra fort, mais sa présence sembla la faire pleurer de plus belle.

Il ne savait pas quoi faire d'autre à part attendre, et c'est ce qu'il fit.

Finalement, au bout d'un certain temps, ses sanglots se tarirent et elle put parler.

– Ce n'est pas juste de pleurer alors que j'ai ôté la vie de quelqu'un.

– Tu n'as pas cherché à blesser ta mère, Perséphone, dit Hadès.

– Je ne l'ai pas *blessée*, je l'ai *tuée*, et maintenant le monde entier sait qui je suis vraiment.

– Et qu'est-ce que tu es ?

– Une tueuse.

– Nous sommes tous des tueurs, Perséphone. Moi, Hécate, Hermès, Apollon.

Elle resta silencieuse.

– Est-ce que ça t'aiderait de savoir que son fil avait été coupé ? demanda-t-il. Que les Moires avaient décidé qu'il était temps pour elle de partir ?

– Comment tu le sais ?

Hadès entrelaça leurs doigts et lui fit tendre les bras.

– Tu n'as aucune ligne sur ta peau, dit-il.

Elle scruta sa peau intacte pendant un moment, comme si elle s'attendait à ce que quelque chose apparaisse d'une seconde à l'autre pour lui prouver qu'il avait tort. Elle finit par laisser retomber ses bras et appuya sa tête sur son torse.

– Pourquoi l'ont-elles choisie ?

– Je ne peux pas parler à leur place, dit-il. Mais je présume que c'est à cause de ses tentatives désespérées de déjouer le destin qu'elles ont tissé pour toi.

Elle resta silencieuse longtemps, puis elle se tourna vers lui, à genoux.

– J'ai tout gâché, dit-elle.

– Tu n'as rien gâché du tout. Hélios ne peut même pas prouver ses propos.

– Je ne parle pas d'Hélios, dit-elle alors que ses yeux se remplissaient à nouveau de larmes. Rien n'est pareil. Pas même nous.

Hadès fronça les sourcils.

– Comment ça ?

– En général, j'arrive à me perdre en toi, dit-elle. Mais je crois que même toi tu ne peux pas chasser ces ténèbres-ci.

– Je n'essaie pas de les chasser. Je veux juste t'aider à vivre avec.

– Ça m'a changée, Hadès. Je ne suis plus la même.

– Je ne m'attends pas à ce que tu le sois. Mais tu n'es pas différente au point que je ne te reconnais pas.

– Tu dis ça maintenant, mais il y a des parts de moi que même moi je ne connais pas. Des pensées qui ne sont pas les miennes.

Il l'étudia quelques instants, puis lui caressa tendrement les cheveux.

– Pourtant elles sont les tiennes… n'est-ce pas ? Elles sont simplement différentes et plus sombres.

Elle se remit à pleurer.

– Je ne veux pas être en colère, chuchota-t-elle.

– Tu ne le seras pas nécessairement pour toujours. Mais ta colère pourrait t'être utile, pour l'instant.

Perséphone se pencha et appuya son front sur l'épaule d'Hadès. Il plongea ses doigts dans ses cheveux et l'embrassa sur la tempe.

– Je t'aimerai à travers tout ça, murmura-t-il. Je t'aimerai au-delà de tout ça.

Et il tuerait tous ceux qui étaient responsables de sa souffrance.

Chapitre XXXI

PERSÉPHONE

L'amphithéâtre d'Olympe était monumental. Construit de marbre entre deux collines abruptes, il semblait s'enfoncer entre elles, comme s'il coulait. Les gradins étaient pleins à craquer de mortels pressés de voir les dieux et les demi-dieux s'affronter. Entre les accusations de Thésée qui prétendait qu'un dieu avait kidnappé sa femme et son fils et celles d'Aphrodite qui déclarait que lui et ses fidèles étaient responsables de la mort d'Adonis, Tyché et Hypnos, ces jeux ne concernaient plus les vies perdues, même si ça n'avait jamais vraiment été le cas. Cela attristait Perséphone, surtout pour Tyché qui méritait d'être honorée.

L'annonce des jeux par Aphrodite et les déclarations d'Hélios concernant Perséphone avaient suscité l'attention constante des médias, et l'énergie dans le stade était palpable. Perséphone angoissait à l'idée de s'exposer à des milliers de gens qui la voyaient désormais comme une tueuse.

Elle se rapprocha d'Hadès alors qu'ils étaient déjà collés l'un à l'autre dans son char doré, attendant le signal pour entrer dans l'arène aux côtés d'autres Olympiens. Ils étaient entourés à la fois d'amis et d'ennemis. Devant elle se trouvait le véhicule de feu d'Arès, celui d'Apollon, doré, était derrière eux.

Elle se détendit dès qu'Hadès posa sa main sur son bas-ventre et elle frissonna quand ses lèvres effleurèrent son oreille.

– Tu crois vraiment que je laisserais qui que ce soit te faire du mal ?

– Non, admit-elle en couvrant sa main avec la sienne. Mais je ne peux pas m'empêcher d'avoir peur.

Il y avait une hostilité dans l'air qu'elle n'avait jamais ressentie auparavant et elle savait qu'une partie était dirigée contre elle.

– Tu n'étais pas obligée de venir, dit Hadès.

Elle tourna la tête sur le côté, sans le regarder, balayant l'arène des yeux. Elle sentait la magie incendiaire d'Hadès autour d'eux, tel un brasier invisible qui mettait en garde toute menace potentielle ; cela aurait peut-être de l'effet sur les Olympiens, mais elle ne pensait pas une seconde que cela effraierait Thésée ou ses demi-dieux.

S'ils voulaient démontrer la puissance de leurs armes, ils le feraient aujourd'hui, pendant les jeux. Et quelle meilleure cible que Perséphone, la déesse qui avait assassiné sa mère ?

– Ce serait pire si je n'étais pas venue, dit-elle.

– Pire pour qui, au juste ?

– Si je me cache du public, j'ai l'air coupable.

Peu importait qu'elle le soit.

– Choisir la sécurité n'équivaut pas à se cacher, répondit Hadès.

– Tu n'as pas dit que j'étais en sécurité ? remarqua-t-elle.

Il la serra plus fort.

– Ce n'est pas la question.

– Je refuse d'accorder à Thésée la satisfaction de me voir fuir, dit-elle, même si elle n'était pas certaine d'être prête à revoir le demi-dieu.

Quand elle y pensait, son cœur lui semblait sur le point d'exploser.

– C'est justement ce qu'il veut, ajouta-t-elle.

– Thésée veut *tout*, dit Hadès. Il se fiche que tu t'enfuies ou pas. Il manipulera ton choix, quel qu'il soit.

L'estomac de Perséphone se noua.

– Ce ne sont pas des paroles réconfortantes, Hadès.

– Je ne suis pas certain de pouvoir t'offrir du réconfort en ce qui concerne Thésée.

– Ça va, Seph ?

Perséphone tourna la tête et vit qu'Apollon s'était approché du char d'Hadès. Il portait un plastron doré et des ptéryges en cuir. Elle l'avait vu accoutré de façon similaire à la palestre de Delphes, avec Ajax et d'autres héros.

– Je vais bien, dit-elle en regardant derrière lui. Où est Ajax ?

– Il est plus loin dans la file, répondit Apollon. Il entrera avec les autres héros, après les demi-dieux.

Perséphone frissonna.

– Je n'aime pas qu'il marche dans l'ombre de Thésée, dit-elle.

– Je n'en suis pas ravi non plus, admit-il. Mais c'est la tradition.

Perséphone avait envie de lever les yeux au ciel, mais elle se retint.

– Tu participes aux jeux, Hadès ? demanda Apollon.

– Non. Peu de gens veulent combattre la mort.

– Je crois que Thésée et sa bande de débiles aimeraient tenter leur chance, répondit Apollon.

– Tu participes, Apollon ? demanda Perséphone en fronçant les sourcils.

– Oui. Au combat un contre un.

– En tant que mortel, n'est-ce pas ?

– Non, rétorqua-t-il, la bouche pincée, comme s'il était offensé. Je suis un dieu. Je me battrai comme tel.

– Mais, Apollon…

– Tout ira bien, Perséphone. J'ai beau ne pas avoir de pouvoir, j'ai conservé ma force. Ce serait injuste de combattre de simples mortels.

Un sifflet retentit, signalant aux dieux de préparer leurs chars.

– Souhaite-moi bonne chance.

– Je te le souhaite toujours, dit Perséphone, même si elle avait peur pour lui, car elle ne savait pas ce que Thésée et ses hommes avaient prévu.

Apollon sourit et retourna dans son char.

– Je n'aime pas ça, dit-elle alors qu'Hadès prenait les rênes pour faire avancer son char. Il n'a aucun pouvoir.

– Apollon ne compte pas sur sa magie pendant le combat, dit Hadès. Il s'en sortira.

Elle voulut trouver du réconfort dans ses mots, mais alors qu'ils entraient dans le couloir voûté qui menait à l'arène, son angoisse ne fit qu'empirer. La foule grondait déjà comme l'orage et ils n'étaient même pas encore sur la piste.

Elle garda les yeux sur Arès quand il sortit de l'ombre du tunnel et que son armure dorée scintilla sous le soleil, qui embrasa comme du feu la coiffe de plumes rouges qui couronnait son casque et descendait dans son dos. Il brandit sa lance dans les airs – la même qu'il avait utilisée pour punaiser Hadès au sol.

Le dieu de la Guerre avançait dans son char et il tourna la tête pour regarder Perséphone avec un sourire cynique.

Soudain, ce fut à leur tour.

La lumière était si vive que Perséphone peina à garder les yeux ouverts quand ils sortirent du tunnel. Le soleil lui sembla encore plus clair et plus chaud après la tempête de sa mère. Même maintenant, elle sentait les rayons lui brûler la peau. Elle cligna des yeux, repoussant ses larmes, et elle leva la main pour abriter son regard sous un tonnerre assourdissant.

Elle ne parvenait pas à distinguer les huées des applaudissements, mais ça n'avait pas d'importance, car elle sentait l'hostilité dans l'air. Sa vue finit par s'ajuster et elle put voir les visages rouges et en colère des mortels qui criaient depuis les gradins, les poings levés, et si certains lui déclamaient leur amour, la haine paraissait bien plus bruyante. Toutefois, alors qu'Hadès suivait la procession de chars jusqu'à la piste piétonne entourant le sol poussiéreux de l'amphithéâtre, la foule se tut.

Perséphone regarda son mari.

– Qu'est-ce que tu fais ? demanda-t-elle.

– Je les imprègne de la peur de mourir.

– Je ne veux pas que leur dévotion soit le fruit de la peur, dit Perséphone.

Hadès ne répondit rien, mais elle n'avait pas besoin qu'il dise quoi que ce soit. Elle ne faisait qu'exprimer sa propre peur – celle de ne jamais plus avoir la confiance du monde mortel.

Hadès arrêta leur char et Perséphone ouvrit et ferma les mains pour les détendre, réalisant qu'elle avait agrippé les bords du char très fort. Hadès fit un pas en arrière, lui laissant la place de se tourner vers lui. Il prit ses mains dans les siennes et les embrassa, diffusant une chaleur guérisseuse dans ses doigts pour les soulager.

Elle ne sut pas pourquoi elle rougit. Elle était habituée à des actes bien plus lascifs, mais son geste, sa façon d'effleurer le bout de ses doigts avec ses lèvres, déclencha un frisson qu'elle sentit jusque dans son bas-ventre.

Il lui sourit, comme s'il sentait le brasier qu'il avait allumé en elle, puis il descendit du char.

– Laisse-moi t'aider, dit-il en levant la tête vers elle.

Ses mains étaient déjà sur sa taille et son visage était au niveau de ses seins, qu'il ne manqua pas d'effleurer avec son menton.

– Tu sais bien que je ne te dirai pas non, dit-elle.

Il la souleva et la posa en la faisant glisser contre lui, de sorte qu'elle sentit son érection sur toute sa longueur. Elle rougit de nouveau et soutint son regard.

– Je sais ce que tu fais, dit-elle.

– Ah ? Et qu'est-ce que je fais ?

– Tu espères que je serai tellement excitée que je te demanderai de partir.

– Et c'est le cas ? Tu es excitée ?

Elle plissa les yeux en le dévisageant.

– Je ne partirai pas, Hadès.

– On n'est pas obligés de partir. Je peux te prendre n'importe où.

– Vous êtes vraiment dégoûtants, vous deux, dit Hermès en passant près d'eux, vêtu d'une armure dorée et d'un bandeau doré orné d'ailes.

– Qu'est-ce qu'il y a, Hermès ? répondit Hadès. Tu veux que je te prenne, toi aussi ?

Le dieu de la Ruse trébucha alors qu'il montait les marches des gradins. Hadès ricana, mais sa joie disparut quand il regarda Perséphone.

– C'était méchant, dit-elle.

– Comme ses propos, répondit Hadès.

– Il plaisantait.

– Mais moi aussi, rit Hadès.

Elle leva les yeux au ciel et lui passa devant pour suivre les dieux dans les gradins. Hadès resta près d'elle, comme son ombre. Ils passèrent devant les premiers rangs où Aphrodite et Héphaïstos étaient assis à côté d'Apollon et d'Artémis. Elle s'attendait à ressentir son dédain, étant donné qu'aucune de leurs interactions ne s'était bien passée et que selon Aphrodite, Artémis avait accepté l'appel de Zeus de lui apporter Perséphone enchaînée – tout ça pour un titre et son égide. Toutefois, Artémis ne semblait pas avoir tenté sa chance. Perséphone se demanda si cela avait quelque chose à voir avec Apollon.

Elle soutint le regard de la déesse de la Chasse en lui passant devant et s'installa au second rang. Elle trembla en réalisant qu'elle était juste devant Héra, qui était assise sur l'un des deux trônes destinés au roi et à la reine des dieux, même si le dieu du Ciel était remarquablement absent.

Perséphone se demanda si tous les dieux savaient ce qui était arrivé à Zeus. Étaient-ils tiraillés comme les autres ?

Héra était déjà assise, les yeux rivés sur Perséphone, qui la regarda en retour et hocha brièvement la tête.

– Tu sais que cette zone est réservée aux Olympiens, dit Arès.

– Et comment devient-on olympien, Arès ? demanda Perséphone. Faut-il en vaincre un au combat ?

Hermès entoura sa bouche avec ses mains pour amplifier sa voix.

– Le vent qu'elle t'a mis !

– Elle ne m'a pas mis de vent, imbécile, rétorqua Arès.

– Pas littéralement, bon sang. C'est qui l'abruti, maintenant ? ricana Hermès.

Hadès posa sa main sur l'épaule de Perséphone et passa devant elle pour s'asseoir à sa gauche, entre elle et Arès. Heureusement, Hermès était à sa droite.

Elle se pencha et chuchota tout près de son oreille.

– Comment les Olympiens sont-ils choisis ?

Elle ne le savait pas, car les Olympiens n'avaient jamais changé depuis qu'ils avaient remporté la Titanomachie ; aucun n'était mort jusqu'à maintenant.

– Eh bien d'abord, l'un de nous doit mourir, dit-il. Ensuite, je suppose que c'est Zeus qui choisit.

Perséphone regarda par-dessus son épaule, où Héra la fusillait du regard.

– Et si Zeus ne peut pas ?

– Alors la responsabilité incomberait à Héra, dit-il. Mais ce n'est jamais arrivé.

Hermès parlait comme si aucun n'avait envisagé que l'un des douze puisse mourir, même Zeus qui, apparemment, pendait dans le ciel. Pourtant, quand elle leva la tête, elle ne vit qu'une épaisse brume aveuglante.

Soudain, le rugissement du public attira son attention vers l'entrée de l'arène, où les demi-dieux apparaissaient un à un. Perséphone sentit son cœur battre dans tout son corps et elle retint son souffle en attendant de voir Thésée, espérant qu'elle maîtriserait sa réaction en posant les yeux sur le demi-dieu qui l'avait privée de sa tranquillité, mais elle n'y parvint pas.

Il menait le groupe, flanqué de chaque côté par deux demi-dieux. Son regard était lumineux, familier, même de loin. Il maintenait un sourire figé sur son visage, un sourire que les mortels appelleraient charmant, tout en saluant la foule de la main.

Hermès se pencha vers elle.

– Il n'a pas l'air perturbé par l'enlèvement de sa femme et de son bébé.

L'estomac de Perséphone se noua, en même temps que différentes émotions la saisissaient : une haine si viscérale qu'elle en eut les larmes aux yeux, mais également de la peur. Elle frémissait en elle et secouait jusqu'à son âme. Elle serra les poings pour cacher sa réaction.

Hadès couvrit son poing de sa main et, lentement, sa panique se dissipa.

Elle tourna son attention vers ceux qui marchaient à côté de Thésée. Elle reconnut seulement Sandros.

– Qui sont les autres ? demanda-t-elle.

Elle regarda le visage d'Hadès pendant qu'il répondait, ses traits déformés par la haine qu'il avait pour eux.

– Les deux à sa gauche sont Kaï et Sandros. Les deux à sa droite son Damian et Machaon. Il les appelle les grands lords.

– Les grands lords, c'est le titre donné aux hauts placés au sein de la Triade, c'est ça ? demanda Perséphone.

– Oui. Ça n'a aucune signification, si ce n'est que ça nous donne une liste de ceux qu'on doit cibler en premier.

Perséphone étudia chacun d'entre eux et discerna leur origine, même de loin. Kaï ressemblait à Thésée, ce qui impliquait qu'il était descendant de Poséidon. Sandros avait les mêmes yeux foudroyants que Zeus.

– Est-ce que Machaon… est le fils d'Apollon ?

Hadès ricana.

– Pas un fils, mais un petit-fils.

– Et celui que tu as nommé Damian ?

– Il est le fils de Thétis, une déesse de l'eau.

Elle continua à les regarder et vit qu'elle pouvait distinguer les membres de la Triade grâce à l'épingle en forme de triangle qu'ils portaient et qui scintillait lorsqu'ils bougeaient.

– C'est nouveau, ça, remarqua Perséphone d'un ton inquiet.

Auparavant, les membres de la Triade étaient plus discrets, ce qui était logique étant donné que leur programme était de s'opposer aux dieux. Porter un tel symbole communiquait la fierté qu'ils éprouvaient à se rebeller.

Hadès ne dit rien, mais il grimaça de plus belle.

Perséphone se tint un peu plus droite quand les héros furent annoncés et qu'Ajax entra dans l'arène. Il était difficile à rater avec ses cheveux noirs et son corps massif. Apollon et elle se levèrent et levèrent les mains pour les tourner dans un sens puis dans l'autre pour signifier au héros qu'ils l'applaudissaient.

Ajax sourit jusqu'aux oreilles et les salua de loin.

Perséphone reconnut d'autres héros qu'elle avait vus lors des Jeux panhelléniques, dont Hector, Anastasia et Cynisca, tous loyaux envers les dieux parce qu'ils avaient été choisis par eux.

Les héros étaient suivis par les compétiteurs mortels et quand ils furent tous en place sur la piste, Aphrodite se leva et approcha du podium situé à quelques pas de l'endroit où étaient rassemblés les dieux.

Elle était superbe, vêtue de blanc et de perles, et les rayons du soleil semblaient l'embraser. Son regard parut s'attarder sur Héphaïstos, et Perséphone vit qu'il agrippait les accoudoirs de son fauteuil en pierre, gonflant les veines et les muscles de ses bras.

– Pendant des siècles, notre peuple a honoré les défunts grâce au sport. Aujourd'hui, nous poursuivons cette tradition en célébrant les vies d'Adonis, mon Favori, de Tyché, la déesse de la Fortune, et d'Hypnos, le dieu du Sommeil, ainsi que les cent trente êtres qui ont perdu la vie lors de l'attentat perpétré par la Triade au stade Talaria.

Un silence tendu suivit ses paroles.

Le commentaire d'Aphrodite sur le stade Talaria était un rappel douloureux pour de nombreuses personnes, y compris Perséphone, qui avait non seulement été témoin de l'explosion qui avait tué tant de gens mais qui s'était aussi battue pour protéger les innocents. Au cours de la bataille, elle avait reçu une balle à l'épaule et si elle avait réussi à se guérir, elle n'oublierait jamais la douleur de l'impact ni la réaction d'Hadès.

C'était dans ces moments qu'elle apercevait ses véritables ténèbres.

La Triade ne pouvait pas nier l'attaque, car l'organisation l'avait revendiquée, usant de son argument habituel : Où sont vos dieux maintenant ? Or ce n'était qu'une excuse pour exercer la violence et son discours passait sous silence le fait que les dieux *avaient été là* et s'étaient battus, de toutes leurs forces, sans succès.

– Aujourd'hui, nous honorons ces vies qui ont été écourtées par la Triade, dont les actions ne font que prouver qu'ils possèdent la liberté et le libre arbitre qu'ils aiment tant exiger.

Ses propos furent accueillis par des huées et des cris de colère.

– Il me semble évident que l'équité vous a échappé, poursuivit-elle en haussant le ton pour être entendue, car si elle n'existait pas, aucune personne responsable de ces morts ne serait encore en liberté.

Perséphone frémit et Hadès lui tint plus fort la main.

Les paroles d'Aphrodite avaient beau mettre la lumière sur l'hypocrisie de la Triade, Perséphone savait que ça ne suffirait pas à obtenir à nouveau la faveur des mortels, car les dieux n'étaient pas meilleurs. *Elle* n'était pas meilleure, même si elle avait débuté sa carrière de journaliste en pointant justement du doigt ce genre d'hypocrisie. Sauf qu'à l'époque, tout le monde s'en fichait – jusqu'à ce que Thésée s'impose comme un chef viable.

Et si Perséphone était capable d'admettre que les Olympiens n'étaient pas parfaits, ils restaient le moindre mal.

– Que les jeux commencent ! dit Aphrodite.

Une sirène retentit, marquant le début des jeux.

Aphrodite retourna à sa place et les compétiteurs sortirent de la piste.

– Quelle est la première épreuve ? demanda Perséphone.

– La lutte, dit Hermès en se frottant les mains.

Elle haussa un sourcil.

– Tu es sérieux ?

– Quoi ? J'aime leurs tenues.

– Ils sont nus, Hermès.

– Justement ! répondit-il en souriant.

Elle s'apprêtait à lever les yeux au ciel quand quelqu'un cria depuis les gradins.

– Mort à tous les dieux !

Ce n'était pas la première fois que Perséphone entendait ce slogan, mais il continuait de lui glacer le sang.

Personne ne se joignit à lui, mais le perturbateur essaya de nouveau.

– Mort à tous les dieux !

Perséphone serra les poings et Hadès frotta sa main avec son pouce pour la calmer, mais ça ne fonctionna pas. Elle commença à se lever, mais elle fut surprise quand Héra la devança et se tourna vers le mortel.

– Tu te crois drôle, mortel ? demanda-t-elle.

Sa question fut accueillie par un silence pesant.

– Je sais que tu parles, dit-elle.

Le mortel se mit alors à hurler, comme ceux qui l'entouraient.

– Elle a changé sa langue en serpent !

Les cris de l'homme devinrent de plus en plus forts alors qu'il passait devant les dieux en courant, mais il trébucha avant de s'étaler par terre. Il ne bougea plus et un homme vêtu d'une veste flamboyante courut à lui pour le traîner hors de la piste.

– Tu n'as pas bien géré la situation, Héra, remarqua Hadès sans la regarder.

– Je ne suis pas dans ton camp, Hadès.

La tension qui suivit les propos d'Héra était insoutenable. Perséphone pensait qu'elle se dissiperait lorsque la lutte commencerait et qu'elle se concentrerait sur les hommes nus occupés à se battre dans la terre, mais elle continua de peser dans l'atmosphère.

Elle ne remarqua que sa jambe tressautait nerveusement que lorsqu'Hadès posa sa main sur sa cuisse. Elle arrêta et le regarda.

– Je te protégerai, lui rappela-t-il.

À ses côtés, le corps d'Hermès sembla convulser.

– C'était quoi, ça ? demanda Perséphone.

– Un frisson, Perséphone. Un *frisson.*

– Pourquoi ?

– Tu veux dire que tu ne frissonnes pas quand Hadès te dit ce genre de chose ? s'enquit-il en frémissant à nouveau.

C'était le cas, mais elle n'avait aucune envie de le dire maintenant.

– Pourquoi tu ne sors jamais avec personne, Hermès ?

– Je sors avec des gens, dit-il. C'est juste que… je ne suis pas exclusif. J'aime avoir une… sélection… de saveurs.

Perséphone grimaça à son choix de mots.

– De *saveurs* ?

– Oui, dit-il. Parfois j'ai envie de bite, et parfois j'ai envie de tacos.

– Hermès ! s'exclama-t-elle, confuse. Tu parles de vrais tacos ou…

– Bien sûr que je parle de vrais tacos. Tu connais d'autres types de tacos ?

Perséphone ouvrit la bouche pour répondre, puis la referma et secoua la tête.

– Laisse tomber. Je suis contente que tu aimes les tacos.

Elle se concentra à nouveau sur la lutte et ne fut pas surprise de voir qu'Ajax et Hector étaient les derniers encore debout. Toutefois, ils étaient rivaux et Perséphone ne savait pas si c'était à cause de la préférence d'Apollon ou pour une autre raison.

Quoi qu'il en soit, le dieu de la Musique avait aggravé la situation en se montrant indécis, et s'il avait fini par choisir Ajax, la rivalité perdurait et elle était flagrante dans leur façon de se battre – violemment.

Perséphone continua de les regarder et son estomac se noua. Elle tourna la tête vers Apollon, qui était assis au bord de son siège, suivant chacun de leurs gestes.

Soudain, Hector se rua sur Ajax et le projeta sur le dos avec tant de force qu'un craquement résonna dans toute l'arène.

Quand Hector se remit debout, Ajax ne bougea pas.

– Non, dit Apollon en courant vers lui, mais Machaon l'atteignit le premier.

– Qu'est-ce qu'il fait ? demanda Perséphone.

– Il se donne en spectacle, répondit Hadès alors que le demi-dieu posait les mains sur Ajax.

Au bout de quelques secondes, le héros ouvrit les yeux et put s'asseoir.

Le public rugit de joie.

– Un dieu aurait pu faire la même chose, dit Perséphone.

– Il *aurait* pu, acquiesça Hadès. C'est justement ce qu'ils veulent montrer.

Perséphone se tourna vers Hadès, elle comprenait ce qu'il voulait dire. Les demi-dieux voulaient montrer aux mortels que leurs pouvoirs n'étaient en rien différents de ceux des Olympiens.

– Je commence à penser que mettre Thésée au-devant de la scène était une erreur, quelle que soit l'occasion, dit Perséphone.

– Je suppose qu'on va vite le découvrir.

Ajax se releva et Hector fut déclaré vainqueur. Ils furent escortés hors de la piste, mais Apollon ne retourna pas à son siège, restant aux côtés d'Ajax, clairement furieux. Elle se demanda s'il essaierait de combattre Hector. Il avait été pressé de se battre et il avait désormais une cible.

Le prochain jeu fut annoncé : la course à pied.

– Tu n'es pas rapide, toi ? demanda Perséphone à Hermès.

– Je peux l'être, répondit-il en jouant des sourcils. Mais je peux aussi y aller lentement, si tu vois ce que je veux dire.

– Tu es obligé d'être comme ça ? s'agaça Perséphone.

– Je me pose constamment cette question, dit Hadès.

– Vous êtes sérieux ? s'offusqua Hermès. Personne ne m'aime comme je suis !

– Ce que je voulais dire, grommela Perséphone, c'est que je pensais que tu adorais la lutte et la course. Pourquoi tu ne participes pas aux épreuves ? Tu as peur d'être vaincu par un demi-dieu ?

– Je te demande pardon ? Je suis imbattable ! s'écria Hermès.

– Clairement, puisque tu ne concours pas, répondit Perséphone.

Hermès rougit et si Perséphone avait envie de rire, elle voulait également le prendre au sérieux.

– Tu sais quoi, Sephy ? Très bien. Je vais te montrer.

Il se leva et dégagea ses robes, qui atterrirent sur sa tête avant de glisser, trop soyeuses pour rester. Elle vit alors le dieu de la Ruse courir vers la ligne de départ, accoutré d'un short minuscule.

Quand elle regarda Hadès, elle découvrit qu'il la scrutait en haussant un sourcil.

– Quoi ? s'étonna-t-elle.

– Rien. Je me demande juste ce que tu fais.

– On ne peut pas laisser les demi-dieux gagner une seconde fois, et Hermès est le seul dieu qui peut les battre à la course à pied même sans magie.

Sa bouche tressauta.

– Tu as conscience que les récompenses pour les jeux funéraires sont nazes ?

– L'important n'est pas la récompense, dit-elle. C'est de gagner.

Hadès gloussa et elle était tellement distraite qu'elle sursauta lorsque la sirène retentit, signalant le début de la course.

Perséphone mit ses mains en porte-voix.

– Allez, Hermès ! Fonce !

Le dieu *fonçait*.

À le voir, courir paraissait facile. C'était comme s'il survolait la piste, ses pieds touchant à peine le sol alors qu'il devançait les compétiteurs.

Ils atteignaient la fin du premier tour quand Perséphone se tourna vers Hadès.

– Ils doivent faire combien de tours ?

– Quatre.

Quatre ? Sa poitrine devint brûlante rien que d'y penser, mais à voir Hermès, cela avait l'air simple.

– Oui ! Allez, Hermès ! cria-t-elle en sautillant sur place.

Elle n'avait jamais vu le dieu aussi concentré. Il avait les sourcils froncés et la bouche pincée. Il gagnerait haut la main. Il n'y en avait qu'un seul qui pouvait rivaliser, Machaon, mais même lui ne pouvait pas le rattraper.

C'est alors que le dieu trébucha et quand il s'écrasa par terre, les autres coureurs le doublèrent, le laissant avaler leur poussière.

L'excitation de Perséphone explosa et son corps fut soudain comme anesthésié. Elle regarda Hermès puis Hadès, la bouche ouverte.

Arès ricana à côté d'Hadès.

– Tu devrais voir ta tronche, déesse des fleurs. C'est à croire qu'on vient d'assassiner un agneau ; même si je suppose que c'est à peu près ce qu'est Hermès.

Elle contracta la mâchoire si fort qu'elle en eut les larmes aux yeux.

– Machaon a triché !

– Tout le monde s'en fout, dit Arès en appuyant sa joue sur son poing fermé, comme s'il s'ennuyait. Ce sont des jeux funéraires. Ils ne servent qu'aux morts.

– Tais-toi ! cracha-t-elle.

C'était une réaction enfantine, mais elle ne savait pas quoi dire d'autre. Elle se concentra à nouveau sur Hermès, qui franchissait la ligne d'arrivée en boitant. Elle voulut aller auprès de lui, mais Hadès saisit son poignet pour la retenir.

– Reste près de moi, dit-il.

Elle envisagea de se libérer, mais elle avait appris que les mises en garde d'Hadès étaient toujours justifiées, alors elle attendit qu'Hermès revienne à sa place. Il refusa de la regarder en gravissant les marches, la cheville et le coude méchamment bleus et enflés. Sa gorge se noua sous le poids de sa culpabilité.

– Hermès, commença-t-elle en tendant la main pour prendre la sienne, mais il l'esquiva. Je suis désolée. Je…

– Je n'ai pas envie d'en parler, Perséphone, dit-il en fuyant son regard.

– Au moins… laisse-moi au moins te guérir.

– Je ne veux pas de ton aide, grommela-t-il.

Perséphone prit une inspiration tremblante. Elle avait envie de pleurer. Elle sentait les larmes enfler dans sa gorge et lui piquer le nez.

– Tu veux partir ? demanda Hadès.

Elle n'avait pas envie de le regarder, car elle savait qu'elle éclaterait en sanglots, mais elle n'eut pas à le faire, car l'épreuve suivante était annoncée.

Le combat un contre un.

Apollon.

– S'il vous plaît, chuchota-t-elle.

Artémis ricana en tournant la tête vers Perséphone.

– Tu n'as pas à t'inquiéter pour mon frère. Personne n'est meilleur que lui, surtout au combat un contre un.

Le problème était qu'être le meilleur ne suffisait pas, sinon, Ajax et Hermès auraient gagné.

Les compétiteurs se lancèrent et l'estomac de Perséphone se souleva. Les propos d'Artémis furent vite confirmés, car Apollon était incroyable. Il avait beau ne pas avoir de magie, sa force était impossible à ignorer. Chaque coup de lance était précis et asséné avec une telle force que ses adversaires glissaient en arrière. Son talent était flagrant et affiné par des millénaires d'entraînement, et le seul qui rivalisait avec lui était Thésée, qui se battait avec une grâce qu'elle n'avait vue chez personne excepté chez les Olympiens.

Elle ne fut pas surprise qu'ils soient bientôt face à face pour le combat final, et elle n'avait jamais eu aussi peur. Son estomac se soulevait tant qu'elle pensait vomir. Elle retint son souffle jusqu'à ce qu'Apollon lance la première attaque, frappant le bouclier de Thésée. Son second coup visa ses jambes, mais encore une fois, sa lance rebondit contre son bouclier.

Perséphone observa Artémis, qui était crispée sur son siège, les poings serrés. Elle avait beau croire en son frère, elle était clairement inquiète.

Si Apollon se battait de façon féroce, avec talent et détermination, Thésée se battait avec une colère et une haine qui alimentaient ses coups. Or chacun semblait frapper plus fort que le précédent, jusqu'à ce qu'Apollon abatte son bouclier sur la lance de Thésée, qui se brisa en mille morceaux.

Pleine d'espoir, Perséphone se tint plus droite.

C'est alors que Thésée dégaina une épée.

Apollon jeta sa lance et brandit également son épée.

– Pourquoi il a fait ça ? demanda Perséphone, frustrée.

– L'épée est un meilleur choix pour ce combat, dit Hadès.

Elle le regarda du coin de l'œil et vit qu'il était lui aussi perché sur le bord de son siège, ce qui ne fit rien pour la rassurer. Tout comme la suite du combat, qui était aussi féroce que le début. Chaque coup, lame contre lame, lame contre bouclier, bouclier contre bouclier, la mettait un peu plus à cran.

– Comment peuvent-ils être égaux à ce point ? demanda Perséphone.

– Ils ne le sont pas, aboya Artémis.

Perséphone comprenait sa frustration, elle la partageait.

Elle s'enthousiasma quand Apollon parvint à toucher Thésée au torse, sur son armure, mais son espoir retomba quand le demi-dieu parvint à coincer le bras d'Apollon et à l'entailler profondément.

– Non ! siffla Perséphone.

Elle faillit se lever et si elle ne le fit pas, c'était seulement parce qu'elle ne s'en pensait pas capable. Elle se mit à trembler en voyant le sang d'Apollon couler. Il lâcha son bouclier et essaya de lever son épée, mais Thésée para son coup et abattit sa lame sur le casque d'Apollon.

Son épée se brisa.

Thésée empoigna alors le casque d'Apollon et poussa sa tête vers le sol pour lui asséner des coups de genou. Apollon tomba à quatre pattes, saignant également du nez et de la bouche. Le demi-dieu le poussa alors avec son pied pour qu'il roule sur le dos.

Artémis se leva d'un bond.

– Ne le laisse pas gagner, Apollon ! cria-t-elle, mais ses paroles furent étouffées par les cris de la foule.

– Il ne bouge pas, dit Perséphone. Pourquoi il ne bouge pas ?

Il y eut alors un éclair de lumière et Thésée tendit la main vers le ciel, invoquant la foudre de Zeus. Il se passa quelque chose. Les nuages se dispersèrent pour révéler le dieu du Ciel lui-même, suspendu à la vue de tous.

– Regardez vos dieux, à présent, dit-il. Et sachez qu'ils sont mortels.

La foudre de Zeus se mit à briller alors que Thésée l'abattait sur Apollon. Perséphone hurla, tout comme Artémis. Elles se levèrent et coururent vers le dieu – leur ami et frère – qui convulsait sous le courant électrique.

Au même moment, une centaine d'explosions retentirent dans le stade et le sol se mit à trembler, puis à rouler sous leurs pieds, parcouru de violentes secousses.

Perséphone se téléporta et Artémis la suivit.

Lorsqu'elles l'atteignirent enfin, Thésée était parti et Apollon gisait au sol, calciné au point d'être méconnaissable. Artémis tomba à genoux à côté de lui, les mains survolant son corps comme si elle avait trop peur de le toucher.

– Guéris ! cria-t-elle d'une voix gutturale. Guéris !

Perséphone fut prise d'un vertige, et alors qu'elle pensait s'effondrer, la magie d'Hadès les consuma. Soudain, ils étaient aux Enfers, et quelqu'un hurlait pour récupérer la Toison d'or. Il lui fallut du temps pour comprendre que c'était elle.

– C'est trop tard, Perséphone, dit Hadès.

– Ce n'est pas trop tard ! dit-elle en le repoussant. Va chercher la Toison !

– Perséphone, répéta-t-il en lui tendant la main.

– Pourquoi personne ne va chercher la Toison d'or ? cria-t-elle.

Elle se tourna et vit tout le monde autour d'elle : Aphrodite et Héphaïstos, Hermès et Hécate, Sybil et Harmonie. Elle baissa ensuite les yeux sur Artémis, qui avait réussi à étendre le corps d'Apollon sur ses cuisses, et c'est alors qu'elle comprit ce que disait Hadès.

Elle tomba à genoux.

Apollon était mort.

TROISIÈME PARTIE

« Car un dieu ne peut défaire ce qu'a fait
un autre dieu. »
Ovide, *Les métamorphoses*

Chapitre XXXII

THÉSÉE

Thésée se tenait sur le porche de la maison de sa mère, la Maison d'Éthra, qui surplombait toute la ville de Nouvelle Athènes, dont certaines parties étaient en ruines.

L'Acropole, qui avait été l'édifice le plus haut ainsi qu'un symbole de la ville, n'existait plus, réduit en poussière par le tremblement de terre de son père. Son effondrement était peut-être le plus grand symbole de son triomphe, mais celui-ci était entaché par la présence de l'horrible club d'Hadès. Il avait espéré qu'il tomberait pendant le tremblement de terre, comme la Tour Alexandria, mais il n'avait même pas été fissuré.

Voir cela le rendait furieux et il en oublia presque qu'il était censé célébrer cette journée victorieuse. Nevernight était peut-être une tache sur sa ville, mais elle serait bientôt éliminée.

Ce n'est qu'une question de temps, se rassura-t-il.

Que disaient les mortels, déjà ? Que certaines choses devaient se briser pour être reconstruites ?

Or il ne faisait que commencer.

Demain, à l'aube, il purgerait la ville. Il traînerait chaque prêtre et prêtresse hors de son temple et les assassinerait dans la rue. Ce qui n'était pas détruit par le tremblement de terre ni l'inondation, chaque commerce et bâtiment, chaque jardin et bosquet sacrés partiraient en flammes.

Il détruirait chaque lieu saint jusqu'à ce qu'il ne reste plus le moindre symbole des Olympiens.

En attendant, la ville dormait, ignorant l'horreur qui l'attendait le lendemain – l'horreur qui commencerait ce soir.

– Tous les moyens de télécommunication sont coupés, dit Hélène. Comment veux-tu que je diffuse tes accomplissements au-delà de Nouvelle Athènes ?

– Tu ne me fais pas confiance pour te donner ce dont tu as besoin, Hélène ?

Il la regarda, mais elle ne répondit rien.

– Dorénavant, tu es responsable de la manière dont le monde perçoit ma création. C'est toi qui partageras la beauté et la prospérité de Nouvelle Athènes sous mon règne. Tes mots feront venir des gens de toute la Nouvelle Grèce pour voir le paradis que j'ai créé. C'est toi qui t'assureras que je sois vénéré.

– Tu accordes beaucoup de confiance à mes mots, dit-elle.

– Je leur fais confiance, car ce ne seront pas les tiens. Ce seront les miens, dit-il.

La bouche de la mortelle se pinça.

– Alors tu n'as pas besoin de moi.

– Tous les dieux ont besoin d'un porte-parole ; d'une bouche à utiliser au gré de leur volonté, répondit-il.

Il la sentit se crisper, mais il ne savait pas si c'était à cause de son commentaire ou parce que la poussière s'était rassemblée en un tourbillon qui finit par dessiner la silhouette d'un dieu. Il était plus grand et massif que Thésée et ne portait rien d'autre qu'une peau de mouton nouée sur les hanches. Il n'avait choisi d'avoir l'air ni jeune ni vieux, mais il ne pouvait cacher la profondeur de ses yeux anciens qui contenaient une folie présente uniquement chez ceux qui avaient vécu de longues vies terribles.

– Alors, tu es le fils de mon fils, dit Cronos.

– Ton petit-fils, dit Thésée.

Le Titan pencha la tête sur le côté, et Thésée vit dans ses yeux un éclat qu'il avait parfois vu dans ceux de son père, une malice menaçante.

– Tu crois que le sang de mon sang a une quelconque importance pour moi ?

– C'est toi qui as parlé le premier de mes origines.

Peu importe qui était Cronos, grand-père ou pas, dieu ou non. La seule chose qui comptait était qu'il accepte de s'allier à lui dans sa bataille pour conquérir toute la Nouvelle Grèce.

Un sourire s'étira sur le visage du dieu.

– Tu es un p'tit malin, hein, dit-il. Tu dois tenir ça de ton père.

– Tu n'as pas connu ma mère, répondit Thésée.

Un silence lourd et pesant s'ensuivit et Thésée eut l'impression que Cronos voulait qu'il frissonne, qu'il montre un signe que sa présence le troublait, mais il n'en fit rien.

Cronos continuait de le dévisager.

– Que veux-tu, sang de mon sang ? demanda-t-il.

– Une alliance. Ton pouvoir sur le temps.

– Et que feras-tu de mon pouvoir sur le temps ?

– Je mettrai fin à ce monde et recommencerai à zéro, dit-il.

Il reconstruirait ce qui avait été cassé.

Il réaliserait son rêve d'un âge d'or et celui-ci débuterait à Nouvelle Athènes. Et quand la rumeur de sa beauté, de sa prospérité et de l'équité de son chef se répandrait, les gens tomberaient à genoux à ses pieds pour le vénérer.

– Si je détruis le monde, tu cesses d'exister. Seuls les dieux survivront.

– Je suis le sang de ton sang, dit Thésée. Je survivrai.

Cronos eut un rictus et Thésée n'arriva pas à savoir s'il était amusé ou impressionné. Toutefois, il n'aimait pas le doute qui lui comprimait la poitrine.

– Je n'ai pas besoin d'une alliance avec toi, dit Cronos. Alors que m'offres-tu pour me séduire ?

– Je te donnerai du culte, de la vénération.

– Les mortels redoutent le passage du temps comme ils redoutent la mort. Je n'ai pas besoin d'être vénéré.

Thésée s'y était attendu. Il pencha légèrement la tête en arrière.

– Un sacrifice, alors, dit-il, au moment même où deux de ses hommes sortaient par la porte en tenant Héra.

– Lâche-moi tout de suite ! ordonna-t-elle sans réussir à cacher son angoisse.

Elle se serait sans doute débattue, mais elle était couverte d'un filet et n'avait aucun moyen de résister. Ils la jetèrent à genoux devant lui et Cronos.

– Comment oses… commença-t-elle avant de lever la tête vers Cronos. Père ! chuchota-t-elle d'une voix tremblante.

Thésée ne l'avait jamais entendue adopter ce ton presque docile. Il trouva cela dégoûtant.

Cronos la dévisagea, parfaitement impassible.

– Debout, fille. N'es-tu pas reine de ce monde ?

Il l'empoigna par les épaules et la souleva comme si c'était une vulgaire poupée de chiffon.

– Ne me touche pas ! gronda-t-elle.

Si elle l'avait pu, Thésée imaginait qu'elle aurait bondi de côté, mais elle dut se contenter d'un regard furieux.

Cronos gloussa d'une voix grave et dérangeante.

– Tu parles d'une reine ! se moqua-t-il. Pleine d'exigences, même sans véritable pouvoir.

Thésée leva la faux qu'il tenait dans sa main et posa la lame dans sa paume.

Cronos la regarda, mais il ne la prit pas.

– Comment oses-tu ?! siffla Héra en scrutant Thésée avec une haine viscérale. Tu ne serais rien sans moi !

– Ne crois pas que je ne te suis pas reconnaissant, dit-il.

Cronos dévisagea Thésée.

– Tu m'as offert un présent, sang de mon sang. Je choisis de considérer cela comme une Faveur, et j'accepte de t'en offrir une en retour.

Le Titan prit la faux et regarda Héra.

La déesse, qui était d'habitude si froide et impassible, parut sous le choc, les yeux grands ouverts et hantés.

– Père, supplia-t-elle d'une voix tremblante.

– Toutes les choses ont une fin, fille, dit Cronos en souriant.

Mais au lieu d'utiliser son arme, il la saisit par la gorge et la souleva.

Sa main faisait tout le tour de son cou, et drapée dans le filet, elle ne pouvait pas bouger. Elle resta suspendue par la main de son père, s'étouffant jusqu'à devenir silencieuse. Ce n'est qu'à ce moment-là qu'il plongea la lame courbée de sa faux en elle.

Hélène retint bruyamment son souffle derrière Thésée, mais Héra… ne réagit pas.

Elle était déjà morte.

Cronos retira la lame et lâcha Héra avant de se tourner vers Thésée.

– À la prochaine, sang de mon sang, dit-il en hochant la tête alors que le sang de sa fille coulait sur sa faux.

Puis il disparut.

Thésée regarda l'endroit où le Titan s'était tenu et sa mâchoire se contracta. Leur première interaction ne s'était pas déroulée comme prévu, mais une Faveur était une Faveur. Il lui faudrait seulement s'assurer que lorsqu'il souhaiterait collecter la sienne, Cronos aurait une raison de rejoindre son camp.

Thésée aperçut un mouvement du coin de l'œil, mais quand il tourna la tête, il vit que c'était seulement le sang d'Héra qui formait une flaque sur la pierre.

Il se concentra sur les deux demi-dieux qui attendaient – l'un était Damian et l'autre était une nouvelle recrue du nom de Markos.

– Avez-vous récupéré mon fils ? demanda Thésée.

– Il t'attend avec sa mère, dit Damian.

– Et Ariadne ? demanda-t-il après un silence.

Son prénom lui semblait lourd sur sa langue.

– Elle t'attend aussi.

Thésée s'efforça de maîtriser sa réaction, mais une vague de chaleur avait déjà pris forme dans son ventre.

Quand le tremblement de terre de Poséidon avait ravagé Nouvelle Athènes, la ville avait été séparée du continent par le tsunami qui avait suivi et les tunnels de Dionysos avaient été inondés.

La purge de la vermine, s'était-il dit. Une purification plus que nécessaire du monde.

Si quelques Ménades avaient réussi à échapper à la noyade, elles s'étaient retrouvées à la merci des demi-dieux, qui avaient reçu l'ordre de les tuer à vue. Il avait seulement exigé que trois mortels soient laissés en vie ; son fils, sa femme et sa belle-sœur.

Il baissa les yeux sur Héra, dont la peau semblait grise au clair de lune.

– Découpez-la en morceaux, ordonna-t-il. Demain, nous nourrirons ses fidèles avec sa chair.

Ils acquiescèrent d'un hochement de tête et Thésée passa devant eux pour entrer dans la maison. Il eut à peine passé la porte qu'il entendit son fils pleurer, quelque part à l'intérieur. Ce bruit lui donnait la chair de poule et l'horripilait.

– Que quelqu'un fasse taire cet enfant ! aboya Thésée.

– Tu pourrais aller le voir, dit Hélène. Tu ne l'as pas encore rencontré.

– J'ai d'autres engagements.

– Tu parles d'Ariadne ? demanda Hélène.

– Ne sois pas jalouse, Hélène. Ce n'est pas attirant.

– Je ne suis pas jalouse. Je suis juste dégoûtée que tu choisisses une femme plutôt que ton fils.

– Maître, dit une servante en courant dans l'entrée pour les accueillir. Je peux prendre votre manteau ?

Il ne répondit rien, mais il enleva sa veste et la tendit à la vieille femme, Hélène en fit de même.

– Vous avez besoin de quelque chose ? À souper ? Peut-être un thé ?

Hélène s'apprêtait à répondre, mais Thésée lui coupa la parole.

– Non.

La femme lui sourit.

– Bien sûr. Bonne nuit, répondit-elle avant de tourner les talons et de disparaître dans le couloir.

Hélène se tourna vers lui. Il pensait qu'elle allait lui faire un reproche, mais elle n'eut pas le temps de le faire, car il la saisit à la gorge. Il la plaqua contre le mur et la souleva alors qu'elle plantait ses ongles dans son torse, essayant même de lui griffer les yeux, mais il ne sentit rien.

– Tu vis et respires sur mes ordres, dit-il. Souviens-t'en la prochaine fois que tu décides d'avoir un avis.

Il la lâcha et elle tomba par terre, cherchant son souffle, alors qu'il ajustait son col et ses boutons de manchette avant de partir vers sa chambre.

L'espace d'un instant, alors qu'il avait tenu la vie d'Hélène entre ses mains, il n'avait plus entendu son fils. Mais maintenant, ses pleurs étaient revenus et ils lui semblaient même plus forts, mais peut-être était-ce parce qu'il s'en rapprochait. Quoi qu'il en soit, lorsqu'il arriva dans sa chambre, il était tendu des pieds à la tête, noué par la colère, et si celle-ci ne le dérangeait pas, elle n'encourageait pas l'engorgement de sa verge.

Il prit plusieurs inspirations profondes et parvint à décontracter sa mâchoire avant d'ouvrir la double porte de sa chambre pour retrouver Ariadne.

Elle était assise sur un fauteuil, les mains et les jambes attachées, la bouche bâillonnée. En dehors de ça, elle était intacte. Pas une griffure ou une goutte de sang n'abîmait sa peau.

Elle leva ses yeux remplis de haine et de peur vers lui et Thésée sourit en refermant la porte.

– J'ai pensé à ce moment de nombreuses fois, dit-il. C'est exactement comme je l'avais imaginé.

Il avança vers elle et elle glissa ses pieds sur le sol pour reculer dans le fauteuil.

Il ricana en la voyant tenter de battre en retraite.

Quand il fut assez près, il dégaina un couteau et coupa son bâillon en lui taillant la joue, déçu qu'elle ne réagisse pas. Au lieu de cela, elle le dévisagea d'un regard noir et lui cracha au visage.

Il rit, car il avait toutes les raisons de rire. Elle n'avait nulle part où fuir. Elle était à sa merci, elle était sienne, à punir.

Il saisit son visage en enfonçant ses doigts dans la plaie sur sa joue. Son cri de douleur déclencha un frisson dans sa queue, et il la tint plus fort.

– Tu sais combien j'aime me battre, dit-il.

– Où est ma sœur, espèce d'enfoiré ?

Il l'étudia, agacé, non pas qu'elle l'insulte mais qu'elle s'inquiète pour sa sœur.

– Tu devrais plutôt t'inquiéter de ce que j'ai prévu de te faire, dit-il.

– Tu crois que j'ai peur de toi ?

– Attends un peu, et ce sera le cas. D'ici-là, souviens-toi que tu redoutes ce que je peux faire à ta sœur.

Il plaqua sa bouche contre la sienne, plantant si fort ses doigts dans sa peau qu'il eut l'impression de tenir son crâne. C'est alors qu'elle lui mordit la lèvre et il la repoussa si fort que le fauteuil tomba à la renverse.

– Tu continues de te battre comme si tu pensais que ça m'arrêtera, siffla-t-il en la surplombant. Mais en fait, tu me donnes juste envie de te baiser.

Il se pencha et coupa les liens qui l'attachaient à la chaise. Ses bras et ses jambes étaient encore attachés, mais elle parvint à se débattre et à résister. Il finit par la prendre sur l'épaule pour l'amener à son lit.

– Non, s'il te plaît, le supplia-t-elle d'une voix de plus en plus stridente et hystérique.

Le son lui donnait envie de gémir et sa verge pulsait de plaisir.

– Ah, elle me supplie, maintenant, dit-il en la chevauchant, forçant ses bras au-dessus de sa tête pour attacher ses liens à l'anneau au-dessus de son lit.

– Ne fais pas ça. Ne fais pas ça !

Il s'arrêta alors qu'elle l'implorait, son visage à quelques centimètres du sien.

– Tu aurais pu avoir une journée pour t'acclimater, dit-il. Mais tu as choisi ça.

Ses mots la poussèrent à se débattre plus fort. Elle rua sous lui, essayant de s'en débarrasser, mais ses efforts ne servaient à rien. Il descendit le long de son corps jusqu'à ses jambes pour attacher ses pieds aux poteaux de son lit.

Désormais ligotée et ouverte sous ses yeux, il découpa ses vêtements avec son couteau et, pendant qu'elle criait sous lui, il dévora son corps.

***

Lorsque Thésée quitta Ariadne une heure plus tard, il découvrit que son fils pleurait encore. Ses cris avaient un effet viscéral sur lui, à la fois parce qu'ils étaient aigus mais aussi parce que sa femme n'avait pas réussi à le calmer.

Toute la tension qu'il avait réussi à évacuer sur Ariadne revint soudain et, dans une poussée de colère, il marcha jusqu'à la suite de Phèdre qui était à l'autre bout du couloir.

– Phèdre ! hurla-t-il. Fais-le taire, tu m'entends ? Fais-le taire !

Il atteignit la porte et découvrit qu'elle était fermée à clé.

– Ouvre cette putain de porte !

Il sentait son visage rougir tandis qu'il criait et que son fils continuait de pleurer.

– Espèce de garce ! hurla-t-il en faisant un pas en arrière avant d'enfoncer la porte avec le pied.

Il se figea aussitôt.

Il pensait trouver Phèdre en train d'essayer de calmer Acamas. Au lieu de ça, il la trouva affaissée par terre, au pied de son lit à baldaquins, un drap noué autour du cou.

Elle était morte.

Chapitre XXXIII

DIONYSOS

Dionysos se réveilla avec une brûlure à l'épaule. Il grogna et bougea pour soulager la douleur et quand il ouvrit les yeux, il découvrit le ciel azur au-dessus de sa tête. Il tenta un instant de se rappeler où il était, mais le son d'une voix – une voix inconnue – le lui rappela.

– Son Altesse s'éveille !

Un visage hirsute apparut devant lui alors qu'on le forçait à s'asseoir.

Il était sur un bateau, les mains ligotées dans le dos, les chevilles attachées aussi. Plusieurs inconnus le regardaient, mais ils avaient tous une chose en commun, un tatouage de dauphin sur l'avant-bras, symbole des pirates tyrrhéniens.

Le pirate derrière lui l'empoigna par les cheveux.

– Sa tête nous rapportera une jolie somme ! dit-il. Regardez ! Il porte de l'or dans ses tresses !

– Elle n'a rien de joli, dit un autre pirate.

Dionysos resta silencieux en étudiant l'équipage. Ils étaient environ quinze sur le pont, et d'autres devaient se trouver en dessous. Ils portaient des armes variées, mais surtout des pistolets. Les balles ne le blesseraient pas, sauf bien sûr s'ils s'étaient procuré du venin d'Hydre.

Il frissonna à l'idée de ressentir à nouveau une telle douleur.

Quand Dionysos regarda à sa gauche, il remarqua qu'il n'était pas seul. Une autre prisonnière se trouvait à ses côtés, ligotée de la même façon, un bâillon en plus.

Il sut immédiatement qui c'était, même s'il ne l'avait jamais vue. Sa beauté parlait d'elle-même.

Méduse.

– Tu devrais nous remercier, dit un autre pirate. Elle mord.

– C'est pour ça qu'elle a un coquard ? demanda le dieu.

– Cette garce l'a mérité, dit un pirate.

– Ça dépend pourquoi elle a décidé de te mordre, dit Dionysos. Étant donné qu'elle a été kidnappée, je présume qu'elle avait ses raisons.

Le pirate éclata d'un rire jaune.

– Tu sembles très informé, prince. Tu comptes te comporter en héros ? Si c'est le cas, je te préviens, ça finira mal pour toi.

– Tu es culotté de penser que tu peux me combattre.

– Eh bien, c'est toi qui es ligoté.

Il y eut un silence, puis l'un des pirates hocha la tête dans sa direction.

– Cet homme est un dieu.

Quelques pirates ricanèrent.

– Quel genre de dieu se fait enlever aussi facilement ?

Le genre qui écoute son Oracle, pensa Dionysos.

Il n'avait pas encore décidé s'il regrettait ce choix.

En vérité, il pouvait facilement se libérer de ses liens, mais il devait réfléchir à la façon dont il pourrait sauver Méduse avant de s'échapper. Un des défis était qu'ils se trouvaient au milieu de l'océan. S'ils devaient s'enfuir, il préférait avoir la terre en vue.

– Quand on l'a trouvé, il portait les sandales d'Hermès, expliqua le pirate. Quel mortel porte les sandales d'Hermès ?

– Un favori, répondit le pirate en se tournant vers Dionysos. Tu es un favori, prince ?

– Si je l'étais, je ne serais pas ici, dit Dionysos.

– Tu vois, Léo ? Même le prince est d'accord avec moi.

Dionysos regarda à nouveau Méduse. Il s'était attendu à ce qu'elle soit une femme frêle dont les traumatismes l'auraient rendue docile et apeurée, mais elle semblait au contraire féroce et déterminée. Il avait l'impression que s'il n'était pas arrivé, elle aurait trouvé un moyen de s'échapper toute seule.

Dionysos attendit que les pirates soient distraits pour lui parler en chuchotant.

– Tu sais nager ? demanda-t-il.

Elle le dévisagea en silence. Ses yeux étaient jaunes comme des étoiles brillantes, à la fois sublimes et troublants. Elle ne lui faisait pas confiance, mais il ne pouvait pas lui en vouloir.

Elle finit par hocher la tête.

– Bien, dit-il.

Il resta silencieux, attendant le bon moment. Il écouta les conversations des pirates et apprit qu'ils approchaient de la mer Égée. Si Dionysos fut soulagé de l'apprendre, il se demanda s'ils se rendaient à Nouvelle Athènes pour livrer Méduse à Thésée. C'était peut-être idéal que les pirates l'emmènent directement sur le pas de sa porte, mais affronter Thésée et les demi-dieux ne l'était pas.

Quand le soleil se coucha, Dionysos remarqua que les nuages se rassemblaient à l'horizon, et la nuit tomba bientôt dans un ciel rempli d'éclairs.

Son estomac se noua d'appréhension ; ce n'était pas un orage normal.

– Ces nuages sont arrivés vite, dit l'un des pirates d'une voix inquiète.

En général, un marin tentait de devancer l'orage, mais certains, de nature divine, étaient impossibles à éviter et celui-ci était surnaturel. Cela signifiait qu'ils avaient attiré l'attention d'une sorte de divinité marine. Dionysos espérait juste que ce ne soit pas Poséidon.

Quand le navire commença à tanguer et que les vagues s'élevèrent de plus en plus au point qu'elles s'écrasaient sur le pont, il sut qu'il était temps de s'enfuir.

Soudain, des dizaines de membres de l'équipage étaient sur le pont, courant pour abaisser les voiles, fixer les écoutilles et ranger les biens épars.

Il se mit alors à pleuvoir à torrents, comme si quelqu'un vidait des seaux d'eau sur eux. La pluie était si dense que Dionysos ne voyait presque plus rien. La seule chose qui les aidait, c'étaient les éclairs qui zébraient le ciel, si nombreux qu'on aurait dit du gel sur du verre. C'était aussi beau que terrifiant.

– Je te l'avais dit ! dit Léo. Je t'avais dit que c'était un dieu !

– Tu n'es qu'un imbécile, Léo ! cria un autre pirate.

Or Léo était le seul qui n'était pas un abruti.

– On va vite ! hurla l'un des pirates. C'est comme si la tempête nous entraînait vers la côte !

Quelques têtes se tournèrent vers Dionysos, suspicieuses.

– À moins que l'eau ne soit du vin, ce n'est pas moi, dit-il, ayant décidé qu'il était temps de s'enfuir.

Il avait beau vouloir désespérément être sur la terre ferme, il ne voulait pas être sur ce navire lorsqu'il chavirerait.

En général, quand il était dans le territoire de Poséidon, il n'osait pas utiliser sa magie, de peur d'attirer son attention. Toutefois, si la tempête était l'œuvre du dieu de la Mer, c'était déjà trop tard. Il changea donc les liens de corde en sarments de vigne et les rompit sans difficulté, puis il en fit de même avec celles autour de ses chevilles. Il regarda ensuite Méduse, hocha la tête en direction de ses poignets et changea ses liens en sarments de vigne, qu'elle déchira facilement avant d'enlever le bâillon de sa bouche.

– Reste à terre, dit-il. Attends mes ordres.

Les pirates étaient trop occupés avec la tempête pour remarquer qu'il s'était levé. Non pas que cela les aurait aidés. Le temps qu'ils le voient, Dionysos s'était transformé en jaguar et il attaquait sa première victime.

Il se jeta sur le pirate et le saisit à la gorge avant de le plaquer au sol. Celui-ci eut à peine le temps de crier avant d'être réduit au silence. Ce fut suffisant pour attirer l'attention du reste de l'équipage et, soudain, Dionysos se retrouva criblé de balles. Il fut soulagé qu'elles ne soient pas couvertes de venin d'Hydre et quand elles lui perçaient la peau, son corps les éjectait aussitôt en se réparant.

Dionysos rugit et se tourna pour se jeter sur sa prochaine victime, mordant son bras avant de le jeter par-dessus bord. Deux pirates coururent vers lui, armés de couteaux. Dionysos sauta sur l'un alors que l'autre plantait sa lame dans sa taille, et si la douleur était aiguë, elle était agaçante plus qu'autre chose. Il se tourna et saisit l'homme dans sa gueule avant de le jeter à l'autre bout du pont, où il heurta le mât et s'écroula au sol.

C'est alors que Dionysos remarqua que Méduse était partie.

– Putain, gronda-t-il en reprenant sa forme humaine.

– Elle a sauté par-dessus bord.

Dionysos se tourna vers Léo, qui s'était accroupi derrière des caisses en bois.

– Tu es sûr ? demanda-t-il, pensant qu'un des pirates l'avait peut-être emmenée dans la cale.

Le mortel hocha la tête.

Bon sang, pourquoi on ne l'écoutait jamais ?

Dionysos fit un pas vers le pirate, s'attendant à ce qu'il se recroqueville, mais il n'en fit rien.

– Tu es malin, Léo, dit-il avant de courir à la rambarde.

Si la pluie avait cessé, il faisait encore très noir et la mer était déchaînée. Les seuls moments où Dionysos pouvait y voir étaient lorsque des éclairs illuminaient le ciel, et c'est alors qu'il vit Méduse dans l'eau. Elle peinait à garder la tête au-dessus des vagues, mais elle était également entourée de dauphins, les pirates.

– Bande d'enfoirés ! grommela Dionysos.

Il plongea dans l'eau et se changea en requin pour attaquer les dauphins en mordant leurs nageoires. Ils se dispersèrent rapidement, mais on le frappa au visage. Méduse lui avait mis un coup de poing.

Il reprit sa véritable forme et sortit la tête de l'eau en crachant.

– C'est moi, putain ! J'essaie de t'aider ! cria-t-il, car il était dur d'entendre quoi que ce soit avec l'orage.

– Comment je peux te faire confiance ? demanda-t-elle.

C'était la première fois qu'elle parlait, sa voix était aussi sublime que son visage, avec un timbre suave et sensuel, comme la voix d'une sirène.

– Je ne m'attends pas à ce que tu me fasses confiance, dit Dionysos. Mais si je te laisse seule ici, tu te retrouveras entre les mains de Poséidon.

Son visage se transforma en entendant le nom du dieu et son regard se remplit de terreur.

– Où tu m'emmènes ?

– Sur la terre ferme, dit Dionysos. Après ça, on trouvera une solution.

Elle resta silencieuse et l'étudia longuement, comme s'ils ne flottaient pas au milieu de la mer Égée.

– D'accord, dit-elle enfin.

– Ouais ? Tu ne vas pas me remettre un coup de poing si je me change en requin ?

– Je crois que ça dépend de toi, répondit-elle. Ne fais rien qui me donne envie de te cogner.

– Espérons que la nage ne t'agace pas, alors, dit le dieu du Vin avant de se transformer à nouveau.

Méduse s'accrocha à lui et il partit à la nage.

Il s'avéra que les pirates n'avaient pas eu tort au sujet de leur proximité avec la terre. Si Dionysos n'avait pas lancé l'attaque, ils se seraient sans doute échoués dans l'heure.

Méduse et lui avançaient sur le rivage sableux et il regretta de ne pas savoir exactement où ils étaient.

Il essora ses tresses.

– Comment tu as su pour Poséidon ? demanda Méduse.

– Il me l'a dit.

Méduse écarquilla les yeux et fit un pas en arrière, immédiatement sur la défensive. Dionysos réalisa que sa réponse le faisait passer pour un ami du dieu de la Mer.

– Pas comme un pote, hein ! se dépêcha-t-il de préciser. Il me l'a dit comme un ennemi !

Médusa fronça les sourcils.

– Mais tu parles à Poséidon ?

– Parce que je te cherchais !

– Et pourquoi tu me cherchais ?

– Parce que ta tête est mise à prix.

Elle recula à nouveau en serrant les poings.

– Mais ce n'est pas pour ça que je te cherche, moi, ajouta Dionysos. Tu ne vaux rien à mes yeux.

Elle desserra les poings.

– Je veux dire que l'argent ne m'intéresse pas. Je voulais juste te mettre en sécurité.

– Tu es vraiment nul à ça, tu sais, dit Méduse.

– Extrêmement nul, je sais. Je suis un peu inquiet que tu me remettes un coup de poing.

– Ce n'est pas comme si ça te faisait mal, tu n'es pas un dieu ?

– Si, mais je n'aime quand même pas me prendre des coups de poing.

Il y eut un long silence.

– Si tu es un dieu, tes promesses sont impossibles à rompre, n'est-ce pas ?

Dionysos plissa les yeux, suspicieux.

– Oui.

– Alors, est-ce que tu peux me promettre que ta seule intention est de me garder en sécurité ?

– Oui, répondit-il aussitôt, sans hésitation.

Elle sembla se détendre un peu.

– Et si je souhaite partir, est-ce que tu me promets de me laisser faire ?

– Non.

Le peu de progrès qu'il avait fait s'envola en fumée.

– Quelle partie de « tu n'es pas en sécurité » et « ta tête est mise à prix » as-tu du mal à comprendre ?

– Je le comprends parfaitement, dit-elle. Je l'ai *vécu.* J'ai aussi été détenue contre ma volonté. La liberté d'aller et venir comme je le veux est importante pour moi.

Dionysos déglutit, non sans difficulté.

– Très bien, dit-il. Mais tu peux me promettre quelque chose ?

Elle le dévisagea.

– Je ne t'arrêterai pas si tu veux partir. Je te le promets. Mais… dis-le-moi, quand tu pars.

Elle fut silencieuse longtemps avant de hocher la tête. Il supposait qu'après avoir été trahie tant de fois, faire une promesse impliquait plus de confiance qu'elle ne pouvait accorder à qui que ce soit, et il ne pouvait pas lui en vouloir.

– Bon, maintenant que c'est réglé, dit-il en scrutant la nuit, mais il n'y voyait rien en dehors ce qu'il pensait être la lisière d'un bois, allumons un feu. Je déteste être mouillé.

– Tu ne vas pas te téléporter ? demanda Méduse.

– Je ne peux pas, répondit-il.

Il choisit un endroit au milieu de la plage, creusa un petit trou où il fit pousser des vignes, qu'il laissa sécher et pourrir pour qu'il n'en reste que des brindilles.

– Comment ça, tu ne peux pas te téléporter ? demanda Méduse.

– Pour quelqu'un qui ne voulait pas de mon aide, ta voix sonne méchamment comme une critique, répondit-il en allumant le feu avec un choc d'énergie provenant de la paume de sa main.

– Je n'ai pas dit que je ne voulais pas ton aide. Je voulais que tu me promettes que tu étais sincère.

Dionysos soupira.

– Je ne peux pas me téléporter, parce que j'ai essayé, dit-il en s'asseyant. Ça doit vouloir dire qu'on est encore dans le territoire de Poséidon. J'ai beau détester ça, la seule chose qu'on puisse faire pour l'instant, c'est attendre que le jour se lève.

Dionysos s'assit en tailleur et regarda le feu. Il fallut un peu de temps à Méduse, mais elle finit par s'asseoir en face de lui.

– Alors, tu es qui ? demanda-t-elle.

Il la regarda brièvement avant de se concentrer sur le feu.

– Je m'appelle Dionysos.

– Dionysos, répéta-t-elle.

– Je suis sûr que tu aurais préféré être sauvée par un Olympien, mais hélas, ils sont tous occupés à tenter de tuer un psychopathe.

– Je n'ai pas dit ça, j'ai juste demandé ton nom.

– Ah, dit-il avant de se taire.

– Que sais-tu à mon sujet, exactement ?

– J'en sais suffisamment, dit-il. Ça fait un bail que je te cherche.

– Pourquoi ?

– Parce que, quand j'ai entendu parler de toi pour la première fois, la rumeur était que tu pouvais changer les hommes en pierre d'un seul regard, expliqua-t-il avant de marquer une pause.

Maintenant qu'il l'avait vue, il comprenait d'où venait la rumeur, et cela le mit mal à l'aise.

– Alors tu me voulais pour ce pouvoir que je suis censée posséder ?

– Au début, oui. Puis tout le monde a découvert ton existence, et tu étais en danger. Je ne pouvais pas te laisser te retrouver… entre les mauvaises mains.

– À cause de mon pouvoir, tu veux dire.

Dionysos l'étudia.

– Je sais que tu es pleine de rancœur, mais sans cette rumeur, je n'aurais pas su que tu existais et je ne serais pas là en train d'essayer de te sauver.

Elle ne répondit rien.

– Bref, j'espérais que tu rejoindrais mes Ménades.

– Les Ménades ?

– Elles sont surtout… mes amies. Ce sont des femmes qui ont fui de mauvaises situations et qui ont besoin de protection, ou d'une chance de repartir à zéro.

– Ça semble presque trop beau pour être vrai, dit Méduse.

– Ça l'est, dit-il avant de secouer la tête. Je ne sais pas où je serais aujourd'hui sans elles.

Surtout Lilaïa et Naïa, qu'il connaissait depuis le plus longtemps. Elles lui avaient montré ce que cela signifiait d'être choyé, elles l'avaient nourri et habillé, mais elles l'avaient surtout écouté et encouragé. Quand il pensait être sur le point de sombrer dans la folie, elles étaient là pour l'en sauver. Ils s'étaient vus dans les pires situations, et ça n'avait encouragé que le meilleur en eux.

– Je ne sais pas trop comment je suis arrivée ici, dit Méduse.

– Tu veux dire sur cette île ?

– Ici, à ce stade dans ma vie, expliqua-t-elle. Je voulais être prêtresse.

– Pour quelle divinité ?

– Athéna, dit-elle. J'étudiais dans son temple de Nouvelle Athènes quand j'ai été enlevée.

– Enlevée ?

– Je rentrais chez moi un soir, après avoir fini au temple, quand on m'a poussée dans une voiture et ligotée. Ils m'ont emmenée dans un hôtel…

Elle marqua une pause, sa poitrine se soulevait très vite.

– Tu n'es pas obligée de me le dire, dit Dionysos.

Il lui fallut du temps pour reparler.

– Je pensais… je ne sais pas pourquoi, je pensais qu'en étant prêtresse, quelqu'un me trouverait. J'ai prié Athéna. Je l'ai suppliée. Elle n'est jamais venue.

– Je suis désolé.

– C'était une dure leçon à apprendre, dit Méduse en haussant les épaules. La dévotion ne sert à rien.

Il espérait qu'avec du temps, elle changerait d'avis, mais il ne le dit pas à voix haute, car il savait que ça ne servait à rien.

– Dors, dit-il plutôt. Je veillerai sur toi.

***

Dionysos se réveilla lorsqu'il inhala du sable.

Il s'assit en s'étouffant et en toussant, les larmes aux yeux, la poitrine et la gorge brûlantes. Quand il fut à peu près remis, il regarda Méduse, de l'autre côté de ce qui restait du feu.

– Tu as de la chance que je n'arrive pas à dormir, dit-elle.

Il ouvrit la bouche pour répondre, mais il préféra se lever et épousseter ses vêtements.

– On est à Mycènes, au fait. Pas dans le territoire de Poséidon.

– Quoi ? demanda-t-il, confus.

– On est à Mycènes, répéta-t-elle.

– C'est impossible. Je devrais pouvoir me téléporter.

– Eh bien, il dit le contraire, lui, répondit-elle en désignant un homme un peu plus loin sur la plage, qui poussait un chariot d'objets variés.

– Monsieur ! Monsieur ! dit Dionysos en lui courant après.

L'homme s'arrêta et se tourna vers Dionysos. Il avait des cheveux hirsutes et une barbe filandreuse.

– Ah oui, Monsieur ! Je peux vous proposer un chapeau ? Ou un collier de coquillages de Mycènes ? Fait avec les plus beaux spécimens !

– Mycènes ? répéta Dionysos en notant le grec mycénien brodé sur le chapeau.

Dionysos tenta de se téléporter à Nouvelle Athènes, mais encore une fois, rien ne se passa. Quelque chose n'allait pas. S'il était en Nouvelle Grèce, il devrait pouvoir se téléporter.

– Vous voulez le chapeau, oui ou non ? demanda l'homme, frustré.

– Il se passe quelque chose à Nouvelle Athènes ? demanda le dieu.

– Ça dépend, dit l'homme. Vous avez combien sur vous ?

Dionysos invoqua son thyrse et le pointa sur le cou de l'homme, qui lâcha le chapeau et le collier en levant les mains.

– Écoutez, je ne veux pas d'ennuis. J'essaie juste de vendre mes coquillages.

– Tu sais quoi ? Dis-moi ce qui se passe à Nouvelle Athènes, et je te laisserai continuer à vendre tes coquillages.

– Peu d'informations nous parviennent. On dit qu'il y a eu un énorme tremblement de terre et que toute la ville s'est déportée dans l'océan. Au début, on a tous cru que c'était Poséidon, mais ils disent maintenant que c'était son fils.

– Thésée ?

– Oui, c'est ça. Personnellement, je ne sais pas grand-chose de lui, mais s'il peut prendre le contrôle de toute une ville, putain… il doit être puissant.

Putain, en effet.

Si c'était vrai, cela signifiait que les dieux n'avaient pas réussi à le tuer pendant les jeux funéraires.

– Merci, dit Dionysos en reculant son thyrse et en se baissant pour ramasser le chapeau.

Il fourra une poignée de pièces dans les mains du vieux avant de retourner voir Méduse.

– Eh ! Vous êtes sûr que vous ne voulez rien d'autre ? cria l'homme.

Dionysos l'ignora.

– Bel artichaut, dit Méduse alors qu'il approchait.

– Ferme les yeux, dit-il avant de libérer sa magie en une détonation puissante.

Il les téléporta au bord de l'Attique.

Quand ils arrivèrent, Méduse se pencha pour vomir, mais Dionysos était trop distrait par la scène pour lui demander si elle allait bien. Car, à plusieurs kilomètres de la côte découpée, flottait Nouvelle Athènes.

Chapitre XXXIV

HADÈS

Un silence étrange et tendu recouvrit les dieux, lourd du choc qu'ils venaient de vivre. C'était un silence qu'Hadès connaissait bien et dont il avait souvent été responsable, mais qu'il avait rarement ressenti avant Perséphone. C'était comme si elle lui avait appris le deuil ; d'abord avec sa mère, et maintenant pour Apollon, qui comptait davantage pour lui depuis qu'il comptait tant pour Perséphone.

– On devrait préparer les rites funéraires, dit Hécate.

Hadès savait pourquoi elle suggérait cela. Plus ils commenceraient tôt, plus vite Apollon traverserait le Styx, et plus vite ils pourraient le revoir.

Artémis tourna brusquement la tête vers la déesse de la Sorcellerie.

– Si tu le touches, je te tuerai, cracha-t-elle.

– Il y a déjà eu trop de morts, répondit Hécate. Ne menace pas d'en causer plus encore.

La déesse fondit en larmes. C'était étrange de la voir ainsi. Quand Artémis n'était pas stoïque, elle était vengeresse. Il n'y avait aucun juste milieu, chez elle – sauf maintenant.

– S'il vous plaît, supplia-t-elle. Ne l'emportez pas.

Hadès fit un pas en avant et s'agenouilla à ses côtés pour la regarder dans les yeux.

– Sans rite, il ne peut trouver le repos, dit-il. Laisse Hécate l'honorer pour que tu puisses le rejoindre au Styx.

– Tu me laisseras le voir ? demanda-t-elle.

– Je le jure.

Elle prit plusieurs inspirations tremblantes en regardant le corps calciné d'Apollon. Hadès ne comprenait pas comment elle pouvait voir ce corps qui ne ressemblait en rien au dieu de la Musique de son vivant.

– On se voit vite, dit-elle à son frère avant de l'embrasser sur le front.

Quand elle le lâcha, Hécate l'emporta.

– Je ne comprends pas, dit Hermès.

Il était assis en bas de l'escalier, le regard dans le vide. Ils étaient tous dans le même état – perdus.

– Je croyais que Thésée était vulnérable, dit-il.

– Dionysos a dit qu'il guérissait lentement, confirma Hadès.

– Mais même les dieux peuvent être blessés, dit Perséphone. La peau de Thésée était comme… de *l'acier*.

– Alors il est devenu invincible, dit Hadès.

– Mais… *comment* ? demanda sa déesse.

– Héra, dit Aphrodite. Elle a un arbre de pommes d'or qui, avec une bouchée, rend les mortels immortels et les vulnérables invulnérables. À l'évidence, il a goûté à la pomme.

– Il semblerait qu'on ait tous besoin de manger de ce putain d'arbre, dit Hermès.

– Je suppose que ça dépend de ce à quoi tu accordes le plus de valeur : ton immortalité ou ton invincibilité, répondit Aphrodite. L'arbre doit prendre l'une de ces choses pour t'accorder l'autre.

– Peut-être Thésée compte-t-il manger une autre pomme quand tout ça sera fini, dit Artémis.

– Il faut l'espérer. La rumeur veut que manger deux fois de cet arbre provoque la mort, expliqua la déesse de l'Amour.

Il y eut un silence.

– Alors, il ne peut pas être blessé du tout ? demanda Perséphone.

– Non, répondit Hadès.

Or s'ils ne pouvaient percer sa peau, ils ne pouvaient pas l'empoisonner avec du venin d'Hydre.

– Même Achille avait une faiblesse, dit Aphrodite.

– Thésée en a peut-être beaucoup, répondit Hadès. La question est de savoir laquelle le tuera.

***

Comme promis, Hadès emmena Artémis au bord du Styx, même si elle n'était pas seule à accueillir Apollon aux Enfers. Perséphone et Hermès les suivirent, ainsi qu'Aphrodite et Héphaïstos, Harmonie et Sybil. Thanatos arriva peu de temps après, suivi de Tyché et d'Hypnos, qui garda les bras croisés et scrutait les âmes qui attendaient avec eux avec du laurier et des jacinthes, et jouaient de la musique sur des lyres.

– Pourquoi je n'ai pas eu droit à tout ça quand je suis mort, moi ? demanda-t-il.

– Au risque d'être impoli, Hypnos, tu n'es pas si populaire, dit Hermès.

– Mais *c'est* impoli… enfoiré !

– Me traiter d'enfoiré n'est pas très *gentil* non plus, rétorqua Hermès.

– Je ne t'aurais pas traité d'enfoiré si tu n'avais pas dit que je ne suis pas populaire. Je le suis ! Tout le monde aime dormir !

– Pardon, mais tu sais tout ce que j'accomplirais si je n'étais pas obligé de dormir ?

– Je suppose qu'on va vite le découvrir, répondit Hypnos avec un sourire malicieux.

Hadès leva les yeux au ciel.

– Bon sang, ils sont épuisants.

Le gloussement de Perséphone attira son attention.

– Je ne sais pas, dit-elle. Je les trouve chou.

– Attends de les avoir supportés pour l'éternité, dit-il.

– J'espère le pouvoir, justement.

Hadès fut surpris par sa réponse et il se sentit aussitôt coupable. Sa remarque avait été insensible, étant donné les morts d'Apollon, de Tyché et d'Hypnos.

– Ce sera le cas, dit-il. Tu n'as pas le choix.

Elle lui sourit, même si son regard était dépourvu de joie.

– Tu sais que ce n'est pas ainsi que fonctionne le destin, dit-elle.

– Je sais ce que je ferai s'il t'arrive quoi que ce soit, répondit-il. La promesse d'un tel futur devrait suffire en elle-même à éloigner les Moires.

Il savait qu'elle n'était pas convaincue par ses propos et, quelque part, il ne pouvait pas lui en vouloir. À ce stade, il était difficile d'imaginer quelque futur que ce soit.

Soudain, quelque chose scintilla à l'horizon et la barque de Charon apparut. De loin, il vit Apollon debout, à l'avant du bateau, où la lanterne se balançait d'un côté et de l'autre au-dessus des eaux agitées du Styx.

Hadès se demanda comme le batelier supportait ces morts divines. Pendant toutes ses années de passeur d'âmes, il n'avait accompagné qu'un seul dieu – Pan, le fils d'Hermès.

Les âmes acclamèrent leur arrivée et Perséphone approcha du ponton, même si elle prit soin de ne pas doubler Artémis dont les pieds touchaient à peine le sol. Hadès s'inquiéta qu'elle tombe dans l'eau et soit entraînée au fond de la rivière par les morts, mais Apollon la poussa en arrière, faisant tanguer la barque de Charon en se jetant sur sa sœur pour la prendre dans ses bras.

Charon accosta et vint auprès d'Hadès.

– Il y a des centaines d'âmes aux portes, dit-il. Que se passe-t-il là-haut ?

– C'est le chaos, répondit Hadès.

Il n'y avait pas d'autre moyen de le décrire.

Il avait su que Thésée prévoirait quelque chose pendant les jeux funéraires, mais rien qui soit à la hauteur de ce qui s'était passé aujourd'hui. Thésée s'était emparé du foudre.

Cela aurait déjà suffi à convaincre le peuple de Nouvelle Grèce que ses pouvoirs dépassaient ceux des dieux, mais il avait également tué Apollon.

En un geste, Thésée avait remplacé deux dieux.

Et ça n'avait été que le début, car lorsqu'Apollon était tombé et que Zeus avait été révélé, Thésée avait invoqué son père, Poséidon, et lui avait ordonné de faire trembler la terre et s'élever les océans, abattant un désastre qu'Hadès commençait tout juste à comprendre.

Soudain, les dieux n'étaient plus les seuls à être menacés par Thésée – toute la Nouvelle Grèce l'était.

– Si tu ne fais pas vite quelque chose, le monde entier viendra résider dans ton royaume, et tu n'auras plus à te soucier de ce que Thésée a prévu de te faire.

– C'est déjà le cas, dit Hadès.

Il regarda les âmes et les dieux rassemblés pour accueillir Apollon et se demanda comment il en était arrivé à se soucier de tant de personnes. Toutefois, il lui suffit d'observer Perséphone pour le savoir. C'était elle.

Elle était le lien qui les unissait tous, et il ferait n'importe quoi pour les protéger.

Mais il échouait déjà, la dernière preuve en date étant la mort d'Apollon.

– Tu es bien trop heureux d'être mort, Apollon ! dit Artémis, mais tout le monde comprit ce qu'elle voulait dire.

Tu es bien trop heureux de me quitter.

Les traits d'Apollon s'adoucirent.

– Ne sois pas triste pour moi, ma chère sœur. Ça fait longtemps que je le désire.

– Mais pourquoi ? Pourquoi le désires-tu ? demanda-t-elle en tendant les bras pour le regarder.

Apollon regarda autour de lui avant de se concentrer à nouveau sur sa sœur.

– Parce que c'est le seul moyen par lequel je connaîtrai la paix.

Hadès sentit la confusion d'Artémis. Elle ne comprenait pas le poids qui écrasait l'âme d'Apollon. Les regrets de son frère étaient profonds, alors que les siens ne l'étaient pas.

Quand Apollon se tourna vers Perséphone, elle jeta ses bras à son cou et le serra fort contre elle. Hadès percevait sa tristesse et voulait la réconforter, mais Apollon ne la lâchait pas, comme pour lui signifier par son étreinte combien leur amitié comptait pour lui. Elle finit par reculer la tête et il sourit.

– Ne pleure pas, Seph. Rien ne changera. Pas même notre marché.

Et avec cette simple taquinerie, l'énergie qui entourait le rassemblement changea.

– Oh, putain de Moires, grommela Hadès. Ça n'est pas encore fini, ça ?

– Tu es jaloux, Hadès ? Je me disais que quand tout ça serait calmé, Seph et moi pourrions aller pique-niquer.

– Bonne chance, dit Hadès. Tu n'as aucun pouvoir pour l'invoquer.

– Alors je m'y prendrai à la manière des mortels et je frapperai à votre porte.

– Je te jetterai au Tartare, rétorqua Hadès en ricanant, reconnaissant à Apollon pour sa légèreté et le soulagement que cela apportait à Perséphone.

– Ce serait un châtiment sévère pour avoir simplement frappé à la porte. Tu devrais être content que je le propose. J'ai plutôt tendance à débarquer là où on ne veut pas de moi.

– Un pique-nique serait super, Apollon, dit Perséphone en essuyant ses larmes et en souriant.

– Tu as entendu, Hadès ? dit le dieu de la Musique d'une voix enjouée. C'est un rencard !

Hadès fusilla le dieu du regard alors qu'Apollon passait à Hermès, lui ébouriffant les cheveux.

– Fais-moi penser à lui montrer quelques coins pour votre futur pique-nique, dit Hadès alors que Perséphone revenait à ses côtés.

– Tu ne l'enverras pas dans la Forêt du Désespoir, dit-elle sèchement.

– Quoi ? Ce serait drôle.

Elle se colla à lui et caressa son torse.

– Tu sais ce qui est drôle ? L'abstinence forcée.

– Non. Ce serait cruel.

– Tout comme la Forêt.

– Bon, très bien, soupira-t-il.

– Je savais que tu serais d'accord avec moi, répondit Perséphone.

Elle se mit sur la pointe des pieds et Hadès baissa la tête pour l'embrasser alors que des cris de joie retentissaient autour d'eux. Ils tournèrent la tête et virent Apollon et Hyacinthe entouré par les âmes, dans les bras l'un de l'autre, leurs bouches plaquées l'une à l'autre dans un baiser plein de passion.

Perséphone gonfla les poumons et posa ses mains sur sa poitrine.

– Je ne pensais pas qu'il pouvait advenir quoi que ce soit de positif dans tout ça, dit-elle.

Hadès passait d'un pied sur l'autre, partagé entre l'envie de lui dire la vérité et lui laisser croire un mensonge, mais elle ne lui laissa pas le choix. Elle leva les yeux vers lui, le regard suspect.

– Hadès ?

Sa façon de prononcer son nom comme une question ou une imploration lui noua la gorge.

– Dis-moi qu'il ne va pas devoir boire dans le Léthé.

– Non, répondit-il. Mais Hyacinthe ne peut pas rester.

Perséphone cligna des yeux.

– Comment ça, il ne peut pas rester ?

– Il est temps que son âme se réincarne.

Il savait que ça tombait terriblement mal ; non seulement parce qu'Apollon venait d'arriver aux Enfers mais aussi parce que le monde était un endroit terrible, mais il n'y pouvait rien.

Perséphone pâlit brusquement.

– Hadès… chuchota-t-elle.

– Je sais ce que tu veux me demander, mais c'est à Hyacinthe de choisir.

Elle n'insista pas, mais elle cligna des yeux pour éloigner ses larmes, observant les deux amants.

– Peut-être qu'il changera d'avis maintenant qu'Apollon est arrivé.

Mais Hadès savait que même elle n'y croyait pas.

***

– On compte encore les morts, dit Ilias. Mais on approche du millier, et beaucoup manquent encore à l'appel.

Après avoir parlé à Charon, Hadès avait envoyé le satyre pour récolter des informations sur l'état de Nouvelle Athènes.

Les nouvelles n'étaient pas bonnes.

– Nous ne sommes plus rattachés au continent, dit-il. La ville est devenue une île, au beau milieu de la mer Égée, ce qui, techniquement, nous place dans le territoire de Poséidon.

C'était ce qu'Hadès avait craint, même s'il doutait du rôle de son frère. Poséidon avait toujours voulu régner, donc il était étrange qu'il ait fait tout ça pour voir un autre que lui sur le trône, même son fils.

– La séparation a surtout détruit les immeubles les plus grands. L'Acropole, le Parthénon et la Tour Alexandria sont en ruines. Il y a aussi de gros dégâts à l'hôpital, même s'il continuera de fonctionner tant que le générateur tournera. Le reste de Nouvelle Athènes est plongé dans le noir.

Hadès resta silencieux, il réfléchissait.

Ilias lui avait fourni de bonnes informations, mais elles étaient trop générales.

– Si on doit aider les gens dans le besoin, on doit avoir une meilleure idée de ce qui se passe sur le terrain, dit-il.

– Je peux convoquer quelques contacts à l'Iniquité, dit Ilias.

– Le club est encore debout ?

– Pour l'instant, même si j'ai le pressentiment que Thésée est pressé de détruire tout ce qui lui rappelle les dieux, surtout toi.

– Je suis flatté, marmonna Hadès. Mais si c'est le cas, se retrouver là-bas est dangereux. Je crois qu'on devrait les convoquer ici.

– Comme tu voudras, dit Ilias.

Il ne le voulait pas, mais il n'avait guère le choix, car il savait ce qui allait se passer. Thésée allait cibler tous ceux qui étaient fidèles aux dieux, et ceux qui ne renonçaient pas à eux seraient exécutés.

Il ne voulait plus qu'il reste de fidèles, excepté ceux qui s'agenouilleraient devant lui. Toutefois, Hadès le mettait au défi de trouver qui que ce soit qui ne croyait – ou ne craignait – pas la mort.

– Convoque-les dès que tu rentres, dit Hadès avant de sortir de son bureau pour regagner sa chambre.

Quand il entra, il trouva Perséphone allongée sur le côté, dos à la porte. Il pensait qu'elle dormait, mais lorsqu'il approcha du lit, elle se tourna vers lui.

Il ne put s'empêcher de l'admirer. Elle était sublime. Sa peau était rosée et ses cheveux légèrement en bataille. Elle était ensommeillée, comme si elle venait de se réveiller.

– Je t'ai réveillée ? demanda-t-il.

– Je ne sais pas. Je ne me souviens pas d'avoir dormi.

Probablement parce qu'elle était trop épuisée.

Il s'assit au bord du lit et posa une main sur sa hanche. Elle était chaude et il dut se retenir de s'allonger à côté d'elle, car s'il le faisait, il ne se relèverait plus de la matinée.

– Où étais-tu parti ?

– Pour l'instant, nulle part. Je parlais avec Ilias. Je lui ai demandé de convoquer quelques contacts. On doit savoir ce qui se passe dans le monde, et le meilleur moyen est de passer par l'Iniquité.

Perséphone s'assit et dégagea la couette. Elle parut se ficher d'être complètement nue et, s'il appréciait bien sûr la vue, il était difficile pour Hadès de se concentrer sur autre chose que son érection naissante.

– Je peux venir ? demanda-t-elle.

Hadès ricana.

– En général, je suis en toi quand tu me poses cette question.

Elle se mit à genoux, ce qui plaça ses seins au même niveau que son visage.

– Si tu dis non, il se pourrait que tu ne m'entendes plus jamais la poser.

L'éclat de malice disparut du regard d'Hadès et il haussa un sourcil.

– Comme si tu pouvais tenir une journée sans le plaisir que je t'apporte.

– Ne me sous-estime pas, Milord.

– De toute façon, aucun de nous n'aura à le découvrir, dit-il en l'attirant sur ses cuisses.

Il suça un de ses tétons et elle cria en saisissant son visage. Il ricana d'un ton lugubre en la lâchant.

– Je n'allais pas dire non, mais j'aurais préféré que tu dormes.

– Tu sais que je ne dormirai pas, dit-elle.

Cette fois, elle mordilla son oreille et la lécha du bout de la langue. Il frissonna et la tint plus fort par la taille.

– Je le sais, dit-il avant de reculer pour la regarder dans les yeux. Et si je te laissais, tout mon whisky aurait disparu à mon retour.

– Il faut bien que quelqu'un le boive, dit-elle en tapotant le bout de son nez.

Il ne pensait pas qu'elle avait remarqué qu'il n'y touchait plus, mais elle avait raison. Il n'en avait pas bu depuis le labyrinthe, et il ne savait pas pourquoi. Il avait essayé, mais il hésitait chaque fois qu'il portait le verre à sa bouche.

Il se sentait ridicule.

Ce n'était pas comme si l'alcool avait un effet sur lui, alors pourquoi se sentait-il hanté chaque fois qu'il saisissait le verre ?

Perséphone se rapprocha de lui et l'embrassa.

– Je ne me moque pas de toi, chuchota-t-elle.

– Je sais, dit-il. Et je sais que je devrais fêter mon abstinence, mais j'ai peur de la suite.

– La suite ? demanda-t-elle d'une voix suave et confuse.

– Je ne sais pas. D'une chose pire. La colère, peut-être.

Il en était toujours ainsi. Lorsqu'une chose prenait fin, une autre la remplaçait.

– Hadès… d'où ça vient ?

– J'ai toujours trouvé un moyen de gérer ma souffrance. Après la Titanomachie, j'étais isolé, et maintenant, je suis indifférent. J'ai supporté la première en étant cruel, et maintenant, je bois. Qu'est-ce que ça signifie si je ne le fais plus ?

Elle soutint son regard et posa une main sur son cœur.

– Tu es indifférent, là ?

– Non. Pas quand tu es si près.

Elle empoigna sa chemise et son souffle caressa ses lèvres.

– Alors peut-être as-tu trouvé un autre vice…

***

Hadès se manifesta dans l'obscurité de Nevernight avec Perséphone, Ilias et Hermès. Il n'avait pas encore l'intention d'annoncer sa venue, car il était curieux d'entendre ce qui se disait en son absence ; sans doute obtiendrait-il ainsi des informations bien plus utiles que s'il avait été là.

Il regarda Perséphone et pressa son index sur sa bouche avant de se concentrer sur les membres de l'Iniquité. Deux étaient assis au bar, penchés sur leurs verres : un homme d'un certain âge du nom de Ptolémée et un autre plus jeune nommé Jorn. Stella s'était installée confortablement derrière le bar, tandis que trois autres étaient assis sur un canapé ; Madelia Rella, Leonidas Nasso et Damianos Vitalis.

– Ils disent qu'on est complètement coupés du reste du monde. Il n'y a même pas de ports ni de navires pour nous sortir d'ici, disait Ptolémée.

– Tu penses vraiment qu'on va croire qu'on n'a aucun moyen de quitter cette île, Ptolémée ? demanda Damianos.

– Je n'ai pas dit ça, mais ça coûtera plus cher.

Perséphone se crispa et il lui serra la main, espérant qu'elle comprendrait qu'il lui promettait d'empêcher ça.

– Les tunnels sont inondés. Le danger est au-dessus.

L'estomac d'Hadès se noua, car il n'avait pas envisagé que les tunnels seraient sous l'eau. Dionysos avait mis des mesures en place pour ce genre d'évènement. Est-ce que quelque chose avait mal tourné, et si oui, où étaient-ils, lui et ses Ménades ?

– Tu comptes faire payer les familles pour fuir ce désastre ? demanda Madelia Rella d'un ton dédaigneux.

– Les affaires ne s'arrêtent pas en temps de guerre, Madelia. Tu le sais mieux que personne. Ces demi-dieux n'ont-ils pas visité nos établissements ?

La bouche de la femme se pinça.

– Quand je pouvais l'empêcher, je l'ai fait. Ils ont fait du mal à mes filles. Quand je les ai bannis, ils ont mis le feu à l'un de mes bordels.

Hadès se demanda quand c'était arrivé. Peut-être quand il était dans le labyrinthe.

– Ils sont clairement puissants, dit Jorn. Vous avez vu Thésée s'emparer du foudre pendant que Zeus pendait dans le ciel ? s'exclama-t-il en secouant la tête. Est-ce qu'on est naïfs de ne pas nous incliner devant lui ?

– Ça dépend qui tu préfères provoquer, répondit Madelia. Personnellement, j'aimerais avoir une existence paisible dans l'au-delà.

– Et comment sait-on que les Enfers n'ont pas été conquis, aussi ?

Un silence de plomb suivit sa question et Hadès sentit Perséphone bouillonner à ses côtés. Hermès serrait également les poings et Hadès tendit le bras pour le retenir. Il avait beau ne pas aimer ce que disaient les malfrats, il n'était pas vraiment surpris. Et il tenait à savoir qui était dans son camp.

– C'est ridicule, dit enfin Madelia.

– J'apprécie ton vote de confiance, Madelia, dit Hadès en sortant de l'ombre, balayant la salle des yeux. Comme la plupart d'entre vous avez démontré que vous n'aviez aucune allégeance en dehors de vos propres intérêts, je vous laisse quelques secondes pour choisir le camp dans lequel vous souhaitez continuer.

Il y eut un silence et Ptolémée se redressa.

– Et quelles sont les conséquences de ne pas te choisir ?

– Il n'y en a pas, dit Hadès, excepté ce qui vous arrivera si vous faites le mauvais choix.

Le vieil homme grimaça.

– C'est typique d'un dieu, de parler en charades.

Hadès ricana.

– Vois ça comme la roulette, Ptolémée. Tu es prêt à parier ?

– Pas quand je regarde la mort dans les yeux.

– Une sage décision, acquiesça Hadès. Comme vous le savez, Thésée, avec l'aide de son père, a conquis Nouvelle Athènes. Il est le véritable coupable de la mort de plusieurs dieux. La seule raison pour laquelle Zeus est encore en vie, c'est que Thésée espère se servir de lui comme pion pour obtenir la faveur de notre père, Cronos. Je ne connais pas ses plans au-delà de ça, excepté qu'il a l'espoir délirant de gouverner toute la Nouvelle Grèce en tant que dieu unique, ce qu'il ne peut pas accomplir tant que je suis en vie.

Si Nouvelle Athènes était désormais sous le contrôle de Poséidon puisque sa masse terrestre était petite, la seule conséquence était que les autres dieux ne pouvaient s'y téléporter. Mais Hadès avait également un pouvoir sur la terre, quelle que soit sa taille.

– Alors, qu'est-ce que tu vas faire ? demanda Leonidas. Libérer Zeus et espérer qu'il ramène la paix ?

– Pourquoi tout le monde suggère ça ? grommela Hermès.

– Ça fait longtemps que Zeus n'a pas apporté la paix, dit Hadès.

– Alors tu ne comptes pas le libérer ? demanda Jorn.

– À ce stade, mon frère n'est pas ma priorité.

– Et quelle est ta priorité ? demanda Damianos. Histoire qu'on soit clairs.

– D'abord, on doit trouver un moyen de mettre les innocents à l'abri, dit Hadès. Mais on ne peut pas leur faire traverser la mer, car Poséidon coulera vos navires.

– Beaucoup se sont réfugiés dans les temples en espérant y être protégés, dit Ptolémée. Mais la rumeur veut que Thésée compte y faire une rafle demain matin.

Hadès regarda Perséphone.

– Ils peuvent se réfugier ici ? demanda-t-elle.

– On pourrait, dit Ilias. Le défi sera de les emmener jusqu'ici en sécurité, surtout sans les tunnels de Dionysos.

– On est sûrs qu'ils sont hors d'usage ? demanda Hadès.

Une part de lui avait encore du mal à le croire.

– Il est possible que certains se soient asséchés, mais il y aura des corps, dit Ptolémée.

– Il n'y a aucun survivant ? demanda Perséphone.

Le vieil homme se gratta la tête.

– Personne ne s'est montré, mais j'imagine qu'ils ne savent pas où aller, étant donné l'état de la ville.

– Est-ce que quelqu'un a des nouvelles de Dionysos ? demanda Hadès.

Le dieu était aussi impliqué que lui dans les bas-fonds de la ville et il était bien connu de ces gens, mais tout le monde secoua la tête, à part Hermès.

– Il est venu me voir il y a quelques jours pour me demander mes sandales, dit-il en hésitant avant de poursuivre. Il avait des affaires à régler sur une île qui appartient à Poséidon. Je ne l'ai pas vu depuis.

Hadès présumait qu'Hermès avait d'autres informations qu'il ne voulait pas dire devant les autres. Il avait beau détester ça, ils allaient devoir utiliser les tunnels. Peut-être trouveraient-ils quelques survivants en chemin.

– Je crois que c'est un risque qui vaut la peine d'être pris, dit-il d'un ton lugubre.

– On ne peut pas… les téléporter ? demanda Perséphone.

– Si je le fais, on risque d'attirer l'attention de mon frère, dit Hadès. Et je ne veux pas engranger d'autres victimes si je peux l'éviter.

Quelqu'un gloussa et Hadès leva les yeux vers Ptolémée.

– Quoi ? Personne d'autre ne trouve ça ironique ? Le dieu des Morts qui s'inquiète pour les vivants ?

– Si tu le connaissais, tu trouverais ça tout sauf ironique, rétorqua Perséphone.

La bouche de Madelia tressauta et Hadès tint plus fort sa taille.

– Alors, on vide les temples et Thésée n'aura pas de sacrifices demain. Et ensuite ? s'enquit Jorn.

– Moi je dis, on les fait sauter au moment où les demi-dieux sont dedans, dit Leonidas.

– Une explosion ne leur fera sans doute rien, dit Hermès. Pour autant qu'on sache, ils sont invincibles comme nous.

– Tu ne me sembles plus très invincible, remarqua Damianos.

– Je vais te montrer ce que c'est d'être invincible, marmonna Hermès en croisant les bras.

– Le but n'est pas de les blesser, poursuivit Damianos, mais de les prendre par surprise. Ensuite, vous attaquez.

Hadès n'aimait pas engendrer davantage de destruction, mais il savait que c'était inévitable. C'était le prix à payer dans une bataille entre divinités.

Leonidas se leva.

– Vous n'avez qu'à décider entre vous quel dieu ciblera qui, mais pour ce qui est de notre implication, c'est tout ce qu'on peut offrir.

C'était à peu près ce à quoi Hadès s'était attendu, mais c'était suffisant. Ils devraient être capables de vider les temples et de mettre à l'abri les mortels.

– Très bien, dit-il. Nous commençons tout de suite.

Et demain, ils iraient au combat.

Chapitre XXXV

PERSÉPHONE

Hadès partit avec Ilias, Hermès et Artémis dans les tunnels de Dionysos pendant que Perséphone rassemblait de l'aide pour préparer Nevernight à l'arrivée des mortels. Mekonnen montait la garde aux portes pendant qu'Adrian et Ezio poussaient les canapés contre les murs pour que Sybil puisse installer des grabats. Leucé avait établi des coins pour les boissons et la nourriture et Harmonie avait rassemblé du nécessaire pour bébés et des jeux pour les enfants. Hécate avait organisé un poste médical et Perséphone s'interdit de s'attarder sur sa nécessité, même si la déesse se voulait rassurante.

– Quand les mortels sont impliqués, on n'est jamais trop prudents, dit-elle. Ils ont toutes sortes d'affections.

– On ne peut pas simplement les guérir ? demanda Perséphone.

– Si ce sont des problèmes et des douleurs récurrents, on doit les laisser suivre leur cours, dit Hécate. Nous ne sommes pas des faiseurs de miracle. Tu sais que notre choix de guérir peut avoir des conséquences sévères. Cela ne change pas, même en temps de guerre.

À l'étage, Héphaïstos et Aphrodite avaient divisé les armes et les armures entre les suites, les dédiant tantôt aux lances, aux haches ou aux flèches. La dernière suite était réservée aux épées, et c'est dans celle-là que Perséphone décida d'entrer. Tout ça lui paraissait irréel.

Elle s'approcha d'une table et prit une épée aussi simple que sublime, comme toutes les créations d'Héphaïstos. La garde était couverte de cuir et le pommeau ainsi que les quillons étaient en acier lisse. Elle n'avait encore jamais tenu d'épée dans ses mains et elle fut surprise par sa légèreté, même si elle supposait que c'était logique, puisqu'elles étaient souvent tenues à une main.

– Qu'est-ce que tu en penses ?

Perséphone sursauta en entendant la voix d'Aphrodite et elle se tourna vers la porte quand celle-ci entra.

– Je n'en reviens pas qu'il ait réussi à en fabriquer autant, dit Perséphone en reposant l'épée.

– Il passe ses journées à faire ça, répondit Aphrodite d'une voix légèrement dédaigneuse, que Perséphone choisit d'ignorer.

Tout le monde aurait préféré qu'Héphaïstos n'ait pas à forger autant d'armes.

– Je déteste que ce soit nécessaire, dit-elle.

– Moi aussi, acquiesça Aphrodite dans un chuchotement.

– Elles te plaisent ? demanda Héphaïstos.

Perséphone fut un peu surprise par la voix du dieu du Feu. Elle ne l'avait pas souvent entendue et elle la trouva douce et agréable, comme des braises chaudes dans un feu crépitant.

Aphrodite et elle se tournèrent vers lui.

– J'ai l'impression que c'est une question piège, Héphaïstos, répondit Perséphone. Je ne suis pas sûre que quoi que ce soit puisse me plaire quand c'est en lien avec la guerre.

Il hocha poliment la tête.

– Je comprends, Lady Perséphone.

– Ai-je raison de penser que celles-ci sont pour… les soldats mortels ?

– Oui, Lady Perséphone.

– Est-ce qu'elles sont… teintées de venin d'Hydre ?

Héphaïstos acquiesça.

– Oui, Milady.

Elle réfléchit un moment au fait que des milliers de mortels seraient équipés d'armes capables de blesser les dieux.

– Est-ce… une bonne idée ? demanda-t-elle enfin, même si elle supposait que Hadès et lui en avaient déjà discuté et pesé le pour et le contre.

Il n'empêchait que cela lui paraissait terriblement mal.

– Les partisans de Thésée seront armés des mêmes. Le venin d'Hydre offre une mort rapide aux mortels. Il serait bien pire que nous nous battions sans cela.

Perséphone marqua une pause avant de répondre.

– Où sont nos armes ?

Héphaïstos regarda Aphrodite en répondant.

– Je les ai confiées à Hadès pour les garder en sécurité.

– Bien sûr, rétorqua la déesse de l'Amour. Parce que Perséphone n'en est clairement pas capable et serait susceptible de s'empaler avec !

Elle avait beau comprendre la frustration d'Aphrodite, Perséphone ne pensait pas que sa remarque était justifiée, dans ce cas. Elle chercha le regard d'Héphaïstos et lui sourit en s'apercevant combien il était épuisé.

Sa poitrine se comprima pour lui.

– Les armes sont empoisonnées avec du venin d'Hydre, dit-il. Je voulais seulement te protéger.

– Je comprends, acquiesça Perséphone avant que la conversation ne tourne en dispute. Nous avons tous vu les dégâts que peut causer le venin. Je n'ai aucune envie de me blesser ou d'en blesser d'autres. En vérité, j'espère ne jamais avoir à m'en servir.

Perséphone sortit de la suite avec l'impression de porter le poids des milliers d'armes qu'elle avait vues. Chacune était une personne, une âme, et elle se sentait responsable de chacune d'entre elles.

Un brouhaha provenait du rez-de-chaussée, les mortels avaient commencé à arriver.

– L'air sent la peur, dit Euryale, qui montait la garde aux portes du lounge.

Perséphone regarda la Gorgone, qui était vêtue de blanc et dont les yeux étaient bandés comme d'habitude.

– Nouvelle Athènes est en état de siège, dit Perséphone. Nous avons tous peur.

– Même vous, Lady Perséphone ?

– Tu ne le sens pas ?

– Le deuil a presque la même odeur que la peur, dit Euryale.

– Peut-être suis-je aussi en deuil.

Elle avança jusqu'au palier et regarda en contrebas. Il était étrange de voir le club secret et immoral d'Hadès changé en refuge pour la survie des mortels. En général, il était rempli de personnes jeunes ou désespérées, pas de familles. Des hommes, des femmes et des enfants se serraient les uns contre les autres tandis que d'autres faisaient les cent pas, incapables de rester assis. Quelques enfants couraient en riant, ignorant joyeusement où ils étaient et pourquoi ils y étaient, mais la plupart avaient clairement peur.

C'était la première fois que Perséphone était témoin de l'impact de Thésée sur le monde mortel, et ces gens avaient l'air hantés. Elle prit conscience de ce que les Fidèles devaient ressentir, ceux qui récitaient leurs prières, offraient des sacrifices et décoraient les autels de leurs dieux bien-aimés. Perséphone avait perdu des amis, mais ces mortels avaient perdu leurs dieux et devaient avoir l'impression que leur monde touchait à sa fin.

Pour l'instant, ils n'avaient plus d'avenir.

Un cri attira son attention sur la piste de danse où d'autres enfants avaient rejoint ceux qui jouaient à chat et où Hermès arrivait des tunnels avec un groupe.

Perséphone descendit l'escalier et se fraya un chemin jusqu'à lui. Un enfant qui courait la bouscula. Elle posa une main sur son épaule.

– Oh, est-ce que ça va ? demanda-t-elle au garçon qui devait avoir quatre ans et avait de grands yeux marron et des cheveux bouclés.

– Ne le touche pas, déesse de la Mort ! cria une femme en arrachant le garçon de ses mains.

Perséphone pâlit, choquée par la réaction et les propos de la femme.

– Tu ferais mieux de respecter la reine des Morts dans sa maison, dit Hermès en aidant Perséphone à se lever.

– Cora, arrête ! dit un homme en approchant.

– Ne fais pas mine de ne pas savoir, répondit la femme. Ne prétendez pas, vous tous, ignorer que cette déesse a tué la Grande Mère !

La mortelle regarda autour d'elle, cherchant du soutien dans le territoire de Perséphone, mais personne ne répondit, se contentant de les regarder.

– Cora, dit son mari d'une voix autoritaire en posant une main sur son épaule.

Mais c'était au tour de Perséphone de parler et elle fit un pas en avant. Les parents se recroquevillèrent, mais l'enfant soutint son regard.

– Mortelle, je t'accorderai plus de pitié que je n'en ai accordé à ma mère, dit Perséphone. Mais si tu m'insultes à nouveau, d'une simple pensée ou d'un seul mot, un jour, tu supplieras de connaître la mort, et elle ne te trouvera jamais.

– Elle ne vous manquera plus jamais de respect, dit l'homme. Je le jure.

Perséphone se concentra sur lui et vit en lui une vertu que sa femme ne possédait pas. Il aurait beau s'évertuer à la respecter, ce ne serait pas le cas de sa femme. Perséphone fut surprise de le constater et elle sut que c'était vrai ; elle se demanda si c'était ce qu'Hadès ressentait quand il regardait dans l'âme des gens.

– Je ne te forcerai pas à tenir une promesse qu'elle devrait faire d'elle-même, dit Perséphone avant de baisser les yeux sur le garçon. Tu peux tout à fait t'amuser, lui dit-elle. Je voulais seulement savoir si tu allais bien.

– Nous vous sommes reconnaissants, Milady, dit l'homme avant de s'éloigner avec sa femme et son fils.

Perséphone continua de les regarder. Elle n'y tenait pas, mais elle n'arrivait pas à détourner son regard.

Elle ne dirait pas qu'elle pouvait voir leur âme, mais elle les comprenait. L'homme travaillait dur et était honnête, mais le cœur de sa femme était plein de haine, ce qui la rendait colérique et amère. Elle n'était pas mauvaise intrinsèquement, mais elle cherchait quelqu'un à accuser pour sa souffrance.

Elle finirait par la maudire.

– Ça va, Sephy ? demanda Hermès en approchant.

– Oui, mentit-elle.

C'était plus facile que d'admettre la vérité, qui lui semblait complexe et confuse et tourbillonnait en elle comme un orage.

– Tu arrives des tunnels ?

– Oui, dit-il, et Perséphone sut à son expression que ce qu'ils craignaient était vrai. Ce n'est pas bon, Sephy…

Son estomac se noua.

– Tu ne crois pas… ils sont tous morts ?

– Je ne sais pas. Hadès enquête toujours, dit Hermès avant de marquer une pause. Dionysos sera anéanti.

Elle connaissait mal le dieu, mais elle en savait davantage sur lui depuis qu'elle avait rencontré Ariadne. Elle savait qu'il avait passé de nombreuses années à aider des femmes à échapper à des situations terribles – or elles étaient sans doute toutes mortes, à présent, à cause de Thésée.

– Je le déteste, Hermès, dit Perséphone.

– Moi aussi, Sephy. Moi aussi.

Ilias fut le dernier à arriver, avec seulement une poignée de gens.

– Il n'y avait personne d'autre ? demanda Perséphone, confuse car les autres groupes avaient été plus gros.

– Non, dit-il. Beaucoup ont refusé de partir.

– Refusé ?

– Je leur ai dit ce qui allait arriver demain, ce que Thésée avait prévu. Mais ils n'ont pas voulu abandonner Athéna.

– C'est son *temple*, pas la déesse elle-même, dit Perséphone, frustrée.

– Je ne ferai pas semblant de comprendre, dit le satyre. Mais ça complique les choses pour demain.

– Merde.

Le combat doit servir un autre but que de faire couler le sang, avait dit Athéna quand elle l'avait vue, près de Thèbes. C'était la dernière fois que les Olympiens s'étaient affrontés, et ni elle ni Hestia n'avaient participé. Perséphone se demandait, à présent, si la déesse changerait d'avis, surtout si cela épargnait à ses fidèles une mort inutile et violente.

– Qu'est-ce qu'on fait ? demanda-t-elle.

– On en parlera à Hadès quand il reviendra, dit Ilias. Peut-être que la destruction d'autres temples sera une distraction suffisante pour épargner ceux d'Athéna.

Perséphone fronça les sourcils, mais elle acquiesça, angoissant à nouveau de se rappeler l'absence d'Hadès.

Elle se changea les idées en distribuant de l'eau et en réapprovisionnant la nourriture, mais elle finit par s'asseoir au pied des escaliers et par faire pousser des fleurs des champs pour confectionner des couronnes qu'elle donna aux enfants assis autour d'elle, divertis par sa magie. Harmonie se joignit à elle et Perséphone sut en sentant sa magie chaude et rayonnante qu'elle s'en servait pour maintenir la paix dans l'espace bondé et confiné.

Peu à peu, tout devint calme. Les mortels se mirent à l'aise et, un à un, les enfants s'endormirent. Perséphone et Harmonie se levèrent.

– Est-ce que ça va, Perséphone ? demanda la déesse.

– Non, répondit-elle. Si je ne me change pas les idées, je crois que je vais craquer.

– Tu as le droit de craquer, dit Harmonie. Fais-le maintenant, avant demain.

Elle faillit le faire. Les larmes lui brûlaient soudain les yeux, mais elle sentit alors la magie d'Hadès et son cœur se mit à battre la chamade. Son excitation disparut, pourtant, quand il se manifesta au milieu de la salle, une femme inconsciente dans les bras.

Perséphone courut vers lui.

– Hécate ! aboya-t-il en posant la femme par terre.

– Qu'est-ce qui s'est passé ? demanda la déesse de la Sorcellerie en apparaissant aussitôt à ses côtés.

– Je ne sais pas, je l'ai trouvée dans les tunnels. Elle s'appelle Naïa.

Naïa.

Perséphone la reconnut de sa brève visite dans les tunnels de Dionysos, même si elle était presque méconnaissable avec sa peau grisâtre et ses lèvres bleuies. Sa vie ne tenait qu'à un fil.

Hécate posa une main sur le front, puis sur la poitrine de Naïa. Après quelques secondes, un filet d'eau sortit de sa bouche, mais guère plus.

– Emmène-la, dit Hécate en se levant.

Hadès regarda Perséphone et obéit, partant dans la zone cachée par un rideau qu'Hécate avait désignée comme l'infirmerie. Il posa Naïa sur l'un des grabats et Hécate se mit à préparer une concoction à l'odeur amère.

– C'est la seule qui a survécu ? demanda Perséphone.

– Je n'ai pas exploré tous les tunnels, dit Hadès. J'y retournerai avec de l'aide. Avec un peu de chance, on pourra parcourir plus de terrain et trouver d'autres survivants.

– Est-ce qu'il y a des chances que d'autres se soient enfuis ?

Elle pensait à Ariadne, à Phèdre et au bébé. *Dis que c'est possible, s'il te plaît.*

– C'est possible, dit-il. On peut essayer de diffuser des informations sous terre et voir si quelqu'un répond, mais les moyens de communication étant détruits, ce sera difficile.

Perséphone regarda la femme et eut l'impression de voir son âme sous l'eau, comme son corps l'avait été dans les tunnels. Elle comprit ce que cela signifiait. Naïa était dans les limbes.

Elle devait décider si elle souhaitait rester ou partir.

– Je vais traiter ce que je peux, dit Hécate. Le reste est entre ses mains.

Perséphone sortit de l'infirmerie et Hadès la suivit.

– Tu vas bien ? demanda-t-il en la prenant par la taille pour l'attirer contre lui.

– La réponse est compliquée, dit-elle.

– Je suis désolé de te laisser de nouveau.

– Je pourrais aider, proposa-t-elle, mais il secouait déjà la tête.

– Ce n'est pas que je n'aie pas besoin ou ne désire pas ton aide, dit-il. Mais je ne souhaite pas que tu voies ce que j'ai vu.

Elle comprit et fit confiance à l'horreur qu'elle voyait dans ses yeux.

– Je t'aime, dit-elle en fermant les yeux alors qu'il l'embrassait sur le front.

– Je t'aime, répondit-il. Repose-toi, ma chérie. Ce sera impossible après cette nuit.

Quand il la lâcha, elle crut qu'elle allait tomber, mais elle parvint à rester debout alors qu'il traversait la salle pour rejoindre Ilias, Hermès et Artémis. Quand ils partirent, elle se rendit à son bureau à l'étage et, affaissée contre la porte, elle craqua enfin.

***

Perséphone fut réveillée par quelqu'un qui la secouait délicatement. Elle ouvrit les yeux et trouva Hadès assis à côté d'elle. Elle s'était endormie sur le canapé de son bureau.

– Hadès, chuchota-t-elle d'une voix ensommeillée.

– Viens, dit-il. Passons le reste de la nuit dans notre lit.

Il fallut quelques instants à Perséphone pour s'asseoir.

– Tu as trouvé d'autres survivants ? demanda-t-elle.

– Seulement deux, dit-il. Mais je n'ai guère d'espoir qu'ils survivent.

Les yeux de Perséphone se remplirent aussitôt de larmes et Hadès caressa sa joue, qui lui semblait éraflée.

– Tu as pleuré, dit-il.

– J'ai essayé de me retenir. Mais je n'ai pas réussi.

– Tu n'as pas à te retenir, répondit-il en se levant et en la prenant dans ses bras avant de se téléporter aux Enfers.

Il la reposa et plongea une main dans ses cheveux.

– Je sais que je n'ai pas réussi à te faire oublier, mais j'aimerais quand même te faire l'amour ce soir.

Ses yeux étaient larmoyants même lorsqu'il l'embrassa et glissa ses doigts sous les bretelles de sa robe pour la détacher et la laisser tomber à ses pieds. Elle passa ses bras autour de son cou et entoura sa taille de ses jambes alors qu'il la portait au lit.

Quand il l'y déposa, il l'embrassa longuement et langoureusement et effleura sa peau du bout de ses doigts, Perséphone se réchauffa et son ventre se contracta pour des raisons différentes de celles qui l'avaient accablée toute la journée. Elle brûlait d'un désir désespéré et intense qui ne pouvait pas attendre. Elle empoigna sa verge et la rapprocha de son sexe. Quand elle fut pleine de lui, elle en eut le souffle coupé. C'était exquis – une mort comme aucune autre.

Hadès l'embrassa, une main sous sa tête, de l'autre il lui replia la jambe, et elle ne sut pourquoi – peut-être à cause de sa façon de la regarder ou parce qu'il faisait trop chaud – cela lui rappela le rêve qu'elle avait fait de lui. Elle craignit un instant que ce ne soit pas vrai, et qu'elle allait se réveiller d'une seconde à l'autre pour découvrir que ce n'était qu'un rêve.

Elle planta ses ongles dans sa peau, désespérée de le garder avec elle.

– Où es-tu ? demanda-t-il en dégageant ses cheveux de son visage.

Elle soutint son regard et il s'empara à nouveau de sa bouche, chuchotant contre ses lèvres.

– Vis ce moment avec moi, dit-il.

– Ne dis pas ça, répondit-elle alors que sa poitrine se comprimait. C'est ce que tu disais quand tu n'étais pas réel.

– Je suis réel, maintenant. Je suis ici maintenant.

Elle sanglota.

– Je ne m'inquiète pas pour maintenant, murmura-t-elle. Je m'inquiète pour après.

Hadès prit son visage dans ses mains et essuya ses larmes.

– Je serai là, promit-il. Alors ne me quitte pas maintenant.

Il pressa sa bouche contre la sienne et le baiser libéra une folie en chacun d'eux. Hadès saisit ses poignets et les lui tint au-dessus de sa tête, les pressant contre le lit. Ses coups de bassin devinrent plus forts et plus profonds et Perséphone appuya ses talons dans ses fesses. Elle voulait bouger avec lui, mais elle pouvait seulement s'accrocher à lui pendant qu'il la possédait. Il adopta un rythme effréné qui poussa son corps à se tordre et à se crisper, et un gémissement enfla dans sa gorge.

– Oui, chuchota-t-elle encore et encore.

Hadès ne la quitta jamais des yeux. Quand elle jouit, il l'embrassa langoureusement en mordant ses lèvres, s'enfouissant profondément en elle en la suivant dans cet abîme exquis.

Il s'étendit alors à côté d'elle, sa tête sur sa poitrine, et elle le serra de toutes ses forces.

Il ne disparut pas, et elle refusa de pleurer.

Chapitre XXXVI

PERSÉPHONE

Un coup frappé à la porte tira Perséphone de son sommeil.

Hadès fut debout avant même qu'elle n'ait ouvert les yeux, traversant la chambre en utilisant sa magie pour se vêtir de ses robes.

– Hadès !

C'était Ilias, et sa voix paniquée fit battre le cœur de Perséphone à toute vitesse.

La porte s'ouvrit et le satyre se précipita dans la chambre, les yeux écarquillés, angoissé.

– Thésée a frappé ! Artémis a envoyé un message. Il fait une descente dans le temple d'Athéna en ce moment même !

Perséphone se leva.

– Il n'était pas censé attaquer avant le matin, dit-elle en utilisant son Charme pour s'habiller.

– Il a dû apprendre qu'on vidait les temples, dit Ilias.

Ou bien quelqu'un les avait trahis. Quoi qu'il en soit, la bataille avait lieu plus tôt qu'ils ne l'avaient prévu.

Hadès se tourna vers Perséphone, le regard hanté, et elle sut qu'il ne voulait pas qu'elle le suive, qu'elle prenne part au combat.

– J'ai tout autant besoin de le voir mourir que toi, Hadès, dit-elle.

Il lui tendit la main et elle crut qu'il voulait qu'elle la lui prenne, mais des rubans de spectres sortirent du bout de ses doigts et s'enroulèrent autour d'elle avant de se changer en armure semblable à du cuir.

– Viens, dit-il, et cette fois, elle prit sa main.

Ils se téléportèrent ensemble.

Perséphone ne savait pas à quoi s'attendre en arrivant, mais elle ne pensait clairement pas qu'il ferait *jour*. C'était censé être la *nuit*.

– Hélios, gronda Hadès.

Perséphone cligna des yeux pour repousser ses larmes et alors que sa vue s'ajustait, l'horreur de ce qui s'apprêtait à se dérouler devint évidente.

Hadès s'était manifesté à côté d'Artémis, Héphaïstos et Hécate. En face d'eux se tenaient quatre demi-dieux qu'elle avait déjà vus, chacun tenant un poignard sous la gorge de prêtresses. Les femmes avaient les yeux fermés et leurs bouches bougeaient, car elles récitaient des prières en silence. Au loin, elle entendait les cris des mortels piégés à l'intérieur du temple.

– C'est sympa de vous joindre à nous, dit Thésée.

– Pourquoi tu fais ça ? demanda Perséphone. Ces gens ne t'ont rien fait.

– Je compte construire un nouveau monde. Nul mortel qui croit encore aux anciens dieux n'y a sa place.

– Nous ne sommes pas encore d'anciens dieux, dit Hadès.

– Mais vous avez d'anciennes faiblesses, dit Thésée en levant la tête vers le ciel. Le soleil te plaît, Hécate ?

Perséphone regarda la déesse, qui sourit d'un air narquois.

– C'est gentil de le demander, Thésée, mais je vais très bien.

Elle ne comprenait pas l'échange – le soleil affaiblissait-il la magie d'Hécate ?

– Je me soucie sincèrement de ton bien-être, répondit le demi-dieu.

C'est alors que Perséphone aperçut un éclat argenté au loin – une armée de fantassins composée de centaines de mortels.

C'était également une diversion. Une série de cris retentirent et les magies d'Hécate et de Perséphone surgirent, gelant les mains des demi-dieux, mais c'était trop tard. Leurs lames avaient tranché les gorges des prêtresses dont le sang coulait déjà.

Un bruit étrange suivit, comme si l'air était aspiré du monde, et les demi-dieux se défirent de l'emprise des magies de Perséphone et Hécate, laissant tomber les femmes par terre.

L'air était inondé des magies de tous les dieux, lourdes et épaisses. Les débris s'élevèrent autour d'eux et Perséphone ne sut qui était responsable. Peut-être l'étaient-ils tous, leurs pouvoirs réagissant collectivement à l'horreur dont ils étaient témoins.

Les demi-dieux brandirent leurs armes et Hadès invoqua son bident, Héphaïstos s'arma de son fouet de feu et Artémis de son arc. Hécate et elle restèrent sans arme et tandis qu'elle regardait le bout pointu des épées des demi-dieux, sa poitrine se resserra sous l'angoisse.

Sa magie ne servirait à rien si cette pointe rencontrait sa chair.

Elle réfléchit à ce qu'elle pouvait faire, regardant à gauche et à droite. Elle était entourée d'Hécate et Hadès, qui était magnifique dans son armure noire. D'une certaine façon, elle regrettait de ne pas avoir son expérience du combat, mais elle refusait d'être un fardeau.

Tout à coup, Hécate disparut.

Le cœur de Perséphone se mit à battre la chamade et les demi-dieux levèrent leurs armes tandis que Thésée gloussait.

– Il semblerait que ton amie Titan t'ait abandonnée. Peut-être devrais-tu t'y habituer.

Mais Perséphone savait que c'était faux. Elle sentait encore le goût métallique du pouvoir d'Hécate sur sa langue.

Thésée baissa les yeux, frottant sa chaussure sur le sol.

– Oh, c'est embêtant, j'ai du sang sur les chaussures.

Perséphone contracta sa mâchoire et planta ses ongles dans sa paume. Sa magie faisait rage en elle et elle savait que Thésée avait dit cela pour la provoquer, pour enfoncer le couteau dans la plaie et, si elle avait envie d'attaquer, elle n'en fit rien. C'est Artémis qui lança le premier assaut.

La déesse de la Chasse poussa un cri furieux et fonça sur Thésée, poussée par le deuil, et alors que leurs armes se heurtaient, les demi-dieux qui avaient tué les prêtresses attaquèrent.

Perséphone s'attendait à ce que Sandros s'en prenne à elle puisqu'elle l'avait enfoui sous une pile d'adamantine devant l'entrée du labyrinthe, mais elle fut surprise quand Kaï apparut devant elle. Il lui sembla regarder dans les yeux de Poséidon ou de Thésée, car ils étaient identiques.

Elle en était venue à détester ces yeux turquoise.

Il visa sa gorge avec sa lance et Perséphone invoqua un mur épais d'épines qui se brisèrent sous la force de son coup. Elle parvint à l'esquiver, mais elle fut frappée à la poitrine par une explosion de pouvoir et elle fut projetée en arrière tandis que la terre se soulevait autour d'elle.

Malgré la force du coup, elle se releva rapidement du cratère et réalisa qu'elle avait atterri à quelques mètres de l'armée des fantassins. Leurs cris de haine étaient accompagnés du son de leurs épées frappant leurs boucliers ainsi que du sifflement de leurs flèches et de l'explosion de balles, dont l'une effleura son épaule. La brûlure la surprit et lui donna aussitôt la nausée.

Elle invoqua un mur de ronces pour stopper leur avancée, même si elle savait que ce n'était qu'une question de temps avant que les mortels l'aient escaladé ou découpé, mais ses ronces s'embrasèrent sous ses yeux. C'était la magie d'Héphaïstos et même si le feu ne brûlerait pas ses épines, il calcinerait tout mortel qui le toucherait, empêchant l'armée d'approcher.

Elle n'eut pas le temps de bouger avant d'être frappée par une nouvelle boule d'énergie qui lui coupa le souffle et lui donna l'impression qu'elle se noyait. Elle tomba à genoux et alors qu'elle cherchait sa respiration, elle leva les yeux vers Kaï, qui avançait sur elle, un sourire ignoble aux lèvres.

Il brandit sa lance et se préparait à la jeter sur elle quand il fut projeté en arrière et punaisé au sol par le bident d'Hadès. Soudain, Hadès se tenait devant elle et l'aida à se lever, les mains sur son visage, le regard inquisiteur et inquiet.

– Je vais bien, dit-elle.

Il ne dit rien et l'embrassa si fort qu'elle crut fondre en larmes, mais les poils se hérissèrent sur ses bras et elle sut qu'il se tramait autre chose. Ils reculèrent à temps pour voir un éclair frapper le temple d'Athéna. Il venait de Thésée et il avait visé la seule partie qui pouvait brûler, les portes.

– Non ! siffla Perséphone.

– Vas-y, dit Hadès.

Il lui passa devant et courut jusqu'au corps de Kaï pour reprendre son bident, puis il fonça sur Thésée.

Perséphone se téléporta sur le porche du temple, où le feu divin de Thésée faisait rage. Les flammes dégageaient une chaleur terrible et une fumée atroce, mais elles ne détruisaient pas le bois – comme le feu d'Héphaïstos. À l'intérieur, elle entendait les cris désespérés des mortels et elle paniqua à l'idée de tous ces gens coincés dedans.

Elle n'avait pas encore décidé quoi faire quand elle sentit une décharge électrique dans son dos et elle se tourna vers Sandros, dont le regard luisait et qui lui souriait d'un air menaçant.

– Tu te souviens de moi ?

– Comment je pourrais t'oublier ? Tu es aussi laid que ton père.

Il sourit de plus belle, ses yeux brillaient de rage. Des éclairs crépitaient dans sa main et il les projeta sur elle. Elle sauta de côté, pensant que l'impact ferait éclater les portes, mais cela ne fit qu'alimenter le feu.

Merde !

Perséphone décocha de longues épines noires qui se plantèrent dans sa poitrine, chacune le faisant reculer un peu plus. Il parvint néanmoins à lui envoyer un nouvel éclair et elle vola en arrière, brisant une colonne en marbre avant d'atterrir sur le dos.

Le demi-dieu la suivit et se jeta sur elle, mais il fut empalé par un buisson de pointes noires qu'elle fit apparaître tout autour d'elle. Son sang coula sur elle, mais elle était trop inquiète pour être dégoûtée, même lorsqu'elle fit disparaître les épines et qu'il tomba sur elle.

Elle le dégagea et il tomba au pied du porche.

Elle se redressait quand le ciel s'illumina et elle leva la tête, choquée et émerveillée de voir le soleil en tomber. Quand il frappa le sol, il y eut un nouvel éclair et la terre trembla, de la même façon que lorsque Nouvelle Athènes avait été coupée du reste de la Nouvelle Grèce.

Le monde fut plongé dans le noir, l'unique lumière provenant désormais de la lune de Séléné qui baignait la ville de sa lueur argentée.

Perséphone comprit alors où Hécate était partie. Elle avait arraché Hélios du ciel.

Elle n'eut pas le temps de réfléchir à ce que cela signifiait. Pour l'instant, elle devait sauver les mortels coincés dans le temple.

Elle se ressaisit et courut vers la porte. Elle ne sut d'abord quoi faire, puis elle remarqua que l'énergie des flammes ressemblait beaucoup à celle de la vie. Or si une chose était vivante, elle pouvait aussi mourir. Elle se concentra sur les sensations du feu, dont la chaleur était comme un pouls. Elle le sentait dans la paume de sa main et quand elle eut saisi son rythme, elle ferma le poing et l'écrasa, l'étouffant jusqu'à ce qu'il n'en reste rien.

Sans réfléchir, elle toucha la poignée de la porte et hurla quand le métal chaud fit fondre sa peau. La douleur nourrit sa magie et des vignes surgirent du sol pour s'immiscer dans les fissures de la porte et faire pourrir le bois jusqu'à ce qu'elle puisse l'ouvrir.

Pourtant personne ne sortit en courant et lorsque la fumée se dissipa, elle comprit pourquoi. Au-delà du seuil, il n'y avait que des corps inertes.

Tout le monde était mort. Elle arrivait trop tard.

Quelque chose la frappa par-derrière et lui donna immédiatement la nausée. Elle tituba, mais ne tomba pas et se retourna sur Sandros qui était revenu. Il avait guéri, mais il était couvert de sang après avoir été transpercé par sa magie. Il tenait un morceau de marbre dans sa main, et quelque chose craqua en elle.

Elle hurla et sa magie se changea en ombres qui se détachèrent de son corps et foncèrent sur le demi-dieu. Elles le traversèrent et il lâcha le morceau de marbre ensanglanté, tombant en arrière puis dans les marches qui menaient au temple.

Perséphone le suivit et saisit le bout de marbre. Elle sauta et le frappa à la tête, encore et encore, jusqu'à remarquer de fines ombres noires s'enrouler sur ses poignées et remonter sur ses bras. Elle lâcha la pierre et se leva en regardant les vrilles de l'âme du demi-dieu pénétrer sa peau. Elle comprit alors ce qu'elle venait de faire.

Elle avait ôté une vie dont le fil n'avait pas été coupé.

Son pouls pulsa dans ses oreilles, elle scruta le champ de bataille. Les Moires prendraient-elles quelqu'un pour se venger ? Ou donneraient-elles vie à un être bien pire encore ? Elle connaissait le prix à payer lorsqu'on ôtait une vie – *une âme contre une âme.*

Elle vit alors Hadès, et tout sembla ralentir autour d'elle. Il était sur le dos, immobile.

– Non, siffla-t-elle en titubant vers lui avant de hurler. Non !

Elle tomba à genoux à ses côtés et dégagea ses cheveux de son visage.

– Hadès, chuchota-t-elle.

Ses yeux étaient à moitié ouverts et ses lèvres couvertes de sang. Pendant un bref et étrange instant, il lui sembla avoir déjà vécu ce moment, avoir déjà vu cette scène.

Il leva la main et caressa sa joue du bout des doigts.

– Je croyais… je ne croyais plus jamais te revoir, murmura-t-il alors que le sang continuait de couler de sa bouche.

– On doit t'emmener aux Enfers, dit-elle en le prenant par les épaules, comme si par miracle, elle pourrait le soulever. La Toison d'or…

– Je ne peux pas, Perséphone, l'interrompit-il.

– Comment ça, tu ne peux pas ? dit-elle en sentant la panique enfler en elle. Hadès, *s'il te plaît.*

Il prit sa main et la serra et, quand elle baissa les yeux, elle vit les fils noirs de l'âme du demi-dieu marquer sa peau.

– Une âme contre une âme, Perséphone.

– Non, dit-elle.

Elle refusait d'y croire, non seulement parce qu'elle ne souhaitait pas que ce soit vrai mais parce qu'elle *savait* que ça ne l'était pas. Les Moires ne troqueraient la vie d'Hadès que contre celle d'un autre dieu.

Elle le *savait.*

– Perséphone, c'est fini.

– Non, répéta-t-elle, les mains tremblantes.

Elle ne savait pas ce qui se passait, mais elle savait que ce n'était pas réel.

– Non ! Hécate ! Hécate !

Elle chercha la déesse, mais elle ne vit que des ruines et des flammes. Il n'y avait rien d'autre autour d'elle.

– Perséphone, dit Hadès.

Elle refusait de le regarder, car elle savait qu'en le faisant, il l'entraînerait à nouveau. Il la convaincrait que c'était la réalité. *Il lui dirait adieu.*

– Perséphone, regarde-moi, supplia Hadès.

– Je ne peux pas, répondit-elle, alors qu'un sanglot guttural jaillissait de sa bouche.

– Je t'aime, chuchota-t-il.

Il se tut et, bien que sachant qu'elle ne devait pas le regarder, elle ne put s'en empêcher. Il fallait qu'elle sache.

Elle baissa les yeux sur son visage immobile.

– Hadès ? murmura-t-elle, désespérée d'entendre à nouveau sa voix.

Elle le secoua, mais il ne bougea pas.

– Hadès, s'il te plaît !

Elle posa ses mains sur son visage et sentit que son corps refroidissait.

– Hadès !

Elle hurla, transpercée d'une douleur plus aiguë et terrible qu'aucune autre. Il lui semblait qu'elle était déchirée en lambeaux. Une vague de magie vrombit alors au-dessus d'elle et le corps d'Hadès se mit à se déchiqueter ; le paysage autour d'elle sembla brûler et fondre, révélant un monde différent, en dessous.

Le monde réel.

Elle ne s'était pas trompée – la vision du corps sans vie d'Hadès n'était pas réelle. Au lieu d'être agenouillée à ses côtés, elle était au pied du temple d'Athéna, à côté du cadavre de Sandros, dont le sang se répandait autour de lui.

Confuse, elle leva les yeux vers le ciel, où deux dieux se battaient.

Elle reconnut Cronos et Prométhée, le dieu Titan du Feu. Soudain, elle comprit que la réalité forgée par le dieu du Temps pour la torturer avait été rompue par Prométhée.

Hadès se manifesta à côté d'elle et elle se leva pour se jeter dans ses bras alors qu'un sanglot lui échappait.

– Je suis là, dit-il avant de se téléporter.

Chapitre XXXVII

THÉSÉE

Thésée regardait Cronos et Prométhée s'affronter dans le ciel. Il avait été surpris de voir l'arrivée du dieu Titan du Feu, tout comme Cronos qui avait perdu le contrôle de l'illusion avec laquelle il piégeait les dieux.

Une vague de colère parcourut ses veines et il invoqua le foudre, dont la chaleur puissante l'enveloppa. S'il n'avait pas été invincible, elle aurait fait fondre sa peau. Il se tourna dans la direction d'Hadès, qui venait d'apparaître aux côtés de Perséphone, mais alors qu'il se préparait à les viser, ils disparurent.

Une nouvelle vague de rage vrombit en lui et il se tourna vers Damian, qui était en plein combat contre Héphaïstos. Thésée arma le foudre et visa le dieu, mais Héphaïstos dut sentir l'attaque, car il leva la main et le foudre fut avalé par un flot de flammes qui surgirent de sa main. Hélas, sa magie fut vite éteinte quand Damian planta sa lance dans son ventre.

Héphaïstos ne cria pas, grognant seulement en posant son genou doré à terre. Damian retira son arme et se préparait à la planter de nouveau quand Hécate apparut et le percuta avec un jet de flammes noires.

Thésée invoqua à nouveau son foudre, mais la déesse de la Sorcellerie le scruta de ses yeux qui brillaient d'une lueur surréelle. La magie électrique vacilla dans sa main, puis elle s'éteignit et un froid étrange l'enveloppa. Il voulut invoquer le foudre à nouveau, mais il manifesta seulement des étincelles.

Il cria de frustration et dégaina son épée.

– Qu'est-ce que tu as fait, sorcière ?

– Tu ne savais pas ? Si Zeus meurt, il en va de même de sa magie.

Thésée fronça les sourcils, confus, puis la réalité de ce qu'elle avait dit le frappa. Il grinça si fort des dents qu'il crut qu'elles allaient se casser.

– Je te tuerai, sorcière.

Elle ricana.

– Alors tue-moi, dit-elle. Mais sache que je m'agripperai à toi, même dans la mort. Tu ne connaîtras plus jamais la paix, ni en étant éveillé ni dans le sommeil.

Pendant qu'elle parlait, il sentit quelque chose s'emparer de lui, comme une folie terrible et profonde. Il prit son visage dans ses mains et se mordit les paumes.

– Ne m'offre pas ta prophétie, sorcière. Je suis déjà destiné à gagner.

– Ce n'est pas une prophétie, imbécile. C'est une malédiction.

Elle disparut, emmenant Héphaïstos avec elle.

Il ne restait plus que Cronos et Prométhée, dont la magie faisait trembler la terre, mais leur combat s'arrêta brutalement quand le dieu Titan du Feu disparut.

Pendant quelques secondes, Thésée et Cronos regardèrent l'endroit où il s'était tenu et leur colère commune épaissit l'air entre eux. Prométhée était un traître pour Cronos et Zeus. Il n'avait de loyauté envers personne, excepté les mortels. Thésée ne savait pas que le Titan s'était échappé des Enfers, car il s'était trouvé dans une autre partie du Tartare, enchaîné à un rocher pendant qu'un aigle dévorait son foie.

Depuis le ciel, Cronos chercha le regard de Thésée.

– Je me vengerai des autres Titans tout comme je me vengerai de mes fils, dit Cronos. Considère que nous sommes alliés.

Thésée aurait aimé fêter l'annonce, mais il était trop en colère. Il tourna la tête vers Zeus, qu'il avait laissé suspendu dans le ciel pour rappeler son pouvoir aux mortels. Il se téléporta à ses côtés et découvrit un trou à l'endroit où se trouvait son cœur.

La rage de Thésée bouillonna en lui et il brandit son épée, déchiquetant le dieu du Ciel, laissant sa chair tomber par terre.

Lorsqu'il eut fini, il vit que de nombreux mortels, à la fois Impies et Fidèles, s'étaient rassemblés pour le regarder – des mortels qui ne s'étaient pas encore réfugiés dans la tour d'obsidienne d'Hadès.

Il descendit lentement au sol, couvert du sang de Zeus.

– Le roi des dieux est mort, déclara-t-il.

Ses propos furent suivis par des acclamations assourdissantes et un chant qui finit de dissiper ses doutes.

– Vive Thésée, roi des dieux !

***

Le corps de Thésée frémissait sous la menace d'Hécate, et il voulait désespérément se débarrasser du poids de ses mots. Elle avait peut-être tué Zeus, mais cela n'atténuait pas la prophétie de l'Ophiotauros, et il avait désormais l'assurance de son alliance avec Cronos. Il gagnerait cette guerre et régnerait comme dieu suprême sur un monde créé par lui-même. Tout ce qu'il avait prévu était en train de voir le jour.

Quand il retourna à la Maison d'Ethra et passa devant les hauts murs qui entouraient la résidence de sa mère, ses servants l'attendaient sur le perron et s'inclinèrent devant lui. Ils fuyaient son regard et il sut que c'était parce qu'ils l'avaient vu dépecer Zeus.

Si Ariadne était là, elle soutiendrait mon regard, pensa-t-il. *Et elle refuserait de s'incliner.*

Mais ce n'était pas la raison qui le fit frissonner de plaisir – c'était d'imaginer comment il la punirait de l'avoir défié. Il la forcerait à se mettre à genoux et il enfouirait sa queue si loin dans sa gorge qu'elle s'étoufferait avec.

Il banda juste en y pensant et fut soudain pressé de revoir Ariadne, de voir comment elle avait changé pendant son absence. Se débattrait-elle à nouveau ?

Il entra dans la maison et se dirigea vers sa chambre, s'arrêta en trouvant la porte entrouverte. Suspicieux, il approcha en restant sur ses gardes et regarda par l'ouverture, découvrant Hélène qui était penchée sur Ariadne. Elle était armée d'un couteau avec lequel elle détachait l'inspectrice.

– Pourquoi tu m'aides ? demanda Ariadne dans un chuchotement.

– Il le faut, dit Hélène. Je ne peux pas vivre… en sachant ce qu'il te fait.

Thésée doutait qu'Hélène ait conscience de l'ironie de ses propos – mais elle comprendrait bientôt.

Il continua de les observer, curieux de ce qu'elles diraient.

Quand Ariadne fut détachée, Hélène posa son sac à dos et en sortit des vêtements. Elle avait tout prévu.

– Dépêche-toi de t'habiller, dit-elle. On n'a pas beaucoup de temps.

– Où est-il ? demanda Ariadne d'une voix apeurée qui réjouit Thésée.

– Les dieux se battent au centre-ville, dit Hélène. Mais je ne sais pas quand il va revenir. Thésée ne mène pas lui-même les combats.

La mâchoire de Thésée se contracta en l'entendant.

Ariadne ne répondit rien, elle s'habillait, et Hélène sortit un fourreau contenant un couteau de son sac et le jeta sur le lit.

– Où va-t-on aller ? demanda Ariadne en le saisissant.

– On dit qu'Hadès a fait de Nevernight un refuge. Je vais t'y emmener.

– Et toi ?

– J'ai trahi sa femme et sa reine, dit Hélène. Je n'y serai pas la bienvenue.

Thésée attendit qu'Ariadne ait fini de s'habiller et qu'elle regarde Hélène dans les yeux, puis il apparut derrière son assistante, empoignant son menton par-derrière.

– Tu regretteras que j'aie choisi de mener *ce* combat, dit-il en penchant brusquement sa tête sur le côté, brisant les os de son cou.

Il était à deux doigts d'arracher sa tête, mais Ariadne courut vers la porte.

Il lâcha Hélène et se jeta sur elle, saisissant le bas de sa chemise.

– Non ! hurla-t-elle.

Elle se tourna pour le poignarder, mais sa peau était impénétrable. Sa main glissa et elle hurla quand le couteau lui trancha la paume. Elle lâcha le poignard, qui tomba au sol avec les gouttes de son sang.

Thésée la saisit par les poignets et la traîna vers le lit, mais Ariadne plantait ses talons dans le sol. Le sang la rendait glissante et elle lui échappa. Elle parut aussi surprise que lui, elle tituba et tomba sur les fesses. Il fonça sur elle alors qu'elle se relevait, saisissant la poignée de la porte pour l'ouvrir et courir au fond du couloir.

Il la laissa courir, la laissa hurler. Il prenait en note toutes ses transgressions et il déciderait plus tard de sa punition. Pour l'instant, elle s'apprêtait à découvrir pourquoi elle aurait mieux fait de rester dans sa chambre, car celle de Phèdre se trouvait au bout du couloir, et la porte était ouverte et brisée.

Il sut qu'Ariadne avait vu sa sœur pendre au bout du lit parce qu'elle se figea et un cri différent jaillit de sa bouche.

Lentement, elle s'agenouilla au sol, incapable de tenir debout.

– Qu'est-ce que tu as fait ? gémit-elle. Qu'est-ce que tu as fait ?

– Je n'ai rien fait, répondit-il. C'est ta sœur qui a choisi ça. Elle t'a abandonnée. Elle a abandonné son fils.

– Elle n'aurait jamais fait ça ! siffla Ariadne avec une colère gutturale.

Elle le fusilla du regard et il sentit toute la puissance de sa haine.

Il ne put s'empêcher de ricaner.

– C'est que tu ne la connais pas, alors.

Ariadne se jeta sur lui en hurlant. Il sentit ses ongles lui griffer le visage, mais il n'avait pas mal. Il la laissa se défouler quelques instants, puis cela l'ennuya et il saisit ses poignets pour la traîner dans la chambre de Phèdre.

Il la jeta sur le lit et empoigna sa gorge.

– Débats-toi, et j'assassinerai mon fils sous tes yeux.

– Tu ne ferais pas ça, siffla-t-elle, les larmes aux yeux. C'est ta chair.

– Ah tu crois ? Je peux avoir de nombreux fils, répondit-il en baissant les yeux sur son ventre avant de chercher à nouveau les siens. Peut-être un remplaçant est-il déjà en route.

Il sourit en voyant sa mine dévastée et dégoûtée, mais elle ne se débattit pas quand il écarta ses jambes pour la prendre sur le lit où pendait encore sa sœur.

Chapitre XXXVIII

HADÈS

Hadès apparut dans son bureau de Nevernight.

Une seule chose s'était passée comme prévu pendant toute la bataille, c'était leur fuite.

– C'était quoi, ça ? chuchota Perséphone.

Il sut à sa voix gutturale ce qu'elle lui demandait. Elle tremblait encore sous l'effet horrible de la magie de Cronos, et il ne pouvait pas lui en vouloir. Il était dans le même état.

– Cronos peut faire de tes plus grandes peurs une réalité, dit-il. Comment penses-tu que j'ai eu ce pouvoir ?

Il détestait partager quoi que ce soit avec son père, mais ce qu'il détestait le plus, c'était qu'il avait utilisé ce pouvoir sur Perséphone, par le passé.

Ils ne furent pas seuls longtemps, car les portes du bureau s'ouvrirent et Harmonie, Sybil et Aphrodite se précipitèrent dans la pièce.

– Il me semblait avoir perçu votre retour, dit Harmonie. Je remercie les Moires !

Elles ne méritent pas ta reconnaissance, pensa Hadès pendant qu'Harmonie s'approchait de Perséphone pour la prendre dans ses bras.

Sybil en fit de même, mais Aphrodite resta en retrait, les yeux écarquillés. Hadès comprit que quelque chose n'allait pas.

– J'ai retrouvé mes pouvoirs, dit-elle.

Elle aurait dû être excitée à la nouvelle, ou au moins soulagée, mais Hadès comprit sa stupeur, car en l'occurrence, cela signifiait que Zeus était mort.

La magie d'Hécate remplit la pièce et elle apparut avec Artémis et Héphaïstos, qui était gravement blessé. Il était à genoux, une main à terre, l'autre sur son torse couvert de sang.

Aphrodite pâlit et courut vers lui. Elle s'agenouilla à ses côtés et posa sa main sur la sienne, comme si elle pouvait stopper l'hémorragie.

– Je vais bien, dit le dieu en se levant.

Il invoqua une flèche dorée et, sans hésiter, il l'enfonça dans son torse.

– Qu'est-ce que tu fais ? s'écria Aphrodite alors que la flèche disparaissait, tout comme la blessure.

La déesse de l'Amour le regarda, émerveillée, effleurant sa peau du bout des doigts.

– J'ai demandé à Héphaïstos de transformer la Toison en quelque chose qui pourrait nous guérir sur le champ de bataille, expliqua Hadès. Les flèches semblaient être la meilleure option. Si nous sommes blessés par les armes de Thésée, nous pouvons être guéris à distance.

– Youpi ! s'écria Hermès en apparaissant. Mes pouvoirs sont de retour !

Son enthousiasme s'évanouit quand il réalisa ce que cela signifiait et il se tourna vers Aphrodite.

– Nos pouvoirs sont de retour, répéta-t-il à voix basse avant de regarder Hadès. Alors… Zeus est mort ?

Hadès hésita, il n'en savait pas plus, mais Hécate prit la parole.

– Je l'ai tué, dit-elle.

Ils la dévisagèrent tous, même Hadès, qui était légèrement sous le choc.

– Vous avez seulement envisagé de le sauver, dit-elle en haussant les épaules. Or la mort de Zeus entraîne la mort de sa magie. Thésée n'a plus le foudre, Aphrodite et Hermès ont recouvré leurs pouvoirs… et j'ai un nouveau cœur.

Hadès n'y voyait pas vraiment de problème, même s'il était surpris qu'Hécate ait pris la décision.

– Tu viens de dire que tu as un nouveau cœur ? demanda-t-il.

– En effet, répondit-elle en souriant. Tout le monde sait qu'il ne faut pas tuer un dieu sans récolter ses organes.

Il y eut un silence, puis Hermès prit la parole.

– Euh… que tout le monde éloigne Hécate de mon cadavre…

– Ne t'en fais pas, Hermès. Je n'y songerais pas, répondit-elle.

– Ah, c'est rassurant.

– Je ne récolte que les organes de qualité.

– Eh ! s'offusqua le dieu de la Ruse. Je suis de qualité !

La déesse de la Sorcellerie le regarda de haut en bas avant de hausser les épaules.

– Hmph.

– Eh, pas de ça avec moi ! Tu viens de dire que le cœur de Zeus était de qualité ! s'indigna Hermès.

Hadès s'apprêtait à se téléporter aux Enfers pour échapper à leur querelle quand il sentit la magie d'Athéna coller à la sienne – elle demandait la permission d'entrer dans son territoire –, et il accepta.

La déesse de la Sagesse apparut vêtue de robes dorées. Il ne l'avait pas revue depuis qu'elle avait refusé de se battre à Thèbes. *Le combat doit servir un autre but que de faire couler le sang*, avait-elle déclaré. Il aurait aimé obtenir son aide, pourtant il ne pouvait pas lui en vouloir de refuser de se battre. Il connaissait le coût de la guerre, c'était un prix élevé quand le combat n'était pas personnel.

– Hadès, dit-elle.

– Athéna.

Elle haussa fièrement le menton.

– Mes prêtresses ont été assassinées ce matin. Elles m'ont suppliée de les sauver, et je n'ai pas pu. Je veux rejoindre ton camp et combattre le mal qui m'a empêchée de protéger les miens.

– Ce serait bête de ma part de refuser, dit Hadès.

Athéna sembla se détendre et elle baissa la tête, ses épaules s'affaissèrent, puis elle fit un pas en avant.

– Dis-moi tout de cet ennemi, dit-elle.

Hadès regarda Hécate, Artémis et Héphaïstos. Bien qu'il y ait eu urgence, ils étaient tous épuisés.

– Nous allons nous reposer, dit-il en baissant les yeux sur Perséphone. Nous nous réunirons plus tard pour parler.

– Vous allez vraiment vous reposer ? demanda Hermès d'un ton suspicieux. Ou tu dis juste ça pour t'échapper et baiser ?

– Bon sang, mais est-ce qui t'arrive… de *ne pas* dire ce qui te passe par la tête ? demanda Perséphone.

– Les esprits curieux veulent savoir, rétorqua le dieu.

– Tu veux dire les esprits dépravés, non ? dit Artémis.

– Tu dis ça comme si c'était une mauvaise chose.

Hadès ne leur dit pas au revoir, attirant Perséphone contre lui pour les téléporter dans les bains de son palais.

Il avait envie d'être seul avec elle et de se laver de l'horreur dont ils avaient été témoins sur le champ de bataille.

Elle était de dos et il lui toucha l'épaule. Les ombres de son armure se dissipèrent, la laissant nue, et il se pencha pour l'embrasser dans le creux du cou. Elle frissonna et se tourna vers lui pour l'entourer avec ses bras et le serrer contre elle, son front contre son torse.

– J'ai entendu ton cœur cesser de battre, dit-elle.

Il l'étreignit plus fort.

– Tant que tu seras en vie, il ne cessera jamais.

– Tu n'en sais rien, dit-elle. Ne le promets pas.

– J'aimerais quand même le croire, insista-t-il.

Hadès se contenta de la tenir contre lui. L'illusion de Cronos lui avait fait voir Perséphone déchiquetée sous ses yeux. Tout comme elle avait cru ne plus jamais entendre battre son cœur, il avait cru ne jamais plus la tenir dans ses bras.

– C'était bizarre. Pendant toute l'illusion, j'avais une impression de déjà-vu… comme quand tu m'as entraînée… mais c'était différent, dit-elle.

Il se sentit coupable en se rappelant ce jour. Il avait manifesté sa plus grande peur, qui s'avérait être de le voir mourir, alors qu'il ne l'y avait pas préparée.

C'était cruel, avait-elle dit, et elle avait eu raison. Il avait beau vouloir la préparer à la cruauté des dieux, il s'était montré injuste.

– Mais c'est comme ça que j'ai su que ce n'était pas réel.

Elle recula pour le regarder dans les yeux, et elle appuya sa main sur son torse, faisant s'évaporer son armure pour le mettre à nu.

Elle baissa les yeux sur sa verge, il voulait qu'elle le touche, mais elle n'en fit rien.

– Est-ce que c'est égoïste ? demanda-t-elle.

– Ça te paraît égoïste ?

– Oui.

Il l'étudia un moment, puis il caressa sa joue.

– Alors c'est que tu n'es pas assez excitée, dit-il alors que leurs bouches puis leurs corps fusionnaient.

***

Hadès se réveilla seul.

Il se leva et partit en quête de Perséphone, qu'il trouva devant le palais, Cerbère à ses pieds. Il restait dans sa forme à trois têtes et était énorme à côté de Perséphone. Hadès marcha jusqu'à elle et glissa ses bras autour de sa taille. Elle se détendit contre lui et posa ses mains sur les siennes.

– Est-ce que tes monstres peuvent ressusciter ? demanda-t-elle.

– Cerbère n'est pas mort, mais oui. Maintenant que le soleil n'est plus dans le ciel.

Il la sentit se crisper.

– Ce n'était pas un rêve ? Hélios est vraiment déchu ?

– Oui.

Elle se tourna vers lui.

– Alors… j'ai vraiment tué ce demi-dieu ?

Hadès l'étudia longuement avant de prendre sa main et, ce faisant, un fil noir apparut à la surface de sa peau.

– Que feront les Moires ?

– En temps de guerre, c'est dur à dire, dit Hadès. Ça dépend en faveur de qui elles penchent.

– Comment peut-on savoir si elles penchent en notre faveur ?

– On le saura si on gagne.

Ce n'étaient pas des paroles réconfortantes, mais c'était la vérité.

– Viens, dit-il. Nous allons retrouver les dieux.

Ils retournèrent à son bureau de Nevernight où Hadès fut surpris de trouver Arès avec les autres dieux. Il sentit Perséphone s'emparer de sa magie.

Il ne pouvait pas lui en vouloir, car la présence du dieu de la Guerre était suspecte.

Hadès regarda Aphrodite, qui se tenait à côté d'Arès.

– Aphrodite, dit Hadès. Donne-moi une raison d'accepter la présence d'Arès dans mon royaume.

– Je suis venu me joindre à votre combat, le Riche.

Hermès ricana.

– C'est parce qu'il veut être dans le camp des vainqueurs.

Arès fusilla du regard le dieu de la Ruse, mais sans Aphrodite, Arès aurait sans doute attendu d'être vraiment certain que son choix lui assure la victoire.

– Il me semble que tu me demandes une Faveur, Arès, dit Hadès. Si c'est le cas, j'en demanderai une en retour.

Le dieu se tint plus droit.

– Une Faveur en échange de mes prouesses au combat ?

– Tu veux dire ta soif de sang ? demanda Athéna.

– Dois-je te rappeler que personne n'a requis ta présence ? dit Hadès.

– Oh, tu dois être gelé après ce vent ! siffla Hermès.

– Je vais te montrer ce qu'est un vent, Hermès, menaça Arès.

– C'est une promesse, BG de la Guerre ?

– Je suis entouré d'abrutis, soupira Hadès.

– Les semblables s'attirent, remarqua Hécate.

– Accepte l'offre, Arès, ou tu ne combattras pas du côté des dieux. Voilà le marché, déclara Hadès.

Il y eut un silence, puis Arès soupira en croisant les bras.

– Très bien.

Le problème réglé, Hadès se tourna vers les autres dieux.

– On ne peut pas se permettre d'être à nouveau pris par surprise, dit-il.

– Alors on devrait attaquer les premiers, dit Aphrodite. Et surprendre Thésée.

– La surprise n'est pas aussi importante que le terrain, remarqua Athéna. Et Thésée a l'avantage. Il est en hauteur, et il est derrière un mur.

– Alors on abat le mur, dit Hermès.

– Et tu proposes qu'on fasse comment ? demanda la déesse de l'Amour.

– Tu ne connais pas les explosifs ?

– Bien sûr, acquiesça Athéna. Si tu réussis à passer outre l'armée que Thésée postera devant son mur, alors tu pourras utiliser tes explosifs.

– Eh bien puisque tu es si maligne, qu'est-ce qu'on devrait faire ? rétorqua Hermès.

Athéna haussa une épaule.

– Je leur proposerai quelque chose qu'ils ne peuvent pas refuser ; une arme tellement mortelle qu'ils ne pourront pas s'empêcher d'ouvrir les grilles.

– Et quoi, en l'occurrence ? demanda Aphrodite. Thésée possède déjà des armes capables de tuer les dieux.

– Ton idée ressemble au Cheval de Troie, dit Hermès. Tu sais que ça a déjà été fait, n'est-ce pas ? Ils nous verront venir à des kilomètres ! Littéralement !

– Pas *le* Cheval de Troie, mais *un* Cheval de Troie, dit Athéna.

– Je ne pige pas. Tu viens de répéter la même chose, dit Hermès en fronçant les sourcils.

– Elle dit qu'il faut qu'on fasse diversion, Hermès, expliqua Hadès.

– J'ai les couilles de Zeus dans un bocal, proposa Hécate.

Tout le monde dévisagea la déesse de la Sorcellerie.

– Ok… c'est une bonne diversion, dit Hermès avant d'ajouter dans sa barbe : Et bougrement perturbant.

– Elles peuvent être de puissantes armes, dit Hécate. Tout dépend à quoi elles donnent naissance.

– Je crois qu'on en est tous conscients, dit Hermès. On veut vraiment tenter notre chance avec les couilles de Zeus ? Après tout, imaginez qu'elles engendrent un autre Arès ?! s'indigna-t-il.

– Va te faire foutre, Hermès ! gronda Arès.

– C'est une inquiétude valable !

– Je crois que si on compte proposer quelque chose pour inciter Thésée à ouvrir ses portes, on devrait savoir de quoi il s'agit, dit Athéna.

Hadès eut une idée, mais elle n'allait plaire à personne.

– Et une capitulation ?

– Tu n'es pas sérieux, dit Aphrodite.

– Aussi sérieux que les morts, répondit-il.

– Tu continues avec cette blague, mais elle n'est pas drôle, dit Hermès.

Hadès l'ignora.

– S'il pense que je capitule, Thésée ouvrira ses portes.

– Non, dit Perséphone. Il te tuera dès que tu auras franchi le seuil.

– Il voudra se vanter avant, dit Hadès. C'est un plan valide. J'irai ce soir pour proposer une alliance. Le temps que vous arriviez à ses portes, je les aurai ouvertes.

– Et si ce n'est pas le cas ? demanda Perséphone. (Il sentait sa colère et sa peur.) On fait quoi ?

– Vous vous battez jusqu'à ce qu'elles s'ouvrent.

– C'est bien beau, tout ça, dit Héphaïstos, mais on fait quoi de Cronos ? Le Titan peut manipuler notre monde et nous faire voir ce qui n'y est pas.

– Il faudra le distraire pour qu'il ne puisse pas utiliser à nouveau ce pouvoir, dit Hécate.

– Je peux m'en charger, dit Arès.

– Non, tu ne peux pas, dit Héphaïstos, faisant ricaner Hermès.

– Tu me mets au défi, jambe de métal ? rétorqua Arès.

– Tais-toi ! aboya Aphrodite.

– Je te préviens, dit Héphaïstos. Tu ne sais pas ce dont Cronos est capable car tu n'étais pas là aujourd'hui.

Il y eut un court silence avant que Perséphone prenne la parole.

– Et Prométhée ?

– Il serait une bonne distraction pour Cronos, dit Hadès. Les deux se détestent.

– Est-ce qu'il rejoindrait notre camp ?

– Pas à proprement parler, répondit Hécate, mais il aidera les mortels s'ils sont menacés. Nous n'aurons pas à le lui demander. Il apparaîtra comme il l'a fait aujourd'hui.

Prométhée était le créateur de l'Homme, et il avait beaucoup sacrifié – sa qualité de vie – pour voir l'humanité s'épanouir.

– J'espère que tu ne trompes pas, dit Arès.

– Je ne me trompe jamais, Arès, répondit Hécate.

– Hmmm, c'est discutable, dit Hermès.

Hécate lui mit un coup de coude dans les côtes.

– Aïe ! Putain ça fait mal !

Leur stratégie élaborée, les dieux se dispersèrent. Héphaïstos, Aphrodite et Arès partirent armer les mortels qui avaient accepté de se battre le lendemain. Hadès espérait que Perséphone resterait en retrait pour qu'ils discutent de sa décision de se livrer à Thésée, mais elle sortit de son bureau, suivie par Hermès.

Il savait que ça ne lui plaisait pas et qu'elle avait peur. La réalité forgée par Cronos était fraîche dans son esprit et elle ne pouvait que penser à sa mort. Il ne pouvait pas lui en vouloir, car il en était de même pour lui.

– Tu vas bien, Hadès ? demanda Hécate.

Elle n'avait pas encore repris ses activités habituelles, quelles qu'elles fussent – récolter des organes, apparemment.

– Je crois que j'ai besoin d'air frais, soupira-t-il en se levant.

– Je te suis, dit-elle.

Ensemble, ils se rendirent dans la salle principale de Nevernight et sortirent dans la rue.

Hadès leva les yeux vers le ciel.

– Je ne te savais pas passionné d'astronomie, dit Hécate.

– Je ne le suis pas. Je constate ce qui n'est pas là. L'Ophiotauros n'a pas repris sa place dans le ciel.

– Hmmm, tu as raison, acquiesça Hécate en levant la tête. Dommage.

Hadès étudia la déesse.

– Je connais cette voix.

– Bien sûr, c'est la mienne.

– Je veux dire que je sais que tu es déçue, répondit-il. Qu'est-ce que j'ai fait ? Qu'est-ce que j'ai raté ?

– Je ne suis pas déçue, dit-elle. Mais tu manques d'imagination.

– Je veux bien admettre que mon imagination ne me sert que dans un domaine de ma vie.

Elle ricana.

– Ça, c'est parce que rien d'autre ne t'intéresse.

– Tu n'as pas tort.

– Dis-moi la prophétie, Hadès.

Il y avait tant pensé au cours du dernier mois qu'il la connaissait par cœur.

– Si une personne tue la créature et brûle ses entrailles, alors la victoire est assurée contre les dieux.

– La victoire. Qu'est-ce que la victoire, Hadès ?

– La victoire, c'est gagner.

– Très bien, dit-elle d'un ton moqueur qui agaça Hadès. Et que peut-on gagner ?

– Une bataille. Une guerre.

C'était le premier choix évident.

– Tu y es presque, acquiesça Hécate.

Il la regarda longuement.

– Un jeu, dit-il.

– Ah, nous y voilà.

– Tu veux dire que je peux accomplir la prophétie en perdant un jeu contre Thésée ?

– Je dis qu'il a gagné de nombreux combats contre les dieux, et que l'Ophiotauros reste absent. Est-ce que ça ne vaut pas le coup d'essayer ?

Hadès présumait que si.

– Je ne veux pas seulement saboter son avenir, dit Hadès. Je le veux mort.

– Ah, oui. Dommage qu'il soit invincible.

– Tu ne m'aides pas, tu sais.

Elle haussa les épaules.

– Aphrodite a raison. Même Achille avait une faiblesse. Tu connais déjà celle de Thésée.

C'était vrai, même si c'était flagrant aux yeux de tous. Le demi-dieu était arrogant.

L'arrogance ne rend pas un fait moins vrai, avait-il dit à Hadès, même si son commentaire n'était qu'un énième exemple de sa fierté démesurée.

Hadès était déterminé à ce que ce soit la raison de sa chute.

Il y eut un long silence et, dans le calme, Hadès crut entendre des pieds glisser sur le sol. Il se tourna pour scruter la rue et son cœur se serra en voyant Dionysos. Le dieu du Vin était revenu. Il semblait épuisé, furieux et anéanti. À ses côtés se trouvait une femme qu'Hadès ne connaissait pas, mais il supposa que c'était Méduse.

– Dionysos, dit Hadès.

– Mes Ménades… répondit Dionysos en s'arrêtant.

– Je sais. Viens.

Il emmena Dionysos et Méduse à l'infirmerie d'Hécate. Il tira le rideau et fut surpris de voir que Naïa était réveillée, adossée contre ses oreillers. Elle était pâle et il y avait un voile sur ses yeux qu'Hadès reconnut comme celui du deuil.

Quand elle vit Dionysos, elle fondit en sanglots et le dieu s'agenouilla à côté d'elle pour la prendre dans ses bras.

– Il a pris Ariadne, pleura-t-elle. Il a pris sa sœur et le bébé. On n'a rien pu faire.

– Chuut, chuchota Dionysos. Tu as fait tout ce que tu as pu, Naïa. Tout.

Hécate emmena Méduse, et Hadès laissa les deux se retrouver et pleurer ensemble.

***

Hadès fut surpris de trouver Perséphone avec Artémis, mais cette dernière partit quand il approcha. Il la regarda s'éloigner avant de se tourner vers sa femme.

– C'était quoi, ça ? demanda-t-il.

– Une trêve, répondit Perséphone. C'est vrai, ce que j'ai entendu ? Dionysos est revenu ?

Il hocha la tête.

– Et Naïa est réveillée. Elle dit qu'Ariadne, sa sœur et le bébé ont été pris par Thésée et les autres demi-dieux, ce qui signifie qu'ils doivent être dans sa forteresse.

Perséphone pâlit. Franchir les murs de la maison de Thésée était important pour gagner cette guerre, mais c'était désormais essentiel pour sauver les trois mortels.

– Je sais que tu es en colère contre moi, dit-il.

– Je ne suis pas en colère. Mais t'imaginer entrer dans le territoire de Thésée m'est difficile. C'est comme si tu repartais dans le labyrinthe.

– S'il y avait un autre moyen, je le choisirais, dit Hadès.

– Je sais.

Il y eut un blanc, puis Hadès parla à nouveau.

– Je veux te montrer quelque chose, mais je ne sais pas si tu es prête à retourner dans l'arsenal.

Elle frissonna et gonfla ses poumons.

– Je suppose que ça dépend de ce que tu veux me montrer, répondit-elle. Est-ce un souvenir qui prendra le pas sur ce qui s'y est passé ?

– Je ne suis pas sûr que ce soit possible, admit Hadès en appuyant son front au sien. Il n'y a pas de mauvaise réponse, Perséphone.

– Je veux bien y aller. Si je ne peux pas affronter ce que j'ai fait, est-ce que je mérite vraiment de guérir ?

Hadès lui fit pencher la tête en arrière.

– Tout le monde mérite de guérir. Si ce n'est dans la vie, alors dans la mort. C'est ce qui fait que le monde peut évoluer quand les âmes renaissent. Mais si c'est trop, tu me le diras ?

Elle hocha la tête et il l'enveloppa dans sa magie pour les téléporter aux Enfers.

Il n'apparut pas dans l'arsenal, espérant qu'y entrer par la porte serait moins brutal pour Perséphone. Il posa sa main sur le pavé numérique près de la porte, et elle s'ouvrit.

– Tu l'as réparée, dit Perséphone en se tenant sur le seuil.

– Oui.

Il l'avait fait quand il avait apporté les armes d'Héphaïstos aux Enfers.

Il la regarda balayer la pièce des yeux et s'arrêter sur l'armure placée au centre. Sans un mot, elle se dirigea vers elle. Celle de Perséphone était à côté de la sienne. C'était une version plus petite de l'armure qu'il portait sur le champ de bataille ; des couches de métal noir ornées d'or avec des motifs élaborés sur le plastron. Elle suivit les dessins du bout du doigt.

– Elle est sublime, dit-elle avant de chercher son regard. Merci.

– J'ai autre chose pour toi, dit-il en lui montrant le bident qu'Héphaïstos lui avait forgé.

Le bident avait été le symbole de son règne aux Enfers pendant des siècles, et maintenant, Perséphone en posséderait un aussi.

– Hadès, chuchota-t-elle en empoignant le manche. Je… mais je ne sais pas m'en servir.

– Je t'apprendrai. Il n'est pas pour cette bataille.

Elle le regarda dans les yeux.

– Pas pour cette bataille, mais pour d'autres ?

– Nous avons l'éternité devant nous, dit-il, il y en aura forcément d'autres.

– Quand je pense à notre avenir, je ne veux pas voir la guerre.

– Que veux-tu voir, alors ? demanda-t-il.

– Je préfère imaginer toutes les choses que nous fêterons avec notre peuple et nos amis, dit-elle. Des ascensions sans fin, l'ouverture de l'Halcyon, ton premier anniversaire.

– Mon premier anniversaire ? demanda-t-il.

– Oui. Tu ne l'as jamais fêté, n'est-ce pas ?

– Je ne sais pas vraiment quand je suis né. Et même si c'était le cas, ce n'est pas un jour que je souhaite fêter.

– C'est pour ça que je t'ai choisi un nouveau jour de naissance, dit Perséphone.

– Ah ? Et c'est que jour ?

– Le 1er novembre.

Il la scruta, curieux.

– Qu'est-ce qui t'y a fait penser ?

– En dehors de toi, c'est la seule chose positive à être sortie du labyrinthe.

Chapitre XXXIX

HADÈS

Hadès choisit de mettre son costume noir sur-mesure habituel.

Quand il apparaîtrait devant les portes de la Maison d'Ethra, il ne voulait pas être en armure. Il n'allait pas se battre, il allait proposer un marché – peut-être le plus important de toute son existence.

– Tu es prêt ? demanda Perséphone.

Il se tourna vers elle. Elle était superbe dans l'armure d'Héphaïstos, une guerrière digne de ce nom.

– Et toi ? répondit-il en prenant son menton pour caresser sa lèvre.

– Je suis prête à ce que ce soit fini, dit-elle. Pour qu'on commence à vivre.

Il esquissa un petit sourire et l'embrassa en plongeant sa main dans ses cheveux. Il la serra fort contre lui et la dévora pour que le goût d'elle envahisse tous ses sens, et rien d'autre.

Quand ils se séparèrent, Perséphone toucha la poche de sa veste où une primevère apparut.

– Je viendrai te chercher au portail, dit-elle en le regardant dans les yeux.

Il prit cela pour une promesse et, avec un dernier baiser, il partit.

***

Hadès ne fut pas surpris d'entendre le grincement de plusieurs arcs qui se tendaient lorsqu'il se manifesta au portail de Thésée. Il leva la tête vers les mortels qui le visaient, la pointe de leurs flèches brillait sous la lune de Séléné.

Il ne dit rien et attendit. Il n'était pas souvent anxieux, mais aujourd'hui, ce sentiment lui brûlait la poitrine et le ventre. Il avait beau penser faire ce qu'il fallait, il savait que ce serait difficile. Il n'aimait pas l'idée de capituler devant l'homme qu'il haïssait, même si ce n'était qu'un moyen d'accéder à sa cible.

Il espérait réussir à jouer le jeu jusqu'au bout.

Comme il s'y attendait, Thésée le fit attendre sous la menace de ses archers. Il se montra enfin en haut du mur, au-dessus de son portail.

Il baissa les yeux sur Hadès, les yeux scintillant de malice.

– Quelle surprise, dit-il. Que me vaut cet honneur, Lord Hadès ?

Le demi-dieu mettait déjà sa patience à rude épreuve. Hadès s'efforça de ne rien montrer de sa frustration ni de sa haine.

– J'ai envisagé de nombreuses stratégies et consulté de nombreux avis, dit Hadès. J'espérais que nous pourrions parler.

Hadès voulait que le demi-dieu soit intrigué par son manque de précision et qu'il imagine toutes les raisons qui pourraient pousser Hadès à se présenter à sa porte au beau milieu de la nuit. Cependant, si c'était le cas, Thésée n'en montra rien. Au lieu de ça, il pencha la tête sur le côté et ne dit qu'un mot.

– Parle.

– J'ai consulté les Moires et j'ai été témoin de ton futur, mentit Hadès. La promesse est grande.

– Tu ne m'apprends rien, répondit Thésée.

– Non. Tu as toujours été certain de ta destinée.

– Il est dur de contredire une prophétie, déclara Thésée.

Ce n'était pas vrai, mais Hadès n'allait pas le lui dire.

– Alors, tu es venu pour faire quoi ? demanda Thésée. Ne tourne pas autour du pot, Hadès. Aucun de nous n'a de temps à perdre.

– Je suis venu me rendre, dit Hadès. Pour me rallier à ton camp.

Il ne s'était pas attendu à ce que ces mots aient un goût aussi amer et il eut envie de cracher en les prononçant.

Il y eut un silence, puis Thésée se mit à rire. Les mortels qui l'entouraient l'imitèrent et, bientôt, de gros éclats de rire résonnèrent dans la nuit.

– Ça a dû être dur à dire, dit enfin Thésée.

– Il est clair que j'ai dû m'entraîner.

– Quel gâchis ! soupira Thésée. Vois-tu, je ne peux pas accepter ton allégeance, car j'ai accepté celle de ton père. Ce serait… malvenu, étant donné que vous êtes ennemis.

Hadès dévisagea longuement Thésée avant de parler.

– Si tu comptes refuser, on pourrait au moins s'amuser un peu.

– Oh, mais je m'éclate, dit Thésée. Mais je t'en prie, poursuis.

– Le jeu de ton choix, dit Hadès. Si je gagne, tu acceptes mon offre.

– Tu es pressé de rejoindre le camp des vainqueurs, répondit Thésée en regardant à sa gauche, puis à sa droite. Qu'est-ce qu'on en pense ? On accepte l'offre du dieu ?

Son armée l'acclama, mais Hadès peina à savoir si c'était pour l'encourager ou le dissuader. Pourtant, il lui semblait que Thésée avait déjà pris sa décision. Il aimait simplement se donner en spectacle et humilier Hadès – et ça marchait.

– Eh bien, Hadès, il semblerait que tu aies un marché.

Il avait beau avoir réussi, Hadès n'était pas soulagé. Au contraire, il se sentit encore plus angoissé quand les portes s'ouvrirent en grinçant, et il hésita à franchir les grilles.

– Qu'y a-t-il, Hadès ? Tu as peur ?

– Tu ne m'as pas fait part de tes conditions, répondit-il.

– Mes conditions sont sans importance, dit Thésée. Ta défaite marquera ton dernier souffle.

– Tu crois que je me laisserai faire sans me battre ?

– Je ne l'espère pas, ce serait très décevant.

– En effet, acquiesça Hadès, franchissant le portail pour pénétrer dans le territoire de Thésée.

D'autres soldats mortels se trouvaient à l'intérieur.

– Je présume que tes camarades sont toujours en route ? demanda Thésée.

– Ils se battront jusqu'à la fin.

– La fin, en effet. Viens. Jouons.

Le demi-dieu se tourna et Hadès lui emboîta le pas pour traverser la cour pavée puis gravir les marches, mais lorsqu'il arriva sur le porche, il se figea.

– Héra ? chuchota-t-il.

Ce n'était pas elle, bien sûr, mais son âme. Elle était debout, tremblante, les yeux écarquillés de peur. Elle marmonnait des choses, mais Hadès n'entendait pas ses mots.

– Elle est encore ici ? demanda Thésée en s'arrêtant également.

Hadès regarda le demi-dieu.

– Elle ne partira pas tant qu'elle n'aura pas été enterrée comme il se doit.

Toutes les âmes n'avaient pas besoin de rites funéraires, mais certaines ne pouvaient passer dans l'au-delà sans ça.

– Oh, ça n'arrivera jamais, dit Thésée. Je crains qu'on ne donne sa chair à manger à ses fidèles en ce moment même. Cronos est très vengeur quand il s'agit des Olympiens.

Hadès ne put cacher son dégoût.

– J'aurais cru que tu aurais trouvé cette fin appropriée, étant donné votre histoire, dit Thésée.

– Je ne souhaite une telle fin à personne, dit Hadès. Pas même à toi.

– Que c'est noble ! ricana Thésée en entrant.

Hadès s'attarda quelques secondes sur Héra, puis il suivit le demi-dieu. Il s'était presque attendu à entendre Ariadne crier quelque part dans la maison, mais le seul bruit provenait d'un bébé en pleurs, ce qui ne sembla pas déranger Thésée.

Il l'emmena dans son bureau, une pièce sombre ouverte sur l'extérieur. La seule lumière provenait du feu de cheminée et de deux grands braseros sur le porche, où se trouvaient une table et deux chaises. C'était presque comme si Thésée l'avait attendu, mais Hadès remarqua alors que la terrasse donnait sur le champ de bataille qu'on apercevait par-delà le mur.

– Tu attends quelqu'un ? demanda Hadès.

– Je me prépare juste à profiter du spectacle, répondit-il en souriant. Je ne t'ai jamais dit que je n'aimais pas les cartes ?

Il marcha jusqu'au feu de cheminée sans attendre la réponse, car ils savaient tous les deux qu'ils n'avaient jamais discuté de rien en dehors de se défier mutuellement.

– Et tu préfères quoi ? demanda Hadès en étudiant le demi-dieu.

– Les dominos, dit Thésée en prenant un coffret noir. J'espère que ça ne te dérange pas.

– J'ai dit qu'on jouerait au jeu de ton choix, admit Hadès.

– En effet, répondit Thésée avec un regard enjoué qui troubla Hadès. Après toi, ajouta-t-il en désignant la table sur le porche.

Hadès sortit du bureau et prit la chaise de droite. Il avait l'impression d'entrer sur une scène, car il savait que les hommes de Thésée les observaient depuis le mur et la cour en contrebas.

– Tu sais jouer ? demanda Thésée en le suivant.

– Je crois, oui.

– Bien. Alors tu sais que c'est un jeu rapide et qu'on gagne quand on a posé toutes ses pièces. Que dis-tu de quatre parties ? Celui qui en gagne le plus remporte le jeu ?

– Si tu veux.

Thésée renversa les pièces en ivoire sur la table. Thésée commença à les retourner, une servante arriva avec un plateau d'argent et posa deux verres sur la table.

– Tu as soif ? demanda Thésée.

– J'ai ce qu'il faut, si ça ne te dérange pas, répondit Hadès.

– Mais je t'en prie.

Hadès sortit une petite flasque noire de sa poche intérieure et versa une petite quantité de whiskey dans le verre. Il n'avait pas très envie de boire, mais il pensa que l'odeur lui apporterait peut-être du réconfort.

Pendant qu'il remplissait le verre, Thésée mélangea les dominos sur la table, puis ils en choisirent sept chacun. Hadès regarda son jeu et se souvint que le joueur avec le plus gros double commençait. Il s'avéra que c'était Thésée, qui avait un double six.

– J'ai appris que des félicitations étaient à l'ordre du jour, pour autre chose que tes victoires récentes, dit Hadès en posant un six-deux.

– Tu fais référence à la naissance de mon fils, dit Thésée en posant son domino suivant.

Le jeu était rapide, en effet.

– Oui, je suppose que c'est un accomplissement. La progéniture est importante – cruciale pour produire un héritage. Oh, mes excuses. Ai-je raison de penser que tu ne peux pas avoir d'enfants ?

Thésée posa sa dernière tuile en parlant, il avait gagné la première partie.

Hadès resta immobile et leva les yeux vers Thésée, qui esquissa un sourire malicieux, il pensait clairement que son commentaire était drôle. Hadès envisagea de lui demander comment il était au courant d'une information si intime, mais il se souvint que Poséidon avait été là quand l'Oracle de Zeus avait proclamé sa prophétie concernant son mariage avec Perséphone. Il avait été obligé d'admettre que les Moires lui avaient ôté sa capacité à avoir des enfants.

Ils commencèrent une nouvelle partie, mélangeant les dominos avant d'en choisir sept, tout en parlant.

– C'est dommage que ceux qui n'apprécient pas les enfants soient capables d'en avoir alors que ceux qui les désirent ne le peuvent pas, dit Hadès, mais sa remarque n'affecta pas Thésée.

– Mais tu ne les as pas toujours désirés. Tu as troqué ta capacité à en avoir pour offrir la divinité à une mortelle. Pourquoi ?

Thésée n'avait pas tort. Hadès avait en effet rendu une mortelle divine. Il s'agissait de la mère de Dionysos, Sémélé, qui était morte après avoir demandé à voir le vrai visage de Zeus – ce qu'aucun mortel ne pouvait faire sans mourir. Mais elle ne l'avait demandé que parce qu'Héra l'avait piégée et engagée à le faire.

À sa mort, Zeus avait pris Dionysos, qui n'était encore qu'un fœtus, et l'avait cousu sur sa cuisse pour qu'il naisse à nouveau. C'était ainsi que le dieu du Vin avait été nommé le deux fois né.

Plus tard, Dionysos était venu voir Hadès et, quand il n'avait pu sauver seul sa mère des Enfers, il l'avait supplié de la libérer.

– Je voulais obtenir une Faveur, dit Hadès.

Il avait vu le potentiel du pouvoir de Dionysos à inspirer la folie quand bon lui semblait.

Thésée gloussa en posant sa dernière pièce, remportant la deuxième partie.

– Nous ne sommes pas très différents, Hadès.

– Nous sommes à des années-lumière l'un de l'autre, Thésée, répondit Hadès.

Ils entamaient sereinement la troisième partie.

– Peut-être aujourd'hui, admit le demi-dieu. Mais j'aime croire que je suis ce que tu aurais pu être si tu ne t'étais pas attendri.

Hadès fit glisser son domino sur la table.

– Tu insinues que mon amour pour Perséphone m'a rendu faible ?

– Est-ce que ce n'est pas à cause d'elle que tu t'es retrouvé piégé dans le labyrinthe ?

– Si Perséphone est une faiblesse, qu'est-ce qu'Ariadne est pour toi ?

C'était la première fois qu'Hadès voyait Thésée hésiter.

– Rien du tout.

– Rien du tout ? répéta Hadès. Mais tu as inondé Nouvelle Athènes rien que pour la faire sortir des tunnels de Dionysos.

– Si tu crois que j'ai inondé Nouvelle Athènes pour une femme, tu n'es qu'un idiot.

– Tu n'as pas épousé sa sœur pour maintenir une emprise sur elle ?

– J'ai épousé sa sœur parce qu'elle pouvait être contrôlée. Ariadne est indomptable.

– Pourtant, tu ne cesses d'essayer, déclara Hadès.

Thésée posa si fort son domino sur la table que tout le jeu trembla. Hadès le regarda dans les yeux en jouant sa dernière pièce. Il avait remporté cette partie et Thésée était furieux. C'était la première fois qu'Hadès voyait un éclat de folie dans son regard.

– Je n'ai plus besoin *d'essayer* de dompter Ariadne, cracha le demi-dieu.

L'estomac d'Hadès se noua en déduisant ce que cela signifiait pour Ariadne. Ils commencèrent la dernière partie ; Hadès n'essayait pas de gagner, mais il s'inquiétait de perdre. Thésée avait tendance à ne pas perdre une seconde pour faire justice soi-même – en serait-il de même, cette fois ?

– Que pense Phèdre de ton obsession pour sa sœur ?

– Ça n'a pas d'importance. Même si elle était encore en vie, je ne lui accorderais pas la possibilité d'avoir un avis.

La nouvelle de la mort de Phèdre surprit Hadès.

– Comment ne sais-tu pas qu'elle est morte alors que tu es dieu des Enfers ?

– J'ai été légèrement distrait par ton invasion de ma ville.

– Ta ville ? répéta Thésée avec un rire jaune. Depuis quand Nouvelle Athènes est-elle ta ville ?

– Elle l'a toujours été, Thésée. Pourquoi crois-tu que c'est moi que tu affrontes dans cette guerre ?

Une corne de brume retentit et Hadès tourna la tête vers les reflets d'acier qui brillaient à l'horizon comme des étoiles.

– Oh, regarde, dit Thésée. Ton armée est arrivée.

Il y eut une série de cris, car des ordres étaient donnés. Les portes s'ouvrirent et les fantassins sortirent, sans presser le pas. C'était comme si aucun ne prenait la situation au sérieux, comme s'ils pensaient que tout ça serait fini avant même d'avoir vraiment commencé.

Hadès scruta l'horizon à la recherche de Perséphone, mais il n'était pas difficile de voir l'avancée de sa reine, vêtue d'ombre et prête pour le combat. Or, s'il savait qu'elle en était capable et que ses amis la protégeraient, il ne pouvait s'empêcher de penser qu'il aurait dû être à ses côtés.

– Héphaïstos est un sacré forgeron, remarqua Thésée. Je suis impressionné qu'il ait réussi à armer les dieux et ton armée mortelle avec une réplique de ma création.

– Il me semble que tu appelles ça une opportunité, n'est-ce pas ?

– Allons, ne te déconcentre pas, Hadès, dit Thésée. Sinon tu rateras ta défaite.

Hadès regarda les dominos au moment où Thésée mettait sa dernière pièce en place. Il ne savait pas à quoi il s'attendait en voyant Thésée gagner, mais il n'était pas préparé pour ce qui suivit. Le demi-dieu baissa les mains et recula sur sa chaise, le scrutant avec une noirceur dans les yeux qu'Hadès n'avait jamais vue.

Au bout d'un temps infini, Thésée parla.

– Je sais que tu m'as laissé gagner, Hadès. Tu n'aurais pas pu faire plus d'efforts pour perdre. Tu ne comptais même pas les dominos.

Hadès ne dit rien.

Thésée continua de le dévisager, comme s'il décidait quoi faire. Sa mâchoire se contracta et il toqua contre la table en riant.

– J'ai su que tu avais une stratégie en tête dès que tu as refusé de choisir le jeu. Personne désirant autant le contrôle que toi n'accepterait de le lâcher. La question est *pourquoi* ?

Hadès haussa les épaules.

– Maintenant, tu as vaincu un dieu, dit-il.

Il y eut un silence, puis Thésée se mit à rire. Ce fut d'abord un rire étouffé, qui s'amplifia peu à peu. Il rit si longtemps et si fort qu'il se mit à tousser. Il saisit le verre d'Hadès et le vida d'un trait. Quand il eut fini, il le reposa sur la table en le frappant.

Il se remit à rire avant de parler.

– Je dois reconnaître que tu as fait preuve d'imagination, Hadès, dit-il. Mais c'était un plan débile. J'ai déjà accompli la prophétie, et maintenant, tu as perdu contre moi.

Thésée invoqua un poignard dont la lame était noire de venin d'Hydre.

– Tu comprends, n'est-ce pas ? demanda-t-il. Un marché est un marché.

Hadès soutint le regard de Thésée et vit ses yeux se remplir de douleur. Son visage sembla presque se froisser sous l'agonie qu'il ressentait.

Il lâcha le couteau et empoigna son ventre en se penchant pour vomir aux pieds d'Hadès.

Quand il chercha son regard, ses yeux étaient rouges et larmoyants.

– Qu'est-ce que tu as fait ? hurla-t-il.

Hadès se contenta de regarder le demi-dieu, qui était tombé à genoux, le souffle laborieux.

– J'ai appris quelque chose d'amusant, dit enfin Hadès. Tu savais que les rumeurs concernant le pommier d'Héra étaient vraies ? On ne peut pas manger deux fois de ses pommes.

Hadès se baissa pour prendre le poignard de Thésée, qui était couvert de sang.

– La seconde fois te tuera, conclut-il alors que le sang continuait de gicler de la bouche du demi-dieu, dont le visage devenait violacé.

Hadès se leva, le couteau dans la main.

– Tout le monde à une faiblesse, Thésée, dit Hadès en plaçant la pointe du poignard sur le cœur de Thésée. La mienne est peut-être Perséphone, mais la tienne… c'est l'arrogance.

Il regarda Thésée dans les yeux en enfonçant profondément la lame dans son cœur et il empoigna ses cheveux pour lui relever la tête alors que la vie quittait ses yeux.

– On se voit aux portes des Enfers, Thésée, dit-il avant de le laisser tomber par terre, mort.

Chapitre XL

PERSÉPHONE

Hécate se tenait à la gauche de Perséphone, Hermès à sa droite. Plus loin, Aphrodite et Héphaïstos étaient entre Athéna et Arès, tous deux armés de leur lance et de leur bouclier. Puis il y avait Artémis à qui on avait confié les flèches d'or pour guérir les blessés pendant le combat.

Derrière eux, à deux pas à peine, les soldats les plus expérimentés de leur armée de Fidèles étaient alignés, tenant de larges boucliers qui s'attachaient les uns aux autres de sorte à former une barrière et qu'ils puissent avancer sur l'armée qui leur faisait front.

À la tête des Impies se trouvaient Kaï, Damian, Machaon et un demi-dieu que Perséphone n'avait encore jamais vu.

– Celui sur la droite est nouveau, dit Artémis en plissant les yeux.

– Il s'appelle Persée, dit Dionysos. Et il est à moi.

– Mince, tu as pris le plus sexy, répondit Hermès.

Perséphone et Hécate le dévisagèrent.

– Quoi ? Je suis honnête, c'est tout, dit-il.

– C'est ton demi-frère, non ? demanda Perséphone.

– Et ?

– Ben, je ne sais pas, c'est un peu bizarre que tu trouves ton frère canon.

– *Demi*-frère, corrigea Hermès. Et pourquoi ce serait bizarre ? Je n'ai pas dit que je voulais coucher avec lui.

Un silence tendu suivit les propos d'Hermès.

– Pourquoi j'ai l'impression que personne ne me croit ?

– Parce qu'on ne te croit pas, confirma Hécate.

– Je parie que t'as couché avec ton frère, dit Arès.

– Dans tes rêves, Arès !

Si Hadès était là, il aurait démarré le combat juste pour les faire taire, pensa Perséphone.

Elle leva les yeux vers le mur d'enceinte de la forteresse de Thésée. Il était haut et crénelé et des centaines d'archers s'y tenaient prêts, leur armure luisant à la lumière des torches.

– Les portes sont encore fermées, dit Perséphone.

– Laisse-lui le temps.

Elle le ferait, car elle n'avait pas le choix, mais Perséphone s'inquiétait. Elle avait détesté le plan d'Hadès dès qu'il l'avait proposé. Elle avait l'impression de le laisser retourner dans le labyrinthe, et alors que l'horreur de la réalité de Cronos la hantait encore, elle craignait que cette fois il ne revienne pas.

– Tant de mortels, chuchota-t-elle.

Tant d'âmes, pensa-t-elle.

– Toutes prêtes à mourir pour un demi-dieu qui n'a pas le moindre contrôle sur leur vie dans l'au-delà, dit Hécate.

– Tu envisages déjà comment tu vas les punir ? demanda Perséphone en la regardant.

– Pas toi ? rétorqua Hécate.

– Je ne vois pas pourquoi on doit attendre qu'ils soient morts, dit Perséphone.

Soudain, le sol s'ouvrit entre elles, et Cerbère surgit des profondeurs des Enfers. Il était redoutable avec ses yeux rouges luisant de rage, ses babines retroussées et ses grognements gutturaux qui résonnaient dans le silence.

C'était la première fois que Perséphone voyait les Impies bouger, la première fois qu'elle sentait leur peur.

– Je savais que je t'avais bien dressé, dit Hécate avec un sourire satisfait que Perséphone lui retourna.

Elle posa une main sur le cou de Cerbère au moment où retentit le bruit d'une corde d'arc qu'on lâchait. La flèche filait droit sur Cerbère, mais Artémis l'abattit de sa propre flèche blanche qui la fendit en mille morceaux. Perséphone regarda brièvement la déesse et hocha la tête en guise de remerciement avant de faire un pas en avant.

– Comment oses-tu t'en prendre à mon chien ? dit-elle en rassemblant son pouvoir dans ses mains.

Le sol trembla à ses pieds et s'ouvrit, rompant les rangs des Impies. Certains furent engloutis, d'autres réussirent à s'enfuir. Leur formation se brisa, les mortels se mirent à crier et à leur foncer dessus en brandissant leurs armes, et une volée de flèches s'abattit sur eux.

Perséphone invoqua sa magie et des vignes grimpèrent le long des murs pour en faire tomber les soldats.

Les demi-dieux disparurent et Perséphone aboya un ordre.

– Cerbère, attaque !

Son monstre à trois têtes grogna et ses pattes immenses grattèrent la terre, la faisant voler dans tous les sens tandis qu'il fonçait sur l'armée ennemie.

Les demi-dieux se manifestèrent devant eux et, tout autour, les tintements des armes résonnaient. Le bruit glaça le sang de Perséphone, mais son attention fut bientôt dirigée sur la demi-déesse qui se tenait devant elle – une femme qu'elle ne connaissait pas mais qui avait les yeux de Poséidon.

Elle abattit son épée sur Perséphone avec un cri furieux, mais Perséphone para le coup avec un mur de ronces, puis elle lâcha ses spectres sur elle. La femme tituba en arrière et Perséphone la percuta à nouveau.

Elle sentit alors une douleur dans son dos et elle se cambra en cherchant son souffle. Quand elle le put, elle se retourna, mais ne vit personne.

Elle attendit, créant une barrière autour d'elle avec sa magie, sachant qu'une autre attaque arrivait. L'instant d'après, il y eut des turbulences dans l'atmosphère et elle se tourna alors que des piques noires jaillissaient de sa paume. Elles touchèrent sa cible qui, elle s'en était doutée, était invisible sous le casque d'Hadès.

Elle invoqua sa magie et transforma la terre en boue. Lorsque son assaillant voulut l'attaquer, il glissa et tomba. Avant qu'il n'ait pu réagir, Hermès apparut et lui enfonça son caducée dans le dos. Perséphone enleva le casque de sa tête.

C'était Damian, le fils de Thétis, et il était mort.

– Un de moins, dit Hermès.

Perséphone lui tendit le casque.

– Donne ça à Dionysos, dit-elle.

– Oui, Majesté, répondit-il en prenant le casque et en disparaissant dans un éclat de lumière dorée.

Alors qu'une vague d'adrénaline déferlait dans ses veines, Perséphone se souvint qu'elle était blessée. Elle avait l'impression de se noyer, comme si ses poumons se remplissaient de sang. Elle plaqua sa main sur sa poitrine et découvrit qu'elle était pleine de sang.

Elle regarda le ciel, cherchant Artémis, mais elle vit seulement l'attaque brutale d'Arès sur Machaon avant de sentir un autre dieu l'approcher. Elle se tourna pour voir Kaï courir sur elle. Le sol s'affaissa sous ses pieds, mais il ne trébucha même pas, naviguant entre les obstacles sans difficulté, son arme toujours levée. Perséphone recula, mais elle n'était pas assez rapide et sa lame lui coupa la poitrine. Pourtant, elle était trop distraite par sa respiration mouillée pour avoir mal.

La vision floue, elle regarda le demi-dieu brandir son épée, prêt à porter le coup fatal, quand il fut arrêté par deux dents qui jaillirent dans sa poitrine par-derrière – le bident d'Hadès.

Le demi-dieu tomba à genoux, puis à plat ventre.

– Hadès, bafouilla-t-elle, consciente que le venin d'Hydre empoisonnait son sang.

– Artémis ! ordonna Hadès, mais sa voix lui paraissait lointaine, même si elle en ressentait les vibrations dans sa poitrine. Maintenant ! cria-t-il.

Quelque chose lui transperça la poitrine, puis une chaleur exquise se dissipa dans tout son corps, et soudain, elle put à nouveau respirer. Quand sa vision redevint nette et qu'elle vit le visage d'Hadès, elle se jeta dans ses bras.

– Hadès !

– Tu vas bien, ma chérie ? demanda-t-il en la serrant contre lui.

– Maintenant, oui.

Il l'aida à se lever alors que la terre se mettait à trembler.

– C'est quoi, ça ? demanda-t-elle.

Elle regarda Hadès, puis Hécate, qui apparut à ses côtés. Ce n'étaient pas les mêmes secousses que celles qui s'étaient produites pendant les jeux funéraires. Ce n'était pas une vibration continue mais un ébranlement saccadé qui lui rappelait… des pas.

C'est alors que Perséphone la vit – une créature qu'elle connaissait seulement pour avoir lu sa description dans les livres d'histoire. C'était un fils de Gaïa, un monstre avec quatre pattes et un corps de reptile dont les écailles étaient comme une armure, et une queue mortelle, mais c'était sa tête qui l'effraya le plus. Elle était composée de centaines de serpents. La créature était immense au point qu'en se dressant sur ses pattes arrière, sa tête aurait pu toucher les étoiles.

– Typhon, chuchota Hécate.

Un cri terrible jaillit de la gueule du monstre, c'était un bruit comme elle n'en avait jamais entendu – un rugissement aigu avec un sifflement étrange. Quand elle hurla, du venin éclaboussa le sol et leur armée, les faisant fondre sur place.

Ceux qui n'étaient pas touchés furent écrasés sous ses pieds ou projetés des dizaines de mètres plus loin par le balancier de sa queue.

– Cerbère ! ordonna Hadès.

Son monstre se jeta sur le géant, les babines de ses trois têtes retroussées. Il planta ses crocs dans différentes parties de la créature ; sa patte arrière, son dos et son cou. Typhon rugit et les serpents sifflèrent violemment, crachant encore du venin. Cerbère jappa, brûlé jusqu'à l'os par une éclaboussure.

– Cerbère ! cria Perséphone quand il revint vers eux, battant en retraite pour qu'elle puisse le guérir.

Ses plaies se refermèrent, mais Typhon avait dirigé son attention sur eux.

C'est alors que l'éclair doré d'Hermès leur passa devant, brandissant son caducée pour décapiter plusieurs têtes de serpent en un seul geste. Héphaïstos en fit de même avec son fouet, puis Aphrodite avec son épée. Athéna planta sa lance dans le cou du monstre, le frappant encore et encore.

Perséphone invoqua des lianes et Hadès ses spectres, qui s'enroulèrent ensemble autour des jambes et de la taille de la créature. Typhon rugit en se débattant contre les liens, mais il était encerclé à la fois par des dieux et des mortels qui le blessaient partout sur son corps immense.

– Eh bien, dit Hermès en enfonçant sa lame dans le ventre de la bête, c'était bien plus facile que quand Zeus l'a fait !

Typhon rugit. Les ombres d'Hadès cédèrent et les lianes de Perséphone craquaient. Le monstre se relevait.

– Tu étais vraiment obligé d'ouvrir ta gueule ? aboya Aphrodite par-dessus les cris furieux du monstre.

Il fit un pas en avant et le sol trembla, puis se fissura. Des centaines de mortels furent écrasés ou noyés dans les gouttes de son sang.

– Vous en pensez quoi, proposa Hermès. On le fait trébucher et on retente ?

– Ça n'a pas marché la première fois, Hermès, pourquoi ça marcherait la deuxième ? remarqua Perséphone.

– Il faut admettre qu'il est affaibli, maintenant, dit Artémis.

C'était vrai et évident, en voyant toutes les blessures sur son corps gigantesque. S'ils n'arrivaient pas à le tuer, sans doute le venin d'Hydre réussirait-il, mais il était impossible de savoir combien de temps cela prendrait sur un corps aussi grand. D'ici-là, il aurait peut-être détruit le monde entier.

– C'est peut-être le moment d'utiliser ces couilles dont tu parles sans cesse, Hécate, dit Hermès.

Mais ils savaient tous que c'était risqué. Ils ne savaient pas ce à quoi l'organe de Zeus donnerait naissance ni quelle destruction il pourrait provoquer.

Avant qu'Hécate n'ait pu y réfléchir, Héphaïstos apparut dans le ciel et visa Typhon avec des lances en lave qui sortaient des paumes de ses mains. Le géant tituba, mais ne tomba pas. Il rugit à nouveau mais cette fois, quelque chose sortit de l'ombre, couvert de feu.

Prométhée, comprit Perséphone. Il se jeta sur Typhon avec une telle force qu'il traversa le monstre et ressortit de l'autre côté.

Le géant grogna et vacilla avant de retomber au sol dans un impact si puissant que la terre s'affaissa et roula comme des vagues sous les pieds des dieux. Or s'ils pouvaient s'élever dans les airs pour se sauver, les deux armées tombèrent à terre.

Prométhée fit du surplace dans le ciel, dégoulinant du sang du géant.

– Putain, yes ! cria Hermès.

Mais la victoire fut de courte durée, car Cronos apparut derrière le dieu Titan du Feu, saisissant sa tête pour la lui arracher d'un seul coup. Le corps de Prométhée tomba du ciel et atterrit comme une météorite enflammée.

– Putain de Moires ! dit Hadès.

Tout était arrivé si vite que Perséphone se mit à trembler de colère et de terreur en voyant Cronos jeter la tête du Titan de côté, comme un vulgaire déchet.

À ses côtés, Hécate disparut et se manifesta pour encercler Cronos dans sa triple forme, des flammes noires dans ses mains. Elle les libéra dans un jet brûlant et Cronos se volatilisa, tout comme Hécate. Quand ils se manifestèrent à nouveau, ils se jetèrent l'un sur l'autre dans un bruit semblable au tonnerre. Perséphone avait beau avoir envie de détourner les yeux et de se concentrer sur la guerre qui continuait de faire rage autour d'eux, elle n'y parvint pas.

Horrifiée, elle vit Cronos saisir Hécate et la plier sur son genou – la déesse de la Sorcellerie sembla se briser en deux.

Perséphone ne reconnut pas le son qui sortit de sa bouche. Elle gémissait si fort qu'elle crut vomir, et ce fut bientôt le cas.

– Non, non, non ! cria-t-elle, de plus en plus fort, jusqu'à hurler à gorge déployée.

Elle tomba à genoux, les bras ouverts.

Au lieu d'émaner d'elle, le pouvoir se rassemblait en elle.

Il parcourut son sang et coula comme des éclairs dans ses veines. Il s'amassait dans ses mains et, quand il apparut, le monde changea autour d'elle. L'horreur que Cronos avait dépeinte se dissipa et, soudain, le dieu se tenait devant elle, son horrible visage déformé par une grimace malicieuse.

Il recula le bras, sa faux à la main, et visa la tête de Perséphone.

Elle hurla et joignit les mains, dans lesquelles se trouvait désormais le pouvoir de Cronos. Tout son corps vibrait sous ses effets – c'était un pouvoir dont elle n'avait jamais fait l'expérience et elle s'en servit pour tisser un monde rempli des plus grandes peurs du Titan.

En même temps, elle utilisa son propre pouvoir pour appeler la terre. Des racines en jaillirent et s'enroulèrent autour du dieu du Temps jusqu'à ce qu'il soit entièrement emprisonné dans le tronc d'un arbre, dont les branches s'étiraient vers le ciel, avant de s'épanouir en une cascade de fleurs roses.

C'était sublime.

Quand ce fut fini, Perséphone eut l'impression que toute sa force de vie avait quitté son corps.

Elle vacilla et les bras d'Hadès apparurent pour l'entourer, elle sut alors qu'elle pouvait se reposer en sécurité.

– Tu l'as fait, ma chérie, dit-il. C'est fini.

Chapitre XLI

DIONYSOS

Dionysos se démenait pour atteindre les portes.

Il n'avait qu'un seul but ; sauver Ariadne. Même tuer Thésée était devenu secondaire.

Il reçut un coup sur la tête et découvrit qu'il portait un casque. Il posa les mains sur le métal froid et Hermès apparut devant lui.

– C'est le casque de Kunée, dit-il. Va chercher ta nana.

Hermès le poussa en avant, mais Dionysos n'avait pas besoin d'aide. Il se faufila entre les rangs des Impies, regrettant de ne pas être immatériel et de ne pas pouvoir traverser les gens. Il avait hâte de trouver Ariadne et craignait qu'il ne soit trop tard.

Ces pensées le mirent en colère et il se débattit plus fort pour repousser les mortels en armure, plantant son thyrse dans tous ceux qui lui barraient la route. S'il ne pouvait pas être un fantôme, le casque lui apportait néanmoins l'élément de surprise.

Quand il parvint à passer le portail et fut dans la forteresse de Thésée, il se sentit infiniment soulagé. Il y était presque.

Ari, j'y suis presque.

Il gravit les marches quatre à quatre, mais s'arrêta en haut parce que Persée approchait.

Dionysos s'était demandé où le demi-dieu était parti mais, tout lâche qu'il était, il avait battu en retraite derrière les murs d'enceinte.

– Je sais que tu es là, Dionysos, dit-il. Tu ne viens pas jouer avec moi ?

Dionysos contracta sa mâchoire et serra plus fort le casque.

– Tu veux dire, comme quand tu as pris ma maison d'assaut ?

– C'était fair-play, après tout, tu as volé ce qui appartenait à Thésée, ricana Persée. Ça te rend dingue ? Ou c'est juste l'idée qu'Ariadne appartienne à Thésée qui te met en rogne ?

– Qu'est-ce que vous avez tous à parler des gens comme s'ils vous appartenaient ou comme s'ils étaient une monnaie d'échange ?

– Les gens *sont* une monnaie d'échange, dit Persée. Tu devrais le savoir, étant donné le prix que tu as payé pour Phèdre.

Dionysos ne pouvait pas penser à ses Ménades sans sentir la folie se répandre en lui. Quand il était enfin arrivé dans les tunnels, il avait découvert des centaines de corps, tous alignés et couverts de draps. Il avait ensuite appris qu'Hadès, Hermès, Ilias et Artémis avaient rassemblé ses morts. Hécate avait commencé les rites funéraires, mais personne n'avait voulu les enterrer tant que Dionysos n'avait pas pu faire ses adieux.

– J'espère qu'elle en valait la peine, dit Persée. C'est pour ça que tu l'as fait, non ? Pour qu'Ariadne te laisse la baiser ?

Dionysos se contenta de le dévisager, sa haine augmentait en lui. Mais il savait que Persée le provoquait à faire le premier geste, et c'est ce qui l'empêcha de sombrer dans la folie – ça, et le fait qu'Ariadne venait de sortir de la maison de Thésée. Elle était couverte de sang, mais il lui sembla que ce n'était pas le sien étant donné que le couteau dans sa main en dégoulinait. Ses yeux étaient noirs et furieux, pleins d'une angoisse qu'il avait vue trop souvent dans les yeux de ses Ménades.

Il en était malade et fou de rage.

Il soutint le regard de Persée alors qu'Ariadne approchait derrière lui.

– Non, dit-il. Je l'ai baisée avant ça.

Le poignard d'Ariadne transperça la poitrine du demi-dieu, qui se cambra. Dionysos en profita pour enfoncer son thyrse dans sa gorge. Ils retirèrent leurs armes en même temps et quand Persée s'écroula, ils se retrouvèrent face à face.

– Ari, chuchota-t-il.

Il remarqua alors qu'elle était couverte d'une sorte d'écharpe et comprit qu'Acamas était enveloppé dedans.

Il regarda le bébé, puis Ariadne.

– Où est Phèdre ?

Sa bouche se mit à trembler.

– Elle nous a quittés, dit-elle avant de fondre en larmes.

Elle s'effondra contre lui et Dionysos la serra dans ses bras. Bon sang, il regrettait d'être vêtu d'une armure et qu'elle ne puisse reposer sa tête contre un vêtement doux.

– Je suis là, je t'ai, dit-il en plongeant sa main dans ses cheveux. Je vous ai tous les deux.

Chapitre XLII

PERSÉPHONE

Perséphone se réveilla en ayant l'impression qu'elle aurait pu dormir pour l'éternité. Elle peinait à ouvrir les yeux, alors elle n'en fit rien. Elle resta allongée, silencieuse, mais elle avait trop chaud et elle ne comprenait pas pourquoi. C'était ce qui l'avait réveillée – la sensation d'avoir la peau en feu.

Elle eut du mal à se rappeler comment elle était arrivée là – où qu'elle soit, d'ailleurs – et la seule chose dont elle se souvenait, c'était le pouvoir brûlant qui coulait dans ses veines. Son corps se mit à frémir en y repensant et elle frissonna, détestant cette sensation.

Le pouvoir n'était pas le sien, c'était celui de Cronos.

Cronos. Elle se souvint alors de l'avoir piégé dans un arbre avec ses plus grandes peurs, et qu'Hadès avait tué Thésée.

Hadès.

Elle se rappelait seulement sentir ses bras autour d'elle et sa voix.

Tu l'as fait, ma chérie. C'est fini.

Cette fois, elle n'eut aucun mal à ouvrir les yeux et elle découvrit qu'elle était collée à Hadès, dont le corps était comme un brasier sous elle. Elle s'arracha à lui en s'attendant à le trouver éveillé, mais il dormait profondément.

Elle se détendit en le regardant. Il était tellement rare de le voir ainsi – relaxé et serein… Son front était lisse et ses sourcils n'étaient pas froncés, pour une fois.

Une part d'elle refusait de croire que c'était réel et craignait d'être encore piégée dans le labyrinthe.

Elle toucha ses lèvres charnues et légèrement entrouvertes, puis elle se baissa pour l'embrasser. C'était réel. *Il* était réel.

Et ils avaient *gagné*.

Hadès inspira et saisit sa nuque pour approfondir le baiser, plongeant sa langue dans sa bouche alors que sa verge durcissait entre eux.

– Je ne voulais pas te réveiller, dit Perséphone.

– Ça ne me gêne pas, répondit-il. Surtout quand tu le fais comme ça.

Il empoigna ses fesses et frotta son bassin contre elle. Ils se contentèrent de s'embrasser pendant un long moment, mais Perséphone finit par reculer pour chuchoter contre sa bouche.

– Je veux te goûter.

Il sourit jusqu'aux oreilles.

– Chérie, tu peux m'avoir quand tu veux.

Elle adorait ce sourire et la promesse qu'il lui faisait, et elle l'embrassa encore avant de descendre le long de son torse pour explorer ses pectoraux puis son ventre avec sa bouche. Elle laissa ses tétons durs et pointus effleurer sa peau puis sa verge qui se dressait entre ses jambes.

Elle recula sur ses genoux et la prit dans sa main. Hadès ajusta son oreiller et passa un bras sous sa tête. Il avait un air langoureux et heureux, mais elle voulait le rendre fou de désir. Elle se sentait plus vivante qu'elle ne l'avait été depuis plusieurs mois, débarrassée de la peur et de l'appréhension de ne plus jamais le revoir.

Elle était affamée de lui et voulait qu'il soit vorace d'elle.

Elle le branla vigoureusement et se pencha pour laper la goutte sur son gland, et ses cheveux tombèrent sur son visage. Hadès les empoigna et les coiffa sur le côté.

– Je ne veux rien rater de ce que tu me fais, dit-il.

Elle le regarda dans les yeux, puis elle le lécha, taquinant l'une des veines qui s'étaient gonflées sur sa verge, puis elle tourna sa langue autour de son prépuce et le prit dans sa bouche.

Hadès poussa un grognement qui résonna dans sa poitrine et jusqu'entre ses jambes. Elle se crispa et serra les cuisses.

– J'adore que tu me prennes profondément comme ça, dit-il.

Il plongea à nouveau les doigts dans ses cheveux et elle le laissa s'enfoncer jusqu'au fond de sa gorge, l'y gardant un moment avant de le lâcher pour respirer. Soudain, Hadès disparut et elle sentit ses doigts glisser entre ses jambes et taquiner sa chair trempée. Elle comprit qu'il s'était téléporté derrière elle.

– Ce n'est pas juste, gémit-elle.

– Rien n'est juste, ma chérie, dit-il en plongeant un doigt en elle. Putain, grogna-t-il avant d'embrasser sa fesse et de remplacer son doigt par sa bouche.

– Oui, gémit-elle. Oui.

Elle se dégagea de lui et se tourna, attirant sa bouche sur la sienne. Elle l'embrassa fougueusement avant de s'allonger sur le dos et d'écarter les jambes, et le regard d'Hadès pétilla en reluquant son corps.

– Putain, j'aime tout de ton corps. Tout, dit-il.

Il s'empara de sa bouche et plongea ses doigts dans sa chair. Tout en elle se contracta peu à peu puis, soudain, ce fut comme si un fil avait craqué et elle fut libérée par une vague de plaisir après l'autre qui déferlaient en elle. Elle n'avait jamais rien connu d'aussi intense, mais c'était comme si tout ce qu'elle avait enfoui pendant des semaines – toute la culpabilité, la souffrance et la peur – était soudain libéré. Or elle avait désormais de la place pour l'espoir.

Elle avait de la place pour les rêves.

Hadès parut comprendre, car il s'étendit contre elle, son gland entre ses cuisses. Elle plia les jambes pour enserrer son corps, prête et désespérée de le sentir en elle.

– Tu vas bien ? demanda-t-il en lissant ses sourcils.

– Oui, répondit-elle. Je vais mieux que bien.

Il l'embrassa et la remplit soudain.

– Je t'aime, dit-elle.

Hadès sourit de nouveau et un rire essoufflé lui échappa.

Elle entoura sa taille avec ses jambes.

– Pourquoi tu ris ?

– Je suis juste incrédule, dit-il en ponctuant sa réponse de ses coups de bassin et de ses gémissements. Tu es devenue mon passé, mon présent et mon futur.

Ses yeux se remplirent de larmes mais, pour une fois, ce n'était pas de peur. C'était parce qu'elle était heureuse, ridiculement heureuse.

Et absolument amoureuse.

Hadès appuya son front au sien, puis ils s'embrassèrent encore une fois, car ils n'avaient plus rien à se dire avec les mots.

***

Plus tard, Perséphone était étendue sur Hadès après avoir fait l'amour et, dans ce calme, les ténèbres s'immiscèrent en elle. Elle les percevait comme une couverture gelée qu'on déposait sur elle et elle frissonna.

Hadès le sentit et ses mains chaudes apaisèrent ses poils hérissés.

– À quoi tu penses ? chuchota-t-il d'une voix ensommeillée qui plut à Perséphone, car cela révélait qu'il était suffisamment détendu pour se reposer.

Elle ne répondit pas tout de suite, car elle peinait à suivre le cours de ses pensées, qui semblaient s'agiter dans son esprit, passant d'une inquiétude à une autre. Elle réfléchit à tout le travail qu'ils auraient à faire pour reconstruire Nouvelle Athènes, et si c'était un projet de taille, rien n'était plus intimidant que de devoir reconquérir la confiance des mortels. Ils allaient devoir leur prouver qu'ils étaient dignes de leur culte et cela impliquait de bâtir un autre monde – un monde dans lequel les mortels n'étaient pas punis à cause des défauts des dieux.

Toutefois, ce qui lui glaçait vraiment le sang, c'étaient les pensées qu'elle avait au sujet d'elle-même.

– J'essaie de décider qui je suis, maintenant que la guerre est finie, admit-elle.

– Tu es Perséphone, dit-il. Tu es mon épouse et tu es ma reine. Tu es tout pour moi.

Elle dessina un cercle sur son torse, du bout du doigt, et ne chercha pas à le regarder.

– Mais même toi, tu sais que je ne suis pas la même qu'avant.

– Si tu l'étais, tu ne pourrais pas vivre dans ce monde. Je n'ai pas peur. Pourquoi aurais-je peur ?

– Je ne sais pas, répondit-elle. Je crois que j'ai peur qu'en vivant suffisamment longtemps, je cesse de me soucier du monde. Je le sens déjà ; ce besoin d'être égoïste et de ne pas aller au-delà de nos frontières.

– Ce n'est pas égoïste de vouloir être là où tu es aimée, Perséphone, dit Hadès en caressant son dos. Les doutes et la suspicion ne sont pas équivalents au fait de perdre ton humanité. D'ailleurs, ils te protégeront mieux encore que ta magie.

Ils restèrent silencieux un moment, puis Perséphone reprit la parole.

– Et toi, tu penses à quoi ?

– Je ne suis pas sûr que tu veuilles le savoir, dit-il.

Elle leva la tête pour le regarder.

– Je tiens toujours à connaître tes pensées.

Hadès lui sourit alors que son regard pétillait.

– Elles ne sont pas compliquées, dit-il avant de marquer une courte pause. Je pense au nombre de fois où j'ai failli ne jamais revivre ce genre de moment avec toi.

Perséphone se tut en réfléchissant à son aveu. D'une certaine façon, il était réconfortant de savoir que ses pensées étaient semblables aux siennes.

– Tu crois que ces pensées partiront un jour ? demanda-t-elle.

– Un jour, oui.

– Et que fait-on ? D'ici-là ?

– Ce qu'il faudra, répondit-il. Mais on devrait se promettre que si l'un de nous a ce type de pensée, il en parlera à l'autre.

Elle haussa un sourcil car c'était ironique, étant donné qu'il avait rechigné à lui faire part de ses pensées quelques minutes auparavant.

– Tu as conscience que ta promesse est engageante ? Qu'elle est impossible à rompre ?

– Oui, dit-il en souriant et en coiffant ses cheveux derrière son oreille. Mais je ferai n'importe quoi pour que tu ne souffres pas seule avec tes craintes.

Elle soutint longtemps son regard en caressant sa lèvre inférieure.

– Je t'aime, dit-elle.

Elle voulait qu'il sente à quel point elle l'aimait et elle l'embrassa, d'abord tendrement, puis avec fougue, et elle se mit à cheval sur lui, consciente de son érection et de la chaleur qui naissait dans son bas-ventre.

Elle s'assit sur lui, les fesses sur sa verge.

– Tu veux me dire à quoi tu penses, maintenant ? demanda-t-elle quand il empoigna ses seins.

– À trop de choses pour les compter, dit-il en souriant, car elle se frottait à lui.

– Je ne t'ai pas demandé de les compter.

– Hmmm, je pense à combien tu es belle et à quel point j'aime tes seins et au fait que j'ai envie de les sucer jusqu'à te faire crier. Je pense au temps que je te laisserai me chevaucher jusqu'à ce que je décide de te faire perdre la tête en te prenant.

– Toutes ces pensées m'ont l'air de promesses, dit-elle.

– Elles le sont, répondit-il.

Elle sourit, presque délirante, puis elle glissa la verge d'Hadès en elle. Ils gémirent tous les deux, mais la porte de leur chambre s'ouvrit en claquant.

– Bonjour bonjour, le petit dej' est…

Hermès s'immobilisa en les voyant sur le lit, puis il sourit.

– Sexy ! s'exclama-t-il.

Perséphone grogna et se laissa tomber sur le torse d'Hadès alors que l'extase qu'elle ressentait partait en fumée.

– Hermès, qu'est-ce que tu fais là ?

– Je suis passé prendre ton joujou, dit-il. Je suis navré que tu t'en serves, mais ce n'est pas négociable.

– *Tout* est négociable, Hermès, dit Perséphone.

– Je crains que non, dit Hécate en entrant dans la chambre.

– Hécate ! s'écria Perséphone en s'appuyant au torse d'Hadès pour s'asseoir.

Elle comptait courir dans les bras de la déesse, mais elle se rappela qu'elle était nue et empalée sur la queue d'Hadès. Elle réalisa qu'elle aurait dû être plus gênée que ça, mais avec des amis comme Hermès et Hécate, et un amant comme Hadès, ça ne servait à rien.

Ils n'avaient aucune notion d'intimité, et Hadès était partant pour baiser partout. Elle se couvrit toutefois avec la couverture.

– Bonjour ma chère, dit Hécate en souriant.

– Je suis le seul à trouver la situation hyper agaçante ? grommela Hadès.

– À voir comment Sephy gigote, je présume que tu trouves ça *insupportable*, acquiesça Hermès.

– Étant donné que tu connais le programme de la journée, tu ne peux t'en prendre qu'à toi-même, remarqua Hécate.

– Quel programme ? demanda Perséphone en regardant Hadès. Qu'est-ce qui se passe ?

– C'est une surprise, dit-il.

– Une surprise qui a une deadline, lui rappela Hécate en tapant dans ses mains. Alors debout ! Allez, Perséphone !

– Je ne suis pas certain que tu veuilles lui donner cet ordre, dit Hadès.

Hécate haussa un sourcil avant de plisser les yeux.

– Je sors dans le couloir et je vais compter jusqu'à dix, dit-elle. Si vous n'êtes pas tous deux levés et raisonnablement habillés, je maudirai votre vie sexuelle pour le reste de la semaine, déclara-t-elle en se tournant. Hermès !

– Quoi ? Je suis là pour m'assurer qu'ils obéissent !

– Je te maudirai aussi, Hermès, alors ne me tente pas !

– D'accord, râla-t-il avant de marcher vers la porte en traînant des pieds. On ne me laisse jamais m'amuser !

Quand la porte fut fermée, Perséphone baissa les yeux sur Hadès alors qu'Hécate criait.

– Un !

– J'essaie de décider combien de temps il me faut pour te faire jouir, dit Perséphone.

Hadès éclata de rire.

– Je crois que ça dépend si Hécate compte vraiment jusqu'à dix, répondit-il.

– Neuf !

– Tu as ta réponse, ajouta-t-il.

Perséphone se dépêcha de se lever et invoqua un peignoir pendant qu'Hadès s'asseyait et couvrait son érection avec le drap. Comme ça ne suffisait pas, il saisit un oreiller.

– Dix !

Hécate ouvrit la porte.

– Tu as sauté sept chiffres ! râla Hermès.

Hécate déboula dans la chambre, la mine déterminée, même si Perséphone était habituée à cette version de la déesse de la Sorcellerie ; surtout lorsqu'il était question d'organisation. Elle était fière de ses projets et voulait que tout se passe bien.

Maintenant qu'elle était habillée, Perséphone s'approcha d'elle.

– Je suis tellement contente de te voir, Hécate, chuchota-t-elle en la prenant dans ses bras.

– Moi aussi, ma chère, répondit la déesse en l'étreignant.

Perséphone recula, mais Hécate lui prit la main.

– Viens. Nous devons te préparer pour ce soir !

Perséphone regarda Hadès par-dessus son épaule.

– Rappelle-toi que tu m'as fait une promesse, dit-elle alors qu'Hécate l'entraînait vers la suite de la Reine.

Les Lampades l'y attendaient près de la coiffeuse. Perséphone sourit en voyant les nymphes argentées qui étaient une partie intégrante de sa routine glamour.

– Je suis tellement contente de vous voir, dit-elle. Ça fait trop longtemps.

– Tant mieux, dit Hécate, car tu vas avoir besoin d'elles à de nombreuses reprises ce mois-ci.

Perséphone se demanda pourquoi, mais elle était surtout curieuse au sujet de cette soirée. Il ne lui semblait pas qu'il était l'heure du bal de l'Ascension, même s'il approchait à grands pas.

Elle s'assit et il lui fallut du temps pour oser se regarder dans le miroir. Quand elle leva enfin les yeux, elle ne vit pas ce à quoi elle s'attendait.

Elle avait cru qu'elle verrait une inconnue, l'ombre de celle qu'elle avait été par le passé.

Au lieu de ça, elle vit de la force.

De la fierté.

Une femme qui était une reine.

Elle détourna le regard vers Hécate, qui l'observait dans le reflet.

– Tu te vois telle que tu es vraiment, à présent, dit la déesse.

Les Lampades se mirent au travail, lissant ses cheveux pour créer des ondulations parfaites, qu'elles mirent en avant avec un maquillage simple mais glamour, avec un trait d'eye-liner et du rouge à lèvres rouge. Leur choix prit tout son sens quand Hécate l'habilla. Elle avait choisi une robe noire cintrée à la taille dont la jupe évasée avait une fente haute.

Ça plaira à Hadès, pensa-t-elle.

Le haut de la robe était presque un corset. Le tissu couvrant son buste était transparent, celui qui couvrait ses seins en velours brodé de perles noires et brillantes.

C'était juste assez simple, et Perséphone l'adora.

– C'est sublime, Hécate, dit-elle en regardant la déesse dans le miroir. Mais qu'est-ce qu'on fête ?

– Tu le sauras bien assez vite, répondit la déesse en souriant.

– J'aurai essayé, dit Perséphone.

Il y eut un silence, et encore une fois, le calme laissa la place aux ténèbres.

– Je t'ai vue mourir, dit-elle. Je ne l'oublierai jamais. Cronos t'a *brisée*, dit-elle, incapable de regarder Hécate dans les yeux. J'aime Hadès. Je ne peux pas vivre sans lui. Mais je ne peux pas vivre sans toi non plus, Hécate.

– Oh, ma chère, répondit la déesse d'une voix étranglée par les larmes, tu n'auras jamais à le faire.

Perséphone leva la tête et vit que les yeux d'Hécate étaient remplis de larmes, mais elle ne les laissa pas couler. Elle prit Perséphone dans ses bras et quand elle recula, elle effleura son menton.

– Je n'ai pas eu d'enfant, dit Hécate, mais je te considère comme ma fille.

Cette fois, Perséphone éclata en sanglots et, soudain, les Lampades voletaient autour d'elle, éventant son visage et retouchant son maquillage. Quelqu'un frappa à la porte, leur épargnant de nouveaux aveux larmoyants.

– On dirait que c'est l'heure, dit Hécate.

Perséphone sortit de la suite et fut aussitôt accueillie par des acclamations. Elle s'arrêta, surprise par le bruit mais aussi de voir autant d'âmes. Elles étaient alignées de chaque côté du couloir, dessinant le chemin qu'elle devait suivre.

– Oh, Hécate, chuchota Perséphone en posant sa main sur son cœur affolé.

– Ce n'est que le début, dit la déesse en lui offrant son bras.

Perséphone le prit et, ensemble, elles avancèrent entre les âmes jusqu'à l'entrée du palais, passant devant la bibliothèque et la salle à manger. Elles avançaient lentement parce que Perséphone s'arrêtait pour prendre la main de certaines âmes et en serrer d'autres dans ses bras. Tout le monde était là, agglutiné dans le palais, même les enfants, qui couraient vers elle et entouraient ses jambes de leurs petits bras.

C'est seulement lorsqu'elle vit Yuri qu'elle se mit vraiment à pleurer, et elle se demanda pourquoi elle avait accepté d'être maquillée. La jeune âme vint à elle et jeta ses bras à son cou. Pendant qu'elles s'enlaçaient, Perséphone vit Lexa, puis Apollon. Chaque ami, chaque étreinte lui donna un peu plus l'impression que son cœur allait exploser de joie.

– Apollon, chuchota-t-elle en le serrant de toutes ses forces, nichant sa tête contre son torse.

Son cœur ne battait pas, mais il était chaud.

– Tu es magnifique, Seph, dit-il.

– Tu me manques.

– Pas pour longtemps, ricana-t-il.

– Ne dis pas ça, répondit-elle en reculant.

– Disons que je me connais, dit-il en haussant les épaules. J'ai un grand besoin d'affection.

Elle éclata de rire et Apollon sourit, puis il tourna la tête et la hocha vers la salle du trône. Perséphone suivit son regard et il lui sembla que son cœur cessait de battre.

Par les portes ouvertes, elle vit Hadès sur l'estrade, devant son trône, ses yeux saphir brûlant férocement dans sa forme divine. Ses cheveux étaient lâches et tombaient sur ses épaules, et ses cornes lui donnaient une apparence encore plus massive. Hermès se tenait à côté de lui dans son himation doré dont le tissu était miroitant comme de l'eau. Il était également dans sa forme divine et ses ailes blanches étaient grandes ouvertes.

Cerbère, Typhon et Orthos l'attendaient aussi, ayant quitté leur forme monstrueuse, et ils étaient assis à droite d'Hadès, stoïques, même si Perséphone crut voir Orthos remuer la queue. Il faisait tout son possible pour rester à sa place.

– Hécate, dit Perséphone. C'est quoi, tout ça ?

– Ton couronnement, répondit-elle. Tu es la reine des Enfers, mais tu n'as jamais été couronnée.

Perséphone était bouche bée et elle regarda à nouveau Hadès.

Hécate lui prit le bras et l'invita à avancer alors que Yuri, Lexa et Apollon lui emboîtaient le pas. Perséphone regarda Hécate, confuse.

– Ce sont tes servants, expliqua-t-elle. C'est la tradition.

Perséphone eut l'impression de rêver en traversant la salle bondée sans jamais quitter Hadès des yeux. Elle n'avait jamais été aussi nerveuse. Elle avait l'impression de l'épouser une seconde fois, sauf que cette fois, elle épousait son royaume tout entier.

Hécate l'escorta jusqu'au pied des marches.

– Votre altesse, dit-elle en inclinant la tête devant Hadès avant de se tourner vers Perséphone. Je t'aime, ma chère.

– Je t'aime aussi, chuchota Perséphone, la bouche tremblante.

La déesse lui sourit avant de la laisser pour gravir les marches et prendre place à côté de son trône d'ivoire.

Perséphone regarda à nouveau Hadès.

– Ma chérie, dit-il d'une voix chaude et calme.

– Mon amour, répondit-elle.

– Sephy, dit Hermès.

Hadès le fusilla du regard, mais elle éclata de rire.

– B-F-F, dit-elle.

– Tu vois Hadès, on est meilleurs amis, s'exclama le dieu de la Ruse en souriant.

– La malédiction, Hermès ! gronda Hécate.

– D'accord, grommela-t-il en croisant les bras et en boudant.

Il y eut un court silence durant lequel Perséphone regarda Hadès, qu'elle n'avait jamais vraiment quitté des yeux. Elle était en permanence consciente de lui, même quand elle ne le regardait pas. Elle pouvait le sentir, comme un poids qui l'ancrait dans ce monde.

– Chérie, reprit-il, je t'ai choisi comme épouse et comme reine. Acceptes-tu…

– Oui, dit-elle.

Tout le monde éclata de rire, même Hadès.

– Tu es toujours si pressée, dit-il.

Elle sentit sa voix rauque jusque dans son bas-ventre. Il marqua un temps d'arrêt et lorsqu'il reprit, elle ne l'interrompit pas.

– Acceptes-tu d'être responsable du peuple de ce royaume et de tous ceux qui passeront ses portes ?

– Oui.

Elle l'avait déjà accepté, et tout le monde le savait déjà. Ils l'avaient vue se battre pour eux, et elle recommencerait autant de fois que nécessaire.

– Promets-tu de faire respecter les lois de ma cour ?

Perséphone leva la tête et répondit d'une voix plus hésitante.

– Oui ?

– Ça me va, gloussa Hadès.

Hermès se rapprocha d'Hadès et lui tendit une couronne. Elle était faite de piques noires et était identique à lle qu'Hadès portait maintenant. Il s'approcha d'elle, la courone dans les mains, et s'il était déjà grand, il l'était encore plun étant sur les marches, la forçant à lever la tête pour le regar

– Dans ce cas, c'est avec un plaisir et un honn immenses que je t'offre cette couronne en guise de symb de ta dévotion et de ton amour pour mon peuple et royaume.

Elle baissa la tête, les yeux rivés sur le torse d'Had pendant qu'il posait la couronne sur sa tête. Elle fut surpr par son poids, mais il lui parut aussi familier que le poi de ses cornes.

Hadès lui offrit sa main et l'invita à gravir les marche l'embrassant langoureusement avant qu'ils s'assoient sur leu trône.

C'est alors que les chiens se levèrent d'un bond, ne tenant plus en place, et se jetèrent sur Perséphone, voulant désespérément qu'elle leur gratte la tête. Elle fut ravie de le faire, mais Hadès siffla et ils s'assirent immédiatement.

– Oh, Hadès, laisse-les faire, dit-elle.

– À les voir, c'est à croire qu'ils n'ont jamais la moindre attention.

Elle haussa un sourcil.

– À t'entendre, je croirais presque que tu parles de toi, répondit-elle.

Hermès ricana.

Hécate prit alors la parole et sa voix résonna dans toute la salle.

– Longue vie à votre roi et votre reine ! Puissent-ils régner pour toujours !

La foule les acclama et Perséphone regarda Hadès.

– Pour toujours, dit-elle.

– Pour toujours ne suffira jamais, dit-il. Pas quand j'ai vu la moitié de ma vie sans toi.

Elle envisagea qu'il dirait peut-être autre chose quand aurait vécu la moitié de sa vie *avec* elle, mais elle savait u'il la contredirait.

– Peut-être puis-je te faire oublier que tu as un jour été eul, dit-elle.

– J'accepte.

– Tu prends ça pour un défi ?

– Non, répondit-il avant de sourire. Pour une promesse.

Épilogue Bonus

PERSÉPHONE

Perséphone marchait entre des arbres pleureurs dont les pétales roses et blancs tourbillonnaient dans l'air, dansant autour d'elle. Elle choisit de prendre cela comme le signe qu'elle était la bienvenue ici, elle s'approchait de deux couffins brodés de dentelle blanche qui étaient placés au milieu du bosquet.

Dans chacun se trouvait un bébé également vêtu de dentelle blanche. Ils étaient magnifiques, avec des visages de chérubin et d'épais cheveux noirs.

Comme Hadès, pensa-t-elle alors que son cœur battait la chamade et qu'elle coiffait leurs boucles douces.

Elle se tenait entre les couffins et ressentait une connexion avec ces bébés qui allait au-delà du Divin. Ils étaient de son sang et étaient une partie de son âme. Elle les aimait plus qu'elle n'avait jamais aimé qui que ce soit et c'était un sentiment si fort qu'il était presque inimaginable, or il existait bien ici.

Zagreus émit un petit bruit et Mélinoé l'imita.

Perséphone se mit à fredonner, espérant apaiser les jumeaux, mais le vent se leva brusquement. C'était un vent différent de celui qui avait fait voler les pétales – celui-ci n'était pas doux mais en colère, agitant ses cheveux et la dentelle des couffins.

Soudain, l'air devint glacial et les poils se hérissèrent sur ses bras. Elle reconnut la sensation – la foudre s'apprêtait à frapper. Son cœur se mit à battre la chamade, si fort qu'elle crut qu'il allait exploser dans sa poitrine.

– Non ! hurla-t-elle en se réveillant soudain.

Elle s'assit, le souffle rapide.

Il lui fallut du temps pour comprendre qu'elle était dans son propre lit. Elle sentit la main d'Hadès sur son dos nu.

– Un cauchemar ? demanda-t-il.

Il était habitué à ce qu'elle se réveille en sursaut. Ses cauchemars étaient variés et incluaient des souvenirs de ses combats contre Cronos et Déméter, ou bien lui refaisaient voir les morts d'Apollon, d'Hécate et d'Hadès.

Toutefois, celui-ci était différent. Il avait commencé comme un rêve et avait fini comme un cauchemar, et elle était certaine d'y avoir rencontré ses enfants – juste avant que la magie de Zeus n'inonde l'air avec l'intention de les tuer.

Elle posa sa main sur son ventre, prise de nausées, mais elle savait que c'était à cause de l'horreur de son cauchemar.

Il était impossible qu'elle soit enceinte – les Moires avaient retiré ce fil de son futur depuis longtemps. Elle le savait depuis un moment et elle n'avait jamais ressenti autre chose qu'un désir lointain.

Sauf que maintenant… maintenant, ce désir, ce *manque* la faisaient souffrir.

Pourquoi maintenant ? Pourquoi, tout court ?

Elle se tourna vers Hadès et posa une main sur son torse, lui intimant de se rallonger. Il le fit, et elle le chevaucha, nichant ses fesses contre sa verge dure.

– Tu as besoin de chasser les ténèbres ? demanda-t-il.

– Oui, chuchota-t-elle en lui prenant les mains pour les guider sur ses seins.

Elle lui en parlerait demain matin, à la lumière du jour, mais pas maintenant.

– Touche-moi. Prends-moi. Fais-moi *tout*.

– Tout ? s'enquit Hadès en glissant ses mains sur son ventre, puis sur ses fesses pour écarter sa chair.

– Hadès, dit Perséphone.

– Oui, ma chérie ?

– Ne m'oblige pas à me répéter, à moins que tu me fasses jouir.

Il émit un rire lugubre, puis il la fit rouler sur le dos.

– Comme tu le souhaites, dit-il avant de s'emparer de sa bouche.

***

Perséphone ne rêva plus cette nuit-là, mais quand elle se réveilla le matin, ce désir, ce manque étaient encore là. Elle se tourna, mais Hadès était déjà levé ; ne pouvant lui raconter son rêve, elle en vint à se demander comment lui expliquer ce qu'elle ressentait sans qu'il se sente insuffisant.

C'était l'une des raisons pour lesquelles elle pensait devoir attendre. Peut-être ce désir d'enfant était-il passager, un sortilège étrange jeté par son cauchemar.

Car c'était ce dont il s'agissait. Elle sentait encore la magie de Zeus, qu'elle n'avait pas perçue depuis longtemps, et cela la perturbait.

Perséphone se leva et s'habilla.

Elle se retrouva à marcher vers le chalet d'Hécate avec Cerbère, Typhon et Orthos. La déesse était dehors et avait tendu un fil entre deux arbres, près de sa maison.

– Ce sont… des chauves-souris ? demanda Perséphone en approchant.

Il y en avait deux grosses et une petite.

– Oui, dit Hécate. Je les ai trouvées hier soir.

– Hécate… on a déjà parlé de ça. Est-ce que ce sont des humains ?

– Non.

Perséphone haussa un sourcil dubitatif.

– Non, je le jure.

– Tu mens très mal.

– Je mens très bien ! répondit Hécate. La clé est de mentir comme si tu mentais.

– Quoi ? demanda Perséphone, confuse.

– Tu voulais quelque chose, ma chère ? demanda la déesse d'une voix légère en se postant devant les chauves-souris pour les cacher.

– On n'a pas fini de parler des bestioles, Hécate.

– Moi, si. Viens, allons boire un thé.

Hécate emmena Perséphone dans son chalet, qui embaumait le romarin et la sauge. Perséphone s'assit pendant qu'Hécate s'occupait de préparer le thé.

– Est-ce qu'on m'a jeté une malédiction, Hécate ? demanda Perséphone.

– Une malédiction ? Quelle question étrange ! Non, pas du tout. Je le saurais.

Toutefois, comme pour vérifier, elle se tourna pour scruter Perséphone avant de se concentrer sur le thé.

– J'ai fait un rêve étrange, cette nuit. Je n'arrive pas à m'en débarrasser.

– Il s'y passait quoi ?

– J'avais des bébés, répondit Perséphone alors qu'Hécate s'apprêtait à se tourner vers elle.

Elle lâcha la tasse de thé brûlante qui se brisa à ses pieds et éclaboussa ses jambes.

– Putain de Moires ! marmonna-t-elle.

– Hécate, ça va ? demanda Perséphone en se levant, mais Hécate tendit le bras pour l'arrêter.

– Non, non, ce n'est rien, ma chère. Assieds-toi, je m'en occupe.

– Mais je peux t'aider.

– Je veux que tu me racontes ton rêve, dit-elle en ignorant la tasse brisée pour s'asseoir en face de Perséphone. Tu as parlé de bébés ?

– Oui. Il y en avait deux, et ils avaient de superbes cheveux noirs, comme Hadès.

Hécate grimaça.

– Dis-moi qu'au moins l'un d'entre eux te ressemblait. Ou *me* ressemblait, ajouta-t-elle.

– Hécate… gronda Perséphone. Tu sais que je ne peux pas avoir d'enfants.

– Tu peux avoir des enfants, toi, dit-elle. C'est Hadès qui ne le peut pas, a priori.

– Eh bien, étant donné que je n'aurai d'enfants avec personne d'autre qu'Hadès, pourquoi te comportes-tu comme si ce rêve était une sorte de prophétie ?

– Parce que tu m'en parles comme si tu pensais que c'était une prophétie, répondit Hécate.

– Je t'en parle parce que je ne comprends pas pourquoi je me sens comme ça.

– Comme quoi, ma chère ?

– Je crois que j'ai envie d'avoir des enfants, dit-elle alors que ses yeux se remplissaient de larmes.

Elle n'avait jamais avoué ça à voix haute.

– Je crois que je veux avoir des enfants, et ce n'était pas le cas avant. Pas avant ce rêve. Mais je ne sais pas comment le dire à Hadès. Je ne sais pas comment… lui dire qu'il m'est *suffisant* même si j'ai ce… *manque* en moi.

Hécate prit les mains tremblantes de Perséphone dans les siennes.

– Perséphone, tu ne peux rien contre ce que tu ressens, de la même façon qu'Hadès ne peut rien contre ce qu'il ressent.

– Ça… n'est pas très utile, Hécate, dit-elle à travers ses larmes.

Hécate se tint un peu plus droite.

– Tu es sûre que tu n'es pas enceinte ?

– Oui, dit Perséphone.

La déesse ne parut pas convaincue.

– Je dis seulement que tout ce que tu peux faire, c'est avouer à Hadès ce que tu ressens, et il… te dira ce qu'il ressent. Vous affronterez les obstacles quand ils se présenteront. Vous avez affronté bien pire, sincèrement.

Les sentiments lugubres de Perséphone s'apaisèrent, mais elle envisagea soudain autre chose.

– Et s'il essaie de négocier à nouveau avec les Moires ?

– Il est possible qu'il l'envisage, mais si c'était une option, vous devriez prendre la décision ensemble, dit Hécate. Il faut que tu sois claire… quand tu lui parles de ce… *manque*.

Perséphone la fusilla du regard.

– Je crois que tu devrais faire un test, dit Hécate. Ça ne peut pas faire de mal, si ?

À mon cœur, si, pensa Perséphone.

Quand elle sortit du chalet d'Hécate, elle se téléporta chez Sybil, dans son appartement du monde des vivants.

– Perséphone ! s'écria Sybil en la prenant dans ses bras dès qu'elle ouvrit la porte. Tout va bien ?

– Sybil. Tu peux me rendre un service ?

***

Sybil revint de la pharmacie avec deux sacs dans les mains.

– Ok, j'ai pris toutes les options, annonça-t-elle.

Perséphone était assise sur le canapé avec Harmonie et Opale, qui s'était installée sur ses genoux en devinant qu'elle avait besoin de réconfort.

– Certains ont des écrans numériques, d'autres des traits, d'autres des plus. Harmonie et moi on te lira les instructions pendant que tu en feras un de chaque.

– Un de chaque ? demanda Perséphone. J'ai besoin d'en faire tant que ça ?

– Je ne sais pas. Et si l'un dit que tu es enceinte, et pas l'autre ?

– Ça arrive ? demanda Harmonie.

Sybil haussa les épaules.

– Mais pourquoi je fais ça, bon sang ? dit Perséphone en se couvrant le visage. C'est tellement ridicule.

– Ce n'est pas ridicule, Perséphone. Tu as fait un mauvais rêve et, honnêtement, Hécate t'a dit de le faire. Quand la déesse mère te dit de faire quelque chose, tu le fais.

Perséphone soupira.

– Bon, d'accord, donne-moi un test.

Elle l'emporta dans la salle de bains pendant que Sybil lui lisait les instructions depuis l'autre côté de la porte.

– Ça dit de faire pipi sur le bâtonnet pendant sept à dix secondes.

– Tu veux que je compte ? demanda Harmonie.

– Tu as commencé à faire pipi ? demanda Sybil.

– Non, dit Perséphone. Je crois que j'ai besoin de boire.

– Attends, dit Harmonie.

Quelques secondes plus tard, la porte s'entrouvrit et la main d'Harmonie passa par l'ouverture pour lui donner un verre d'eau. Perséphone le but et attendit.

Puis elle attendit.

Et attendit encore.

– Tu as fait pipi ? cria Sybil.

Perséphone ouvrit la porte.

– Je crois que j'ai peur.

– De faire pipi ? s'enquit Harmonie.

– De savoir.

– Perséphone... commença Sybil d'une voix douce. Quoi qu'il arrive, tout ira bien. Tu es dans une relation saine avec un homme qui te vénère, littéralement. S'il s'avère que c'est négatif, peut-être que vous envisagerez certains choix... comme négocier avec les Moires ou l'adoption.

– Tu as raison, admit Perséphone. C'est juste que... je ne sais pas pourquoi je suis bouleversée à ce point.

– Parce que c'est bouleversant, dit Harmonie. Et ce n'est pas grave de l'être.

Perséphone hocha la tête puis, après quelques secondes de silence, elle désigna la salle de bains.

– Je... je vais y aller.

– On est là, dit Sybil. Ah, et rebouche le test quand tu as fini et pose-le à plat.

– Ça marche, répondit Perséphone en fermant la porte.

Quand elle eut fini, elle fit comme le lui avait dit Sybil et elle ouvrit la porte, trouvant l'Oracle équipée de deux verres, l'un rempli de vin, l'autre d'eau.

– Qu'est-ce que tu fais ? demanda Perséphone.

Elle haussa les épaules.

– J'ai pensé que tu aurais besoin de boire un coup. L'un pour le cas où tu es enceinte, l'autre si tu ne l'es pas.

Perséphone prit le verre d'eau.

– Juste... pour l'instant, dit-elle avant de se racler la gorge. On attend combien de temps ?

– Cinq minutes ! dit Sybil. J'ai mis une alarme.

Ce furent les cinq minutes les plus longues de sa vie.

– Tu es sûre que tu as réglé l'alarme pour cinq minutes ?

– Oui. Tu vois ?

Perséphone ferma les yeux et expira lentement. Elle avait la nausée et son angoisse lui nouait la gorge.

Quand l'alarme sonna enfin, elle sursauta. Son cœur battait la chamade quand elle retourna dans la salle de bains, et ça ne fit qu'empirer quand elle avança vers la commode et vit ce à quoi elle s'attendait. Le test était négatif.

Bien sûr, il était négatif, il était impossible qu'il soit positif.

– Perséphone ? appela Sybil.

Elle essaya de ne pas craquer, mais les larmes striaient déjà ses joues. Sybil et Harmonie entrèrent dans la salle de bains, l'entourèrent et la prirent dans leurs bras.

– Je ne sais même pas pourquoi je pleure, dit Perséphone. Je le savais. Je savais que ce n'était pas possible.

– Parce que tu voulais que ce soit positif, répondit Harmonie. Et il n'y a pas de mal à ça.

Sauf que, bizarrement, cela lui semblait mal. Elle avait l'impression de trahir Hadès.

***

Une fois que Perséphone fut calmée, elle remercia Sybil et Harmonie et rentra aux Enfers, où elle trouva Hadès dans son bureau. Il leva la tête quand elle entra et son expression s'assombrit immédiatement.

– Qu'est-ce qui ne va pas ?

Jusqu'à maintenant, elle s'était crue capable d'avoir cette conversation sans pleurer, mais elle fondit immédiatement en larmes.

Hadès se leva pour l'enlacer.

– Ma chérie, chuchota-t-il en la serrant contre lui alors qu'elle agrippait sa chemise.

Il attendit qu'elle soit calmée pour l'emmener sur le canapé. Elle pensait qu'il s'installerait à côté d'elle, mais il s'assit sur la table basse, ses jambes de part et d'autre des siennes.

– Parle-moi, dit-il.

Elle s'essuya les yeux avant de se lancer.

– Avant que je ne dise quoi que ce soit, tu es tout pour moi. Tu es plus que suffisant, et je t'aime de toutes les façons possibles.

Hadès fronça les sourcils.

– J'ai fait un rêve, hier soir. J'y ai vu nos enfants, et maintenant, je n'arrête pas de penser à eux. De les *désirer*.

Elle ne savait pas quelle réaction elle attendait de lui – peut-être qu'il soit en colère ou blessé, ou qu'il lui rappelle ce qu'avaient dit les Moires, comme elle se l'était rappelé toute la journée.

– Ils étaient deux ? demanda-t-il plutôt.

– Oui, des jumeaux, chuchota-t-elle.

– Des jumeaux ? Ils ressemblaient à quoi ?

– À toi, dit-elle en souriant. Ils te ressemblaient.

– C'est le rêve qui t'a effrayée hier soir ? demanda-t-il, confus.

– Ce ne sont pas les bébés qui m'ont effrayée. C'était Zeus… ou du moins… sa magie.

– Zeus ? répéta Hadès en se crispant.

Elle hocha la tête.

– Je savais qu'il était sur le point de frapper et qu'il avait l'intention de faire du mal à nos enfants.

Hadès fronça les sourcils, mais ne répondit rien.

– Je n'arrive pas à savoir ce que tu penses… de tout ça.

– Qu'est-ce que tu veux que j'en pense ?

– Je ne sais pas. C'est juste que je ne veux pas que tu sois en colère et je ne veux pas que tu fasses quelque chose d'idiot, comme négocier avec les Moires juste pour me mettre enceinte.

Hadès ricana.

– J'ai beau adorer l'idée de te mettre enceinte, je ne prendrais pas le risque de négocier avec les Moires. Étant donné ton rêve, j'aurais peur qu'elles ressuscitent Zeus.

Perséphone se sentit pâlir.

– Tu crois que c'est le sens du rêve ? Une mise en garde ?

– Je ne sais pas vraiment ce que c'était, dit-il. Peut-être était-ce seulement un rêve.

Un rêve qui était devenu un cauchemar.

***

Plus tard dans la soirée, Perséphone n'arrivait toujours pas à dormir. Elle se leva et alla dans la salle de bains, où elle scruta les tests de grossesse qu'elle avait rapportés de chez Sybil. Ils lui apparaissaient comme des ennemis, maintenant. C'était seulement quand elle avait su qu'elle n'était pas enceinte qu'elle avait compris à quel point elle voulait un enfant.

Elle les saisit et les jeta à la poubelle, furieuse contre eux de… l'avoir fait espérer.

Et pourquoi avait-elle espéré ? Hadès lui avait *dit*, mais elle se surprit néanmoins à en sortir un de la corbeille. Elle respira et posa une main sur son bas-ventre.

Peut-être que Sybil avait raison et qu'elle devrait en faire un autre.

Juste pour être sûre, se dit-elle.

Elle fit le test, qui fut bien moins théâtral que celui qu'elle avait fait chez Sybil et Harmonie.

Quand il fut prêt, elle le posa sur le meuble du lavabo.

Elle attendit.

Et attendit encore.

Et encore.

Cette fois, même si elle savait qu'elle le regretterait, elle s'autorisa à imaginer ce qu'elle ferait s'il était positif.

Comment le dirait-elle à Hadès ?

Comment l'annoncerait-elle à Hécate ?

Elle finit par se lever et avança vers le meuble, les yeux rivés sur les deux traits.

Il y avait deux traits.

Deux traits signifiait qu'elle était enceinte.

– Qu'est-ce que tu fais ? demanda Hadès d'une voix amusée, mais il fronça les sourcils dès qu'il la vit. Qu'est-ce qui ne va pas ?

Il s'approcha et regarda le lavabo.

Elle ne sut comment appréhender son silence.

– C'est impossible, dit-il en pointant le test du doigt comme s'il l'accusait de mentir. Fais-en un autre.

– Oui, dit Perséphone, confuse. Oui, c'est sans doute pour le mieux. Il peut y avoir de faux positifs.

Elle fit un autre test et, cette fois, Hadès s'assit par terre. Ils ne dirent rien, mais elle se demanda s'il était en train d'imaginer ce qu'il ferait s'ils attendaient un bébé.

Comment le dirait-il à Hermès ?

D'ailleurs, lui diraient-ils ?

Elle paniqua soudain en se demandant si seulement elle serait douée. Elle avait eu une mère affreuse. Elle ne savait pas *comment* être une bonne mère.

– Le temps est écoulé, dit-elle.

Hadès se leva d'un bond et se précipita au lavabo où ils avaient posé le test.

– C'est impossible, chuchota-t-il. Ce n'est pas censé être possible.

Elle lui prit le test des mains – encore deux traits.

– Je dois faire combien de tests avant que ce soit vrai ? demanda-t-elle.

– Je ne sais pas. On devrait demander à Hécate.

– Ouais, Hécate.

Ils se regardèrent dans les yeux et prononcèrent son nom en même temps.

La déesse apparut dans un tourbillon de robes noires.

– C'est un *couteau* ? s'exclama Perséphone en voyant l'énorme lame qu'elle tenait dans sa main.

– Ça a intérêt à être important, dit Hécate. J'étais sur le point d'étriper... c'est ce que je pense ?

– C'est positif, dit Hadès.

– J'en ai fait deux, dit Perséphone.

– Deux tests positifs, ajouta Hadès.

– Il faut en faire combien avant de pouvoir y croire ? demanda Perséphone.

Hécate lâcha son couteau et le tintement fit grimacer Perséphone. La déesse de la Sorcellerie porta ses mains à sa bouche, les larmes aux yeux.

– Merde, ce n'est pas une bonne réaction, dit Hadès avant de regarder Perséphone. Moi je dis, encore trois.

– Vous pouvez en faire autant que vous voulez, dit Hécate, mais ils diront tous la même chose.

Elle vint vers eux et les prit dans ses bras, s'essuyant les larmes quand elle recula. Je vais être tatie ! dit-elle avant de regarder Perséphone. Tu vas être maman !

Elles éclatèrent de rire et s'étreignirent malgré leurs larmes, et quand Perséphone se tourna vers Hadès, elle découvrit qu'il affichait le sourire le plus grand qu'elle ait jamais vu.

– Tu vas être papa.

Il prit son visage dans ses mains et l'embrassa, puis il s'agenouilla devant elle. Perséphone n'eut pas le temps de lui demander ce qu'il faisait, car il posa ses mains sur son ventre.

– Il m'entend ? demanda-t-il.

– Je ne sais pas, répondit Perséphone en haussant les épaules.

Ils se tournèrent vers Hécate pour avoir la réponse.

– Parle à ces bébés, Hadès, dit-elle. Je me fiche de savoir s'ils t'entendent.

Hadès et Perséphone se regardèrent avant de dévisager Hécate.

– *Ils* ?

Elle cligna des yeux.

– Je croyais que tu savais… dans ton rêve, tu as eu des jumeaux.

– Mais c'était un rêve, pas…

– Les rêves peuvent être prémonitoires, Perséphone, dit Hécate.

– Mais… c'est impossible. J'ai senti la magie de Zeus. Il menaçait mes enfants.

– Ou bien, l'un de tes enfants te donne des cauchemars, dit-elle avant de hausser les épaules. C'est l'inconvénient quand on est enceinte d'êtres divins.

Perséphone ne sut quoi faire de la nouvelle. Elle était soulagée que ça n'annonce pas le retour de Zeus, mais elle redoutait aussi ce qui allait hanter son sommeil.

– Oh, c'est tellement excitant ! s'exclama Hécate. Je vais me mettre au tricot !

La déesse disparut.

– Hécate, ton couteau ! appela Hadès.

Elle revint aussitôt.

– Ah, oui, dit-elle en le ramassant. Je suis tellement excitée… !

Hadès était encore à genoux quand Hécate se téléporta. Il embrassa le ventre de Perséphone et chuchota.

– Je t'aime.

Ses yeux se remplirent de larmes et Hadès se releva pour l'embrasser et la soulever dans ses bras.

– Tu es tout ce dont j'ai toujours rêvé, dit-il avant de l'emmener au lit.

NOTE DE L'AUTEURE

Quand j'ai commencé *A Touch of Chaos*, je crois que je ne me représentais pas combien ce livre serait compliqué. Je savais que ce serait difficile. Je mettais la touche finale à une série qui s'est avérée bien plus grande que je ne l'avais jamais imaginée, s'étendant sur sept livres. Depuis 2019, le nombre de personnages n'a cessé de croître, et j'ai ressenti une pression pour mener la série à la conclusion parfaite.

Pendant longtemps, j'ai dit aux gens que je savais deux choses de ce livre : je dois sortir Hadès du labyrinthe, et il doit y avoir une nouvelle Titanomachie. Je ne savais rien d'autre. J'étais persuadée qu'il me faudrait plus de *matière* pour en faire une conclusion grandiose, alors qu'en réalité, ce livre est littéralement ces deux choses, et c'est suffisant – amplement suffisant.

C'est la conclusion parfaite pour cette série, et je suis infiniment fière de ce livre, infiniment reconnaissante pour la façon dont il est construit, et rien de tout ça ne serait arrivé sans mes lecteurs.

Merci à tous pour votre dévotion à Hadès et Perséphone. Vous ne saurez jamais combien vous m'avez défiée et comment vous avez fait de moi une meilleure autrice. Cette série, ce *livre* ne seraient rien sans vos encouragements, sans votre requête de voir le point de vue d'Hadès sur tout ce monde. Il ne serait rien sans votre amour, et je vous aime, *vous*, infiniment pour ça.

À présent, comme vous y êtes sans doute habitués, je vais me pencher sur ce qui a inspiré *Chaos*. J'apprécie toujours ceux d'entre vous qui restez pour lire tout ça, car la partie des recherches qui concerne mes livres est l'une de mes parties préférées, et celui-ci en a nécessité beaucoup.

Comme je l'ai déjà dit, j'ai toujours su qu'il fallait que je crée une nouvelle Titanomachie. J'en ai parlé à la fin de *A Touch of Malice* ainsi que de la façon dont les dieux ont tendance à répéter les cycles – les primordiaux ont été renversés par les Titans (techniquement, c'est Cronos qui renverse son père, Ouranos), puis les Titans ont été renversés par les Olympiens, chaque cycle commençant par une castration, ce que nous avons vu dans *Malice* quand Hécate décide de punir Zeus.

J'aime que cet évènement marque le début de la chute de Zeus, car c'est aussi un changement concernant la façon dont les cycles se répètent. Au lieu que le geste soit accompli par un dieu qui convoite le trône, c'est Hécate qui s'en occupe. C'est sans doute une des raisons pour lesquelles Zeus n'envisage pas que ce soit le début de la fin de son règne, mais aussi parce qu'il a réussi à éviter toutes les prophéties qui ont prédit sa chute, ce qui est un autre cycle dans la mythologie.

Quand Zeus a appris que sa première femme, Métis, aurait deux enfants, dont l'un le supplanterait, il l'a piégée pour la transformer en mouche et l'avaler. Zeus décide de marier Thétis, une déesse et une nymphe de l'eau, à Pélée une fois qu'il a été prédit qu'elle aurait un fils plus puissant que son père (c'était le cas, qu'elle ait un fils de lui ou de Poséidon).

Peu à peu, il m'a semblé que cette prophétie s'acharnait sur le roi des dieux et qu'il viendrait un moment où il ne pourrait plus l'éviter, ce qui signifiait que le destin de son père et de son grand-père serait aussi le sien et mènerait, inévitablement, à une autre Titanomachie.

Le gros de ce que l'on sait de la bataille entre les Titans et les Olympiens nous vient de *Théogonie*, une œuvre d'Hésiode qui est essentiellement un mythe fondateur et inclut grosso modo le début et la fin de la Titanomachie. Étant donné que la guerre de dix ans qui oppose les Titans et les Olympiens n'est pas décrite, je me suis inspirée d'une autre guerre de dix ans, la guerre de Troie.

La guerre de Troie

Pendant la guerre de Troie, Zeus est surtout neutre, convaincu que le conflit permettra de dépeupler la terre. Il adopte une position similaire tout au long de cette série, préférant ne pas intervenir, même quand d'autres dieux le lui demandent. Héra est investie, en revanche, surtout parce qu'elle ne se sent pas respectée des Troyens, mais Zeus interdit aux dieux d'intervenir, alors Héra décide de le séduire avec l'aide d'Hypnos, ce qui donne la liberté aux dieux de désobéir à ses ordres.

Héra élabore le même plan dans *Chaos*, et la seule exception est que quand Zeus dort enfin, elle ordonne qu'il soit suspendu dans le ciel, ce qu'elle voit comme une vengeance après qu'il lui a fait la même chose la dernière fois qu'elle a voulu le détrôner.

J'ai également ajouté à *Chaos* les jeux funéraires pour Adonis, qui étaient répandus dans ces cultures. Ces jeux sont référencés lorsqu'ils sont organisés pour Patrocle pendant la guerre de Troie. Ils commencent d'habitude par une course de chars, mais comme j'en avais déjà décrit une dans *Malice*, j'ai décidé d'y faire référence en faisant arriver les dieux sur leurs chars.

La rafle des temples et le meurtre des prêtres et prêtresses fait référence à la descente qu'Achille a faite dans une ville. Il y capture une prêtresse d'Apollon, qui supplie le dieu de la libérer. Apollon se venge contre Achille et ses hommes en répandant la peste, visant les animaux, les hommes, les femmes et les enfants avec des flèches contaminées. Dans *Chaos*, c'est Artémis qui décoche la première flèche et entame le combat après que les prêtresses sont tuées.

Les travaux d'Héraclès

Il y a quelques références à ce mythe dans le labyrinthe, dont le Lion de Némée, le Sanglier d'Erymanthe et le Taureau Crétois. Des trois, le Taureau Crétois est en fait tué par Thésée, dans le mythe. Il m'a semblé qu'inclure ces défis dans le labyrinthe serait un lien intéressant avec *A Game of Retribution* et que leur apparition impliquait davantage Héra dans les projets de Thésée. Héra déteste Héraclès et elle le rend fou au point qu'il tue sa femme et ses enfants, ce qui mène finalement aux travaux.

J'ai conservé certains détails du mythe du Lion de Némée dans ce livre, comme ses griffes semblables à des lames et son haleine rance. Hadès tue le lion de la même manière qu'Héraclès, qui dépouille également la créature avec ses propres griffes.

Le fait qu'Hermès apparaisse dans le labyrinthe sous une forme de chérubin est juste une référence à quelques mythes dans lesquels Hermès est un bébé (comme celui où il vole les vaches d'Apollon).

Jason et les Argonautes

Toute la saga de la Toison d'Or est une référence aux défis qu'affronte Jason pour obtenir la Toison.

Quand les Argonautes arrivent sur l'île d'Arès, ils sont pris en chasse par des oiseaux dont les plumes servent de flèches. Ils sont semblables aux oiseaux de Stymphale, mais j'ai préféré en faire une version plus courte étant donné que je les avais utilisés plus tôt dans le labyrinthe. Par ailleurs, les Argonautes les font fuir par le bruit en frappant leurs armes sur leurs boucliers, alors j'ai pensé que le cri d'Hermès serait à la fois similaire et drôle.

Le seul élément que je n'ai pas utilisé du mythe de Jason et les Argonautes, c'est le taureau cracheur de feu d'Héphaïstos. Je le mentionne parce que, dans le labyrinthe, le Taureau Crétois porte une armure de bronze. C'est une référence aux taureaux de bronze d'Héphaïstos, mais ce ne sont pas les mêmes.

Autres références

Quand Hadès est dans le labyrinthe, Thésée le défie de reconstruire ses murs. C'est une référence à *L'Énéide*. Quand Énée fuit Troie pour fonder Rome, il s'arrête à Carthage et aide à reconstruire les murs autour de la cité que Rome détruira plus tard.

Galanthis était une servante ou amie (selon le mythe) d'Alcmène, la mère d'Héraclès. En gros, c'est grâce à elle qu'Héraclès peut naître, malgré les souhaits d'Héra. C'est à cause de ça qu'elle est punie et changée en chat ou en belette. Dans *Chaos*, je fais d'elle une eudaimon, qui est un esprit guidant, comme Charon. Les eudaimons sont des esprits bienveillants et sont parfois réputés comme étant des héros déifiés. Il n'y a pas vraiment d'explication précise de ce à quoi ils ressemblent, mais certains sont décrits comme des serpents, alors j'ai cru pouvoir faire de celle-ci un chat.

Hermès dit à Hadès et Perséphone qu'Arès lui doit une Faveur depuis les temps anciens. Il fait référence à la fois où il a évité à Arès d'être emprisonné dans un vase de bronze par deux géants.

Il y a de nombreuses autres références, mais je crois que je vais m'arrêter là.

Pour ceux d'entre vous qui sont tristes que cette saga soit finie, je suis une fervente adepte du fait que toutes les bonnes choses ont une fin. Mais ne vous inquiétez pas, je reviendrai avec Aphrodite et Héphaïstos.

Beaucoup d'amour,
Scarlett

RETROUVEZ L'ACTUALITÉ DE NOS SÉRIES NEW ROMANCE SUR :

Instagram : @hugonewromance

TikTok : @hugonewromance

Facebook : @hugonewromance

Twitter : @hugonewromance

www.hugopublishing.fr

REJOIGNEZ-NOUS SUR :